Barbara Wendelken
Nur wer die Hölle kennt

PIPER

Zu diesem Buch

Dass Melody Labohm der Dreh- und Angelpunkt dieser Geschichte ist, wird den Kommissaren Nola von Heerden und Renke Nordmann sehr rasch klar, nachdem sie die Ermittlungen im Mordfall Simone Jacobi übernommen haben. Offensichtlich halten viele im Dorf Martinsfehn Melody noch immer für die Brandstifterin in dem zwanzig Jahre zurückliegenden Fall, bei dem ihre Familie ums Leben kam. Am Jahrestag der Katastrophe brennt in Melodys Garten ein Puppenhaus ab – eine Warnung? Und was hat Simone Jacobi herausgefunden, die angeblich an einem Buch über die damaligen Vorkommnisse schrieb? Akribisch geht Nola von Heerden die alten Akten noch einmal durch. Doch ein dichtes Geflecht von Verdächtigungen, Neid und Intrigen verbindet alle beteiligten Personen. Viele haben Schuld auf sich geladen. Wer sagt die Wahrheit?

Barbara Wendelken wurde 1955 in Schwanewede bei Bremen geboren. Die ehemalige Kinderkrankenschwester veröffentlicht seit 1996 regelmäßig Kinderbücher, Kriminalromane sowie zahlreiche Kurzgeschichten in Anthologien. Wenn sie nicht schreibt, genießt die Autorin mit ihrem Mann das Landleben in Ostfriesland.

Barbara Wendelken

NUR WER DIE HÖLLE KENNT

Kriminalroman

PIPER

Mehr über unsere Autoren und Bücher:
www.piper.de

Wenn Ihnen dieser Krimi gefallen hat, schreiben Sie unter Nennung des Titels »Nur wer die Hölle kennt« an *empfehlungen@piper.de,* und wir empfehlen Ihnen gerne vergleichbare Bücher.

Von Barbara Wendelken liegen im Piper Verlag vor:
Das Dorf der Lügen
Die stille Braut
Ihr einziges Kind
Nur wer die Hölle kennt

MIX
Papier aus verantwortungsvollen Quellen
FSC® C083411
www.fsc.org

Originalausgabe
ISBN 978-3-492-31304-9
März 2019

Redaktion: Christine Neumann
Umschlaggestaltung: Hauptmann & Kompanie Werbeagentur, Zürich
Umschlagabbildung: © Joao Canziani/Getty Images (Feuer);
© G.Büttner/Naturbild/OKAPIA/Picture-Alliance (Haus)
Satz: Uhl + Massopust, Aalen
Gesetzt aus der Rotis Serif
Druck und Bindung: CPI books GmbH, Leck
Printed in the EU

KAPITEL 1 1997

Die Brandwunden verheilten langsam, die Verbände an Melodys Händen waren kleiner geworden, und sie konnte die Finger wieder frei bewegen. Die weißen Moosröschen hatte eine Sozialarbeiterin besorgt, genau wie den schwarzen Mantel und die Schuhe, die ihr eine halbe Nummer zu klein waren und drückten.

Zwei Meter vor ihr stand Wulf, er weinte so heftig, dass es seinen Körper schüttelte. Einmal sah es so aus, als würde er auf die Knie sinken, doch er fing sich wieder, machte sich ganz gerade und schippte Erde auf den Sarg, einmal, zweimal, dreimal, dabei schluchzte er den Namen ihrer toten Mutter, Verena. Erneut stieß er die Schaufel in den schwarzen Behälter mit der Erde, machte zwei Schritte zur Seite und ließ ein paar Krumen auf den winzigen Sarg ihres Bruders fallen, aber nur einmal, ein einziges schreckliches Mal. Anschließend legte er den Kopf in den Nacken und heulte wie ein Wolf.

Es hörte sich schaurig an und passte überhaupt nicht zu Wulf, der normalerweise kaum den Mund aufkriegte. Als Nächstes drehte er sich um, sein Blick erfasste Melody, und der Hass darin brannte auf ihren Wangen, als hätte er sie geohrfeigt.

Drohend kam er auf sie zu, mit großen, stampfenden Schritten, und baute sich breitbeinig vor ihr auf.

»Was willst du hier?!« Er brüllte so laut, dass es über den Friedhof schallte: »Ich will sie nicht an den Gräbern sehen!«

Hinter Melodys Rücken setzte verschämtes Gemurmel ein, so leise, dass sie kein Wort verstehen konnte, aber das war auch nicht nötig. Ihr war ohnehin klar, was die Leute über sie redeten. Nur wusste sie nicht, was sie anderes tun sollte, als hier stehen zu bleiben und das alles zu ertragen.

Wulf ging nicht weiter, wie sie es insgeheim gehofft hatte, er trat noch einen Schritt näher und überschüttete sie mit übelsten Beschimpfungen.

»Ich kann nichts dafür.« Es kam ihr so vor, als würde sie seit Tagen nur diesen einen Satz wiederholen. »Ich kann nichts dafür.«

Ihre Worte verhallten ungehört. Niemand stand ihr bei, das Dorf hatte sein Urteil gefällt, schon vor einer Woche, gleich nach dieser entsetzlichen Nacht. Melody gehörte nicht mehr dazu. Sie trug die Schuld an der Katastrophe, einer musste ja schuld sein, damit die anderen ihr Leben wieder ungestört aufnehmen konnten.

Als Wulf Anstalten machte, sich mit seinen hundertzwanzig Kilo Körpermasse auf sie zu stürzen, tauchten die beiden Dorfpolizisten auf, Gerd Wiese und Henning Bremer. Sie fassten nach seinen Oberarmen, einer rechts und einer links, und führten ihn dorthin, wo seine Eltern und sein Bruder auf ihn warteten.

Der Bruder nahm ihn in Empfang. »Beruhige dich, Wulf. Sie bleibt trotz allem ihre Tochter. Streit an ihrem offenen Grab hätte Verena nicht gewollt.«

Wulf ließ sich von ihm fortziehen, aber nicht ohne ihr vorher einen verächtlichen Blick zuzuwerfen. *Mörderin,* er brauchte es nicht auszusprechen, sie konnte ihn auch so verstehen.

Melody blieb allein zurück, drei Meter von den Gräbern entfernt. Sie konnte sich nicht rühren, stand einfach nur da, mit hängenden Armen, die Lippen fest aufeinandergepresst. Tränen rannen über ihr bleiches Gesicht, doch sie schaffte es nicht, die Hand zu heben und sie fortzuwischen. Gern hätte sie gewusst, wie viele Tränen ein Mensch weinen konnte, aber darauf gab es wohl keine Antwort.

Eine Hand legte sich auf ihren Rücken, sie gehörte dem Pastor, der sie mit sanftem Druck vorwärtsschob, bis sie direkt vor dem viereckigen Loch stand, das ausgekleidet war mit grünem Tuch, das wohl aussehen sollte wie ein Rasen. Unten stand der Sarg, geschmückt mit einem großen Gesteck aus roten Rosen. Der schwarze Talar des Pastors roch unangenehm muffig, und Melody fragte sich, was mit ihr los war. Warum fielen ihr so unwichtige Dinge auf wie das grüne Tuch oder der strenge Geruch des Pastors? War sie ein schlechter Mensch, weil sie bei der Beerdigung ihrer Mutter über solche Nebensächlichkeiten nachdachte? Sie starrte auf die weißen Rosen in ihrer Hand, eine kleine Ewigkeit lang, bis der Pastor murmelte, dass sie jetzt die Blumen ins Grab fallen lassen solle.

Melody überlegte, wie viel Schwung es brauchte, drei weiße Rosen einen Meter nach vorn zu werfen, ohne dass es zornig wirkte oder trotzig. Am Ende zielte sie so schlecht, dass der Strauß nicht dort landete, wo sie es sich vorgestellt hatte, mitten auf dem Sarg, am besten direkt auf Wulfs blutroten Rosen, sondern so weit rechts, dass einer der Blütenköpfe über den Rand des Sargs hinausragte.

»Jetzt gehst du zu Michel«, murmelte der Pastor.

Also machte sie einen Schritt zur Seite und dann noch einen und noch einen und noch einen. Michels Grab lag vier Trippelschritte von dem ihrer Mutter entfernt. Mit leisem Schluchzen zog Melody einen winzigen Teddybären aus der Manteltasche. Ihr kleiner Bruder hatte Teddys geliebt, und sein eigener war verbrannt. Michel, sie konnte gar nicht fassen, dass er dort unten in der kleinen Holzkiste liegen sollte. Eingesperrt. Am liebsten wäre sie runter in die Grube gesprungen, um sich zu vergewissern, dass sie ihm wirklich nicht mehr helfen konnte. Was für ein unsinniger Gedanke, Michel war tot. Michel, der sich im Dunkeln gefürchtet hatte, musste jetzt für immer in tiefster Finsternis bleiben.

Unter den Blicken der riesigen Trauergemeinde, die meisten kannte sie nur vom Sehen, manche überhaupt nicht, flüchtete Melody sich zu der jungen Sozialarbeiterin, die so wirkte, als würde sie am liebsten weglaufen – ohne Melody.

»Nimm es nicht persönlich«, flüsterte sie, und dass es wohl besser wäre, jetzt zu gehen.

Und so verließ die fünfzehnjährige Melody Bella Matzke den Friedhof und gleich darauf ihr Dorf, und sie sollte erst viele Jahre später zurückkehren.

KAPITEL 2

Mit einem lauten Knall flog die Schlafzimmertür auf. Roland. Schläfrig versuchte Melody, die Zahlen auf dem Wecker zu erkennen, 4:23 Uhr. Sie wusste genau, was jetzt passieren würde. Unter der Bettdecke ballte sie ihre Hände zu Fäusten, gleichzeitig hielt sie die Augen geschlossen und versuchte, ganz ruhig und gleichmäßig zu atmen. Wenn es ihr gelang, tiefen Schlaf vorzutäuschen, ließ er sie vielleicht ausnahmsweise in Ruhe.

Sie konnte hören, wie Roland sich seiner Kleidung entledigte, die Schuhe polterten gegen die Wand, die Jeans landete auf dem Boden, was sie am Klimpern des Schlüsselbunds erkannte, der mit einem Karabinerhaken an einer Gürtelschlaufe befestigt war, dann senkte sich die Matratze, und ihre Bettdecke wurde beiseitegerissen. Er wollte Sex, jetzt, und es war ihm herzlich einerlei, ob sie wach war oder er sie wecken musste.

»Komm…« Ungeduldig schob Roland ihr Nachthemd nach oben.

In diesem Moment öffnete sich die Tür. Eine schmale Straße aus Licht fiel ins Zimmer, und ein kleiner Junge im Schlafanzug tapste darauf zögernd vorwärts. »Mama?«

»Raus!«, brüllte Roland. »Wenn du noch einmal aus deinem Zimmer kommst, schließe ich dich ein, kapiert?«

Wenn sie jetzt aufstand und sich um Linus kümmerte, würde die Situation eskalieren, so wie vorgestern. Ihre Schläfe tat immer noch weh von seinem heftigen Schlag. *Immer dreht sich alles um den Jungen, aber ich bin auch noch da!*

»Du hast ihn geweckt«, murmelte sie mit zittriger Stimme. »Versuch doch einfach, leise zu sein, wenn du nach Hause kommst. Dann würde er gar nichts mitkriegen.«

»Du erwartest ja wohl nicht ernsthaft, dass ich in meiner eigenen Wohnung auf Zehenspitzen schleiche, nur weil du deinen Bengel so verzogen hast«, blaffte er. »Eins verspreche ich dir: Wenn wir erst ein eigenes Kind haben, wird das anders!«

Linus ist mein eigenes Kind, dachte sie, sprach es aber nicht aus, weil es ihn nur noch mehr aufgebracht hätte.

»Vergiss den Hosenscheißer!«

Er fasste nach ihrer Schulter und drehte sie auf den Rücken. Mit angehaltenem Atem ließ Melody es zu, dass er sich an ihrem Körper abreagierte, sich an der Vorstellung aufgeilte, ihr ein Kind zu machen, bis er mit heftigem Schnaufen kam und sich von ihr herunterrollte. Wenige Minuten später fiel er in tiefen Schlaf. Sie wartete, bis seine Atemfrequenz sich verlangsamt hatte, dann ließ sie sich behutsam aus dem Bett gleiten.

Linus lag ganz hinten an der Wand, mit dem Gesicht zur Tür, als wollte er Wache halten. Er war eingeschlafen, doch seine Wangen sahen verschmiert aus, und sie wusste, dass er sich in den Schlaf geweint hatte. Ihr armer kleiner Junge. Ein weiteres Mal wurde ihr klar, dass sie hier wegmusste, bevor Roland seine empfindsame Seele endgültig zerbrach.

Aber wohin?

Nachdem Melody mit achtzehn endlich die Wohngruppe verlassen durfte, hatte sie sich jahrelang treiben lassen, Drogen, Alkohol, durchfeierte Nächte, verschlafene Tage. Ihr Körper war ihr vollkommen egal, ihre Seele konnte sie nicht spüren. Ihr fehlte die Vorstellung, was sie mit ihrem Leben anfangen könnte. Sie probierte alles Mögliche aus: Ein Praktikum in einem Kindergarten, sechs Wochen in einer Gärtnerei, dann jobbte sie fünf Monate bei einer Firma, die Werbefilme drehte. Auf Dauer war ihr alles zu anstrengend, und sie tauchte wieder in die Drogenszene ab. Zweimal landete sie in der Psychiatrie, beim letzten Mal musste sie ein halbes Jahr bleiben.

Auf der Station lernte sie Gerrit Labohm kennen, den einzigen Sohn wohlhabender Eltern, der gegen seine Drogensucht kämpfte. Gerrit war ein Jahr jünger als sie selbst, schrecklich dünn, regelrecht ausgezehrt, aber so blond wie Thore, ihre Jugendliebe, und er wollte sie unbedingt heiraten. Noch in der Klinik willigte Melody ein.

Im Nachhinein war es neben Gerrits blondem Haar vor allem sein Name, der ihr gefallen hatte. Labohm, das hörte sich so stark und vertrauenerweckend an wie aus Stein gemeißelt. Ganz anders als Matzke, die Verkleinerungsform von Matz. Als Melody Labohm würde sie ihr Leben endlich in den Griff kriegen, davon war sie überzeugt. Sie heirateten zum Entsetzen seiner Familie tatsächlich und bezogen eine winzige Wohnung unter dem Dach, in der es immer zu kalt war, sogar im Hochsommer. Viel Geld hatten sie nicht, dafür aber jede Menge gute Vorsätze. Sie wollten endlich Tritt fassen im Leben.

Gerrit begann ein Soziologiestudium, was seine Eltern hoch erfreute, Melody machte eine Ausbildung als Erzieherin. Sie liebte Kinder, und die Arbeit machte ihr Freude. Dann verliebte Gerrit sich in eine Kommilitonin aus gutem Haus und trennte sich mit der Begründung, dass Melody ihn täglich an die schlimmste Zeit seines Lebens erinnern würde. *Das Einzige, das uns verbindet, ist unser Aufenthalt in der Psychiatrie.*

Vielleicht stimmte das sogar; seit er studierte, hatten sie sich nicht mehr viel zu sagen, trotzdem war sie am Boden zerstört. Noch heute brauchte sie nur daran zu denken, wie entschieden er sich ihrer entledigt hatte, um sich schlecht und wertlos zu fühlen. Nach seinem Auszug ging sie einfach nicht mehr zur Arbeit, hing bei den falschen Leuten rum und konsumierte schon bald wieder alles, was ihr Denken erfolgreich ausschaltete. Ein weiteres Mal stürzte Melody ins Bodenlose.

Sie befand sich auf dem direkten Weg zur Hölle, als sie feststellte, dass sie schwanger war, sie wusste nicht mal, von wem. Doch in dem Augenblick, als sie das winzige Herz auf dem Monitor in der Frauenarztpraxis sah, das so schnell und aufgeregt puckerte, dass ihr vor Rührung die Tränen kamen, wusste sie mit absoluter Gewissheit, dass sie dieses kleine Etwas in ihrem Bauch beschützen musste. Von dem Moment an war sie clean, ihr ungeborenes Kind hatte sie gerettet.

Aufgrund ihrer Vorgeschichte wurden die Schwangerschaft und die ersten drei Jahre ihrer Mutterschaft engmaschig vom Jugendamt betreut, man hatte verständliche Angst, dass Melody wieder in die Sucht abrutschen und ihr

Kind vernachlässigen könnte. Doch sie schaffte alles mit Bravour, und kurz nach Linus' drittem Geburtstag verabschiedete ihre Sozialarbeiterin sich mit den Worten: »Ich bin sicher, Sie kriegen das jetzt auch allein auf die Reihe. Und wenn was ist, haben Sie meine Telefonnummer.«

Kurz danach traf sie Roland, ganz unspektakulär beim Einkaufen, und verliebte sich. Er war genau der Mann, den sie brauchte, eine Mauer, die sie vor der Welt beschützen würde, zwölf Jahre älter und im Leben angekommen. Sie zogen zusammen. Am Anfang funktionierte es wunderbar, sie bildeten eine richtige kleine Familie, Papa, Mama und Linus. Melody kümmerte sich darum, dass sie es schön hatten, hübsche Vorhänge, passende Sofakissen und ein neuer Teppichboden, auf dem Linus das Krabbeln und dann das Laufen lernte. Roland fuhr den Kleinen nachmittags spazieren, er wickelte ihn und fütterte den Abendbrei, bevor er zur Arbeit ging. Er arbeitete als Türsteher in einer Disco und war abends nie zu Hause.

Dreimal die Woche besuchte er nachmittags ein Fitnessstudio. Seine Ernährung bestand vor allem aus Nudeln, Fleisch und Quark, den er einfach aus der Packung löffelte, dazu schüttete er ominöse Kapseln und Eiweiß-Shakes in sich rein, die er für viel Geld in seinem Studio kaufte. Ein Türsteher musste so aussehen, dass potenzielle Krawallmacher gleich abgeschreckt werden.

Dann gab ihm ein Freund den Tipp, das Studio zu wechseln. Seitdem hatte er beträchtlich an Muskelmasse zugelegt. Melody wusste, dass es nicht am Training lag, sondern an den Tabletten, die er jetzt schluckte und die ein Vermögen kosteten. Anabole Steroide. Längst fand sie ihn nicht mehr attraktiv, manchmal sah sie einen bulligen Kampfhund vor sich, wenn sie ihn anschaute. Aber damit hätte sie sich noch abfinden können. Schlimmer war seine Wesensveränderung. Roland fuhr bei jeder Kleinigkeit aus der Haut. Wenn sie etwas Falsches sagte, hagelte es üble Beschimpfungen, manchmal sogar Schläge. Wahrscheinlich handelte es sich um eine Nebenwirkung der Anabolika, jedenfalls stand das so im Internet. Dass Männer davon impotent werden konnten, stand dort auch, aber davon merkte sie nichts, im Gegenteil.

Wenn Roland gegen Morgen ins Bett kam, wollte er Sex. Ständig faselte er von *einem eigenen Kind*. Er bestand darauf, dass Melody die Pille absetzte. Doch sie hatte sich heimlich eine neue Packung besorgt und sie zwischen den Putzmitteln versteckt, weil ein Mann wie Roland niemals diesen Schrank öffnen würde. Sie wollte nicht schwanger werden, weil ihr klar war, dass Roland sein leibliches Kind tausendmal mehr lieben würde als Linus, der ihn mehr und mehr zu nerven schien.

Behutsam strich sie mit den Fingerspitzen über Linus' nass geschwitzte Locken. Es gab keine Alternative, sie musste Roland verlassen.

KAPITEL 3

Vor zwei Tagen war Nola van Heerden in ihren roten Mini gestiegen, um sich über die verstopfte Autobahn nach Isernhagen zu kämpfen, wo ihre Eltern in einer wunderschönen Jugendstilvilla lebten. Ihr Stiefvater hatte zum Geburtstag eingeladen. Sie schätzte Bernhard, und sie wusste, dass er sich über ihre Anwesenheit freute. Er hatte keine eigenen Kinder und behandelte Nola wie seine Tochter, obwohl sie es ihm am Anfang nicht leicht gemacht hatte.

Nur eine kleine Feier, hieß es im Vorfeld, dennoch hatte

ihre Mutter die Hände über dem Kopf zusammengeschlagen, als Nola ihr zeigte, was sie anzuziehen gedachte. *Unmöglich, so kannst du nicht rumlaufen. Wir sind hier nicht irgendwer, vergiss das bitte nicht!* Sie hätte *etwas Passendes* für ihre Tochter parat: ein eng geschnittenes schwarzes Kleid mit Spaghettiträgern. Nach dem todlangweiligen Sektempfang hatte sie sich noch anhören müssen, dass sie viel zu selten zu Besuch kam, *wahrscheinlich muss ich erst lebensgefährlich erkranken, damit du dir mal Zeit für deine Mutter nimmst.* Abgesehen von ihrer Kleidung sah auch ihr Haar unmöglich aus, *ich wusste ja gleich, dass es in dieser Kleinstadt keinen Friseur gibt, der mit deinen störrischen Locken zurechtkommt.* Am Ende folgte die Frage, weshalb sie trotz ihrer vierunddreißig Lebensjahre keinen Mann fürs Leben und vor allem kein Kind vorweisen konnte. *In deinem Alter war ich Mutter einer vierzehnjährigen Tochter, frisch verliebt – und glücklich. Bist du glücklich? Nein, natürlich nicht. Du wirkst einsam, mein Kind, einsam und verlassen.*

Entnervt war Nola ins Bett geflüchtet, um den Mann anzurufen, dem ihr Herz gehörte und von dem ihre Mutter nichts wusste. Sie hatte wirres Zeug geträumt und schlecht geschlafen.

Der Frühstückstisch war im Wintergarten gedeckt, sehr geschmackvoll in Gelb und Weiß, allein die Blumen mussten ein kleines Vermögen gekostet haben. Ihre Mutter schwärmte von ihrem neuen Friseur, der mit seiner Schere wahre Wunder bewirken könne, und versuchte, ihr ein zweites Brötchen aufzudrängen, angeblich sah sie verhungert aus. Nola beneidete ihren Stiefvater, der nicht in die Unterhaltung einbezogen wurde und sich beim Kaffee seinem iPad widmen durfte.

»Bernhard«, nörgelte Sheila Enders in diesem Moment.

»Könntest du das Ding denn wenigstens beim Essen beiseitelegen?«

»Sofort, Schatz. Bin gleich fertig«, versicherte Bernhard Enders, ohne den Blick zu erheben. Er war der Eigentümer einer äußerst erfolgreichen Kette von Geschäften, die »Just for cooks« hießen, ein Name, der von vornherein ausschloss, dass es hier Schneebesen für zwei Euro gab oder billige Plastikschüsseln. Vielmehr wurde Küchenzubehör der gehobenen Preisklasse angeboten, für Kochprofis und solche, die sich dafür hielten und mit der Ausstattung ihrer Küche prahlten.

»Ich habe dich gebeten, das Ding abzustellen.«

»Gleich.«

Das Geplänkel zwischen den Eheleuten schenkte Nola die Freiheit, in ihrer eigenen Gedankenwelt zu verschwinden. Nein, sie war weder einsam noch unglücklich, und ihre Haare fand sie auch in Ordnung.

»Hörst du mir überhaupt zu?«, quengelte ihre Mutter. »Hört mir überhaupt jemand an diesem Tisch zu?«

»Natürlich«, versicherte Bernhard, und Nola nickte zerstreut.

»Wollen wir nach dem Frühstück in die Stadt fahren, Nola? Ich würde dir gern was Vernünftiges zum Anziehen kaufen.«

Am liebsten würdest du dir eine andere Tochter kaufen, ein braves Anziehpüppchen.

»Tut mir leid, Mama. Aber ich stecke bis zum Hals in einer wichtigen Ermittlung. Ich muss nach dem Frühstück wieder los.« Das war eine schamlose Lüge, aber sie hatte einfach keine Lust mehr auf die ewig gleichen Tiraden ihrer Mutter.

Sofort änderte Sheila Enders ihre Taktik, indem sie vom Angriffsmodus in die Rolle der überbesorgten Mutter wechselte. »Das ist schrecklich«, jammerte sie und griff nach Nolas Oberarm. »Warum muss meine Tochter sich ständig mit so furchtbaren Dingen auseinandersetzen? Nicht mal hier bei uns schaltest du ab, dabei haben wir uns seit Wochen nicht gesehen. Willst du so dein ganzes Leben verbringen, Nola? Immer mit den Gedanken bei der Arbeit? Welcher Mann soll das denn mitmachen? Und erst die armen Kinder …«

»Bernhard arbeitet doch auch am Wochenende.« Ihrem Stiefvater gegenüber mochte es unfair sein, den Schwarzen Peter einfach weiterzureichen, doch irgendwie musste Nola sich verteidigen. Bernhard ließ die Klagen seiner Frau wortlos über sich ergehen, während er weiterhin auf sein iPad schielte.

»Bernhard ist eben Geschäftsmann«, seufzte Sheila resigniert. »Da gibt es nun mal keinen geregelten Feierabend. Dafür verdient er auch eine Menge Geld. Im Gegensatz zu dir. Bei deinem Gehalt frage ich mich wirklich, wie man sich für die paar Kröten so aufopfern kann.«

»Die paar Kröten? Andere Menschen wären froh, wenn sie so viel Geld verdienen könnten, regelmäßig, jeden Monat. Außerdem macht meine Arbeit mir Spaß.«

»So siehst du aber nicht aus. Du siehst eher aus wie eine junge Frau, die kaum Schlaf kriegt und nichts Richtiges isst. Wann hast du zuletzt gekocht? Richtig gekocht, meine ich.«

»Letztes Wochenende«, schwindelte Nola. Mit vierunddreißig musste sie sich ja wohl nicht mehr vor ihrer Mutter rechtfertigen. »Ein Hähnchen vom Markt, gefüllt mit frischen Kräutern. Hat natürlich zwei Tage gereicht.«

»Na gut. Das klingt ja ganz ordentlich.« Ihre Mutter lächelte versöhnt. »Ich hab dir was zurechtgestellt, einen Niedergartopf und zwei Kochbücher. Sehr praktisch für berufstätige Frauen. Das ist momentan der Renner in unseren Läden. Du bereitest das Fleisch mittags zu und lässt es sechs bis acht Stunden garen. Und keine Sorge, da brennt nichts an. Wenn du abends nach Hause kommst, ist alles fertig. Und es schmeckt himmlisch. Stimmt's, Bernhard?«

»Du meinst, ich soll das Ding anstellen und aus dem Haus gehen?«, vergewisserte Nola sich.

»Ja, sicher, das ist völlig ungefährlich.«

Nola verkniff sich den Hinweis darauf, dass sie mittags nicht zu Hause war und ganz bestimmt keine Lust verspürte, gleich nach dem Aufstehen Fleisch zuzubereiten, damit es acht Stunden vor sich hin schmurgelte. Was, wenn sie Überstunden machen musste?

»Übrigens werden wir zum Ende des Jahres expandieren, unter anderem eine Filiale in Leer. Wir haben schon einen Laden anvisiert.« Sheila Enders holte tief Luft. »Wenn du unbedingt in dieser Kleinstadt bleiben willst, überleg doch mal in Ruhe, ob das nicht der bessere Job für dich wäre. Filialleiterin! Wir stellen dir eine versierte Kraft an die Seite, bis du dich eingearbeitet hast. Nola, Kleines, denk an die Zukunft. Kriminalpolizei, immer nur Mord und Totschlag. Und eines Tages kommt einer daher und erschießt dich!«

Mit den Worten »Oh, schon so spät? Mist, ich muss sofort los« beendete Nola sowohl das Gespräch als auch das Familienfrühstück. In ihrem Zimmer stopfte sie sämtliche Klamotten in die Tasche, dann stürzte sie die Treppe runter Richtung Tür. Ihre Mutter folgte ihr auf dem Fuß, in der Hand den Niedergartopf, den Nola gar zu gern *vergessen* hätte. Wenigstens war er nicht so groß wie befürchtet. Sie konnte ihn auf den Schlafzimmerschrank stellen, zu dem unbenutzten Raclette und der noch originalverpackten Eismaschine.

Von Isernhagen bis Bremen fühlte Nola sich unzulänglich, eine schlecht gekleidete, schlecht frisierte, unbemannte

Frau, die den falschen Beruf ergriffen hatte, zu wenig Geld verdiente und in der verkehrten Stadt lebte. Nicht zu vergessen ernährte diese unmögliche Frau sich auch noch vollkommen ungesund. Kurz vor dem Bremer Kreuz war sie genervt von einer Frau im Alter ihrer Mutter, die mit einem schnittigen Sportwagen über die Autobahn schlich, auf der linken Spur wohlgemerkt, obwohl rechts alles frei war. Offensichtlich war sie der Ansicht, dass ein silbrig glänzendes E-Klasse-Cabrio von Mercedes auf die Überholspur gehörte, egal wie schnell man damit fuhr. Selbst Nola hielt es irgendwann nicht mehr aus und überholte ebenfalls rechts. Dabei warf sie der Frau jede Menge giftiger Blicke zu, die diese mit starr nach vorn gerichteten Augen ignorierte. Wahrscheinlich stolzierte sie genauso selbstherrlich durch das Leben wie Sheila Enders, die als irisches Au-pair-Mädchen in Deutschland ein Kind von einem Mann bekommen hatte, dessen Namen zu nennen sie sich bis heute weigerte. Eine ungelernte Verkäuferin, die ihren Chef geheiratet hatte und so zu Geld gekommen war, das sie gern unter die Leute brachte. Befähigte dieses Leben sie wirklich dazu, anderen Menschen gute Ratschläge zu erteilen?

Nola legte ihre neue Lieblings-CD von den Lumineers ein, und mit jedem Kilometer fühlte sie sich besser. Verdammt noch mal, sie war weder unglücklich noch einsam!

KAPITEL 4

In einer buchstäblichen Nacht-und-Nebel-Aktion hatte Melody die Beziehung zu Roland beendet. Sie war einfach mit Linus verschwunden, und es hatte sich angefühlt wie eine Flucht. Die Übergangswohnung war klein und dunkel und kein Ort, an dem sie bleiben wollte. Eher planlos war sie durch die großen Immobilienportale im Netz gesurft und dabei auf ein Haus in ihrem Heimatdorf Martinsfehn gestoßen. Sie erkannte es sofort. Die Küsterin hatte dort gewohnt. Inzwischen war sie offenbar verstorben, und es gab keine Erben. Sie hatte ihr Haus der Evangelischen Kirchengemeinde vermacht, die es nun anbot.

Ganz von selbst war Melody eingefallen, was die Therapeutin immer wieder gesagt hatte: *Sie müssen sich mit der Vergangenheit aussöhnen. Fangen Sie dort an, wo Ihr Leben aus dem Ruder gelaufen ist.* Plötzlich schienen die Worte einen Sinn zu ergeben. Entwurzelt durch ein schreckliches Unglück, mäanderte sie heimatlos durch das Leben, wusste nicht, wohin sie gehörte. All die Jahre hatte sie sich danach gesehnt, irgendwo anzukommen, und jetzt wusste sie, wo der Ort sich befand, an dem sie sich endlich zu Hause fühlen würde. In Martinsfehn.

Auf einmal kamen Erinnerungen hoch, Erinnerungen an glückliche Momente. Ihr erster Schultag, die rosarote Zuckertüte und das Kleid mit den Rüschenärmeln, Picknick mit ihren Freundinnen im Garten von Simones Eltern, die Pferde auf dem Hof, vor allem Flöckchen, ihr eigenes Pony, der erste Kuss und Thore natürlich, ihre große Liebe.

Von dem Geld, das die Lebensversicherung für den Tod ihrer Mutter ausgezahlt hatte und das unangetastet auf einem Konto lag, weil Melody sich sehr zu Rolands Ärger geweigert hatte, dieses Blutgeld anzurühren, kaufte sie das Haus. Und heute wagte sie sich zum ersten Mal auf den Friedhof.

In der alten Bäckerei gegenüber vom Friedhof hatte jemand ein Blumengeschäft eröffnet. Melody entschied sich für ein fertig bepflanztes Weidenkörbchen. Die hellblauen Glockenblumen auf hauchdünnen Stängeln wirkten zart und schutzbedürftig und schienen genau richtig zu sein für einen Zweijährigen.

Bevor sie durch das bogenförmige Friedhofstor schritt, holte sie einen kleinen Teddy aus weißer Keramik aus ihrer Tasche und setzte ihn mitten in die Glockenblumen. Für einen Moment schnürte ihre Kehle sich zusammen, es mochte dumm sein, doch sie war ziemlich aufgeregt.

Vor zwanzig Jahren hatte sie den Friedhof zum letzten Mal betreten, an die Beerdigung erinnerte sie sich als einen der schrecklichsten Tage in ihrem Leben. Es fiel ihr schwer, daran zu denken. Zweimal verlief sie sich auf dem großen Gelände. Sie wollte schon aufgeben, als sie endlich das Grab entdeckte.

Weiße Eisbegonien und dunkelrote Geranien blühten um die Wette, die Erde war von Unkraut befreit und sorgfältig geharkt, und auf dem Grabstein aus silbergrauem Granit erhob sich ein Pferd mit wallender Mähne auf die Hinterbeine, ein Barockpferd, wie es in der klassischen Dressur geritten wurde.

Verena Matzke hatte ihre sportlichen Erfolge als Springreiterin gefeiert, sie züchtete Holsteiner mit dem Ziel, ein Ausnahmetalent mit besonderem Springvermögen hervorzubringen. Das Pferd auf dem Grabstein hätte ihr nicht gefallen. Auch wenn Melody sich dafür schämte, es fühlte sich gut an, dass Wulf das falsche Pferd ausgesucht hatte.

Von Michel war nicht mehr viel geblieben, nur sein Name unter dem seiner Mutter, Michel Tobias Matzke, 1994 bis 1997.

Dass allein der Anblick seines Namens so schmerzhaft sein würde, hatte Melody nicht erwartet. Längst vergessen geglaubte Bilder tauchten vor ihrem inneren Auge auf, ein kleiner blonder Junge mit gelben Gummistiefeln, der in seiner Sandkiste spielte, lachte und die Arme nach ihr ausstreckte, der nicht schlafen konnte, wenn sie ihm nichts vorsummte.

Michel, kleiner Michel, du fehlst mir so. Mit leisem Wimmern sank sie vor der Umrandung aus dunklem Granit in die Knie, und es dauerte eine Weile, bis sie sich so weit gefasst hatte, dass sie das kleine Körbchen mit den Blumen abstellen konnte.

Michel wäre jetzt zweiundzwanzig, ein junger Mann, vielleicht genauso uneins mit der Welt, wie sie es in dem Alter gewesen war, oder erwachsen und vernünftig. Sie versuchte, sich vorzustellen, wie er aussehen könnte, schmal und sehnig wie ihre Mutter oder groß und bullig wie sein Vater, doch es wollte ihr nicht gelingen. Für sie würde Michel auf ewig ein kleiner blonder Sonnenschein mit strahlend blauen Augen bleiben, und sie würde alles geben für ein einziges Foto.

Eine Hand tippte auf ihre Schulter. »Hallo, Melody, bist du es wirklich? Ich werd verrückt. Erkennst du mich? Ist ja schon eine Weile her. Ich bin Simone.«

Mit dem Handrücken wischte Melody die Tränen fort, dann schaute sie blinzelnd hoch. Simone hatte sich kaum verändert. Dreiviertellange Jeans, hochhackige Sandalen und eine schwarze, durchsichtige Bluse über einem Top, ebenfalls schwarz und sehr tief ausgeschnitten. Ihr Haar war zu einer komplizierten Frisur geflochten. Genau wie damals wirkte sie so entschlossen wie jemand, der es gewohnt war, seinen Willen durchzusetzen. Wenn sie zurückdachte, hatte immer Simone bestimmt, wo es langging.

Melody erhob sich, sie wusste nicht, wohin mit ihren Händen, und verschränkte sie schließlich hinter ihrem Rücken, doch damit war Simone nicht einverstanden. Sie machte einen Schritt nach vorn und riss Melody überschwänglich in die Arme.

»Mensch, Melody, wie schön! Ich freu mich. Mir war

immer klar, dass du eines Tages zurückkommen wirst. Du siehst aus wie deine Mutter, wie aus dem Gesicht geschnitten. Bis auf die Augen, ihre waren ja immer so kalt und ohne jedes Gefühl, ganz anders als deine. Keine Angst, du bist nicht wie sie.« Ohne zu zögern, griff sie hinter Melodys Körper und holte eine Hand nach vorn und drehte die Innenfläche nach oben. Als sie die rosarote Kraterlandschaft aus Narben entdeckte, strich sie vorsichtig darüber. »Ich hoffe, das tut nicht mehr weh.«

»Nein«, sagte Melody rau. Die zärtliche Berührung war ihr unangenehm, eine Grenzüberschreitung. Sie hatte Simone ewig nicht gesehen, und sie konnte es nicht leiden, wenn jemand ihre Narben ansah oder, schlimmer noch, berührte.

»Glaubst du an Schicksal?« Sie ließ Melody keine Zeit für eine Antwort. »Ich schon. Es ist kein Zufall, dass du ausgerechnet jetzt wieder hier auftauchst. Ich will nämlich rausfinden, was damals wirklich passiert ist, und du musst mir dabei helfen.«

»Wie soll ich das denn anstellen?«

Simones Finger drückten noch fester zu. »Erinnere dich! Du weißt mehr als jeder andere! Du bist der Schlüssel zur Wahrheit!«

»Ich kann mich an nichts erinnern«, schleuderte Melody ihr entgegen. »An gar nichts. Ich weiß nur das, was alle wissen, sogar noch weniger. Ich sehe nur das Feuer vor mir, ich kann es sogar riechen, immer noch. Direkt nach der Beerdigung hat man mich weggebracht, in eine Wohngruppe nach Lübeck. Ich weiß nicht mal, was die Polizei rausgefunden hat.«

»Nichts, nur dass es Brandstiftung war.«

Auf einmal tauchte das Bild dieses widerlichen Kommissars vor Melodys innerem Auge auf, sein herablassendes Grinsen. An den hatte sie ewig nicht mehr gedacht.

Ihre Worte schienen Simone nicht zu stören. »Pass mal auf, Süße. Ich finde raus, was damals passiert ist, und schreibe ein Buch darüber. Das wird 'ne ganz große Sache.«

»Ohne mich«, sagte Melody dumpf. »Für mich ist das Vergangenheit. Ich bin hergezogen, um einen Neuanfang zu machen. Ich will nicht mehr an damals denken!« Die letzten beiden Worte schrie sie beinahe, und sie nahm im Augenwinkel wahr, dass eine Frau stehen blieb und den Kopf schüttelte. Ja, recht hatte sie, auf dem Friedhof sollte man nicht rumbrüllen.

Simone ließ sich nicht beirren. »Ich kann verstehen, dass du gerade andere Dinge im Kopf hast. Aber es ist wichtig, Melody, auch für dich, glaub es mir. Du wirst erst deinen Frieden finden, wenn alles aufgeklärt ist.«

Was bildete Simone sich eigentlich ein? Dass Melody immer noch nach ihrer Pfeife tanzen würde, genau wie damals? Trotzig befreite sie ihre Hand aus der Umklammerung. »Mach dir keine Hoffnungen, ich werde dir nicht helfen. Ich will nichts damit zu tun haben. Seit zwanzig Jahren versuche ich, diese Nacht zu vergessen. Das ist vorbei. Endgültig vorbei.«

»Nein, da irrst du dich. Es ist erst vorbei, wenn die Wahrheit ans Licht kommt und der Täter zur Rechenschaft gezogen wird.« Simone legte eine Hand an ihre Kehle, dann flüsterte sie rau: »Der Täter lebt immer noch in Martinsfehn, davon bin ich überzeugt. Er lebt, und die anderen sind tot. Findest du das gerecht?«

Melody gab keine Antwort, sie drehte sich um und hockte sich wieder vor das Grab, mit dem Rücken zu Simone. Sie würde sich erst wieder rühren, wenn ihre ehemalige Freundin wegging. Doch den Gefallen tat Simone ihr nicht. Sie ließ sich neben Melody in die Knie sinken und fasste erneut nach ihrer Hand.

»Mensch, erzähl doch mal, was machst du? Bist du verheiratet? Hast du Kinder?«

»Geschieden. Ein Sohn, Linus, er ist fünf. Ich bin vor drei Wochen zurückgekommen. Ich dachte, es ist positiv für Linus, auf dem Land aufzuwachsen.«

»Ja, klingt doch gut. Ich hab übermorgen Geburtstag und will morgen Abend reinfeiern. Du musst unbedingt kommen.«

Melody erfuhr, dass Simone nach der Schule eine Ausbildung als Fotografin gemacht und vor einiger Zeit Haus und Laden von ihrem Chef übernommen hatte. »Der Fotoladen an der Hauptstraße. Die Feier findet draußen statt. Deinen Sohn kannst du ruhig mitbringen. Wenn er müde wird, legen wir ihn oben in meiner Wohnung ins Bett. Kein Problem. Meine Neffen und Nichten haben auch schon dort geschlafen.«

Kurz entschlossen sagte Melody zu. Unter Leute zu gehen, war genau der richtige Weg, um hier Fuß zu fassen, anzuknüpfen an glückliche Zeiten. Sie hatte keinem hier etwas angetan und konnte hoch erhobenen Hauptes auf jeden zugehen.

»Siehst du den dunkelhaarigen Typ da, vor dem Grab mit den Sonnenblumen? Das ist Renke Nordmann, der leitet jetzt das Polizeirevier. Kannst du dich noch an ihn erinnern? Er muss fünf Jahre älter sein als wir.«

»Nee, tut mir leid.«

»War auch nicht so der Burner. Wollte schon immer Polizist werden und hat sich auch so benommen, total langweilig. Hat Handball gespielt, glaub ich. Jetzt sieht er natürlich ganz ansehnlich aus. Ist verwitwet, und es gibt so einige Frauen im Dorf, die ihn gern trösten würden. Aber der will keine Neue.«

Melody kniff die Augen zusammen, damit sie den Mann

besser erkennen konnte. »Er sieht auf jeden Fall sehr viel attraktiver aus als Gerd Wiese damals.«

»Dazu gehört ja nicht viel.«

Sie kicherten gleichzeitig los, und plötzlich war die alte Verbundenheit wieder da.

Zu Hause betrachtete Melody sich lange im Spiegel. Sah sie wirklich aus wie ihre Mutter? Sie wusste es nicht. Sämtliche Bilder und Fotoalben waren dem Brand zum Opfer gefallen. In ihrer Erinnerung schaute ihre Mutter sehr schmal aus, streng und nicht gerade freundlich. Verena Matzke hatte sich nie zurechtgemacht. Melody kannte sie nur in Reithosen, knöchelhohen Stiefeletten und dunklen Poloshirts, mit oder ohne Jacke, je nach Jahreszeit. Und doch konnte ihre Mutter lächeln und plötzlich wunderschön aussehen, so schön, dass sie Männer dazu bringen konnte, alles für sie zu tun.

Mit beiden Händen griff Melody in ihr Haar und legte es eng an den Kopf. Ja, eine gewisse Ähnlichkeit ließ sich nicht leugnen, auch wenn sie nicht so hager war und schon gar nicht so muskulös. Rasch ließ sie das Haar wieder nach vorn fallen und bauschte es mit den Händen auf. Sie wollte nicht aussehen wie ihre Mutter. Um nichts in der Welt wollte sie dieser furchtbaren Frau ähnlich sein.

KAPITEL 5

Auf dem Friedhof von Martinsfehn kniete ein dunkelhaariger Mann in Jeans und einem grauen Shirt vor einem Urnengrab. Er hatte Blumen mitgebracht, einen Strauß ganz in Weiß und Rosa gehalten, den er in eine Vase aus grünem Kunststoff drapierte.

Der Mann hieß Renke Nordmann, Hauptkommissar Nordmann, er war vierzig Jahre alt und leitete das Polizeirevier in Martinsfehn. Vor fünf Jahren war der Mann noch glücklich verheiratet gewesen und Vater einer elfjährigen Tochter. Er hatte mit seiner Familie in einer der beiden Neubausiedlungen des Ortes gewohnt und bei der Kriminalpolizei in Leer gearbeitet, im Ersten Kommissariat, wo alle Kapitaldelikte bis hin zu Mord landeten. Darüber, dass sein privates Glück enden könnte, hatte er nie ernsthaft nachgedacht, bis bei seiner Frau Krebs diagnostiziert wurde.

Drei Jahre später war er bereits Witwer. Als alleinerziehender Vater einer dreizehnjährigen Tochter musste er sein Leben neu ordnen, er wurde Revierleiter in seinem Wohnort, um mehr Zeit für Aleena zu haben, die sich immer mehr zum Ebenbild ihrer Mutter entwickelte. Sein Leben verlief wieder in geordneten Bahnen, Britta, seine Frau, fehlte natürlich, doch Renke und Aleena bildeten ein gutes Zweierteam. Vor acht Monaten verlor Renke Nordmann auch seine Tochter, sie fiel einem Gewaltverbrechen zum Opfer.

Eine Zeit lang sah es so aus, als könnte er diesen Schicksalsschlag nicht überwinden. Die Erinnerungen an sein Leben als Ehemann und Vater wurden zu einem düsteren, klebrigen Sumpf, der ihn immer tiefer nach unten zog, bis er endgültig darin zu versinken drohte. Um wieder Luft zu bekommen und nach vorn schauen zu können, verkaufte er das Familienhaus und bezog eine Neubauwohnung am Marktplatz. Nach ein paar unerfreulichen Monaten, in denen er weitaus mehr Rotwein trank, als ihm guttat, entschied er sich, einen alten Traum zu verwirklichen und das halb verfallene Haus seiner Großmutter zu sanieren. Während der Umbauphase, für die er zwei Jahre angesetzt hatte, lebte er in einem Wohnwagen, der direkt neben dem Haus stand. Es war das erste Mal, dass er etwas in Angriff nahm, das Britta nicht mitgetragen hätte.

Und noch etwas war passiert, das Britta nicht gefallen hätte. Es gab wieder eine Frau in seinem Leben, auch wenn er sich noch schwer damit tat, ihr einen festen Platz in seinem Alltag einzuräumen. An dunklen Tagen fühlte es sich immer noch wie Betrug an, eine andere Frau zu lieben, und da half es gar nichts, dass sein Therapeut behauptet hatte, dass man eine Tote nicht betrügen konnte. Andererseits hatte er Renke von einer neuen Beziehung abgeraten, solange er sich seiner toten Frau verpflichtet fühlte. Aber Renke gehörte nicht zu den Menschen, die ihr Leben von Außenstehenden bestimmen ließen.

»Sie tut mir gut«, murmelte er, während er die Vase mit den Blumen ein wenig nach rechts rückte, damit man die Namen auf dem Stein besser lesen konnte.

Früher hatte er viele Stunden hier auf dem Friedhof verbracht, um Zwiesprache mit seiner toten Frau zu halten. Inzwischen kam er sehr viel seltener her, und er blieb auch nicht mehr so lange. Sein Therapeut wäre sicher zufrieden mit dieser Entwicklung.

Als er aufschaute, bemerkte er eine schlanke blonde Frau, die er hier noch nie gesehen hatte. Jetzt kam Simone Jakobi dazu. Ihr gehörte der Fotoladen an der Hauptstraße. Simone war so etwas wie der Paradiesvogel im Dorf, eine Frau, die das Talent besaß, sich bei jeder Gelegenheit in Szene zu setzen. Sein Typ war sie nicht, er fand alles an Simone eine Spur zu heftig, ihre laute Stimme, ihre Art, sich zu kleiden, sogar ihre Bewegungen störten ihn, dieses übertriebene Gestikulieren, das jedes ihrer Worte unterstrich.

Die beiden Frauen schienen sich zu kennen. Nach kurzem Zögern fielen sie einander in die Arme, wobei das Ganze eindeutig von Simone ausging. Sie stürzte sich auf die Frau, und die ergab sich in ihr Schicksal. Beinahe meinte er, sie seufzen zu hören. Das war natürlich Blödsinn, er stand ja viel zu weit entfernt.

Renke fragte sich, wer die Fremde wohl sein mochte und was sie hier auf dem Friedhof wollte.

KAPITEL 6 1997

Melody Bella Matzke, Rufname Melody, verdankte ihre Vornamen der Welsh-Ponystute, mit der ihre Mutter als Kind die ersten Turniererfolge feiern durfte, Melody la Belle. Sie war die Tochter der bekannten Springreiterin Verena Matzke, die nach einem Verkehrsunfall, bei dem ihr Ehemann ums Leben gekommen war, nicht mehr sportmäßig reiten konnte und jetzt einen Pferdehof mit Reitbetrieb führte, in Martinsfehn, einem kleinen, unbedeutenden Nest in Ostfriesland.

Bereits als Kleinkind wurde Melody auf ein Pferd gesetzt, doch sie hatte niemals den Ehrgeiz verspürt, in die großen Fußstapfen ihrer Mutter zu treten, die als Ersatzreiterin für die deutsche Olympiamannschaft 1984 mit ihrem Pferd nach Los Angeles fliegen durfte. Dass ihre Tochter ihr nicht nacheifern wollte, bedeutete für Verena Matzke eine große Enttäuschung, wie sie immer wieder durchklingen ließ. *Ein bisschen mehr hab ich schon von dir erwartet, hier stehen die besten Pferde im Stall und warten auf eine gute Reiterin, und du willst nur im Gelände rumjuckeln.*

Seit einem Jahr war Melody überhaupt nicht mehr in den Sattel gestiegen. Reiten machte ihr einfach keinen Spaß, jedenfalls nicht die Art von Reiten, die ihre Mutter von ihr erwartete. Dennoch liebte sie Pferde, und wenn ihre Zeit es zuließ, half sie sehr gern im Stall. Doch vor allem kümmerte sie sich neben der Schule um ihren kleinen Bruder Michel. Ihre Mutter kriegte das ja nicht auf die Reihe.

Melody stützte ihre Ellenbogen auf die Umrandung des Springplatzes. Sie kaute Kaugummi und ließ den Unterkiefer dabei übertrieben kreisen. Ihre Mutter hasste das, angeblich sah es ordinär aus. Gerade darum steckte ständig ein Kaugummi in Melodys Mund, sie genoss es, ihre Mutter zu provozieren.

Ihr Blick folgte Daniela Finke, die auf Cherokee saß, dem Lieblingspferd ihrer Mutter, einer großrahmigen Holsteinerstute mit erstklassiger Abstammung und immensem Sprungvermögen. Es galt als Auszeichnung, wenn man auch nur probeweise auf Cherokees Rücken Platz nehmen durfte, doch Daniela durfte das Tier regelmäßig reiten. Sie konnte wirklich stolz auf sich sein, und leider war sie es auch. Die Stute konnte diverse Platzierungen im S-Springen vorweisen, war aber schwierig im Umgang. Männer duldete sie überhaupt nicht im Sattel, und auf eine harte Hand reagierte sie mit Steigen. Verena Matzke hatte lange nach einer passenden Reiterin für das Tier gesucht und diese in ihrer Auszubildenden gefunden.

Selbst Melody, die Daniela nicht ausstehen konnte, musste zugeben, dass sie eine exzellente Reiterin war. Früher, als Daniela noch eins der vielen Mädchen war, die zum Reiten auf den Hof kamen, und Melody die von allen beneidete Tochter der Besitzerin, waren sie noch gut miteinander ausgekommen. Doch die Vorzeichen hatten sich geändert.

Die Siebzehnjährige absolvierte hier eine Ausbildung zur Bereiterin, sie wohnte auf dem Hof, und Verena Matzke sah es als ihre Berufung an, Danielas großes Talent zu fördern. Sie träumte davon, aus ihrer Auszubildenden eine erfolgreiche Springreiterin zu machen, und dafür ließ sie die junge Frau sehr hart trainieren.

Daniela schienen die hohen Anforderungen nichts auszumachen, wahrscheinlich brannte in ihr derselbe Ehrgeiz wie in ihrer Chefin. Am letzten Wochenende hatte sie auf Norderney ein M-Springen gewonnen. Es war ihr bislang größter Erfolg, und seither trug sie die Nase noch ein Stück höher.

»Treiben, verdammt«, hörte Melody ihre Mutter schreien. »Sie bleibt gleich stehen. Los, die Beine ran! Und die Zügel kürzer, mein Gott, wie lange reitest du schon bei mir?«

Vor Anstrengung schoss Daniela das Blut in die Wangen, sie biss die Lippen zusammen, presste die Waden noch enger an den Pferdekörper und erreichte, dass Cherokee noch einen Zahn zulegte, punktgenau absprang und scheinbar schwerelos über das einen Meter dreißig hohe Hindernis schwebte, den Rücken leicht aufgewölbt. Ja, so sollte es aussehen, ein Sprung wie aus dem Lehrbuch.

Verena rang sich ein »Na bitte« ab. Lob war nicht ihre Sache.

Melody wusste, wie viel Kraft es brauchte, um die Stute zu so einem perfekten Sprung zu animieren, Kraft, an der es ihr selbst mangelte. Sie war einfach zu dünn. Kürzlich hatte ihre Lehrerin sie beiseitegenommen und gefragt, ob Melody Probleme hätte und ob sie regelmäßig essen würde. Sie schien zu glauben, dass Melody an Magersucht litt.

Völliger Blödsinn, Melody wusste selbst, dass sie mit ein paar Kilos mehr auf den Rippen hübscher aussehen würde, doch sie kriegte es einfach nicht hin, mehr zu essen. Und so hässlich konnte sie wohl nicht sein, immerhin hatte sich ein Junge wie Thore in sie verliebt, einer, bei dem die Mädchen Schlange standen. Er nannte sie *Kleine Spitzmaus* und meinte das als Kompliment, und er sagte, dass er sie wunderschön finde.

Das konnte Melody überhaupt nicht verstehen. Selbst

konnte sie ihr Spiegelbild nicht leiden. Ihr Gesicht fand sie zu dreieckig, die Lippen zu schmal. Außerdem bereute sie zutiefst, dass sie vor einem halben Jahr ihre langen Haare abgeschnitten hatte, auch wenn Simone, ihre Freundin, meinte, dass die neue Frisur ihr gut stehen würde. *Das kann nicht jeder tragen, Melody. Deine Augen wirken jetzt viel größer.* Mit der neuen Frisur hatte sie eigentlich ihre Mutter schockieren wollen, doch Verena Matzkes einzige Reaktion bestand aus einem spöttischen Grinsen, als wüsste sie bereits, dass Melody sich selbst schon bald am meisten über die kurzen Haare ärgern würde.

Seufzend schaute Melody auf ihre Uhr, sechs Uhr, sie drehte sich zu Michel um, der breitbeinig in der Sandkiste saß, die sein Vater für ihn gebaut hatte, direkt neben der Reithalle, damit Verena tagsüber ein Auge auf ihren Sohn haben konnte. Natürlich schaute sie kein einziges Mal in Michels Richtung. Michel zu beaufsichtigen, zählte zu Melodys Aufgaben, jedenfalls dann, wenn sein Vater nicht anwesend war, so wie jetzt. Wulf befand sich mit seinem Lkw irgendwo in Süddeutschland und würde erst morgen wiederkommen. Melody war froh darüber. Sie hasste es, wenn Wulf zu Hause war, weil er sich keine Mühe gab zu verbergen, wie sehr ihn Melodys Anwesenheit störte.

Ihr Blick wanderte wieder zu ihrem kleinen Bruder. Vorhin hatte Michel auf Flöckchen gesessen, der Ponystute, auf der Melody das Reiten gelernt hatte. Inzwischen war Flöckchen alt und bekam ihr Gnadenbrot auf dem Hof. Ihre einzige Aufgabe bestand darin, Michel an das Reiten zu gewöhnen, und das machte sie bravourös. Mit einer Engelsgeduld schaukelte sie den kleinen Zappelphilipp über den Platz. Sobald er vier war, sollte Michel sein erstes Turnier auf Flöckchen bestreiten, in der Führzügelklasse. Melody wusste jetzt schon, wer das Pony dabei am Strick halten musste, nicht etwa die stolze Mutter, die hatte keine Zeit für so einen Pipifax, sondern sie.

»Hey, wir beide gehen jetzt rein. Baden und Abendessen.«

Michel zog einen Flunsch und hielt ihr die blaue Schaufel entgegen, mit der er gerade Löcher in den Sand buddelte. »Will nicht«, jammerte er, überlegte es sich im nächsten Augenblick aber anders. Er ließ die Schaufel fallen und stürzte sich in Melodys ausgebreitete Arme. Jetzt musste sie ihn dreimal in die Runde schwenken, dann war er zufrieden und sie auch, weil es ihr ein weiteres Mal gelungen war, den Kleinen ohne Gebrüll ins Haus zu kriegen. Ihre Mutter schaffte das nie.

»Nicht so viel Tempo, verdammt!«, kreischte Verena Matzke auf dem Reitplatz. »Wie soll sie da die Wendung schaffen?«

Der Klang ihrer Stimme ließ Michel zusammenzucken. Melody drückte ihn beruhigend an ihren Körper. *Tja, Daniela, man kann es ihr eben nie recht machen,* dachte sie voller Schadenfreude. Im Stillen beglückwünschte sie sich ein weiteres Mal zu ihrer Entscheidung, nicht mehr zu reiten. In dieser Hinsicht konnte ihre Mutter sie wenigstens nicht mehr kleinmachen.

Dafür fielen Verena Matzke tausend andere Dinge ein, um ihre Tochter runterzuputzen. Und wenn sie ausnahmsweise mal nichts zu meckern fand, was selten genug vorkam, regte Wulf sich über die Tochter seiner Freundin auf.

Wulf Leutnant war vor vier Jahren hier eingezogen, und er machte kein Geheimnis daraus, dass er seine Freundin lieber für sich allein gehabt hätte, sie und seinen Sohn Michel. Aber Melody war nun einmal da, Verenas große Tochter, die ihn misstrauisch beäugte und schnippische Antworten gab, sobald er sie ansprach. Neuerdings nannte er sie nur noch Rotzgöre. *Muss die Rotzgöre den ganzen Abend hier sitzen?*

Wozu hat sie ein eigenes Zimmer? Melody war jedes Mal froh, wenn er in seinen roten Kombi stieg und vom Hof rollte.

Das alte Bauernhaus, in dem sie wohnten, lag genau gegenüber von den Stallungen und den beiden Reitplätzen, getrennt durch eine schmale, asphaltierte Straße. Weil es hier so gut wie keinen Verkehr gab, sorgte sich niemand, dass Michel überfahren werden könnte.

Nach dem Tod ihres Mannes hatte Verena Matzke von dem Geld der Lebensversicherung und dem Verkauf des Familienhauses den alten, abgelegenen Hof mit den anliegenden Ländereien gekauft und gegenüber vom Haus eine Reithalle, großzügige Stallungen für fünfzig Pferde und zwei Reitplätze errichten lassen.

In die Renovierung des Wohnhauses hatte sie so gut wie kein Geld gesteckt, das war ihr nicht wichtig, sie hielt sich dort ja nur zum Schlafen auf. Die Pferde waren ihr Leben und nicht ihre Tochter, die damals gerade sieben war und sich abends allein ins Bett bringen musste, weil ihre Mutter bis spätabends im Stall zu tun hatte. Bis heute hatte sich nichts an Verena Matzkes Prioritäten geändert. Auch ihr zweites Kind musste zusehen, wie es ohne ihre Unterstützung groß wurde. Doch anders als Melody hatte Michel eine ältere Schwester, die sich liebevoll um ihn kümmerte.

Drüben im Haus ließ Melody Badewasser für ihren kleinen Bruder ein. Während er fröhlich in der Wanne planschte, holte sie einen Schlafanzug aus seinem Zimmer, das direkt neben ihrem lag. Sie trocknete Michel ab, zog ihn an – nachts brauchte er noch eine Windel – und trug ihn runter in die Küche, wo sie ein Brot mit Leberwurst für ihn schmierte und zuschaute, wie er aß. Anschließend brachte sie ihn ins Bett und las ihm etwas vor. Wie immer schlief er mittendrin ein. Wahrscheinlich kapierte er sowieso nicht, was in den Geschichten passierte, er war ja erst zweieinhalb.

Unten krachte eine Tür ins Schloss. Ihre Mutter lieferte sich einen Wortwechsel mit Daniela, wie üblich viel zu laut. In der Küche wurden Schranktüren und Schubladen aufgerissen und wieder zugeschlagen.

»Melody? Bist du oben? Wir wollen essen, beeil dich!«

Behutsam schloss Melody die Tür von Michels Zimmer. Hunger verspürte sie nicht, wie so oft, trotzdem würde sie was essen. Auf keinen Fall wollte sie noch dünner werden.

Daniela, die zwei Zimmer bewohnte, die der Vorbesitzer nachträglich im Scheunenteil ausgebaut hatte, nahm ihre Mahlzeiten mit der Familie ein. Sie hatte schon den Tisch gedeckt. Nicht so ordentlich wie zu Hause bei ihrer Mutter, das hatte sie sich schnell abgewöhnt, weil hier niemand Wert darauf legte. Der Aufschnitt blieb in der Blisterpackung, das Brot in der Tüte. Jeder nahm sich, was er wollte, und stand auf, wenn er fertig war.

Jetzt, da alle Arbeiten mit den Pferden erledigt waren, widmete sich Verena Matzke voll und ganz ihren Schmerzen. Zurzeit litt sie besonders. Wer sie kannte, sah ihr das an. Sie bewegte sich steif und griff immer wieder dorthin, wo nach dem Unfall drei Wirbel versteift werden mussten, ziemlich tief im Lendenbereich, und sie belastete das linke Bein sehr viel weniger als das rechte. Bevor sie aß, steckte sie zwei Tabletten in den Mund, die sie mit Cola runterspülte.

»Sehr schlimm?«, fragte Daniela, die immer bemüht war, ihrer Chefin zu gefallen, ganz anders als Melody.

Natürlich kriegte sie keine Antwort. Verena Matzke sprach nicht über ihre Schmerzen, sie hasste Schwäche und litt vor sich hin, ohne Worte, aber keineswegs so, dass niemand es mitbekam.

Daniela aß nur wenig, eine halbe Scheibe Brot mit Käse, und selbst das schien sie Überwindung zu kosten. Das ging schon ein paar Tage so.

»Kein Hunger?«, fragte Melody, nur um irgendwas zu sagen.

Daniela zuckte mit den Schultern, warf ihr einen giftigen Blick zu und brummte etwas, das sich wie *Kann dir doch egal sein* anhörte.

Nach dem Essen verschwand Verena Matzke mit dem Glas in der Hand im Wohnzimmer und stellte den Fernsehapparat an. Daniela erklärte, dass sie noch lernen musste, und Melody, die morgen eine Englischarbeit schrieb und ebenfalls noch lernen musste, blieb es überlassen, den Tisch abzudecken, wie üblich. Wütend knallte sie das Geschirr in die Spülmaschine.

Ihre Mutter hatte es sich auf der Couch bequem gemacht. Die Füße, die immer noch in staubigen Reitstiefeletten steckten, lagen auf dem Tisch. Sie goss eine braune Flüssigkeit in ihre Cola. Wenn sie trank, dann Cola mit Weinbrand.

Melody hatte gelernt, solche Tage zu fürchten, Alkohol machte ihre Mutter aggressiv. Gewöhnlich fing es damit an, dass sie über Melodys Vater herzog, *diesen hirnlosen Vollidioten*, der bei dem Unfall am Steuer gesessen und beim Überholen ein entgegenkommendes Auto übersehen hatte. Er war schuld, dass sie jetzt ein Krüppel war, er hatte ihre Karriere ruiniert und ihr ein unmögliches Kind hinterlassen. Melody.

Dein Vater hat mich nie unterstützt oder ernst genommen! Und du bist genau wie er, hieß es irgendwann. An diesem Punkt empfahl es sich, das Weite zu suchen. Wenn Verena Matzke sich in Rage geredet hatte, konnte sie sogar handgreiflich werden, aber das war lange nicht mehr vorgekommen. Einmal, zwei Jahre war das jetzt her, hatte ihre Mutter mitten in der Nacht vor ihrem Bett gestanden und mit Fäusten auf sie eingeschlagen. Seither schloss Melody nachts ihre Zimmertür ab.

Bei dem schrecklichen Unfall war Melody sechs Jahre alt, sie saß auf dem Rücksitz, und ihre Eltern zankten sich lautstark über Geld. Ihre Mutter wollte ein weiteres Springpferd kaufen, ihr Vater war nicht damit einverstanden.

Wenn sie sich daran erinnerte, kam es ihr immer so vor, als wäre ihr Vater plötzlich nach links ausgeschert und in eine Wand aus Licht gebrettert. Vielleicht war es Absicht gewesen, vielleicht wollte er ihrer aller Leben beenden, den ewigen Streit, sie wusste es nicht und würde es auch nie erfahren. Bisher hatte sie keiner Menschenseele von ihrem Verdacht erzählt. Sie wollte nicht, dass jemand schlecht über ihren Vater redete, den sie hunderttausendmal mehr geliebt hatte als ihre ständig unzufriedene Mutter.

KAPITEL 7

Irgendein Idiot hatte mal wieder Chaos im Zeitschriftenregal hinterlassen. Leise vor sich hin schimpfend räumte Carla Leutnant die Illustrierten ordentlich und nach Themen sortiert wieder ein. Oben die Blätter für die Frauen und ein paar Handarbeitshefte – da war die Nachfrage nicht sonderlich groß –, in der Mitte das, was Männer mochten, also Autozeitschriften und die Blättchen, wo einem die nackten Brüste ins Gesicht sprangen, unten die Zeitschriften für Gärtner, Köche und Computerfreaks. Carla fand es ungezogen, ein Käseblatt für eins fuffzig zu kaufen und dabei so ein Durcheinander zu verursachen. So was machte genau die Sorte Menschen, die im Hotel abstiegen und morgens verdreckte Handtücher hinterließen, im Bett Spermaflecken oder benutzte Kondome, und die alles einsteckten, was sie ergattern konnten, jeden Kugelschreiber, jedes Fläschchen Shampoo, sogar die billigen Duschhauben aus Plastik, die sowieso kein Mensch benutzte. Hauptsache umsonst. Als junges Mädchen hatte Carla als Zimmermädchen auf Norderney gearbeitet und diese Spezies hassen gelernt.

Schräg hinter ihr fischte Wulf, ihr Ehemann, sich eine BILD-Zeitung aus dem Ständer neben der Kasse. Wulf und Carla Leutnant gehörte eine der letzten freien Tankstellen in der Gegend. Meist setzten sie den Spritpreis einen Cent niedriger an als die große ARAL mitten im Ort. Trotzdem rannten die Kunden ihnen keineswegs die Bude ein. Hier gab es weder frische Brötchen noch Kaffee zum Mitnehmen oder Hotdogs, wie neuerdings bei der ARAL, und mit Benzin ließ sich kaum noch was verdienen. Die Waschanlage und die kleinen Reparaturen, die Wulf erledigte, brachten weitaus mehr Geld. Immerhin kamen sie über die Runden, und Wulf war nicht mehr mit dem Laster unterwegs wie früher. Sie waren zusammen, den ganzen Tag, und die Kinder konnten jederzeit zu ihnen kommen.

Carla war zufrieden mit ihrem Leben. Wenn da nur nicht die graue Zeit wäre, diese schlimmen Tage im Jahr, an denen Wulf sich in der Vergangenheit verlor. Und gerade jetzt war es wieder so weit.

»Hast du die Tabletten raufgesetzt?«, fragte sie leise.

Er nickte und klemmte die BILD unter den Arm. »Denk dran, keine Reparaturen in der nächsten Woche.«

Gerade als Wulf Richtung Werkstatt verschwinden wollte, kam eine junge Frau herein, die Carla noch nie zuvor gesehen hatte. Blond war sie, schlank und mindestens einen halben Kopf größer als Carla. Ihre Jeans wirkten alt und verwaschen, aber möglicherweise war das so gewollt, auf jeden Fall saßen sie wie angegossen, und ihr Shirt war am Ausschnitt mit Spitze verziert.

Bei ihrem Anblick lief Wulf dunkelrot an. »Ich seh ja wohl nicht recht!« Drohend baute er sich vor der Fremden auf.

Die junge Frau riss erschrocken die Augen auf. Ganz offensichtlich kannten die beiden sich, und sie hatte nicht damit gerechnet, ihn hier zu treffen. »Wulf... was machst du denn hier?«

»Das wollte ich dich gerade fragen, Melody.«

Melody, der Name explodierte schmerzhaft in Carlas Ohren. Das war Melody? Wen immer sie sich auch unter dem Namen vorgestellt hatte, bestimmt nicht so eine hübsche junge Frau, die aussah, als hätte das Leben es gut mit ihr gemeint, und die jetzt stammelte, dass sie wieder in Martinsfehn wohnen würde, im Haus der ehemaligen Küsterin. »Ich wusste nicht... ich wollte nur tanken.«

»Zum ersten und letzten Mal«, donnerte Wulf. »Das hier ist meine Tankstelle, und du bist hier nicht willkommen. Du kannst jetzt bezahlen, meine Frau macht das, und danach will ich dich nie wiedersehen, ist das klar?«

»Ja, aber ich...«

»Halt die Klappe, Melody, und leg das Geld auf den Tisch!«

Die schlanken Hände mit den unlackierten Nägeln zitterten ein wenig, als sie einen Zwanzigeuroschein aus einem bunt bestickten Portemonnaie zog, und Carlas Hände zitterten auch, allerdings sehr viel stärker, als sie das Geld nahm und in die Kasse einsortierte. »Brauchen Sie eine Quittung?«

»Nein.« Melody drehte sich auf dem Absatz um, rannte raus zu ihrem Wagen, stieg ein, knallte die Tür zu und gab viel zu viel Gas beim Anfahren.

Auf Carlas Oberarmen hatte sich Gänsehaut gebildet. Die kalte Jahreszeit war angebrochen, mitten im Hochsommer.

KAPITEL 8

Vielleicht hätte sie doch eine Hose anziehen sollen. Nach drei Wochen hochsommerlicher Hitze zeigten Julia Bremers Beine nicht den leisesten Hauch von Farbe, sie waren käsebleich, und der weiße Baumwollrock betonte das höchst unvorteilhaft.

Ihre Hand wollte gerade Richtung Reißverschluss wandern, um den Rock wieder auszuziehen und eine Jeans aus dem Schrank zu holen, als Thore ungeduldig die Treppe hinaufrief: »Komm endlich, wir sind schon viel zu spät dran.«

Es blieb also bei dem Rock und den blassen Winterbeinen. Im Grunde spielte es auch gar keine Rolle, was sie anzog, Simone konnte sie sowieso nicht übertrumpfen, niemand schaffte das. Simone feierte heute ihren Geburtstag, und sie würde die Schönste sein, wie immer. Genauso schlank wie mit sechzehn, das lange, glatte, goldbraun getönte Haar neuerdings von rötlichen Strähnen durchzogen, so dezent, dass es ganz natürlich wirkte, und garantiert wieder so extravagant angezogen, dass alle Stielaugen kriegten. Julia wusste nicht mal, wo man so ausgefallene Kleidung kaufen konnte, und sie war auch nicht mit der richtigen Figur gesegnet, um sie zu tragen.

Unten klapperte Thore ungeduldig mit dem Haustürschlüssel. Bei ihrem Anblick sagte er: »Los jetzt«, und nicht etwa: *Du siehst hübsch aus* oder *Was wollen wir da überhaupt? Lass uns hierbleiben und den Abend zu zweit genießen.*

Wie immer hatte er sich für Jeans und ein weißes Shirt entschieden, ganz schlicht, aber so mochte sie ihn auch am liebsten. Ein attraktiver Mann wie Thore musste sich nicht in Schale werfen, um Eindruck zu schinden. Obwohl er den ganzen Tag vor irgendwelchen PC-Netzwerken hockte, zeigte seine Haut eine deutliche Bräunung, wahrscheinlich weil er jeden Tag vor der Arbeit ein paar Kilometer joggte, sogar im Winter. Wie so oft dachte sie bei seinem Anblick, dass sie so einen schönen Mann gar nicht verdiente.

»Nimm eine Jacke mit«, forderte Thore sie auf. »Es könnte kühl werden auf dem Rückweg.«

Für sich selbst packte er nichts zum Überziehen ein. Thore fror grundsätzlich nicht. *Ich hab genug Hitze*, sagte er gern und dass sein Feuer für zwei reichen würde. Irgendwie schien das die genaue Beschreibung ihrer Beziehung zu sein, Thore hatte Energie für beide, und sie folgte ihm still.

Sie fuhren mit dem Fahrrad, nicht nur, weil das schöne Wetter dazu einlud, sondern auch, damit sie beide Alkohol trinken konnten. Thore bemühte sich, langsam zu fahren, sodass Julia, die ihr Rad schon ewig nicht mehr aus der Garage geholt hatte, mitkam, trotzdem war sie ziemlich aus der Puste, als sie nach zehn Minuten abstieg. *Ich sollte mich wirklich mehr bewegen*, dachte sie mit schlechtem Gewissen, wusste aber jetzt schon, dass sie diesen hehren Vorsatz nicht in die Tat umsetzen würde. Ein gutes Buch, ihre Couch, ein Becher Tee, im Winter eine kuschlige Wolldecke, so sah ihre Vorstellung von einem gemütlichen Abend aus.

Simone bewohnte ein kleines hellgelbes Haus an der Hauptstraße, im Erdgeschoss lag ihr Fotoladen mit zwei Schaufenstern und einer Tür in der Mitte, dahinter befand sich das sogenannte Atelier, in dem sie ihre Aufnahmen anfertigte. Das obere Geschoss diente ihr als Wohnung.

Sie schoben die Räder hinter das Haus. Die Geburtstagsfeier sollte im Garten stattfinden, wie jedes Jahr. Simone war nicht nur wunderschön, sie hatte auch immer Glück mit dem Wetter.

Laute Musik brandete ihnen entgegen, Michael Jacksons

Earth Song. Früher mal hatte Julia für Michael Jackson geschwärmt, und sehr zum Leidwesen ihrer Mutter hatte sie ihr ganzes Zimmer mit seinen Postern tapeziert. Mein Gott, wie lange war das jetzt her! Damals waren sie unbedarfte Teenager, und das Leben mit all seinen Möglichkeiten hatte vor ihnen gelegen wie ein Katalog, in dem man seine Wünsche nur anzukreuzen brauchte. Bis jene schreckliche Nacht alles veränderte. Seither lag über jeder ihrer Begegnungen ein Schatten, nicht mehr ganz so düster wie früher, aber immer noch spürbar.

Und doch wäre es Julia nie in den Sinn gekommen, den Kontakt zu Simone einzustellen. Sie waren so etwas wie die Überlebenden einer Katastrophe, und das würde sie auf ewig aneinanderketten. Dabei mochte sie Simone nicht mal sonderlich.

In den beiden Schaufenstern des Geschäftes stellte Simone die üblichen Bilder aus, Hochzeiten, Konfirmationen, Familienaufnahmen, genau wie früher, als der Laden noch nicht ihr gehörte. Im Gegensatz zu ihrem bodenständigen Chef, von dem sie alles übernommen hatte, betrachtete Simone sich allerdings als Künstlerin, und sie zelebrierte diesen Status in jeglicher Beziehung.

Selbstredend war sie nicht so bürgerlich eingerichtet wie Normalsterbliche, Julia eingeschlossen. Bei Simone musste alles, wirklich alles, steril weiß sein, sogar der Computer und die Stereoanlage. Thore hatte mal gemeint, dass Geräte mit weißen Gehäusen besonders teuer wären, weil sie nicht dem Zeitgeist entsprachen und dass es ihm im Traum nicht einfallen würde, so viel unnötiges Geld für einen Spleen auszugeben.

Doch Julia war überzeugt, dass es sich bei Simones Weißtick keinesfalls um simple Spinnerei handelte. Das Weiß erfüllte einen wichtigen Zweck, es brachte Simones Fotografien perfekt zur Geltung. An allen Wänden ihrer Wohnung hingen großflächige Fotos, schlicht gerahmt und dezent beleuchtet, die den Räumen das kühle Flair einer kleinen Kunstausstellung verliehen. In erster Linie handelte es sich um Naturaufnahmen, die sich in Julias Augen nicht großartig von denen unterschieden, die man überall auf Kalendern und Postern zu sehen kriegte.

Darüber hinaus präsentierte Simone ihren Besuchern Selbstporträts. Simone, meist leicht bekleidet, von vorn, von hinten, von der Seite, vor dem Fenster, am Strand, auf einer roten Liege. Auf einem der Bilder war sie vollkommen nackt, und nur ein geschickt angewinkeltes Bein verhinderte, dass man auch das Letzte sehen konnte. Ihre perfekt geformten Brüste blieben allerdings unbedeckt, genau wie der flache Bauch. Bei dem Anblick der Aktaufnahme spürte Julia immer eine Mischung aus Scham und Neid.

Was für ein Mensch musste man sein, um so zu leben, in einer Wohnung voller perfekt gestalteter Selbstbildnisse. Eitel und selbstverliebt, etwas Positiveres fiel Julia dazu nicht ein. Nein, sie betrachtete Simone nicht als echte Freundin, und trotzdem erschien sie seit zwanzig Jahren brav auf jeder Geburtstagsfeier und lud Simone jedes Jahr zu ihrem eigenen Geburtstag ein und ärgerte sich jedes Mal über das Geschenk, eine weitere Landschaftsaufnahme hinter Glas, für die es keinen Platz in Julias Haus gab.

Julia verschenkte am liebsten Badeschaum und Bodylotion der gehobenen Preisklasse, nett eingepackt. Heute kam ihr zum ersten Mal der Gedanke, dass Simone sich darüber genauso wenig freuen könnte wie Julia über eine weitere überflüssige Fotografie. Sie schämte sich beinahe, ihr Geschenk zu überreichen, das ihr plötzlich völlig unpassend erschien.

Anlässlich der Feier hatte Simone sich in ein merkwürdiges Gewand gehüllt, eine Art Kaftan in schreienden Orangetönen, so kurz geschnitten, dass er kaum ihren Hintern bedeckte. Sie trug flache Sandalen, die nur aus schmalen, gekreuzten Riemchen zu bestehen schienen, und hatte mehrere Zehen mit breiten Silberringen geschmückt. Selbstverständlich schimmerten ihre nackten Beine in einem Bronzeton, der attraktiv wirkte und nicht übertrieben oder gar billig.

Ohne dass sie es wollte, landeten Julias Blicke immer wieder auf Simones Füßen mit den gelb lackierten Nägeln, und sie fragte sich, ob Simone die Ringe von den Zehen zog, bevor sie schlafen ging. Dann stellte sie sich ihre eigenen Füße mit Silberringen vor und musste zugeben, dass dieser exotische Schmuck an ihr unmöglich aussehen würde. Ihre Zehen waren nicht so wohlgeformt, sie waren kurz und dick und wurden zum Nagel hin immer breiter.

»Da seid ihr ja endlich!« Simone fiel zuerst Julia, dann Thore um den Hals, und es war bestimmt keine Einbildung, dass sie Thore sehr viel länger umarmte und sich dabei gegen ihn drückte. »Schön, dass ihr gekommen seid. Ihr werdet staunen! Ich habe nämlich einen Überraschungsgast eingeladen.«

Mit der Eleganz einer Tänzerin breitete sie ihre Arme aus, deutete lächelnd einen Knicks an und zeigte mit beiden Händen auf eine blonde, schlanke Frau, die mit dem Rücken zu ihnen stand und sich jetzt langsam umdrehte.

»Melody ist wieder da. Sie hat das Haus der Küsterin gekauft.«

Melody. Mein Gott, Melody war hier, und Simone hatte es nicht für nötig befunden, Julia darauf vorzubereiten. Wahrscheinlich weil sie wusste, dass Julia unter diesen Umständen gar nicht gekommen wäre. Das war so typisch für eine Egoistin wie Simone, keinen Gedanken daran zu verschwenden, was ihre verrückten Ideen wohl bei anderen Menschen für Gefühle auslösten. Sie musste sich beherrschen, um Simone nicht anzubrüllen, zu fragen, was sie sich eigentlich einbildete, ob es ihr eine besondere Genugtuung verschaffte, andere zu demütigen. Doch sie blieb still. Niemand brauchte zu wissen, welche Stürme hinter ihrer Stirn tobten.

Melody war älter geworden, schaute nicht mehr so dünn und ausgezehrt aus wie damals, und sie hatte ihr Haar wieder wachsen lassen. Dennoch hätte Julia sie überall wiedererkannt, weil sie aussah wie das Ebenbild ihrer Mutter. Einzig das Herrische, das Verena Matzke allein schon durch ihre Körperhaltung ausgestrahlt hatte, fehlte bei ihrer Tochter. Melody wirkte so sanft wie früher.

Julia konnte spüren, wie Thore, der neben ihr stand, erstarrte und die Luft anhielt. Feige, wie sie war, wagte sie nicht, ihn jetzt anzuschauen, und ihr wurde schmerzlich bewusst, dass sie lieber gar nicht wissen wollte, auf welche Weise ihr Mann Melody in diesem Moment ansah, schockiert oder voller Sehnsucht.

Seit sieben Jahren waren sie verheiratet, glücklich verheiratet. Sie teilten ihr Leben, es gab nichts, worüber sie nicht reden konnten. Nur über diese Nacht sprachen sie nie, auch nicht über Melody, die nach dem Feuer aus ihrem Leben verschwunden war, und schon gar nicht darüber, wie lange Thore gebraucht hatte, um über Melody hinwegzukommen. Er und Julia konnten nur ein Paar werden, weil es Melody nicht mehr gab.

Und jetzt war sie zurückgekommen, und sie hatte vor zu bleiben. Sonst hätte sie wohl kaum ein Haus gekauft.

Melody. Viele Leute betrachteten sie immer noch als Brandstifterin, als Mörderin ihrer Mutter. Nur weil man ihr nichts nachweisen konnte, musste sie schließlich nicht unschuldig sein. Bis heute hielten sich hartnäckig die

Gerüchte, dass die Polizei damals etwas verschlampt und ihr Versagen anschließend unter den Teppich gekehrt hatte und Melody nur deshalb davongekommen war.

An Melodys Stelle wäre Julia heilfroh, dass alles so gut ausgegangen war, und sie wäre ganz bestimmt nie mehr zurückgekommen. Weshalb tat Melody sich das freiwillig an? Was bezweckte sie mit ihrer Rückkehr? Hier im Dorf würde niemand sie willkommen heißen, höchstens Simone, die jetzt ihren Arm unter den von Melody schob und dabei strahlte, als hätte sie ganz unerwartet einen Goldschatz entdeckt.

Doch damit war es nicht genug, Simone hatte noch mehr zu sagen. »Melody ist nicht allein gekommen. Der süße Floh dort ist ihr Sohn. Linus.«

Alle Blicke hefteten sich auf einen kleinen Jungen mit hellblonden Locken, der etwas abseits auf einer Hollywoodschaukel saß und auf ein blaues Gerät starrte, wahrscheinlich einen Lerncomputer oder etwas in der Art. Er hatte Kopfhörer aufgesetzt und bekam deshalb nicht mit, dass er plötzlich im Mittelpunkt des Interesses stand.

Was für ein niedliches Kind und so lieb, dachte Julia, und sie meinte eine Ähnlichkeit mit Michel zu erkennen, Melodys kleinem Bruder, zumindest zeigte sein Haar dasselbe leuchtende Flachsblond. Wer wohl Linus' Vater war? Hoffentlich war er auch anwesend. Aber hätte Simone dann nicht gesagt: *Melody ist nicht allein gekommen, sie hat ihren Mann und ihren Sohn mitgebracht?*

Unauffällig schaute Julia sich um. Sie kannte alle anwesenden Männer. Melody war ohne männlichen Begleiter erschienen.

Gestern war Thore zwei Stunden später nach Hause gekommen. Angeblich musste er länger arbeiten, das kam schon mal vor, und sie hatte sich nichts dabei gedacht. Bis gerade eben. Wusste er schon von Melody, hatten die beiden sich bereits heimlich getroffen?

»Hättest du erwartet, dass wir Melody noch mal wiedersehen?«, flüsterte jemand in ihr Ohr.

Als sie aufschaute, stand da Sven. Seit wann lud Simone Sven Heidkamp zu ihrem Geburtstag ein? Komisch. Alles war heute Abend komisch, völlig anders als in den Jahren zuvor. Als hätte jemand mit Wucht eine Schublade aufgezogen und dabei den ordentlich sortierten Inhalt wild durcheinandergewürfelt.

»Bedient euch, Leute!« Simone deutete auf einen langen Tisch, auf dem das übliche Büfett aufgebaut war, ein Berg kalter Frikadellen, die immer noch ihre Mutter für sie briet, eine Platte mit Bockwürstchen, die kalt wurden, wenn man sie nicht schnell genug aß, dazu Baguette, Kräuterbutter, die üblichen Salate, gekauft natürlich, und Schokoladenmousse aus der Tüte.

Kochen zählte nicht zu den Dingen, mit denen Simone zu glänzen vermochte. Anders als Julia, die schon Wochen vor jeder Einladung ihre Rezeptbücher wälzte und am Tag der Feier stundenlang in der Küche stand, um ihre Gäste mit kulinarischen Neuigkeiten zu beeindrucken. Dafür bot Simone eine großzügige Auswahl an Getränken an, zwei Sorten Flaschenbier, darunter die Bügelflaschen einer beliebten Privatbrauerei aus Bagband, Rotwein aus Frankreich und Spanien, außerdem – Julia traute kaum ihren Augen – Sangria, so wie damals, und sogar eine Flasche Bacardi.

Offenbar wollte Simone zu Melodys Ehren eine Art Revivalfete steigen lassen, und Julia hätte gern gewusst, was sie mit dieser Inszenierung bezweckte. Simone strengte sich nicht grundlos an. Sie hatte immer einen Plan.

Verwirrt schaute Julia sich ein weiteres Mal um und entdeckte einen Großteil der Leute, die damals an der Kieskuhle gefeiert hatten. Wie makaber! Als gäbe es einen Anlass, diesen Tag noch einmal aufleben zu lassen. Ein paar Leute, die damals nicht dabei waren, befanden sich auch unter den Gästen, Henning zum Beispiel, ihr Schwager. Thores älterer Bruder war seit drei Jahren geschieden und drohte seither zu vereinsamen. Außerdem entdeckte Julia das Paar, das den Pferdehof gepachtet hatte, der früher Melodys Mutter gehörte. Wie passten die hier rein? Sie hatten doch nichts mit der Katastrophennacht zu tun.

Vielleicht waren sie mit Simone befreundet. Was wusste sie denn schon über Simone? Ihre Leben berührten sich kaum noch, einzig die Geburtstagseinladungen bildeten ein loses Band, das verhinderte, dass man sich endgültig aus den Augen verlor.

Jetzt hob Simone ihr Glas, in dem sich eine dunkelrote Flüssigkeit befand, vermutlich Sangria, ihr absolutes Lieblingsgetränk im Sommer 1997.

»Ihr fragt euch wohl, was wieder mit der verrückten Simone los ist, warum sie euch alle eingeladen hat. Ganz einfach!« Mit einem selbstverliebten Lächeln drehte sie sich einmal um ihre Achse, ohne dabei etwas von der Sangria zu verschütten. »Ich habe beschlossen, ein Buch zu schreiben. Ein Buch über die Feuernacht. Wundert euch also nicht, wenn ich demnächst bei euch auftauche und Fragen stelle.«

»Darfst du das überhaupt?«, wollte jemand wissen.

»Warum denn nicht? Keine Sorge, ich habe nicht vor, eure Namen zu nennen. Ich werde einen Thriller daraus machen und einige Fakten verfälschen. Aber hinterher werdet ihr wissen, wer das Feuer gelegt hat.« Das folgende Lachen klang eine Spur zu schrill. »Melody war es jedenfalls nicht!«, rief sie und wiederholte den Satz, diesmal ziemlich herrisch, um das Gemurmel zu übertönen, das eingesetzt hatte. »Ich habe nämlich schon mit meiner Recherche begonnen und etwas Sensationelles herausgefunden!«

Melody, die ganz allein in der Mitte stand, wie jemand, der gleich etwas vortragen musste und sich davor fürchtete, riss erschrocken die Augen auf, sagte aber nichts. Simones Worte hatten dafür gesorgt, dass alle sie anstarrten. Immerhin war hier die Rede von ihrer Geschichte, ihrer persönlichen Katastrophe, und Julia fragte sich, ob sie von dem Buch wusste.

»Mein erster Weg hat zu Frau Finke geführt, Danielas Mutter!«, verkündete Simone und erreichte damit, dass sie wieder im Mittelpunkt des Interesses stand. »Ihr erinnert euch? Daniela, das große Reittalent. Ihre Mutter hat mir erzählt, dass Daniela schwanger war. Habt ihr das gewusst? Ich nicht!« Hastig trank sie ein paar Schlucke, dann rief sie: »Das könnte alles ändern, oder? Was, wenn es bei dem Feuer gar nicht um Melodys Familie ging, sondern um Daniela? Dann wäre unsere Melody endlich rehabilitiert!«

Thore, der neben Julia stand, gab ein unterdrücktes Stöhnen von sich, und als sie ihn anschaute, war alle Farbe aus seinem Gesicht gewichen. Leichenblass sah er plötzlich aus.

Erneut wurde getuschelt, und alle Blicke richteten sich auf Sven, der wie versteinert an der Hauswand lehnte, in der Hand eine Zigarette und eine Flasche Bier, die er fest umklammert hielt.

»Na, Sven«, flötete Simone. »Hast du uns was zu sagen?«

»Ja«, stieß er hervor. »Dass du völlig abgedreht bist, Simone Jakobi. Was soll der ganze Scheiß, diese komische Feier... hast du mich extra für diesen Moment eingeladen?« Er öffnete die Hand und ließ die Bierflasche auf den Steinplatten zerspringen. »Falls du andeuten willst, dass ich der Vater von Danielas Baby war und deshalb den Hof angezündet habe, muss ich dich enttäuschen. Wir waren gar nicht mehr zusammen. Daniela hatte längst einen anderen, keine Ahnung, wen.«

Irgendwer schnappte nach Luft, eine der Frauen kicherte, ansonsten blieb es still. Julia wäre am liebsten weggelaufen, doch sie konnte sich nicht von der Stelle rühren.

Als Nächstes schaute Sven in die Runde, ganz ruhig, wie einer, der nichts zu verbergen hatte, dann wurde er laut: »Vielleicht ist er ja hier, Danielas geheimnisvoller Lover, und klärt uns jetzt auf.« Als keiner reagierte, zischte er: »Und wenn du schon fragst, wer hier was zu beichten hat: Wie wäre es, wenn du bei dir selbst anfängst? Du warst doch diejenige, die damals zur Polizei gerannt ist und behauptet hat, dass Melody ihre Mutter umbringen wollte. Und jetzt schmeißt du scheinheilig eine Party für sie, als wäre sie deine allerbeste Freundin!«

Seine Worte riefen bei Simone nur ein kühles Lächeln hervor. »Das ist nicht wahr. Melody war meine Freundin, das wisst ihr alle. Nie im Leben hab ich bei der Polizei ausgesagt, dass sie ihre Mutter umbringen wollte. Das hab ich doch gar nicht ernst genommen.« Mit einer affektierten Geste warf sie ihr Haar zurück. »Könnt ihr euch nicht mehr an diesen Lackaffen von der Kripo erinnern? Kein Wort mehr als unbedingt nötig hab ich mit dem geredet. Der war doch echt zum Kotzen, oder?« Beifall heischend schaute sie sich um, doch die erhoffte Reaktion blieb aus. »Aber wenn wir schon mal davon reden…« Ihr Kopf schoss herum, und ihre Augen funkelten Julia an. »Es gibt ja Leute, die von Melodys Verschwinden sogar profitiert haben.«

Ehe jemand etwas sagen konnte, knurrte Sven: »Ich hau ab, bevor sich alle gegenseitig zerfleischen. Viel Spaß noch!«

Auch Julia wäre jetzt am liebsten davongelaufen. Unsicher schaute sie Thore an. Er schien sie gar nicht wahrzunehmen, seine ganze Aufmerksamkeit gehörte Melody, die immer noch reglos in der Mitte stand und die ihr beinahe leidgetan hätte, wären da nicht die neugierigen Blicke der anderen gewesen, die unangenehm auf Julias Haut prickelten. Die Jugendliebe ihres Mannes war zurückgekehrt, Thore starrte sie an wie hypnotisiert, und alle wollten wissen, wie Julia darauf reagierte.

In so einem Fall schien Angriff die beste Verteidigung zu sein. Nach kurzem Zögern marschierte Julia auf Melody zu.

»Hallo! Das ist ja wirklich eine Überraschung! Was willst du denn hier in Martinsfehn?« Gott, klang das unfreundlich, aber sie konnte nicht anders. Wenn sie die Macht hätte, würde sie jetzt mit den Fingern schnipsen und Melody verschwinden lassen, diesmal endgültig.

»Wie Simone schon gesagt hat: Ich habe ein Haus gekauft«, sagte Melody, und Julia fand, dass es ziemlich schnippisch klang. »Für mich und meinen Sohn.«

Also gab es keinen Mann, deutlicher hätte sie es kaum ausdrücken können. Julia spürte, dass ihr Mund trocken wurde.

Langsam hob Melody die Hand und strich ihr Haar aus der Stirn, das lang und glatt den Rücken herunterfiel. »Ich hab gesehen, dass du mit Thore gekommen bist.« Es klang wie eine Frage.

»Ja. Wir sind verheiratet.« Mehr würde sie nicht dazu sagen, Thore ging Melody nichts mehr an.

»Und was macht ihr so?«

»Thore arbeitet im IT-Bereich und hat eine Firma gegründet, ich bin an der Grundschule hier in Martinsfehn beschäftigt. Wir haben ein Haus gebaut. Und du?«

»Ich bin Erzieherin und suche einen Job. Wenn du was hörst …«

Mehr redeten sie nicht. Als Melody sich endlich umdrehte und auf den Weg zu ihrem Sohn machte, der immer noch auf der Hollywoodschaukel saß und auf das blaue Gerät auf seinem Schoß starrte, waren Julias Hände so nass geschwitzt, dass sie sie an ihrem Rock abwischen musste. Ihr Herz raste, und sie hatte das Gefühl, dass alle sie schadenfroh angrinsten.

Melody nahm den Kleinen auf den Arm, er schien sehr müde zu sein, jedenfalls gähnte er herzhaft und schlang seine Arme um ihren Nacken. Die beiden bildeten eine perfekte Einheit, eine liebende Mutter und ihr Kind, das sich vertrauensvoll an sie schmiegt. Melody wechselte ein paar Worte mit Simone, die nickte und gleich darauf mit ihr im Haus verschwand. Wenige Minuten später kam Simone allein zurück und schenkte sich ein weiteres Glas Sangria ein.

Bestimmt hatte Melody beschlossen, nach Hause zu fahren, weil der Kleine ins Bett gehörte, und Simone hatte sie zur Tür gebracht. Der Albtraum war vorüber. Sie würde Thore bitten, ihr ein Bier zu besorgen.

Obwohl Melody fort war, blieb die Stimmung seltsam angespannt, als würden alle noch auf den großen Knall warten. Julia war überzeugt, dass keiner der Gäste diesen Abend so schnell vergessen würde. Sie entdeckte Thore im hinteren Teil des Gartens, wo er neben Enno auf einer Bank saß. Vermutlich redeten die beiden über Computerprobleme. Überall, wo Thore auftauchte, sprachen ihn nach kurzer Zeit Leute an, ob er ihnen einen Tipp geben könnte. *Mein PC ist so langsam geworden, mein Windows läuft nicht richtig…* Solche Gespräche dauerten meist ewig, da musste sie wohl selbst sehen, wie sie zu einem Bier kam.

Fünf Minuten später, Julia war es gerade gelungen, sich zu entspannen, kehrte Melody ohne das Kind zurück. Offenbar hatte sie ihn oben in Simones Wohnung schlafen gelegt. Neugierig ließ sie ihren Blick über die Gäste wandern, dann schlenderte sie zu dem Tisch mit den Getränken und schenkte sich ein halbes Glas Sangria ein, trank aber nicht davon, sondern hielt es nur in der Hand – wie eine Berechtigung, hier sein zu dürfen. Sie blieb vor dem Tisch mit dem Büfett stehen und naschte von den Frikadellen. Jemand stellte sich zu ihr, Carmen, und die beiden sprachen leise miteinander.

Anders als in den Jahren zuvor machte keiner Anstalten, die Musik lauter zu drehen, um zu tanzen, und Julia konnte auch niemanden entdecken, der zu viel trank. Keiner der Anwesenden wollte die Kontrolle über sich verlieren.

Irgendwann schaffte sie es, allein mit Simone zu reden. »Darf ich fragen, was das vorhin sollte? Wieso hast du behauptet, dass ich von Melodys Abwesenheit profitiert habe?«

»Hast du doch oder etwa nicht?«

Für einen Moment verschlug es Julia die Sprache. Sie musste sich beherrschen, um Simone nicht in das spöttisch grinsende Gesicht zu schlagen. Was hatte diese Frau eigentlich für ein Problem? Warum fand sie Gefallen daran, andere ständig vor den Kopf zu stoßen? Sie schloss die Augen und stellte sich vor, Simone wäre eine ihrer Schülerinnen, eine kleine freche Kröte, die nach Aufmerksamkeit gierte. Nein, sie würde sich nicht provozieren lassen.

»Noch schlimmer finde ich deine Bemerkung über Sven. Du kannst ihn doch nicht einfach vor allen Leuten beschuldigen!«

Als Antwort lachte Simone kreischend auf, anscheinend hatte sie weitaus mehr getrunken, als man ihr anmerkte.

Doch Julia wollte sich nicht mit ihrem Gelächter zufriedengeben. »Vielleicht solltest du erst mal über die Folgen nachdenken, bevor du andere Leute angreifst. Manchmal finde ich dich echt zum Kotzen.«

»Wow, unsere Julia ist richtig böse! Jetzt sag bloß nicht, dass du auch nur ein Wort von dem glaubst, was Sven da von sich gegeben hat. Er ist der Vater, wer denn sonst? Und ich möchte nicht beschwören, dass er wirklich den ganzen Abend an der Kieskuhle war. Eine Zeit lang hab ich ihn überall gesucht, dann stand er plötzlich am Lagerfeuer. Weiß der Teufel, was er inzwischen getrieben hat.«

»Ich könnte auch nicht beschwören, dass du die ganze Zeit anwesend warst. Vielleicht bist du ja zwischendurch mal abgehauen. Oder Melody.« Julia wusste selbst nicht, warum sie das jetzt sagen musste. Vielleicht, weil sie so wütend war. Das hier sollte ein schöner Abend werden, aber jetzt war alles verdorben. Simone hatte Publikum gebraucht für ihr großes Drama, mehr nicht, und sie alle waren so dumm gewesen, ihrer Einladung zu folgen.

Im Augenwinkel nahm Julia wahr, dass die ersten Gäste sich bereits verabschiedeten, und sie beschloss, ebenfalls so bald wie möglich zu gehen. »Warum willst du überhaupt ein Buch schreiben? Was soll das bringen?«

»Ganz einfach. Ich bin mir ziemlich sicher, dass ich weiß, was damals passiert ist. Mir fehlen nur noch ein oder zwei Fakten. Und ich finde, die Wahrheit gehört ans Tageslicht.« Plötzlich wirkte Simone stocknüchtern. »Du wirst sehen, das wird der Beginn einer großen Karriere. *Haben Sie schon diesen neuen Roman gelesen? Die Autorin heißt Simone Jakobi. Sensationell!*« Sie beugte sich vor und flüsterte rau: »Ich brauche einfach noch mal einen neuen Kick im Leben. Diese ewigen Familienfotos öden mich an! Bitte lächeln, die Hand ein wenig höher, den Kopf etwas anheben… nein, das war zu viel.« Sie stieß ein verächtliches Schnauben aus. »Das reicht mir nicht. Ich will jemand sein, den die Leute kennen. Ja. Vielleicht bin ich eitel«, sagte sie patzig und warf dabei ihr Haar nach hinten. »Vielleicht brauche ich mehr

Bewunderung als andere, ist doch kein Verbrechen. Nicht jeder Mensch ist bereit, den vorgezeichneten Lebensweg zu gehen, für manche ist so ein Trampelpfad einfach zu langweilig.«

Julia steckte den Seitenhieb ein, ohne mit der Wimper zu zucken. Die Genugtuung, einen weiteren Treffer gelandet zu haben, gönnte sie Simone nicht. Ja, ihre Eltern waren beide Lehrer, und sie hatte sich ebenfalls für ein Lehramtsstudium entschieden, so wie es alle von ihr erwarteten. Und sie war glücklich mit ihrer Entscheidung, so glücklich, dass sie es nicht nötig hatte, andere herunterzumachen.

Den Hinweis, dass es nicht reichte, einen Roman zu schreiben, um berühmt zu werden, sparte sie sich. Wahrscheinlich würde Simone das Buch ohnehin nicht zu Ende bringen, so wie die Chronik von Martinsfehn, an der sie angeblich seit fünf oder sechs Jahren arbeitete, die aber noch niemand zu Gesicht bekommen hatte. »Ich bin jedenfalls schon sehr gespannt auf deinen großen Enthüllungsroman.« Eine spitze Bemerkung konnte sie sich allerdings nicht verkneifen. »Ehrlich gesagt kann ich mich gar nicht erinnern, dass du so eine Leuchte im Deutschunterricht gewesen bist.«

Je länger sie darüber nachdachte, umso überzeugter war sie, dass dieses Romanprojekt nichts weiter war als ein Luftschloss. Simone würde auch in zwanzig Jahren noch davon leben, Einschulungen und Familienfeiern zu fotografieren, egal wie langweilig sie das auch finden mochte. Das Leben war nun mal kein Wunschkonzert, jeder musste Kompromisse eingehen, auch so ein Paradiesvogel wie Simone.

Thore war es inzwischen gelungen, sich von Enno loszueisen. Jetzt stand er ein wenig abseits neben seinem Bruder, sie schienen eine intensive Unterhaltung zu führen, und Julia war ganz sicher, dass es um Melody ging, denn sowohl Henning als auch Thore schauten immer wieder zu ihr rüber.

Und dann setzte Thore sich in Bewegung, er steuerte direkt auf Melody zu. Julia, die ihn gut genug kannte, um zu erkennen, wie bemüht er war, sich seine Aufregung nicht anmerken zu lassen, wäre am liebsten gestorben. Kurz vor Melody blieb er stehen, und Melodys eben noch so verkrampfte Züge entspannten sich, sie lächelte.

Die beiden berührten sich nicht mal, aber die Art, wie sie sich anschauten, ließ nur den einen Schluss zu, da hatte alle die Jahre noch etwas geschwelt, das in diesem Moment neu aufflammte. Sie redeten miteinander, ohne sich aus den Augen zu lassen, und die ganze Zeit spielte dieses angedeutete Lächeln um Melodys Mund. Bestimmt waren nur ein paar Minuten vergangen, doch Julia kamen sie vor wie eine Ewigkeit.

Als Thore ihren Blick bemerkte, beendete er das Gespräch und holte sich ein neues Bier, allerdings nicht, ohne sich vorher noch mal nach Melody umzudrehen und ihr einen bedeutungsschweren Blick zuzuwerfen. Immerhin besaß er den Anstand, sich mit dem Bier wieder neben Julia zu stellen.

»Was wolltest du von Melody?«, zischte sie.

»Ich hab sie einfach nur begrüßt, das ist doch normal, oder?«

»Meinst du? Ich finde es ziemlich rücksichtslos von dir. Vielleicht solltest du dir mal vorstellen, wie ich mich fühle, wenn du vor meinen Augen wieder mit deiner Jugendliebe anbandelst.«

»Was tue ich?« Er lachte ungläubig. »Ich habe Hallo gesagt, genau wie du. Sie steht die meiste Zeit ganz allein rum. Irgendwer muss sich doch um sie kümmern.«

»Kann sein. Fragt sich nur, weshalb ausgerechnet du das

sein solltest. Dir ist doch wohl klar, dass sich morgen ganz Martinsfehn das Maul darüber zerreißen wird.«

Abschätzend schaute er sie an, als müsste er sich vergewissern, ob sie ihre Worte ernst meinte. Er deutete ein Schulterzucken an und seufzte. »Nein, das ist mir nicht klar, und ich wusste auch nicht, dass du eifersüchtig bist auf eine Frau, die ich seit zwanzig Jahren nicht mehr gesehen habe.«

»Wir reden hier nicht von irgendeiner x-beliebigen Frau, sondern von Melody, deiner großen Liebe«, giftete sie, und anders als erhofft, widersprach er nicht, sondern schloss die Augen, als hätte sie eine schmerzende Wunde aufgerissen.

»Meine große Liebe?«, sagte er dann, und es klang resigniert. »Das ist ja wohl maßlos übertrieben. Ich war gerade sechzehn, und wir waren nur ein paar Wochen zusammen.«

Danach standen sie nur noch stumm nebeneinander, den Blick starr nach vorn gerichtet, bis Julia über Kopfschmerzen klagte und Thore anflehte, mit ihr nach Hause zu fahren.

Seit Jahren litt sie unter Migräneattacken, die besonders in Stresssituationen auftraten, warum sollte Thore ihr nicht glauben. Er wusste ja nicht, dass hinter ihren Schläfen kein Schmerz pochte, sondern Wut, vielleicht sogar Hass. Ja, in diesem Moment hasste sie Melody aus tiefster Seele. Sie hatte hier nichts verloren, und schon gar nicht stand es ihr zu, Julias Ehemann so verliebt anzuglotzen.

Es überraschte sie, dass Thore sofort einwilligte und nicht mal versuchte, sie hinzuhalten. Er ließ sogar das volle Bierglas stehen. »Hab sowieso keine Lust mehr.«

Auf der Rückfahrt nahm er weder Rücksicht auf ihre schlechte Kondition noch auf ihre vorgeschützte Migräne, er radelte voraus und schaute sich nicht ein einziges Mal nach ihr um. Zu Hause marschierte er direkt zum Kühlschrank und nahm sich ein Bier, ohne zu fragen, ob sie auch etwas trinken wolle.

»Ich versteh wirklich nicht, warum Melody zurückkommen musste.« Vermutlich war es ein Fehler, das, was bei Simone passiert war, nicht auf sich beruhen zu lassen, doch sie schaffte es nicht, den Mund zu halten.

Thore hebelte das Bier mit seinem Feuerzeug auf und nahm einen Schluck. »Warum nicht? Sie ist in Martinsfehn groß geworden, genau wie wir. Sie hat doch nichts verbrochen.«

»Woher willst du das wissen? Immerhin hat sie damals gesagt, dass sie ihre Mutter am liebsten umbringen würde! Nur weil man ihr nichts beweisen konnte, muss sie doch nicht unschuldig sein! Im Zweifel für den Angeklagten, so läuft das doch. Und es bedeutet nicht zwangsläufig, dass der Angeklagte unschuldig ist. Sie hatte ein Motiv, als Einzige!«

Nachdem sie die letzten Worte beinahe geschrien hatte, wurde es plötzlich ganz still. Erschreckend still, als hätte die Zeit angehalten, um ihnen die Gelegenheit zu geben, noch einmal über das Gesagte nachzudenken. Thore jedenfalls sah so aus, als würde er genau das tun, nachdenken über ihre Worte und dabei zu einem Ergebnis kommen, das ihm nicht gefiel.

»Du hast das damals an die Polizei weitergegeben, richtig? Du und nicht Simone. Obwohl Melody deine Freundin war.«

»Nein«, beteuerte sie hastig. »Ich hab an dem Abend doch gar nicht wirklich mit Melody geredet, was hätte ich der Polizei schon erzählen können? Das weißt du doch«, fügte sie hinzu.

»Tatsächlich?« In seinen Augen glitzerte kaltes, blankes Eis. So hatte er sie noch nie angeschaut, so voller Ablehnung.

»Glaubst du, ich würde dich anlügen?«, flüsterte sie und machte einen winzigen Schritt auf ihn zu, auf Thore, ihren Ehemann, den sie immer schon geliebt hatte, auch damals, als er unerreichbar schien für ein farbloses Mädchen wie sie.

»Wer weiß. Wenn es um Melody geht, dreht ihr ja alle am Rad.« Während er sein Bier anschaute und einen weiteren Schluck aus der Flasche trank, bewegte er sich rückwärts, nur ein paar Zentimeter, als wäre es von großer Wichtigkeit, dass der Abstand zwischen ihnen sich nicht verringerte. »Sie war es nicht. Melody hat das Feuer nicht gelegt.«

»Das kannst du doch gar nicht wissen. Melody hat ihre Mutter gehasst, immer schon!«

Er knallte die Bierflasche auf den Kühlschrank. »Wie kannst du so etwas behaupten? Die Polizei hat keinen Beweis für ihre Schuld gefunden. Warum reicht dir das nicht aus?«

»Weil niemand weiß, was damals passiert ist.«

Er nickte. »So ist es. Niemand. Auch du nicht. Und wenn das mit Danielas Schwangerschaft stimmt, sieht die Sache sowieso ganz anders aus. Ich frage mich, wer als Vater infrage kommt.«

»Ach ja? Ich wundere mich, dass kein Mensch davon wusste. Kaum dass Melody zurück ist, kommen Dinge ans Tageslicht, die sie entlasten? Sorry, wenn ich nicht daran glaube.«

»Apropos Lügen. Sind wir nicht nach Hause gefahren, weil du einen Migräneanfall hast? Komisch, dass du hier rumstehen und streiten kannst. Normalerweise musst du doch deine Tabletten einwerfen und sofort ins Bett gehen.« Spöttisch schaute er sie an. »Oder ist der Migräneanfall auf wundersame Weise von selbst verschwunden, zum ersten Mal, seit ich dich kenne?«

Noch nie hatte er so herablassend mit ihr geredet. Sollte sie jetzt zugeben, dass die Kopfschmerzen erfunden waren, eine Ausrede, um ihn aus Melodys Nähe zu lotsen? Wohl kaum, es würde ihn noch mehr gegen sie aufbringen. Ihr blieb nichts anderes übrig, als vor seinen Augen eine Tablette zu schlucken und ins Bett zu gehen. Allein, denn Thore machte keine Anstalten, ihr zu folgen. Merkwürdigerweise sank sie beinahe sofort in einen tiefen, traumlosen Schlaf.

KAPITEL 9 1997

Vor drei Tagen war Simone sechzehn geworden. Heute Abend wollten sie sich an der Kieskuhle treffen und den Geburtstag gebührend feiern. Die Fete hätte auch bei Simone im Garten stattfinden können, so wie in den letzten Jahren, doch keiner hatte Lust auf neugierige Eltern. Offiziell war das Betreten des Geländes natürlich verboten, doch das scherte keinen im Dorf, im Sommer fanden dort ständig wilde Feten statt, der Ort bot sich einfach dafür an. Weißer Sand, Wasser, außerdem lag die Kieskuhle so abseits, dass man ein Lagerfeuer entfachen konnte, ohne dass gleich die Bullen auf der Matte standen.

Jeder sollte was zu trinken mitbringen. Melody hatte eine Flasche Bacardi organisiert, angeblich schmeckte der nach nichts. Sie verabscheute den Geschmack von hartem Alkohol, wenn überhaupt, trank sie Bier. Aber sie konnte wohl schlecht eine Kiste Bier besorgen, ohne dass ihre Mutter es mitbekam.

Die Flasche wartete in ihrem Kleiderschrank, unter den Winterpullovern, wo ihre Mutter garantiert nicht nachschauen würde. Heute Abend würde Melody sich betrinken, wie alle. Sie wollte genau das coole Mädchen sein, von dem sie annahm, dass es Thore gefiel.

Es war Freitag, sieben Uhr abends, und jede Minute würde Wulf heimkommen. Wenn er zu Hause war, brauchte Melody ihren kleinen Bruder Michel nicht ins Bett zu bringen, das machte der stolze Papa selbst – und er machte es sehr gern. Es war das Einzige, das sie an Wulf mochte, die liebevolle Art, wie er mit seinem Sohn umging. Ihr eigener Vater war genauso gewesen. Papa, wenn sie nur an ihn dachte, bildete sich ein dicker Kloß in ihrem Hals. Was würde Papa wohl sagen, wenn er sie jetzt sehen könnte, sie und vor allem ihre Mutter.

Melody stand vor dem offenen Fenster in ihrem Zimmer und schaute rüber zum Reitplatz. Die Sonne streichelte ihr Gesicht, ein schönes Gefühl, fast als würde Thore sie berühren. Mit geschlossenen Augen stellte sie sich vor, was heute Abend passieren sollte.

Thore war nicht so wie die anderen Jungs, er wirkte älter und irgendwie erfahren. *Ist er ja auch*, dachte sie. Thore war schon mit vielen Mädchen zusammen, aber keine bedeutete ihm so viel wie Melody, hatte er ihr ins Ohr geflüstert. Seit Ewigkeiten schwärmte sie heimlich für ihn. Sie wusste, dass sie nicht die Einzige war. Dass sie ihm überhaupt aufgefallen war, hatte sie überrascht. Er fand sie süß, schon ziemlich lange, hatte er ihr verraten, nachdem sie sich zum ersten Mal geküsst hatten. Zwei Monate war das jetzt her. Seither wusste sie, wie Schmetterlinge im Bauch sich anfühlten.

Vor drei Wochen hatten sie zum ersten Mal miteinander geschlafen, bei Thore zu Hause, in seinem Zimmer. Es war nicht ganz so, wie sie es sich vorgestellt hatte. Wenn sie ganz ehrlich war, sogar ein bisschen enttäuschend, wehgetan hat es auch, jedenfalls am Anfang. Und doch war es etwas, das nur ihnen gehörte, etwas Erwachsenes, unerhört Intimes, das sie sich mit keinem anderen Jungen vorstellen konnte und das sie für immer aneinander binden würde.

Kleine Spitzmaus nannte er sie seither, wenn er sie mit seinen Augen, deren Farbe sich so schwer beschreiben ließ, so lange anschaute, bis sie das Gefühl hatte, sich aufzulösen.

In der Schule hatte er heute Mittag geflüstert, dass er den Abend kaum erwarten könne, und sie war vor lauter Glück beinahe gestorben. Es spielte keine Rolle, dass Simone meinte, einer wie Thore würde einem nie allein gehören. Das sagte sie nämlich nur, weil sie Melody um ihr Glück beneidete. Simone hatte keine Ahnung von echter Liebe, sie machte ständig mit irgendwelchen Jungs rum und war nie länger als ein paar Wochen mit demselben Typ zusammen.

Melody würde ewig mit Thore zusammenbleiben, bis an ihr Lebensende.

Die Sachen, die sie am Abend anziehen wollte, hatte sie schon auf dem Bett zurechtgelegt. Ein schwarzer, grob gestrickter Männerpullover, riesengroß, der ihr fast bis an die Knie reichte, eine Jeans mit Löchern an beiden Oberschenkeln und ihre geliebte Lederjacke, die mal ihrem Vater gehört hatte und die sie immer trug, sommers wie winters.

Eine wütende Stimme fraß sich in ihre Tagträumereien und holte sie unsanft in die Wirklichkeit zurück. »Weißt du was? Du kannst mich mal! Dieser beschissene Job! Und die Kohle stimmt auch nicht! Wegen mir kannst du ganz wegbleiben! Wenn du es nicht nötig hast, Zeit mit deiner Familie zu verbringen, fahre ich übers Wochenende eben zu Kathi. Und Michel nehm ich mit.« Ihre Mutter telefonierte unten im Wohnzimmer, und die Tür zum Flur stand auf. »Leck mich!«, brüllte sie als Letztes.

Irgendetwas fiel zu Boden, Türen knallten, dann sah Melody ihre Mutter über die Straße zum Reitplatz stapfen, mit großen, wild entschlossenen Schritten, sie kochte vor Wut.

Mit hitzigem Blick schaute sie sich um, bis sie Melody

entdeckte, die immer noch am Fenster stand und sich am liebsten unsichtbar gemacht hätte. »Wulf hat Probleme mit der Ladung, er kommt erst gegen Mitternacht, vielleicht sogar erst morgen!«

Abrupt änderte Verena Matzke ihre Laufrichtung und marschierte Richtung Reitplatz, wo Rosi, die als Pferdepflegerin auf dem Hof beschäftigt war, einer Frau aus dem Dorf beim Reiten zuschaute. Gestern hatten Rosi und Melodys Mutter die halbe Nacht im Stall verbracht, eine der Stuten hatte gefohlt, ein kleiner Hengst.

Beim Frühstück hatte Verena Matzke sich beschwert, dass ihre Pferdepflegerin unerträglich nach Schweiß riechen würde. »Am liebsten hätte ich gefragt, ob sie zu Hause keine Dusche hat.« Dabei ignorierte sie, dass Rosi gestern in aller Herrgottsfrühe angefangen und bis zum nächsten Morgen geblieben war. Wann hätte sie duschen sollen?

Rosi war groß und kantig und hatte riesige Hände. Ihr dickes schwarzes Haar, das aussah, als würde sie es nie kämmen, reichte bis auf die Schultern. Sie hegte eine Vorliebe für karierte Hemden und schlecht sitzende Cordhosen, an denen sie ständig ihre Hände abwischte.

Früher war der Hof Eigentum ihrer Familie gewesen, und Melody fragte sich, was es für ein Gefühl sein musste, sich hier rumkommandieren zu lassen, obwohl das alles mal ihr gehört hatte. Bestimmt war Rosi nicht glücklich, deshalb tat sie Melody manchmal leid. Mit Unglücklichsein kannte sie sich schließlich bestens aus.

Andererseits war Rosi ihr nach all den Jahren immer noch unheimlich. Obwohl sie so groß und kräftig war wie ein Mann, konnte sie sich so leise bewegen, dass sie manchmal wie aus dem Nichts aufzutauchen schien. Außerdem sagte sie ständig komische Sachen, die Melody nicht verstand. So was wie *Wer Angst hat vor dem Feuer, sollte nicht mit*

Streichhölzern spielen. Manchmal blieb sie vor einem der Mädchen stehen und sagte: *Pass auf, dass deine Gedanken nicht wahr werden.* Sie behauptete, schwarze Seelen schon von Weitem zu erkennen und dass man für jeden schönen Tag im Leben mit zwei schlechten Tagen bezahlen müsse. Ihrer Meinung nach durfte man nur bei geschlossenen Fenstern schlafen, weil sonst nachts das Böse ins Haus schlich.

Die Mädchen, die zum Reiten auf den Hof kamen, machten einen großen Bogen um Rosi. Simone hatte mal gemeint, die Pferdepflegerin habe den bösen Blick und man dürfe ihr nie in die Augen sehen. Warum auch immer, Melody hielt sich daran. Sie schaute Rosi nie direkt ins Gesicht.

Wenn die Pferde beschlagen werden mussten, hielt Rosi jedes Pferd im Zaum, auch Milano, den Zuchthengst, der vor Angst stieg und gegen die Boxenwände trat, sobald der Land Rover des Schmieds auf den Hof rollte. Melody hatte keine Ahnung, was Rosi den Pferden ins Ohr säuselte, aber bei ihr wurden alle ruhig, selbst Milano.

Es machte Rosi wütend, wenn jemand schlecht mit den Pferden umging, da reichte schon ein lautes Wort. In so einem Fall konnte sie stundenlang vor sich hin schimpfen. Vorhin war sie mal wieder mit Daniela aneinandergeraten, die eine junge und sehr nervöse Scheckstute angebrüllt hatte, weil sie nicht über ein Hindernis springen wollte. In ihrer Wut hatte Daniela dem zitternden Tier sogar eins mit der Gerte übergezogen.

In diesem Moment war Rosi aufgetaucht, und sie hatte getobt. Wenn sie richtig in Rage war, konnte man wahrhaftig Angst vor ihr kriegen. Daniela musste sich anhören, dass sie, egal was andere ihr einreden wollten, eine jämmerliche Gestalt sei, eine Angeberin und viel zu blöd zum Reiten. Sonst wüsste sie wohl, dass ein guter Reiter die Fehler nie bei dem Pferd sucht, sondern immer bei sich selbst. Und dass sie eines Tages dafür bezahlen müsse. *Irgendwer dort oben führt Buch, und ich an deiner Stelle würde mich fürchten.* Dann hatte Rosi in die Zügel gegriffen und das aufgebrachte Tier vom Platz geführt.

Daniela hatte wie ein bockiges Kleinkind gekreischt, dass sie sich über Rosi beschweren würde. Die Antwort der Pferdepflegerin bestand aus einem dröhnenden Lachen. Rosi war unkündbar, so stand es im Kaufvertrag für den Hof, und sie ließ sich von keinem was vorschreiben, nicht mal von Verena Matzke. Sie war die Einzige, die es schaffte, Melodys Mutter Paroli zu bieten, und manchmal kam es Melody so vor, als würde der Hof in Wahrheit immer noch Rosi gehören.

Natürlich hatte Daniela sich nicht beschwert, sie war nur schimpfend abgerauscht in ihr Zimmer und erst nach einer Stunde wieder rausgekommen.

Ein paar Minuten hörte Rosi sich die Schimpftiraden ihrer Chefin an, die sich wortstark über Wulf ausließ, der sie nie unterstützen würde. Das stimmte überhaupt nicht. Obwohl Wulf nichts mit Pferden anfangen konnte, brachte er sich auf dem Hof ein, soweit es seine Arbeitszeit zuließ. Schon oft hatte Melody sich gefragt, wie ihre Mutter es hinkriegte, dass jeder sich ein Bein für sie ausriss, obwohl sie es keinem dankte.

Rosis Miene verriet, dass nichts sie weniger interessierte als die Beziehungsprobleme ihrer Chefin. Sie ließ Verena Matzke einfach stehen, mitten im Satz.

Mit einem ärgerlichen Schulterzucken verschwand Melodys Mutter im Stall. Vorher brüllte sie allerdings noch quer über den Hof: »Und du gehörst ins Bett!«

Gemeint war Michel, der am Straßenrand mit einem Stock gegen einen Busch schlug und sofort in Tränen ausbrach. Wie immer, wenn er todmüde war, reagierte er überempfindlich auf laute Stimmen. Normalerweise lag er um diese

Zeit schon im Bett, aber bis eben hatte Melody ja geglaubt, dass Wulf sich heute Abend selbst um seinen Sohn kümmern würde.

Doch Wulf würde nicht rechtzeitig hier sein, und es schaute nicht so aus, als ob ihre Mutter seinen Part übernehmen wollte. Nach Cuxhaven, wo ihre Freundin Kathi lebte, würde sie allerdings auch nicht fahren, jedenfalls nicht mit Michel. Sonst hätte sie ihn wohl kaum ins Bett geschickt.

Seufzend schloss sie ihr Fenster. Draußen streckte sie ihrem Bruder die Arme entgegen. »Komm, Mausemichel, nicht weinen, wir gehen rüber.«

KAPITEL 10 1997

»Mama, denkst du daran, dass ich heute bei Simone eingeladen bin?« Melody hielt Michel auf dem Arm. Sein Kopf lag schwer auf ihrer Schulter, er schlief schon halb.

Ihre Mutter, die im Wohnzimmer saß, wie üblich mit den Füßen auf dem Tisch, schreckte bei ihren Worten hoch. »Was ist?«

»Ich muss gleich los. Simone hat Geburtstag.«

»Du willst zu Simone? Heute Abend? Kommt nicht infrage. Ich geh vielleicht noch weg. Wenn Wulf sich einbildet, dass ich zu Hause hocke und auf ihn warte, hat er sich nämlich geirrt.«

»Simone hat Geburtstag. Ich hab schon vor zwei Wochen gesagt, dass ich eingeladen bin, und du hast es erlaubt.«

»Einer muss bei Michel bleiben.«

»Wieso ich?« *Er ist dein Sohn, nicht meiner.* Das sagte Melody natürlich nicht laut, noch hoffte sie, ihre Mutter überreden zu können.

»Jetzt hör mir mal zu, mein Fräulein. Ich schufte hier praktisch rund um die Uhr, damit der Hof einigermaßen läuft. Und kein Mensch fragt, wie es mir dabei geht, was mein Rücken macht, meine Hüfte. Ich muss immer funktionieren. Findest du nicht, dass ich auch mal etwas Entspannung verdient habe?«

»Wo willst du denn hin?« Die Frage schien durchaus berechtigt. Verena Matzke ging nie aus, wohin denn auch in einem Kaff wie Martinsfehn? Und dass sie sich um diese Zeit noch Richtung Cuxhaven zu ihrer Freundin aufmachte, war völlig utopisch. Die Fahrt dauerte fast zwei Stunden. Mit ihrer Bemerkung wollte sie nur Wulf ärgern, weil er ausnahmsweise mal nicht nach ihrer Pfeife tanzte.

Voller Empörung richtete Verena Matzke sich auf. »Sag mal, geht's noch? Bin ich dir neuerdings Rechenschaft schuldig? Du bleibst zu Hause und basta! Bei Simone wird sowieso nur gesoffen. Glaubst du, ich weiß das nicht? Für solche Feten bist du noch viel zu jung. Wenn ich dich gehen lasse, mache ich mich sogar strafbar. Schließlich bist du erst fünfzehn.«

»Alle anderen dürfen auch hingehen«, flüsterte Melody. Jetzt bloß nicht heulen. Tränen brachten ihre Mutter zur Weißglut.

»Na und! Wenn andere Leute keine Lust haben, sich um die Erziehung ihrer Kinder zu kümmern, ist das ihre Sache. Ich nehme meine Verantwortung ernst. Was glaubst du wohl, wie dein Vater an meiner Stelle entschieden hätte? Ich kann es dir verraten: Der alte Korinthenkacker würde das nie im Leben erlauben. Und jetzt bring Michel nach oben, merkst du nicht, wie müde er ist?« Sie drehte sich einfach um und blätterte demonstrativ in der Fernsehzeitung.

Melody wusste, dass es nichts brachte, jetzt weiterzureden oder gar zu betteln. Wenn ihre Mutter so mies drauf war, änderte sie ihre Meinung garantiert nicht.

Also brachte sie erst einmal Michel ins Bett. Er schlief ein, sobald sein Gesicht das Kissen berührte. Zärtlich strich sie über das blonde Haar, das sich weich wie Seide anfühlte, und dachte dabei an Thore. Bestimmt hatte er als Kleinkind genauso süß ausgesehen. Thore. Sie *musste* einfach auf Simones Fete, notfalls heimlich.

Aber zunächst sollte sie wohl so tun, als hätte sie nachgegeben, damit die Wogen sich wieder glätteten. Ein Blick durch die Wohnzimmertür verriet, dass ihre Mutter sich etwas zu trinken eingegossen hatte und dabei leise vor sich hin fluchte. Die Tür zum Flur stand auf. »Glaub ja nicht, dass du dich davonschleichen kannst!«

»Ich hab noch nichts gegessen«, sagte Melody schnell. »Willst du auch was? Ich könnte uns Rührei machen oder Bratkartoffeln.«

»Kein Hunger.«

»Ich guck mal, was mit Daniela ist.«

Daniela stammte aus dem Dorf und hätte genauso gut bei ihrer Mutter wohnen können, doch sie fand es besser, hier zu leben, allein. Bei dem, was sie großspurig als ihre Wohnung bezeichnete, handelte es sich um zwei schmale, dunkle Zimmer auf der Diele mit winzigen halbbogenförmigen Stallfenstern. Früher hatte der geistig behinderte Bruder des Hofbesitzers dort gewohnt, Rosis Onkel.

Einer der Räume war so winzig, dass nur ein Bett und ein kleiner Nachttisch reinpassten, in dem anderen standen eine Couch, ein Tisch, zwei Stühle, ein Schrank und eine Kommode mit einem Fernsehapparat darauf. Die Möbel waren gebraucht, und Daniela hatte sie schwarz angestrichen. Essen und duschen musste sie mit der Familie. Dafür nutzte sie eine Tür, die der Vorbesitzer nachträglich in die

Brandschutzmauer gesetzt hatte, die aus Feuerschutzgründen Wohn- und Scheunenteil voneinander trennen sollte.

Der einzige Vorteil der sogenannten Wohnung bestand darin, dass sie über einen eigenen Eingang verfügte, das Scheunentor. Niemand konnte kontrollieren, wer Daniela besuchte und wie lange er blieb, und für eine Siebzehnjährige bedeutete das ein riesengroßes Stück Freiheit.

Insgeheim fand Melody es furchtbar, dass ihre Mutter Daniela auf dem Hof wohnen ließ. Seit ständig fremde Leute am Tisch saßen oder aus dem Bad kamen – und damit meinte sie nicht nur Daniela, sondern auch Wulf –, hatte ihre Familie einfach aufgehört zu existieren. Jetzt waren sie bloß noch ein zusammengewürfelter Haufen von Menschen.

Manchmal fuhr Daniela übers Wochenende nach Hause, doch die Besuche dort wurden immer seltener, und hinterher beschwerte sie sich jedes Mal, dass *die Alte* sie nerven würde.

Melody öffnete die Durchgangstür zur Scheune und klopfte bei Daniela an. Auf das *Herein!* musste sie dann eine Weile warten.

Daniela hockte mit angezogenen Beinen auf ihrer Couch. Sie hatte geweint, schien das aber verbergen zu wollen, denn als Melody erschrocken fragte, ob etwas passiert sei, fauchte sie: »Quatsch!«

Gut, dann eben nicht, sollte sie ihre Probleme doch für sich behalten, so wie jeder hier.

»Ich wollte fragen, ob du rüberkommen willst, was essen.«

»Nö.« Mit dem Daumen deutete Daniela auf eine Packung mit Salzcrackern, die auf dem Tisch stand. »Das reicht mir.«

»Sag mal, hast du heute Abend was vor?«

»Weiß ich noch nicht. Vielleicht geh ich weg.«

»Zu Simone?«, fragte Melody sofort. Eine Zeit lang war Daniela mit Simone befreundet gewesen, außerdem machte sie manchmal mit Sven rum, der heute Abend garantiert auch auf der Geburtstagsfeier sein würde. Sven war nicht übel, er hatte etwas Kaputtes an sich, das unheimlich anziehend wirkte, ein bisschen wie Kurt Cobain, nur dass er viel jünger war als der Musiker. Wenn Daniela sich mit Sven treffen wollte, konnte Melody ihren Plan vergessen.

Inzwischen hatte Daniela ihr Stimmungstief überwunden. »Zu Simone?« Ihr herablassender Tonfall machte klar, dass das völlig abwegig war in ihren Augen. »Bestimmt nicht. Da wird doch nur gesoffen und gekifft. Warum willst du das überhaupt wissen?«

»Weil ich auf Simones Geburtstag eingeladen bin und Wulf erst sehr spät nach Hause kommt, vielleicht sogar erst morgen.«

Nachdem sie demonstrativ gegähnt hatte, natürlich ohne die Hand vor den Mund zu halten, fragte Daniela gelangweilt: »Und was hat das mit mir zu tun?«

Jetzt wusste Melody wieder, warum sie Daniela auf den Tod nicht leiden konnte. Daniela war eingebildet und überheblich und interessierte sich nicht im Geringsten für die Probleme anderer Leute. »Ganz einfach. Meine Mutter ist jetzt sauer und verlangt, dass ich hierbleibe und auf Michel aufpasse. Angeblich will sie heute noch weg.«

»Deine Mutter? Dass ich nicht lache! Wo will die denn wohl hin?«

»Keine Ahnung. Wahrscheinlich bleibt sie sowieso zu Hause. Ich wollte fragen, ob du nach Michel gucken würdest. Dann lässt sie mich vielleicht doch noch auf die Fete.«

»Nee, eure Familienkacke müsst ihr unter euch klären. Ich geh vielleicht noch in *Meyers Tanzdiele.*«

Meyers Tanzdiele hieß die Diskothek in Martinsfehn. Sie war ziemlich beliebt, sogar über die Dorfgrenzen hinaus. Am Wochenende kamen junge Leute von weit her, um hier zu alternativer Musik abzurocken. Melody hatte die Disco noch nie von innen gesehen, das würde ihre Mutter nie erlauben, aber sie freute sich auf den Tag, an dem sie alt genug dafür war.

»Alles klar.« Mit einem Ruck stieß Melody sich vom Türrahmen ab und machte sich auf den Rückweg. Betteln würde sie nicht.

Ihre Mutter hatte sich inzwischen so hingesetzt, dass sie die Tür zum Flur genau im Auge hatte. Melody zwang sich, eine Scheibe Brot zu essen, das wie Sägemehl schmeckte, dann ging sie hoch in ihr Zimmer, stellte den Fernsehapparat so laut, dass ihre Mutter es unten hören musste, zog sich um und legte sich aufs Bett. Sie wagte nicht, sich einzuschließen, aus Angst, dass das Geräusch, das entstand, wenn der Schlüssel sich im Schloss drehte, nachher ihre Mutter wecken könnte.

Irgendwann musste ihre Mutter schlafen gehen, und dann würde sie abhauen. Hoffentlich wartete Thore so lange. Wenn sie ihn wenigstens anrufen könnte, Bescheid sagen, dass sie später kommen würde, wenn ihre Mutter schlief. Leider hockte Verena Matzke in der Wohnstube und bewachte das Telefon.

Er wird schon warten, versuchte sie, sich zu beruhigen. Wenn alles stimmte, was er ihr in den letzten Wochen ins Ohr geflüstert hatte, würde er auf sie warten.

KAPITEL 11

Ann-Christin Lüken war Mitte dreißig, eine schmale Frau mit dunkelblonden Haaren, die sie zu einem Zopf geflochten trug, damit sie nicht bei der Arbeit störten. Sie litt unter chronischer Heiserkeit, vermutlich weil sie beim Reitunterricht ständig den Hallenstaub einatmen musste, und lutschte den ganzen Tag Kräuterbonbons. Mit sieben Jahren hatte sie zum ersten Mal auf einem Pferd gesessen, und seither hatte das Pferdevirus sie nicht mehr losgelassen. Eine große Karriere hatte sie nie angestrebt, doch sie galt als gute Dressurreiterin, und ihr Unterricht erfreute sich großer Beliebtheit, inzwischen gab es sogar Wartelisten für ihre Stunden. Björn, ihr Freund, war Hufschmied und viel unterwegs. Die beiden bildeten ein gutes Team.

»Du fällst schon wieder nach vorn!«, brüllte Ann-Christin quer über den Platz.

Sofort korrigierte Elke ihren Sitz. Ann-Christin blieb einen Moment an der Einzäunung stehen und schaute zu, wie Elke den großrahmigen Friesenhengst zum Schritt durchparierte. Das Tier hatte eindeutig mehr auf dem Kasten als die Reiterin, eine dickliche junge Frau, deren kurze Beine in einer karierten Reithose steckten. Mit dem richtigen Reiter hätte aus dem Hengst etwas werden können, seine Besitzerin war allerdings nicht in der Lage, ihn entsprechend zu fördern. Sie hatte nur das Geld, sich so ein Pferd zu leisten. Besser gesagt hatte ihr Vater das Geld, und wenn er hier stand und seiner Elke zuschaute, sah er etwas, was niemand sonst sehen konnte: eine gute Reiterin.

Der Hof lebte von solchen Einstellern, von Leuten, denen nichts zu teuer war für ihr geliebtes Pferd. Für Tassilo musste es eine der großen Boxen mit anliegendem Paddock sein, er bekam Extrafutter, und niemand außer Elke durfte ihn reiten, auch wenn er eine gelegentliche Korrektur gut brauchen könnte. Auf dem Hof liefen genug Mädels rum, die geeignet wären, Tassilo etwas beizubringen, doch Elke wachte eifersüchtig über ihren Liebling.

Vor dreieinhalb Jahren war Ann-Christin noch eine erfolgreiche Werbefachfrau, die jede freie Minute im Stall bei ihren Pferden verbrachte. Sie hatte einen Trainerschein, aber keine Zeit, Unterricht zu geben. Morgens war es ihr größtes Problem, ob sie zum Meeting das schwarze Kleid anziehen sollte oder besser Rock und Bluse. Insgeheim hegte sie den Traum, die Hochglanzwerbebrache zu verlassen und ihr Hobby zum Beruf zu machen. Als sie sich in einen Hufschmied verliebte, wurde der Traum plötzlich greifbar, und als Björn, der durch seinen Beruf viel herumkam, hörte, dass in Martinsfehn eine Reitanlage zu verpachten war, griffen sie zu.

Inzwischen wusste sie, dass genau an der Stelle, wo heute ein zweckmäßiger Walmdachbungalow stand, vor zwanzig Jahren ein schönes altes Bauernhaus bis auf die Grundmauern niedergebrannt war. Sogar Tote hatte es gegeben.

Dem Walmdachbungalow fehlte der Charme des Alten, Ursprünglichen, er wirkte wie ein Fremdkörper, ein nüchterner weißer Klotz mit einem dunkelroten Dach aus Betonziegeln, doch er reichte aus, um darin zu leben. Die offene Küche, die in das Wohnzimmer mit dem großen Kaminofen überging, fand Ann-Christin sogar ganz schön. Im Erdgeschoss hatte der Architekt noch ein kleines Arbeitszimmer eingeplant, das Björn für seine Buchführung nutzte, und oben drei Schlafzimmer, von denen zwei leer standen. Ann-Christin war nicht sicher, ob sie irgendwann noch Kinder bekommen würde, zurzeit verschwendete sie keinen Gedanken daran. Andere Dinge waren ihr wichtiger, vorrangig der Wunsch, die Anlage zu kaufen.

Ann-Christins Vorgänger waren Leute, die vor allem eins wollten: Profit erwirtschaften. Was die Einsteller mit ihren Pferden anstellten, war ihnen einerlei, solange das Geld floss. Es berührte sie nicht, wenn die Tiere in den Boxen tage- oder wochenlang vor sich hin dösten, weil die Besitzer gerade keine Zeit hatten, und sie dachten nicht daran, die Pferde selbst auf die Weide zu führen, es sei denn, das wurde gesondert entlohnt. Sie fütterten minderwertiges Heu, streuten die Boxen viel zu dünn ein und ließen Haus und Hof verkommen. Die Zuchtpferde, die sie von der verstorbenen Besitzerin übernehmen mussten, wurden verkauft und durch alte, schlecht ausgebildete Schulpferde ersetzt. Die Zahl der Reitschüler nahm beständig ab, und es kursierten Gerüchte, dass die privaten Einsteller im Winter Futter für die ausgezehrten Schulpferde gekauft hätten, weil sie das Elend nicht mehr mit ansehen konnten. Als am anderen Ende des Dorfes ein neuer Reitstall eröffnet wurde, gingen nach und nach die Lichter aus, und am Ende mussten die Pächter aufgeben.

Zu diesem Zeitpunkt übernahmen Ann-Christin und Björn die Anlage. Sie übergaben die alten Schulpferde an einen Gnadenhof und schafften neue Tiere an, die sie selbst ausbildeten. Im Gegensatz zu ihren Vorgängern konnten sie auf ein solides finanzielles Polster und Björns Einkommen als Hufschmied zurückgreifen, sonst hätten sie das erste Jahr kaum überstanden, doch inzwischen ging es bergauf, und sie waren stolz, nicht von ihren Vorsätzen abgewichen zu sein.

Ann-Christins Reitschüler mussten mindestens vierzehn Jahre alt sein, von Kindern, die rücksichtslos an Zügeln rumrissen und damit die Pferde abstumpfen ließen, hielt sie rein gar nichts. Von ihren Einstellern erwartete sie, dass sie ihre Tiere anständig behandelten. Im letzten Jahr hatte sie jemand gekündigt, weil seine Auffassung von Pferdehaltung sich nicht mit ihrem Gewissen vereinbaren ließ. Den Anblick vernachlässigter Kreaturen konnte sie einfach nicht ertragen.

Suchend schaute Ann-Christin sich um, bis sie Rosi vor der Remise entdeckte, wo die beiden Trecker, das Mähwerk, die neue Wiesenschleppe und der Düngestreuer untergebracht waren. Die Pferdepflegerin arbeitete an dem großen Hanomag. Gestern hatte sie gemeint, er würde lecken und Öl verlieren. Es war ein Glück für den Hof, dass Rosi solche Reparaturen auch ohne Werkstatt hinkriegte, genau wie sie elektrische Leitungen verlegen oder vier Pferde gleichzeitig über den Hof führen konnte.

Ursprünglich hatte der Hof Rosis Eltern gehört. Als er nach dem Tod ihres Vaters an Verena Matzke verkauft wurde, musste sie sich verpflichten, Rosi bis an ihr Lebensende als Pferdepflegerin zu beschäftigen, und solange der Hof Eigentum der Familie Matzke blieb, hatte dieser Vertrag Bestand. Jeder, der die Anlage pachtete, musste Rosi übernehmen.

Ann-Christin wusste, dass Rosi mit ihrer Schwester zusammenlebte, in einem kleinen Haus, das ihr Vater von dem Erlös des Hofes gekauft hatte. Die Schwester hatte Ann-Christin aber noch nie gesehen. Sie wusste nur, dass sie Helma hieß, gern Kreuzworträtsel löste, die Woche über in einer Gärtnerei arbeitete und am Sonntagmorgen die Zeitung austrug. Laut Rosi war sie trotzdem *faul wie die Sünde.* Rosi und Helma schienen sich pausenlos zu zanken, dennoch hielten sie es auch nach dem Tod des Vaters weiterhin miteinander aus.

Rosi war wirklich ein seltsamer Vogel, und Ann-Christin hatte ein paar Monate gebraucht, um sich an die ruppige Pferdepflegerin, die aus der Ferne aussah wie ein Mann, zu gewöhnen. Sie war sehr groß für eine Frau, dazu breit gebaut, fast schon viereckig. Ihr graues Haar schien sie selbst zu schneiden, ohne dabei in den Spiegel zu schauen. Eine Frisur konnte man das drahtige Durcheinander auf ihrem Kopf nicht nennen.

Seit Ann-Christin sie kannte, war Rosi gleich gekleidet, Männerhosen aus Breitcord, die für Zimmerleute gedacht waren, immer hellgrau, immer ein paar Nummern zu groß und gehalten von einem breiten Ledergürtel, dazu Stahlkappenschuhe und karierte Arbeitshemden. Im Winter zog sie eine mit Fell gefütterte Holzfällerjacke darüber, die nie geschlossen wurde. Rosi rauchte Zigaretten, die sie aus holländischem Tabak drehte, die Kippen wanderten in eine flache Blechdose in ihrer Brusttasche. Aus gutem Grund fürchtete sie ein Feuer.

Obwohl Rosi Pferde liebte, wäre es ihr nie in den Sinn gekommen zu reiten. *Warum soll so ein edles Tier mich durch die Gegend tragen? Ich hab doch zwei Beine und komm überall allein hin,* sagte sie, wenn jemand danach fragte, und das in einem Ton, der besagte, dass Reiten in ihren Augen völlig überflüssig war, fast schon Tierquälerei.

Ann-Christin fand diese Einstellung seltsam, doch ihr fiel kein Grund ein, ihre Angestellte zu überreden, in den Sattel zu steigen, um zu erkennen, wie wunderbar es sich anfühlte, eins zu werden mit dem Pferd. Bei Rosis Statur hätte das Reitpferd schon ein Gewichtsträger sein müssen, ein Tinker zum Beispiel, und davon standen nicht viele auf dem Hof.

So abweisend, wie Rosi sich den Menschen gegenüber verhielt, so innig liebte sie Pferde – und die Pferde liebten Rosi. Wenn sie brummte: *Ist ja gut, Püppi* – sie nannte alle Pferde Püppi, nicht nur die Stuten –, wurden sie lammfromm. Jedes Mal, wenn der Tierarzt auf den Hof kam, fragte er als Erstes nach Rosi. Ohne sie betrat er keine der Boxen.

Auch Björn, Ann-Christins Lebenspartner, wusste Rosi zu schätzen, die beiden kamen miteinander aus, ohne ein Wort zu wechseln. Erst letzte Woche hatte er sie gebeten, ihn zu einem Pferdehalter zu begleiten, der einen seiner Hengste beim Beschlagen nicht bändigen konnte. Mit Rosi war es kein Problem gewesen.

Jeden Morgen um sechs Uhr stand sie auf dem Hof, und selten machte sie sich vor neunzehn Uhr auf den Heimweg. Ein freies Wochenende gab es nicht, Rosi nahm sich höchstens mal den Sonntagnachmittag frei, wenn nichts Besonderes anlag. Sobald ein Pferd krank war oder ein Fohlen erwartet wurde, übernachtete sie im Stall. Sie legte sich einfach mit einem uralten Bundeswehrschlafsack aufs Stroh, und morgens behauptete sie jedes Mal, selten so gut geschlafen zu haben.

Am Anfang war Rosis Arbeitseifer Ann-Christin unangenehm. Sie wollte niemanden ausbeuten. »Du arbeitest fünf Tage die Woche, acht Stunden täglich, mehr können wir nicht zahlen.«

»Ich kann arbeiten, so viel ich will«, hatte Rosi zur Antwort gegeben. »Das hier ist mein Leben, ich hab keinen Mann, keine Kinder, keine Freunde, nur meine Schwester, und die kann ich nicht leiden. Wenn ich reden will, red ich mit den Pferden. Die hören wenigstens zu und geben keine blöden Kommentare wie Helma. Ich lass mich nicht von dir wegschicken.«

Dabei war es geblieben, Rosi bestimmte ihre Arbeitszeiten selbst, und Ann-Christin verspürte immer noch einen Hauch von schlechtem Gewissen, weil Rosi sich für so wenig Geld so abrackerte. Wenn sie allerdings beobachtete, wie die Pferdepflegerin mit den Tieren umging, wie ihr herbes Gesicht sich in solchen Momenten veränderte, wie glücklich sie aussehen konnte, dann begriff sie, dass Rosi die Arbeit wirklich brauchte und dass dieser Job sie am Leben hielt.

»Rosi? Ich muss mal mit dir reden. In meinem Büro.«

»Ist gut.« Gleichmütig ließ Rosi den Schraubenschlüssel fallen und folgte ihr mit gesenktem Kopf. Beim Gehen gab sie schnaufende Geräusche von sich.

Bei dem sogenannten Büro handelte es sich um einen kleinen Raum mit Wellblechwänden und einem Fenster zur Reithalle, in dem es Sommer wie Winter zu kalt war, sodass immer eine von Ann-Christins Strickjacken über der Lehne vom Schreibtischstuhl hing. An einer Wand standen Regale mit Ordnern, die die gesamte Buchführung enthielten, außerdem gab es einen abgeschrammten Schreibtisch und einen PC. Seit Ann-Christin hier das Kommando führte, standen auf einem Tisch mit einer optimistisch karierten Decke eine Kaffeemaschine, die von morgens bis abends lief, ein Glas mit Würfelzucker, Kondensmilch und bunte Keramikbecher. Jeder, der zur Stallgemeinschaft gehörte, durfte sich einen Kaffee holen.

Ann-Christin schenkte zwei Becher Kaffee ein, den blauen stellte sie vor Rosi, den roten, auf dem ihr Name stand, an ihren Platz. Sie setzte sich, schob die Ärmel ihrer Bluse hoch und malte mit dem Zeigefinger ein Fragezeichen auf die Tischplatte. »Du kennst doch diese Melody Matzke von früher.«

Vor Schreck verschluckte Rosi sich an ihrem Kaffee. Sie hustete ein paar Minuten, dann sagte sie gedehnt: »Ja. Aber das ist lange her. Die wohnt hier nicht mehr.«

»Doch. Ich hab sie gestern Abend getroffen. Sie hat sich ein Haus in Martinsfehn gekauft.«

»Was? Nee, glaub ich nicht, die kommt nicht zurück.« Beharrlich schüttelte Rosi den Kopf.

»Es stimmt, glaub mir. Sie war gestern auf der Geburtstagsfeier von Simone Jakobi. Ich hatte mir eigentlich vorgenommen, sie anzusprechen, ob sie schon mal über einen Verkauf nachgedacht hat. Aber irgendwie hat es nicht so gepasst. Und weil du sie kennst, frage ich mich … fragen wir uns …« Sie gab sich einen Ruck und schaute Rosi bittend an. »Könntest du nicht mal mit ihr reden, ihr sagen, dass wir den Hof gern kaufen würden? Das ist ’ne schöne Anlage. Man könnte aber noch sehr viel mehr daraus machen. Björn und ich denken an zwei oder drei Hütten für Wanderreiter. Wir könnten an den Wochenenden auch geführte Ausritte anbieten, im Heinrichsforst gibt es gut ausgebaute Reitwege. Aber so richtig Sinn machen solche Investitionen doch nur, wenn der Hof uns gehören würde. Oder glaubst du, dass sie selbst hier übernehmen will?«

»Melody? Nee, keine Ahnung.« Mit zwei Fingern rieb Rosi über ihre Nasenspitze, ihre Hände waren rau von der Arbeit, die Nägel kurz und abgesplittert. Schnaufend stand sie auf, ging rüber zu dem Fenster und schaute in die Reithalle, wo ein junger Mann gerade sein Pferd longierte. Eine ganze Weile beobachtete sie, wie der Mann sich mühte, das Tempo der Stute zu regulieren, die immer wieder in Galopp fiel, dann brummte sie: »Kennen. Was heißt schon kennen? Die war damals fünfzehn, ein Mädchen. Ich weiß nichts über Melody. Und reden will ich auch nicht mit ihr. Da kommt alles wieder hoch, verstehst du?« Sie legte eine ihrer großen, schwieligen Hände an die Scheibe, die Finger gespreizt. »Nee, das bringt nichts. Ist bestimmt besser, wenn du mit ihr sprichst. So was kann ich nicht. Ich bin nur für die Pferde hier, nicht für die Menschen.«

»Denk bitte noch mal drüber nach.«

»Brauch ich nicht, das ist deine Sache. Was hast du überhaupt mit Simone zu schaffen«, fragte sie dann, und in ihrer rauen Stimme klang Verachtung mit. »Die hatte schon als Mädchen nur Schlechtigkeiten im Kopf. Eingebildet ist sie auch, meint, sie wär ganz was Besonderes.«

Manchmal wunderte Ann-Christin sich, wie gut Rosi Menschen einschätzen konnte. Ja, es stimmte, Simone Jakobi ließ ständig durchschimmern, dass sie sich für was ganz Besonderes hielt. »Sie hat gestern erzählt, dass sie ein

Buch schreiben will über das, was damals hier passiert ist. Diese Daniela soll schwanger gewesen sein. Kannst du dir das vorstellen?«

»Immer diese alten Geschichten«, schnaubte Rosi böse. »Ich will nicht mehr daran denken, Mädchen. Schlafende Hunde soll man nicht wecken. Ich sag dir was.« Sie drehte den Kopf und schaute Ann-Christin direkt in die Augen. Das machte sie eigentlich nie, meist guckte Rosi auf den Boden, also war das, was sie jetzt sagen würde, von besonderer Bedeutung. »Am Ende kriegt jeder das, was er verdient. Denk mal drüber nach. Jetzt muss ich weitermachen. Der Hanomag soll heute fertig werden. Morgen müssen wir mähen.« Den Kaffee ließ sie stehen.

KAPITEL 12

Als Nola sich um halb acht Marmelade auf ihren Toast schmieren wollte, klingelte das Telefon. Robert Häuser, Leiter des Ersten Fachkommissariats und ihr Vorgesetzter, war dran.

»In Martinsfehn hat es gebrannt, und die Feuerwehr ist auf eine Leiche gestoßen. Du fährst mit Conrad hin, er weiß schon Bescheid. Vielleicht kannst du ein bisschen eher kommen.«

Brandleichen kannte Nola bislang nur aus der Theorie, und sie stellte sich einen feuerverbrannten Körper ziemlich gruselig vor. Bestimmt war es klug, auf das Frühstück zu verzichten.

Eine halbe Stunde später saß sie im Dienstwagen und wartete, wie so oft, auf Conrad. Nervös trommelten ihre Fingerspitzen auf das Lenkrad. Wenn sie geahnt hätte, dass der werte Kollege sich wieder Zeit ließ, hätte sie sich nicht so beeilen müssen. Sie stellte den Rückspiegel ein, um sich darin anzuschauen.

Bis auf ein paar vorwitzige rote Locken, die ihr in die Stirn fielen, saß der in aller Eile zusammengezwirbelte Knoten ganz ordentlich. Ihr Make-up bestand lediglich aus Wimperntusche, ohne die sie nie vor die Tür ging, weil sie ihre von Natur aus hellen Wimpern schrecklich fand. Genauso schrecklich hatte sie früher die Sommersprossen gefunden, mit denen nicht nur ihr Gesicht, sondern ihr gesamter Körper übersät war, doch inzwischen hatte sie Frieden damit geschlossen. Immerhin war ihre Haut ganz ebenmäßig und rein, und ihre Augen leuchteten in einem so außergewöhnlich klaren Grün, dass sie keine zusätzliche Farbe benötigten, um aufzufallen.

Die Beifahrertür wurde aufgerissen, und Oberkommissar Conrad Landau ließ sich stöhnend auf den Sitz fallen. Ihr Kollege ging auf die sechzig zu, sein Haar war grau und dünn und wirkte meist fettig. Das braune Cordjackett, das er erst vor zwei Monaten gekauft hatte, sah schon wieder alt und abgewetzt aus, und sein Atem roch extrem nach Pfefferminz, also hatte er schon morgens vor dem Dienst getrunken.

Zwei Wochen war es her, dass seine Freundin Ludmilla ihm den Laufpass gegeben hatte. Obwohl Nola sich nicht erinnern konnte, dass Conrad jemals ein gutes Wort über Ludmilla verloren hatte, machte die Trennung ihm schwer zu schaffen. Conrad war Alkoholiker, hatte sich aber in letzter Zeit ganz gut im Griff gehabt. Seit der Trennung trank er wieder übermäßig. Schon zweimal war Nola drauf und dran gewesen, sich bei Robert zu beschweren, hatte es dann aber doch nicht über sich gebracht. Sie hegte die stille Hoffnung, dass Conrad sein Problem von selbst in den Griff bekam.

»So 'n Scheiß, die Woche fängt ja gut an«, knurrte Conrad, und Nola wusste nicht, was sie darauf erwidern sollte.

Der Rest der Fahrt verlief schweigend, Conrad nickte ein, er schnarchte leise, und ein Speichelfaden lief aus dem linken Mundwinkel über sein Kinn.

Im Grunde war sie dankbar, dass Conrad schlief, sonst hätte er sich nur wieder lang und breit über Ludmilla ausgelassen, wie unverschämt sie war und was sie sich eigentlich einbildete und dass sie mal in den Spiegel schauen sollte. Eine Frau wie sie müsste doch froh sein, wenn sich überhaupt ein Mann mit ihr einließ. Die Russin hatte sich beschwert, dass Conrad ihr nicht genug bot, und Nola fragte sich, wie jemand auf die Idee kommen konnte, irgendwas Großartiges von ihrem Kollegen zu erwarten, der nicht viel besser aussah als ein Penner, der versuchte, einen guten Eindruck zu hinterlassen.

Das brennende Haus war schon von Weitem auszumachen, ein schwarzer Rauchpilz verdunkelte den blauen Himmel und tat kund, dass auch das schönste Sommerwetter kein Unheil verhindern konnte. Die Straße hatte man mit rot-weißem Flatterband abgesperrt, und wer sich nicht, wie Nola, als Polizist ausweisen konnte, musste die Katastrophe aus der Ferne beobachten.

Nola stellte den Wagen am Straßenrand ab. Sie weckte Conrad unsanft, indem sie die Autotür mit Schwung zuknallte, hatte aber keine Lust, auf ihn zu warten, sondern näherte sich mit zügigen Schritten der Brandstelle. Es handelte sich um ein frei stehendes Geschäftshaus zwischen einem Dönerimbiss und einem Versicherungsbüro. Brandgeruch erfüllte die Luft, kratzte in ihrer Kehle und ließ ihre Augen tränen. Es schien unmöglich, tief durchzuatmen, und voller Dankbarkeit nahm sie die Atemschutzmaske entgegen, die ihr jemand reichte.

Die Feuerwehrmänner trugen schweres Atemschutzgerät, für die Polizisten und Spurensicherer in weißen Overalls mussten Halbmasken aus papierähnlichem Vlies reichen.

Hinter ihr hustete jemand abgehackt, Conrad, das erkannte sie sofort, sie brauchte sich nicht mal nach ihm umzudrehen.

Inzwischen bereute Nola, nichts gegessen zu haben. Ihr Magen knurrte so laut, dass ein junger Feuerwehrmann neben ihr laut auflachte und anbot, sie zum Frühstück einzuladen.

»Danke, aber dafür hab ich keine Zeit. Wo muss ich hin?«

Der Feuerwehrmann schickte sie hinter das Haus, und Conrad trottete leise vor sich hin schimpfend hinterher.

Im Garten hatte offenbar vor Kurzem eine Feier stattgefunden. Zwischen den Bäumen hingen noch Girlanden mit bunten Papierlaternen, und im hinteren Teil des Gartens waren Bierzeltgarnituren aufgebaut.

Die Hintertür des Hauses stand auf, und die Glasscheibe im oberen Bereich war herausgesprungen, genau wie die Scheiben aller Fenster an der Rückfront des Hauses. Wie so häufig waren auch in diesem Fall die Nachbarn durch das Knallen berstender Fensterscheiben auf das Feuer aufmerksam geworden, leider zu spät. Der sogenannte Flashover, also das Durchzünden der Rauchgase, hatte beim Eintreffen der Feuerwehr bereits stattgefunden, hohe Flammen schlugen aus dem Dach, und das Betreten des Hauses war unmöglich. Von der Hubrettungsbühne aus entdeckten die Feuerwehrmänner dann eine völlig verkohlte Leiche im Obergeschoss, doch erst drei Stunden später war das Feuer unter Kontrolle und die Temperatur im Haus so weit gesunken, dass man das Gebäude unter größter Vorsicht betreten und mobile Deckenstützen anbringen konnte, um die Leiche aus den Überresten des Schlafzimmers zu bergen.

Nola schaute sich nach bekannten Gesichtern um und entdeckte Jens Stiller vom Polizeirevier Martinsfehn, der sie freundlich grüßte, und Kommissar Felix Sterzenbach, zurzeit beim Kriminaldauerdienst, dem man ansah, dass eine lange Nacht hinter ihm lag. Sie hatten schon mal zusammengearbeitet und mochten sich.

Er nahm sie kurz in den Arm. »Hey, dich sieht man ja gar nicht mehr. Dahinten haben wir sie abgelegt.« Er zeigte auf eine schwarze Plane, die ein bisschen abseits auf dem Rasen lag und deren Wölbung verriet, dass sich etwas darunter verbarg, das von der Größe her ein Mensch sein konnte. »Wir konnten sie nicht im Haus belassen«, erklärte Felix. »Die Gefahr, dass das Löschwasser auch noch die letzten möglichen Spuren vernichtet, erschien uns zu groß. Außerdem ist das Gebäude stark einsturzgefährdet. Wir haben mit Baustützen gearbeitet, um die Leiche mithilfe der Feuerwehr rauszuholen. Sieht aus, als wäre sie im Schlaf erstickt, jedenfalls lag sie im Bett.« Schnaufend atmete er aus. »Meine erste Brandleiche. Stell dich schon mal drauf ein, dass sie ziemlich horrormäßig aussieht.« Er grinste schief. »Aber du bist ja hart im Nehmen. Ich verabschiede mich dann mal.«

»Danke, auch für die Warnung. Für mich ist es nämlich ebenfalls die erste Brandleiche. Ich hab extra auf ein Frühstück verzichtet. Keine gute Idee, jetzt hab ich nämlich Hunger.«

Sie drehte sich zu Conrad um und deutete auf die Plane, unter der die Tote lag. Doch ihr Kollege hatte offenbar nicht vor, die Leiche näher zu inspizieren. Er marschierte einfach zu den Bierzeltgarnituren, fegte mit einer Hand das Wasser von einer der Bänke und ließ sich darauf nieder.

Für einen Moment befürchtete Nola, dass Conrad einen Flachmann aus der Brusttasche ziehen und an den Mund setzen könnte, doch so weit war es zum Glück noch nicht mit ihm gekommen. Conrad stützte nur die Ellenbogen auf den Tisch und erklärte, dass er hier warten würde. Er faselte was von einer Erkältung, die es ihm unmöglich machte, diese schlechte Luft einzuatmen. Da wäre so ein Druck auf seiner Brust. Klar. Wahrscheinlich hatte er sich während der Fahrt erkältet.

Sie winkte ärgerlich ab und ließ ihn dort sitzen. Widerstrebend näherte sie sich der Toten, ihre Hände zitterten leicht, als sie die Plane beiseitezog.

Die Tote war durchgängig schwarz verkohlt, das Gesicht praktisch nicht mehr vorhanden bis auf die Zähne, die unnatürlich groß erschienen und den Eindruck erweckten, dass die Tote grinste. Der Anblick erschreckte Nola, und sie musste sich zwingen, nicht aufzuschreien und zurückzuweichen.

Dass Brandopfer sich durch das hitzebedingte Schrumpfen der Beugesehnen in die sogenannte Fechterstellung krümmten, also alle vier Extremitäten halb anzogen, war ihr bekannt, doch sie hatte nicht erwartet, dass die Leiche so klein wirkte. Das konnte an der merkwürdigen Haltung liegen oder daran, dass das Feuer das Unterhautfettgewebe verbrannt hatte und die Haut sich jetzt direkt über den Knochen spannte. Sie beugte sich nach vorn und berührte die Haut, die sich hart anfühlte wie uraltes, steif gewordenes Leder.

»Bei der Toten dürfte es sich um die Hausbesitzerin handeln«, hörte sie eine Stimme. Als sie den Kopf hob, stand Oberkommissar Stefan Bruhns, Leiter der Kriminaltechnik, neben ihr. »Simone Jakobi, Fotografin, alleinstehend. Sie hat über dem Laden gewohnt, und das, was von den Haaren übrig geblieben ist, passt zu der vorliegenden Beschreibung.«

»Brandstiftung?«

»Keine Ahnung. Am wahrscheinlichsten ist wohl, dass sie im Bett geraucht hat und eingeschlafen ist. Aber das ist reine Spekulation. Für so etwas gibt es Brandermittler. Wir haben schon jemand angefordert.«

»Sie lag auf dem Bett?«, vergewisserte Nola sich noch einmal, und Stefan bestätigte es mit einem knappen Nicken.

»Ja. So kann man sich wenigstens einreden, dass sie nichts mitbekommen hat. Stell dir vor, du wachst auf, und um dich herum steht alles in Flammen.«

O nein, das wollte Nola, die jetzt schon ahnte, dass sie den Anblick der Toten so bald nicht vergessen würde, sich ganz und gar nicht vorstellen. Sie richtete sich wieder auf und stemmte beide Hände in den Rücken. »Eins wundert mich. Ich gehe mal davon aus, dass hier vorschriftsmäßig Rauchmelder angebracht sind. Warum hat sie nichts gehört?«

»Keine Ahnung. Ich frag mal bei den Feuerwehrleuten, ob sie Rauchmelder gesehen haben. Vielleicht war sie betrunken, vielleicht hat sie Schlaftabletten genommen, vielleicht hatte sie einen sehr festen Schlaf.«

»Wo ist die Leiche?« Ein Stakkato eiliger Schritte riss die beiden aus ihren Überlegungen.

Die leitende Ärztin des Rechtsmedizinischen Instituts in Oldenburg war eingetroffen. Im Frühling hatte Dr. Gritta Fenders sich einer schwerwiegenden Operation unterziehen müssen, zwei Hüftprothesen wurden implantiert, und Nola war sehr erstaunt, die Rechtsmedizinerin schon wieder im Dienst zu sehen. In ihrer Vorstellung dauerte die Genesungsphase nach so einem komplizierten Eingriff sehr viel länger, eine Freundin ihrer Mutter hatte sich fast ein Jahr gequält, bis sie wieder einigermaßen laufen konnte. Andererseits wusste jeder, dass Dr. Fenders nur für ihre Arbeit lebte, sie hatte es wohl nicht länger ausgehalten.

Man musste schon sehr genau hinschauen, um das leichte Zögern zu bemerken, bevor die Medizinerin ihre Füße auf den Boden setzte, offenbar konnte ihr Körper noch nicht wirklich glauben, dass der Schmerz verschwunden war. Ansonsten hatte die Ärztin sich nicht verändert. Immer noch trug sie ihr graues Haar kurz, aber nicht sonderlich chic frisiert, und wie immer begrüßte sie zuerst diejenigen, die sie kannte und duzte.

»Hallo, Stefan, lange nicht gesehen.« Seine Frage nach ihrem Befinden beantwortete sie mit: »Bestens. Heute ist mein erster Arbeitstag. Fängt ja gut an.« In genau diesem begeisterten Tonfall würden andere Leute über sonniges Wetter am ersten Urlaubstag jubeln.

Jetzt kam Nola an die Reihe. »Frau van Heerden. Wie man hört, haben Sie sich ja hervorragend mit meinem jungen Kollegen verstanden. Ich hoffe, Sie sind nicht enttäuscht, dass Sie von jetzt an wieder mit mir vorliebnehmen müssen.«

Die Rede war von Dr. Valentin Steffen, dem Mann mit der Samtstimme und dem Tattoo im Nacken. Er war also nach Berlin zurückgekehrt, ohne sich von Nola zu verabschieden, und zu ihrer Verwunderung versetzte die Neuigkeit ihr einen winzigen Stich. Vor gar nicht langer Zeit hatte Valentin noch behauptet, ständig an sie denken zu müssen. War wohl nur so dahingeredet.

»Ich glaube, wir kommen auch ohne ihn zurecht«, brummte Stefan, und Nola brauchte ihn nicht anzuschauen, um zu wissen, dass er grinste.

»Davon gehe ich aus.« Mit dem Zeigefinger rückte Dr. Fenders die tropfenförmige Brille mit dem schmalen Silbergestell zurecht. »Was haben Sie für mich?« Während ihrer Abwesenheit hatte sie nichts von ihrer Autorität eingebüßt. Ohne die Antwort abzuwarten, öffnete sie ihren Koffer aus

Aluminium. Sie warf einen interessierten Blick auf die Tote: »Ich seh schon.« Dann ging sie in die Knie und widmete sich ihrer Arbeit, und jeder, der sie kannte, wusste, dass sie dabei nicht gestört werden wollte.

Auch Nola war klar, dass jetzt Geduld gefragt war. Dr. Fenders konnte es nicht ausstehen, wenn man sie nach ihren ersten Eindrücken fragte. Man hatte gefälligst zu warten, bis sie bereit war, ihre Ergebnisse zu verkünden.

Nola drehte sich um, zupfte die Schutzmaske runter und ging ein paar Schritte in den Garten, wo sie mehrfach ganz tief ein- und wieder ausatmete, Sauerstoff, herrlich. Dann schlenderte sie zu Conrad, der immer noch mit halb geschlossenen Augen am Tisch saß und aussah, als würde er gleich einschlafen.

»Moin«, rief jemand in diesem Moment, und ein dunkelhaariger Mann in der Uniform der Niedersächsischen Polizei näherte sich mit großen, energischen Schritten. Oberkommissar Renke Nordmann, Leiter des Polizeireviers Martinsfehn.

Wenn sie sich ganz gerade machte, war Nola einen Meter dreiundsechzig groß und hatte damit so gerade den Einstellungsanforderungen der Polizei Niedersachsen genügt. Renke überragte sie um mehr als zwanzig Zentimeter. Er war gerade vierzig geworden, hatte dunkle Haare und leuchtend blaue Augen, die gern die Welt auf Abstand hielten, einen Dreitagebart und einen Mund, der selten lächelte. Eigentlich war er überhaupt nicht ihr Typ, sie stand eher auf blonde, gut gelaunte Männer, die gerne lachten, und doch flatterte ihr Herz gerade wie ein aufgeregter Vogel, und sie konnte nur hoffen, dass man ihr das nicht ansah.

Beiläufig tippte Renke gegen seine Mütze. »Und? Ist Gritta schon da?«

Seine Stimme klang völlig neutral, als wäre Nola nur eine

Kollegin unter vielen. Nicht mal der aufmerksamste Beobachter hätte ihm anmerken können, dass er die letzte Nacht in Nolas Bett verbracht hatte.

Im letzten November waren sie sich zum ersten Mal begegnet und gleich aneinandergeraten. Es war Nolas erster großer Fall hier in Ostfriesland, und sie fand Renke unerträglich arrogant. An manchen Tagen fand sie das immer noch. Doch von Anfang an gab es etwas an diesem Mann, das sie magisch anzog, auch wenn sie einige Zeit gebraucht hatte, um sich das einzugestehen.

Vor fünf Wochen hatten sie zum ersten Mal miteinander geschlafen, und seither wuchs da etwas zwischen ihnen, zart und viel zu zerbrechlich, um es mit der Welt zu teilen. Das, was die beiden verband, war kompliziert, ein ständiger Wechsel aus nah und fern, heiß und kalt, traurig und wunderschön, eine Berg-und-Tal-Fahrt aus Gefühlen mit atemberaubenden Steigungen und ebenso steilen Abfahrten. Es gab Nächte, in denen Renke wunderbare Dinge in ihr Ohr flüsterte, und Nächte, in denen sie allein in ihrem Bett lag und sich nach dem Mann sehnte, der ein paar Kilometer entfernt auf seiner Baustelle werkelte und allein sein wollte. Und diese einsamen Nächte waren eindeutig in der Überzahl.

»Gritta ist schon an der Arbeit. Und Stefan hat einen Brandermittler angefordert.« Nola bemühte sich, ebenfalls ganz neutral zu klingen. »Glaubst du, dass es Brandstiftung war?«

»Keine Ahnung. Was sagt dein Bauchgefühl?«

»Nichts«, musste sie zugeben. »Der Leichenfundort ist ein schwarzes, verrauchtes Loch, und die Leiche erinnert mich irgendwie an Ötzi. Habt ihr schon was?«

»Nicht viel. Wir haben mit den Nachbarn geredet. Um halb drei hat es mehrfach laut geknallt, einige Fensterscheiben sind rausgeflogen, und durch den Sauerstoff wurde das Feuer noch mal ordentlich angefacht.«

»Wissen die Nachbarn etwas über die Feier, die hier kürzlich stattgefunden hat?«

»Ja. Simone Jakobi hatte gestern Geburtstag. Am Samstag hat sie mit Freunden reingefeiert, gestern Nachmittag war ihre Familie hier. Beide Feiern fanden im Garten statt.«

»Vielleicht war sie wirklich betrunken.« Nachdenklich verzog Nola das Gesicht. »Wie lange braucht ein Feuer, um so viel Hitze zu entwickeln, dass die Scheiben zerspringen?«

Renke zuckte mit den Schultern, dann verschränkte er die Arme vor der Brust. »Eine halbe Stunde vielleicht, wahrscheinlich noch weniger. Das hängt davon ab, wie viel Sauerstoff vorhanden ist. Die letzte Nacht war sehr warm, vielleicht standen alle Fenster auf, da kann es sehr schnell gehen.«

»Warte doch einfach ab, was der Brandermittler dazu sagt«, schlug Conrad vor und erklärte im selben Atemzug, dass er zur Straße gehen würde, um eine Zigarette zu rauchen. »Die Luft hier bringt mich um.«

»Ja, bei schlechter Luft hilft wirklich nur eine Zigarette.« Nola musste sich anstrengen, um nicht laut zu lachen. »Was weißt du über die Frau?«, wandte sie sich dann an Renke, der sich ebenfalls über Conrads seltsame Logik amüsierte.

»Nicht sonderlich viel. Sah gut aus, ein bisschen extravagant. Sie hat den Fotoladen von ihrem ehemaligen Chef übernommen, war oft mit der Kamera unterwegs. Frau Jakobi hat die Bilder von Aleenas Konfirmation gemacht. Die offiziellen Bilder vor der Kirche«, schränkte er ein.

Aleena lautete der Name seiner Tochter, sie lebte nicht mehr, genau wie Renkes Frau. Und Nola wollte auf gar keinen Fall, dass er jetzt an die beiden dachte. »Und sonst?«, fragte sie deshalb schnell.

»Und sonst bin ich ziemlich müde. Meine Nacht war nämlich ebenfalls ziemlich heiß – auch wenn ich zugeben muss, dass keine Fensterscheiben rausgeflogen sind.« Er grinste sie vielsagend an, wurde aber gleich wieder ernst. »Es gibt eine Angestellte, Moment…« Er kramte in seiner Tasche und holte ein Notizbuch hervor. »Stefanie Werkmeister. Sie wohnt im Tannenweg.«

»Hallo, Renke, lange nicht gesehen«, rief in diesem Moment Dr. Fenders. Kaum zu glauben, aber sie gab ihm die Hand, was für ein Privileg, der reinste Ritterschlag. Das war es aber auch schon mit Privatkonversation. »Ob die Frau letztendlich an einer Rauchvergiftung gestorben ist, kann ich noch nicht sagen. Im Moment erkenne ich aber keinen Hinweis auf einen gewaltsamen Tod. Eine junge Frau, deren Körper über längere Zeit hohen Verbrennungstemperaturen ausgesetzt war. An der Körperunterseite sind Gewebereste vorhanden. Ich kann es nicht beschwören, sieht aber aus, als hätte sie Jeans angehabt.«

»Im Bett?«, rief Nola überrascht.

»Sieht so aus. Es scheint auch so, als hätte sie Schmuck an den Füßen getragen, an den Zehen. Gibt es so etwas? Sie sind doch noch jung und kennen sich mit Mode aus.«

Nola nickte. »Ja. Gibt es. Ringe für die Zehen, ich nehme an, dass man damit nur barfuß laufen kann.«

»Und das soll schön aussehen? Ich weiß ja nicht«, schnaufte Dr. Fenders. Sie machte eine abwertende Handbewegung. »Wenn es recht ist, lasse ich die Tote jetzt nach Oldenburg bringen.«

»Ja, natürlich. Wann ist die Obduktion?«

»Morgen um acht.« Es klang, als würde Dr. Fenders sich darauf freuen.

Bislang hatte Nola noch keinen Fuß in das Haus gesetzt. Das würde sie jetzt nachholen. Sie zog die Atemmaske wieder vor ihr Gesicht. Das Feuer war mittlerweile gelöscht, doch das Hausinnere war immer noch in dichten grauen Nebel gehüllt. Allein der Anblick reichte, damit Nola zu spüren glaubte, wie sich der Ruß in Form kleiner schwarzer Flocken auf ihre Bronchien legte und dort alles verstopfte, was sofort einen Hustenanfall auslöste. Mehrere Feuerwehrmänner, gut erkennbar an den neongelb fluoreszierenden Streifen ihrer Kleidung, suchten nach Glutnestern.

Nolas Anwesenheit war nicht erwünscht, und jemand forderte sie auf, das Haus sofort zu verlassen. »Akute Einsturzgefahr.«

Sie gehorchte, erleichtert wieder raus in die Sonne zu dürfen. Einer von Stefans Mitarbeitern kniete auf dem Boden, um irgendeine Substanz abzukratzen und zu sichern.

»Und?« Renke war ihr gefolgt und stand jetzt so nah hinter ihr, dass sie seinen Atem im Nacken spüren konnte.

Sie zuckte mit den Schultern. »Keine Ahnung. Wir müssen abwarten, was der Sachverständige sagt. Morgen früh ist die Obduktion. Möglicherweise hat sie voll bekleidet auf dem Bett gelegen, vielleicht hat sie es mit dem Feiern übertrieben und war sturzbetrunken. Weißt du zufällig, ob sie Raucherin war?«

»So gut haben wir uns nicht gekannt. Zuerst sollten wir ihre Eltern aufsuchen, bevor sie es auf anderem Wege erfahren.«

KAPITEL 13

»Wulf? Was ist los, du musst aufstehen.« Carla Leutnant rüttelte ihren Mann an der Schulter.

Normalerweise sprang Wulf gleich beim ersten Klingeln

des Weckers hoch. Jetzt war es beinahe acht, und er lag immer noch auf der Couch, wo er die Nacht verbracht hatte, eingewickelt in eine Wolldecke. Heute war der erste Tag der schwarzen Woche, und wenn alles so ablief wie in den Jahren zuvor, würde er keinen Fuß vor die Tür setzen.

»Wulf, ich muss rüber und aufschließen.«

»Und was hat das mit mir zu tun«, blaffte er sie an, die Augen noch geschlossen. Im nächsten Moment entschuldigte er sich für seine harschen Worte. »Tut mir leid. Du weißt ja… ich fühle mich furchtbar, kann an nichts anderes denken.«

Ja, die Feuernacht, der tote Junge. Carla hatte sich angewöhnt, bei der Katastrophe immer nur an Michel zu denken, Wulfs kleinen Sohn, der bei dem Feuer ums Leben gekommen war. Die Frau war für sie nicht wichtig, Verena hatte Wulf doch nur als billige Arbeitskraft ausgenutzt. Alles hatte er für sie getan und war am Ende mit leeren Händen dagestanden. Nicht nur, dass sein Sohn tot war, er musste auch noch mal ganz von vorn anfangen, weil die Tochter alles bekam. Melody.

Voller Sorge betrachtete Carla ihren Mann, und das, was sie sah, machte ihr Angst, große Angst sogar. Auf Anraten von Dr. Benz, Facharzt für Psychiatrie und Psychotherapie, der Wulf seit seinem Zusammenbruch vor zwanzig Jahren behandelte, setzte er in dieser Zeit immer seine Medikation hoch, und so waren sie bislang einigermaßen unbeschadet durch diese Tage gekommen.

Diesmal allerdings benahm Wulf sich anders als sonst. Diesmal war es nicht damit getan, am Küchentisch zu sitzen, vor sich hin zu starren und dann und wann eine einsame Träne abzuwischen. Seit diese schreckliche Melody am Freitag hier aufgetaucht war, trank er praktisch rund um die Uhr, und die letzten beiden Nächte hatte er in der Wohnstube auf der durchgesessenen Dreiercouch verbracht, wo er in Unterwäsche unter einer Wolldecke geschlafen und so laut geschnarcht hatte, dass Carla es im Schlafzimmer hören konnte und deshalb selbst nicht in den Schlaf fand.

Damit er seine Ruhe hatte und auch, um den Kindern seinen Anblick zu ersparen, hatte sie mit den Mädchen den ganzen Sonntag bei ihren Eltern verbracht. Und trotzdem hatte er am Abend die achtjährige Ines angebrüllt, nur weil sie ihre Lieblingsserie auf dem Kinderkanal gucken wollte, und er hatte dabei schreckliche Worte benutzt, Worte, die nicht für Kinderohren bestimmt waren. Als Carla ihn zur Rede stellte, hatte er sie an den Schultern gepackt und aus der Stube gedrängt. Wie ein Fremder war er ihr vorgekommen, ein bösartiger, primitiver Fremder, der den Platz ihres Ehemanns eingenommen hatte und ihr und den Kindern Angst einflößte.

Aus Verzweiflung war sie schon um neun ins Bett gegangen, mit einer Schlaftablette, obwohl Dr. Benz, der Carla nach zwei Suizidversuchen in jungen Jahren behandelte, immer davon abriet, zusätzlich zu ihren normalen Tabletten noch Rohypnol zu nehmen. *Sie wissen gar nicht, wie gefährlich das Zeug ist,* hatte er beim letzten Mal gemeint und sich geweigert, ein Rezept auszustellen. Nur gut, dass ihr Hausarzt das nicht so eng sah. Schließlich brauchte sie ihren Schlaf.

Sie musste jeden Tag früh aufstehen, die Kinder vor der Schule versorgen und dann rüber in die Tankstelle gehen und dort den ganzen Tag an der Kasse stehen und auf Kunden warten. Einer musste diesen langweiligen, undankbaren Job ja machen, und das war nun einmal sie.

Eigentlich war Carla Schuhfachverkäuferin, und egal, wie herablassend manche Menschen das Gesicht verzogen, wenn sie über ihren Beruf sprach, vor allem Wulfs Mutter tat sich da hervor, Schuhe verkaufen war kein Zuckerschlecken. Man brauchte einiges an Fachwissen und musste mit allen Sinnen anwesend sein, um für jeden Fuß den richtigen Schuh zu finden. Carla hatte ihren Beruf geliebt. Es war doch ganz was anderes, schön angezogen in einem Geschäft zu stehen, das mit Teppichboden ausgelegt war und wo es angenehm nach neuem Leder roch, und Schuhe zu verkaufen, die man selbst schön fand.

Hier, wo alles nach Benzin und Öl stank, guckte sie den lieben langen Tag auf die Hauptstraße und langweilte sich zu Tode, weil nur so wenige Kunden kamen. Merkwürdigerweise lähmte sie dieses Zuviel an Zeit, es war, als würde ihr Körper in eine Art Schlafmodus fallen, sobald sie den Raum betrat. Sie schaffte es weder, den Kassenraum zu verschönern, noch konnte sie sich dazu aufraffen, mal wieder gründlich sauber zu machen. Sie fühlte sich wie eingefroren. Erst wenn sie den Raum verließ, erwachten ihre Lebensgeister wieder.

Vor zehn Jahren hatte sich ihnen die Möglichkeit geboten, die Tankstelle und das Haus von Carlas Onkel zu übernehmen. Ein Geschenk des Himmels, so kam es ihnen damals vor. Wulf nahm so starke Medikamente ein, dass er nicht mehr als Berufskraftfahrer arbeiten durfte, und Carla, die gerade ein Baby bekommen hatte, drohte an ihrer Rolle als Mutter zu scheitern. Die Winzigkeit ihrer Tochter machte sie völlig hilflos. Ständig peinigte sie die Angst, dass Pia etwas Schlimmes zustoßen könnte, ohne dass sie es bemerkte. Wenn Wulf das Haus verließ und sie allein mit ihrer Tochter zurückblieb, bekam Carla regelrechte Panikattacken. Ständig stellte sie Pia beim Kinderarzt vor, obwohl ihr bewusst war, dass die Sprechstundenhilfen die Augen verdrehten, wenn sie in der Tür stand, mal wieder ohne Termin, weil Pia sich so komisch benahm oder plötzlich kleine rote Pickel in ihrem Gesicht blühten. Ihre Schwiegermutter hielt sie für hysterisch, genau wie Brigitte, ihre eigene Schwester. Die dreifache Mutter konnte nicht verstehen, was schwierig daran sein sollte, ein Baby zu versorgen. Nur Wulf hielt zu ihr, und er nahm ihr Pia so oft wie möglich ab. Nachdem sie die Tankstelle übernommen hatten und Wulf den ganzen Tag zu Hause war, wurde Carla ruhiger. Sie bekamen sogar noch ein zweites Kind, Ines.

Wulf hatte sich einen Sohn gewünscht, das wusste sie genau, sie hatte nach Ines' Geburt seine Enttäuschung gespürt, weil es wieder ein Mädchen geworden war, auch wenn er sich bemühte, seine Gefühle vor ihr zu verbergen. Am Anfang redete er oft davon, noch ein drittes Kind zu bekommen, einen Jungen, doch Carla fehlte die Kraft, sich erneut auf einen Säugling einzulassen, der sie rund um die Uhr brauchte, und ausnahmsweise gelang es ihr, sich durchzusetzen. Was sollte Wulf auch gegen ihr *Ich schaffe das einfach nicht!* sagen.

Er wusste, dass sie recht hatte. Die Tankstelle lief nicht so gut wie erhofft, sie waren gezwungen, die beiden Kassiererinnen zu entlassen, auch wenn sie nur einen geringen Stundenlohn bekamen, und Carla musste den Job übernehmen, neben dem Haushalt und den Kindern. Nur ausnahmsweise half ihre Schwester Brigitte mal aus.

Wulf, der in jungen Jahren KFZ-Mechaniker gelernt, dann aber als Lkw-Fahrer angeheuert hatte, war zuständig für kleine Reparaturen und die Waschanlage und konnte seine Arbeit nicht ständig unterbrechen, um zu kassieren. Sie teilten ihre Tage so ein, dass Carla bis um zwölf die Kasse machte, dann übernahm Wulf, und sie kümmerte sich um das Mittagessen. Sie aß mit den Mädchen und löste Wulf um halb zwei ab, damit er auch in Ruhe essen und eine Zigarette rauchen konnte. Danach verschwand er wieder in der Werkstatt, und sie nahm ihren Platz hinter der Kasse ein. Um halb sieben machten sie zu, auch wenn viele Berufstätige erst später tankten und deshalb zur ARAL abwanderten, samstags sperrten sie um zwei Uhr ab, und sonntags blieb die Tankstelle den ganzen Tag geschlossen. Sie brauchten Zeit für die Kinder, die sich oft beschwerten, dass ihre Eltern immer arbeiten mussten.

In diesem Jahr lagen die Sommerferien in Niedersachsen sehr früh, und Carla war froh darüber. Die Mädchen gingen seit letztem Donnerstag wieder zur Schule, so waren sie wenigstens den halben Tag außer Haus und mussten nicht mit ansehen, was gerade mit ihrem Vater passierte. Heute Nachmittag würde sie die beiden zum Schwimmen ans Kreihenmeer schicken. Sie schämte sich für die Erleichterung, die sie bei diesem Gedanken verspürte, doch es widerstrebte ihr, ihre Töchter allein mit Wulf im Haus zu lassen.

»Hast du einigermaßen geschlafen auf der Couch?« So viel Fürsorge hatte er gar nicht verdient, aber jetzt war es zu spät, die Worte waren ausgesprochen.

Müde zuckte er mit den Schultern. »Du, das gestern Abend tut mir leid. Ich weiß auch nicht, was mit mir los ist, warum ich nicht darüber wegkommen kann.« Er legte die Hände nebeneinander auf die Tischplatte aus grünem Granit, den altmodischen Couchtisch hatten sie zusammen mit dem Haus von Carlas Onkel übernommen, genau wie die blassblaue Sitzgarnitur. Sie hatten nicht viel Geld zur Verfügung gehabt, und die Möbel waren noch gut in Schuss gewesen, viel zu schade, um sie an die Straße zu stellen.

Jetzt dachte Carla oft, dass sie traurig aussahen, alt und eingestaubt, obwohl sie regelmäßig die Polster absaugte und einmal im Jahr mit Schaumreiniger behandelte. Wie gern wäre sie in schönen Farben eingerichtet, die das Herz erfreuten. Gelb war ihre Lieblingsfarbe, und sie träumte schon lange von einer gelben Couch, auch wenn sie schnell Flecken bekäme. Aber Wulf wollte nichts davon hören, *die Möbel sind doch noch gut.*

Seufzend fuhr er sich durch die Haare. »Er wäre jetzt zweiundzwanzig, ein junger Mann, schon richtig erwachsen.«

»Ich weiß«, murmelte sie und strich mit dem Handrücken über seine Wange. Die Bartstoppeln fühlten sich rau an, aber nicht unangenehm.

Wulf war so groß und stark, ein Kerl wie ein Baum, hatte mal jemand über ihn gesagt, und trotzdem schlug in seiner Brust ein butterweiches Herz. Die Kinder waren sein Ein und Alles. Es gab wohl nichts, das er nicht für sie tun würde – an einundfünfzig Wochen im Jahr. Doch es gab auch die zweiundfünfzigste Woche, die Woche um den dritten August, und es kam ihr vor, als würde es von Jahr zu Jahr schlimmer werden. Dieses Jahr bildete vorerst den traurigen Höhepunkt. Sie wollte sich lieber gar nicht vorstellen, wie das in Zukunft noch werden sollte.

Es ist die Trauer, versuchte sie, sich zu beruhigen. An seinem Sohn wird er genauso gehangen haben wie an Pia und Ines. Wenn eins der Mädchen sterben würde, käme er niemals darüber hinweg. Er war einer dieser Menschen, denen das Herz aufging, wenn sie Kinder sahen, vor allem, wenn sie noch klein waren, so wie Michel damals.

Jeder Gang zum Friedhof brachte Wulf zum Weinen, immer noch, und so hatte es sich eingebürgert, dass Carla das Grab ohne seine Hilfe in Ordnung hielt. Was die anderen Leute dazu sagten, spielte für sie keine Rolle. Jeder musste selbst sehen, wie er sein Leben gestaltete. Sie liebte Wulf, er hatte sie von ihren Depressionen erlöst und ihr zwei Kinder geschenkt. Ohne ihn hätte sie vielleicht nie mehr ins Leben zurückgefunden. Er war ihr Retter, ihr Fels in der Brandung, und dafür war sie ihm etwas schuldig.

Als sie noch gemeinsam zum Friedhof gingen, brach Carla jedes Mal das Herz, wenn er dort stand und jämmerlich weinte. Wenn Wulf jetzt das Grab besuchte, was nicht oft vorkam, dann allein. Sie konnte seine Trauer einfach nicht aushalten. Manchmal nahm er sie hinterher in den Arm und sagte: *Das sieht wirklich schön aus, Carla.* Mehr Dank brauchte sie nicht, und schon gar nicht brauchte sie gute Ratschläge von anderen Leuten, die ihr erklären wollten, dass es nicht zu ihren Aufgaben zählte, das Grab ihrer Vorgängerin zu pflegen. Es ging ihr ja gar nicht um die Frau, sie machte es für den kleinen Jungen.

Ihre Gedanken, in denen sie Wulf schon beinahe wieder verziehen hatte, wurden unterbrochen, weil seine mächtige Faust mit Wucht auf die Tischplatte krachte. »Warum ist Melody zurückgekommen? Kannst du mir das verraten? Sie sieht aus wie ihre Mutter… das ist unerträglich für mich.«

Es existierte kein Bild mehr von Verena, der gesamte Hausstand war den Flammen zum Opfer gefallen, auch die Fotoalben. Deshalb hatte Carla sich noch nie überlegt, wie Verena wohl ausgesehen haben mochte. Jetzt wusste sie es, schlank, blond, hübsch. Eine heftige Eifersucht erfasste sie, obwohl die Frau seit zwanzig Jahren auf dem Friedhof lag.

Schnell wandte sie sich um. »Ich muss jetzt rüber. Um Viertel nach eins kommen die Mädchen. Du brauchst nur die Suppe warm zu machen. Wäre nett, wenn du deine Wut nicht wieder an den beiden auslässt.«

Verlegen senkte er den Blick, er schämte sich, ihr Vorwurf hatte ihn getroffen. Wulf wollte kein schlechter Vater sein.

Während sie über den Weg aus Waschbetonplatten hastete, der von der Haustür zu dem kleinen Tankstellengebäude führte, versuchte sie abzuschalten und nicht an Wulf und sein Verhalten zu denken, was auf den paar Metern natürlich nicht gelang. Um ihre Gedanken in Ordnung zu bringen, hätte sie bis zur Nordsee laufen müssen. Warum nur war Melody zurück nach Martinsfehn gekommen? Hatte Wulf denn nicht genug erlitten?

Carla grauste es ein wenig vor dem Tag, der vor ihr lag. Wie immer in der Zeit um das kritische Datum weigerte ihr Mann sich zu arbeiten. Er behauptete, dass er in diesen Tagen nicht fähig sei, sich auf die Reparaturen zu konzentrieren, und das wäre gefährlich. *Was, wenn mir ein Fehler unterläuft und dadurch ein Unfall passiert? Daran will ich nicht schuld sein.*

Damit war die Sache für ihn erledigt, und es blieb Carla überlassen, den Leuten zu erklären, dass die Werkstatt für eine Woche geschlossen blieb und dass Wulf keine Ausnahme machen würde, auch nicht für einen guten Kunden. Sie musste sich die Kommentare anhören, die nicht unbedingt von Verständnis zeugten. *Einen Ölwechsel wird er ja wohl noch hinkriegen*, hatte gestern jemand gemeint und damit gedroht, die Werkstatt zu wechseln. Er könne sich schließlich auch nicht freinehmen, nur weil ihm ein Furz quer saß. Was sollte sie in solchen Momenten sagen, sie konnte beide Seiten verstehen, ihren Mann und auch die Kunden.

Der erste Stammkunde wartete schon ungeduldig vor der Tür, es war Hermann, der sich jeden Morgen eine Tageszeitung und zwei Schokoriegel holte. Hinter ihm rollte Lothars schwarzer BMW vor Säule eins, und Carla beeilte sich, aufzuschließen und die Zapfsäulen freizuschalten. Mit einem Teppichmesser schnitt sie das Band auf, das die Zeitungen zusammenhielt, und zupfte ein Exemplar für Hermann raus, nicht das oberste, das nahm er grundsätzlich nicht. Hermann meckerte ein bisschen weiter, dass die fünf Minuten Verspätung seinen ganzen Morgenablauf durcheinanderbringen würden, als Lothar die Tür aufriss.

»Mensch, bei euch in Martinsfehn ist ja schwer was los.« Triumphierend schaute er Carla an, in deren Gesicht blankes Unverständnis lag. »Du weißt es nicht? Es hat gebrannt, und eine junge Frau soll dabei ums Leben gekommen sein.«

Ihre Knie wurden so weich, dass sie sich am Tresen abstützen musste. *O Gott, nicht Melody, bitte lass das Opfer nicht Melody sein!* Wenn Melody tot war, musste sie sich für den Rest ihres Lebens fragen, ob Wulf die Nacht wirklich auf dem Sofa verbracht hatte und warum er gerade eben so komisch gewesen war. Sie hatte in der Nacht geschlafen wie ein Stein, wie immer, wenn sie eine Schlaftablette nahm. Wulf hätte sonst was unternehmen können, sie hätte nichts mitbekommen.

KAPITEL 14

Renke hatte darum gebeten, beim Überbringen der Todesnachricht anwesend zu sein. »Ich kenne den Vater von früher.«

Nola begleitete ihn, Conrad blieb an der Brandstelle zurück. Zu dritt wollten sie nicht bei den Jakobis auftauchen.

Während der Fahrt hingen sie ihren Gedanken nach. Nola starrte durch die Frontscheibe, ohne etwas zu sehen, und seufzte dann und wann leise auf. Renke versuchte, das Bild der Toten loszuwerden, und gleichzeitig machte er sich Gedanken über das, was gleich zu sagen war.

Weert Jakobi hatte als Postbote gearbeitet, genau wie Renkes Vater, deshalb konnte er nicht einfach nur stumm danebenstehen, wenn Nola als Fremde die traurige Botschaft überbrachte.

»Lass mich reden«, sagte er deshalb vor der Haustür, und Nola willigte ein, sie wirkte sogar ein wenig erleichtert.

Weert und Johanne Jakobi waren längst ergraut, damit hatte er gerechnet, aber nicht damit, dass sie so viel dünner und kleiner aussahen als in seiner Erinnerung. Vor allem die Frau wirkte sehr zerbrechlich, und er fragte sich, wie diese zarte Person mit dem Tod ihrer Tochter fertigwerden sollte.

Auch Renke hatte seine Tochter verloren, viel zu früh, und er wusste nur zu gut, wie es sich anfühlte, wenn die Erde sich öffnete und die Normalität in tiefster Schwärze versank. Damals hatte Nola ihm die Nachricht überbracht, sehr viel persönlicher, als er es gleich tun würde, und sie hatte sich auch in den nächsten Tagen um ihn gekümmert, hatte seine Launen und Abstürze ertragen und ihn aufgefangen. Im Beerdigungsinstitut hatte sie ihm versprochen, Aleenas Mörder zu finden, und sie hatte ihr Wort gehalten und dabei beinahe ihr eigenes Leben verloren.

Aber er sollte jetzt nicht über Nola nachdenken und schon gar nicht über seine Tochter, die er so schmerzlich vermisste. Ein Polizist, der eine Todesnachricht überbrachte, hatte stark zu sein für die, die sich an ihm festhalten mussten.

Die Dienstmütze in der Hand sagte er leise: »Es tut mir sehr leid, wir bringen eine schreckliche Nachricht mit. In Simones Haus ist gegen Morgen ein Feuer ausgebrochen. Sie wurde tot aufgefunden.«

Wie so oft brauchten die Eltern ein paar Sekunden, um zu begreifen. Fassungslos schauten sie ihn an, dann drehten sie die Köpfe und sahen einander ins Gesicht, unsicher und fragend, als könnte unmöglich die Rede von *ihrer* Tochter sein. Ihre Blicke wanderten zurück zu Renke, er nickte ganz vorsichtig, dann stieß Johanne Jakobi einen lauten Schrei aus.

»Nein! Nein! Nein!« Ihre Hände umklammerten Renkes

Unterarm und zerrten daran herum. »Doch nicht unsere Simone«, flehte sie ihn an, und er konnte nichts anderes tun, als »Es tut mir wirklich sehr leid« zu flüstern.

Ihr Mann, der immer noch keinen Ton von sich gegeben hatte, legte den Arm um ihre Taille und wartete geduldig, bis sie Renkes Arm losließ, dann führte er sie behutsam durch Flur und Küche in ein kleines, altmodisch eingerichtetes Wohnzimmer, wo er sie auf die zweisitzige Couch mit hoher Lehne drückte, sich danebensetzte und die Hände zuerst auf seine Oberschenkel legte und nach kurzem Zögern faltete. Tränen glitzerten in seinen Augen, und es dauerte nicht lange, bis sie über seine eingefallenen, schlecht rasierten Wangen rollten und von dort auf die Brust seines kurzärmeligen Hemdes tropften, wo sie kleine, dunkle Flecken hinterließen. Wie versteinert saß er dort, ein alter, verzweifelter Mann, der weinte.

Neben ihm presste seine Frau ihre Hände vor das Gesicht, sie schluchzte so heftig, dass Renke sich am liebsten die Ohren zugehalten hätte. Es zählte zu den schlimmsten Momenten in seinem Beruf, wenn man ein Haus betrat, um das Leben der Bewohner für immer zu zerstören. Für die zwei gab es keinen Trost, keinen Lichtblick, keine Hoffnung, keinen Weg zurück, ihr Leben würde nie mehr sein wie zuvor. Wer wüsste das besser als er selbst. Diese beiden Menschen durften nie mehr unbeschwert Weihnachten feiern, und den Geburtstag ihrer Tochter würden sie von jetzt an als einen der schlimmsten Tage des Jahres erleiden, genau wie den Tag ihres Todes.

Nola saß ganz still auf ihrem Sessel. Die Hände zwischen die Knie geklemmt, starrte sie betreten auf ihre Füße, die in knallgrünen Sneakers steckten, und plötzlich erschien sie ihm unglaublich jung, wie jemand, der noch keine Ahnung davon hatte, wie wahres Leid sich anfühlte, eine junge Frau, die die Nächte durchtanzen und ihre Küchenschränke kornblumenblau anpinseln durfte und die Flurwände violett.

Er selbst dagegen fühlte sich gerade wie ein uralter, vom Leben über die Gebühr gebeutelter Mann, und er begriff nicht, warum sie nicht erkennen konnte, wie wenig er zu geben hatte. Wie lange würde ihre blinde Verliebtheit andauern?

Sein Blick wanderte ziellos durch den Raum, in dem es keine Wand ohne Familienfotos gab. Simone war die jüngste von vier Töchtern, Enkelkinder waren auch schon da, wie die Bildergalerie verriet. Einige gingen bereits zur Schule, die Namen standen auf den bunten Schultüten, Kevin, Diana, Chantal und Joelle.

Inzwischen hatte Weert Jakobi sich ein wenig gefangen. »Wie?«, fragte er mit rauer Stimme. »Wie ist es passiert? Ein Defekt in der Elektrik?«

»Das wissen wir leider noch nicht. Wir haben einen Sachverständigen angefordert, der das herausfinden wird. War Ihre Tochter Raucherin?«

»Ja! Diese verdammten Zigaretten«, schrie Frau Jakobi auf. Sie warf ihren Oberkörper nach hinten, so heftig, dass ihr Hinterkopf gegen die Wand knallte, sie schien es nicht zu bemerken. Sie schluchzte zum Herzerweichen und wischte die Tränenströme mit dem Zipfel ihrer Halbschürze ab.

»Hat denn niemand was gemerkt?« Ungläubig schüttelte der Vater der Toten den Kopf. »Das Haus steht doch an der Hauptstraße, da kommen ständig Leute vorbei.«

»Aber nicht um diese Zeit. Die Nachbarn haben gegen 2:30 Uhr die Feuerwehr verständigt, da stand schon alles in Flammen.«

»War sie allein?«

»Davon gehen wir aus.«

Jedes Wort, das zwischen ihnen fiel, wurde von den ruckartigen Schluchzern der Mutter untermalt.

»Hatte sie eine Beziehung, jemand, den wir benachrichtigen müssen?«, wollte Nola wissen.

Herr Jakobi schüttelte den Kopf. »Nein, da gibt es niemanden. Unsere Simone war keine, die leicht zu haben war. Ich hab immer gesagt, du bist viel zu anspruchsvoll, Mädchen. Es muss doch nicht gleich ein Märchenprinz sein.«

Wussten Eltern zwangsläufig, mit wem ihre erwachsenen Kinder ins Bett gingen? Wenn Renke sich Simone Jakobi vorstellte, wie sie zu Lebzeiten ausgesehen, sich herausgeputzt und den Gerüchten nach gelebt hatte, erschien es nicht sehr wahrscheinlich, dass ihre Eltern alles über ihr Leben wussten, so wie er sich auch nicht vorstellen konnte, dass Simone Jakobi längere Zeit ohne Sex gelebt hatte.

Nola räusperte sich. »Wie heißt die beste Freundin Ihrer Tochter?«

»Das kann ich nicht sagen. Hanni?« Er drückte die Hand seiner Frau. »Das weißt du besser als ich.«

Johanne Jakobi benötigte zwei Anläufe, bis es ihr gelang, sich einigermaßen verständlich zu artikulieren. »Ich weiß nicht, Melody vielleicht. Die ist wieder zurückgekommen, und Simone hat sie zu ihrem Geburtstag eingeladen… sie hatte gestern… Geburtstag…« Die restlichen Worte ertranken abermals in einer Flut aus Tränen.

Ihr Mann schluckte schwer. Er ballte die Hand zur Faust, führte sie an den Mund und biss auf die Knöchel. Als er sich wieder ein wenig gefasst hatte, nickte er traurig. »Ja, gestern war ihr sechsunddreißigster Geburtstag. Wir waren zum Kaffee da, die ganze Familie. Im Garten haben wir gesessen, schön war's.«

Seine Worte ließen seine Frau so heftig schluchzen, dass sie kaum noch Luft bekam. »Ich hab Käsekuchen gebacken, wie immer… den mag sie doch so gern«, würgte sie hervor. »Käsekuchen mit Rosinen. Das letzte Stück hat Simone noch im Stehen gegessen, nachdem wir alles aufgeräumt hatten. Du bist die beste Bäckerin der Welt, Mama, hat sie gesagt.«

Beruhigend tätschelte Weert Jakobi ihre Hand. »Schon gut, Hanni.« Die nächsten Worte richtete er an Renke. »Und beim Kaffeetrinken hat Simone erzählt, dass Melody zurück ist. Melody Matzke, die beiden waren mal gut befreundet, bis zu der schrecklichen Tragödie. An Simones sechzehntem Geburtstag hat Melody sich heimlich aus dem Haus geschlichen, weil ihre Mutter sie nicht weglassen wollte. Als sie gegen Morgen heimkam, hat ihr Elternhaus gebrannt. Viele haben damals behauptet, dass Melody das Feuer gelegt hätte, aus Wut auf ihre Mutter. Beweisen ließ sich das nicht. Wir haben nie an ihre Schuld geglaubt. Simone auch nicht. Melody ist dann weg von hier.«

»Sie sprechen von dem abgebrannten Pferdehof?«, vergewisserte Renke sich, und die beiden nickten gleichzeitig. »Ich war damals in Hannover und hab nur über meine Eltern davon gehört. Wie lange ist das her?«

»Zwanzig Jahre. Es war ein Schock für die Mädchen. Das Ende der unbeschwerten Jugend, wenn Sie so wollen.« Herr Jakobi räusperte sich, dann richtete er seinen schmächtigen Körper auf. »Ich will ja nichts sagen. Aber komisch ist es schon; Kaum dass Melody zurück ist, brennt es wieder im Dorf.«

Inzwischen war seiner Frau noch ein Name eingefallen. »Fragen Sie Ihre Angestellte, Stefanie Werkmeister, die beiden haben sich gemocht.«

Ihr Mann bestätigte das mit einem Kopfnicken.

»Wann genau haben Sie sich gestern auf den Heimweg gemacht?«, fragte Renke.

»Kurz vor sechs muss das gewesen sein. Die Frauen waren mit dem Aufräumen fertig, und ich wollte nach Hause. Sonntags gucke ich immer die *Sportschau.*«

Nola und Renke verabschiedeten sich, nachdem Herr Jakobi eine der älteren Töchter angerufen hatte. Sie würde vorbeikommen und sich um ihre Eltern kümmern.

Im Auto wollte Nola wissen, was es mit diesem Brand auf sich hatte, und Renke erzählte, was er darüber wusste, viel war es allerdings nicht. »Auf jeden Fall wurde das Feuer gelegt, und den Brandstifter konnte man nicht ermitteln. Eine der Toten kannte ich persönlich, Daniela Finke, in der Grundschule war sie zwei oder drei Klassen unter mir.«

»Das hätte ich mir ja denken können. Kennst du diese Melody auch von früher?«

Aber da musste er passen. »Nee, die war noch jünger. Viel zu jung für mich.«

»Jetzt tu mal nicht so, als wenn du der größte Aufreißer von Martinsfehn gewesen wärst«, lachte Nola.

»Vielleicht war ich das ja. Warum nicht?«

»Ganz einfach. Weil das nicht zu dir passt.«

Während er den Motor anließ und rückwärts auf die Straße setzte, dachte er über ihre Worte nach. Natürlich hatte sie recht. Renke hatte sich schwergetan mit den Mädchen, möglicherweise lag das an seiner eher strengen Erziehung oder an seinem Berufswunsch. Schon als Schüler wollte er Polizist werden. Die Mädchen, die ihm gefielen, und das waren nicht unbedingt die Braven, fanden ihn spießig und uncool. Die wollten einen Möbeltischler, der Lust hatte auf alternatives Leben, oder einen Biker, der seine Maschine vor ihrem Haus laut und aggressiv aufröhren ließ. Mit beidem hatte er nicht dienen können. Er warf einen Seitenblick auf Nola, die mit ihrem Handy hantierte. Ob sie sich vor zwanzig Jahren in ihn verliebt hätte? Oder er sich in sie? Wohl kaum, sie war sechs Jahre jünger als er selbst, also damals gerade vierzehn.

Während er sich auf den Verkehr konzentrierte, hörte er

mit einem Ohr, dass Nola im Präsidium anrief und darum bat, die alten Akten rauszusuchen und auf ihren Schreibtisch zu legen.

»Das ist kein Zufall«, sagte sie dann voller Entschiedenheit. »Vielleicht hat diese Melody tatsächlich das Feuer gelegt, kann ja sein, dass sie 'ne richtige Psychomacke hat. Und weil sie damals davongekommen ist, glaubt sie, dass es immer so sein muss. Damit ist wohl klar, wie ich den Abend verbringe.« Auffordernd schaute sie ihn an.

Doch er würde ihr keine Gesellschaft leisten. Renke trainierte montags eine Gruppe Jugendlicher in Selbstverteidigung, ein Termin, der ihm sehr wichtig war, weil sich dort viele der Heranwachsenden aus dem Dorf versammelten, die gern Ärger machten und die er normalerweise nicht erreichen würde. Der Sport mit seinen strengen Regeln bot eine gute Möglichkeit, ihnen das nahezubringen, was weder ihre Eltern noch die Schule ihnen vermittelt hatten, Tugenden wie Fairness, Disziplin und Durchhaltevermögen, die anscheinend aus der Mode gekommen waren.

KAPITEL 15 1997

Viertel nach elf Uhr. Endlich war es still im Haus. Vorhin war ihre Mutter ein paarmal zwischen Küche und Wohnzimmer hin- und hergewandert, wahrscheinlich um Getränkenachschub zu holen. Gegen halb elf wurde plötzlich Melodys Zimmertür aufgerissen. Zum Glück war sie darauf vorbereitet, sie hatte die Schritte ihrer Mutter auf der Treppe gehört.

Verena Matzke musste sich am Türrahmen festhalten, während sie ihre Tochter beschimpfte. Sie wäre faul, frech und nicht fähig, vernünftig ein Pferd zu reiten, eine einzige

Enttäuschung. Melody gelang es, sich schlafend zu stellen, obwohl ihr das Herz bis zum Hals klopfte. Wenn ihre Mutter auf die Idee käme, ihre Bettdecke wegzureißen, würde sie sehen, dass Melody komplett angezogen war, bis auf die Doc Martens. Grummelnd warf Verena Matzke die Tür wieder ins Schloss, dann stapfte sie in ihr Schlafzimmer, und bald schon erklang leises Schnarchen.

Melody zählte bis hundert, dann erhob sie sich im Zeitlupentempo und bewegte sich mit größter Vorsicht durch den Raum. Jetzt bloß kein Geräusch, das ihre Mutter wecken könnte. Sie zog die Lederjacke an, die über der Lehne von ihrem Schreibtischstuhl hing, steckte die Flasche mit dem weißen Rum in einen Baumwollbeutel und bückte sich nach den Schuhen, die sie vorsichtshalber erst draußen anziehen wollte. Mit angehaltenem Atem drückte sie die Klinke runter, dann öffnete sie die Tür, Zentimeter für Zentimeter, und schloss sie lautlos. Das Schnarchen hinter der Schlafzimmertür wurde lauter, und Melody entspannte sich zum ersten Mal an diesem Abend, sie konnte sogar grinsen und ihren Mittelfinger in Richtung Tür ausstrecken.

Auf Zehenspitzen huschte sie die Treppe runter und ließ dabei die dritte Stufe von unten aus, weil sie knarrte. Sie schlich über den gefliesten Flur und öffnete behutsam die Tür zur Scheune. Bei Daniela war es still. Vielleicht hatte sie sich wirklich zu *Meyers Tanzdiele* aufgemacht.

Draußen empfing Melody eine Sommernacht, wie sie schöner nicht hätte sein können. Der Vollmond legte eine fahlgelbe Spur aus Licht, die alles, was sie berührte, verzauberte, die warme Luft fühlte sich auf der Haut an wie ein sanftes Streicheln. Ärger und Enttäuschung fielen von ihr ab wie eine viel zu enge Jacke, und ein total verliebtes Mädchen kam zum Vorschein, das kaum erwarten konnte, den Liebsten zu treffen.

Melody schlüpfte in die Doc Martens und holte ihr Rad aus dem Schuppen neben der Garage, der nie abgeschlossen war. Sie warf noch einen letzten Blick auf das Haus. Alle Fenster waren dunkel, nur bei Daniela brannte Licht. Sie war also doch zu Hause geblieben und hätte auf Michel schauen können.

Egal, es spielte keine Rolle mehr. Niemand konnte Melody jetzt noch aufhalten. Sie stieg auf ihr Rad, das Licht funktionierte nicht, vielleicht ganz gut, so konnte niemand sie sehen. Sollte ihre Mutter aufwachen und ihr Verschwinden bemerken, wäre morgen früh die Hölle los. Aber was bedeutete schon die heimische Hölle gegen einen Abend mit Thore?

Die Fahrt dauerte zwanzig Minuten, sie musste einmal quer durch den Ort, der Hof lag an dem einen Ende von Martinsfehn, die Kieskuhle am anderen, und sie sang die ganze Zeit leise vor sich hin. Einmal hupte ein Autofahrer, weil sie ohne Licht unterwegs war, und sie streckte ihm den Mittelfinger entgegen, bevor sie in den schmalen Wirtschaftsweg abbog, der auf direktem Weg zur Kieskuhle führte.

In einer anderen Nacht hätte sie sich vielleicht gefürchtet, so ganz allein im Dunkeln, aber heute glühte Melody vor Aufregung am ganzen Körper. Thore, sie konnte an gar nichts anderes mehr denken. Hoffentlich war er nicht sauer, aber wenn er erst alles gehört hatte, würde er sich freuen, dass sie überhaupt einen Weg gefunden hatte zu kommen.

Zuerst nahm sie die Stimmen wahr, das kreischende Lachen, jemand schrie nach Bier, ein anderer grölte etwas, das sie nicht verstand. Leise Musik war auch zu hören, als wenn einer Gitarre spielte. Dann sah sie etwas Helles flackern, das Lagerfeuer. Sie warf ihr Rad dorthin, wo schon andere Räder lagen, und rannte los, das Herz voller Vorfreude. Ihr Blick suchte Thores blondes Haar, konnte es aber nirgends entdecken.

Jemand stellte sich ihr in den Weg. Julia. »Wo kommst'n du her?«, nuschelte sie undeutlich.

Melody konnte sich gar nicht erinnern, sie schon mal betrunken gesehen zu haben. Julia gehörte zu den Braven, eine echte Streberin mit Bestnoten, die bestimmt mal Ärztin werden würde oder Anwältin. Oder Lehrerin wie ihre Eltern, die ihre einzige Tochter hüteten wie ihren Augapfel. Julia auf einer heimlichen Fete an der Kieskuhle, wow, nicht zu fassen! Was sie wohl Mama und Papa erzählt hatte?

»Hey, bist du etwa breit?«, kicherte Melody. »Das gibt's ja nicht.«

»Nee.« Julia machte eine abwertende Bewegung mit der Hand und geriet dabei gehörig ins Schwanken. »Nur 'n bisschen Sangria.«

»Hast du Thore gesehen?«

Als Julia keine Antwort gab, ließ Melody sie stehen und ging weiter. Carmen zankte sich mit einem pickligen Jungen, den Melody noch nie gesehen hatte, und ließ sich auch nicht unterbrechen, als Melody sie anschubste und Hallo sagte.

Simone stand ein bisschen abseits, in der rechten Hand eine Flasche Sangria, in der linken eine brennende Zigarette. Jedes Mal, wenn sie daran zog und anschließend den Rauch ausstieß, legte sie den Kopf in den Nacken. Natürlich sah sie wieder umwerfend aus, ihr glattes dunkelblondes Haar, das ihr fast bis zu Taille reichte, glänzte im Schein des Feuers rötlich, sie trug knappe Jeans, ein Top, das jede Menge Bauch zeigte, und weiße Turnschuhe, die in der Dunkelheit zu leuchten schienen.

Melody gratulierte und wollte ihr die Flasche Bacardi überreichen, aber Simone hatte keine Hand frei. »Hast du Thore gesehen?«

Die Zigarette landete auf dem Boden, die Glut wurde ausgetreten. »Der ist schon wieder weg. War ziemlich angepisst, dass du nicht gekommen bist. Was war denn los?«

»Er ist weg?« Nur mit viel Mühe gelang es Melody, vor Enttäuschung nicht in Tränen auszubrechen. Sie erzählte von dem Abend, der von vorn bis hinten danebengegangen war, hatte aber nicht den Eindruck, dass ihre Geschichte Simone sonderlich interessierte. »Seit wann ist er denn weg?«

»Schon länger, keine Ahnung. Ich hab gesagt, dass er auf dich warten soll. Aber er hatte keinen Bock. War richtig sauer. Und ziemlich abgefüllt.« Sie umarmte Melody stürmisch. Ihr Atem roch säuerlich, als hätte sie sich gerade erbrochen, und Melody musste sich zwingen, sie nicht fortzustoßen.

Ohne lange zu überlegen, schraubte sie die Flasche Bacardi auf und nahm einen tiefen Schluck. Bäh, wer hatte behauptet, dass Bacardi nach nichts schmeckt? Von wegen, er brannte auf der Zunge und ein bisschen auf dem Zahnfleisch, und der Geschmack ließ sie kurz würgen. Egal, sie würde heute Abend noch mehr davon trinken, noch viel mehr, zu irgendwas musste es doch gut sein, dass sie hergekommen war.

»Die Typen sind scheiße, alle«, jammerte Simone, die so bildschön ausschaute, dass sie jeden haben könnte, und die trotzdem allein hier stand. »Die verarschen uns doch nur!«

Mit einer ruppigen Bewegung zog sie Melody mit sich zu einer Decke, auf die sie sich im Schneidersitz hinhockten, die Gesichter in Richtung des Feuers gedreht und in der Mitte zwischen sich die Flaschen, aus denen sie abwechselnd tranken.

»Wenn du glaubst, dass er mich geküsst hat, nee, hat er nicht gemacht!« Dabei streckte Simone ihre zur Faust geballte Hand in die Höhe. »Dieses Arschloch!«

»Wer?«, fragte Melody, obwohl ihr das eigentlich total egal war. Sie bekam keine Antwort.

Irgendwann kniete Carmen sich auf die Decke und umarmte die beiden von hinten. »Was trinkt ihr da?«

»Bacardi und Sangria, schmeckt echt ekelhaft«, kicherte Melody und nahm einen weiteren Schluck aus Simones Flasche, um das Brennen auf ihrer Zunge zu löschen. So machte sie es schon die ganze Zeit, mit Bacardi das Feuer anzünden, mit Sangria löschen. Perfekt.

Simone nickte. »Total ekelhafte Mischung. Macht aber nix. Wir müssen uns trösten.«

»Muss ich auch«, behauptete Carmen mit schwerer Zunge und streckte die Hand nach dem weißen Rum aus. »Habt ihr Andreas gesehen? Mann, ist der saudoof. Und den hab ich extra eingeladen... ich könnte mich ohrfeigen.«

Simone reichte ihr die Flasche, passte aber auf, dass sie nicht zu viel trank. »Das reicht.« Abrupt riss sie Carmen den Bacardi von den Lippen, so heftig, dass die Flasche gegen Carmens Vorderzähne schlug, und lehnte sich gegen Melody. »Ich sag dir was, wenn Thore echt verknallt wäre, hätte er auf dich gewartet. Vergiss den Blödmann! Der meint es sowieso nie ernst, mit keiner.«

»Nur weil ich nicht wegdurfte. Ich hasse meine Mutter, am liebsten würde ich sie umbringen«, brach es aus Melody heraus. »Alles macht sie mir kaputt. Und Daniela, diese blöde Ziege, ist auch nicht besser. Meint, weil sie auf Mamas Lieblingspferd reiten darf, kann sie sich alles erlauben.« Erstaunt stellte sie fest, dass Julia jetzt auch auf der Decke kniete, genau neben ihr.

»Ich glaub, ich kann fliegen«, kicherte Julia, bevor sie gegen Melody fiel, die sich daraufhin mit Sangria bekleckerte.

»Pass doch auf!«

»Gern«, sagte Julia und kriegte einen Lachanfall, in den die anderen nach und nach einfielen. Selbst Melody wollte sich ausschütten vor Lachen, obwohl sie doch sauer war auf Julia, weil ihr klar war, dass ihre Mutter den roten Fleck bemerken und Theater machen würde.

Danach lösten sich die klaren Gedanken auf, sie saßen zu viert auf der Decke, Melody, Simone, Carmen und Julia, sie tranken alles durcheinander, lachten, schimpften und heulten.

Irgendwann beschloss Melody, sich auf den Heimweg zu machen, ihr war schlecht, und sie hatte keine Lust mehr. Carmen kümmerte sich um Julia, die ständig kotzen musste, und Simone war verschwunden. Vielleicht hatte sie sich zum Pinkeln in die Büsche verzogen und war dort eingepennt, oder sie poppte irgendwo mit Sven. Es wäre nicht das erste Mal.

Thore war nicht zurückgekommen, mit dem war sie fertig. Wenn er sie lieben würde, hätte er auf sie gewartet, das war doch wirklich nicht zu viel verlangt. Die anderen hatten recht, einer wie Thore brauchte sich keine Mühe zu geben, dem liefen die Mädchen sowieso hinterher.

Ein paar Leute wollten an der Kieskuhle pennen, Sven zum Beispiel, der schon achtzehn war und eine Ausbildung als Maler und Lackierer machte. Er wohnte mit seiner Mutter in Georgsheil, und keiner verstand, weshalb er ständig in Martinsfehn rumhing. Einige freuten sich natürlich darüber. Sven fuhr regelmäßig mit seinem altersschwachen Polo über die Grenze nach Holland und besorgte Gras, das er an die Kids in Martinsfehn vertickte. Sein Schlafsack lag in der Nähe des Feuers, aber er war nirgends zu sehen. Egal, alles war egal.

Melody bückte sich, was sich als ziemlich schwierig erwies, weil die Welt sofort zu tanzen begann, und hob ihr

Rad auf. Sie versuchte aufzusteigen, kippte aber um und landete mit der Hüfte auf einem anderen Rad. Aua. Mühsam rappelte sie sich hoch und fasste den Entschluss, besser zu schieben.

Die Welt hatte sich in ein wild schwankendes Karussell verwandelt. Melody musste die Balance halten und sich gleichzeitig einen Weg bahnen durch komische Lichter, komische Geräusche und Sterne, die wild am Nachthimmel tanzten. Nach ein paar Metern wurde ihr so schlecht, dass sie ihr Rad fallen ließ und sich heftig erbrach. Die Schuhe kriegten einiges ab, aber nicht ihre schöne Lederjacke. Erneut kämpfte sie sich vorwärts. Wenn sie doch bloß nicht so viel getrunken hätte. Daran war auch ihre Mutter schuld oder Thore oder beide.

Der Weg, gesäumt von zwei tiefen Gräben, war so schmal, dass sie es kaum schaffte, auf dem Asphalt zu bleiben. Verdammt, es war so mühsam, das blöde Fahrrad mitzuschleifen, sie würde es hierlassen und morgen abholen. Sie versetzte dem Rad einen Schubs und schaute zu, wie es die Böschung runterrollte, bis es mit dem Vorderreifen im Wasser landete. Sie setzte sich hin, kippte zur Seite und blieb einfach so liegen, auf dem Rücken, alle viere von sich gestreckt. Die Sterne kreuzten über den Nachthimmel, als wollten sie sich jagen.

»Du spinnst, Melody«, sagte sie laut. »Sterne können sich nicht bewegen.« Am liebsten würde sie jetzt einfach schlafen, aber sie musste nach Hause, in ihr Bett kriechen und so tun, als wäre sie nie fort gewesen. *Mama darf nichts merken*, das war jetzt ihr Mantra. Sie hörte ein Geräusch, ein rhythmisches Quietschen, als würde jemand auf einem alten, schlecht geölten Rad fahren. Sehen konnte sie nichts, dafür war es viel zu dunkel. Bevor sie sich dazu aufraffen konnte, den Kopf zu heben, verlor sich das Geräusch in der Ferne.

Mama darf nichts merken, wiederholte sie ständig in Gedanken. *Mama darf nichts merken.* Trotzdem dämmerte sie ein.

Sie wachte auf, weil ihr Magen sich zusammenkrampfte und sie sich ein weiteres Mal erbrechen musste, diesmal über den Ärmel ihrer Jacke. Inzwischen dämmerte es. Wie lange hatte sie geschlafen? Sie rollte sich wieder auf den Rücken und blieb für ein paar Minuten mit geschlossenen Augen liegen. Schweiß perlte auf ihrer Stirn, den sie mit dem Handrücken fortwischte, die verdammte Kotzerei war so anstrengend.

Sie musste weiter. *Mama darf nichts merken,* erinnerte sie sich an ihr Mantra. Mühsam rappelte Melody sich hoch, mit nach vorn gebeugtem Oberkörper kämpfte sie sich vorwärts an der Bundesstraße entlang durch den ganzen Ort, der wie ausgestorben wirkte, und auf der anderen Seite über die schmale Straße, die zu dem Hof führte, der einsam hinter einem kleinen Waldstück lag, in dem Füchse lebten und vier Rehe, die morgens auf den Weiden ästen, einfach zwischen den Pferden.

Melody war so erschöpft, dass sie nicht mehr die Kraft aufbrachte, den Kopf zu heben, sonst hätte sie den schwarzen Qualm wohl eher gesehen.

Ihr Zuhause stand in hellen Flammen, es knisterte und knackte, während das gierige Feuer sich genüsslich das Haus einverleibte. Sie hörte die Pferde panisch wiehern und gegen die Boxenwände treten. Aber noch hatten die hungrigen Flammen den Stall nicht erreicht, sie waren beschäftigt mit dem Haus, in dem ihre Mutter und Michel schliefen.

»Mama!«, schrie Melody entsetzt auf. »Mama!«

Was sollte sie bloß tun? Die Haustür brannte, es gab keine heilen Fensterscheiben mehr, und innen tobte ein wütendes Feuer. Heiß, alles war kochend heiß. Mit den Händen schlug sie gegen die Mauer. Das Feuer antwortete mit einem dumpfen Knall. Entsetzt sprang Melody zurück. Aus dem Dach schlugen Funken.

Sie musste Hilfe holen. Doch das nächste Haus war mehr als einen Kilometer entfernt, und ihr Rad lag weit weg in einem Graben. Das schwammige Gefühl im Kopf war verschwunden. Melody rannte um ihr Leben, nein, nicht um ihr Leben, um Michels Leben und das ihrer Mutter.

Melody klingelte Sturm. Als sich nichts rührte im Haus, trommelte sie gegen die Tür und schrie verzweifelt um Hilfe.

Es dauerte eine Ewigkeit, bis die Tür sich öffnete. Der alte Mann im gestreiften Schlafanzug musste erst sein Hörgerät einsetzen. Während er versuchte, Melodys aufgeregtes Stammeln zu entwirren, erschien seine Frau in einem rosa Nachthemd.

Die Uhr in der Küche zeigte 4:11 Uhr, als der Mann die Polizei anrief. »Der Pferdehof von dieser Frau Matzke brennt.«

Die alte Frau setzte Melody an den Küchentisch. Sie holte ein gestricktes Tuch, das sie um ihre Schultern legte, dann kochte sie Tee, das Allheilmittel der Ostfriesen. Als sie die Tassen auf den Tisch stellte, bemerkte sie, dass Melodys Hände verbrannt waren.

»Ogottogott«, jammerte sie. »Du kannst ja nichts anfassen.«

In diesem Moment drang das schrille Heulen von Sirenen durch die Stille der Nacht.

»Ich muss zurück!« Melody ließ den Tee stehen und rannte los.

Als sie zu Hause ankam, war die ganze Welt endgültig aus den Fugen geraten. Es tobte ein Krieg der bunten Lichter, flackerndes Blaulicht kämpfte gegen orangeroten Feuerschein, Wasser prasselte aus dicken Schläuchen auf das brennende Haus, und die Pferde tobten immer noch in den Boxen. Jemand brüllte, dass er die Tiere jetzt auf die Weide lassen würde, Rosi, die von irgendwo aufgetaucht war, und wenig später hörte Melody das Geräusch stampfender Hufe, die Pferde waren gerettet.

Ein Auto hupte wie verrückt, und als sie aufschaute, sah sie Wulfs roten Kombi, der auf den Hof rollte. Er stürzte aus dem Wagen und brüllte: »Sie sind nicht zu Hause! Sie sind nicht zu Hause! Verena besucht ihre Freundin in Cuxhaven!«

Für einen Moment hielten alle inne, ein Feuerwehrmann, der nur wenige Meter entfernt von Melody stand, lachte sogar.

»Nein!!! Sie sind hiergeblieben!« Melodys Kreischen ließ alle Köpfe herumfahren. »Sie sind nicht nach Cuxhaven gefahren! Sie sind im Haus!«

»Du lügst! Ich habe doch mit Verena telefoniert.« Aus Wulfs Stimme klang totale Verzweiflung.

Er hastete zur Garage und riss das Tor hoch. Beim Anblick von Verena Matzkes altem Toyota sank er in die Knie.

»Michel«, hörte sie, immer wieder »Michel«, und da erst wurde ihr bewusst, dass Michel irgendwo da drinnen sein musste, und sie begann zu schreien.

Ein Sanitäter nahm sie in den Arm und fragte, was mit ihren Händen passiert war. Melody wusste es nicht, sie konnte sich nicht daran erinnern. Die Innenflächen beider Hände waren übersät mit dicken Brandblasen, von denen sich die ersten bereits öffneten. Es sah schrecklich aus, und Melody begriff nicht, warum sie überhaupt keine Schmerzen empfand.

Im Krankenwagen forderte man sie auf, sich hinzulegen, sie spürte einen Stich in der rechten Armbeuge. Müdigkeit überkam sie, und die Augen fielen ihr zu.

»Riechst du das? Die ist total abgefüllt«, sagte jemand, und es klang nicht gerade nett. Aber das war ihr egal.

Schlafen, dachte sie, *ich will nur noch schlafen. Und morgen früh soll alles nur ein Traum gewesen sein, ein hässlicher, grausamer Traum. Ich werde mich nie wieder mit Mama zanken, nie mehr ein schlechtes Wort über sie sagen. Von jetzt an bin ich die liebste Tochter der Welt.*

Die Seitentür des Krankenwagens wurde aufgerissen. Ein Mann mit einer tiefen, herrischen Stimme verlangte, mit ihr zu reden, ein anderer war damit nicht einverstanden. Sie stritten miteinander, und die Autotür wurde mit Schwung wieder zugeknallt. Jemand ließ den Motor an, und der Wagen setzte sich in Bewegung, ohne Martinshorn, aber mit Blaulicht, das konnte sie durch die Seitenscheibe sehen.

Melody hätte gern nach ihrem Bruder gefragt, nach ihrer Mutter, doch ihre Zunge lag schwer und nutzlos in ihrem Mund, sie konnte kein Wort hervorbringen, nur ein tiefes Stöhnen.

KAPITEL 16

Simone war tot, verbrannt in ihrem Bett, genau wie damals Melodys Mutter. Das Grauen war nach Martinsfehn zurückgekehrt. Im Lehrerzimmer gab es kein anderes Gesprächsthema.

Carmen, die zweimal die Woche als Schulsekretärin an der Grundschule Martinsfehn arbeitete und die neben der Bürotätigkeit auch für frischen Kaffee in den Pausen zuständig war, sagte ständig: »Ich will ja nichts sagen …«

Dann sag auch nichts!, hätte Julia am liebsten gebrüllt. Es fiel ihr schwer, sich zusammenzureißen, so zu tun, als ginge es nur um den tragischen Tod einer guten Bekannten. Ihre innere Anspannung war so groß, dass sie in der ersten Stunde aus Versehen die Kreide zerbrochen hatte.

Ein Junge in der ersten Reihe hatte voller Ehrfurcht geflüstert: »Du bist stark, Frau Bremer, wie Superman.«

Aber das stimmte nicht, sie war weder stark noch eine Superfrau. Sonst hätte sie Melody längst aus ihrem Leben katapultiert.

»... aber kaum ist Melody wieder im Ort, bricht ein Feuer aus«, beendete Carmen endlich ihren zigmal angefangenen Satz. »Das kann doch kein Zufall sein, oder?«

Bis auf Julia, Carmen und Inga, die Sportlehrerin, stammte keine der sechs Grundschullehrerinnen aus dem Dorf. Wenn die anderen überhaupt von der Feuernacht im Jahr 1997 wussten, dann vom Hörensagen. Doch Simone hatten alle gekannt, sie kam einmal im Jahr in die Schule, um die Klassen zu fotografieren, und ein zweites Mal für die Einschulungsbilder.

»Ich fand sie immer sehr nett, so erfrischend«, schniefte Lisa Karstens, eine Kollegin, die Julia nicht leiden konnte. Lisa hatte so etwas übertrieben Eifriges an sich, sie erinnerte an einen Jagdhund, der damit beschäftigt war, Tragödien zu erschnüffeln, um sich genüsslich darin zu suhlen. Ständig steckte Lisa ihre Nase in fremde Angelegenheiten, um sie zu ihren eigenen zu machen. »Sollten wir nicht eine Anzeige in die Zeitung setzen? Immerhin hat sie jedes Jahr unsere Schüler fotografiert.«

Mit einer müden Handbewegung winkte die Rektorin ab. Sie hatte sich angewöhnt, Lisas Vorschläge bereits im Keim zu ersticken, bevor sich das Kollegium tagelang damit beschäftigen musste. »Das wäre ja wohl etwas übertrieben. Wir können eine Karte an die Eltern schicken, das reicht. Aber erst wenn eine Anzeige in der Zeitung erscheint.«

In diesem Moment klingelte es zur dritten Stunde. Alle wirkten erleichtert, wieder in ihren Klassenzimmern verschwinden zu dürfen. Nur Julia, die jetzt eine Freistunde hatte, blieb auf ihrem Platz sitzen. Sie wollte ein Übungsdiktat korrigieren, das ihre Schüler am Freitag geschrieben hatten. Normalerweise hätte sie das am Wochenende erledigt, aber nach der Begegnung mit Melody und der anschließenden Auseinandersetzung mit Thore hatte sie sich nicht dazu aufraffen können.

Leider gelang es ihr auch jetzt nicht, sich auf ihre Arbeit zu konzentrieren. Immer wieder machten ihre Gedanken sich selbstständig. Sollte sie Thore anrufen und von Simones Tod berichten, oder hatte er schon davon gehört? Soweit ihr bekannt war, wollte er heute Vormittag wieder nach Hesel fahren und an der EDV-Anlage im neuen Ärztehaus weiterarbeiten. Konnte sie davon ausgehen, dass die Tragödie sich bereits über die Grenzen des Dorfes hinaus verbreitet hatte, oder würde ihr Ehemann heute Abend wissen wollen, weshalb sie ihn nicht sofort informiert hatte?

Wenn sie in sich reinhorchte, verspürte Julia allerdings kein Verlangen danach, mit Thore zu reden. Seit der Feier bei Simone verhielt er sich sehr distanziert. Gestern Nachmittag hatte er sich mit seinem Mitarbeiter zum Tennisspielen verabredet, ohne vorher zu fragen, ob ihr das recht wäre. Wenigstens hatte sie das Telefonat mit angehört und wusste, dass er sich wirklich mit Matthias getroffen hatte.

Das Abendessen hatte er schweigend in sich reingeschaufelt, anschließend war er wieder weggefahren, um mit seinem Bruder *Tatort* zu gucken. Thore fand solche Männerabende wichtig, damit sein Bruder nicht vereinsamte. Es war spät geworden, und sie hatte schon geschlafen, als er zurückkam. Vielleicht würde sie Henning gelegentlich nach dem Treffen fragen. Er würde nicht für Thore lügen, oder redete sie sich das nur ein?

Heute früh, als der Wecker geklingelt hatte, hatten sie beide so getan, als wäre nichts Besonderes passiert. Erst ging Thore unter die Dusche, dann sie, anschließend gab es ein gemeinsames Frühstück, das sehr viel schweigsamer verlief als gewöhnlich. Sofort danach machte er sich auf den Weg in die Firma, ein ehemaliges Wohnhaus an der Hauptstraße, das er sich mit einem Versicherungsvertreter teilte. Den überwiegenden Teil seiner Arbeitszeit verbrachte Thore allerdings bei den Kunden.

Die Tür ging leise auf, und Carmen kam herein. Sie setzte sich zu Julia und stützte beide Ellenbogen auf den Tisch. »Unheimlich, oder? Das macht mir richtig Angst. Dir auch?«

»Ja«, sagte Julia mit spröder Stimme. »Mir auch. Und den Abend fand ich furchtbar, Simones Andeutungen und Svens Reaktion. Ob das überhaupt stimmt?«

»Danielas Schwangerschaft meinst du? Hm, das weiß ich nicht, aber warum sollte ihre Mutter lügen? Allerdings hatte ich nichts mit Daniela zu tun. Sie hat sich ja nur für die Reiterei interessiert.« Sie lachte unterdrückt. »Mein Gott, wenn ich daran denke, wie verrückt wir alle damals nach Pferden waren. Heute sind mir die Viecher unheimlich.«

Ja, sie alle hatten Melody hofiert. Als Verena Matzke den ersten Reiterhof im Ort eröffnete, erhoffte sich jeder irgendwelche Privilegien, wenn er sich mit ihrer Tochter anfreundete. Und Melody hatte das genossen, davon war Julia überzeugt.

Jedes Kind wünschte sich Aufmerksamkeit, doch zu viel davon konnte Schaden anrichten. Als Grundschullehrerin waren Julia diese Zusammenhänge vertraut. Melody hatte als kleines Mädchen verinnerlicht, etwas ganz Besonderes zu sein, ein Kind, das von allen beneidet wurde. Anscheinend war es ihr gelungen, diese Überzeugung mit ins Erwachsenenleben zu nehmen. Das erklärte vielleicht, warum sie auf die Idee gekommen war, sich trotz der Katastrophe, die jeder mit ihr in Zusammenhang brachte, ein Haus in Martinsfehn zu kaufen.

Auf Simones Geburtstag hatte Julia zufällig mitbekommen, dass die jetzige Pächterin, eine sympathische junge Frau, den Hof unbedingt kaufen wollte, sich aber nicht traute, Melody darauf anzusprechen. Dabei machte sie einen sehr resoluten Eindruck, mehr noch als der schweigsame Hufschmied.

Alle fürchteten sich vor Melody. Julia selbst ja auch. Warum war sie nicht so mutig gewesen, ihr die Stirn zu bieten, zu sagen, dass sie sich bloß nichts einbilden sollte. Melody hatte Thore nicht mehr bedeutet als die vielen anderen Mädchen vor und nach ihr. Geheiratet hatte er Julia, und sie führten eine sehr glückliche und harmonische Ehe. Bis zu Melodys Rückkehr, aber das hätte sie ja nicht zu sagen brauchen, weil es niemanden etwas anging, schon gar nicht Melody.

Heute früh hatte Thore sie nicht zum Abschied geküsst, wie sonst immer. Wenn sie nur daran dachte, kratzte es in ihrem Hals. Es war ja keineswegs so, dass sie sich in der Haustür leidenschaftlich in die Arme fielen, es ging nur um eine hauchzarte Berührung seiner Lippen. Sie hätte nie gedacht, dass ihr diese gewohnheitsmäßige Geste so fehlen könnte.

Plötzlich fiel ihr der Moment ein, als sie neben Thore vor dem Traualtar stand, in der wunderschönen romanischen Backsteinkirche von Martinsfehn, die auf das 13. Jahrhundert datiert wurde. Als das Orgelspiel einsetzte, hatte Julia sich geschworen, nie mehr in ihrem Leben etwas Böses zu tun. Sie wollte fortan ein guter Mensch sein, ein wirklich guter Mensch, die Frau, die den wunderbaren Mann an ihrer Seite verdiente. Komisch, dass ihr dieser alberne Schwur gerade jetzt einfiel, dieses Geschäft mit dem Schicksal.

Das Schultelefon klingelte. »Ich komm ja schon…« Carmen sprang auf und stürzte ins Büro.

Julia öffnete ihre Tasche und holte das Handy heraus, dachte nach und legte es wieder zurück. Nein, sie würde nicht den ersten Schritt machen. Thore musste sich für sein unmögliches Verhalten am Samstagabend entschuldigen. Für den fehlenden Kuss und für die Art, wie er Melody angeschaut hatte.

Jetzt klopfte es an der Tür, Lisa Karstens führte eine schluchzende Schülerin herein. »Ines hat Bauchschmerzen. Könntest du dich darum kümmern, dass sie abgeholt wird? Ich kann meine Klasse nicht so lange allein lassen. Danke.«

An einem anderen Tag wäre Julia wohl genervt gewesen, weil Lisa einfach über ihre freie Zeit verfügte. Genau genommen fiel es in den Aufgabenbereich der Schulsekretärin, in so einem Fall die Eltern zu benachrichtigen. Doch heute war sie nur zu gern bereit, sich um die weinende Ines Leutnant zu kümmern, alles schien besser als Stille und Nachdenken.

Sie wusste, dass Ines' Eltern die freie Tankstelle gehörte, und suchte die Telefonnummer raus. Dabei fiel ihr ein, dass Ines' Vater vor zwanzig Jahren mit Melodys Mutter zusammengelebt hatte. Was für ein merkwürdiger Zufall.

Frau Leutnant war sofort am Telefon. Sie klang ziemlich hektisch und versprach, sich sofort darum zu kümmern.

Zehn Minuten später, Ines hatte sich ein wenig beruhigt und war damit beschäftigt, eines der Mandalas auszumalen, die für solche Anlässe immer in Julias Tasche steckten, klopfte es energisch. Wulf Leutnant persönlich war erschienen.

Für einen kurzen Moment wirkte Ines irritiert, dann rief sie: »Papa!«, und ließ sich von dem großen Mann umarmen. Winzig klein sah sie dabei aus, und Julia fragte sich, was sie an dem Bild so störte.

Wulf Leutnant sagte nicht viel, er nahm Ines' Ranzen in die Hand, nickte Julia zu und verschwand. Keine Frage, wie es der Kleinen ging und ob er was unternehmen musste. Er hatte nach Alkohol gerochen, da war sie ganz sicher. Und Ines hatte alles andere als glücklich gewirkt. Sollte sie sich nachher bei Lisa erkundigen, ob sie die Kleine irgendwie auffällig fand? Damit würde sie eine Lawine lostreten, das wusste sie genau. Lisa wartete nur auf so eine Gelegenheit, um alle Hebel in Bewegung zu setzen, eine Klassenkonferenz einzuberufen, Behörden einzuschalten. Nein, sie würde erst mal abwarten.

Pia, Ines' ältere Schwester, ging in Julias vierte Klasse, ein unauffälliges Mädchen, vielleicht ein bisschen scheu. Ihr war nicht aufgefallen, dass Pia sich anders verhielt als sonst, aber sie würde von jetzt an mehr auf das Mädchen achten. Was wusste sie über die Eltern? Wenig. Wenn überhaupt einer der Erziehungsberechtigten zum Elternabend erschien, dann die Mutter, eine blasse, unauffällige Frau, die genauso schüchtern auftrat wie ihre ältere Tochter. Wulf Leutnant war noch nie in der Schule aufgetaucht, und jetzt, da sie ihn kennengelernt hatte, war sie beinahe froh darüber.

Ob er wohl von Melodys Rückkehr wusste? Damals hielt er sie für die Brandstifterin, und Julia konnte sich kaum vorstellen, dass er seine Meinung zwischenzeitlich geändert hatte. Auf der Beerdigung musste sein Bruder ihn davon abhalten, sich auf Melody zu stürzen, *Mörderin*, hatte er gebrüllt, und dass sie nichts an dem Grab verloren habe.

Julia wusste das von ihrer Mutter, sie selbst hatte nicht zur Beerdigung gedurft, genau wie die anderen Mädchen.

Ihre Eltern hatten gemeinsam beschlossen, dass es zu belastend für sie wäre. Julia hatte ohnehin nicht vorgehabt hinzugehen.

KAPITEL 17

Nola bat Renke, sie zurück zur Brandstelle zu fahren. Mittlerweile war die Feuerwehr abgerückt, nur der junge Mann, der Nola vorhin zum Frühstück einladen wollte, war zurückgeblieben, er hielt Brandwache. Grinsend erneuerte er seine Einladung, diesmal ging es um ein Bier im *Tennessee Mountain,* der Kultkneipe in Martinsfehn. Nola lehnte ab. »Ich muss heute noch sehr viel arbeiten, tut mir leid.«

Dann informierte sie Conrad, der sich die Zeit offenbar mit Rumstehen vertrieben hatte, dass es weitergehen würde, und setzte sich demonstrativ in den Dienstwagen, einen silbergrauen Passat. Es dauerte eine Ewigkeit, bis Conrad schwer atmend den Wagen erreichte und einstieg.

Wie üblich beschwerte er sich schon nach wenigen Metern lautstark über Nolas Dickköpfigkeit. In dem Dienstwagen durfte offiziell nicht geraucht werden, und Nola war angeblich die einzige Kollegin, die auf Einhaltung dieser Regelung bestand. »Ich kann doch das Fenster aufmachen.«

»Vergiss es! Du hattest ja wohl Zeit genug zum Quarzen. Hast du irgendwas in Erfahrung gebracht?«

»Was denn? Der Sachverständige ist noch nicht angekommen, die Nachbarn haben Renke und seine Jungs schon verhört, und die Spurensicherer sind noch nicht fertig«, raunzte er sie an. »Ins Haus lassen die uns ja sowieso nicht rein.«

»Pass mal auf…« Sie erzählte von dem Brand vor zwanzig Jahren. »Ich hab die alten Akten schon angefordert.«

»Moment mal. Ein Haus brennt ab, Ursache bislang unbekannt. Die Besitzerin stirbt in ihrem Bett, laut Gritta Fenders deutet nichts auf äußere Gewalteinwirkung hin, wahrscheinlich hat sie geraucht und ist mit der Zigarette in der Hand eingeschlafen. Und du machst bereits eine Morderrmittlung daraus?« Es klang fassungslos. »Weil es vor zwanzig Jahren schon mal gebrannt hat in Martinsfehn. Spinnst du? Hast du Langeweile? Kannst du vielleicht erst einmal abwarten, was der Brandermittler rausfindet, bevor du alle Pferde scheu machst?« In ehrlicher Empörung warf er die Hände Richtung Wagendach. »Ich glaub's nicht, Nola, echt. Was ist eigentlich los mit dir? Hast du kein Privatleben?«

Drei Minuten lang, vielleicht waren es auch vier, ließ sie seine Worte auf sich einwirken. Hatte er recht? Sah sie Gespenster? Handelte es sich nur um einen seltsamen Zufall? Die Antwort lautete eindeutig: Nein.

»Ich glaube, du hast nicht richtig zugehört«, sagte sie mit eisiger Stimme. »Vor zwanzig Jahren hat Simone Jakobi ihren sechzehnten Geburtstag gefeiert. In dieser Nacht kam die Familie ihrer besten Freundin bei einem Hausbrand ums Leben, drei Menschen starben in ihren Betten, und der Täter wurde bis heute nicht gefunden. Zwanzig Jahre später kommt genau diese Freundin zurück nach Martinsfehn. Wieder wird Simone Jakobis Geburtstag gefeiert, und wieder kommt jemand bei einem Hausbrand ums Leben, diesmal die Gastgeberin selbst. Solche Zufälle gibt es nicht. Da hat jemand nachgeholfen. Lass uns wetten.« Entschlossen hielt sie ihm ihre ausgestreckte Hand hin.

»Okay. Eine Flasche Whisky, aber einen guten. Laphroaig«, kam es wie aus der Pistole geschossen, bevor er ihre Hand ergriff und ziemlich lieblos schüttelte.

»Meinetwegen. Obwohl ich nicht weiß, was ich mit dem Zeug anfangen soll.« Nolas Stiefvater trank manchmal schottischen Whisky, daher kannte sie den Namen. Der Geruch, der sie ein wenig an frischen Asphalt erinnerte, war ihr unangenehm, und sie wäre nie auf die Idee gekommen, den Whisky zu probieren. Dennoch willigte sie ein. Sie wusste einfach, dass sie sich nicht irrte, auch wenn das kein Grund zur Freude war. Am Ende war sie schon genauso schräg drauf wie Dr. Fenders, immer auf der Suche nach Verbrechen und froh, wenn sie fündig wurde.

KAPITEL 18

Es war Abend geworden, und immer noch lag beißender Brandgeruch über dem Ort. Die Sperrung der Hauptstraße war inzwischen wieder aufgehoben. Jeder, der durch Martinsfehn fuhr, musste die Brandruine passieren, und weil der Mensch des 21. Jahrhunderts dazu neigte, sein Leben in allen Einzelheiten zu dokumentieren, wurden unzählige Smartphones gezückt und die Kameras ausgelöst. Ein Bild für die Ewigkeit oder wenigstens für die Nachbarn und Freunde, vor allem die virtuellen.

Auf Facebook hatte jemand bereits eine Seite eingerichtet: *Trauer um Simone*, auf der sich emotionale Kommentare sammelten. *Die Besten müssen zuerst gehen. Der Tod ist nur das Tor zu einer anderen Wirklichkeit. Du bleibst eine von uns.*

Beim Training erfuhr Renke von den Jugendlichen, welche Halbwahrheiten bereits die Runde machten. Simone Jakobi hatte sich das Leben genommen. Einer ihrer abgelegten Lover hatte sie erstochen und dann das Haus in Brand gesetzt, er war von den Nachbarn gesehen und eindeutig identifiziert worden. Auf der Geburtstagsfeier am Samstagabend hatte es einen heftigen Streit gegeben, so etwas wie eine Massenschlägerei. Niemand wusste, woher die Gerüchte stammten, aber jeder gab sie gern weiter und schmückte sie bei der Gelegenheit noch ein wenig aus. Stille Post in Martinsfehn.

Das Dorf war verwundet, der Frieden gestört, und Renke beschloss, noch kurz im *Tennessee Mountain* reinzuschauen. Er verkörperte hier die Polizei und hielt es für seine Pflicht, sich an so einem Abend in der Öffentlichkeit blicken zu lassen. Wie erwartet waren alle Tische besetzt, und vor der Theke versammelte sich eine Menschentraube. Er schaute in viele bekannte Gesichter, darunter auch solche, die man sonst kaum einmal hier antraf. Beinahe kam es Renke so vor, als hätte man sich getroffen, um zu demonstrieren, dass auch noch ein heiles Martinsfehn existierte, ein Ort, den niemand zerstören konnte, hier bei Charlie im *Tennessee.*

Auch über die Grenzen des Fehndorfes hinaus war die kleine Kultkneipe bekannt. Charlie, der Wirt, lebte hier seit vielen Jahren seinen Traum in Gestalt einer Kneipe, die so eingerichtet war, wie er sich einen Saloon im Amerika der Zwanzigerjahre vorstellte. Charlie hegte eine Vorliebe für Fotos von echten Cowboys, teure Westernstiefel, die er sich im Internet bestellte, und Countrymusik, die hier rund um die Uhr lief. Wie es wirklich in Amerika zuging, wusste er nicht, er war in seinen achtundsechzig Lebensjahren nicht weiter als bis Bremen gekommen, genau zweimal, aber das wussten die wenigsten.

Nur mit Mühe ergatterte Renke einen Stehplatz am Tresen. Er stellte sich darauf ein, ewig auf ein Bier warten zu müssen. Charlie zapfte und bediente allein, und wenn es voll war wie heute, mussten die Leute Geduld mitbringen. Nie im Leben wäre es ihm eingefallen, jemand einzustellen, der ihn an solchen Tagen unterstützte. Das war schon immer so, und keiner der Gäste beschwerte sich. Und wenn sich doch einer beschwerte, ein Neuling, der sich nicht auskannte, zeigte Charlie zur Tür. »Da geht's raus, wenn es dir nicht bei mir gefällt.«

Überraschenderweise wurde Renke schon nach wenigen Minuten ein frisch gezapftes Jever vor die Nase gestellt.

»Für den Sheriff!«, verkündete Charlie. »Und, wisst ihr schon was?«

»Nicht viel. Wir warten darauf, was der Brandermittler feststellt.«

Nach einer Weile stellte ihm jemand ein zweites Bier hin, Claas, der einen Milchviehbetrieb an der Karkmeede betrieb. Sie waren in derselben Grundschulklasse gewesen und hatten später ein paar Jahre Handball bei der A-Jugend Martinsfehn gespielt.

»Schon gehört, die kleine Matzke ist zurückgekommen. Und schon brennt es wieder. Komischer Zufall, oder?« Mit blitzenden Augen schaute Claas sich um, ein paar Leute nickten zustimmend, und jemand wollte wissen, ob die Polizei Melody Matzke schon verhört habe.

»Sie wohnt wieder im Dorf. Das allein klingt eigentlich nicht sonderlich verdächtig«, sagte Renke betont unaufgeregt. »Erst mal abwarten, wie das Feuer entstanden ist, ob es überhaupt Brandstiftung war. Weiß jemand, ob Simone geraucht hat?«

Er rechnete nicht mit einer Antwort, und so war es auch. Schweigen ringsum, obwohl er annahm, dass einige der Anwesenden die Frage hätten beantworten können.

Die Tür öffnete sich, und ein großer, breitschultriger Mann drängte sich in den überfüllten Raum. Björn, den alle nur den Hufschmied nannten, trug sein Haar millimeterkurz geschoren. Ein Augenbrauenpiercing und tätowierte Unterarme ließen ihn aussehen wie jemanden, vor dem man sich besser in Acht nahm. Ein Eindruck, der trog. Björn war ein sehr netter Zeitgenosse und vollkommen harmlos. Er und seine Freundin Ann-Christin waren die Pächter des Hofes, der früher Verena Matzke gehört hatte. Renke kannte Björn nur vom Sehen, mit Pferden hatte er nichts zu tun, und Björn war keiner, der mit dem Gesetz in Konflikt geriet. Er schaute sich kurz um, bei Claas blieb sein Blick hängen. Mit dem Zeigefinger tippte er gegen seine Schläfe, dann drängelte er sich durch die Schlange der Leute, die ein Bier bestellen wollten, und stellte sich neben Claas.

Die beiden schienen sich zu kennen, und Renke konnte sich auch denken, woher. Claas hatte vier Töchter, eine davon war garantiert pferdeverrückt. Ja, wenn er sich recht erinnerte, standen bei Claas zwei gescheckte Pferde auf der Weide.

»Das mit Simone kann ich noch gar nicht fassen«, sagte der Hufschmied gleich als Erstes. »Wir waren am Wochenende noch dort, sie hat ihren Geburtstag gefeiert.«

Claas stieß Renke in die Seite. »Hast du gehört? Der Hufschmied war bei Simone.«

Sehr gut. Vielleicht würde sich der Besuch im *Tennessee* doch noch lohnen. Renke wandte sich an den Mann, der jetzt zwischen ihm und Claas stand. »Weißt du, ob sie Raucherin war?«

Aber der Hufschmied konnte oder wollte die Frage nicht beantworten, er zuckte nur mit den Schultern und versuchte, Charlie auf sich aufmerksam zu machen, indem er die Hand hob, natürlich vergeblich. Wer sich nicht anstellte, kriegte heute Abend kein Bier, es sei denn, er war Polizist.

Eine laute, überfüllte Kneipe war nicht der richtige Ort für eine Vernehmung. Vorläufig stand ja nicht mal fest, ob jemand das Feuer gelegt hatte. Renke dachte, dass er den Schmied immer noch aufs Revier bestellen konnte. Doch dann siegte die Neugierde. »Ist irgendwas auf der Feier vorgefallen?«

Er merkte sofort, dass er ins Schwarze getroffen hatte, Björn trat unbehaglich von einem Fuß auf den anderen und zupfte an seinem Ohrläppchen, bis es rot leuchtete.

»Man will ja keine Gerüchte in Umlauf setzen«, brummte er dann. »Aber Simone hatte Streit mit einem der anwesenden Männer, Sven, glaub ich. Es ging um eine junge Frau, die damals bei dem Brand ums Leben gekommen ist, eine Auszubildende, den Namen hab ich vergessen. Angeblich war sie schwanger, und Simone meinte, dieser Sven sei der Vater. Der hat das allerdings abgestritten.«

Bald schon verabschiedete er sich. Entweder verspürte er keine Lust, sich ewig für ein Bier anzustellen, oder es war ihm unangenehm, von Renke ausgehorcht zu werden.

KAPITEL 19

Nola saß immer noch in ihrem Büro und arbeitete sich durch die alte Akte. Der Chefermittler hieß Wilhelm Morawitz, den Namen hatte sie noch nie gehört. Wahrscheinlich war er längst pensioniert. Der letzte Eintrag bestand aus einer Aktennotiz, datiert auf den Sommer 2001. Die Mutter der toten Daniela Finke war auf dem Präsidium erschienen. Sie wollte wissen, weshalb die Polizei die Schwangerschaft ihrer Tochter geheim gehalten habe. Darunter stand ein Hinweis auf das Obduktionsergebnis.

Obwohl Nola hundemüde war, machte sie sich noch die Mühe, den Bericht herauszusuchen. Die Obduktion hatte seinerzeit Dr. Fenders vorgenommen. Danach schlug sie den Ordner zu, fuhr ihren Computer runter, schloss die Dienstwaffe ein und löschte das Licht, bevor sie das Büro verließ und zu ihrem Wagen ging.

Zu Hause schenkte sie sich ein Glas Weißwein ein und setzte sich damit auf ihre winzige Terrasse, die eher ein Innenhof war, eingegrenzt von drei mannshohen Mauern, die zu den Nachbargrundstücken gehörten, und der Rückfront ihres Hauses. Von der Straße konnte man den Garten weder einsehen noch erreichen. Sie lehnte den Kopf in den Nacken und schaute in den funkelnden Sternenhimmel. Mit leisem Bedauern dachte sie, dass es viel zu schön war, um jetzt ins Bett zu gehen und den Rest der tropisch warmen Nacht zu verschlafen, doch sie würde dringend ein paar Stunden Schlaf brauchen.

Sie dachte an Renke. Vor Kurzem hatten sie seinen vierzigsten Geburtstag auf Baltrum gefeiert. Ohne vorher zu klären, ob Nola überhaupt so plötzlich Urlaub nehmen konnte, hatte er ein Doppelzimmer auf der Insel gebucht. Zu Nolas großer Überraschung hatte es geklappt, Robert hat ihr den Kurzurlaub gewährt, den sie angeblich mit ihrer Nachbarin verbringen wollte. Drei Tage und zwei Nächte zu zweit. Es war Nola schwergefallen, wieder in den Alltag zurückzufinden, und wenn es nicht so spät wäre, würde sie Renke jetzt anrufen. So begnügte sie sich damit, ihm per WhatsApp ein paar Herzchen zu schicken, ziemlich kitschig, aber es war das, was sie jetzt gerade fühlte.

KAPITEL 20 1997

Gerd Wiese konnte sich kaum erinnern, wann er zuletzt eine Nacht durchgemacht hatte. Wie so oft in den letzten Stunden hob er sein Glas. Gerd Wiese feierte seinen fünfzigsten Geburtstag. Ganz groß, das hatten Anneliese und er im Vorfeld beschlossen. Die Kinder waren eingeladen, die kleine Enkeltochter, sein Bruder mit Familie, Annelieses vier Schwestern und ihre Männer, ein paar Kollegen, die Nachbarn und Gerds Skatbrüder. Sie hatten ein Zelt hinter dem Haus aufstellen lassen und beim Partyservice ein Büfett bestellt, es wurde Bier vom Fass ausgeschenkt, Ostfriesenbräu aus Bagband, und einer der Söhne hatte für eine Musikanlage gesorgt. Sie hatten nicht aufs Geld geschaut, diesmal nicht.

Jetzt war es zwanzig nach vier, die meisten Gäste waren längst zu Hause, nur die Kinder, Gerds Bruder, seine Frau und ein paar Nachbarn saßen noch im Zelt. Gerade drehte einer die Anlage höher, und Roland Kaiser schmetterte ein weiteres Mal *Santa Maria*, als er das Martinshorn hörte. Einmal, zweimal, dreimal, viermal, zählte er in Gedanken mit, da musste richtig was passiert sein.

Sein Bruder lief zur Straße und kam wenig später zurück. »Feuerwehr und Polizei, da brennt es irgendwo!«

Gerd spürte Annelieses warnenden Blick, der bedeutete: *Das geht dich nichts an, heute Abend nicht.* Aber er konnte nicht anders, er musste ins Haus gehen, auf dem Präsidium in Leer anrufen und fragen, ob was in Martinsfehn passiert war. Und als er hörte, dass der Hof von dieser komischen Pferdefrau brannte, rief er Henning Bremer, seinen jungen Kollegen, an. Henning war auch auf der Feier gewesen, aber lange vor Mitternacht verschwunden. Er kannte hier kaum jemanden und hatte sich scheinbar nicht wohlgefühlt. Zum Trinken wollte er sich auch nicht animieren lassen, hatte wohl Angst, sich vor Gerd zu blamieren. In dem Alter verlor man leicht die Kontrolle, Gerd wusste immer, wann er genug getrunken hatte.

Er stellte Henning frei zu kommen, schließlich waren sie

nicht im Dienst, aber er ließ sehr deutlich durchklingen, was er in so einer Situation von ihm erwartete. Wenn es in ihrem Dorf brannte, mussten sie vor Ort sein.

Zwei Minuten später schaute er sich draußen um, fahren durfte er nicht mehr, nicht nach dieser Feier, aber Olaf, sein jüngster Sohn, der gerade so innig mit der Nachbarstochter tanzte, trank so gut wie keinen Alkohol.

Gerd holte tief Luft, dann erklärte er Anneliese, dass die Feier für ihn zu Ende war. »Das Schönste ist sowieso vorbei.« Als Nächstes bat er Olaf, ihn zu der Brandstelle zu fahren. Er hätte auch fragen können, ob Henning ihn auf dem Weg zu der Brandstelle einsammeln würde, aber Henning brauchte nicht zu wissen, dass er noch gar nicht im Bett gelegen hatte. Gerd achtete immer sehr genau darauf, ein gutes Vorbild zu sein.

Während der Fahrt lutschte er Pfefferminzpastillen, die scharfe Sorte, die einem die halbe Zunge wegätzte, und Olafs Frage, ob er da wirklich hinmusste, *du hast doch getrunken, Papa,* wehrte er mit einem geknurrten »Selbstverständlich!« ab.

In seinen dreißig Dienstjahren hatte Gerd Wiese schon viele Häuser brennen sehen, und er erkannte sofort, dass es hier nichts mehr zu retten gab.

Vor ein paar Jahren hatte diese Pferdefrau den Hof der Familie de Buhr gekauft und zu einer riesigen Reitanlage umgebaut. Ganz unvermögend konnte sie demnach nicht sein. Tja, und jetzt stand alles in Flammen, und er hoffte, dass es den Bewohnern gelungen war, sich rechtzeitig in Sicherheit zu bringen. *Nein,* berichtigte er sich gleich darauf, *nicht alles steht in Flammen.* Der Stall war weit genug vom Wohnhaus entfernt, sodass das Feuer nicht übergreifen konnte.

Henning traf fünf Minuten später ein. Beim Anblick des

brennenden Hauses hielt er sich die Hand vor den Mund. »Da kommt doch keiner mehr lebend raus«, stöhnte er.

»So ist es, mein Junge«, erklärte Gerd feierlich. »So etwas wirst du noch häufiger sehen. Gehört auch dazu.«

»Aber das ist entsetzlich«, murmelte Henning. Fassungslos starrte er in die Flammen, und Gerd fragte sich, ob er auch noch losheulen wollte. Aber das blieb ihm erspart, Henning holte mehrfach tief Luft und riss sich zusammen. Während sie sich gemeinsam auf die Suche nach dem Brandmeister machten, wollte er sogar wissen, ob es schlimm sei, dass sie keine Uniform trugen, und Gerd winkte ab.

»Blödsinn, die kennen uns doch. Wir sind immer im Dienst, Junge, merk dir das, egal ob mit oder ohne Uniform.«

Wie die meisten kleinen Polizeistationen im Landkreis Leer, blieb das Revier in Martinsfehn nachts unbesetzt. Dennoch wunderte sich niemand, Gerd zu sehen, und der Brandmeister, mit dem Gerd um fünf Ecken verwandt war, kam sofort auf ihn zu.

»Sieht so aus, als hätte das Feuer die Besitzerin und ihren kleinen Sohn überrascht. Wir können da noch nicht rein, aber ich sehe schwarz. So was überlebt keiner. Wenn sie sich gerettet hätte, wäre sie längst aufgetaucht.«

»Scheiße«, flüsterte Gerd. Vielleicht hätte er doch nicht herkommen sollen. Eben noch wollte er mit Anneliese tanzen, und jetzt gab es Tote, darunter sogar ein Kind. Für ihn war nichts schlimmer als tote Kinder.

»Wenn du mich fragst, war das Brandstiftung«, fuhr der Brandmeister fort. Er erzählte, dass sie an den Außenwänden Reste von Strohballen gefunden hätten. »Vor der Tür und den Fenstern. Als hätte man verhindern wollen, dass jemand das Haus verlassen kann. Da kommt aber noch ein Brandermittler von der Kripo.« Er rammte seinen Ellenbogen in Gerds Rippen. »So ein Klugscheißer, der uns die Welt erklären will. Ich weiß auch so, dass Brandbeschleuniger verwendet wurde, Diesel, wenn meine Nase mich nicht täuscht.«

Wenn der Brandmeister das sagte, stimmte es auch. Davon war Gerd überzeugt. Es war Sommer, Hochsommer sogar, und immer wieder kam es zu Selbstentzündung von schlecht gelagerten Heuballen. Unterwegs hatte er fest mit so etwas gerechnet. An Brandstiftung hatte er nicht gedacht.

Verflucht, wenn der Brandstifter überhaupt Spuren hinterlassen hatte, waren die Feuerwehrmänner gerade dabei, sie mit ihren Sicherheitsstiefeln und den Wasserfluten zu vernichten. Aber er konnte doch nicht verlangen, dass sie beim Löschen aufpassten, wohin sie ihre Füße setzten.

»Ach, Herr Wiese. Haben Sie nicht frei?«

Mist, ausgerechnet Oberkommissar Morawitz hatte Dienst. Sie konnten einander nicht leiden. Für den aufgeblasenen Angeber von der Kripo Leer, der wie üblich ausschaute, als käme er direkt vom Herrenausstatter – allein das neckische rosa Einstecktuch reizte Gerd zum Lachen –, war Gerd Wiese ein Dorfpolizist, der nichts von echter Ermittlungsarbeit verstand, und er ließ keine Gelegenheit aus, seine Meinung kundzutun.

Gerd beschloss, keine Antwort auf die provokative Frage zu geben, die in Wahrheit bedeutete, dass er hier nichts verloren hatte.

»Aber wenn Sie schon mal da sind, Herr Wiese. Können Sie mir etwas über die Hofbesitzerin verraten?«

»Ja. Die ist nicht von hier.«

Morawitz' süffisantes Grinsen machte klar, dass seine vorschnelle Antwort genau dem entsprach, was der Kriminaloberkommissar von ihm erwartet hatte.

Aber Gerd wusste ja noch mehr. »War wohl mal eine

bekannte Springreiterin, da kenn ich mich nicht so aus. Nach einem Unfall konnte sie nicht mehr reiten. Sie hat den Hof vor sieben oder acht Jahren gekauft, Stall und Reithalle gebaut und einen Reitbetrieb aufgezogen. Züchten soll sie auch, Springpferde, die ein Vermögen kosten, heißt es. Im Dorf sieht man sie nicht oft, hat wohl viel zu tun.« Gerd fiel auf, wie übertrieben deutlich er sprach, doch Morawitz sollte nicht merken, dass er zu viel getrunken hatte. In diesem Fall würde er nämlich noch tiefer in seiner Achtung sinken, dann war er nicht nur ein trotteliger Dorfpolizist, sondern auch noch ein Säufer.

»Gibt es auch einen Mann an ihrer Seite?«

»Ja. Wulf Leutnant, Fernfahrer, kommt aus dem Dorf, ist ein paar Jahre jünger. Steht dahinten.« Er zeigte auf Wulf, der vor seinem Auto kauerte und laut schrie, was genau, konnte man von hier aus nicht verstehen. »Die beiden haben ein Kind, sind aber nicht verheiratet. Es gibt noch eine Tochter, die sie mitgebracht hat. Sie ist im Teenageralter.«

Gerd fand, dass das viele Informationen waren, doch das Lob des Kollegen fiel spärlich aus. »Das ist ja schon mal was.«

»Sind die Leute denn ...?« Gerd räusperte sich. »Waren die alle im Haus?«

»Das wissen wir noch nicht. Vorläufig kann da noch keiner rein. Aber die Tochter, die sie erwähnt haben, lebt. Sie hat den Brand gemeldet. Melody, glaub ich.«

»Hat das Mädchen den Brand gelegt?«

Auf einmal hatte der Kollege es eilig. Er stürmte davon, ohne Gerds berechtigte Frage zu beantworten.

Verärgert winkte Gerd seinen jungen Kollegen heran. »Wir schauen uns mal um.«

»Und was suchen wir?«

Blöde Frage, fand Gerd. »Alles, was hier nicht hergehört.«

»Klar, was sonst«, versicherte Henning und grinste verlegen.

Gemeinsam umrundeten sie das brennende Haus, immer darauf bedacht, den Feuerwehrleuten nicht vor die Füße zu laufen. Ein großer Teil des Daches war eingestürzt, und Flammen schlugen durch das entstandene Loch. Sowohl vom Boden als auch von einer Hubrettungsbühne aus versuchte die Freiwillige Feuerwehr Martinsfehn, unterstützt von drei Wehren aus den Nachbarorten, den Brand einzudämmen.

Inzwischen war der Boden völlig aufgeweicht vom Löschwasser, außerdem übersät mit schwarzen Rußflocken und Asche. Wenn der Täter nicht so dumm war, seine Visitenkarte oder seinen Ausweis zu hinterlassen, würde die Spurensicherung garantiert nichts mehr finden, davon war Gerd überzeugt. Trotzdem suchten seine Augen den Untergrund ab, und tatsächlich blitzte da etwas auf, etwas Silbriges, eine Kette vielleicht oder ein Armband.

Gerd bückte sich, um das Teil aufzuheben. Dabei schoss ihm säuerlicher Mageninhalt in den Mund, und er richtete sich hastig auf, bevor er vor Hennings Augen kotzen musste, und das auf ein mögliches Beweisstück. Scheiße, er hatte wirklich zu viel gesoffen. Jetzt fiel ihm ein, dass er das Glitzerding sowieso nicht anfassen durfte, weil er seine Fingerabdrücke darauf hinterlassen würde. Das wäre natürlich ein gefundenes Fressen für Oberkommissar Morawitz: Der trottelige Dorfpolizist aus Martinsfehn hat das einzig verwertbare Beweismittel kontaminiert. Kurz überlegte er, Henning zu schicken, um Morawitz zu holen, aber auf den Jungen würde der sowieso nicht hören. Das musste er schon selbst übernehmen.

»Komm mal her, siehst du das da? Du bleibst hier stehen, ich hol den Kommissar. Und fass bloß nichts an, du weißt ja, wie die von der Kripo sich anstellen. Die geiern nur darauf, dass wir einen Fehler machen.«

»Meinen Sie?« Henning schaute ihn ziemlich ungläubig an. Hatte der wirklich keine Ahnung, wie das lief?

»Bleib einfach hier stehen«, knurrte Gerd, der sich über die Begriffsstutzigkeit des Jungen ärgerte.

Morawitz sprach gerade mit einem der Feuerwehrmänner und schaute irritiert auf, als Gerd ihm auf die Schulter tippte.

»Ich hab was gefunden.« Dann führte er Morawitz an die Stelle, wo Henning ausharrte, die Hände in den Hosentaschen vergraben und den Blick auf das brennende Haus gerichtet.

»Hier.« Mit breitem Grinsen deutete er auf seinen Fund – und hätte im nächsten Moment am liebsten geflucht. Das, was eben noch so vielversprechend ausgesehen hatte, war nichts anderes als ein lausiges Fünfzigpfennigstück, halb vergraben im Matsch. Kein Wunder, dass Henning ihn so irritiert angesehen hatte.

Morawitz warf ihm einen spöttischen Blick zu, holte aber eine Beweismitteltüte heraus und ließ die Münze darin verschwinden.

»Vielen Dank für Ihre Unterstützung, Herr Kollege.« Seine Stimme triefte vor Ironie. Dann griff er nach Gerds Oberarm und zog ihn ein Stück beiseite. Seine Stirn legte sich in bedeutungsschwere Falten.

»Herr Wiese, ich will ja nichts sagen, aber Sie haben eine mächtige Fahne. Sie haben keinen Dienst, und selbstverständlich können Sie in Ihrer Freizeit tun und lassen, was Ihnen behagt. Aber was sollen die Leute denken, wenn betrunkene Polizisten an der Ermittlungsarbeit beteiligt sind. Wie Sie sehen, nehme ich Ihr gut gemeintes Engagement ernst. Doch die Wahrscheinlichkeit, dass dieses Geldstück tatrelevant ist oder wir darauf Täterspuren nachweisen können, tendiert gegen null. Ich denke, das wissen Sie selbst. Es wäre wohl besser, wenn Sie sich wieder auf den Heimweg machen. Nichts für ungut.« Mit gönnerhaftem Lächeln schüttelte er die Beweismitteltüte. »Sie hören am Montag von uns.«

Alles klar. Gerd hatte verstanden. Er sollte nach Hause fahren und seinen Rausch ausschlafen. Konnte er sich wirklich so geirrt haben? Am liebsten würde er Henning fragen, ob er wirklich die ganze Zeit hier gestanden hatte, aber wenn er ehrlich war, zweifelte er nicht daran.

Sein junger Kollege verharrte immer noch an der Stelle, wo Morawitz eben das Geldstück aufgehoben hatte, und Gerd musste an seinen Schäferhund denken. Der blieb auch so lange an seinem Platz, bis ein neuer Befehl ihm erlaubte, sich wegzubewegen. Gerd stellte sich neben Henning, der keine Miene verzog und auch nicht fragte, was Oberkommissar Morawitz von ihm gewollt hatte. Wahrscheinlich ahnte er es, wollte Gerd aber nicht in Verlegenheit bringen. Das musste man ihm wohl hoch anrechnen.

»Hab ich ’ne Fahne?«, fragte Gerd geradeheraus.

Henning errötete. »Na ja … nicht so schlimm … man riecht es schon …«, stammelte er.

»Gut. Wir fahren wieder. War wohl keine gute Idee herzukommen. Vielleicht könntest du mich nach Hause bringen, sonst rufe ich meinen Sohn an.«

Das brauchte er natürlich nicht. Henning nahm ihn in seinem Wagen mit, einem ziemlich neuen Golf mit Sportfelgen. Henning war nämlich nett. Vielleicht ein bisschen unbedarft, aber nett. Während der Fahrt versuchte Gerd zu zählen, wie viel Bier er auf seinem runden Geburtstag getrunken hatte, und die Zahl trieb Schamesröte in seine

Wangen. Andere sahen im Suff weiße Mäuse, er geheimnisvolle Schmuckstücke.

Er wünschte, er wäre zu Hause geblieben.

KAPITEL 21

Seit sie in Martinsfehn wohnte, träumte Melody wieder so schreckliche Dinge wie damals nach dem Brand. Ihre Psychologin hatte behauptet, dass ihr Unterbewusstsein auf diese Weise die schlimmen Erinnerungen verarbeiten musste und dass die Träume eines Tages verschwinden würden, und sie hatte recht behalten, viele Jahre lang. Doch jetzt waren die quälenden Träume zurückgekommen. Eigentlich handelte es sich nur um einen Traum, der sich mit geringfügigen Veränderungen wiederholte.

Melody beschloss, sich ausnahmsweise ein Glas Wein zu gönnen, am besten ein großes Glas. Sie trank nur sehr selten, Alkohol verleitete sie zum Heulen, doch heute Abend musste es sein. Rotwein war das perfekte Getränk, wenn sie müde werden wollte, und Melody wünschte sich nur eins: durchzuschlafen.

Um halb zwölf schleppte sie sich hoch ins Schlafzimmer, das immer noch nach frischer Farbe roch. Sie warf ihre Kleider über einen Stuhl, kroch ins Bett und zog die Decke über ihren nackten Körper, obwohl es eigentlich zu heiß war, um sich zuzudecken, hier oben unter dem Dach, wo sich die Hitze des Tages fing. Bald schon klebte ihr Rücken von Schweiß, und sie überlegte, das Fenster aufzureißen, schlief aber darüber ein.

Auch in dieser Nacht verschonte der Traum sie nicht. Melody war wieder fünfzehn, sie hockte in einem riesigen

Kastanienbaum vor ihrem Zimmerfenster, den es in Wahrheit nie gegeben hatte, und blätterte gelangweilt in einem Katalog von H&M. Dabei wackelte sie mit den Zehen, deren Nägel sie gerade dunkelrot lackiert hatte. Jedes Mal, wenn sie den Kopf hob, fiel ihr Blick auf Michel, der von innen an die Scheibe klopfte, er schrie und schrie, die himmelblauen Augen vor Panik so weit aufgerissen, dass sie an Glasmurmeln erinnerten. *Melody,* flehte er, *Melody, hilf mir!*, doch sie reagierte nicht, sondern schaute seelenruhig zu, wie die Flammen das Haus langsam auffraßen, wie es immer heller wurde hinter dem Fenster und ihr kleiner Bruder schließlich aufloderte wie eine Fackel, die verzweifelten Glasmurmelaugen immer noch auf seine Schwester gerichtet. Manchmal wachte sie auf, bevor Michel verstummte, manchmal musste sie den Traum bis zum Ende durchleben, bis Michel nur noch aus Feuer bestand.

Heute Nacht wurde sie erlöst, lange bevor die Flammen Michel verschlangen. Sie erwachte schweißgebadet und mit wild klopfendem Herzen und ließ einen schreienden Michel im Land ihrer Albträume zurück. Es dauerte einen Moment, bis Melody realisierte, was sie geweckt hatte. Jemand klingelte Sturm an ihrer Tür, um Viertel vor drei in der Nacht. Augenblicklich war ihr klar, dass das Klingeln nichts Gutes verhieß. Niemand klingelte in der Nacht Leute aus dem Bett, um einen Brief abzugeben oder Spenden für ein Flüchtlingsheim zu sammeln.

Bestimmt ein Unfall, dachte sie. *Ein Unfall oder eine Panne.* Natürlich war beides Unsinn. Heutzutage verfügte praktisch jeder über ein Handy und damit über die Möglichkeit, Hilfe zu rufen. Außerdem stand Melodys Haus am Ende einer Sackgasse, hier kam niemand vorbei, der nicht in der Straße wohnte, schon gar nicht um diese Zeit.

Es klingelte erneut, diesmal noch länger. Wenn das so

weiterging, würde Linus gleich aufwachen, und das war das Letzte, was sie jetzt wollte.

Melody zog das Nötigste über, einen Slip und ein Shirt, und stürzte die Treppe runter. Schon bevor sie die Tür erreichte, sah sie durch die Milchglasscheibe ein Flackern. Ein Feuer! Sie zögerte einen Augenblick, dann riss sie die Tür auf und erkannte, dass sie sich nicht geirrt hatte.

Auf dem Rasen vor ihrem Haus stand ein lichterloh brennendes Puppenhaus. Feuer, es gab nichts, was Melody so fürchtete wie Feuer. Die Narben in ihren Händen erwachten zum Leben, der Schmerz ließ sie zusammenzucken, und sie hob die Hände vor ihr Gesicht. Willkommen zurück in der Hölle!

Das Nächste, was sie wahrnahm, waren die roten Rücklichter eines Autos, das in der Dunkelheit verschwand. *Reiß dich zusammen*, beschwor sie sich in Gedanken, *das ist nur ein Puppenhaus*. Sie zählte bis zwanzig, dann hastete sie zurück ins Haus, holte einen Eimer unter der Spüle hervor, füllte ihn mit Wasser und trug ihn nach draußen, um ihn dort über dem Haus auszukippen. Die Flammen zischten gehässig, bevor sie erloschen, und ihr kam einer dieser albernen Horrorfilme in den Sinn, wo die Monster solche Geräusche von sich gaben, bevor sie zu grünlichem Schleim wurden und verschwanden. Das Haus verschwand nicht. Es dampfte und knisterte, das Dach wölbte sich nach oben, und die rote Farbe, mit der es gestrichen war, schlug Blasen. Beißender Rauch stieg auf, der ihre Augen tränen ließ.

Irgendjemand im Dorf wollte ihr auf diese grausame Weise mitteilen, dass er nichts vergessen hatte und sie immer noch für die Schuldige hielt. Sofort musste sie an Wulf denken. Ja, Wulf traute sie so viel Gemeinheit zu. Augenblicklich verwandelte ihre Angst sich in Wut. Von Wulf ließ sie sich nicht einschüchtern, schließlich war sie keine fünfzehn mehr, sondern erwachsen und Mutter eines Kindes.

Linus. Er durfte das hier nicht mitbekommen. Das Puppenhaus musste noch vor dem Morgen verschwinden. Niemand brauchte davon zu erfahren, nicht der Postbote, der die Neuigkeit garantiert im Dorf rumerzählen würde, und schon gar nicht die Nachbarn, wenn sie morgens das Haus verließen. Das hier war einfach nicht passiert.

Seit ihrem fünfzehnten Lebensjahr litt Melody an panischer Angst vor Feuer und Hitze. Jedes Mal, wenn sie etwas Heißes anfassen musste, blieb ihr für einen Moment die Luft weg. Doch selbst wenn sie sich überwinden könnte, die Überreste des Puppenhauses anzufassen, wäre es unmöglich, sie waren noch viel zu heiß.

Mit wilder Entschlossenheit schleppte sie einen weiteren Eimer kaltes Wasser nach draußen und leerte ihn über dem rauchenden Puppenhaus, dann zog sie sich ins Haus zurück. Drinnen zündete sie sich eine Zigarette an, Rauchen beruhigte. Normalerweise erlaubte sie sich genau drei Zigaretten am Tag, nach jeder Mahlzeit eine, und nur draußen im Garten. Aber was war in so einer Nacht schon normal? Dass sie weinte, merkte Melody erst, als Tränen auf ihre Hand tropften.

Sie drückte die Zigarette auf der Untertasse aus und starrte auf ihre Hände, die sie so gedreht hielt, dass die Innenflächen nach oben zeigten. Wie hässlich die Narbenlandschaften doch waren, so hässlich, dass sie sich dafür schämte. Wenn es sich irgendwie vermeiden ließ, gab Melody niemandem die Hand. Die Narben waren für sie eine Art Brandruine, ein Mahnmal für die Toten.

Zum ersten Mal begriff sie wirklich, dass es ihr niemals gelingen würde, die Vergangenheit endgültig abzuschütteln. So wie die Narben ihre Hände verunstalteten, vergiftete der Tod ihrer Familie ihr Leben. Egal, wohin sie auch zog, sie konnte nicht davor weglaufen. Und hier, wo alles begonnen hatte, war der denkbar schlechteste Ort, um zu vergessen.

Ihr Blick wanderte durch die Küche, die ihr von Anfang an so gut gefallen hatte, und blieb an dem Fenster hängen, wo immer noch die Gardinen fehlten. Sie hatte ihr Haus noch gar nicht richtig in Besitz genommen, und jetzt wusste sie nicht mehr, ob sie bleiben wollte.

Vierzig Minuten oder auch vier Zigaretten später dämmerte es draußen. Melody, die sich inzwischen angezogen hatte, ließ das abgekühlte Puppenhaus in einem Plastikmüllsack verschwinden, den sie sorgfältig zuknotete und neben die Garage stellte. Sie würde mit keiner Menschenseele über diesen Vorfall reden.

KAPITEL 22

Das letzte Mal hatte er um halb eins auf die Uhr gesehen, jetzt zeigte die Uhr halb sechs. Renke fühlte sich wie gerädert. In seinem Wohnwagen war es so heiß, dass die Bettwäsche sich feucht und klebrig anfühlte, genau wie seine Haut. Er brauchte unbedingt eine kalte Dusche.

Nachdem er sich ausgiebig gereckt hatte, stieß er die Wohnwagentür auf, die Vögel empfingen ihn mit einem lautstarken Sonntagmorgenkonzert, der Himmel leuchtete strahlend blau. Als er den Blick über das Grundstück wandern ließ, überkam ihn ein Gefühl von Freiheit und Glück, er konnte förmlich spüren, wie sein Herz aufging.

Fünftausendsiebenhundert Quadratmeter Wildnis, kein Nachbar, der ihn beobachten konnte, wenn er sich so wie jetzt nackt unter die Außendusche stellte und das Prickeln des eiskalten Wassers auf der Haut genoss, mehr Freiheit konnte er sich kaum vorstellen, und er beglückwünschte sich zu der Entscheidung, die Zweizimmerwohnung am Marktplatz aufgegeben zu haben, um das Haus seiner Großmutter, an dem er in jeder freien Minute rumwerkelte, wieder bewohnbar zu machen.

Wenn es nach Renke gegangen wäre, hätte er schon vor fünfzehn Jahren das alte Bauernhaus saniert, doch Britta hatte all seine Umbaupläne zunichtegemacht, indem sie erklärte, hier auf gar keinen Fall wohnen zu wollen, *am Ende der Welt, so ein riesiges Grundstück, die ganze Arbeit.*

Nola hatte seine Baustelle noch nie gesehen. Irgendetwas hielt ihn davon ab. Vielleicht brauchte er diesen Rückzugsort, der nur ihm allein gehörte. In seiner Vorstellung wusste er ganz genau, wie das Haus am Ende aussehen sollte, möglichst nah an dem Bild, das in seiner Erinnerung existierte, und er würde sich dabei von keinem reinreden lassen. Zurzeit suchte er überall nach einer Ersatzklappe für den alten Stangenofen seiner Großmutter, den er in der Küche aufbauen und wieder zum Kochen benutzen wollte. Küche, Wohnzimmer, Schlafzimmer, Bad. Für seine Ansprüche war das kleine ostfriesische Landhaus groß genug, er plante weder aufzustocken noch anzubauen.

Manchmal fragte er sich, ob es sein Schicksal war, für den Rest seines Lebens hier draußen allein zu wohnen und dabei mit jedem Jahr wunderlicher zu werden. Ein alter, boshafter Polizist, vor dem sich die Kinder im Dorf fürchten. *Achtung, da kommt Nordmann, nichts wie weg!*

Grinsend stellte Renke die Dusche ab, schlang das bereitgelegte Handtuch um die Hüften, schlüpfte in die Badelatschen und schlurfte Richtung Wohnwagen, um sich anzuziehen und den Rest der Morgentoilette in dem winzigen Bad zu beenden, das er nur ungern benutzte, weil er es kaum schaffte, sich darin zu bewegen.

Später musste er unbedingt Nola anrufen und von der geheimnisvollen Schwangerschaft berichten.

KAPITEL 23

Während der Fahrt nach Oldenburg hörte Nola Musik von den Lumineers. Normalerweise stellte sich bei dem fröhlichen Sound der Folkband sofort gute Laune bei ihr ein, an diesem Morgen allerdings nicht. Sie hatte schlecht geträumt und verschlafen, stundenlang überlegt, welches Shirt sie anziehen sollte, und jetzt hieß es Gas geben, damit sie nicht zu spät kam und Dr. Fenders gegen sich aufbrachte.

Obwohl sie pünktlich auf die Minute im Sektionssaal stand, wirkte die Rechtsmedizinerin unzufrieden und brummelte etwas, das sich verdächtig nach »Wurde auch Zeit« anhörte. Dr. Gritta Fenders konnte es anscheinend gar nicht erwarten, endlich wieder das Skalpell anzusetzen. Sie begrüßte Nola mit einem herrisch klingenden Guten Morgen und dem Hinweis, dass sie einen Verdacht hege. »Nun, wir werden sehen.«

Simone Jakobi sah auch auf dem Seziertisch aus wie eine Gestalt aus einem Horrorfilm. Gestern Abend hatte Nola noch nachgelesen, dass Brandopfer während des Feuers viel Gewicht verloren, weil das Unterhautfettgewebe verbrannte und die Körperflüssigkeiten eindickten. Je länger ein Körper der Brandhitze ausgesetzt war, umso mehr Muskelgewebe verschwand.

Bei Frau Jakobi waren noch Reste von Muskelgewebe vorhanden, vor allem dort, wo sie auf dem Bett gelegen hatte, wie Dr. Fenders mit lauter Stimme ihrem Diktiergerät mitteilte. Nola bemühte sich, einen interessierten Eindruck zu machen, während sie ihre Gedanken auf Reisen schickte. Sie wollte sich weder auf den Anblick der Brandleiche konzentrieren noch auf das, was Dr. Fenders bei der ersten Inaugenscheinnahme feststellte.

»Die Tote hat viel Schmuck getragen, der sich durch die Hitze verformt hat, sogar an den Zehen.« Sie stellte das Gerät ab und schaute Nola an. »Sie hatten recht mit den Ringen. Ich hab das mal recherchiert. In Indien ist es üblich, dass verheiratete Frauen an den zweiten Zehen beider Füße Ringe tragen. Aber da ist es warm, und die Frauen laufen barfuß. Die Leute bei uns sind wirklich verrückt.«

Sie drückte wieder auf den Aufnahmeknopf. »Rest von Bekleidung an der Unterseite des Körpers. Blaue Baumwollfasern, die vermutlich von einer Jeans stammen, synthetische Fasern und der Rest eines BH-Verschlusses, außerdem Fasern im Bereich der Schulter.« Sie drehte sich zu dem Präparator um. »Josef, konnten Sie unter dem Mikroskop eine Farbe erkennen?«

Josef, der so blass und unauffällig war, dass Nola seine Anwesenheit manchmal vergaß, machte einen Schritt nach vorn. »Grün.«

Dr. Fenders nickte zufrieden. »Sieht so aus, als hätte sie Jeans, Unterwäsche aus synthetischem Material und ein grünes Oberteil getragen, aber keine Schuhe.«

Jetzt begann die eigentliche Untersuchung, bei der auch der Körper eröffnet wurde. Nola blendete die Bilder aus und schloss die Augen. Frau Jakobi hatte angekleidet auf dem Bett gelegen. Vielleicht war sie zu betrunken gewesen, um sich auszuziehen, oder sie hatte sich nur für ein paar Minuten ausruhen wollen, mit einer brennenden Zigarette in der Hand...

»Keinerlei Rußpartikel in Nase, Mund oder der Lunge«, unterbrach Dr. Fenders ihre Gedanken. »Als das Feuer ausbrach, war sie schon tot. Und jetzt müssen wir noch die Todesursache finden.« Es klang hochzufrieden.

Nola spürte leisen Widerwillen, wie konnte die Rechtsmedizinerin nur so begeistert sein, andererseits war sie selbst auch nicht viel besser, sie hatte sogar mit Conrad um eine Flasche Whisky gewettet und soeben gewonnen. Simone Jakobi war nicht an den Folgen des Feuers gestorben. Jemand hatte nachgeholfen. Ihr Bauchgefühl hatte sie nicht getrogen.

»Na bitte. Ein Bruch im Bereich des oberen Schildknorpelhorns. Und das hier dürfte eine Unterblutung im anliegenden Gewebe sein. Josef«, die Rechtsmedizinerin drehte den Kopf zu ihrem Präparator, »nehmen Sie bitte eine Gewebeprobe.« Zufrieden richtete sie sich auf. »So etwas habe ich schon erwartet. Die Frau wurde erwürgt, und der Täter hat das Feuer später gelegt, möglicherweise wollte er seine Spuren vernichten. Falls es sich um ein Sexualverbrechen handelt, stoßen wir hoffentlich auf entsprechende Spuren von Sperma oder Latex. Ich werde auch noch einen Spezialisten hinzuziehen, um zu klären, ob die Leiche mit Brandbeschleuniger übergossen und angezündet wurde.«

Etwas später erfuhr Nola, dass die letzte Mahlzeit der Toten aus Kuchen bestanden hatte, etwa zwei Stunden vor ihrem Tod.

»Käsekuchen«, murmelte sie automatisch. »Den hat ihre Mutter extra für sie gebacken. Sie hat das letzte Stück ungefähr um halb sechs gegessen, eher noch ein bisschen später.«

»Käsekuchen mit Rosinen würde ich sagen. Hört sich lecker an. Meine Großmutter hat auch immer Käsekuchen mit Rosinen gebacken, auf dem Blech. Für ein Stück davon würde ich heutzutage glatt morden, leider ist das Rezept irgendwie verloren gegangen. Wirklich bedauerlich.«

Wie man während einer Obduktion Appetit auf Kuchen entwickeln konnte, erschloss sich Nola nicht. Sie vermied es sehr bewusst, an jede Art von Nahrung zu denken.

Trotzdem sagte sie brav: »Schade. Käsekuchen mit Rosinen mag ich auch gern.« Eine glatte Lüge, aber vielleicht der Weg, sich in den erlauchten Kreis von Leuten einzureihen, denen Dr. Gritta Fenders das Du anbot.

Die Rechtsmedizinerin gab keine Antwort, sie war schon wieder mit ihrer Arbeit beschäftigt. »Demnach ist sie gegen zwanzig Uhr gestorben, und das Feuer wurde erst später gelegt.«

»Genauer gesagt sechs Stunden später.« Eine Vorstellung, die Nola erschaudern ließ.

Die Rechtsmedizinerin blickte kurz hoch. »Dieses Rätsel fällt in Ihren Zuständigkeitsbereich, Frau van Heerden.«

Auf der Rückfahrt war Nola tief in Gedanken versunken. Nach allem, was sie jetzt wusste, hatte der Täter sechs Stunden mit der toten Frau verbracht. Hatte sie ihm etwas bedeutet, war es ihm schwergefallen, sie zurückzulassen, Abschied zu nehmen? Oder hatte er die Zeit benötigt, um nachzudenken, wie er seine Spuren am Tatort am besten vernichten konnte? Handelte es sich um einen geplanten Mord oder um ein Verbrechen im Affekt? Diente das Feuer lediglich dazu, die Täterspuren zu beseitigen, oder sollte es den Verdacht auf Melody Matzke lenken?

Ihr Handy bimmelte, und sie nahm das Gespräch über die Autoanlage an. Renke.

»Ich hab gerade erst deine Herzen auf meinem Smartphone entdeckt und bin ein bisschen ratlos. Was mach ich jetzt? Möchtest du ein paar Herzen zurück?«

»Eins reicht mir eigentlich.«

»Okay. Das bring ich aber persönlich vorbei.« Er lachte leise. »Hör zu, ich war gestern Abend noch im *Tennessee* und hab was Interessantes gehört. Auf der Geburtstagsfeier von Simone Jakobi gab es Streit.«

»Ich komme nachher vorbei«, schnitt sie ihm das Wort ab. »Hier gibt es nämlich auch Neuigkeiten.« Und dann erzählte sie vom vorläufigen Ergebnis der Obduktion.

»Also eine Mordermittlung. Soll ich die Eltern informieren?«

»Ja, das wäre super. Frag bitte unbedingt, was Simone Jakobi gestern auf der Geburtstagsfeier anhatte. Bis später!«

Im Präsidium wurde sie bereits von Robert erwartet. »Hallo, Nola. Der Brandermittler war gerade hier und hat seinen Bericht auf den Tisch gelegt. Im Untergeschoss wurde Benzin vergossen und nicht zu wenig, wie er sagt. Seiner Ansicht nach muss es binnen weniger Minuten lichterloh gebrannt haben. Wir müssen also von einem Mord ausgehen.«

»Genauso ist es. Simone Jakobi ist nicht an den Folgen des Feuers gestorben, sie wurde erwürgt, und zwischen ihrem Tod und dem Brand liegen etwa sechs Stunden.«

»Was? Das ist ja ... hm.« Mit zwei Fingern massierte Robert seine Schläfe, dann schüttelte er den Kopf. »Seltsam.«

Dem konnte Nola nicht widersprechen. »Wenn du mich fragst, hat das Ganze mit einem Brand auf einem Reiterhof zu tun, der vor zwanzig Jahren gelegt wurde, ebenfalls in Martinsfehn. Dieselben Personen, derselbe Anlass – Simone Jakobis Geburtstag –, beide Male Brandstiftung.« Sie fasste kurz zusammen, was sie bis jetzt wusste. »Ich fahre gleich raus nach Martinsfehn und rede mit dieser Melody. Komischer Name, oder?« Sie rümpfte die Nase. »Melody, so könnte auch ein Pferd heißen.«

»Findest du?«

Nola nickte. Sie steuerte ihr Büro an, das sie mit Hilke

Dreyer und Conrad teilte. Nach einem kurzen Bericht über das Obduktionsergebnis bat sie Conrad, mit ihr nach Martinsfehn zu fahren. Er jammerte ein bisschen über die Hitze, die ihm zu schaffen machte, folgte ihr aber gehorsam.

»Hilke, du schaust in der Zwischenzeit, was du über Melody Matzke finden kannst, falls sie überhaupt noch so heißt.«

Im Auto sprach sie Conrad auf die gewonnene Wette an.

Er brummte etwas Unverständliches, verschränkte die Arme vor der Brust, lehnte den Kopf gegen die Seitenscheibe und ließ sich wieder in seinen üblichen Dämmerzustand fallen. Heute Morgen wirkte er besonders bleich, fast schon krank, und sie fragte sich, wie viel ein geübter Trinker wie Conrad saufen musste, um so auszusehen.

KAPITEL 24

Simone war tot. Jemand hatte ihr Haus angezündet, und sie war in den Flammen umgekommen, genauso wie Melodys Mutter und ihr kleiner Bruder. Und Daniela. Niemand hatte es gestern für nötig befunden, Melody zu informieren. Sie hatte es gerade erst in der Zeitung gelesen. Seither fühlte es sich an, als würde in ihren Adern kein Blut mehr fließen, sondern Eiswasser. Erstaunlicherweise konnte sie nichts spüren, keine Trauer, keine Wut, kein Entsetzen, nicht mal Angst. Nichts. Es war, als würde sie alles von außen betrachten, sogar sich selbst. Ihr ganzes Leben schien ein Film zu sein, ein Horrorfilm, in dem ständig neue Katastrophen passierten, um die Zuschauer zu schockieren. Erst die Sache mit dem brennenden Puppenhaus in ihrem Garten und jetzt das.

Beim Frühstück musste sie sich zwingen, Linus nicht den Mund zu verbieten, sondern sein munteres Morgengeplapper zu ertragen. Vielleicht war sie eine schlechte Mutter, aber sie konnte es kaum erwarten, ihn im Kindergarten abzugeben.

Was die Leute im Dorf wohl von ihr dachten? Bis zu dem Abend bei Simone war ihr nicht mal klar gewesen, dass es immer noch Menschen gab, die sie für die Brandstifterin hielten. Wie naiv, wieder zurückzukommen. Und jetzt hatte es erneut gebrannt, und wieder gab es eine Tote. Für einige würde sie ganz oben auf der Liste der Verdächtigen stehen.

Ein Blick in den Flurspiegel machte deutlich, dass sie sich umziehen sollte, bevor sie ihren Sohn in den Kindergarten brachte. Das Shirt, das sie vorhin übergezogen hatte, ohne genauer hinzusehen, war besprenkelt mit weißen Flecken, die Farbe, mit der sie die Küchenschränke gestrichen hatte.

Sie holte ein sauberes Shirt aus dem Schlafzimmer, steckte das Haar mit einer Klemme aus der Stirn und vergewisserte sich, dass alle Fenster geschlossen waren, bevor sie das Haus verließ und die Tür abschloss. Linus hüpfte zum Auto, sie folgte ihm und ignorierte den Brandfleck auf dem Rasen.

Der Panda sprang im dritten Versuch an, das war gar nicht mal so schlecht. Immer wenn sie in den Wagen stieg, musste sie jetzt an Wulf denken. Zum Glück gab es im Dorf eine zweite Tankstelle, sonst hätte sie jedes Mal, wenn sie Benzin brauchte, nach Leer fahren müssen. Um Wulfs runtergekommene Tankstelle würde sie künftig einen großen Bogen machen, auf einen zweiten Rausschmiss konnte sie gut verzichten.

Wulf. Wenn Wulf Gast auf Simones Fete gewesen wäre, würde sie ihn für den Brandstifter halten. Er steckte so voller Hass, dass sie ihm alles zutraute. Aber er war nicht eingeladen gewesen. Außerdem schien es ihm zu reichen, Puppenhäuser abzubrennen.

Während der Fahrt zählte Linus alle roten Autos, die ihnen begegneten, es waren elf. So etwas machte ihm großen Spaß, er war unheimlich stolz, dass er schon bis zwanzig zählen konnte, eigentlich sogar bis neunundzwanzig.

Als sie den Parkplatz vor dem Kindergarten überquerten, Linus hopste abwechselnd vom rechten auf das linke Bein, bemerkte Melody, dass einige Mütter stehen blieben und sie argwöhnisch beäugten, und leider war das keine Einbildung. Sie wurde angestarrt wie ein fremdartiges Insekt, das irgendwie eklig aussah. Schon stürzte ihr sorgfältig aufgebauter Zweckoptimismus in sich zusammen. Was hatte sie sich und vor allem Linus nur angetan mit diesem übereilten Umzug?

Wenigstens die Erzieherin begrüßte sie freundlich. Sie fuhr Linus kurz über die blonden Locken, bevor sie ihm einen sanften Stoß in Richtung der anderen Kinder gab. »Wir sind ganz begeistert, wie Ihr Sohn sich in die Gruppe integriert hat. Er ist wirklich ein ganz Lieber, vielleicht noch ein bisschen still, aber ich denke, das wird sich bald geben.«

Die Worte kamen von Herzen, das spürte Melody, und sie bedankte sich umgehend. Möglicherweise fiel ihre Reaktion eine Spur zu überschwänglich aus, aber gerade heute fühlte es sich so gut an, positiv wahrgenommen zu werden.

Wieder zu Hause, setzte Melody sich mit einem Glas eiskalter Milch in den Garten. Eigentlich müsste sie sich dringend mit der Treppe beschäftigen, doch sie konnte sich nicht dazu aufraffen.

Vor vier Wochen hatte der Umzug stattgefunden, ziemlich überstürzt und schlecht organisiert. Leider befand das Haus sich in einem sehr viel schlechteren Zustand, als die

Fotos erahnen ließen, und es war gar nicht so leicht, die verwohnten Zimmer in ein gemütliches Heim zu verwandeln. Manchmal verlor sie den Glauben daran, dass es klappen würde. Auf dem Foto in der Zeitschrift sahen die roten Küchenwände so fröhlich aus, in der Realität verschluckten sie das Licht und verwandelten den Raum in eine düstere Höhle. Aber woher sollte sie die Zeit nehmen, die Wände wieder umzustreichen, da war so viel anderes, das Vorrang hatte, und längst nicht alles gelang ihr.

Anders als in der Zeitschrift beschrieben, wollte der weiße Lack nicht richtig auf den Schranktüren der Einbauküche haften, und das Abschleifen der Treppenstufen gestaltete sich weitaus schwieriger als in der Anleitung, in der eine gut gelaunte junge Frau in einem weißen Shirt mit einem Deltaschleifer hantierte, als wäre das so einfach wie Teppich saugen. Nach wenigen Stufen hatte Melody bereits zwei unschöne Macken in das Holz gefräst und völlig entnervt ihr Vorhaben aufgegeben. Bestimmt wäre es klug, einen Handwerker zu bestellen, der ihr Werk vollendete. Doch Melody hatte noch keinen neuen Job gefunden, was ihre finanziellen Möglichkeiten stark einschränkte.

Zunehmend fühlte sie sich wie eine dumme Fliege, die an einem Honigstreifen kleben geblieben war. An der Nase rumgeführt und zur Strafe gefangen bis ans Ende ihrer Tage.

Wenigstens Linus liebte sein neues Zimmer, er schlief tief und fest, satt von dem neuen Leben, dem Garten, der ihnen jetzt gehörte, den neuen Freunden im Kindergarten und seinem Zimmer, dessen Wände Melody in der unteren Hälfte lindgrün gestrichen hatte und darüber leuchtend himmelblau, mit einer Kommode, die aussah wie eine Schatztruhe, einem aufgemalten Seeräuberschiff, das eine ganze Wand bedeckte, und einem Hochbett, das sie gebraucht ersteigert hatte und das ebenfalls an ein Schiff erinnerte. Ein Piratenzimmer als Symbol für die heile Welt, die ihr kleiner Sohn verdiente.

Nein, sie wollte nicht an ihrer Entscheidung zweifeln. Wenn sie irgendwo zu Hause war, dann hier, und deshalb sollte ihr Sohn hier aufwachsen. Ein Kind brauchte zwei Dinge, Wurzeln und Flügel. Und seine Wurzeln sollte er in Martinsfehn schlagen. Einen besseren Ort konnte sie ihm nicht bieten. Die Leute würden schon noch einsehen, dass sie nichts mit den Bränden zu tun hatte, und sie in Ruhe lassen.

Heute Nachmittag würde sie ihren ganzen Mut zusammennehmen und noch mal den Friedhof besuchen, mit Linus. Sie war nicht hergekommen, um sich in ihrem Haus zu verkriechen. Und gerade jetzt erschien es ihr wichtig, sich im Dorf zu zeigen. Sie hatte nichts zu verbergen, und niemand sollte behaupten, dass sie nicht um ihre Toten trauerte. Fast wünschte sie sich, dort Wulf zu begegnen. Er sollte wissen, dass sie sich nicht einschüchtern ließ.

Und jetzt würde sie einfach mal im Garten sitzen, das schöne Wetter genießen und darüber hinwegsehen, dass es hier draußen auch sehr viel zu tun gab. Unkraut überwucherte die Beete, und der Rasen musste dringend gemäht werden.

Die Küsterin hatte einen uralten Benzinmäher hinterlassen, der leider nicht ansprang. Sie musste ihn zur Reparatur bringen oder einen neuen kaufen. Beides würde mehr Energie kosten, als sie gerade erübrigen konnte. Also schloss sie die Augen und hielt ihr Gesicht in die Sonne. Natürlich landeten ihre Gedanken sofort bei Thore. Wie ihr Herz sich bei seinem Anblick überschlagen hatte. Sie hätte ihn überall erkannt, er hatte sich wirklich kaum verändert.

»Wie eine Spitzmaus siehst du nicht mehr aus«, hatte

er gesagt, und sie hatte keinen Ton rausgebracht, ihn nur angestarrt und versucht auszublenden, dass Julia nur ein paar Meter entfernt stand und sie mit Argusaugen beobachtete.

Das Erste, das ihr schließlich einfiel, war: »Du hast Julia geheiratet?«

Über seine Antwort dachte sie immer noch nach. »Hat sich so ergeben.«

Nach großer Liebe hörte sich das nicht an. Eher so, als würde diese Ehe ihm wenig bedeuten. Oder redete sie sich das nur ein? Darüber sollte sie besser gar nicht nachdenken.

Gestern hatte sie im Telefonbuch nachgeschaut. Unter Thores Namen standen zwei Nummern, eine private, *T. und J. Bremer*, und eine geschäftliche. *Thore Bremer, IT-Lösungen*. Sie könnte ihn jetzt in der Firma anrufen und fragen, was er über den Brand wusste. Sie gestand sich ein, in Wahrheit etwas ganz anderes wissen zu wollen. Hatte ihre Begegnung bei Simone ihn genauso erschüttert wie sie selbst? Musste er seither auch pausenlos an sie denken?

Sie lachte leise. Selbstverständlich würde sie Thore nicht anrufen. Der einzige Mann in ihrem Leben war fünf Jahre alt und konnte neuerdings bis neunundzwanzig zählen, und so sollte es für eine Weile auch bleiben. Immer wenn sie sich verliebte, entpuppte der Mann sich hinterher als Enttäuschung. Thore war verheiratet, was konnte daraus schon werden? Weshalb sollte sie ihn entzaubern? War es nicht besser, nur von ihm zu träumen?

KAPITEL 25

Zuerst wollte Nola mit Simone Jakobis Angestellter reden. Stefanie Werkmeister wohnte in einer Doppelhaushälfte. Auf dem Türschild aus bunter Keramik, das eine Katzenfamilie zeigte, Vater, Mutter und zwei Kinder, stand: *Hier lebt Familie Werkmeister.*

Die Frau musste etwa in Nolas Alter sein, rothaarig war sie auch, bei ihr stammte die Farbe aber eindeutig aus der Tube und war für Nolas Geschmack entschieden zu orangelastig ausgefallen. Frau Werkmeister war mittelgroß, von üppiger Figur und ganz in Schwarz gekleidet. Ihre Augen schwammen in Tränen, und ihr Gesicht wies rote Flecken vom Weinen auf.

»Ich hab mir schon gedacht, dass Sie kommen. Bitte…« Ihre ausgestreckte Hand deutete auf die offene Küchentür.

Sie forderte Nola und Conrad auf, sich an den Küchentisch zu setzen. Der Geruch von abgestandenem Kaffee und eine Schale auf dem Tisch, die offensichtlich ein Kind getöpfert hatte, zur Hälfte gefüllt mit Süßigkeiten, sowie ein kleines Häufchen zusammengeknülltes Papier zeugten davon, wie sie den Vormittag verbracht hatte. Als hätte der Gang zur Haustür und zurück ihre letzten Kräfte aufgezehrt, ließ sie sich auf einen der Stühle fallen, griff nach einer in Goldpapier eingewickelten Praline, packte sie aus und stopfte sie in den Mund.

»Ich kann es einfach nicht fassen«, schluchzte sie dann.

Nola ließ sie ein bisschen weinen, dann fragte sie vorsichtig, ob Frau Werkmeister sich in der Lage sah, etwas über Simone Jakobi zu erzählen.

»Natürlich.« Frau Werkmeister rollte das goldene Einwickelpapier zwischen ihren Fingern zusammen, zog die

Nase hoch wie ein Schulkind und wischte mit dem Handrücken über ihre Augen. »Sie ist... war, muss ich jetzt ja sagen... ein ganz toller Mensch. Besonders, nicht so nullachtfünfzehn wie die anderen hier. Simone steckte immer voller Ideen. Ich weiß wirklich nicht, warum so was passieren musste.« Ihre Stimme zitterte. »Morgens kam sie nicht so gut aus dem Bett, deshalb bin ich gewöhnlich die Erste im Laden, das war ihre einzige Schwäche.« Ihr Mund verzog sich zu einem traurigen Lächeln. »Dafür ist sie bis spätabends im Atelier geblieben und hat sich mit ihren Aufnahmen beschäftigt. Es war ihr immer wichtig, das Beste aus den Bildern rauszuholen. Das Fotografieren ist ihr Leben... *war* ihr Leben. Ich hab immer gesagt, kein Wunder, dass du keinen Mann findest. Du hast ja gar keine Zeit für eine Beziehung.«

»Wann haben Sie Ihre Chefin zuletzt gesehen?«

»Am Samstag gegen dreizehn Uhr. Da bin ich gegangen. Normalerweise arbeite ich nur von Montag bis Freitag, wegen der Kinder, aber Simone hat mich gebeten, ausnahmsweise am Samstag zu kommen. Sie hatte ja Geburtstag und viel vorzubereiten. Am Samstagabend wollte sie mit Freunden reinfeiern, am Sonntagnachmittag war ihre Familie zum Kaffee eingeladen. Simone war den ganzen Vormittag beschäftigt, ich hab sie kaum gesehen. Sie wissen schon, einkaufen, die Möbel im Garten aufstellen, das Büfett herrichten, alles hübsch dekorieren, dafür hatte sie ein Händchen. Sie war so aufgeregt. Positiv aufgeregt, meine ich damit. Am Samstagabend sollte nämlich ein Ehrengast kommen, eine alte Schulfreundin, die gerade wieder nach Martinsfehn gezogen ist.« Schniefend riss sie ein Minitütchen mit Gummibären auf und kippte den Inhalt auf den Tisch. Sie entschied sich für drei rote Bären, die sie gleichzeitig in den Mund steckte, dann schüttelte sie den

Kopf. »Ich kann es wirklich nicht begreifen. Eine Frau wie Simone, so großzügig, so kreativ, so voller Leben, die kann doch nicht einfach sterben. Bei so einem blöden, überflüssigen Wohnungsbrand.«

»War sie beliebt?«

Nolas Frage schien Frau Werkmeister zu irritieren. »Natürlich«, sagte sie nach kurzem Zögern, aber Nola spürte, dass das nicht ganz der Wahrheit entsprach, dafür hörte es sich ein bisschen zu trotzig an.

Jetzt musste sie wohl das Unvermeidliche aussprechen. »Wir wissen inzwischen, dass Frau Jakobi einem Gewaltverbrechen zum Opfer gefallen ist. Der Brand wurde erst nach ihrem Tod gelegt. Deshalb noch mal die Frage: War Frau Jakobi beliebt oder andersherum: Hatte sie Feinde?«

Die Frau öffnete den Mund, doch es kam kein Laut heraus. »Simone wurde ermordet?«, brachte sie schließlich hervor.

»Ja, so sieht es wohl aus. Jetzt verstehen Sie sicher, dass Ihre Aussage von großer Wichtigkeit ist. Überlegen Sie bitte noch mal, hatte sie Feinde?«

»Alle haben sie gemocht, wirklich, sie war ein großartiger Mensch. Ein großartiger Mensch«, wiederholte Stefanie Werkmeister beschwörend. Mit hölzernen Bewegungen erhob sie sich und ging zum Küchenschrank, wo eine Kaffeemaschine aufgebaut war. »Ich hab Ihnen gar nichts angeboten, möchten Sie vielleicht einen Kaffee?« Ohne die Antwort abzuwarten, füllte sie die Maschine mit Wasser und Kaffeemehl und drückte auf den Startknopf. Sie holte drei weiße Porzellanbecher aus dem Oberschrank und trug sie rüber zum Tisch, wo sie auf den Stuhl sackte und erneut in Tränen ausbrach.

Nola gönnte ihr eine kleine Pause, damit sie sich beruhigen und die Tränen abwischen konnte, dann sagte sie leise: »Es ist sehr gut möglich, dass Frau Jakobi ihren Mörder gekannt hat. Können Sie uns etwas über ihr Privatleben erzählen?«

Umständlich wickelte Frau Werkmeister eine weitere Praline aus, steckte sie aber nicht in den Mund, sondern ließ sie auf ihrer Handinnenfläche hin und her kullern. »Sie hat allein gewohnt. Einen Freund gibt es nicht, jedenfalls nicht aktuell, Verehrer dagegen schon, jede Menge. Bis vor einem halben Jahr war sie mit einem Kunstlehrer aus Wilhelmshaven zusammen. Ich fand, dass sie gut zusammengepasst haben, beide künstlerisch ambitioniert. Sie hat fotografiert, er hat gemalt, ganz tolle Bilder. Nett war er auch, so ein Sanfter, verstehen Sie, aber Simone hat die Beziehung beendet. Er war ihr zu zahm.« Sie hielt kurz inne und überlegte, dann bestätigte sie ihre Worte mit einem Nicken. »Ja, genau so hat sie es ausgedrückt. Zahm. Was soll das denn heißen, wollte ich noch wissen.«

»Und was hat sie geantwortet?«

»Dass er heiraten, Kinder haben wollte, das Übliche. Damit konnte Simone nichts anfangen. Sie hat immer geglaubt, dass sie noch mal berühmt wird mit ihren Fotos, war ständig mit der Kamera unterwegs. Einmal hat sie auch was gewonnen, einen Wettbewerb über den schönsten Sonnenaufgang. Das Bild hängt im Laden ... falls es nicht verbrannt ist.«

»Darauf war sie sicher sehr stolz«, sagte Nola und notierte in Gedanken, dass Simone Jakobi möglicherweise etwas fotografiert hatte, das ihr zum Verhängnis geworden war.

»Stand sie noch in Kontakt zu diesem Lehrer? Wir brauchen den Namen«, warf Conrad ein, der so begierig auf die Süßigkeiten schaute, dass Frau Werkmeister, die seinen Blick bemerkte, die Schüssel in seine Richtung schob. Ohne sich groß zu zieren, angelte er ein Mon Chérie heraus.

»Focke. Der Nachname fängt auch mit F an. Moment ...

ja … Färber. Focke Färber. Klingt irgendwie komisch, oder? In Kontakt standen sie meines Wissens nach nicht mehr. Simone macht immer klar Schiff, wenn sie eine Beziehung beendet.«

Immer klar Schiff, die Formulierung ließ Nola aufhorchen. »Klingt so, als würde das häufiger passieren.«

»Sie wollte nichts Ernsthaftes, dafür hat sie sich zu jung gefühlt. Sie hat am Sonntag ihren sechsunddreißigsten Geburtstag gefeiert. Da muss man in der heutigen Zeit noch nicht heiraten, oder? Vor allem nicht, wenn man so gut aussieht wie Simone. Die meisten Frauen sehen das anders, vor allem hier auf dem Dorf. Da wurde sie schon mal schräg angeguckt. Aber das war ihr egal.«

Nola, die selbst demnächst fünfunddreißig wurde, konnte nicht verhindern, dass ihre Gedanken kurz zu Renke abschweiften.

»Glauben Sie, dass Herr Färber auf der Feier eingeladen war?«, wollte Conrad wissen, während er ungeniert mit dem Finger durch die Süßigkeiten rührte, wahrscheinlich auf der Suche nach der nächsten alkoholhaltigen Praline.

»Warum? Da war ja Schluss. Ich weiß es aber nicht mit letzter Sicherheit, ich war ja nicht eingeladen.«

Ich war ja nicht eingeladen. Klang das enttäuscht?

»Dann waren Sie privat also nicht befreundet.« Nola bemühte sich, das so nüchtern wie möglich zu sagen, eine schlichte Feststellung, und doch fühlte Frau Werkmeister sich genötigt, sich zu verteidigen.

»Das kann man sehen, wie man will. Aber es gibt nicht viele Menschen, denen Simone so nahestand wie mir. Wir beide konnten über alles reden. Ich würde das sehr wohl als Freundschaft bezeichnen. Ja. Sie war meine Freundin.«

Jetzt musste erst einmal der Kaffee ausgeschenkt werden. Obwohl ihre Hände zitterten, gelang ihr das, ohne etwas zu verschütten. »Außerhalb der Geschäftszeiten haben wir uns nur selten gesehen. Ich muss mich um meine Familie kümmern, die Kinder sind vier und sieben, die machen viel Arbeit, und Simone war ja immer mit ihrer Kunst beschäftigt. Und mein Mann …« Sie presste ihre Lippen zusammen und zuckte mit den Schultern.

»Was ist mit Ihrem Mann?«, hakte Nola nach.

»Er mag Simone nicht sonderlich. Ihm wäre es nicht recht gewesen, wenn wir uns privat getroffen hätten.«

»Warum?«

»Seiner Meinung nach hat Simone mich ausgenutzt. Aber wenn man so einen kleinen Laden auf dem Dorf führt, ist der Verdienst nun mal nicht groß genug, um jede Überstunde bezahlen zu können. Mein Mann ist im öffentlichen Dienst, da kann man sich so was nicht vorstellen.«

Sieh an, der Heiligenschein bekam die ersten Kratzer. Unbezahlte Überstunden. Kein Wunder, dass Herr Werkmeister nicht begeistert davon war.

Conrad, der als Einziger seinen Kaffee trank, verzog das Gesicht und schob den Becher Richtung Tischmitte. Offenbar fand er es an der Zeit, sich aktiv an der Befragung zu beteiligen. »Zurück zur Feier. Wissen Sie, wer eingeladen war? Ein oder zwei Namen würden uns schon helfen.«

Nachdenklich richtete Frau Werkmeister den Blick in die Ferne. »Das weiß ich nicht genau. Ich muss mal überlegen …« Jetzt nippte sie auch an ihrem Kaffee und verzog angewidert das Gesicht. »Himmel, der ist ja viel zu schwach. Entschuldigung, ich kann mich auf nichts konzentrieren. Der Schock, verstehen Sie? Als ob da oben eine Uhr stehen geblieben wäre.« Mit der Hand tippte sie gegen ihre Stirn.

»Ja, das verstehen wir gut«, versicherte Nola.

»Julia Bremer, die arbeitet an der Grundschule. Die beiden sind zusammen zur Schule gegangen, glaub ich. Ich stamme ja nicht aus Martinsfehn und weiß nur, was Simone mir erzählt hat«, fügte sie als Erklärung hinzu. »Aber Frau Bremer war bestimmt eingeladen. Und ihr Mann Thore. Sein Bruder vielleicht auch, Henning... mit dem hatte Simone auch mal was, aber nur ganz kurz. Aber der war nichts für sie, sie fand ihn zu bieder. Simone stand mehr auf Freigeister, Künstler... besondere Männer eben, sie war ja auch besonders. Und sonst... eine Carmen vielleicht, die hat wohl mal im Laden angerufen und nach Simone gefragt, da kenne ich aber nicht den Nachnamen... nee, tut mir leid, sonst fällt mir niemand ein.«

»Was wissen Sie über das Buch, das Frau Jakobi schreiben wollte?«

»Simone wollte ein Buch schreiben?« Verwirrt schaute Frau Werkmeister zuerst Nola und dann Conrad an. »Was denn für ein Buch? Darüber hat sie nie geredet.«

»Es ging um einen Reiterhof in Martinsfehn, der vor zwanzig Jahren abgebrannt ist. Er hat der Mutter ihrer Freundin Melody gehört.«

»Ja, die Geschichte kenne ich, aber warum wollte Simone darüber schreiben? Das verstehe ich nicht.«

Als Letztes fragte Nola, ob Frau Werkmeister zufällig ein aktuelles Foto von Simone Jakobi besaß.

»Ja. Ein Selfie von der letzten Weihnachtsfeier. Da lädt Simone uns immer zum Essen ein, mich und die Putzfrau.« Sie stand auf und holte ihr Smartphone. Es dauerte ein wenig, bis sie die Aufnahme fand, und der Anblick ließ sie trocken schluchzen. »Simone ist die in der Mitte.«

Das hätte sie nicht extra zu sagen brauchen, Nola erkannte sofort, wer der Chef der drei Frauen war. Die lachende Frau auf dem Bild strahlte Lebensfreude aus, aber auch eine gehörige Portion Überheblichkeit. Nola wusste nicht mal genau, woran sie das festmachte. Vielleicht war es die Art, wie

Frau Jakobi ihre Arme um die Schultern der beiden anderen legte, da gab es keine Augenhöhe. In jedem Fall war Simone Jakobi sehr attraktiv gewesen, wahrscheinlich hatte sie es nicht schwer, einen abgelegten Lover durch einen anderen zu ersetzen. *Klar Schiff machen*, wieder fiel Nola die Formulierung ein.

Draußen bestand Conrad darauf, eine Zigarette zu rauchen, bevor er in den Wagen stieg. »Wer bringt denn so eine Frau um, jung, hübsch und lebenslustig? Das ist doch zum Kotzen.«

Es war nicht das erste Mal, dass Conrad sich derart äußerte. Ja, vielleicht stimmte es, dass man irgendwann keine Toten mehr ertragen konnte. Dann sollte er sich, verdammt noch mal, in ein anderes Dezernat versetzen lassen. Aber Conrad würde so lange im Ersten Kommissariat bleiben, wie Nola treu und brav für ihn mitarbeitete. Bequemer konnte er es gar nicht haben.

»Mir ist nicht gut, Nola, ich mach Feierabend. Am besten setzt du mich einfach zu Hause ab.«

Entgeistert schaute sie ihn an. »Ich kann dich doch jetzt nicht nach Hause fahren, wir sind hier noch lange nicht fertig.«

»Dann nehm ich mir ein Taxi. Lass mich einfach da vorn raus.«

Achselzuckend lenkte sie den Wagen an den Fahrbahnrand und ließ Conrad aussteigen. Sie musste zugeben, dass ihr Kollege wirklich einen kranken Eindruck machte, auf seiner Stirn perlten Schweißtropfen, und er sah bleich aus, fast schon grau. Vermutlich würde sich das ändern, sobald sein Alkoholspiegel wieder stieg. Sie sollte wirklich mal ein vertrauliches Wort mit Robert wechseln, so ging das nicht weiter.

Bevor sie den Wagen wieder auf die Straße lenkte, rief sie

im Präsidium an. »Hilke, ich möchte, dass du dir die Akte von dem Brand vor zwanzig Jahren anschaust. Sie liegt auf meinem Schreibtisch. Ich will wissen, was die Leute machen, die damals verhört wurden. Alle. Ich hab hier noch zu tun.«

Zuerst würde sie zum Revier fahren und mit Renke reden. Dann wollte sie endlich Melody Matzke kennenlernen. Julia Bremer musste sie auch noch einen Besuch abstatten, um die Namen der Gäste auf der Geburtstagsfeier zu erfragen.

KAPITEL 26

Gegen vierzehn Uhr tauchte Nola im Revier auf, sichtlich aufgeregt. Renkes Angebot, ihr einen Kaffee zu holen, lehnte sie ab, genau wie die Kekse, die auf dem Schreibtisch standen.

»Später vielleicht. Hast du schon mit den Eltern gesprochen? Was hat sie am Sonntagnachmittag getragen?«

An seinen Besuch bei den Jakobis wollte Renke lieber gar nicht denken. Er hasste es, Menschen, die bereits völlig am Boden lagen, noch einen weiteren schrecklichen Schlag zu verpassen. *Ihre Tochter war schon tot, als das Feuer ausbrach, sie ist einem Gewaltverbrechen zum Opfer gefallen.* Er zwang sich, die Erinnerung daran auszublenden, wie Frau Jakobi einfach in sich zusammengesackt und mit der Stirn auf dem Boden aufgeschlagen war. »Eine Jeans, eine hellgrüne Bluse und Sandalen.«

»Ringe an den Zehen«, murmelte Nola, und er nickte.

»Genau diese Sachen hat sie zum Zeitpunkt ihres Todes getragen. Gestorben ist sie gegen zwanzig Uhr.«

»Moment. Das Feuer wurde doch erst Stunden später gelegt. Was hat der Täter in der Zwischenzeit gemacht?«

»Keine Ahnung. Du denkst doch auch, dass ihr Tod mit dem Brand vor zwanzig Jahren zusammenhängt, oder?« Fragend schaute sie ihn an.

»Sagen wir mal, es ist mehr als wahrscheinlich.«

Mit beiden Händen griff Nola nach ihrem Haarknoten, der sich bereits in der Auflösung befand. Sie brauchte keinen Spiegel, um ihn neu aufzudrehen, das fand er immer wieder faszinierend. »Die Spurensicherung hat nichts Großartiges gefunden, das auf den Täter hinweist. Keine Einbruchspuren, sagt Stefan, sie muss ihn also freiwillig ins Haus gelassen haben, was nicht verwunderlich ist, wenn man mal davon ausgeht, dass er Gast auf ihrer Geburtstagsfeier war.«

»Aber warum hat er so lange gewartet, um das Feuer zu legen?«

Darauf wusste Nola auch keine Antwort. »Vielleicht hat die Frau ihm etwas bedeutet, und er konnte sich nicht so schnell von ihr trennen. Oder er wollte nicht, dass das Feuer sofort entdeckt wird, und ist deshalb zu nachtschlafender Zeit wiedergekommen. In Anbetracht dessen, dass sie tot war, konnte er ja einfach den Schlüssel mitnehmen und ihn später wieder benutzen.«

»Stimmt. Kann auch sein, dass er den Brandbeschleuniger erst besorgen musste. Benzin, richtig?«

Sie nickte.

»Lass alle Tankstellen überprüfen, ob sich jemand an einen Kunden erinnern kann, der am Sonntag einen Kanister vollgetankt hat«, schlug er vor.

Sie nickte erneut, und er dachte flüchtig, dass es Zeiten gegeben hatte, in denen sie jetzt darauf hingewiesen hätte, dass sie die leitende Ermittlerin war und nicht er. Dieser Wettstreit fand zum Glück nicht mehr statt, jetzt hörten sie einander zu. Und sie schickte ihm mitten in der Nacht rote

Herzchen. »Erst hat er sie erwürgt, möglicherweise im Affekt nach einem Streit. Dann ist er mit dem Haustürschlüssel ein zweites Mal ins Haus eingedrungen und hat das Feuer gelegt.«

»Klingt logisch«, fand Nola. »Er wird ja kaum mit dem Benzinkanister in der Hand bei ihr geklingelt haben. Irgendwie erscheint es mir immer wahrscheinlicher, dass es damals wirklich um Daniela Finke ging. Ich fahre jetzt zu Julia Bremer. Sie war am Samstagabend eingeladen und kann mir hoffentlich die Namen der anderen Gäste nennen. Einer von ihnen muss der Täter sein.«

Renke bot an, sie zu begleiten, und sie schien sich darüber zu freuen. Unterwegs erzählte sie, dass Conrad sich krankgemeldet hätte, mal wieder, und er wusste nicht, was er dazu sagen sollte, außer dass ihn Conrads Abwesenheit nicht störte, weil er so einen Anlass hatte, Nola zu begleiten. Völlig überraschend fragte sie, ob er wüsste, wo man Europaletten kaufen könne.

»Wozu brauchst du Europaletten?«

»Ich will mir ein Schuhregal bauen.«

Er bemühte sich, nicht zu lachen. »Paletten kauft man nicht, die hat man über. Wenn du ein bisschen Geduld hast, kannst du welche von mir kriegen. Ich muss nur die Steine, die darauf liegen, umpacken.« Möbel aus Paletten waren total in, das hatte er auch schon mitbekommen. Manche Leute bauten sich daraus Gartenmöbel. »Das ist aber nicht so einfach, wie du dir das vorstellst. Das Holz muss geschliffen werden, dann lackiert, du brauchst vernünftige Schrauben …«

»Du vielleicht, ich nicht«, erklärte sie schnippisch.

Er dachte an ihren dreibeinigen Sessel. Den fehlenden Fuß hatte sie einfach mit einem Bücherstapel ersetzt. Ihr Schreibtisch bestand aus einem Nähmaschinengestell und einer Platte, die nicht verschraubt war und deshalb jederzeit ins Kippen geraten konnte. Ja, Nola würde einfach die unbehandelten Paletten zusammenschrauben, krumm und schief, und das Ergebnis würde ihr gefallen. Und jetzt war sie eingeschnappt, weil er sich nicht für ihre Idee begeistern konnte. Aber Renke war Handwerker; Wenn er etwas in Angriff nahm, dann machte er es vernünftig. Vielleicht fand er zwischendurch Zeit, ihr ein Regal zu bauen.

KAPITEL 27

Julia war gerade erst nach Hause gekommen, als es klingelte. Die Polizei stand vor der Tür. Renke Nordmann, den sie natürlich kannte, jeder hier kannte Renke. Seine Frau Britta war Lehrerin an Julias Schule gewesen, eine sehr nette Kollegin, die viel zu früh gestorben war. Neben Renke stand eine kleine Frau mit kupferroten Haaren, die sich als Nola van Heerden vorstellte. Komischer Name, ein bisschen überkandidelt, und gleich musste sie an Simone denken. Die Kommissarin oder besser Oberkommissarin, das war ihr bestimmt wichtig, war zierlich gebaut, aber nicht so dürr wie viele Frauen in der heutigen Zeit, die sich zum Skelett runterhungerten. Und sie war hübsch, jedenfalls wenn man Sommersprossen mochte.

Ob sie Thore gefallen würde? Besser als Melody oder nicht so gut? Würde er bei ihrem Anblick auch so glasige Augen kriegen? Ach, was machte sie sich nur für unnötige Gedanken. Thore war nicht hier, und wen interessierte es, wie diese Kommissarin aussah. Die hatte bestimmt nicht an der Tür geklingelt, um Julia mit ihrem Äußeren zu beeindrucken. Garantiert wollte sie über Simone sprechen.

Und genau das wollte Julia nicht. Am liebsten hätte sie die Tür einfach zugeschlagen und den Schlüssel zweimal im Schloss gedreht. Sie verspürte keinerlei Lust, über den Abend zu reden, nicht mal daran denken wollte sie. Aber das ließ sich wohl kaum vermeiden.

Also flötete sie mit gespielter Unbekümmertheit: »Kommen Sie doch herein«, und führte die beiden in das Wohnzimmer, auf das sie sehr stolz war. Das Laminat hatte Thore selbst verlegt, gemeinsam mit Henning, und die Sitzgarnitur aus grauem Veloursleder, das bei Lampenlicht bläulich schimmerte, hatten sie sich zu Weihnachten geleistet. Zusammen mit der Schrankwand aus Wildeiche, zu der sie Thore mühsam überreden musste, weil er sie zu klotzig fand, machte der Raum jetzt richtig was her und bildete genau den passenden Rahmen für ein Gespräch, das sie lieber nicht führen würde.

Sollte sie Kaffee anbieten? Nein, sie wartete ja nur darauf, dass die beiden sich wieder verabschiedeten.

Zu gern hätte Julia gewusst, wer von den beiden Polizisten mehr zu sagen hatte, er oder sie. Sie wahrscheinlich, das machte allein die Körpersprache deutlich. Während Renke ganz entspannt wirkte, saß sie kerzengerade, beide Füße ordentlich nebeneinandergestellt und die Hände auf den Schoß gefaltet. Ihr Blick wirkte sehr wach und ein bisschen angriffslustig. Da musste man sicher aufpassen, was man sagte.

»Ich weiß nicht, ob Sie es schon gehört haben«, begann die Kommissarin das Gespräch. »In der vorletzten Nacht ist etwas Schlimmes passiert. Das Haus von Simone Jakobi ist abgebrannt, und wir haben im Schlafzimmer ihre Leiche gefunden.«

»Ja. Das hat sich schon rumgesprochen.« Julia räusperte sich und schlug die Beine übereinander, die heute wieder in Jeans steckten. »Wirklich schrecklich. Ich kann es noch gar nicht glauben. Am Samstagabend sprühte sie noch vor Energie.«

»Ihr wart also auf der Geburtstagsfeier?«, vergewisserte Renke sich.

Julia nickte. »Ursprünglich hatte ich gar keine große Lust, aber wann haben wir hier im Norden schon mal so ein Wetter, dass man bis spätabends draußen sitzen kann.«

»Gab es nicht so etwas wie einen Ehrengast? Eine alte Schulfreundin, die wieder nach Martinsfehn gezogen ist?« Auf einmal wirkte die Polizistin so, als würde sie auf etwas warten. Julia fühlte sich unbehaglich.

»Ja«, sagte sie gedehnt und versuchte, ganz ruhig zu bleiben. »Melody Matzke. So hieß sie jedenfalls früher. Inzwischen hat sie geheiratet und ist wieder geschieden. Ihren neuen Namen hab ich mir nicht gemerkt. Ob ich sie als Ehrengast bezeichnen würde ...« Sie lächelte schwach. »Eher nicht. Es handelte sich schließlich um Simones Geburtstagsfeier, und da war sie selbst die Hauptperson.«

Musste sie erwähnen, dass es sich bei dem sogenannten Ehrengast um Thores Jugendliebe handelte? Nein. Weshalb sollte sie vor den beiden ihre Schmach ausbreiten, beschreiben, wie blöd sie sich vorgekommen war. Mit Simones Tod hatte das nichts zu tun. »Aber es stimmt, Melody war da, und Simone hat sich darüber gefreut«, fuhr sie fort, und sie war stolz auf sich, weil ihre Stimme so unaufgeregt klang und nicht verriet, welche Gefühle in ihr tobten. »Ich nehme an, die Geschichte von dem Feuer vor zwanzig Jahren haben Sie schon gehört. Wir haben Melody in all den Jahren nicht wiedergesehen. Schon komisch, dass sie sich ausgerechnet hier ein Haus gekauft hat. Ich an ihrer Stelle wäre fortgeblieben. Aber gut, das muss sie selbst wissen.«

Die grünen Augen der Kommissarin blitzten interessiert

auf, und Julia wusste sofort, dass sie die letzten beiden Sätze besser weggelassen hätte.

Zu spät. Wie ein Hund, der sich über einen hingeworfenen Knochen freute, stürzte die Rothaarige sich gleich darauf. »Der Verdacht gegen Melody Matzke wurde damals fallen gelassen. Weshalb sollte sie also nicht zurückkommen?«

Weil sie meine Ehe nicht zerstören soll! Weil niemand sie für unschuldig hält! »Die ganzen schlechten Erinnerungen ... das muss man erst mal aushalten.« Sie flüchtete sich in ein flaches Lächeln.

Die Kommissarin ließ nicht erkennen, was sie von Julias Erklärung hielt. »Gut. Zurück zu Frau Jakobi. Wie wir inzwischen wissen, ist sie einem Gewaltverbrechen zum Opfer gefallen.«

Im ersten Moment begriff Julia nicht, was die Frau damit aussagen wollte, und als sie den Sinn der Worte erfasste, begann es sich in ihrem Kopf zu drehen. Simone war gar nicht im Schlaf von dem Feuer überrascht worden, so wie damals Melodys Mutter und ihr kleiner Bruder. Und Daniela. »Sie ist nicht durch den Brand umgekommen?«

»Nein.« Mehr wollte die Frau offenbar nicht preisgeben. Stattdessen erkundigte sie sich, ob am Abend etwas Besonderes vorgefallen war.

»Etwas Besonderes ... hm ...« Bewusst zog Julia die Wörter in die Länge, so als müsste sie darüber erst nachdenken, dabei wusste sie längst, was sie sagen würde. »Simone hat uns mit der Ankündigung überrascht, dass sie ein Buch über den Brand schreiben will. Angeblich hat sie schon angefangen. Sie will erfahren haben, dass Daniela Finke – die hat damals auch auf dem Hof gewohnt und ist in der Nacht ebenfalls ums Leben gekommen –, also, dass Daniela schwanger war. Niemand wusste davon. Simone hat angedeutet, dass das Feuer genauso gut Daniela gegolten haben könnte. Weil der Vater das Kind nicht wollte. Sie war überzeugt, dass sie den Täter überführen könnte – nach all der Zeit.« Ohne dass sie es wollte, entfuhr ihr ein hämisches Kichern. Wie dumm, Simone war tot, da sollte sie wohl mehr Betroffenheit zeigen.

Die Augen der Polizistin blitzten erneut auf, dann senkte sie den Blick und schrieb etwas in ihr Notizbuch. »Woher kann Frau Jakobi von der Schwangerschaft erfahren haben? Sie sagten doch gerade, dass niemand davon wusste.«

»Von Danielas Mutter. Frau Finke wohnt immer noch hier.«

Erneut huschte der Stift über das Papier. »Eine ungewollte Schwangerschaft als Motiv für einen Dreifachmord?« Zweifelnd schaute die Rothaarige Renke an, und der verzog unwillig den Mund, als wollte er sagen, dass er nicht so recht daran glauben könnte.

»Ich habe gehört, dass Frau Jakobi sich mit Sven Heidkamp gestritten hat«, übernahm Renke jetzt das Wort. »Stimmt das?«

»Ach, das war nicht so schlimm, wie es sich vielleicht anhört. Simone gehörte zu den Menschen, die gern provozieren, und Sven ist jemand, der sich leicht provozieren lässt. Sie hat gefragt, ob er der Vater des Kindes war, und er hat das abgestritten. Kurze Zeit später ist er beleidigt abgerauscht. Denkst du etwa, dass Sven ...?«

Eine Antwort bekam sie nicht, Renke zuckte nicht mal mit den Schultern, er schaute einfach nur stur geradeaus, und sie begriff, dass hier nur einer Fragen stellen durfte, die Polizei. Und ihre Aufgabe bestand darin, brav zu antworten.

»Was können Sie uns sonst noch über die Feier erzählen?«, wollte die Polizistin wissen.

»Nicht viel. Ich hatte plötzlich einen Migräneanfall.« Demonstrativ griff Julia sich an die Schläfe, als würde der Schmerz noch immer dort pochen. »Deshalb sind wir etwas überstürzt aufgebrochen, mein Mann und ich. Das ist leider so, wenn man unter Migräne leidet, der Schmerz kommt sehr plötzlich, und dann helfen nur noch Tabletten, Stille und ein abgedunkeltes Zimmer. Ich weiß also nicht, wie es weiterging.«

Bereitwillig erstellte sie eine Liste aller Anwesenden, und sie zwang sich, den Namen Melody genauso sorgfältig zu schreiben wie die anderen. Melodys Mädchennamen setzte sie in Klammern. »Wie gesagt, ich weiß nicht, wie sie jetzt heißt.«

Als die Polizisten sich verabschiedeten, fühlte Julia grenzenlose Erleichterung. Sie schaute den beiden hinterher. Die Rothaarige holte ein Smartphone aus der Tasche und telefonierte, während Renke hinter dem Steuer Platz nahm und alle Scheiben runterließ. Ja, es war verdammt heiß heute.

KAPITEL 28 1997

Ihr Treffen fand im Garten von Simones Elternhaus statt. Julia wollte erst gar nicht hingehen, aber ihre Mutter beschloss, dass es eine gute Idee wäre. *Da könnt ihr euch alles von der Seele reden.*

Und so saßen sie jetzt zu dritt auf einer weiß gestrichenen Holzbank, deren Latten sich unangenehm in ihre Oberschenkel drückten: Simone, Julia und Carmen, und Julia wusste überhaupt nicht, was sie sagen sollte.

Selbst an einem Tag wie diesem hatte Simone sich rausgeputzt, eine schneeweiße Jeans, ein leuchtend blaues, mit

Sternen bedrucktes Top und weiße Sandalen. Nicht einmal auf Make-up hatte sie verzichtet.

Julia, die ihren Arm auf die Lehne der Bank stützte, wäre gar nicht auf die Idee gekommen, sich so viel Mühe mit ihrem Äußeren zu geben. Sie sah aus wie immer, langweilig im Vergleich zu einem Mädchen wie Simone, und es beruhigte sie, dass Carmen auch nur ein Shirt trug und abgeschnittene Jeans.

Längst bereute Julia, auf ihre Mutter gehört zu haben. Es fühlte sich schrecklich an, hier zu sitzen und an die Katastrophe zu denken. Von Zeit zu Zeit löste sich ein Seufzer aus ihrem herzförmigen Mund, ansonsten blieb sie still und malte mit dem Zeigefinger Kringel auf die Tischdecke.

Auf dem Tisch stand eine Kanne Tee, die Simones Mutter ihnen rausgebracht hatte, zusammen mit Tassen, Tellern und selbst gebackenem Kuchen. Erdbeerkuchen mit einer dicken Schicht Schlagsahne darauf. Als sie den Tee einschenken wollte, hatte Simone sie weggeschickt. »Lass, das können wir auch allein.«

Julia hatte genickt und sich höflich für den *tollen Kuchen* bedankt, *der sieht richtig lecker aus, sind die Erdbeeren aus Ihrem Garten…* Sie spulte noch mehr Höflichkeitsfloskeln runter, bis Simone sie anstieß und zischte: »Es reicht.«

Simone pflügte mit der Gabel durch die obersten Schichten ihres Kuchens, bis alles total matschig aussah. Dann schob sie etwas von der rosaroten Masse in ihren weit geöffneten Mund.

Angeekelt wendete Julia sich ab. Überhaupt fand sie es ein bisschen abartig, hier friedlich Tee zu trinken, obwohl drei Menschen verbrannt waren, die sie persönlich gekannt hatte, wenn auch nicht unbedingt gemocht, bis auf Michel natürlich.

»Melody war es, wetten?« Carmens Worte ließen Julia zusammenzucken. Sie hätte sich nie getraut, das laut auszusprechen.

»Das wissen wir doch gar nicht. Andererseits …« Julia atmete übertrieben heftig ein und wieder aus, dann überkreuzte sie die Hände vor ihrem Brustkorb. »Also, ich kann nicht behaupten, dass ich Melody wirklich gut kenne. Im Grunde sind wir uns vollkommen fremd. Ehrlich gesagt finde ich sie ein bisschen seltsam. Eine Eigenbrötlerin, die keinen an sich ranlässt. Bis auf Thore, versteht sich …« Schnell schlug sie eine Hand vor den Mund, als wäre ihr das Letzte peinlich. War es aber nicht.

»Ja, den hat sie rangelassen, und wie!«, prustete Simone, bevor sie eine weitere Ladung rosaroter Pampe in ihrem Mund verschwinden ließ.

Carmen wollte sich ausschütten vor Lachen.

Als Nächstes fragte Simone, ob eine von ihnen sich daran erinnern könne, um welche Uhrzeit Melody weggegangen war.

»Ich nicht«, sagte Carmen sofort.

»Ich auch nicht«, brummte Julia. »Jedenfalls nicht genau. Aber es war ziemlich spät.« Sie griff nach ihrer Kuchengabel und begann, den Erdbeerkuchen in sich reinzustopfen, weil sie plötzlich das Gefühl hatte, kurz vor dem Verhungern zu stehen.

Simone kratzte bereits die Reste auf ihrem Teller zusammen.

»Was wohl mit den Pferden passiert?« Carmen hatte ihren Kuchen noch immer nicht angerührt. »Ich fänd es schade, wenn man nicht mehr reiten kann.«

»Na, du bist ja eine Egoistin«, rief Simone entrüstet. »Ich mach mir Gedanken, ob meine allerbeste Freundin in den Knast wandert, und du hast Angst, dass du nicht mehr reiten kannst.«

Allerbeste Freundin, das ist ja wohl maßlos übertrieben, dachte Julia, sagte das aber nicht laut. Simone vertrug keinen Widerspruch. Die berechtigte Frage, seit wann sie und Melody allerbeste Freundinnen waren, würde sie nur unnötig auf die Palme bringen.

Auch Carmen schien sich über Simones Bemerkung zu wundern, sie zog fragend die Augenbrauen hoch.

»Eigentlich war das 'ne Scheißfete. Sven war blöd drauf, Julia hat alles vollgekotzt, Carmens neuer Freund ist 'ne Luftnummer, Thore und Melody sind auseinander, und Melody muss vielleicht ins Gefängnis. Ich glaub, ich feiere meinen Geburtstag nie wieder«, sagte Simone plötzlich.

Julia zuckte mit den Schultern. »Ich kann mir nicht vorstellen, dass Melody eingesperrt wird. Die ist doch noch minderjährig. Du wirst sehen, der passiert gar nichts.«

»Abwarten. Hier, will jemand meinen Kuchen? Ich mag keine Erdbeeren. Außerdem muss ich jetzt los.« Carmen stand auf und zupfte ihre Jeans zurecht.

Julia beschloss, die Gelegenheit zu ergreifen und sich ebenfalls vom Acker zu machen. »Ich komm mit.«

»Wartet«, rief Simone, die den Teller mit Carmens Kuchen zu sich heranzog und begann, ihn in rosarote Matsche zu verwandeln. »Keine von uns verrät der Polizei, was Melody an dem Abend über ihre Mutter gesagt hat. Klar? Oder will eine von euch schuld sein, wenn sie in den Knast wandert?«

Sie schaute Julia und Carmen abwechselnd an, bis beide eine Zustimmung murmelten. Dann rief sie: »Bis morgen!«, und widmete sich dem Erdbeerkuchenbrei.

KAPITEL 29

»Weißt du zufällig, wo Daniela Finkes Mutter wohnt? Ich würde gern wissen, woher die Fehlinformation stammt, dass ihre Tochter schwanger war.«

»Wieso Fehlinformation? War sie denn nicht schwanger?«, fragte Renke verwundert.

»Nein. Hab ich das noch nicht erzählt? Laut Obduktionsbericht lag definitiv keine Schwangerschaft vor. Frau Finke ist vier Jahre nach Danielas Tod im Präsidium aufgetaucht und wollte wissen, warum man sie nicht über Danielas Schwangerschaft informiert hat. Daraufhin hat man ihr erklärt, dass bei der Obduktion, die übrigens Dr. Fenders vorgenommen hat, keine Schwangerschaft festgestellt wurde.«

»Seltsam. Aber wenn Daniela Finke gar nicht schwanger war – und so etwas würde Gritta im Leben nicht übersehen –, können wir sie als Ziel des Anschlags wohl abhaken. Komm, schnall dich an, es ist nicht weit. Ich kenne Frau Finke, meine Mutter hat früher ihre Kleidung bei ihr ändern lassen.«

Das Haus sah noch genauso aus wie in seiner Erinnerung. Jede Falte der weißen Stores lag exakt an der richtigen Stelle, seine Mutter hatte das immer sehr bewundert. Der Rasen war kurz geschoren und trotz der Hitze quietschgrün, was sich nur durch den regelmäßigen Einsatz eines Rasensprengers erreichen ließ, und sämtliche Büsche auf dem Grundstück waren zu perfekten Kugeln getrimmt.

Magdalena Finke, Schneidermeisterin, stand auf einem Schild über der Türklingel. Neben ihm wippte Nola auf ihren Fußspitzen, sie war nervös wie ein Rennpferd vor dem Start.

Sie hörten Schritte, die näher kamen. Rasch beugte Renke sich zu Nola runter und küsste sie auf die Wange. Sie lachte überrascht.

Dann öffnete Frau Finke die Tür. »Ja bitte?«

Immer noch lächelnd holte Nola ihre Dienstmarke heraus und stellte sich vor. »Das ist mein Kollege, Oberkommissar Nordmann aus …«

»Martinsfehn. Ich weiß. Hallo, Renke, kommt herein!«

Sie folgten ihr durch einen hellgrau gestrichenen Flur in ein kleines Wohnzimmer und setzten sich dort nebeneinander auf die dezent gemusterte Couch. Die beiden bestickten Sofakissen in ihrem Rücken waren so stramm gepolstert, dass es unmöglich schien, sich bequem hinzusetzen. Es duftete eindringlich nach einem dieser Raumlufterfrischer, die man in die Steckdose setzte, ein schrecklich chemischer Geruch, fand Renke, und er war überzeugt, dass er Kopfschmerzen bekommen würde, wenn er länger als eine Viertelstunde hier verbringen müsste.

»Wie geht es deiner Mutter«, fragte Frau Finke ganz unvermittelt. »Traurig, dass es so gekommen ist.«

Er nickte. Ja, es war traurig, dass seine immer so agile Mutter, die ehemalige Gemeindeschwester von Martinsfehn, so dement war, dass sie rund um die Uhr Betreuung in einem Pflegeheim benötigte und ihren einzigen Sohn nicht mehr erkannte. Mit schlechtem Gewissen fiel ihm ein, dass ein Besuch dort mehr als überfällig war. Er fragte sich, ob Frau Finke davon wusste und deshalb die Bemerkung gemacht hatte. Eine ihrer Schwestern war ebenfalls Patientin in dem Heim, und sie waren sich schon mehrfach auf dem Flur begegnet.

Ohne Umwege brachte Nola das Gespräch auf den Grund ihres Kommens, und Renke war froh darüber. Er wollte nicht an seine Mutter denken und schon gar nicht über sie reden.

»Wir sind hier, weil in der Nacht von Sonntag auf Montag eine junge Frau aus dem Ort ums Leben gekommen ist.«

»Simone Jakobi, ich habe davon gehört.« Frau Finkes Hände umklammerten die Lehnen ihres Sessels, und sie rutschte auf der Sitzfläche ganz nach vorn. »Er hat wieder zugeschlagen. Darauf habe ich all die Jahre gewartet. Aber man hat mich ja nicht ernst genommen.«

»Er?«, fragte Nola erstaunt.

»Derjenige, von dem meine Tochter schwanger war und der vor zwanzig Jahren das Feuer gelegt hat, um sie und das Kind loszuwerden. Und jetzt hat er auch Simone getötet, weil ich ihr von der Schwangerschaft erzählt habe. Er hat Angst bekommen, anders kann es doch gar nicht sein. Ich kann nur hoffen, dass jetzt endlich die Wahrheit ans Licht kommt und dieser Mensch seiner gerechten Strafe zugeführt wird. Damals hatte ja niemand Interesse daran.«

Frau Finke dürfte auf die siebzig zugehen, eine hagere, vergrämte Frau, die den Tod ihrer einzigen Tochter auch nach zwanzig Jahren nicht verwunden hatte. Sie mochte nicht sonderlich sympathisch wirken, doch sie tat Renke leid.

Nola schien das anders zu sehen, wie er an ihrem Tonfall erkannte. »Frau Finke, woher stammt eigentlich die Information, dass Daniela schwanger war?«

Ein böses Lächeln ließ Frau Finke noch verbitterter aussehen. Für einen Moment fragte Renke sich, ob diese Frau überhaupt noch unbeschwert lachen konnte.

»Ja, da wundern Sie sich, junge Frau. Die Polizei hat wohl geglaubt, diese Tatsache bis in alle Ewigkeit vertuschen zu können. Aber meine Tochter hat sich damals einer Freundin anvertraut. Insa Morisse. Du kennst sie doch, Renke, die Morisses haben bei euch gegenüber gewohnt. Er war auf dem Sozialamt beschäftigt.«

Insa Morisse, meine Güte, wie lange war das her. Eine kleine Dicke mit weißblonden Haaren, zwei Jahre jünger als er, die panische Angst vor Katzen hatte und bei jeder Gelegenheit losheulte.

»1997 wohnte Insa im Ausland, Frankreich, glaube ich, als Au-pair-Mädchen. Die beiden haben regelmäßig telefoniert, aber zu Danielas Beerdigung konnte sie natürlich nicht kommen. Dafür hat sie mir eine sehr schöne Karte geschickt. Wir haben uns erst Jahre später wiedergesehen. Sie hatte sich nämlich in einen Franzosen verliebt und ist gleich dortgeblieben, aber dann war der doch nicht der Richtige. Jetzt lebt sie in Süddeutschland, wo genau, weiß ich gar nicht. Ihr Mann arbeitet bei einer großen Bank, die ziehen häufig um, oft auch ins Ausland, sagt ihre Mutter.«

Die kleine, dicke Insa als Ehefrau eines international tätigen Bankers, es wollte Renke nicht gelingen, sich das vorzustellen.

»Und diese Insa hat Ihnen erzählt, dass Daniela schwanger war«, kürzte Nola ab, bevor Frau Finke Insas gesamte Lebensgeschichte erzählen konnte, und Renke zwinkerte ihr zu. *Danke*, sollte das heißen.

»Ja. Die meisten Leute reden nicht gern über Tote, sie tun lieber so, als hätte es Daniela nie gegeben. Insa ist damals direkt hergekommen und hat gefragt, wie ich ohne meine Tochter zurechtkomme. Und dann hat sie gemeint, dass der Verlust mich ja besonders schlimm treffen müsste, weil mit Daniela auch ihr ungeborenes Kind gestorben ist.« Sie schluckte schwer, und ihre Stimme wurde rau. »Kein Mensch hat mir gesagt, dass meine Tochter schwanger war, als würde mich das nichts angehen. Das sehe ich allerdings anders. Ich habe ein Recht auf die Wahrheit. Mit meiner einzigen Tochter ist auch mein ungeborenes Enkelkind gestorben, und das ist nicht egal oder unwichtig.«

»Frau Finke, Sie irren sich. Laut Obduktion war Daniela nicht schwanger«, sagte Nola ganz ruhig.

Ihre Worte ließen die Schneiderin empört nach Luft schnappen. »Ja, das habe ich schon einmal gehört, und wissen Sie was? Ich glaube Ihnen nicht. Hier soll etwas unter den Teppich gekehrt werden, auch wenn ich nicht verstehe, warum. Was ist denn bloß so schlimm daran, dass meine Tochter ein Kind erwartet hat?«

Sanft schüttelte Nola den Kopf. »Frau Finke. Das Rechtsmedizinische Institut in Oldenburg ist eine eigenständige Behörde und nicht der Polizei unterstellt. Da wird nichts gemauschelt oder unter den Teppich gekehrt. Und die Rechtsmedizinerin, die seinerzeit die Obduktion vorgenommen hat, genießt einen sehr guten Ruf. Sie nimmt ihren Beruf wirklich ernst und würde nie etwas unterschlagen. Und so etwas Gravierendes wie eine Schwangerschaft würde sie auch nicht übersehen. Vielleicht sollten Sie noch wissen, dass während einer Obduktion mehrere Personen anwesend sind. Der Rechtsmediziner, ein Präparator, außerdem ein Polizist, manchmal auch ein Vertreter der Staatsanwaltschaft. Das, was Sie da andeuten, ist undenkbar.«

Nolas kleine Rede hatte Frau Finke verunsichert, das war ihr deutlich anzumerken. »Warum sollte Insa sich so etwas ausdenken? Das ergibt doch gar keinen Sinn.«

»Da haben Sie natürlich recht«, versicherte Renke schnell. »Wir werden Insa dazu befragen. Wohnen ihre Eltern immer noch in dem alten Haus?« Natürlich würde er das auch ohne Frau Finkes Hilfe rauskriegen, aber sie sollte das Gefühl haben, ernst genommen zu werden.

»Könnte es nicht sein, dass Daniela nur geglaubt hat, schwanger zu sein?«, schlug Nola vor. »Möglicherweise hat die Freundin das seinerzeit falsch verstanden. Oder Daniela war ganz sicher, hatte aber noch keinen Schwangerschaftstest gemacht. Was genau hat sie denn am Telefon gesagt?«

Die steile Zornesfalte über Frau Finkes Nase war verschwunden. Mit den Fingerspitzen spielte sie an dem obersten Knopf ihrer Bluse, während sie überlegte. »Dass der Mann sich bestimmt nicht freuen würde über die Schwangerschaft. So in etwa hat Insa es mir erzählt.«

»Wer kommt da infrage?«

»Wenn ich das wüsste, hätte ich den Namen längst genannt. Ich weiß es aber nicht. Meine Tochter hatte viele Freunde, sie war ein hübsches Mädchen. In dieser Zeit kam sie aber nicht mehr oft nach Hause, deshalb weiß ich nicht, mit wem sie zuletzt unterwegs war.« Sie seufzte schwer und richtete den Blick in die Ferne. »Daniela hatte ein wunderschönes Zimmer hier im Haus, alles passte zusammen, zartrosa Tapeten, weiße Gardinen, auf dem Bett eine Patchworkdecke, die ich ihr genäht habe, aber sie wollte lieber in dieser primitiven Bude wohnen, ohne eigenes Badezimmer. *Da gibt es bestimmt Ratten, Mädchen*, hab ich immer gesagt, aber sie hat es abgestritten. Und wenn, wäre es ihr vermutlich egal gewesen. Ihr ganzes Leben hat sich nur noch um die Reiterei gedreht, nichts anderes war ihr wichtig, ich schon gar nicht. Pferde, Pferde, Pferde.«

Am liebsten hätte Renke jetzt erzählt, dass er sich nach Aleenas Tod auch damit abfinden musste, nicht genug über sie gewusst zu haben, ausgesperrt gewesen zu sein aus ihrem Leben. Deshalb hatte er sie nicht beschützen können, etwas, das er sich nie verzeihen würde.

Er war froh, als sie das Haus hinter sich lassen konnten. Draußen kam es ihm vor, als würde die Sonne nicht mehr ganz so hell leuchten, obwohl er wusste, dass das unmöglich war.

Nola schien zu spüren, was in ihm vorging. Sie schob ihre

Hand in seine und sagte leise: »Und jetzt? Wollen wir eine Pause einlegen? Du könntest mir ja mal dein Anwesen zeigen.«

Aber das war das Letzte, was er jetzt wollte. »Nein, wir machen weiter. Wir fahren zu Melody Matzke. Melody Labohm«, verbesserte er. »Sie heißt jetzt Labohm. Sie ist der Dreh- und Angelpunkt in dieser Geschichte.«

»Hältst du sie für die Täterin?«, fragte Nola verwundert.

»Eher nein. Trotzdem sollten wir sie endlich kennenlernen.«

KAPITEL 30

Nola spürte, dass Renke mit seinen Gedanken ganz weit weg war, er befand sich mal wieder an dem einen Ort, zu dem sie ihm nicht folgen konnte, in seinem Schneckenhaus, in dem es nur Platz gab für ihn, Britta und Aleena. Zum Glück dauerte die Fahrt nur ein paar Minuten.

Melody Labohms Haus stand am Wendehammer einer kurzen Sackgasse, und es gefiel Nola sofort. Vielleicht lag es an der für Ostfriesland eher untypischen Dachform, einem sogenannten Mansarddach, das man hier nur selten sah, während es in Hannover zum Stadtbild gehörte, oder an den Fensterläden aus Holz, die für Nola absolute Geborgenheit ausstrahlten. Wer hinter geschlossenen Fensterläden saß, befand sich in Sicherheit oder konnte sich das wenigstens einreden.

Drinnen sah es aus, als hätte Frau Labohm vieles angefangen, doch nur weniges fertiggestellt. Ähnlich wie Nola mochte sie bunte Farben, die blutroten Küchenwände allerdings verbreiteten selbst für Nola, die ihren Flur in einem dunklen Violett gestrichen hatte, eindeutig zu viel Dramatik, da konnten auch die weißen Schränke nichts mehr retten. Der Blick durch die Terrassentür in den verwilderten Garten war hingegen wunderschön. Ja, aus dem Haus ließe sich was machen.

Am liebsten würde sie Renke jetzt fragen, was er von den blutroten Wänden hielt. Andererseits konnte sie die Antwort in seinem Blick lesen, er wirkte irritiert. Vielleicht lenkte ihn das hier wenigstens von seinen dunklen Gedanken ab, die ungewöhnlichen Farben oder der kleine, blond gelockte Junge, der am Tisch saß und ein Bild malte. Konzentriert schaute er auf das Blatt vor sich, und man sah, wie sehr er sich anstrengte, nicht überzumalen. Nola hatte nicht sonderlich viel Ahnung von Kindern, und es fiel ihr schwer, das Alter zu schätzen. Sie nahm aber an, dass der Kleine noch nicht die Schule besuchte.

»Es geht um Simone Jakobi«, eröffnete sie das Gespräch.

»Ja, ich hab es in der Zeitung gelesen. Schrecklich.« Melody Labohm legte ihre Hand auf die Schulter des Kindes. »Linus, ich möchte gern, dass du in den Garten gehst. Der Roller steht an der Hauswand. Dein Bild kannst du später weitermalen.«

Wortlos legte der Junge den Stift beiseite, stand auf und marschierte brav durch die Terrassentür, die seine Mutter für ihn öffnete und wieder schloss. Dieses stumme Gehorchen fand Nola ungewöhnlich, genau wie den ernsten, vielleicht sogar ängstlichen Gesichtsausdruck des Kleinen, und sie fragte sich, was das bedeuten konnte. War die Frau zu streng mit dem Kind, schlug sie es sogar?

»Ich möchte nicht, dass er etwas davon mitbekommt.« Melody Labohm war größer als Nola, vielleicht eins fünfundsiebzig, und von schlanker Statur. Ihr dunkelblondes Haar hatte sie im Nacken mit einem Gummiband zusammengefasst. Trotz der Sommerhitze schien sie zu frieren, aber das konnte genauso gut ein Zeichen von Nervosität sein. Warum war sie wohl in ihr Heimatdorf zurückgekehrt?

Nola legte ihr Notizbuch und einen Stift vor sich auf den Tisch. »Sie waren am Samstagabend auf einer Party eingeladen, bei Simone Jakobi, die in der folgenden Nacht einem Gewaltverbrechen zum Opfer gefallen ist.«

»Ihr Haus hat gebrannt«, warf Melody Labohm sofort ein. »Brandstiftung, wird überall erzählt.«

Nola nickte. »Richtig. Aber das ist nicht die Todesursache. Frau Jakobi wurde getötet und das Feuer erst später gelegt.«

Davon hatte Frau Labohm noch nichts gehört. »Mein Gott!« Sie fasste sich an die Kehle. »Sie meinen, Simone wurde ermordet?«

»So sieht es leider aus«, bestätigte Nola und verkniff sich die Bemerkung, dass Tod durch Brandstiftung ebenfalls als Mord zu werten war. »Darf ich fragen, wie Sie zueinander standen?«

»Wir kennen uns aus der Schule, hatten aber ewig keinen Kontakt mehr. Ich habe Martinsfehn vor zwanzig Jahren verlassen und bin gerade erst zurückgekommen. Simone war die Erste aus der Zeit, die ich getroffen habe. Zufällig, auf dem Friedhof. Ich war ziemlich überrascht, dass sie mich gleich zu ihrem Geburtstag eingeladen hat. Ich hab mich aber darüber gefreut.« Sie lächelte schüchtern, und ihre Hände verschwanden in den Taschen ihrer Jeans, auf dem rechten Oberschenkel war eine Rosenranke eingestickt. »Wenn ich ehrlich bin, war die Veranstaltung dann kein so großer Erfolg. Hier scheint es einige Leute zu geben, die immer noch glauben, dass ich das Feuer gelegt habe, bei dem meine Mutter und mein Bruder ums Leben gekommen sind. Das war mir nicht bewusst. So richtig kapiert habe ich es allerdings heute Nacht, als jemand mich mitten in der Nacht aus dem Bett geklingelt hat. Als ich die Tür geöffnet habe, brannte auf meinem Rasen ein Puppenhaus. Zuerst wollte ich das gar nicht ernst nehmen. Ich habe die Überreste in einen Müllsack gestopft und beschlossen, nicht mehr daran zu denken. Aber jetzt…« Sie lehnte sich vor und schaute Nola mit weit aufgerissenen Augen an. »Simone ist tot. Feuer, überall Feuer, das ist doch kein Zufall. Das macht mir wirklich Angst.«

»Bitte beruhigen Sie sich«, sagte Renke beschwichtigend. »Bestand die Gefahr, dass das Feuer auf Ihr Wohnhaus übergeht?«

»Was? Nein.« Sie lachte trocken. »Es handelte sich um ein symbolisches Feuer, denke ich, viele Meter vom Wohnhaus entfernt. Jemand will mich erschrecken. Einschüchtern. Vertreiben. Ich soll wieder verschwinden. Macht es Sinn, Anzeige zu erstatten?«

»Natürlich. Strafanzeige gegen unbekannt, über den Tatbestand muss ich kurz nachdenken. Sachbeschädigung kommt nicht infrage, das Puppenhaus hat Ihnen nicht gehört, wenn ich das richtig interpretiere, oder?«

Sie nickte. »Aber der Rasen hat gelitten. Da ist jetzt ein großer schwarzer Fleck.«

Renke seufzte. »Der wächst wieder zu. Grober Unfug, mehr ist da rechtlich wohl nicht zu holen. Oder was denkst du?« Fragend schaute er Nola an.

»Vielleicht könnte man eine Nötigung daraus machen«, schlug sie vor, obwohl sie nicht sicher war.

Die Enttäuschung in Melody Labohms Blick verriet, dass sie sich mehr versprochen hatte. Aber die Gesetze konnten sie nun mal nicht neu für sie erfinden. Sie konnten ihr nur das Gefühl geben, ihre Ängste ernst zu nehmen.

»Haben Sie einen Verdacht, wer das mit dem Puppenhaus gewesen sein könnte?«, wollte Renke wissen.

»Ehrlich gesagt habe ich sofort an Wulf Leutnant gedacht, den Lebensgefährten meiner verstorbenen Mutter.«

Bei der Antwort schnellten Renkes Augenbrauen in die Höhe. »Wie kommen Sie darauf?«

»Wulf ist der Einzige, der mir ins Gesicht gesagt hat, dass ich verschwinden soll. Er hasst mich aus tiefster Seele.«

»Hat er Sie bedroht?«

»Nein. Abgesehen davon, dass ich bei ihm getankt habe und er mich förmlich rausgeschmissen hat, nicht.«

»Wir werden uns darum kümmern und mit Herrn Leutnant reden«, versprach Renke.

Nola stimmte mit einem leichten Nicken zu. »In jedem Fall nehmen wir die Reste von dem Puppenhaus mit, vielleicht lassen sich irgendwelche Spuren isolieren. Und jetzt würde ich gern noch mal über den Abend bei Frau Jakobi reden.«

»Okay. Ich stand ziemlich dumm rum. Kaum jemand hatte Interesse, sich mit mir zu unterhalten. Vielleicht war es ein Fehler, wieder nach Martinsfehn zu ziehen. Aber die Polizei hat damals doch eindeutig meine Unschuld bewiesen.«

Sie stand auf und ging rüber zur Terrassentür, um nach ihrem Sohn zu schauen. Linus fuhr mit seinem Roller auf dem gepflasterten Gartenweg hin und zurück, immer wieder, er schien ein sehr genügsames Kind zu sein.

»Es wäre gut, wenn Sie uns den Verlauf der Feier etwas genauer schildern könnten«, bat Renke.

Melody Labohm drehte sich um und setzte sich wieder an den Tisch. Sie verzog ihren Mund, die Hände wanderten hoch und verschwanden hinter ihrem Nacken. »Na ja«, sagte sie schließlich zögernd. »Was soll ich da erzählen? Simone hat sich wirklich Mühe gegeben, die Feier fand im Garten statt, alles war schön geschmückt, sie hat sogar Sangria besorgt, wie damals, und es waren mehr oder weniger dieselben Leute anwesend wie auf ihrem sechzehnten Geburtstag. Irgendwann ist sie damit rausgeplatzt, dass sie ein Buch über den Brand schreiben will. Einen Roman. Sie war überzeugt davon, aufklären zu können, wer das Feuer gelegt hat. Wenn ich ehrlich bin, fand ich das ein bisschen seltsam. Warum sollte ausgerechnet Simone klüger sein als die Polizei? Ich dachte, dass sie sich nur wichtigmachen will, wie früher.« Verlegen senkte sie den Blick. »Das war so ihre Art, sie stand einfach gern im Mittelpunkt. Simone hat behauptet, schon etwas herausgefunden zu haben. Daniela Finke, die Auszubildende meiner Mutter, die ebenfalls bei dem Brand ums Leben gekommen ist, war schwanger. Das wusste ich nicht. Ich glaube, niemand wusste es, und der Name des Vaters ist wohl unbekannt. Simone war überzeugt, dass der Brandanschlag Daniela gegolten hat. Weil der Mann das Baby nicht wollte.«

»Weiter«, sagte Renke drängend.

»Irgendwie ist die Stimmung danach gekippt, ein paar Leute sind sogar gegangen, ich auch. Ich hatte Linus dabei. Er sollte oben in Simones Wohnung schlafen, aber das hat nicht geklappt. Deshalb sind wir nach Hause gefahren.«

Nola legte den Stift beiseite. »Daniela Finke war überhaupt nicht schwanger. Das steht fest.«

»Was? Dann hat Simone sich das nur ausgedacht?«

»Nein, so auch wieder nicht. Die Information stammte von Danielas Mutter, die sie wiederum von einer Freundin Danielas bekommen hat.«

Nachdenklich schürzte Melody Labohm die Lippen. »Hm, als Simone davon erzählt hat, hab ich es sofort geglaubt. Mir ist nämlich eingefallen, dass Daniela in den Tagen vor ihrem Tod auffallend wenig gegessen hat. So, als ginge es ihr nicht gut. Sie war auch ziemlich mies gelaunt.«

Das passte perfekt zu Nolas Theorie. »Ich stelle mir vor,

dass sie tatsächlich geglaubt hat, schwanger zu sein. Sie war gerade mal siebzehn, da kann sich die Periode schon mal verspäten. Vielleicht war ihr auch noch übel, ihre Ängste schienen sich zu bestätigen. Sie ahnte schon, dass der potenzielle Vater nicht begeistert sein würde. Mit wem sollte sie darüber reden? Mit ihrer Mutter?« Nola schüttelte den Kopf. »Das Verhältnis war nicht so gut. Mit ihrer Chefin?«

»Bestimmt nicht«, murmelte Melody Labohm. »Meine Mutter wäre ausgeflippt. Ihr Ziel war es, eine große Turnierreiterin aus Daniela zu machen, und eine Schwangere kann nicht reiten.«

Unter diesen Umständen musste die junge Frau ziemlich unter Druck gestanden haben. Aber was war mit dem potenziellen Vater, wusste er Bescheid? Nachdenklich musterte Nola ein weiteres Mal die roten Küchenwände. »Wie standen Sie denn zu Daniela? Wenn ich das richtig verstehe, hat die junge Frau mit auf dem Hof gelebt, Sie müssen sie also jeden Tag gesehen haben. Waren Sie befreundet?«

»Nein. Wir standen uns nicht sonderlich nahe. Damals hat man mir nicht zu Unrecht vorgeworfen, dass ich eifersüchtig wäre auf Daniela. Sie war nämlich genau die Reiterin, die meine Mutter sich als Tochter erträumt hat. Ständig hat sie mir von Daniela vorgeschwärmt, von ihrem guten Sitz, ihrem Ehrgeiz, ihrem Talent. Daniela kam sogar mit Cherokee zurecht, Mamas Lieblingspferd. Das hat längst nicht jeder geschafft. Ich jedenfalls nicht.« Sie lachte freudlos auf. »Daniela hat jede Menge Siegerschleifen gesammelt, und Mama ist vor Stolz geplatzt, fast als hätte sie selbst auf dem Pferd gesessen. Mit solchen Erfolgen konnte ich nicht dienen.«

Auch zwanzig Jahre später klang aus ihren Worten noch die tiefe Verletzung einer Fünfzehnjährigen, die sich zurückgesetzt fühlte. Trotzig hob sie den Kopf und schaute Renke an, ihn und nicht Nola, und Nola fragte sich, warum.

»Daniela war zwei Jahre älter als ich, begabt und sehr hübsch. Und sie wusste ganz genau, wie meine Mutter zu ihr stand. Im Gegensatz zu mir durfte sie sich alles erlauben, vorausgesetzt natürlich, dass sie auf dem Pferd glänzte. Von einer Freundin weiß ich nichts. Die hätte schon genauso pferdeverrückt sein müssen wie Daniela, und da fällt mir niemand ein. Außer meiner Mutter.«

»Gut, also niemand, mit dem sie über eine mögliche Schwangerschaft reden konnte«, fasste Nola zusammen. »Nur diese Freundin in Frankreich. Insa Morisse.«

»Insa?« Überrascht zog Frau Labohm die Augenbrauen hoch. »Insa hatte Angst vor Pferden, ich hab sie kein einziges Mal bei uns auf dem Hof gesehen, und für Leute, die nichts mit Pferden anfangen konnten, hatte Daniela nur Verachtung übrig. Da war sie wie meine Mutter. Nein«, sagte sie entschieden. »Insa war nicht ihre Freundin, ganz bestimmt nicht.«

Unter diesen Umständen erschien es verwunderlich, dass ausgerechnet Insa Morisse von der möglichen Schwangerschaft erfahren hatte, scheinbar als Einzige. Sie mussten unbedingt mit der Frau reden.

»Überlegen Sie bitte mal«, bat Nola. »Haben Sie einen Verdacht, wer der Vater des Kindes sein könnte?«

»Nein. Wirklich nicht. Sie war mal mit Sven Heidkamp zusammen. Aber soweit ich weiß, war das schon wieder vorbei. Sven war ziemlich locker drauf, Drogen, Alkohol, er soll auch gedealt haben. Daniela hat an den meisten Wochenenden Turniere geritten. Das bedeutet früh schlafen gehen, früh aufstehen, trainieren und am Turniertag fit sein. Sven wollte feiern, Daniela wollte eine große Reiterin werden, und dafür hat sie alles gegeben. Es hat nicht mehr gepasst mit den beiden. Einen offiziellen Freund gab es danach nicht mehr, soweit ich mich erinnern kann, und ich hab auch nie jemand auf dem Hof gesehen, der dort nicht hingehörte. Allerdings waren ihre beiden Zimmer nicht nur über unsere Wohnung zugänglich, sondern auch von außen über den Scheunentrakt. Das Tor wurde nie abgeschlossen, da konnte jeder rein. Daniela ist natürlich mal weggegangen, auch über Nacht. Dann hat sie behauptet, dass sie bei ihrer Mutter schläft. Ob das stimmte, weiß ich nicht.«

»Okay. Zurück zu der Feier bei Simone Jakobi. Das mit dem Buch interessiert mich. Hat jemand besonders heftig auf diese Ankündigung reagiert?« Erwartungsvoll tippte Nola mit dem Stift auf das Papier, sie wollte Namen hören.

Und Melody Labohm wollte keine Namen nennen, das war mehr als offensichtlich.

»Sie sind nicht die Einzige, die wir zu dem Ablauf des Abends befragen werden«, seufzte Renke. »Es macht also keinen Sinn, etwas zu verschweigen.«

Seine Worte zeigten Erfolg. »Okay. Sven, ich hab ja gerade von ihm gesprochen. Simone hat ihn direkt gefragt, ob er der Vater des Babys war, und er hat ziemlich sauer reagiert. Hat eine Bierflasche zerdeppert und ist danach abgehauen.«

Nola nickte, den Namen hatte sie ja schon von Julia Bremer gehört.

»Aber mal ehrlich, was wäre denn schlimm daran gewesen, wenn Daniela ein Baby von Sven bekommen hätte? Das wäre doch kein Grund, sie umzubringen und meine Familie gleich mit. Und jetzt ...« Melody Labohm lächelte entschuldigend. »Es ist gleich sechs. Ich würde gern mit meinem Sohn zu Abend essen und ihn dann ins Bett bringen. Ich weiß auch nicht, was ich sonst noch erzählen könnte. Nur eins kann ich Ihnen versprechen, ich habe nichts mit Simones Tod zu tun. Sie war vielleicht nicht meine beste Freundin, aber die Erste, die mich in Martinsfehn mit offenen Armen empfangen hat.«

»Gut, dann verabschieden wir uns.« Renke stand auf und schaute Nola auffordernd an. »Die Überreste des Puppenhauses nehmen wir mit.«

»Genau, das ist wichtig.« Nola heuchelte Optimismus, obwohl sie nicht damit rechnete, dass die Reste der Puppenstube sie weiterbringen würden. Wenn sie ganz ehrlich war, glaubte sie nicht mal, dass dieser Einschüchterungsversuch mit dem Tod von Simone Jakobi zusammenhing.

Frau Labohm begleitete sie zum Dienstwagen und drückte Renke unterwegs einen schwarzen Müllsack in die Hand, der neben der Garage gelegen hatte.

Bevor sie ins Auto stiegen, schaute Nola sich noch einmal um. »Das Haus gefällt mir. Es wirkt so gemütlich. Vor allem die Fensterläden.«

»Sieht ganz nett aus, aber ostfriesisch ist das nicht«, brummte Renke.

»Was ist denn ostfriesisch?«

»Ich.«

Sie lachte. »Ist es auch ostfriesisch, ein junges Mädchen umzubringen, nur weil sie ein Kind bekommt?«

»Nee, bestimmt nicht. Weißt du, was ich glaube? Diese angebliche Schwangerschaft ist eine blinde Spur.«

»Könnte sein«, musste sie zugeben. »Höchstwahrscheinlich wurde der Brand vor zwanzig Jahren nicht wegen Daniela Finke gelegt. Trotzdem hat der Täter befürchtet, dass Simone Jakobi im Zug ihrer Recherchen etwas rausfindet, das ihn belastet.«

»... was nicht gerade für uns spricht«, knurrte Renke unwillig. »Eine Hobbyermittlerin jagt ihm mehr Angst ein als die Polizei.« Er warf einen Blick auf seine Armbanduhr. »Bist du fertig für heute? Ich muss los, um sieben kommt jemand, der mir einen Kostenvoranschlag für die Fenster machen soll. Sieht blöd aus, wenn ich ihn warten lasse.«

»Kein Problem.« Das letzte Gespräch auf ihrer Liste würde sie auch ohne ihn bewältigen.

KAPITEL 31

Thore. Er stand einfach so vor der Tür. Melody wusste nicht, wohin mit ihrem Blick, anschauen konnte sie ihn höchstens zwei Sekunden lang. Wie war es nur möglich, dass Thore nach zwanzig Jahren immer noch Thore war, einfach nur Thore.

»Mir ist schon klar, dass es 'ne blöde Idee ist, einfach herzukommen. Aber ich…« Er biss sich auf die Unterlippe, das hatte er damals schon gemacht, wenn er verlegen war.

Ihr Herz schien sich bei seinem Anblick zu öffnen wie eine dieser Muscheln, die es früher zu kaufen gab. Man musste sie in ein Glas mit Wasser legen, und nach einiger Zeit sprangen die beiden Hälften auseinander, und eine leuchtend rote Papierblüte, befestigt an einem Faden, stieg auf. Genauso fühlte sie sich gerade, als würde eine rote Blume aus ihrem Herzen wachsen.

»Ich wollte mit dir reden. Darf ich reinkommen?«

»Natürlich.« Mit einem Schritt gab sie die Tür frei. »Du darfst dich nicht so genau umgucken, ich bin noch längst nicht fertig mit Renovieren.« Tatsächlich wusste sie gar nicht, in welchen Raum sie ihn führen sollte, weil nichts perfekt war. Sie entschied sich für die Küche.

Linus saß am Tisch, vertieft in ein Bilderbuch, er trug schon seinen Schlafanzug. Ihr war schmerzlich bewusst geworden, dass er anders war als andere Jungs in dem Alter, viel stiller und verschlossener. Die Erzieherinnen im Kindergarten mochten ihn natürlich, ein unauffälliges Kind, das keinen Ärger machte und ohne Widerstand alles erledigte, was von ihm verlangt wurde.

»Magst du noch ein paar Minuten draußen spielen?«, fragte sie ihren Sohn, der sofort das Buch zuschlug. Er wirkte verwirrt, schließlich trug er bereits seine Schlafsachen, doch als sie ihm mit einem Nicken zu verstehen gab, dass alles in Ordnung sei, huschte er durch die angelehnte Terrassentür nach draußen.

Auf der Terrasse blieb Linus einen Moment stehen, ratlos, dann stapfte er zu seinem neongrünen Roller, der an der Garagenwand lehnte. Rollerfahren mochte er fast so gern wie seine kleine, süße Nase in Bücher stecken. Voller Zorn dachte sie an Roland, der dafür gesorgt hatte, dass Linus auf Zehenspitzen durchs Leben schlich, immer auf der Hut.

»Kann ich dir was anbieten?« Sie drehte sich zu Thore um, der seinen Blick durch die Küche schweifen ließ. Irgendwas sagte ihr, dass er genau dasselbe sah, was sie bei der ersten Besichtigung gesehen hatte. Ein altes Haus voller Geschichten und mit dem Potenzial, ein wirkliches Zuhause zu werden.

»Nee. Oder doch, ein Kaffee wäre ganz gut.«

Und dann saßen sie nebeneinander am Küchentisch und vermieden es, einander in die Augen zu schauen. Jeder hielt sich an seinem Kaffeebecher fest. Draußen fuhr Linus auf dem Roller hin und her, es war ein beinahe perfekter Sommerabend.

»Was machst du so? Beruflich, meine ich«, fragte Melody schließlich, weil Thore offenbar nicht vorhatte zu reden.

»Ich arbeite im IT-Bereich, Einrichtung und Wartung von Netzwerken. Hab mich vor fünf Jahren selbstständig gemacht.« Er stellte den Kaffeebecher ab und seufzte. »Ich bin verheiratet. Mit Julia. Hast du ja schon mitgekriegt.«

Sie schaute auf seine Hände, auf den goldenen Ehering an der rechten Hand, der aussah, als würde er dort hingehören. »Wie lange schon?«

»Sieben Jahre.«

»Kinder?«

Er schüttelte den Kopf, und sie dachte, dass jemand wie Julia bestimmt einen Lebensplan verfolgte. Zuerst wurde geheiratet, dann ein Haus gebaut, und zuletzt kamen die Kinder, wahrscheinlich zwei, auf keinen Fall mehr, vielleicht sogar nur eins. Möglicherweise versuchten die beiden gerade, schwanger zu werden. Aber danach würde sie jetzt nicht fragen, sie würde still sitzen bleiben und seine Nähe genießen. Seine Augen, die ihr erschreckend vertraut waren, hatten die Farbe von Seewasser, blau mit einem ordentlichen Schuss grün und darüber einem grauen Schatten, der sie unergründlich aussehen ließ. Es waren Augen, in denen man ganz leicht versinken konnte, für immer untergehen.

»Das mit Simone hast du ja sicher schon gehört.«

Sprich nicht davon, wollte sie schreien, *das ist so furchtbar.* Aber sie flüsterte nur: »Ja, einfach schrecklich.« Wahrscheinlich nicht die richtigen Worte für das, was passiert war, aber etwas Besseres fiel ihr nicht ein. »Wart ihr befreundet mit Simone?«

»Nein«, sagte er leise. »Nicht wirklich. Ich weiß gar nicht, wann ich sie vor der Feier zuletzt gesehen habe, muss Monate her sein. Simone hat sich nicht groß verändert, immer noch sehr hübsch, immer noch viele Männer, immer noch unzufrieden. Perfekte Schönheit scheint wie ein Fluch zu sein, die Models und Schauspielerinnen wechseln doch auch ständig ihre Partner. Sie hat jedenfalls allein gelebt.« Er lächelte traurig. »Und jetzt ist sie ganz allein gestorben.«

Ja, dachte Melody, *bei mir wäre es nicht viel anders.* Aber das stimmte ja gar nicht, sie hatte Linus, ihren Sohn. Sie wollte keinen Mann mehr an ihrer Seite, das hatte sie beschlossen, bevor sie nach Martinsfehn gezogen war, und der eine, der diesen Entschluss ins Wanken bringen könnte, war längst vergeben. Dennoch saß er jetzt in ihrer Küche, und sie war vollkommen sicher, dass Julia nichts davon wusste.

Thore war ein Buch, das sie nicht zu Ende lesen durfte, ein Film, der vor dem Höhepunkt abgestellt wurde, ein nicht gelebtes Leben. Thore war das, was ohne dieses verdammte Feuer hätte sein können.

Jetzt wollte er wissen, wie ihr Leben verlaufen war, und sie wusste sofort, dass sie nicht allzu sehr ins Detail gehen würde. »Eine Weile hab ich es ganz schön krachen lassen. Geht vielen so, wenn sie in einer solchen Wohngruppe gelebt haben. Ich war verheiratet, aber nicht lange. Irgendwann wurde ich unerwartet schwanger, das hat mich wieder auf Kurs gebracht. Und jetzt hab ich beschlossen, dass es an der Zeit ist, irgendwo Wurzeln zu schlagen.«

»Hier in Martinsfehn.« Es klang ein wenig erstaunt, trotzdem lächelte er.

»Ja, hier in Martinsfehn. Und ich kann nur hoffen, dass Simones Tod nicht mit meiner Rückkehr zusammenhängt.«

»Blödsinn«, sagte er halbherzig, doch sie wussten beide, dass er sie nur beruhigen wollte.

Danach schwiegen sie eine ganze Weile, wahrscheinlich dachten sie an dasselbe, an die Wochen vor dem Brand, wie verliebt sie waren. Dass Thore der erste Mann war in ihrem Leben.

»Ich muss dann auch wieder los.« Er stand auf, trug den Kaffeebecher rüber zur Spüle, und ihr kam in den Sinn, dass Julia ihn gut erzogen hatte. Sofort schämte sie sich für diesen hässlichen Gedanken. Wenn sie Thore richtig einschätzte, ließ er sich nicht von seiner Ehefrau erziehen.

Als hätte er ihre Gedanken gelesen, kam er noch mal zurück zum Tisch, beugte sich vor und strich behutsam eine Strähne aus ihrem Gesicht. »Mach's gut, Melody! Wir sehen uns.«

Wann, hätte sie am liebsten gerufen, *wann sehen wir uns wieder?* Sie wollte ihn festhalten, ihn anflehen, bei ihr zu bleiben, den lächerlichen goldenen Ring abzustreifen. *Wieso ausgerechnet Julia?*, wollte sie ihn anbrüllen. Doch nichts davon passierte wirklich.

Sie blieb einfach am Tisch sitzen, brachte ihn nicht mal zur Tür. Er gehörte jetzt zu Julia, und sie hatte kein Recht, das kaputt zu machen. Obwohl sie die Macht dazu besaß, das hatte sie in den Seewasseraugen gelesen, die stumme Aufforderung, den Anfang zu machen und alle Dämme einzureißen.

KAPITEL 32

Bevor Nola auf den Klingelknopf drückte, schaute sie in ihr Notizbuch: Henning Bremer, vierundvierzig, geschieden seit drei Jahren, ein Sohn, vierzehn, der bei seiner Mutter lebte. Interessant war, dass Henning Bremer vor zwanzig Jahren Polizist in Martinsfehn gewesen war und dreizehn Monate später gekündigt hatte, um bei VW anzufangen, als Arbeiter am Fließband.

In Ostfriesland zählte das VW-Werk in Emden zu den größten Arbeitgebern, und früher wie heute rissen die Leute sich um einen Job in der Produktion, weil der Autokonzern gut zahlte und ein Arbeitsplatz dort als sicher galt. Nicht einmal der große Dieselabgasskandal hatte etwas daran geändert. Trotzdem fand Nola es befremdlich, dass einer, der sich entschieden hatte, zur Polizei zu gehen, und die Ausbildung erfolgreich hinter sich gebracht hatte, jetzt lieber am Fließband stand.

Henning Bremer öffnete die Tür. Blondes Haar, ziemlich kurz und mit Gel gestylt, blitzeblaue Augen, breite Schultern und ein Lächeln, das ihr gefiel. Selbstsicher streckte er ihr seine Hand entgegen. »Sie kommen von der Kripo, nehme ich an.« Ein kurzer Blick auf die Dienstmarke, dann bat er sie herein.

Die Wohnung wirkte sauber und ordentlich, wenn auch ein wenig seelenlos. Eine typische Männerwohnung, in der weder Topfblumen noch sonstiger Schnickschnack rumstanden, dafür aber jede Menge Unterhaltungselektronik. Mitten im Raum hatte Herr Bremer einen Ledersessel aufgestellt, von dem aus man den perfekten Blick auf den Flachbildfernseher von beachtlicher Größe genießen konnte, und daneben einen kleinen Beistelltisch mit einer Glasplatte. Sie malte sich aus, wie er abends im Sessel fläzte, ein Bier griffbereit auf dem Glastisch, und die Bundesligaspiele verfolgte, aber vielleicht war das nur ein Vorurteil, und er schaute anspruchsvolle Filme auf ARTE.

Henning Bremer bot keinen Kaffee an, sondern Wasser, das er aus der Küche holen musste. Der Ledersessel wurde so gedreht, dass er zur Zimmermitte zeigte, dann nahm er darauf Platz. Nola wählte die Couch gegenüber, damit sie einander ansehen konnten. Henning Bremer schenkte das Mineralwasser ein, und Nola stellte die erste Frage.

»Der Abend bei Simone Jakobi. Was war da besonders?«

Darüber hatte er sicher schon nachgedacht, denn die Antwort kam prompt. »Zwei Dinge, würde ich sagen. Erst einmal ist Melody Matzke zurückgekommen. Die meisten von uns, mich inbegriffen, wussten das noch nicht. Ich nehme an, dass Sie Melodys Geschichte kennen.«

»Ja.«

»Dachte ich mir. Als Zweites hat Simone uns mit der Eröffnung überrascht, dass sie ein Buch über die Ereignisse jener Nacht schreiben wollte. Angeblich hatte sie bereits herausgefunden, dass Daniela Finke schwanger war. Das könnte den Brand in einem völlig neuen Licht erscheinen lassen. Ihrer Ansicht nach galt der Brandanschlag nicht Melodys Familie, sondern Daniela. Einen möglichen Täter hatte sie auch schon parat: Sven Heidkamp. Er war mal mit Daniela zusammen, und Simone hat ganz direkt gefragt, ob er der Vater des Kindes sei. Simone hat nie ein Blatt vor den Mund genommen.« Er beugte sich vor. »Ich hab lange darüber nachgedacht und weiß immer noch nicht, was ich davon halten soll. Kein Mensch hat je von dieser Schwangerschaft gehört …«

»Sie waren ja damals bei der Polizei.«

»Richtig. In der Nacht war ich sogar vor Ort. Es war schrecklich.« Für einen Moment verdüsterte sich seine Miene. »Das vergesse ich nie.«

»Warum haben Sie die Polizei verlassen?« Wenn Nola ihr Gegenüber so anschaute, fiel es ihr nicht schwer, sich Henning Bremer in Uniform vorzustellen. Er war ein Mann, der Ruhe und Selbstbewusstsein und eine unterschwellige Autorität ausstrahlte. Gute Voraussetzungen für ihren Job.

»Tja, ich hab mich wohl überschätzt. Erst dieser Brand, das Wissen, dass hinter den Mauern drei Menschen ums Leben gekommen sind, dann gab es ein paar Monate später einen furchtbaren Verkehrsunfall im Ort, vier Tote, darunter ein Säugling, und wir waren die Ersten am Unfallort. Dieser Anblick, ich konnte das einfach nicht ertragen. Eine Weile hab ich noch mit mir gekämpft, war ja irgendwie schwach, nicht aushalten zu können, was alle Kollegen aushielten. Aber irgendwann gestand ich mir ein, dass ich nicht geeignet bin für den Job. Am Fließband stehen und Türverkleidungen einsetzen mag nicht so großartig erscheinen, aber man nimmt den Job nicht mit nach Hause und kriegt auch keine Albträume.« Er nippte an seinem Wasser, dann schaute er Nola offen an. »Wie ist das bei Ihnen, kommen Sie klar mit den Bildern, den schrecklichen Geschichten, können Sie abends abschalten?«

Was sollte sie darauf antworten? Dass sie gar nicht abschalten wollte, dass sie zu Hause neben ihrem Computer Bilder der Opfer aufstellte, um die Verbindung nicht zu verlieren. Wohl kaum, sie wollte nicht, dass er sie für abartig hielt oder total abgestumpft. »Ich komm ganz gut zurecht.« Es klang nicht gerade überzeugend, aber mehr würde sie nicht dazu sagen. »Zurück zu der Zeit vor zwanzig Jahren. Gab es irgendwann mal Gerüchte im Ort, dass Daniela Finke einen Freund haben könnte, möglicherweise älter als sie selbst? Vielleicht jemand, der gebunden war und für den ein Kind mit ihr eine Bedrohung bedeutet hätte?«

Er runzelte die Brauen. »Nein. Davon ist mir nichts zu Ohren gekommen. Wenn, müsste es ja auch in der Akte stehen. Oberkommissar Morawitz machte auf mich einen sehr kompetenten Eindruck, ich glaube nicht, dass er etwas übersehen hat. Wir hier in Martinsfehn waren allerdings später nicht mehr involviert in die Ermittlungen.«

»Wie war das auf Simone Jakobis Geburtstagsfeier? Sie sprachen von einer Meinungsverschiedenheit mit Sven Heidkamp. Kennen Sie ihn näher, würden Sie ihm so eine Gewalttat zutrauen?«

»Ach du liebe Zeit, jetzt soll ich sagen, ob Sven ...« Er lachte und wirkte zum ersten Mal unsicher. »Das weiß ich nicht, ehrlich. Wir kennen uns, sind aber ganz sicher keine

Freunde. Er gehört ja eher in die Altersgruppe meines Bruders. Natürlich stellt man sich vor, dass Menschen mit Svens Vorgeschichte zu aggressiven Ausbrüchen neigen. Ob es allerdings zu einem Mord reicht, kann ich nicht beurteilen. Er war wütend an dem Abend, hat mit Absicht seine Bierflasche auf den Boden fallen lassen, bevor er abgezogen ist.« Nachdenklich zog er die Schultern hoch. »Andererseits ist ja nichts Schlimmes passiert. Simone wollte wissen, ob er Daniela damals ein Kind gemacht hat, und er hat es abgestritten. Als Mordmotiv ein bisschen dünn, oder?«

»Das sehen die Menschen ganz unterschiedlich. Der eine fühlt sich schnell in seiner persönlichen Ehre gekränkt, der Nächste hat ein dickes Fell. Ich möchte das nicht gänzlich ausschließen«, sagte Nola vage. Zunehmend hatte sie das Gefühl, mit einem Kollegen zu reden. Vielleicht hätte Henning Bremer seine Polizeikarriere nicht so schnell beenden sollen.

Er nickte zustimmend und erklärte ein weiteres Mal, dass er Sven Heidkamp nicht gut genug kannte, um sein Aggressionspotenzial realistisch einzuschätzen.

»Ich muss Sie noch fragen, wo Sie zwischen Sonntag, zwanzig Uhr, und Montagmorgen, fünf Uhr, waren.«

»Oh, die letzten Stunden sind ganz übel für mich, da war ich nämlich allein. Am Sonntagabend war mein Bruder hier, Thore Bremer, wir gucken manchmal zusammen *Tatort*, anschließend sind wir noch ins *Tennessee Mountain*, das ist hier eine Kneipe.«

»Kenn ich. Wie lange waren Sie dort?«

»Bis spät in die Nacht. Eins, vielleicht sogar noch später, ich hab nicht auf die Uhr geguckt. Vielleicht kann Charlie sich erinnern, wir waren die letzten Gäste, und er hat uns praktisch vor die Tür gesetzt. Danach ist Thore nach Hause gefahren zu seiner Julia. Wie Sie sicher längst wissen, bin ich geschieden und lebe allein. Es gibt also keinen Zeugen, dass ich wirklich in meine Wohnung gefahren bin und sie nicht mehr verlassen habe.«

Wenn er so unbeschwert lachte wie gerade jetzt, sah er noch besser aus. Henning Bremer schien nicht ernsthaft damit zu rechnen, dass Nola ihn verdächtigte, und damit hatte er recht.

»Was für ein Auto fahren Sie?«

»Einen Peugeot 207, schon ein bisschen älter. Einen Diesel.«

»Sie waren mal befreundet mit Simone Jakobi, stimmt das?«

Er senkte den Blick und starrte in sein Wasserglas, ganz offensichtlich gehörte das nicht zu seinen Lieblingsthemen. »Ja«, sagte er leise. »Ist ungefähr ein Jahr her. Wir haben es ein paar Wochen miteinander versucht, aber es hat nicht geklappt. Sie fand mich langweilig und unflexibel, und ich war genervt von ihren ständigen spontanen Einfällen. Nachts hat sie mich geweckt, weil sie nach Hamburg auf den Fischmarkt wollte. Ein andermal kam ihr die Idee, Aktfotos von mir zu machen, um sie im Schaufenster auszustellen. Sie verstehen sicher, dass ich nicht begeistert war, Simone verstand es nicht. Sie fand mich verklemmt.« Er grinste verlegen.

Ohne dass sie es wollte, stellte Nola sich vor, wie Henning Bremer ohne Kleidung aussah, bestimmt nicht schlecht. Und jetzt war es Zeit zu gehen. »Das war es schon. Kann sein, dass ich hier noch mal auftauche.«

»Es würde mich freuen«, erwiderte er charmant. »Wenn ich damals eine so nette Kollegin gehabt hätte wie Sie, wäre ich vielleicht gar nicht auf die Idee gekommen, den Job zu wechseln. Aber ich musste mich mit dem alten Gerd Wiese rumärgern und ständig aufpassen, dass sein blöder Köter nicht nach mir schnappt.«

Während der Rückfahrt kam ihr der Gedanke, dass Renke die Verabredung mit dem Tischler nur vorgetäuscht hatte, um sich ungestört in der Trauer um seine Familie suhlen zu können. Sie wusste genau, dass der Fall ihm an die Nieren ging – Eltern, die ihre Tochter verloren hatten und die er auch noch persönlich kannte. Leider wusste sie auch, wie er seinen Kummer in der Vergangenheit kompensiert hatte. Es fiel ihr nicht schwer, sich vorzustellen, wie er stockbetrunken in seinem Wohnwagen hing und sich mit lauter Stimme vor seiner toten Frau rechtfertigte. *Das mit Nola hat gar nichts zu bedeuten, es geht nur um Sex.* Verärgert wischte sie das Bild in ihrem Kopf beiseite. Sie sollte sich auf den Fall konzentrieren und nicht auf ihr Privatleben.

Zu Hause setzte sie sich in ihre Küche, die auch farbenfroh angestrichen war, aber nicht so bedrückend wirkte wie die von Frau Labohm, und stocherte mit der Gabel in einem Fertigsalat herum, den sie noch schnell unterwegs gekauft hatte.

Dieser Fall war irgendwie merkwürdig. Simone Jakobi blieb für sie ein Phantom, zweidimensional und unwirklich, was vor allem am Aussehen der verbrannten Leiche lag. Ständig fielen ihr die Bilder von Moorleichen ein, die sahen so ähnlich aus, bloß nicht so schwarz.

Anders als sonst kam ihr auch keine Idee, was sie auf ihren Schreibtisch legen könnte, um eine Art geistige Verbindung zu der Toten zu halten. Vorhin hatte sie es mit ihrer eigenen Kamera versucht, schließlich war die Frau Fotografin, doch sie hatte nichts dabei empfunden und die Kamera schließlich wieder in die Schublade mit den Fotosachen gelegt.

»Tut mir leid, Frau Jakobi«, sagte sie laut. »Aber ich kann

Sie nicht fühlen. Und das, was ich über Sie weiß, finde ich nicht sonderlich sympathisch.«

Solche Gedanken durfte eine Ermittlerin nicht haben, aber sie war ja allein und konnte ganz ehrlich sein. Nach allem, was sie bis jetzt wusste, war die Tote eine ichbezogene, eitle Angeberin gewesen, die ihre Angestellte ausgenutzt und regelmäßig in ihrem Beziehungsleben *klar Schiff* gemacht hatte. Morgen würde sie zwei Fotos aus dem Büro mitbringen und neben ihrem PC aufstellen, eins aus dem Jahr 1997 und ein neueres.

Nola ließ den letzten Rest Salat stehen, das Dressing schmeckte zu stark nach Essig, dann holte sie eine Flasche Cola aus dem Kühlschrank, schenkte sich ein Glas ein und nahm es mit auf die Terrasse.

Sie zweifelte nicht daran, dass dieser Mord mit dem Brand vor zwanzig Jahren zusammenhing, sie war sogar überzeugt, dass der Täter das Feuer gelegt hatte, damit alle diesen Zusammenhang bemerkten. Den Grund dafür sah sie weniger klar. Das Feuer konnte als Warnung gedacht sein, besser die Vergangenheit ruhen zu lassen, oder als Aufforderung, gründlicher zu recherchieren, und sie fragte sich, ob Frau Jakobi noch mehr herausgefunden hatte. Sie konnte sich nicht erinnern, ob die Kriminaltechniker auf einen Computer gestoßen waren, das musste sie gleich morgen klären. Mit viel Glück könnte das Feuer die Festplatte nicht vollständig vernichtet haben, und die Techniker fänden dann einen Weg, Simone Jakobis Aufzeichnungen wieder sichtbar zu machen.

Ob der Täter auch das Puppenhaus in Melody Labohms Vorgarten angesteckt hatte, wusste Nola nicht, ihr Bauchgefühl sagte aber, dass diese Tat einem anderen zuzuordnen war. Wulf Leutnant zum Beispiel, den musste sie unbedingt aufsuchen.

Bislang hatte Nola noch keine Verbindung zu Daniela Finkes ehemaliger Freundin Insa aufgenommen. Dieses Telefonat stand für morgen auf ihrer Liste, ganz oben sogar, auch wenn sie sich nicht viel Neues davon erhoffte.

Vielleicht lag es am Anblick des samtblauen Nachthimmels, übersät von funkelnden Sternen, vielleicht auch daran, dass die Geräusche der Stadt langsam verstummten. Ohne dass sie es wollte, landeten Nolas Gedanken auf Baltrum. Sie sah sich über den Strand wandern, über sich einen Himmel so blau und leuchtend, als wäre er aus Glas, unter den nackten Füßen kühler, feuchter Sand. Beinahe meinte sie, den rauen Wind in ihren Haaren zu spüren. Und schon dachte sie an Renke, der sie ständig berührte, ihre Hand festhielt, der stehen blieb, um sie zu küssen, und der es, genau wie sie selbst, nicht erwarten konnte, sich wieder in das Hotelzimmer zurückzuziehen, um mit ihr zu schlafen. Ein ganz anderer Renke als zu Hause, so zugewandt, zärtlich und offen.

Nach der Rückkehr hatte sie kaum fassen können, wie mühelos er in den Alltag gewechselt war, wie auf Knopfdruck, während ihr der Abschied unendlich schwerfiel. Die meisten Nächte verbrachten sie wieder getrennt, keine Zärtlichkeiten in der Öffentlichkeit, manchmal reichte seine Zeit nicht mal für ein Telefonat am Abend. Während Nola sich immer wieder zurück auf die kleine Nordseeinsel träumte, schien er ganz zufrieden zu sein mit der Situation.

»Lass es uns langsam angehen«, hatte er vor Kurzem gesagt.

Doch Nola war ein ungeduldiger Mensch, das Wort langsam kam in ihrem Vokabular nicht vor.

KAPITEL 33

Zigmal hatte sie probiert, Thore zu erreichen, doch sein Handy war die ganze Zeit ausgestellt. Und jetzt spazierte er seelenruhig herein und fragte, ob es noch was zu essen gab.

Wortlos deutete Julia auf die Pfanne mit dem Schnitzel, das sich beim Abkühlen zusammengezogen hatte und jetzt in dem kalten, teilweise schon erstarrten Bratenfett klebte, und ihre Körperhaltung machte deutlich, dass sie nicht im Traum daran dachte, das Essen noch mal aufzuwärmen. Nicht mal einen Teller würde sie für ihn aus dem Schrank holen.

»Sorry, hat ein bisschen länger gedauert als eingeplant.« Mit der rechten Hand angelte Thore das kalte Fleisch aus der Pfanne, die Linke hielt er darunter, damit nichts auf den Boden fallen konnte. Dann biss er in das Schnitzel, das hart und zäh sein musste, kaltes Schweinefleisch wurde immer zäh.

»Na, habt ihr euch schon getroffen, du und deine Melody? Du kannst es ruhig zugeben.« Julia wusste gar nicht, wo sie den Mut hernahm, ihre schlimmsten Befürchtungen in Worte zu kleiden und damit in die Welt zu entlassen. Nein, nicht in die Welt, in ihre gemütliche Küche, wo bislang nur Platz gewesen war für sie und Thore und ihre Liebe, die vielleicht nicht loderte und brannte, aber durchaus wärmte.

Das Schnitzel landete wieder in der Pfanne.

»Wie bitte? Ich habe gearbeitet. Das Ärztehaus in Hesel, wir sind im Verzug.«

Thore richtete nicht nur Computernetzwerke ein, er war auch für den späteren Support zuständig. Es kam selten vor, dass er Überstunden machte, weil es bedeutete, dass sein Auftraggeber ebenfalls vor Ort bleiben musste. Den meisten

Menschen war es nicht angenehm, einen Fremden mit ihren Daten allein zu lassen. Doch das Ärztehaus wurde gerade neu gebaut. Thore kümmerte sich um die Verkabelung für das geplante Netzwerk, und es gab noch keine Daten, die er ausspionieren konnte.

Müde zuckte sie mit den Schultern. Vielleicht sagte er die Wahrheit, vielleicht auch nicht. »Ich versteh wirklich nicht, warum sie zurückkommen musste.«

Thore leckte seine fettigen Finger ab, dann holte er ein alkoholfreies Bier aus dem Kühlschrank. »Warum nicht? Sie ist in Martinsfehn groß geworden, genau wie wir. Sie hat doch nichts verbrochen.«

»Woher willst du das wissen? Immerhin hat Melody in der Nacht gesagt, dass sie ihre Mutter am liebsten umbringen würde. Nur weil man ihr nichts beweisen konnte, muss sie doch nicht unschuldig sein. Sie hatte ein Motiv, niemand sonst, nur sie!«

Nachdem sie die letzten Worte beinahe geschrien hatte, war es plötzlich ganz still. Erschreckend still, als hätte die Zeit angehalten, um ihnen die Gelegenheit zu geben, das Gesagte noch einmal zu überdenken. Thore jedenfalls machte den Eindruck, als würde er genau das tun, nachdenken über ihre Worte und zu einem Ergebnis kommen, das ihm missfiel.

Er schlug einen großen Bogen um Julia, ging wieder zum Herd und warf einen angeekelten Blick in die Pfanne. »Tut mir leid, aber das werde ich nicht essen. Ich fahre jetzt zu Henning, vielleicht hat er Lust, mit mir zum Italiener zu gehen, sonst hol ich mir was vom Imbiss.« Mit großen Schritten stapfte er davon, das Bier ließ er auf dem Kühlschrank stehen, er hatte es nicht mal geöffnet. Im Rausgehen rief er noch über seine Schulter: »Dass Simone tot ist, scheint dich ja nicht sonderlich zu berühren. Ich finde es erschreckend!« Dann klappte die Tür, leise, wenigstens war er nicht so wütend, dass er sie hinter sich zuknallte.

Am liebsten würde sie jetzt seinen Arbeitskollegen anrufen und fragen, ob Thore länger gearbeitet hatte. Oder ihm nachfahren und kontrollieren, wohin er fuhr. Sie könnte auch Henning anrufen und klären, ob Thore am Sonntagabend wirklich dort gewesen war und wie lange.

Wütend kippte sie das kalte Schnitzel in die Mülltonne. Dann stellte sie die Pfanne ins Spülbecken und ließ heißes Wasser darüberlaufen. Seufzend griff sie nach dem Topfschwamm.

Morgen und übermorgen fuhr das gesamte Kollegium zu einer Fortbildung ins Emsland. Es ging um das leidige Thema Inklusion, das alle Gemüter erhitzte. Die Rektorin hatte zwei Referenten der Landesschulbehörde eingeladen, und es gab eine Menge Fragen, die man zu stellen gedachte. Bislang hatte Julia sich auf die Tagung gefreut, sie hatte sich sorgfältig vorbereitet und ihre Kritik daran, wie der Bildungsminister die Reform zum Billigtarif auf den Schultern der überforderten Lehrer durchprügelte, in Stichworten festgehalten. Jetzt würde sie sich am liebsten krankmelden.

Zwei Tage und eine Nacht außer Haus, eine bessere Gelegenheit, um sich mit Melody zu treffen, konnte sie Thore doch gar nicht bieten. Aber sie konnte ihren Ehemann nicht rund um die Uhr bewachen. Wenn es ihm wichtig war, würde er immer einen Weg zu Melody finden. Vielleicht war er eben direkt aus ihrem warmen Bett gekommen, um gezwungenermaßen den Rest des Abends mit Julia zu verbringen. Sie biss sich auf die Zunge, um nicht loszuheulen. Wie konnte etwas so Wunderbares wie ihre Ehe so schnell kaputtgehen?

KAPITEL 34 1997

Die Bettwäsche in der Klinik war so blendend weiß, dass es in den Augen wehtat. Melody lag auf dem Rücken, den Blick zur Decke gerichtet, die ebenfalls weiß war, genau wie die Wände. Ihre Hände hatte man dick verbunden. Inzwischen war der Wundschmerz in ihrem Kopf angekommen, es brannte und riss und nagte unter dem Verband, und sie fragte sich, ob das Fleisch über den Knochen verschwunden war, einfach verbrannt.

Immerzu musste sie an das Feuer denken, sie wurde die flackernden Bilder einfach nicht los und auch nicht den schrecklichen Geruch von Verbranntem. Sogar hier in dem sauberen Krankenzimmer meinte sie, ihn wahrnehmen zu können. Zu gern würde sie sich im Spiegel anschauen, kontrollieren, ob ihr Gesicht so kohlrabenschwarz aussah wie in ihrer Vorstellung. Bestimmt waren ihre Haare verbrannt oder wenigstens die Augenbrauen. Mit den verbundenen Händen konnte sie nichts ertasten, und das Bett durfte sie nicht verlassen. In der Nacht hatte sie geträumt, dass sie mit jedem Wort kleine schwarze Rauchwolken ausstieß, wie eine Lokomotive, vielleicht stimmte das ja.

Zum Frühstück gab es Milchsuppe, die sie mit einem Strohhalm trinken musste, weil sie keinen Löffel festhalten konnte, und roten Tee. Ihre Fragen nach Michel und ihrer Mutter wurden nicht beantwortet.

»Das kann ich dir leider auch nicht sagen«, hieß es.

Seit gerade eben hatte sie Gewissheit. Sie waren tot. Ihre Mutter, Michel und Daniela. In ihren Betten verbrannt.

Der Polizist, der an ihrem Bett stand und sich als Oberkommissar Morawitz vorgestellt hatte, gab sich keine Mühe, die Nachricht freundlich zu verpacken, er platzte einfach damit heraus, und die Stationsärztin, die sich mit verschränkten Armen neben ihm aufgebaut hatte, schnappte voller Empörung nach Luft, bevor sie zischte: »Das kann man auch anders formulieren. Also wirklich…«

Oberkommissar Morawitz warf ihr einen spöttischen Blick zu, er hielt sie wohl für eine Zimperliese.

Sein braunes, von grauen Strähnen durchzogenes Haar war sorgfältig frisiert, er trug keine Uniform, sondern einen hellgrauen Anzug und darunter ein weißes Hemd, das am Kragen aufstand. Seine Schuhe aus schwarzem Leder waren auf Hochglanz poliert. Sonderlich groß schien er nicht zu sein, die Stationsärztin überragte ihn um ein paar Zentimeter, außerdem war er sehr zierlich gebaut und hatte kleine weiße Frauenhände mit manikürten Nägeln. Für Melody passte seine tiefe Stimme überhaupt nicht zu seiner Erscheinung, und seinen Geruch fand sie grässlich. Bestimmt duschte er zweimal täglich und sprühte sich hinterher von oben bis unten mit billigem Deodorant ein. Und vor dem Schlafengehen polierte er seine Schuhe. Und die Fingernägel. Jetzt hätte sie beinahe gegrinst, aber das war verboten. Sie hatte ihre Familie verloren, da gab es nichts zu lachen.

»Tut mir leid«, brummte er in Richtung der Ärztin. »In meinem Beruf ist die Zeit zu knapp für Höflichkeitsfloskeln. Es gibt eine Menge Fragen, und die müssen so schnell wie möglich beantwortet werden.« Sein Kopf schnellte herum, die nächsten Worte galten Melody. »Wie ist das passiert?« Er deutete auf ihre verbundenen Hände.

Sie folgte seinem Blick. »Ich kann mich nicht daran erinnern.«

»So etwas kommt häufig vor«, warf die Stationsärztin ein, und Melody fühlte tiefe Dankbarkeit, weil sie den Raum nicht verließ. Um nichts in der Welt wollte sie jetzt allein mit dem Polizisten sein. Der Mann strahlte Feindseligkeit aus, und das machte ihr Angst.

»Es liegt an dem Schock«, erklärte die Ärztin. »Melody ist traumatisiert, und ihr Körper hat beschlossen, einen Teil der Erinnerung abzuspalten, um sie zu schützen. Es ist durchaus möglich, dass die Erinnerung zurückkehrt. Allzu häufig passiert das allerdings nicht.«

Das, was sie da sagte, gefiel dem Polizisten nicht, wie seine skeptische Miene deutlich machte. »Was weißt du denn überhaupt noch von der Nacht?«

»Dass alles in Flammen stand und ich zu den Nachbarn gerannt bin. Ich hab geklingelt und geklopft…« Am liebsten würde Melody die Augen zusammenkneifen oder mit dem Kopf unter der Decke verschwinden. Sie wollte das nicht erzählen müssen. Andererseits befand sich die Erinnerung an das Feuer in ihrem Kopf, sie ließ sich weder aussperren noch entfernen, die schrecklichen Bilder quälten Melody seit dem Aufwachen, es gab kein Entrinnen, nur den Schlaf und den auch nur, wenn sie Schmerzmittel bekam.

»Ja, das wissen wir schon«, unterbrach Oberkommissar Morawitz sie ungeduldig. »Mich interessiert vor allem, was vorher passiert ist. Am besten schilderst du mir den Verlauf des Abends, so genau wie möglich.«

Es fiel Melody nicht leicht, doch sie bemühte sich, den Abend zu beschreiben, dass sie nicht auf die Feier gedurft und sich davongeschlichen hatte. Von Thore erzählte sie nichts, auch den Bacardi ließ sie weg und die grenzenlose Wut auf ihre Mutter. Einer Toten durfte man nicht mehr böse sein.

Der Kommissar hörte zu, ohne sie zu unterbrechen, und machte sich Notizen in einem dunkelblau eingebundenen Notizbuch, das aussah, als hätte es viel Geld gekostet, so wie seine blanken Schuhe oder der affige Anzug. »Und das war alles?«

»Ja.«

Die Stationsärztin schob mit dem Zeigefinger ihre Brille auf dem Nasenrücken nach oben, dann sagte sie nachdenklich: »Dürfen Sie das überhaupt? Eine Minderjährige ohne Anwesenheit eines Erziehungsberechtigten oder Anwalts vernehmen?«

Offenbar nicht, Kommissar Morawitz warf ihr einen verärgerten Blick zu. Dann erklärte er, dass es sich hier lediglich um eine einfache Zeugenbefragung handle.

»Die hiermit aus ärztlicher Sicht beendet wird. Meine Patientin braucht Ruhe.«

KAPITEL 35

Um acht war es bereits so heiß, dass Nola sämtliche Fenster im Büro aufreißen musste, damit wenigstens ein Hauch frischer Luft hereinkam. Hilke hatte sich einen Ventilator von zu Hause mitgebracht und ließ sich mit geschlossenen Augen anpusten.

»Ich habe hier die Anrufliste von Frau Jakobi. Am Freitag hat sie viel rumtelefoniert, die Nummern stimmen praktisch mit der Gästeliste ihrer Feier überein. Am Sonntag kamen tagsüber viele Anrufe, logisch, Frau Jakobi hatte Geburtstag, und offenbar kannte sie viele Leute. Ein paar Nummern hab ich schon zugeordnet, ihre Angestellte, ein gewisser Focke Färber aus Wilhelmshaven …«

»Ihr letzter Freund«, erinnerte Nola sich. »Wir müssen sein Alibi für den Samstagabend überprüfen, auch wenn ich nicht glaube, dass er unser Täter ist.«

»Okay, ich kümmere mich darum«, versprach Hilke. Die Telefonliste hielt sie noch in der Hand. »Nach zwanzig Uhr hat sie keinen Anruf mehr angenommen.«

»Passt zur Todeszeit. Sag mal, hat sich Conrad gemeldet?«

»Nö. Meinst du, der kommt noch?« Hilke schaute auf die Uhr über der Tür, die Viertel nach neun zeigte. Eine Viertelstunde zu spät zu kommen, war für Conrad normal, aber jetzt war er mehr als eine Stunde überfällig. »Hat er gestern angedeutet, dass er länger krank ist?«

Nola überlegte kurz. »Nein. Mir ist schlecht, hat er gesagt, und wenn ich ehrlich bin, sah er auch nicht sonderlich gut aus.« Sie seufzte. »Meinetwegen kann er zu Hause bleiben. Mit dem ist zurzeit sowieso nichts anzufangen.«

In diesem Punkt teilte Hilke ihre Meinung. »Warum sagt keiner was? Ist doch offensichtlich, was mit ihm los ist.«

Genau die Frage hatte Nola sich schon vor neun Monaten gestellt, und sie musste erfahren, dass Conrad ein altgedienter Kollege war, der früher ganz anders gearbeitet hatte. Wirklich vorstellen konnte sie sich das nicht, aber es musste wohl stimmen. Seufzend zog sie die Schultern hoch. »Frag mich nicht. Wenn er sich nicht bis heute Mittag meldet, geh ich zu Robert, das hab ich mir fest vorgenommen.«

»Find ich gut. Ich würde auch lieber blaumachen und das schöne Wetter genießen, trotzdem sitze ich hier.«

»Ich ruf jetzt mal bei Conrad an.« Entschlossen griff Nola nach dem Telefon und gab seine Nummer ein. Vergeblich, er reagierte nicht. »Vielleicht duscht er gerade und macht sich dann auf den Weg.«

Als Nächstes versuchte sie es bei Insa Morisse, die beim dritten Läuten abnahm. Sie hieß jetzt Morisse-Steinbach und wohnte in Frankfurt.

»Sie haben Glück, dass Sie mich noch erreichen, wir sind

gerade dabei, unsere Zelte hier abzubrechen. Wir gehen für ein Jahr nach New York.«

Nola schilderte die Vorkommnisse in Martinsfehn, und Frau Morisse-Steinbach wirkte ehrlich erschüttert, soweit sich das am Klang der Stimme beurteilen ließ.

»Mein Gott, das ist ja schrecklich! Hätte ich bloß nichts gesagt, ich fühle mich direkt schuldig.«

»Stimmt es denn nicht, was Sie damals Frau Finke erzählt haben?«

»Doch, natürlich. Ich war zu der Zeit Au-pair in Frankreich. Mein Französisch war noch so mies, dass ich mich kaum auf die Straße getraut habe. Meine Gasteltern waren sehr vermögend, denen war es völlig schnuppe, ob ich mit Deutschland telefoniert habe oder nicht. Also hab ich alle möglichen Leute angerufen, einfach nur um zu quatschen. Sonst hätte ich wohl kaum mit Daniela telefoniert, beste Freundinnen waren wir nämlich nicht.« Sie schniefte. »Ich hatte schlicht Heimweh. Als mein Französisch besser wurde, hab ich damit aufgehört, und die Kontakte sind eingeschlafen.«

Schon wieder eine, die Wert darauf legte, nicht mit Daniela Finke befreundet gewesen zu sein.

»Was hat Daniela denn genau gesagt?«

Frau Morisse-Steinbach lachte unsicher. »Wissen Sie, das ist jetzt zwanzig Jahre her. Sie werden hoffentlich verstehen, dass ich unser Telefonat nicht mehr Wort für Wort wiedergeben kann. Daniela war schwanger von einem Mann, der älter war und gebunden. Sie hat gemeint, wenn das rauskommt, gibt es einen Skandal. Nein«, verbesserte sie sich ungeduldig. »Das Wort Skandal hat sie nicht benutzt. Es ging darum, dass er nicht vorhatte, sich von seiner Frau zu trennen. Und genau das wollte sie mit der Schwangerschaft erzwingen.«

»Demnach wollte sie das Kind behalten?«

»Ja, ich denke schon.«

»Sie hat sich geirrt, sie war gar nicht schwanger.«

»Ach was!« Nolas Aussage schien Frau Morisse-Steinbach zu enttäuschen. Auf einmal wurde ihre Stimme deutlich kühler, und sie wies darauf hin, in Eile zu sein. »Unser Gepäck wird in vier Stunden abgeholt. Wenn sonst nichts mehr ist?«

»Und sie hat keinen Namen genannt, auch sonst nichts geäußert, das auf die Identität des Mannes schließen lässt?«

»Nein. Tut mir leid. Ihre Mutter hat mich auch schon danach gefragt, aber Daniela hielt sich in dieser Beziehung sehr bedeckt, fast als hätte sie Angst vor ihm. Bestimmt hat er ihr gedroht, hab ich später gedacht. Mein Gott, das ist ewig her, ich kann Ihnen lediglich meine Erinnerung an das Telefonat schildern, und die mag sich über die Jahre verändert haben.«

Nola bedankte sich und legte auf. Es gab also doch einen Mann in Daniela Finkes Leben, einen, der älter war als sie selbst und mit dem sie regelmäßig Sex hatte. Heimlich, weil er gebunden war. Ein Mann, der sich mit einem hübschen jungen Mädchen vergnügte, dafür aber nicht seine Beziehung riskieren wollte. Unter diesen Umständen konnte die unerwünschte Schwangerschaft durchaus der Grund für das Feuer sein. Wenn das Mädchen so pferdeverrückt war, wie alle erzählten, schien es nicht abwegig, dass dieser Mann ebenfalls aus der Reitszene stammte. Vielleicht hatte er sogar auf dem Hof gelebt. War es abwegig zu glauben, dass sein Vorgänger seinen Namen kannte oder wenigstens ahnte?

»Hilke, ich brauche die Adresse von Sven Heidkamp, der war mal mit Daniela Finke zusammen.«

Ihre junge Kollegin, deren Gesicht sich bis auf zehn Zentimeter dem ratternden Ventilator genähert hatte, schreckte zusammen. »Was hast du gesagt? Der Motor ist so laut.«

Nola grinste. »Ich brauche Sven Heidkamps Adresse, und ich möchte wissen, wo Conrad bleibt.«

Erneut griff Nola nach dem Telefon und wählte seine Nummer.

Sie wollte schon aufgeben, als er sich doch noch meldete.

»Wo bist du, Conrad? Hast du mal auf die Uhr geguckt?«

»Mir geht's nicht gut, ich bin krank. Morgen komm ich auch nicht.« Ohne ihre Antwort abzuwarten, beendete er das Gespräch. Seine Stimme hatte verwaschen geklungen, demnach war er betrunken – schon am Morgen.

Sprachlos starrte sie ihr Smartphone an. Und jetzt? Musste sie sich Sorgen machen um den Kollegen, oder sollte sie sich bei Robert beschweren?

»Anrufen und Bescheid sagen kann man ja wohl«, fauchte sie, auch wenn er sie nicht hören konnte, und sie schickte ein »Arschloch« hinterher, das von Herzen kam, ihr aber keine Erleichterung verschaffte. Mehr und mehr setzte sich bei Nola die Erkenntnis durch, dass Kriminaloberkommissar Landau ihr leidtun sollte, aber noch war sie nicht so weit.

KAPITEL 36

Melody Matzke, jetzt Labohm, hatte sie sich ganz anders vorgestellt, nicht so nett und normal. Ann-Christin wusste gar nicht mehr, warum, aber sie hatte eine kalte Geschäftsfrau erwartet, ein Bild, das sie nicht länger aufrechterhalten konnte. Auf einmal kam es ihr unredlich vor, die Frau zu bedrängen, den Hof zu verkaufen, immerhin war er das Letzte, das ihr von ihrer Familie geblieben war. Auch der Anwalt, der Melodys Angelegenheiten regelte, betonte immer, dass ein schweres Leben hinter ihr lag und sie die Pacht dringend brauchte.

Die Kaufsumme, die sie ihr anbieten konnten, würde nicht ewig reichen, die Pacht lief jetzt schon zwanzig Jahre. Falls Ann-Christin beschließen sollte, den Hof zu verlassen, weil sie anderswo eine Anlage fand, die zum Kauf stand, würde sich ein neuer Pächter finden und für Melodys Lebensunterhalt sorgen.

Im Grunde war Ann-Christin auch gar nicht mehr sicher, ob sie in Martinsfehn bleiben wollte. Der tragische Tod von Simone Jakobi und noch viel mehr das Feuer ließen ihr keine Ruhe. Was, wenn dieser Irre auf die Idee kam, als Nächstes den Hof anzuzünden, zum zweiten Mal? Niemand zweifelte daran, dass Simones Tod mit dem Brand vor zwanzig Jahren zu tun hatte. Hier, wo jetzt der Walmdachbungalow stand, hatte alles begonnen, und sie fragte sich, ob es hier auch enden würde.

Immer wieder musste sie an diese komische Geburtstagsfeier denken, wie Simone sich dort aufgeführt hatte. Dieser Roman, den sie angeblich schreiben wollte. Abends im Bett hatte Björn gemeint, dass die Frau spinnen würde. Er hatte Simone von Anfang an nicht leiden können, Ann-Christin dagegen fand sie ganz nett. Außerdem hatte Simone ein paar richtig gute Fotos von den Pferden geschossen, auf diesem Gebiet war sie wirklich eine Könnerin gewesen. Die Bilder erweckten den Anschein, als könnte sie sich ähnlich wie Ann-Christin für die wilde Schönheit der Tiere begeistern. Dem war allerdings nicht so. Als Ann-Christin ihr eine kostenlose Reitstunde anbot, hatte sie dankend abgelehnt.

»Lass mal, Pferde und Reiten, das ist nicht meine Welt. Als Schülerin hab ich das mal probiert, weil alle reiten wollten, aber die Phase hat nicht lange gedauert.«

Gewiss gehörte Simone nicht zu den Menschen, denen sie ihre intimsten Geheimnisse anvertraut hätte, aber irgendwie war sie unterhaltsam, weil sie sich von der Masse abhob, und es war mehr als tragisch, dass sie mit der Ankündigung ihres Romans einen Irren aufgeschreckt hatte. Wahrscheinlich denselben Irren, der vor zwanzig Jahren schon einmal ein Feuer gelegt und dabei drei Menschen getötet hatte. Jetzt war Simone tot, und sie hatte ihr Geheimnis mit ins Grab genommen.

Rosi schlurfte über den Hof, in jeder Hand einen Eimer. Ihr fiel ein, dass Rosi die einzige Person in ihrem Bekanntenkreis war, die über den Brand Bescheid wusste.

»Rosi, hast du mal fünf Minuten für mich?«

Begeistert wirkte die Pferdepflegerin nicht, doch sie stellte die Eimer ab und ließ sich schnaufend neben Ann-Christin auf die Holzbank ohne Lehne fallen, die Björn im letzten Sommer zusammengezimmert hatte. Bequem war sie nicht, aber urig, und wenn ihre Zeit es zuließ, nahm Ann-Christin hier gern für ein paar Minuten Platz, um das Treiben auf dem Hof zu beobachten.

»Diese Feuernacht, du hast doch damals alles miterlebt. Woran erinnerst du dich?«

Mit gleichmütiger Miene holte Rosi ihren Tabak raus und begann, sich eine Zigarette zu drehen, die sie allerdings nicht rauchte, sondern in den Tabakbeutel legte, sehr vorsichtig. »Warum bist du so neugierig?«

»Weil mir das Ganze unheimlich ist. Da war so eine komische Stimmung auf der Geburtstagsfeier, nachdem Simone erzählt hat, dass sie ein Buch über die Ereignisse von damals schreiben wollte. Und jetzt ist sie tot. Ich hab richtig Angst, dass als Nächstes unser Hof angezündet wird.«

Komisch, nicht mal Björn gegenüber hatte sie das bisher zur Sprache gebracht, aber jetzt war es raus, endlich.

Ja, sie fürchtete sich und schlief neuerdings schlecht. Gestern hatte sie sich die Mühe gemacht, in allen Feuermeldern neue Batterien einzusetzen, obwohl die Geräte sich noch gar nicht über Spannungsmangel beklagten. Sicher fühlte sie sich trotzdem nicht.

»Da mach dir mal keine Sorgen, Mädchen. Da müssen sich ganz andere fürchten.«

Eine merkwürdige Aussage, über die sie noch stundenlang nachdachte. Als sie Björn abends davon erzählte, lachte er sie aus. »Du kennst doch Rosi.« Er meinte damit, dass ihre Pferdepflegerin ständig komische Dinge von sich gab. Wenn Rosi recht hatte, was keiner von ihnen ernsthaft in Erwägung zog, durfte man an ungeraden Tagen keine wichtigen Entscheidungen fällen, gelbe Blumen brachten Unglück und schwarze Katzen auch, egal aus welcher Richtung sie den Weg kreuzten.

KAPITEL 37

Viele wussten von Simone Jakobis Plan, ein Buch zu schreiben, doch niemand hatte ihre Notizen oder gar eine Seite ihres Werks zu Gesicht bekommen, und Nola fragte sich langsam, ob das Ganze überhaupt ernst gemeint war. Laut ihrer Mitarbeiterin und einer ihrer Schwestern besaß Frau Jakobi allerdings ein Notebook, das sich nirgends finden ließ. Der Täter musste es mitgenommen haben. Die Kameras im Geschäft und den teuren Fotodrucker hatte er dagegen stehen lassen, genauso wie ihre Digitalkamera, mit der sie am Abend Bilder der Gäste geschossen hatte. Auch die Kasse hatte er nicht angerührt. Es war ihm einzig darum gegangen, Simone Jakobi für immer zum Schweigen zu bringen und gleichzeitig das verschwinden zu lassen, was sie auf ihrem Notebook gespeichert hatte, das angekündigte Buch.

Den Kollegen von der Technik war es inzwischen gelungen, die Speicherkarte der Kamera auszuwerten. Vor Nola lagen die Fotos von Frau Jakobis Geburtstagsfeier.

Am auffälligsten fand sie mehrere Bilder, die Melody Labohm und einen gut aussehenden blonden Mann zeigten. Jeder, der die Fotos anschaute, musste erkennen, dass da gerade etwas zwischen den beiden passierte, und Nola zweifelte nicht daran, dass es den Geburtstagsgästen auch aufgefallen war. Innige Blicke, die von starken Gefühlen zeugten, ein angedeutetes Lächeln auf ihrem Gesicht, während er sie voller Ernst betrachtete, geradezu ehrfurchtsvoll. Auf einem der Bilder sah man im Hintergrund eine Frau, die die beiden hasserfüllt anstarrte, Julia Bremer. Demnach musste es sich bei dem blonden Mann um Thore Bremer handeln.

Zur Sicherheit öffnete Nola die alte Akte, in der sich Fotos aller Beteiligten befanden, und ihre Vermutung bestätigte sich. Sie winkte Hilke heran. »Guck dir mal diese Fotos an.« Ihr Zeigefinger tippte auf die drei Personen. »Melody Labohm. Thore Bremer, seine Frau Julia. Wie sieht das für dich aus?«

Hilke lachte. »Am liebsten würde sie ihm die Augen auskratzen. Oder ihr. Verständlich, oder? Wenn ich mir vorstelle, dass ich mit Ole auf eine Fete gehe und er dort eine andere so innig anschmachtet ... also echt ... der könnte sich auf was gefasst machen.«

»Ja. Aber würdest du deshalb die Gastgeberin ermorden?«

»Nee. Wenn schon, muss die Rivalin ausgeschaltet werden, ist ja wohl klar. Der Mann ist ja ganz schnuckelig, den will sie natürlich behalten. Also muss die Alte weg.« Grinsend fuhr Hilke mit einem Finger an ihrer Kehle entlang.

Die anderen Bilder sagten nicht viel aus, weil Simone, die die Aufnahmen gemacht hatte, nirgends zu sehen war.

Auf dem Flur traf Nola ihren Chef. Sogar bei diesen tropischen Temperaturen trug Robert eine Strickjacke, die er allerdings nicht zugeknöpft hatte wie sonst. Er wurde von seinem alten Rauhaardackel Jupp begleitet.

Nola und Jupp hatten ein eher kühles Verhältnis, er gab ein unwilliges Knurren von sich, sie ignorierte ihn.

»Schon gehört? Conrad ist krank. Morgen auch.«

Roberts Reaktion enttäuschte sie ein wenig, er sagte gar nichts, sondern nickte nur. »Und wie geht es voran?«

Nola mochte ihren Chef sehr, er war weder cholerisch wie ihr Vorgesetzter in Hannover, dem sie keine Träne hinterherweinte, noch phlegmatisch wie Conrad, den nichts mehr zu berühren schien. Nur ganz selten hinterfragte Robert ihre Entscheidungen, und wenn es drauf ankam, stand er hinter seinen Leuten, das schätzte sie besonders. Dass er auch hinter Conrad stand und sein allzu offensichtliches Alkoholproblem totschwieg, schätzte sie weniger.

Schritte näherten sich auf dem Flur, Robert schaute über ihre Schulter, und ein Grinsen lief über sein Gesicht. »Hallo, Renke, lange nicht gesehen. Mensch, du hattest Geburtstag, sogar einen runden. Wir haben total verschwitzt, dich anzurufen. Hast du gefeiert?«

»Nicht wirklich. Ich war drei Tage auf Baltrum.«

Peng! Nola hatte das Gefühl, aufzuleuchten wie eine rote Glühbirne. Robert wusste natürlich, dass sie ebenfalls drei Tage auf Baltrum gewesen war, er hatte schließlich den Urlaub genehmigen müssen, und sicher fiel ihm gerade auf, dass Renkes Geburtstag genau in diese drei Tage fiel. Wie erwartet, versuchte ihr Chef gar nicht erst, Überraschung zu heucheln. Vielmehr schaute er so zufrieden aus wie einer, dessen Vermutung endlich bestätigt wurde.

»Sieh an, und ich möchte wetten, dass es sehr angenehm dort war.« Dabei schaute er wie zufällig Nola an, die vor Verlegenheit am liebsten im Boden versunken wäre und sich gleichzeitig fragte, warum. War es verboten, mit Renke Nordmann zu verreisen? Okay, sie hatte behauptet, mit ihrer Nachbarin wegzufahren, und weil Robert gerade eins und eins zusammenzählte, hatte er sie soeben bei einer Lüge ertappt.

Renke ließ sich nicht aus der Ruhe bringen. »Ich wollte mal hören, ob Nola schon was Neues weiß.«

»Nicht sonderlich viel«, griff sie den Themenwechsel sofort auf. »Ich habe Insa Morisse erreicht. Sie sagt, der potenzielle Kindsvater war älter und gebunden. Ich wollte mich gerade auf den Weg nach Martinsfehn machen, um mit Sven Heidkamp zu reden. Als Vater kommt er wohl nicht in Betracht, aber vielleicht weiß er etwas über seinen Nachfolger.« Nola stutzte. »Sag mal, Robert, das wollte ich schon die ganzen Tage fragen, erinnerst du dich an Kommissar Wilhelm Morawitz? Der hat damals die Ermittlungen geleitet.«

»Klar. Der schöne Willi war ein komischer Vogel, immer mit Schlips und Kragen unterwegs. Ziemlich ehrgeizig, wenn auch nicht sonderlich beliebt. Ein Einzelgänger mit erstaunlich hoher Aufklärungsquote. Es hieß immer, er sei schwul, und vor zwanzig Jahren war das ein echtes Problem bei der Polizei. Am Ende soll es aber nicht gestimmt haben. Ich war noch ganz neu und kannte ihn nur flüchtig.« Sein Handy klingelte. Er nahm das Gespräch an, nannte seinen Namen, sagte: »Moment«, und hielt die Hand über das Telefon. »Ja, dann lass ich euch beide mal allein.« Mit vielsagendem Lächeln verschwand er hinter seiner Bürotür.

»Er weiß natürlich, dass ich auch drei Tage auf Baltrum war.«

»Na und?« Das schien Renke kein Kopfzerbrechen zu bereiten. »Begleitet Conrad dich zu Sven Heidkamp?«

»Nein. Mein Lieblingskollege ist mal wieder krank.«

»Okay. Sven Heidkamp wohnt am Mittelweg. Dort wohnen keine Leute, die eine Polizistin allein aufsuchen sollte. Ich begleite dich.«

»Na, hör mal, ich trage eine Waffe. Und wenn es neuerdings so brandgefährlich ist, in Martinsfehn Leute zu vernehmen, kann ich Hilke bitten, mich zu begleiten.« Sie hob den Kopf und schaute ihn an. »Manchmal erinnerst du mich an meine Mutter. Die traut mir auch nichts zu.«

Darauf ging er gar nicht erst ein. »Zwei junge Polizistinnen, auch nicht besser. Vergiss es! Fahr einfach hinter mir her!«

Sie wollte protestieren, verzichtete aber im letzten Moment darauf. »Hältst du Sven Heidkamp für tatverdächtig?«

»Das hab ich nicht behauptet. Können wir los?«

KAPITEL 38 1997

Es klopfte, und jemand führte Wulf Leutnant herein. Wenn sie nebeneinanderständen, würde Herr Leutnant ihn wohl um mehr als einen Kopf überragen, deshalb blieb Wilhelm Morawitz lieber sitzen und deutete auf den Stuhl auf der anderen Seite des Tisches.

»Nehmen Sie bitte Platz!«

Wulf Leutnant war groß und breit gebaut, aber keineswegs dick. Sein blondes Haar trug er vorn kurz geschnitten, hinten fiel es in leichten Wellen bis über den Nacken. Im linken Ohrläppchen glitzerte ein goldener Ring. Seine breite Armbanduhr war ebenfalls golden, wirkte aber trotzdem billig.

Wulf Leutnant arbeitete als Fernfahrer, das wusste Kommissar Morawitz bereits, und es fiel ihm nicht schwer, sich diesen Mann hinter dem Steuerrad eines Vierzigtonners vorzustellen. Genauso gut könnte er aber auch als Zuhälter arbeiten oder als Türsteher. Er wirkte ein bisschen grobschlächtig, aber durchaus attraktiv, und Wilhelm Morawitz hätte zu gern gewusst, aus welchem Grund der Mann mit einer zehn Jahre älteren Frau zusammengelebt hatte. Es mochte altmodisch sein, aber so eine Konstellation fand er befremdlich. Er hatte Bilder von Verena Matzke gesehen und konnte nicht nachvollziehen, was sie so außergewöhnlich machte.

Wulf Leutnant trug ein Hemd, das so eng über dem Brustkorb saß, dass jeden Moment die Knöpfe aufspringen konnten. Zuerst wunderte Wilhelm Morawitz sich darüber, dann fiel ihm ein, dass mit dem Haus wahrscheinlich sämtliche Kleidung des Fernfahrers verbrannt war. Bei dem Hemd dürfte es sich um eine Leihgabe handeln, wahrscheinlich von seinem Vater, dort wohnte Wulf Leutnant nämlich zurzeit.

Seine Augen schimmerten rötlich, er hatte geweint. Und er redete, bevor Wilhelm Morawitz seine erste Frage formulieren konnte. »Hat sie es zugegeben?«

»Wer?«

Eine mächtige Faust krachte auf den Schreibtisch. »Melody, wer sonst? Ich weiß, dass sie das Feuer gelegt hat. Sie hat ihre Mutter gehasst! Aus tiefster Seele gehasst!«

Die Faust löste sich und wurde zu einer flachen Hand, die sich auf die Tischplatte drückte, so heftig, dass die Sehnen auf seinem Unterarm hervortraten und Wilhelm Morawitz sich fragte, ob der Mann über die Kraft verfügte, den Schreibtisch auf diese Weise zu zerstören.

»Das muss man sich mal vorstellen, eine Tochter, die ihre Mutter hasst. So was ist nicht normal, sag ich Ihnen. Da stimmt was nicht mit Melody. Nie ist sie zufrieden. Andauernd hat sie Verena Vorwürfe gemacht. Dass Verena ständig unter Schmerzen litt, sich an schlechten Tagen kaum bewegen konnte, war ihr egal. Verena war manchmal völlig fertig, wenn wir abends telefoniert haben.« Seine Mundwinkel zuckten, hoffentlich brach er nicht in Tränen aus. Für heulende Männer hatte Morawitz nichts übrig. »Ich musste sie dann trösten, das ist die Pubertät, das wird schon, was man halt so sagt. Hätte ich bloß darauf bestanden, dass Melody wegkommt.«

Wegkommt, was für eine Wortwahl. »Woran dachten Sie da?«

»Es gibt da doch Heime für auffällige Jugendliche. Aber Verena wollte nichts davon hören, und sie war die Mutter.«

»Wenn ich das richtig interpretiere, haben Sie sich nicht besonders gut mit Melody verstanden.« Melody. Der Name ging ihm nicht leicht über die Lippen, er musste dabei immer an eine Pornodarstellerin denken, mit der er eine Weile liiert gewesen war. Aber dafür konnte die kleine Matzke nun wirklich nichts.

»Ja, das kann man so sagen. Wenn ich zu Hause war, ging sie vorsichtshalber auf Tauchstation. Mit mir konnte sie nämlich nicht so umspringen wie mit ihrer Mutter. Ich lass mir von keinem auf der Nase rumtanzen, schon gar nicht von Melody.«

Das, was der Witwer da erzählte, machte ihn nicht gerade sympathisch. Es war Zeit, das Gespräch in eine andere Richtung zu lenken. Schließlich hatte Wilhelm Morawitz den Mann aus einem bestimmten Grund herbestellt.

»Herr Leutnant, Sie sind mitten in der Nacht zu Hause angekommen. Probleme mit der Ladung, haben Sie gesagt.«

»Ja, genauso ist es.«

Nach all den Jahren bei der Polizei war es Morawitz noch nicht gelungen, sich ein dickes Fell zuzulegen, das ihn davor bewahrte, sich persönlich angegriffen zu fühlen, wenn Leute ihn dreist belogen. Ein primitiver Lkw-Fahrer, behangen mit billigem Goldschmuck, glaubte also, klüger zu sein als Oberkommissar Wilhelm Morawitz, der einen hervorragenden Studienabschluss vorweisen konnte und eine lange, erfolgreiche Karriere bei der Kriminalpolizei.

Wilhelm Morawitz holte tief Luft, bevor er zum Angriff überging. »Sie sind also später als sonst mit dem Lkw aus München zurückgekommen.« Er gratulierte sich selbst zu seinem neutralen Tonfall, der nicht verriet, wie es in ihm brodelte.

Wulf Leutnant nickte arglos. »Ja. Ich hab den Wagen abgestellt und bin nach Hause gefahren. Was ich dort vorgefunden habe, wissen Sie ja.«

Morawitz' Mund verzog sich zu einem süffisanten Lächeln. »Ich wiederhole: Sie sind auf den Hof der Spedition gerollt, haben den Lkw abgestellt, sind in Ihren Privatwagen gestiegen und nach Hause gefahren, wo Sie gegen 4:30 Uhr eingetroffen sind, ganz genau war es 4:33 Uhr. Wie lange fährt man von der Spedition bis zu Ihrem Haus?«

»Zwanzig Minuten«, erklärte Wulf Leutnant. Er spürte, dass etwas in der Luft lag, und begann, mit zwei Fingern gegen sein Uhrenarmband zu schnipsen. Auf einmal wirkte er nervös.

»Zwanzig Minuten«, wiederholte Wilhelm Morawitz, und er ließ sich die Worte genüsslich auf der Zunge zergehen. »Wie erklären Sie sich dann, dass der Lkw mit dem Kennzeichen ... Moment.« Er blätterte in seinen Aufzeichnungen und las die Buchstaben und Ziffern vor. »Dass Ihr Lkw bereits um zweiundzwanzig Uhr auf dem Hof der Spedition abgestellt wurde? Das haben sowohl der Inhaber als auch seine Frau ausgesagt. Beide haben ferngesehen und wollen beschwören, den Wagen gehört zu haben, bevor der Spätfilm begann. Herr Prokopp, das ist doch Ihr Chef?« Eine Antwort wartete er nicht ab, Wulf Leutnant machte ohnehin nicht den Anschein, als ob er jetzt etwas sagen würde. »Herr Prokopp ist rausgegangen und hat sich vergewissert, dass der Lkw ordnungsgemäß verschlossen war und die Schlüssel, wie in der Firma üblich, im Briefkasten lagen.« Er lächelte unfreundlich. »Bitte... ich höre.«

Wenigstens versuchte der Mann gar nicht erst zu leugnen. Stattdessen schluchzte er trocken auf. »Stimmt... ja, stimmt. Ich habe gehofft, dass es niemals rauskommt. Wissen Sie...« Vertrauensselig schaute er den Polizisten an. »Bevor ich Verena kennengelernt habe, war ich mit einer anderen Frau zusammen. Sie arbeitet bei der Spedition Prokopp im Büro. Marianne war am Boden zerstört, als ich wegen Verena Schluss mit ihr gemacht habe, immerhin ging das mit uns fünfeinhalb Jahre. Wir haben aber nie zusammengewohnt. Irgendwie hab ich immer gespürt, dass sie nicht die richtige Frau fürs Leben ist.« Er holte tief Luft und stieß sie lautstark wieder aus. »Was soll ich drum herumreden, so richtig Schluss war dann doch nicht. Ich hab sie manchmal besucht, und dabei kam es auch zu Zärtlichkeiten. Verena hatte natürlich keine Ahnung.« Beschämt starrte er auf den Boden. »In der Nacht, in der meine Familie starb, war ich bei Marianne. Ich hab meine sterbende Frau betrogen...« Seine Worte gingen in ein leises Wimmern über. »Wenn ich die Zeit nur zurückdrehen könnte, Herr Kommissar. Ständig muss ich daran denken, dass sie noch leben würden, wenn ich direkt nach Hause gefahren wäre.« Er wischte mit dem Handrücken über die Augen. »Ich dachte doch, dass Verena und Michel bei ihrer Freundin in Cuxhaven sind.«

»Und da haben Sie die Gelegenheit genutzt und Ihrer alten Flamme einen Besuch abgestattet.«

»Ich weiß doch selbst, dass das nicht in Ordnung war. Am Nachmittag hatten Verena und ich uns am Telefon gestritten. Sie konnte sehr bestimmend sein. Auch wenn ich sie über alles geliebt habe, war es nicht immer leicht mit ihr. Marianne dagegen …« Er schniefte. »Marianne stellt keine Ansprüche, wenn Sie verstehen, was ich meine. Marianne ist glücklich, wenn ich bei ihr aufkreuze, und sie vergeudet unsere Zeit nicht mit sinnlosen Streitereien. Nach Michels Geburt hat sie eingesehen, dass ich bei Verena bleiben muss. Sie hofft natürlich, dass ich eines Tages die Nase voll habe von all dem Drama.« Es folgte ein Seufzer. »Verena hatte gewissermaßen zwei Seiten. Sie konnte wundervoll sein, wirklich, aber wenn sie mies drauf war, hat man sich am besten weggeduckt.«

»Warum sind Sie überhaupt noch nach Hause gefahren, wenn Ihre Frau angeblich in Cuxhaven übernachtet hat?«

»Wegen Melody natürlich. Sie sollte sagen, dass ich in der Nacht noch nach Hause gekommen bin.« Er hob den Kopf. »Ach so … Marianne wird das natürlich bestätigen.«

Jetzt war Wilhelm Morawitz wirklich sauer. Natürlich würde diese Marianne ihm ein Alibi geben, sie schien ja verliebt zu sein in diesen Proleten. Damit war Morawitz' schöne neue Theorie kurz vor der Ziellinie verreckt und Wulf Leutnant aus dem Schneider. Also doch Melody Matzke?

KAPITEL 39

Sven Heidkamp musste etwa in Renkes Alter sein, mager wie ein Windhund und ziemlich verlebt. Drogen und Alkohol, hatte Melody Labohm gesagt, und genauso sah er aus. Sein Atem roch extrem nach Zahnpasta, typisch Alkoholiker. Conrad lutschte gern Pfefferminzpastillen, und Nolas erste Vermieterin in Hannover hatte nach dem Saufen mit Kölnischwasser gegurgelt, was Nola besonders eklig fand. Noch heute zog sich alles bei ihr zusammen, wenn sie Kölnischwasser roch, was glücklicherweise kaum noch vorkam. Dieser Duft war völlig aus der Mode gekommen.

Es machte Sven Heidkamp nichts aus zu erzählen, dass er von Hartz 4 lebte. Am Wochenende trug er außerdem Zeitungen aus, um was dazuzuverdienen. Nach seiner Aussage hatte ihn und Daniela Finke eine Zeit lang eine lockere Beziehung verbunden. *Nichts Ernstes, das wollte sie gar nicht. Für sie waren nur ihre Pferde wichtig, die Reiterei. Sie hat davon geträumt, in den großen Sport zu gehen, so wie ihre angebetete Frau Matzke.* Ob sie das Zeug dazu gehabt hätte, konnte er nicht beurteilen. Er wusste aber von einem geheimnisvollen Mann, mit dem Daniela später zusammen war. Ein gebundener Mann, den Namen hielt sie geheim, um ihn zu schützen.

Seine Aussage klang überzeugend. Den Streit auf Simone Jakobis Geburtstag relativierte Sven Heidkamp. Ja, Simone hätte ihn blöd angemacht, *das war so ihre Art und nichts Besonderes. War nicht so gemeint.* Diesen Satz wiederholte er dreimal, als müsste er sich selbst davon überzeugen.

War er heimlich in die Frau verliebt gewesen? Hatte er sie gehasst? Egal war sie ihm jedenfalls nicht gewesen, das spürte Nola deutlich, und in solchen Dingen vertraute sie auf ihr Bauchgefühl. Sie würde Hilke fragen, was sie über Sven Heidkamp rausgefunden hatte.

Jetzt wollte sie noch mit Wulf Leutnant sprechen. Vielleicht hatte er eine Ahnung, mit wem Daniela Finke zusammen war, schließlich wohnten sie damals im selben Haus.

KAPITEL 40

Heute Morgen hatte Melody vergessen, die Zeitung aus dem Kasten zu nehmen. Jetzt war es schon Mittag, und sie hatte ihren Sohn gerade aus dem Kindergarten geholt.

»Linus, nimmst du die Zeitung mit rein?«

Der Kleine liebte es zu helfen, was manchmal sehr anstrengend sein konnte, vor allem beim Kochen.

In der Küche stellte Melody den Herd an, um die Kartoffelsuppe vom Vortag noch mal aufzuwärmen. Sie schaute nicht auf, als ihr Sohn die Zeitung auf den Tisch legte.

»Guck mal, was ich gefunden hab!« Voller Stolz präsentierte er seiner Mutter eine blau gekleidete Puppenstubenfigur mit kurzen blonden Haaren, offensichtlich ein Junge. Ein Arm und beide Hosenbeine waren schwarz verkohlt. Dass die Puppe Michel darstellen sollte, wusste sie sofort.

»Gib her!« Ohne zu überlegen, griff sie nach Linus' Arm und versuchte, ihm die Figur aus der Hand zu reißen, und das nicht gerade sanft. »Gib her, hab ich gesagt, das ist kein Spielzeug! Wo hast du die gefunden? Lass los!«, brüllte sie, als er seine Finger nicht von der Puppe lösen wollte.

Fassungslos schaute Linus sie an, seine Augen füllten sich mit Tränen, die Unterlippe zitterte, dann begann er leise zu weinen. Das, was er zwischen den kleinen Schluchzern hervorbrachte, hörte sich an wie *Lag auf der Zeitung.*

O Gott, was war bloß los mit ihr, warum keifte sie so hysterisch rum? Sie wusste doch, wie empfindlich seine kleine Seele war. »Schon gut, Mama hat heute Kopfschmerzen, sei nicht böse, mein Schatz.« Waren das nicht die Worte ihrer eigenen Mutter, nur dass es bei ihr um Rückenschmerzen ging? *Ich habe heute Rückenschmerzen,* ihre Entschuldigung für alles.

Zutiefst beschämt lotste sie ihren Sohn zu einem der Küchenstühle und nahm ihn dort auf den Schoß. »Entschuldige, ich wollte dich nicht erschrecken. Schon gut.«

Zuerst machte Linus sich ganz steif, aber dann drückte er sein tränennasses Gesicht an ihren Hals, weigerte sich aber, den Kopf zu heben und seine Mutter anzuschauen, während er vor sich hin schluchzte, so abgrundtief verzweifelt, wie nur Kinder weinen können. Erst als er sich beruhigt hatte, wiederholte Melody ihre Frage, diesmal ganz sanft und leise. »Wo hast du die Puppe gefunden, Linus?«

»In der Zeitungsrolle.«

Wie lange lag die Puppe dort schon? Sie wusste es nicht, sie wusste nur, dass sie nicht wie ihre Mutter sein wollte, ihr Sohn sollte sich nicht vor ihren Launen fürchten. »Bestimmt hat die Küsterin ihn dort vergessen«, sagte sie und versuchte, ihre Worte fröhlich klingen zu lassen. »Guck, er ist an den Beinen ganz kaputt. Am besten schmeißen wir ihn gleich in den Müll.« Linus war erst fünf, er machte sich bestimmt keine Gedanken darüber, dass eine alte Frau nicht mit Puppen spielte.

Ihr Sohn zog die Stirn in Falten. »Ist das ein Junge, Mama? Woher weißt du das?«

Das ist Michel, mein toter Bruder, dachte Melody, sprach es aber nicht aus, natürlich nicht. »Er hat doch eine Hose an.« Sie ließ ihren Sohn langsam zu Boden gleiten.

Schnell wurde klar, dass Linus nicht bereit war, die Puppe

herzugeben. Seine kleine Hand hatte sich bereits wieder besitzergreifend darum geschlossen, nur der Kopf mit dem aufgemalten Grinsen schaute oben heraus. Mit der anderen Hand kratzte Linus sich am Bauch, wie immer, wenn er sich besonders konzentrierte. »Die Frau hat den Jungen nicht vergessen, Mama. Dann hätten wir ihn doch schon gestern gefunden.« Wenn Linus gestern sagte, konnte er auch vorgestern oder letzte Woche meinen. Gestern war seine Umschreibung von Vergangenheit.

»Ja, dann weiß ich auch nicht«, sagte sie und zuckte mit den Schultern. »Dann ist er wohl vom Himmel gefallen.«

Über diese Vorstellung musste Linus erst nachdenken. Er rutschte von ihrem Schoß, öffnete die Terrassentür und lief raus in den Garten. Dort starrte er voller Ehrfurcht hoch in den blauen Sommerhimmel, dann kam er zurück in die Küche, die Puppe immer noch fest umklammert.

»Du darfst ihn nicht wegwerfen«, erklärte er mit ernster Miene. »Wenn er im Himmel war, ist er ein Engel. Ich glaube, er heißt York.«

York lautete der Name seines besten Freundes im letzten Kindergarten. Er hatte beim Abschied heiße Tränen vergossen, und York war es nicht viel besser ergangen, wie sie von seiner Mutter wusste.

Jetzt, da der Puppenjunge ein Engel war und York hieß, konnte sie ihn Linus nicht mehr wegnehmen. Melody überlegte, wie lange die Puppe unbemerkt in der Zeitungsrolle gelegen haben konnte, und fand keine Antwort darauf. Meist griff sie einfach im Vorbeigehen nach der Zeitung. Sollte die Puppe sich weiter hinten in der Metallrolle befunden haben, wäre sie ihr gar nicht aufgefallen. Ihr Sohn hingegen war klein, sein Kopf befand sich auf Höhe der Öffnung. Wenn er die Zeitung rausholte, konnte er sehen, ob sich noch etwas anderes dort befand.

Fest stand nur, dass jemand die Puppe bewusst abgelegt hatte, vielleicht gestern, vielleicht vorgestern, vielleicht in der Nacht, in der er das Puppenhaus in ihrem Vorgarten angezündet hatte. Musste sie jetzt suchen, ob irgendwo noch weitere Puppen lagen, die ihre Mutter und Daniela darstellen sollten? Musste sie die Polizei anrufen?

Nein. Renke Nordmann würde den Puppenjungen mitnehmen, und das konnte sie Linus nicht antun. Sie rief ihren Sohn, der auf dem Rasen stand und der Puppe in seiner Hand den Garten erklärte, wieder ins Haus, ziemlich energisch, weil sie sich plötzlich unwohl fühlte. Fast kam es ihr so vor, als würden sich fremde Blicke in ihren Rücken bohren.

Sie stellte den Fernsehapparat an, setzte Linus davor und beschloss, nach dem Essen den neuen Backofen einzuweihen und einen Schokoladenkuchen zu backen, um sich abzulenken. Außerdem war Schokolade gut für die Seele.

KAPITEL 41

Schon früher, als der Besitzer noch Harm Eilers hieß, hatte die Tankstelle einen ziemlich runtergekommenen Eindruck gemacht, und die Leutnants hatten nichts unternommen, um diesen Eindruck zu verbessern. Mitten im Verkaufsraum stand eine uralte Sitzecke, drei mit Kunststoff bezogene Sessel in einem verblichenen Erdbeerrot und ein runder Tisch. Renke konnte sich nicht erinnern, jemals gesehen zu haben, dass hier Leute saßen, und er fragte sich, warum die Leutnants die hässlichen Möbel nicht längst zum Sperrmüll gebracht hatten. Mehr Platz hätte dem Raum gutgetan, genauso wie ein frischer Anstrich oder einfach nur ein bisschen Ordnung.

Neben dem Verkaufsraum lag die kleine Werkstatt mit einer Hebebühne. Wulf Leutnant erledigte kleine Reparaturen, aber keine Arbeiten, für die man einen Meistertitel brauchte. Eine Waschanlage gab es ebenfalls, auch sie war längst in die Jahre gekommen. Eine Autowäsche kostete hier erheblich weniger als bei der großen ARAL, es hieß aber, die altmodische Anlage würde nicht so gründlich arbeiten, außerdem war sie häufig kaputt. Die meisten Leute kamen nur zur Autowäsche, wenn sie es eilig hatten und die Schlange an der ARAL zu lang war.

Sie stellten den Wagen so, dass er keine der Tanksäulen blockierte, und Renke fiel sofort auf, dass das Tor zur Werkstatt geschlossen war.

Carla Leutnant stand hinter der Kasse. Beim Anblick seiner Uniform begann sie am ganzen Körper zu zittern, doch das musste nichts bedeuten. Sie war eine dieser Frauen, die bei einem lauten *Hu!* erschrocken zusammenzuckten. Für einen kurzen Moment überlegte Renke, ob ihr Mann sie schlug. Wenn ja, hatte sie ihn noch nie angezeigt.

Frau Leutnant hatte eine ungesunde Hautfarbe, bleich mit einem Stich ins Gelbliche, sie war weder dick noch dünn, ihr Haar wirkte strohig, und die Farbe würde er als langweiliges Braun bezeichnen. Sie bewegte sich auffallend langsam, und alles an ihr wirkte schwammig. Wenn man sie anfassen würde, hätte man vermutlich das Gefühl, in eine weiche Masse zu greifen.

»Wir würden gern mit Ihrem Mann sprechen.« Nola, die bereits erkannt hatte, dass man Frau Leutnant am besten mit Samthandschuhen anfasste, sprach betont freundlich, und sie lächelte die ganze Zeit.

»Ja, da muss ich erst... Moment... er ist nämlich gar nicht...«

Frau Leutnant verließ ihren Platz hinter dem Tresen, trippelte mit kleinen, unsicheren Schritten zur Tür und schaute hinaus. Dann sagte sie mehr zu sich selbst: »Ist ja gerade keiner da«, drehte sich um und forderte Renke und Nola auf, ihr zu folgen. »Mein Mann ist im Haus. Aber eigentlich … ich kann hier nicht lange weg.«

Draußen hatte sie es dann sehr eilig, sie rannte mit vorgebeugtem Oberkörper über den unebenen Weg aus Waschbetonplatten, der zu einem kleinen, rot geklinkerten Haus mit spitzem Dach führte, das direkt hinter der Tankstelle lag. Drinnen war es dunkel, und es roch irgendwie säuerlich.

»Einen Moment«, sagte sie und ging voraus, um die Tür gegenüber vom Eingang zu öffnen. Dann blieb sie mit ausgebreiteten Armen im Türrahmen stehen, sodass niemand das Zimmer betreten konnte, ohne sie beiseitezustoßen.

»Wulf, die Polizei möchte mit dir reden.« Sie sprach übermäßig laut, vielleicht musste sie ihn erst wecken.

»Die Polizei?« Es klang erschrocken.

Widerwillig machte Frau Leutnant den Weg frei. Ihr Mann lag auf einer Eckcouch, die schon ewig unmodern sein musste. Vor ihm waren auf einem runden Tisch mit einer Granitplatte all die Gegenstände verstreut, die man brauchte, um überflüssige Zeit totzuschlagen, zwei Flaschen Bier, beide leer, eine Lesebrille, die aufgeschlagene Tageszeitung und ein Kuli, offenbar hatte er sich an dem Kreuzworträtsel versucht, aber nicht viel gewusst, wie ein Blick auf die überwiegend leeren Kästchen verriet, außerdem ein Nagelknipser, ein Paket Papiertaschentücher und ein paar noch zusammengelegte Socken. Der Mann machte einen ungepflegten Eindruck, er war weder gekämmt noch rasiert und trug ein verknittertes Shirt und verwaschene Boxershorts. Rasch zog er eine Wolldecke darüber.

Mit leisem Unbehagen fragte Renke sich, wie lange Herr Leutnant schon auf der Couch hauste und warum.

Es war deutlich zu spüren, wie unangenehm ihr Besuch dem Tankstellenbesitzer war, auch wenn er jetzt ganz entspannt gähnte, um sie vom Gegenteil zu überzeugen, bevor er sich in eine sitzende Position begab. Dabei achtete er darauf, dass die Decke nicht verrutschte, wofür Renke ihm insgeheim dankbar war. Auf den Anblick von Leutnants Unterhose konnte er gut verzichten.

»Was führt Sie her?«

»Es geht um den Brand vor zwanzig Jahren, bei dem Ihre Lebensgefährtin umgekommen ist«, setzte Nola an, wurde aber unterbrochen, weil Frau Leutnant sich an ihnen vorbeidrängelte, zielstrebig den Raum durchquerte, die Gardinen aufzog und die beiden Fensterflügel aufriss.

»Ich glaube, hier muss mal ordentlich gelüftet werden.« Es sollte unbeschwert klingen, was aber nicht gelang.

Renke kannte sie nicht gut genug, um zu erkennen, ob sie Angst hatte oder sich schlicht für ihren Mann schämte, doch er war sicher, dass sie sich nicht wohlfühlte in ihrer Haut.

»Setzen Sie sich«, forderte Wulf Leutnant sie jetzt auf, und so nahmen sie Platz, jeder auf einem Sessel.

Mit Sicherheit wäre Frau Leutnant lieber hiergeblieben, aber sie verabschiedete sich mit dem Hinweis, dass sie die Tankstelle unmöglich länger allein lassen könne.

»Ich dachte, Sie sind wegen Melody hier.« Wulf Leutnant kratzte sich an der Brust, dort, wo der V-Ausschnitt seines Shirts seine dunkelblonde Brustbehaarung sehen ließ. »Melody hat wieder gezündelt, stimmt's?«

Verwundert schaute Nola ihn an. »Wie kommen Sie darauf?«

»Das weiß doch jeder im Dorf.«

Der Anflug eines Lächelns zog über ihr Gesicht. »Nun ja, wir wissen es nicht.«

»Damals wolltet ihr das Offensichtliche ja auch nicht wahrhaben«, knurrte Leutnant. »Seitdem ist mir klar, dass man sich auf die Polizei nicht verlassen kann. Da sterben Menschen, ein kleiner Junge sogar, *mein kleiner Junge*, und nichts geschieht.« Sein Kopf fiel nach vorn, und er starrte mit zusammengezogenen Brauen auf seine Hände, die jetzt gefaltet auf der Decke lagen, als müsste er seinen Fingern auf diese Weise befehlen, sich nicht von der Stelle zu rühren.

Als Polizist war es Renke gewohnt, kritisiert zu werden. Diesen Vorwurf wollte er aber nicht unkommentiert stehen lassen. »Wir können verstehen, dass Sie mit dem Ergebnis der Ermittlungsarbeit nicht zufrieden sind, aber passiert ist damals eine ganze Menge.«

»Das sagen Sie. Beweisen können Sie es natürlich nicht. Und jetzt will ich wissen, was dieser Besuch soll. Stehe ich etwa unter Verdacht, den Laden dieser überkandidelten Fotografin angezündet zu haben?«

Renke, der grundsätzlich Markenbenzin tankte, kannte den Mann nur flüchtig und konnte ihn schwer einschätzen. Bislang war ihm aber noch nicht zu Ohren gekommen, dass Wulf Leutnant zu Gewalttaten neigte. Jetzt allerdings wirkte er ziemlich aggressiv. In so einem Fall empfahl es sich, die Ruhe zu bewahren, bevor die Situation eskalierte.

»Vorläufig nicht«, sagte er und versuchte, es wie einen Witz klingen zu lassen. »Im Rahmen der Ermittlung sind allerdings neue Hinweise zu dem früheren Brand aufgetaucht. Ein mögliches Motiv für die Tat, das nichts mit Ihrer verstorbenen Lebensgefährtin zu tun hat.«

»Was?« Ungläubig schaute Wulf Leutnant zuerst Nola und dann Renke an. »Das ist doch Blödsinn.«

Jetzt war Nola dran, und sie gab sich keine Mühe zu verbergen, dass sie sich über den barschen Tonfall von Wulf Leutnant ärgerte. »Eine Zeugin, die damals nicht in Martinsfehn lebte und deshalb erst verspätet von der Katastrophe erfuhr, hat ausgesagt, dass Daniela Finke glaubte, schwanger zu sein«, erklärte sie kühl, während sie in ihrer Umhängetasche kramte.

Man konnte förmlich sehen, wie es hinter Wulf Leutnants Stirn zu arbeiten begann. »Sie glaubte, schwanger zu sein? Was denn jetzt, war Daniela schwanger oder nicht?«

»Nein. Sie war nicht schwanger. Aber möglicherweise hat sie es angenommen und den potenziellen Vater damit unter Druck gesetzt. Er soll um einiges älter gewesen sein und gebunden.« Nola klappte die Tasche zu und stellte sie auf den Boden. Sie hatte ihr Notizbuch gesucht und gefunden. Erwartungsvoll schaute sie Wulf Leutnant an. »Jetzt fragen wir uns natürlich, wer da infrage kommen könnte. Sie haben ja mit Daniela Finke zusammen in einem Haus gewohnt…«

»Zusammengewohnt ist ja wohl übertrieben. Erstens war ich häufig unterwegs, auch über Nacht, damals bin ich noch Lkw gefahren, deutschlandweit. Und zweitens lagen Danielas Zimmer außerhalb von unserer Wohnung. Sie war nicht unsere Tochter, und wir fühlten uns nicht für sie verantwortlich. Sie konnte tun und lassen, was sie wollte. Falls sie Männerbesuch bekam, weiß ich nichts davon. Verena hat auch nie was erzählt, und die hätte das bestimmt mitgekriegt. Warum reden Sie nicht mit Melody? Wenn einer etwas weiß, dann doch eher sie. Die waren doch in einem Alter.«

»Das haben wir bereits. Und sie konnte uns nicht weiterhelfen«, erwiderte Nola, die langsam die Geduld verlor.

Gleichmütig zuckte Leutnant mit den Achseln. »Melody hat das Feuer gelegt, da müsst ihr gar nicht nach geheimnisvollen Männern suchen. Die Wahrheit liegt auf der Hand, ihr wollt sie bloß nicht sehen.«

Genervt verdrehte Nola die Augen. »Warum können Sie nicht einfach akzeptieren, dass die Tochter Ihrer verstorbenen Lebensgefährtin nicht als Brandstifterin infrage kommt?«

»Weil sie es getan hat. Wer denn sonst? Alle hier glauben, dass damals Beweise verschlampt wurden. Vielleicht von diesem geschniegelten Fatzke aus Leer oder von Gerd Wiese. Der Trottel war doch völlig überfordert mit so einem Fall. Weiß der Himmel, was da passiert ist.«

Langsam reichte es. Am liebsten hätte Renke diesem Idioten mal so richtig die Meinung gegeigt, aber das würde sie kaum weiterbringen. »An Ihrer Stelle wäre ich ganz vorsichtig mit solchen Anschuldigungen.«

»Wie Sie meinen. Schreiben Sie bitte auf, dass ich nichts weiß.« Damit meinte er Nola. »Sie können ja mal mit der verrückten Rosi reden, die wusste über alles Bescheid, was auf dem Hof passiert ist.«

»Rosi? Und wie weiter?«, wollte Nola sofort wissen.

Wulf Leutnant lachte kurz auf. »Ob Sie es glauben oder nicht, ich habe keine Ahnung. Rosi eben, ihren Eltern hat der Hof gehört, bevor Verena ihn gekauft hat, und sie musste die verrückte Rosi als Pferdepflegerin einstellen. Stand so im Kaufvertrag. Ich wette, Rosi ist immer noch da.«

Etwas wollte Renke noch wissen. »Wie gut kannten Sie eigentlich Simone Jakobi?«

»So gut wie jeder andere hier im Dorf.«

»Frau Jakobi war früher mit Ihrer Stieftochter befreundet.«

»Echt? Für Melodys Freundinnen hab ich mich nicht interessiert. Wenn die Fotografin damals auf den Hof gekommen ist, weiß ich nichts davon. Hat ein Mensch wie Melody überhaupt Freunde?« Provokativ schaute er Nola an.

»So steht es jedenfalls in den Akten. Sie kannten Frau

Jakobi also nicht näher. Ich nehme an, Sie waren auch nicht am letzten Samstag auf ihrer Geburtstagsfeier eingeladen.«

»Richtig.«

Nola, die gerade ihr Notizbuch einstecken wollte, hielt mitten in der Bewegung inne. »Eins noch, ich wüsste gern, wo Sie in der Nacht von Montag auf Dienstag waren, so gegen drei Uhr morgens.«

»Hier. Ich habe geschlafen, wie immer um diese Zeit. Fragen Sie meine Frau. Wieso ... ist was passiert?«

Eine Antwort bekam er nicht. Offenbar wollte Nola ihn nicht auf die abgefackelte Puppenstube ansprechen, und Renke konnte das gut verstehen. Wulf Leutnant würde nichts zugeben, was sie ihm nicht hundertprozentig beweisen konnten.

»In Ordnung. Wir werden mit Ihrer Frau reden.« Nola stopfte ihr Notizbuch in ihre Handtasche und stand auf. »Das war es. Sie können sich wieder hinlegen.«

Erwartungsgemäß bestätigte Frau Leutnant, dass ihr Gatte die Nacht zu Hause verbracht hatte. »Sie wissen ja sicher von dem Brand vor zwanzig Jahren. Mein Mann hatte danach einen schweren Nervenzusammenbruch und muss seither Tabletten nehmen. Immer wenn das Datum sich jährt, erhöht er seine Dosis und geht tagelang nicht vor die Tür. Nicht so einfach für mich ...« Sie seufzte schwer.

Sie verabschiedeten sich und stiegen in den Wagen.

»Mit Simone Jakobis Tod hat er nichts zu tun, da sehe ich kein Motiv, es sei denn, er hat damals das Feuer gelegt ...«

»... und zufällig von dem geplanten Buch gehört«, setzte Renke Nolas Gedankengang fort. »Warte mal.« Er stieg wieder aus und öffnete noch mal die Tür zum Verkaufsraum.

Carla Leutnant schrak zusammen. »Ja?«

»Eine Frage noch, haben Sie in letzter Zeit mal Besuch von Simone Jakobi bekommen, Sie oder Ihr Mann?«

»Die tote Fotografin? Nein, die hat nicht bei uns getankt. Ich kenne sie nur, weil sie die Bilder bei der Einschulung unserer Töchter gemacht hat.«

»Danke.«

KAPITEL 42

Henning Bremer schloss die Wohnungstür auf. Stille und Einsamkeit sprangen ihn an wie wütende Hunde, die den ganzen Tag voller Ungeduld auf ihn gewartet hatten und die froh waren, sich endlich wieder in seiner Haut verbeißen zu können.

Er hasste es, nach Hause zu kommen, er hasste es, in der Wohnung zu sitzen und die Wände anzustarren, irgendwelchen Mist in der Glotze anzugucken, allein zu sein. Aber wo sollte er hin? Zwei Zimmer, Küche, Bad und ein winziger Balkon, der zur Straße rausging und den er ausschließlich zum Rauchen nutzte. Gleich nach der Scheidung hatte er wieder damit angefangen. Wenigstens ein Vorteil, er konnte wieder tun und lassen, was ihm gefiel, ohne dass Sarah ständig meckerte und versuchte, ihn in einen anderen zu verwandeln, in den Mann, mit dem sie lieber verheiratet wäre, den Mann ihrer Träume.

Nach der Scheidung hatte er seine Abende eine Zeit lang im *Tennessee Mountain* verbracht, der einzig erträglichen Kneipe in Martinsfehn, er wollte allen zeigen, dass die Trennung ihm nichts ausmachte. Bis ihm klar wurde, dass er Charlie, den Wirt, nicht täuschen konnte mit seinem Mackergehabe und auch sonst keinen. Von da an blieb er meist zu Hause, allein schon des Geldes wegen. Schließlich musste er Unterhalt zahlen, und zweimal im Jahr fuhr er mit Leif in Urlaub. Das bedeutete ihm sehr viel, er wollte die wichtigste männliche Bezugsperson im Leben seines Sohnes bleiben, auch wenn Sarah einen neuen Partner hatte. Hartmut, ein leicht adipöser, völlig unsportlicher Optiker mit eigenem Geschäft, den Leif zum Glück sterbenslangweilig fand. In diesem Jahr wollten Henning und sein Sohn nach Frankreich reisen, Kajakfahren auf der Ardèche stand auf dem Programm.

Eine Weile hatte er sich eine neue Partnerin gewünscht, zum Teil aus Einsamkeit, zum Teil wohl auch aus gekränkter Eitelkeit, Sarah sollte nicht glauben, dass sie unersetzlich war. Aber so einfach, wie er sich das vorgestellt hatte, war es nicht. Zuletzt war er ein paar Monate mit Simone Jakobi zusammen. Doch es hatte nicht gepasst, sie fand ihn zu langweilig, er sie zu anstrengend. Beide waren froh, als es zu Ende ging und sie sich nicht mehr verstellen mussten.

Henning stellte den Backofen auf zweihundert Grad, holte eine Tiefkühllasagne aus dem Gefrierschrank, entfernte die Verpackung und krümelte ein bisschen Käse über das Nudelgericht, bevor er die flache Schale in den Ofen schob. Eine halbe Stunde Wartezeit, das waren drei Zigaretten, einmal Mails checken – vielleicht hatte Leif sich gemeldet –, den Wasserkocher anstellen und eine Kanne Ostfriesentee aufbrühen.

Am Anfang hatte er sich noch die Mühe gemacht, die Fertiggerichte auf einen Teller umzufüllen, inzwischen aß er direkt aus der Packung, es ging schneller und sparte lästigen Abwasch. Das Besteck spülte er direkt nach dem Essen unter dem Wasserhahn ab, bevor er es zurück in die Schublade legte. Die Spülmaschine hatte er noch kein einziges Mal benutzt, seit er hier lebte. Er wusste nicht mal, ob sie funktionierte.

Er zündete eine Zigarette an und ging damit raus auf

den kleinen Balkon, auf dem nur ein Stuhl und ein winziger runder Tisch mit einem Aschenbecher Platz fanden. Der Aschenbecher müsste mal wieder geleert werden, die Kippen bildeten schon einen Berg, doch jetzt konnte er sich nicht dazu aufraffen.

Während er den Rauch inhalierte, landeten seine Gedanken bei der rothaarigen Polizistin. Nola, der Name gefiel ihm beinahe genauso gut wie die Frau selbst. Irgendetwas an ihr, vielleicht die grünen Katzenaugen, vielleicht ihre Art, sich zu bewegen, diese Zielstrebigkeit, vielleicht ihr Lächeln oder einfach nur die Tatsache, dass sie ihn wie einen Kollegen behandelt hatte, ließ ihn nicht los. Seit Ewigkeiten hatte er nicht mehr auf diese Weise an eine Frau gedacht. Es fühlte sich gut an, richtig, und er konnte nur hoffen, dass er sich gut verkauft hatte. Er war nun mal anders als Thore, dem die Frauenherzen zuflogen.

Wenn er nur daran dachte, wie sein Bruder auf der Feier Melody angeschaut hatte. Verdammt, Thore sollte sich gefälligst zusammenreißen. Am liebsten würde er ihn jetzt anrufen und ihn bitten, an die arme Julia zu denken.

Aber den Anruf konnte er sich sparen, Thore war immun gegen gute Ratschläge, jedenfalls wenn sie von seinem älteren Bruder stammten. Thore machte nämlich nie etwas falsch, da brauchte man nur seine Mutter zu fragen.

Sobald Ingrid Bremer über ihren Jüngsten sprach, glänzten ihre Augen. *Unser Thore hat sich selbstständig gemacht, der verdient richtig viel Geld, jedes Jahr ein neues Auto, und die Julia, seine Frau, ist Lehrerin und eine ganz Nette. Hoffentlich kommt da bald mal was Kleines.*

Über Sarah hatte sie nie so begeistert gesprochen, über ihn selbst schon gar nicht. Auf Henning konnte man anscheinend nicht stolz sein. Sein Leben war nicht in so einer steilen Aufwärtskurve verlaufen wie das seines Bruders. Für seine Mutter war er aus demselben Holz geschnitzt wie sein Vater, der es geschafft hatte, gleich zweimal hintereinander mit einem Getränkegroßhandel pleitezugehen, und der sich bis kurz vor der Rente damit quälen musste, als stellvertretender Marktleiter einer ALDI-Filiale seinen riesigen Schuldenberg abzubauen, sehr zum Leidwesen seiner Frau, die fand, sie hätte etwas Besseres verdient.

Etwas Ähnliches hatte Sarah auch gesagt, als sie ihn davon in Kenntnis setzte, dass sie ihr Leben künftig an der Seite eines Optikers verbringen würde, der ein Haus am Stadtrand von Leer besaß, etwa doppelt so groß wie ihr Reihenhaus in Martinsfehn, das sie nach der Scheidung verkaufen mussten, weil keiner von beiden in der Lage war, den anderen auszuzahlen.

Jetzt quälten Sarah keine Geldsorgen mehr. Sie flog zweimal im Jahr mit Hartmut in den Süden, sie kaufte ihre Kleidung in Bremen oder Hamburg und war Stammgast im Perior, dem einzigen Sternelokal in Leer. Nicht, dass Henning seiner Ex-Frau nachspionierte, das wäre ihm im Leben nicht in den Sinn gekommen. Leif erzählte viel über ihr neues Leben, und er konnte dem Jungen wohl schlecht den Mund verbieten, auch wenn es nicht angenehm war, sich diese Geschichten anzuhören.

Jedes Mal, wenn er Leif abholte oder wieder nach Hause brachte und dabei Sarah traf, wunderte er sich, wie fremd sie ihm geworden war. Die Frau, die ein weinrotes BMW-Cabriolet fuhr, jeden Montag ins Nagelstudio ging und jeden Mittwoch zum Friseur, hatte nichts mehr mit seiner Sarah zu tun, und sein Schmerz, dass sie jetzt einen anderen liebte, war inzwischen beinahe verschwunden. Geblieben war lediglich die Gewissheit, dass er lieber in einer Partnerschaft leben würde.

KAPITEL 43

Kaum dass der Polizeiwagen sich in den Verkehr eingereiht hatte, griff Carla zum Telefon und rief ihre Schwester an. Brigitte half manchmal aus, und heute war so ein Tag, an dem sie Carlas Platz einnehmen musste. Zu ihrer Erleichterung sagte Brigitte sofort zu.

Carla vertrieb sich die Wartezeit damit, die Eingangstür abzuwischen. Das war wirklich mal wieder nötig. Die Fenster sahen auch nicht viel besser aus, aber dafür reichte ihre Energie nicht mehr.

Sie begrüßte Brigitte, die eine todschicke neue Bluse trug, mit einer ungewohnt innigen Umarmung. »Gott sei Dank, dass du Zeit hast, ich muss gleich rüber, Wulf ist heute total neben der Spur. Du weißt ja …« Dass die Polizei gerade hier gewesen war, ging ihre Schwester nichts an.

Brigitte tätschelte mitfühlend Carlas Oberarm. Jeder in der Familie wusste, was vor zwanzig Jahren passiert war und wie Wulf das immer noch mitnahm, vor allem, wenn das Datum der Katastrophe sich jährte, so wie heute. »Grüß ihn von mir, morgen sieht die Welt schon wieder anders aus.«

Nein, das glaubte Carla nicht. Wulf saß immer noch auf der Couch, die Augen geschlossen und die Decke über seine Beine gebreitet. Carla sackte auf den Sessel, auf dem zuvor Renke Nordmann gesessen hatte. »Ich hab Brigitte angerufen. Sie kassiert heute Nachmittag.«

»Warum? Was ist los mit dir?«, fuhr Wulf sie an. »Nur weil Bullen hier waren? Angeblich soll der Brandanschlag jetzt Daniela gegolten haben. Damit ist Melody ja fein raus.« Wütend fegte er die Decke beiseite. Er ließ sich auf den Rücken fallen, winkelte die Beine an und legte den Unterarm über sein Gesicht. »Kommt einfach her und kauft sich ein Haus, macht sich hier breit, als wäre nichts geschehen. Wie soll ich die Vergangenheit ruhen lassen, wenn Melody hier frech vor meiner Nase rumtanzt? Kannst du mir das verraten?«

»Du hast natürlich recht«, versicherte sie ihm sofort. »Ich versteh ja auch nicht, warum sie plötzlich hier wohnen will.«

»Ich hol mir noch ein Bier. Weißt du überhaupt, was heute für ein Tag ist?«

Ja, wie könnte sie das vergessen. Heute war der dritte August, vor zwanzig Jahren war in der Nacht vom dritten auf den vierten August Wulfs Lebensglück in Flammen aufgegangen.

Er schaute auf seine Armbanduhr. »Halb drei. Ich kann ja bei Melody klingeln und fragen, ob wir gemeinsam zum Friedhof gehen wollen!« Mit einem höhnischen Lachen öffnete er das Beck's, setzte die Flasche an den Hals und ließ den Inhalt glucksend in seine Kehle laufen. Als sein Blick auf ihr Gesicht fiel, senkte er verlegen den Blick. »Entschuldige, ich rede nur Mist. Keine Angst, ich lass Melody in Ruhe, solange sie mich in Ruhe lässt. Wo sind eigentlich die Mädchen?«

Ihr Mund war so trocken, dass sie kaum sprechen konnte. »Schwimmen.«

»Schön. Wir sollten mal wieder alle zusammen nach Bensersiel fahren, ins Meerwasser-Wellenbad. Aber erst nächste Woche, wenn alles vorbei ist.«

Sie nickte und heuchelte Begeisterung, dabei wusste sie, dass es nie vorbei sein würde, auch das nächste Jahr hatte wieder einen dritten August, genau wie das Jahr danach und alle folgenden Jahre.

»Versuch doch einfach, nicht an Melody zu denken«, sagte sie schließlich müde.

»Das kann ich nicht. Melody steckt wie ein Messer in meinem Rücken. Das muss raus, sonst verblute ich. Mein Sohn wäre jetzt zweiundzwanzig, Carla, zweiundzwanzig. Ein junger Mann. Der könnte uns helfen.«

Das war natürlich Unfug. Wenn Michel noch leben würde, wäre Wulf noch mit Verena zusammen und nicht mit Carla, es gäbe keine Tankstelle, keine Pia und keine Ines. Und er würde hier nicht rumliegen und sich selbst bemitleiden.

Im nächsten Augenblick passierte das Schlimmste überhaupt: Er begann, bitterlich zu weinen. Carla sprang hoch, kniete sich vor die Couch und hielt seine Hand, bis er sich beruhigt hatte. Dann kochte sie Kaffee, sie stellten den Fernsehapparat an und schauten eine Quizsendung für Kinder. Einmal lachte Wulf sogar über die lustige Antwort eines kleinen Jungen.

Später, als die Mädchen vom Schwimmen zurück waren, ging er unter die Dusche und zog sich an. Sie aßen gemeinsam zu Abend, danach spielten sie mit Pias X-Box, bis die Kinder ins Bett mussten. Um halb zehn folgte er Carla brav die Treppe hoch ins Schlafzimmer, legte sich auf seine Bettseite, wandte ihr den Rücken zu und schlief sofort ein, im Gegensatz zu ihr.

Eine Weile drehte sie sich unruhig hin und her, dann griff sie seufzend nach der Schachtel mit den Schlaftabletten, wenn auch mit schlechtem Gewissen. Das letzte Mal, versprach sie sich selbst, bevor sie in die kalte, traumlose Dunkelheit stürzte, die die Tabletten mit sich brachten und die schön und schrecklich zugleich war.

KAPITEL 44

Schon ehe sie die Augen aufschlug, hatte Carla ein komisches Gefühl, und als sie sich umdrehte, lag Wulf nicht mehr neben ihr im Bett. Auf der Couch im Wohnzimmer, wo sie ihn vermutete, fand sie ihn nicht und auch sonst nirgends. Ihr Mann war verschwunden. Was hatte das nun wieder zu bedeuten?

Ausgerechnet heute hatten die Mädchen schulfrei, genau wie morgen. Die Lehrer machten einen Zweitagesausflug, angeblich, um sich fortzubilden, aber das glaubte Carla nicht eine Sekunde. Die genehmigten sich einfach zwei zusätzliche Ferientage auf Staatskosten, und die Eltern mussten zusehen, was sie in der Zeit mit ihren Kindern anfingen.

Sie presste ihr Ohr an die Kinderzimmertüren und lauschte. Es war nichts zu hören, die beiden schliefen noch. Sollte es ihnen gegönnt sein. Sie würden noch früh genug mitbekommen, dass ihr Vater verschwunden war.

Was jetzt? Zuerst musste sie die Tankstelle öffnen, dann würde sie Brigitte anrufen und fragen, ob sie heute Vormittag noch mal kommen könnte. Sobald ihre Schwester ihren Platz übernommen hatte, würde sie die Mädchen wecken und irgendwohin schicken, am besten zu ihren Eltern. Dann konnte sie die Polizei informieren, dass sie ihren Mann vermisste. Oder war das noch zu früh? Sollte sie besser durch den Ort fahren und selbst nach Wulf suchen? Aber wo, sie hatte keine Ahnung, wo sie ihn suchen sollte.

Jetzt erst fiel ihr auf, dass sie am ganzen Körper zitterte. Ihr Rücken klebte von Schweiß, und ihr war gleichzeitig eiskalt. Sosehr sie sich auch anstrengte, wollte es ihr nicht gelingen, einen klaren Gedanken zu fassen. *Fang mit dem ersten Schritt an*, ermahnte Carla sich. Das hatten die Leute in der Psychiatrie immer zu ihr gesagt, einen Schritt nach dem anderen und ganz ruhig bleiben. Tankstelle öffnen, Brigitte anrufen, die Kinder zu den Großeltern schicken, Wulf suchen. Ja, in dieser Reihenfolge würde sie vorgehen. Wenn sie ihn nicht fand, war immer noch Zeit für die Polizei.

Sie schnappte sich ihre Strickjacke und hastete über den Plattenweg zur Tankstelle. Als Carla die Tür aufschloss, stieg ihr ein merkwürdiger Geruch in ihre Nase. Scharf und unangenehm. Urin, es roch hier definitiv nach Urin.

In so einer ungewöhnlichen Situation sucht das Gehirn ganz automatisch nach Erklärungen. Die Kundentoilette, die neben dem Verkaufsraum lag und nur von außen zu erreichen war, musste defekt sein. Jemand hatte dort sein Baby gewickelt und die Windel vergessen. Blödsinn, berichtigte sie sich sofort. Wer würde wohl in der engen Kabine sein Kind wickeln? Außerdem war der Raum über Nacht abgeschlossen, sie hatte ihn noch gar nicht aufgesperrt. Beinahe hätte sie gelacht über ihren Gedankensalat. Etwas anderes war passiert, etwas ganz Harmloses, jemand hatte gegen die Eingangstür gepinkelt, ein Betrunkener. Nein, ein Kater, die markierten ihr Revier, indem sie ihren Urin verspritzten. Damit hatte sie eine gute, beruhigende Erklärung gefunden, nur dass die Tür völlig sauber aussah.

Und dann entdeckte sie ihn, Wulf, ihren Mann. Er lag vor dem Regal mit den Alkoholika, sein Mund stand offen, er schnarchte – warum hatte sie das nicht gleich wahrgenommen? –, und seine Hose war dunkel von Flüssigkeit, Urin. Als Nächstes fiel ihr Blick auf die beiden leeren Flaschen, die neben seinem Körper lagen, Doppelkorn, und das Bild fügte sich zusammen.

Wulf war in der Nacht wieder aufgestanden und rüber in die Tankstelle gegangen, um sich hier ungestört zu besaufen. Zwei Flaschen Doppelkorn, damit hatte er sich dermaßen abgefüllt, dass er die Kontrolle über seine Blase verlor.

Sprachlos starrte sie ihn an, die Angst, die sie eben noch am Denken gehindert hatte, verwandelte sich in unbändige Wut. Wie konnte er sich nur derart gehen lassen, ein verheirateter Mann von fünfundfünfzig Jahren, Vater von zwei Kindern, das war doch widerlich.

Sie rüttelte an seiner Schulter, und das nicht gerade sanft, bis er mühsam die Augen aufschlug und »Carla?« krächzte.

»Ja«, fauchte sie. »Allerdings. In einer Viertelstunde kommen die ersten Kunden, und bis dahin muss ich zusehen, dass es hier nicht mehr stinkt wie auf dem Klo. Und du solltest vielleicht duschen und dich umziehen, bevor deine Töchter aufstehen und dich so sehen. Oder wie stellst du dir das vor?«

Er starrte sie aus trüben Augen an und gab eine Art Schmatzen von sich. Dann rollte er sich auf die Seite und rappelte sich schwerfällig hoch, stieß dabei mit der Schulter gegen das Regal mit den Flaschen, das zum Glück so stabil gebaut war, dass nichts passierte, und wankte breitbeinig zur Tür hinaus.

Carla brachte die leeren Flaschen weg, sie ließ heißes Wasser in einen Eimer laufen und kippte jede Menge Putzmittel dazu, das scharfe, von dem sie immer Ausschlag bekam. Mit angeekelter Miene warf sie einen Lappen in die Lauge, wrang ihn aus und schrubbte wie besessen über die Stelle, an der Wulf gelegen hatte und wo es immer noch nach Urin stank. Anschließend riss sie die Eingangstür auf und stellte einen der hässlichen Sessel davor, die zusammen mit dem ebenso hässlichen Tisch völlig sinnlos herumstanden und unnötig Platz wegnahmen. Wenig später kamen die ersten Kunden, und Carla blieb keine Zeit mehr, um über ihren Mann nachzudenken.

Gegen zehn ließ Wulf sich ganz unerwartet blicken, frisch geduscht, die Haare noch feucht, und sauber angezogen.

Er stellte einen Becher Kaffee vor sie auf den Tresen, dazu einen Teller mit einem Käsebrot. Offenbar war ihm in der Küche aufgefallen, dass sie nicht gefrühstückt hatte.

»Die Mädchen sind aufgestanden, und wir haben zusammen gegessen. Ich hab ihnen erlaubt, ans Kreihenmeer zu fahren. Sie kommen gleich rüber, um dir Tschüss zu sagen.« Dann brummte er: »Das von heute Morgen tut mir leid.« Mehr nicht. *Tut mir leid.* Drei Worte sollten reichen, damit sie ihm verzieh. So, als wäre es sein Recht, sich einmal im Jahr wie ein Verrückter aufzuführen. Dann verschwand er wieder Richtung Haus, immer noch schwankend wie ein Betrunkener.

Pia und Ines tauchten kurze Zeit später auf, um sich zu verabschieden. Sie knufften sich gegenseitig, kicherten vergnügt und bettelten um Geld für Eis.

Carla öffnete die Kasse und nahm einen Zehneuroschein heraus. »Hier. Mittags könnt ihr euch Pommes holen. Um fünf seid ihr zurück. Und passt gut aufeinander auf.« Das sagte sie jedes Mal, wenn die beiden gemeinsam etwas unternahmen. Zu zweit, so stellte Carla sich das vor, konnte ihnen nichts passieren.

Gegen Mittag setzte die Waschanlage mal wieder aus. Alle Versuche Carlas, das blöde Ding in Gang zu kriegen, scheiterten. Sie musste das eingeschäumte Auto des verärgerten Kunden mit dem Wasserschlauch abspritzen, das Geld zurückzahlen und sich anhören, dass alles hier Schrott sei und er beim nächsten Mal gleich zur ARAL fahren würde.

Ja, dachte sie müde, *bei uns ist alles Schrott, sogar unsere Ehe.* Eine Weile kämpfte sie mit sich, dann rannte sie rüber, riss die Tür auf und brüllte: »Die Waschanlage spinnt schon wieder. Vielleicht ist es ja möglich, dass du die Sauferei für ein paar Minuten unterbrichst und guckst, was da los ist! Oder haben wir es neuerdings nicht mehr nötig, Geld zu verdienen?« Dann knallte sie die Tür mit Schwung ins Schloss und rannte zurück. Nicht, dass einer der Kunden abhaute, ohne zu bezahlen.

Zehn Minuten später sah sie im Augenwinkel, wie Wulf die Tür zum Steuerungsraum der Anlage hinter sich schloss. Er brauchte mehr als zwei Stunden, bis er verkünden konnte, dass die Anlage wieder lief. »Beim nächsten Mal brauchen wir einen Monteur, und das wird richtig teuer. Ist ja alles nur Pfusch, was ich da mache, und hält nicht lange.«

Ihre Hoffnung, dass er bleiben und ganz normal weiterarbeiten würde, erfüllte sich nicht. Er konnte es gar nicht erwarten, wieder im Haus zu verschwinden.

KAPITEL 45

Warum auch immer, Nola hatte von Conrad geträumt, und sie war mit einem unguten Gefühl aufgewacht, einem Unbehagen, das sie einfach nicht losließ.

Im Büro fiel es ihr schwer, sich auf Hilkes Bericht zu konzentrieren, die förmlich darauf brannte, ihre Rechercheergebnisse vorzustellen. *Reiß dich zusammen!!*, rief sie sich innerlich zur Ordnung, und dann schenkte sie Hilke ein aufmunterndes Lächeln. »Fang an, ich bin ganz Ohr.«

»Also …« Ihre junge Kollegin scrollte auf ihrem Tablet, bis sie die richtige Datei gefunden hatte. »Sven Heidkamp. Geboren 1978 in Georgsheil, das ist so ein Kaff in Südbrookmerland, liegt ziemlich genau in der Mitte zwischen Aurich, Emden und Norden, falls du das nicht kennst. Hat 'ne mittelschwere Drogenkarriere hinter sich, eine abgebrochene Ausbildung zum Maler und Lackierer, zweimal wegen Drogenhandel auf Bewährung verurteilt, eine Jugendstrafe für einen Einbruch in den Kindergarten, zweimal auf Entzug, zuletzt vor zehn Jahren, jetzt scheint er clean zu sein. Bezieht Hartz 4, ist seit Jahren nicht mehr straffällig geworden, nicht mal ein Strafzettel wegen Falschparken, was daran liegen könnte, dass er kein Auto besitzt. Lebt allein, war nie verheiratet.«

»Und sieht aus wie einer, der viel zu lange auf Droge war«, fügte Nola an. »Damals war er achtzehn.« Nachdenklich zog sie den Aktenordner zu sich und schlug ihn auf. »Hier sind ein paar Fotos. Warte mal... Sven Heidkamp... hier... sah richtig gut aus. Warum hätte Daniela Finke so ein Sahnestückchen aufgeben sollen für eine heimliche Affäre mit einem gebundenen Mann?«

»Zeig mal!« Neugierig beugte Hilke sich über ihre Schulter.

»Ja. Der hätte mir auch gefallen. Passt in die Zeit, Grunge Rock und so ein leicht kaputter Junge, auch noch blond.« Sie seufzte wohlig.

»Und jetzt guck dir mal Wulf Leutnant an.« Nola deutete auf ein anderes Bild, und beide brachen gleichzeitig in lautes Gelächter aus. »Allein die Frisur, Vokuhila in Vollendung. So ähnlich sieht er heute immer noch aus. Das Haar ist etwas dünner geworden, aber er trägt immer noch denselben Schnitt.«

»Vorne kurz, hinten lang?«, japste Hilke. »Echt?«

»Ja. Echt. Er schläft tagsüber auf dem Sofa, trinkt Bier und ist pampig zu unschuldigen Polizisten. Für ihn war Melody Labohm die Brandstifterin, und weil sich das nicht beweisen ließ, hat er beschlossen, dass die Polizei die Beweise verschlampt hat.«

»Oje! Mit anderen Worten, es ist ihm nicht gelungen, Frieden mit der Vergangenheit zu schließen. Das ist übel. Hat der nicht eine neue Familie?«

Nola nickte. »Ja. Trotzdem campiert er auf der Couch und frönt seiner Trauer. Gestern war der Jahrestag der Katastrophe. Vielleicht hängt er deshalb so in den Seilen.«

»Was sagt denn seine Frau dazu? Ich würde mich bedanken, wenn mein Partner sich so aufführt.« Aus Hilkes Stimme klang echte Empörung, nein, sie würde sich wohl nicht so behandeln lassen. Früher hätte Nola dasselbe gesagt. Warum sollte eine Frau sich an einen Mann binden, der mit einem Bein noch in der Vergangenheit feststeckte. Jetzt war sie in Renke Nordmann verliebt, und der brauchte nicht mal ein besonderes Datum, um sich im Gestern zu suhlen.

»Carla Leutnant ist so ein verhuschtes Mäuschen, das bestimmt nie den Mund aufmacht und widerspricht«, sagte sie und beschloss im gleichen Atemzug, künftig den Mund aufzumachen und nicht länger hinzunehmen, wenn Renke sich ihr entzog. »Die beiden sind ein komisches Paar. Ich weiß noch nicht, was ich von Wulf Leutnant halten soll. Einerseits will er Verena Matzke und den Kleinen über alles geliebt haben, andererseits hat er in der Tatnacht mit seiner Affäre gepoppt. Das passt ja wohl überhaupt nicht zusammen.«

»Über Wulf Leutnant hab ich noch nichts. Ich fang aber gleich an«, versprach Hilke. Sie schnalzte mit der Zunge. »Hey, sagtest du gerade, dass er nicht nur eine Lebenspartnerin, sondern auch noch eine Geliebte hatte? Mit der Frisur? War das nicht damals schon völlig out? Warte, das muss ich eben recherchieren.« Schon tippten ihre Finger hektisch auf der Tastatur. »Ich sag ja, im Netz findet man alles«, verkündete sie gleich darauf zufrieden. »Wikipedia. Hier. Vokuhila, war von 1982 bis 1987 total in. Ich hatte recht, 1997 war das schon altmodisch. Und der trägt das wirklich immer noch?«

»Ich schwöre.« Feierlich hob Nola die rechte Hand. »Apropos alte Männer, hast du irgendwas von Conrad gehört?«

Erstaunt schaute Hilke auf. »Nee, wieso? Der ist doch krank.«

»Weiß ich, aber ich hab ein komisches Gefühl, frag nicht, warum.«

»Sehnsucht?« Hilke grinste. »Er fehlt dir, gib es ruhig zu.«

»Klar. Besonders der Anblick seiner schlecht gebügelten, schweißfleckigen Hemden. Nein. Im Ernst. Seine Freundin hat ihn verlassen, das macht ihm anscheinend zu schaffen. Ich ruf ihn mal an. Wenn er mich blöd anmacht, bin ich beruhigt.«

Conrads Handy klingelte, doch er nahm das Gespräch nicht entgegen.

»Der ist besoffen und kriegt nichts mit. Oder?« Hilke biss sich auf die Unterlippe. »Mensch, du steckst mich schon an. Wir probieren es in einer Viertelstunde noch mal, okay?«

KAPITEL 46 1997

Wie erwartet hatte Wulf Leutnants Geliebte seine Aussage in allen Punkten bestätigt. Zwischen dem Zeitpunkt, an dem er ihre Wohnung verlassen hatte, und dem Zeitpunkt, an dem er auf der Brandstelle aufgetaucht war, lagen fünfundzwanzig Minuten. Wenn das stimmte, kam er als Täter nicht in Betracht.

Marianne Stolze war eine gut aussehende Frau um die dreißig. Leutnant hatte sie wegen einer anderen sitzen gelassen, trotzdem schlief sie noch mit ihm. Und sie empfand keinerlei Scheu, das zuzugeben.

»Ich liebe Wulf nicht mehr«, hatte sie geradeheraus erklärt. »Aber ich finde ihn immer noch sehr attraktiv, und im Bett passt es mit uns.« Eine unkomplizierte Frau. Davon gab es nicht viele auf der Welt, wie Wilhelm Morawitz aus eigener Erfahrung wusste. Er war geneigt, ihr zu glauben.

Für heute Vormittag hatte er Melodys Freundinnen vorgeladen. Vernehmungen von Jugendlichen gehörten nicht gerade zu den Dingen, die er an seinem Beruf liebte. Kurz hatte er überlegt, jemand anders darum zu bitten, sich aber doch dagegen entschieden. Das, was die jungen Leute zu sagen hatten, war wichtig. Sie kannten Melody wahrscheinlich sehr viel besser als ihr Stiefvater, und sie waren in der fraglichen Nacht mit ihr zusammen gewesen.

In solchen Situationen merkte er immer, wie fremd ihm die heutige Jugend war. Für sie war ein Polizist nicht mehr automatisch eine Respektsperson. Sie lümmelten sich auf den Stühlen herum, kauten Kaugummi, gaben freche Antworten und lachten ohne Grund, als würden sie ihn gar nicht ernst nehmen. Anscheinend juckte es sie nicht im Geringsten, ob die Polizei erfolgreich arbeitete oder nicht. Gesetz und Ordnung waren aus der Mode gekommen, kleinere Verfehlungen gehörten schon fast zum guten Ton, Ladendiebstahl, Vandalismus, Drogenkonsum.

Julia Hanssen war bereits das dritte Mädchen an diesem Nachmittag. Sie war nicht so hübsch wie Simone Jakobi, die vor ihr auf dem Stuhl gesessen hatte, und sie schien zu denen zu gehören, die man leicht einschüchtern konnte. Ein braves Mädchen, das sich weder schminkte noch aufreizende Kleidung trug.

Es fiel Wilhelm Morawitz nicht schwer, sich vorzustellen, wie sie in zehn oder zwanzig Jahren aussehen würde, falls nichts Weltbewegendes in ihrem Leben passierte, und damit war nicht zu rechnen. Für Abenteuer schien sie nicht der Typ zu sein, nein, sie würde ihren vorgezeichneten Weg nicht verlassen.

Als erwachsene Frau, davon war Morawitz überzeugt, würde Julia entweder als Lehrerin arbeiten, so wie ihre Eltern, oder in einem Büro sitzen, brav verheiratet mit einem biederen Mann und Mutter von zwei oder drei nichtssagenden Kindern, die ihr straßenköterblondes Haar geerbt hatten und genau wie sie zu leichtem Übergewicht neigten.

Wie mochte so ein Mädchen auf dieser Fete gelandet sein? Eine interessante Frage, die er so wohl kaum stellen durfte.

Als er sie aufforderte, den Abend aus ihrer Sicht zu schildern, übergoss dunkle Röte das blasse Gesicht, und ihre Finger verknoteten sich miteinander. Es fiel ihr offenbar nicht leicht, darüber zu reden.

»Ich... ich wollte zuerst gar nicht hingehen. Weil...« Ihre Schultern zuckten einmal kurz nach oben. »Na ja, eigentlich darf man das Gelände bei der Kieskuhle gar nicht betreten. Da stehen überall Verbotsschilder. Aber dann hab ich mir gedacht, wenn alle dahin gehen, kann ich das auch. Ich hab meinen Eltern erzählt, dass die Feier bei Simone zu Hause stattfindet und ihre Eltern die ganze Zeit dabei sind.« Sie seufzte. »Jetzt kennen sie natürlich die Wahrheit, also meine Eltern, meine ich, und sie sind ziemlich böse auf mich.« Erneut löste sich ein schwerer Seufzer von den farblosen Lippen. »Wir sollten was zu trinken mitbringen. Bei mir ging das aber nicht. Bei uns zu Hause gibt es so gut wie keinen Alkohol. Und verstecken konnte ich auch nichts. Ich habe eine jüngere Schwester, die ständig in meinen Sachen schnüffelt. Deshalb hab ich Simone am Vortag zehn Mark gegeben, sie sollte was für mich besorgen. Weinbrand und Cola. Das hab ich dann getrunken, obwohl es mir gar nicht geschmeckt hat. Mir wurde schlecht davon, ich musste mich übergeben, es war schrecklich. Ich glaube nicht, dass ich so bald wieder Alkohol trinken werde.«

»Hast du Melody Matzke gesehen?«

Sie nickte bekümmert. »Sicher, jeder hat Melody gesehen. Sie kam ziemlich spät, halb zwölf oder so, ich weiß es nicht genau. Angeblich war sie mit Thore Bremer verabredet, aber der war schon wieder weg. Melody hat ein Riesentheater veranstaltet, rumgejammert und sich betrunken, so richtig mit Absicht, dann ist sie wieder los. Sie war nicht lange da.«

»Die genaue Uhrzeit weißt du nicht?«

»Halb zwei, da bin ich ziemlich sicher.«

Interessant, dachte Wilhelm Morawitz. Wenn das, was Julia da aussagte, der Wahrheit entsprach, und sie schien von allen Jugendlichen mit Abstand die Vernünftigste zu sein, dann wäre Melody ja spätestens um zwei, vielleicht auch halb drei wieder zu Hause gewesen. Der Brand wurde aber erst um 4:11 Uhr gemeldet. Was hatte sie in der fehlenden Stunde gemacht?

»Ein Riesentheater, was verstehst du darunter?«

Unwillig verzog sie das Gesicht. »Also das... das erzähl ich jetzt nicht so gern. Aber ich muss ja wohl... sie hat rumgeschrien, dass sie ihre Mutter umbringen würde. Ja, das hat sie immer wiederholt. Dass sie ihre Mutter hasst und umbringen will.« Bevor Wilhelm Morawitz etwas sagen konnte, hob sie den Kopf und schaute ihn fragend an. »Aber das hat sie nicht so gemeint, oder? Melody ist doch keine Mörderin.«

Auf einmal wirkte sie sehr aufgeregt, sie wusste gar nicht mehr, wohin mit ihrem Blick, und wechselte ständig die Sitzposition. Vor allem aber trug sie keine Armbanduhr, und auf seine Nachfrage gab sie zu, nie eine Uhr zu tragen, weil sie allergisch auf Nickel reagierte.

»Woher weißt du dann, dass Melody die Feier um halb zwei verlassen hat?«

»Ich hab jemand nach der Zeit gefragt«, hauchte sie.

Sie log, das kleine Miststück log ihn an, daran konnte kein Zweifel bestehen. Wie viele Menschen, die keine geübten Lügner waren, vermied sie es, ihn anzusehen. Sie wurde sogar rot. Und dann diese wacklige Stimme. Dass sie es wagte, so dreist einen Polizisten anzulügen, hätte er ihr nicht zugetraut, und es verärgerte ihn. Was bildete diese kleine Kröte sich ein?

»Wen?«, fragte er kühl.

»Das weiß ich leider nicht mehr.« Sie sprach jetzt so leise, dass er sich anstrengen musste, sie noch zu verstehen.

Seinen Hinweis, dass das nicht gerade glaubwürdig klang und vor Gericht nicht als Beweis ausreichen würde, tat sie mit einem Schulterzucken ab. »Ich würde sowieso nicht vor Gericht aussagen.« Als Erklärung gab sie an, nicht schuld sein zu wollen, wenn Melody ins Gefängnis musste.

»Dann verstehe ich nicht, weshalb du es überhaupt erwähnt hast.«

»Na ja, ich wollte ehrlich sein. Das muss man doch, wenn man verhört wird.«

»Du willst ehrlich sein, aber nicht vor Gericht. Klingt ein bisschen kraus, oder?«

»Ja. Vielleicht.«

Mehr kriegte er nicht aus dem Mädchen raus.

KAPITEL 47 1997

Vor ihm saß Thore Bremer. Sein Bruder arbeitete als Polizist in Martinsfehn, Thore müsste also wissen, dass man hier die Wahrheit zu sagen hatte.

Dass Thore beliebt war bei den jungen Damen, erkannte

Oberkommissar Morawitz auf den ersten Blick. Blond, groß und sportlich, das mochten die Mädchen. Ihm war der junge Mann auf Anhieb unsympathisch, vielleicht, weil er sein Leben lang unter seiner schmächtigen Statur leiden musste und die großen, athletischen Freunde immer beneidet hatte. »Treibst du Sport?«

»Nicht mehr. Bis vor einem Jahr hab ich Handball gespielt, und früher war ich im Schwimmverein.«

»Warum hast du aufgehört?«

Achselzucken. »Kein Bock mehr.«

Wilhelm Morawitz glaubte zu verstehen. Höchstwahrscheinlich rauchte der junge Mann Kette, und das schlug sich auf seine Kondition nieder. Vielleicht mangelte es Thore Bremer auch an Durchhaltevermögen, oder er brauchte die freie Zeit neben der Schule für seine Mädchengeschichten.

»Du bist mit Melody Matzke befreundet, richtig?«

Thore nickte zaghaft.

Schau an, dachte Morawitz, *darüber redet er nicht so gern.*

»Wie würdest du Fräulein Matzke beschreiben?«

»Zurückhaltend, ein bisschen schüchtern. Hübsch.«

Das mit dem hübsch würde Wilhelm Morawitz nicht unterschreiben, für seinen Geschmack war Melody viel zu dünn. Vielleicht in ein paar Jahren, wenn sie ein bisschen Fleisch auf den Rippen hatte.

»Sie ist jemand, der viel für andere tut«, fuhr der Junge fort. »Für ihre Mutter, ihren kleinen Bruder, auf dem Hof hilft sie auch noch mit.«

»Wie war das Verhältnis zu ihrer Mutter?«

Diesmal ließ Thore Bremer sich Zeit mit der Antwort, wahrscheinlich überlegte er, was er jetzt sagen durfte und was nicht. »Das war … na ja … nicht immer ganz einfach. Frau Matzke hat sehr viel von Melody verlangt.«

»Zu viel?«

Thore nickte heftig, genau das hatte er zum Ausdruck bringen wollen.

»So viel, dass Melody möglicherweise nach einem Ausweg gesucht hat, um da rauszukommen?«

Ohne zu zögern, stieß Thore ein empörtes »Nein!« aus. »Egal was die Leute erzählen, Melody hat das Feuer nicht gelegt, nie im Leben. Dazu wäre sie gar nicht in der Lage. Melody ist ein wirklich guter Mensch, einer der besten, den ich kenne. Allein, wie sie mit ihrem Bruder umgeht. Nie hat sie sich darüber beklagt, dass sie sich praktisch allein um ihn kümmern musste, nicht ein einziges Mal, sie hat das gern gemacht. Sie ist voller Liebe und Fürsorge.«

Wenn ein Sechzehnjähriger so etwas von sich gab, dazu noch mit so viel feierlichem Pathos, klang es irgendwie lächerlich, fast als würde er ein Gedicht aufsagen oder etwas nachplappern, das er in einem Fernsehfilm gehört hatte.

»So gut meinst du also das Mädchen zu kennen.« An seiner Betonung sollte Thore erkennen, dass er seine hehren Worte nicht ernst zu nehmen gedachte. »Wie lange seid ihr schon ein Paar?«

Verlegen senkte er den Blick. »Zwei Monate. Und wir sind kein Paar, wir sind zusammen, das ist etwas anderes, nicht so ernst, wir wollen ja nicht heiraten.« Dann, als würde er sich für seine Worte schämen, fügte er hinzu: »Aber wir kennen uns schon viel länger. Wir gehen auf dieselbe Schule und fahren mittags mit demselben Bus von Martinsfehn nach Leer. Wir sind in der gleichen Politik-AG. Und natürlich mag ich sie sehr gern, sonst hätte ich ja nichts mit ihr angefangen.«

»Gut. Du traust ihr nichts Böses zu, du magst sie, willst sie aber nicht heiraten.« Kurz lupfte Oberkommissar Morawitz seine Oberlippe, zu einem echten Lächeln reichte es nicht, aus irgendeinem Grund fiel der junge Mann ihm auf die Nerven. »Beschreib mir bitte, wie du den Abend verbracht hast.«

»Okay.« Nachdem er tief Luft geholt hatte, legte Thore beide Hände auf die Oberschenkel. »Ich bin um kurz vor acht losgefahren, mit dem Rad zur Kieskuhle. Simone wollte dort ihren sechzehnten Geburtstag feiern. Jeder sollte was Alkoholisches mitbringen, ich hatte einen Sechserträger Bier und eine Flasche Kirschlikör für Melody dabei. Ich dachte, den mag sie. Wir haben noch nicht oft zusammen gefeiert. Eigentlich war es das erste Mal.« Er versuchte zu lächeln, es wollte ihm aber nicht gelingen. »Als ich ankam, war sie noch nicht da, und sie ist auch nicht mehr gekommen. Ich hab das Bier getrunken, danach ein paar Schlucke von dem Likör, der ziemlich eklig geschmeckt hat, und irgendwann war ich sauer. Hab gedacht, dass sie mich nur verarscht, dass sie nie vorhatte zu kommen, keine Ahnung, lauter so Zeugs. Dachte, das hab ich nicht nötig, was man sich eben so einredet, wenn man einen in der Krone hat. Es hat mich genervt, dass die anderen so gut drauf waren, und da bin ich wieder gefahren.«

»Nach Hause?«, fragte Morawitz lauernd. »Oder zu Melody? Wolltest du sie nicht fragen, warum sie dich versetzt hat?«

An dieser Stelle veränderte sich etwas in Thores Gesicht, auf einmal wirkte er abweisend. »Ich lauf keinem Mädchen hinterher. Auch nicht Melody. Ich war schon vor Mitternacht zu Hause und bin gleich hoch ins Bett. Der Likör ist mir nicht so gut bekommen.« Er drückte die Wirbelsäule durch, bevor er sagte: »Meine Eltern können das bezeugen.«

Sein Stolz hatte gelitten. Dass ein Mädchen ihn verschmähte, war er nicht gewohnt, aber er würde darüber hinwegkommen. Immerhin war er anständig genug, sich nicht zu rächen, indem er schlecht über Melody redete.

Im Grunde war seine Aussage bedeutungslos. Er hatte die Verdächtige in der Tatnacht nicht mal gesehen, wusste also nichts über ihren emotionalen Zustand, und das, was er über seine Freundin sagte, war kaum mehr als verliebtes Geschwurbel, rosarot eingefärbt. Über den Wahrheitsgehalt brauchte man gar nicht erst nachzudenken.

Und doch fragte Wilhelm Morawitz sich später, warum der junge Mann so vehement auf sein Alibi hingewiesen hatte. Vielleicht hing es damit zusammen, dass sein Bruder Polizist war und ihn auf die Vernehmung vorbereitet hatte. *Lass dir bloß nichts anhängen! Mach gleich klar, dass du nicht als Täter infrage kommst!*

Denn eins stand wohl fest, wenn dieser junge Mann davon ausgegangen war, dass seine Freundin ihn versetzt und damit vor allen blamiert hatte, könnte man das als Tatmotiv auslegen. Wilhelm Morawitz beschloss, einen Kollegen nach Martinsfehn zu schicken. Er sollte die Kleidung holen, die Thore in der Tatnacht getragen hatte.

KAPITEL 48

Die meisten Mädchen waren irgendwann zwischen fünf und fünfzehn verrückt nach Pferden, auch Nola hatte da keine Ausnahme gebildet. Als Zehnjährige war es ihr gelungen, ihrer Mutter ein paar Reitstunden in einem kleinen Stall am Stadtrand von Hannover abzutrotzen. Das Ganze endete ziemlich abrupt, als die angeblich kreuzbrave Haflingerstute ihr beim Putzen auf den Fuß trampelte und in der dritten Reitstunde so heftig bockte, dass Nola in hohem Bogen herunterfiel. Tränen flossen, der Fuß schwoll an, und Nolas Stolz bekam einen empfindlichen Knacks. Die geborgte Reitkappe wurde zurückgegeben, genau wie die Stiefel, die ein paar Nummern zu groß waren, sodass Nola kaum darin laufen konnte, ohne zu stolpern. Ihre Mutter beglückwünschte sich zu ihrer Entscheidung, keine Reitausrüstung angeschafft zu haben, und Nola bekam zum Trost einen Kassettenrekorder. Pferde faszinierten sie noch eine ganze Weile, allerdings nur noch aus der Ferne oder auf den Postern der Pferdezeitschriften.

Auf dem Hof, der früher mal Melody Labohms Mutter gehört hatte, herrschte reger Betrieb. Eine Weile schaute Nola sich das Treiben an, dann fragte sie sich zu der Besitzerin durch und wurde in ein enges Kabuff geführt, in dem es nach Kaffee roch, der zu lange warm gehalten wurde. Durch ein großes, staubiges Fenster konnte man direkt in die Reithalle schauen, wo eine Frau auf einem mächtigen schwarzen Pferd saß. Auf dem Boden lagen weiße Holzstangen, und das Tier sollte darübertreten, ohne sie zu berühren. Tatsächlich schlug es ständig mit den Hufen gegen das Holz, man konnte das Geräusch sogar durch das Fenster hören. Klock, klock …

»Mein Gott«, seufzte Ann-Christin Lüken. »Das kann doch nicht wahr sein.« Sie bat um Entschuldigung, schoss aus dem Raum und stand im nächsten Moment in der Halle.

Nola hörte was von *mehr Druck, nimm die Zügel kürzer, konzentrier dich bitte, er kann das doch.* Die Frau auf dem Pferd errötete so heftig, dass sie Nola ein wenig leidtat.

»So, hier bin ich. Worum geht's? Ich muss gleich sagen, dass meine Reitstunden völlig ausgebucht sind. Ich könnte Sie höchstens auf die Warteliste setzen.« Sie klang heiser, als würde sie ihre Stimme ständig überstrapazieren.

»O nein, darum geht es nicht.« Eilig kramte Nola nach ihrer Dienstmarke und stellte sich vor.

Sofort trübte die Stimmung ein. »Es geht um Simones

Tod, richtig? Mein Lebensgefährte und ich waren zu Hause, als es passierte. Es war schon jemand hier und hat danach gefragt.«

»Ich weiß. Deshalb bin ich auch nicht gekommen. Ihnen ist sicher bekannt, was hier vor zwanzig Jahren vorgefallen ist. Wir sind uns ziemlich sicher, dass ein Zusammenhang zwischen dem Brand damals und dem Brand bei Frau Jakobi besteht.«

»Möglich. Dazu kann ich aber gar nichts sagen. Wir haben die Anlage erst vor dreieinhalb Jahren gepachtet.«

»Ist hier in letzter Zeit irgendwas passiert? Eine Kleinigkeit, die Ihnen komisch vorgekommen ist. Haben Sie Leute auf dem Hof bemerkt, die hier nicht hergehören?«

Es war nicht zu übersehen, dass Nolas Fragen die Frau beunruhigten. »Nein, zum Glück nicht. Dass Simones Haus angezündet wurde, macht mir allerdings ein bisschen Angst. Ich kann nur hoffen, dass Sie den Täter bald finden. Helfen kann ich dabei wohl nicht.«

Nola lehnte sich zurück auf dem unbequemen Stuhl, den Frau Lüken ihr angeboten hatte, und nickte. »Das hab ich mir schon gedacht. Deswegen würde ich gern mal mit Rosi de Buhr reden. Vielleicht kann sie mir weiterhelfen.«

Frau Lüken verzog den Mund zu einem flüchtigen Lächeln. »Da wünsche ich Ihnen viel Glück. Ich hab auch schon probiert, Rosi über diese Nacht vor zwanzig Jahren auszufragen. Hinterher war ich genauso schlau wie vorher. Sie will nicht darüber reden. Rosi ist ein außergewöhnlicher Mensch, man könnte auch sagen, ein wenig seltsam. Aber das werden Sie gleich merken. Moment, ich bringe Sie hin.«

Dank Hilkes Recherche waren Nola die wichtigsten Informationen über Rosi de Buhr, die eigentlich Rosemarie hieß, bereits bekannt. Sie war auf dem Hof geboren und hatte hier nach dem frühen Tod ihrer Mutter zusammen mit ihrer

Schwester Helma, ihrem Vater und seinem geistig behinderten Bruder gelebt, bis der Hof aus finanziellen Gründen verkauft werden musste. Damals war Rosi dreißig, ihre Schwester zwei Jahre älter, ihr Vater bezog eine schmale Rente, und ihr Onkel lebte nicht mehr. Von dem Geld, das Verena Matzke ihnen zahlte, kauften sie ein kleines Grundstück mit einem Haus darauf. Dort wohnte sie immer noch mit ihrer Schwester Helma, und all die Jahre hatte sie als Pferdepflegerin auf dem ehemaligen Familienhof gearbeitet. Nola fragte sich, was mit einem Menschen passierte, der zusehen musste, wie sein Eigentum in den Besitz fremder Leute überging.

»Das ist sie.« Frau Lüken zeigte auf eine Gestalt, die so weit unter einem Trecker verschwunden war, dass man nur die Beine sehen konnte, die in einer Cordhose und Arbeitsschuhen steckten. Nola hätte wohl automatisch auf einen Mann getippt.

»Rosi?« Frau Lüken bückte sich. »Hier ist jemand von der Polizei, eine Kommissarin, sie möchte mit dir sprechen.«

Zuerst hörte Nola einen ziemlich rüden Fluch, es folgte ein tiefes Brummen, schließlich robbte Rosi unter dem Trecker hervor. Sie zog sich am Kotflügel hoch und stöhnte dabei, als würde jede Bewegung ihr Schmerzen bereiten. Ihre Augen waren milchig blau und starrten Nola misstrauisch an.

»Warum?«, stieß sie hervor, bevor sie einen Lappen vom Treckersitz angelte und ihre ölverschmierten Hände damit notdürftig abwischte.

»Es geht um die Zeit vor zwanzig Jahren«, begann Nola vorsichtig.

Jetzt, da sie Rosi de Buhr im Ganzen sah, hätte sie sie aus der Ferne immer noch für einen Mann gehalten, und sie war sicher, dass die Frau genau das beabsichtigte. Und noch etwas spürte Nola überdeutlich, die Pferdepflegerin hatte absolut keine Lust, mit ihr zu reden.

»Und?«

Im Augenwinkel nahm Nola wahr, dass Frau Lüken mit den Schultern zuckte. Eine Geste, die sagte: *Ich habe Sie ja vorgewarnt.*

Wie konnte man diesen Panzerschrank von Frau knacken? Nola hatte keine Idee. Vielleicht wäre es hilfreich, Interesse für den alten Trecker zu heucheln, doch Nola hatte keine Ahnung von Motoren, und das würde Rosi de Buhr sofort durchschauen.

»Sie haben damals schon hier gearbeitet und alle Leute auf dem Hof gekannt. Im Moment geht es mir um Daniela Finke.«

»Daniela war nicht gut zu den Pferden. Also war sie auch kein guter Mensch. Jetzt ist sie tot. Kann ich weitermachen?«

Beinahe hätte Nola laut gelacht. »Nein. Ich möchte wissen, ob Daniela in der Zeit vor ihrem Tod einen Freund hatte.«

»Keine Ahnung. So was interessiert mich nicht. Ich bin für die Pferde zuständig und nicht für die Menschen.«

»Und Verena Matzke, was war die für ein Mensch?«

Wenn Rosi de Buhr lachte, klang es so ähnlich wie ein Hustenanfall. Allerdings hielt sie sich nicht lange mit Lachen auf. »Verena war die Königin. Hat alle rumkommandiert. An mir hat sie sich allerdings die Zähne ausgebissen.«

»Was ist mit Wulf Leutnant?«

Rosi gab ein verächtliches Prusten von sich.

»Haben Sie ihn mal mit Daniela gesehen?«

»Nee. Der war damit beschäftigt, hinter Verena herzudackeln und ihr alles recht zu machen. Aber das hat keiner geschafft.«

»Bis auf Daniela, oder?«

»Nö. Auch wenn sie sich das eingebildet hat.«

Alles, was Rosi sagte, klang unfreundlich, und es gelang Nola nicht, auch nur eine brauchbare Information aus ihr herauszuholen. Sie wollte schon gehen, als die Frau zischte: »War nicht schade um die ganze Bagage, die haben alle nichts getaugt, keiner von denen.«

»Und Michel?«, fragte Nola fassungslos. »Der Junge war noch nicht mal drei Jahre alt, ein Kleinkind. Der hat doch keiner Menschenseele was getan.«

»Michel? Total verzogen war der, 'ne richtige kleine Heulsuse. Ich möchte nicht wissen, was aus dem geworden wäre.« Und dann hustete sie, spuckte den Rotz auf den Boden und verkroch sich wieder unter dem Trecker.

Frau Lüken brachte Nola an die Straße, wo ihr Wagen parkte. »Ich hab Sie vorgewarnt, Rosi ist ein ganz eigensinniger Mensch. Am besten lässt man sie einfach in Ruhe.«

Ja, ein eigensinniger Mensch, da konnte Nola ihr nur recht geben. Und sie beschloss nachzuschauen, ob man seinerzeit Rosi de Buhrs Alibi überprüft hatte.

KAPITEL 49

Ausnahmsweise machte Nola ganz pünktlich Feierabend. Sie wollte einkaufen, unter anderem Rindfleisch, weil sie sich vorgenommen hatte, am Wochenende den Slowcooker einzuweihen. Acht Stunden auf Stufe LOW stand im Rezept. Hoffentlich blieb dann noch was vom Fleisch übrig, damit sie Renke zum ersten Mal mit ihren Kochkünsten beeindrucken konnte.

Außerdem war ihr gestern Abend eine geniale Idee

gekommen. Sie würde sich das Schuhregal aus Weinkisten bauen, das war total easy. Sie musste die Kisten einfach nur auf die Seite legen und übereinanderstapeln. Seine Paletten konnte Renke gern behalten, sie hatte keine Lust auf seine ständige Besserwisserei.

In der Altstadt von Leer gab es eine kleine Weinhandlung, nur ein paar Gehminuten von ihrem Haus entfernt. Dort würde sie nach Kisten fragen. Als einigermaßen regelmäßiger Kundin würde man ihr diesen Wunsch sicher nicht abschlagen.

Der Eigentümer der Weinhandlung war sehr viel freundlicher als in ihrer Erinnerung. Vor allem, als Nola zwei Flaschen Rotwein zu einem für ihre Verhältnisse utopischen Preis kaufte. Aber Renke hatte ein Faible für guten Wein, und falls der Rinderbraten nicht gelang, konnte er sich mit dem Wein trösten.

Wenig später stapelten sich vier Kisten, zwei davon mit dekorativem Aufdruck, neben der Kasse. Natürlich verlangte der Händler Geld dafür, aber das war in Ordnung. Da Nola nicht alle Kisten gleichzeitig tragen konnte, musste sie zweimal laufen. Zum Glück waren es nur dreihundert Meter bis zu ihrem Haus.

Als sie beladen mit den ersten beiden Kisten und den Weinflaschen aus der Tür trat, wäre sie beinahe mit einem blonden Mann zusammengestoßen. Henning Bremer.

»Das ist ja ein netter Zufall. Darf ich Ihnen das abnehmen?«

Vor lauter Überraschung kam sie ins Stottern. »Ja... nein... ach, vielleicht doch. Dann könnte ich nämlich...«

Er grinste. »Dann könnten Sie nämlich...?«

»Die beiden anderen Kisten holen. Ich habe vier Stück gekauft. Wenn Sie zwei Kisten tragen, brauche ich nur einmal zu laufen. Ich wohne gleich um die Ecke, in der Wörde.«

»Es wäre mir ein Vergnügen«, sagte er und deutete eine Verbeugung an. Unterwegs erklärte er dann, sehr froh über diese zufällige Begegnung zu sein. »In den letzten Tagen habe ich schon überlegt, Sie anzurufen.«

»Und was wollten Sie mir sagen? Ist Ihnen doch noch was eingefallen?«

»Soll ich ehrlich sein? Ich wollte Sie gern wiedersehen.«

»Oh!« Damit hatte Nola wirklich nicht gerechnet. Sie schwankte zwischen Ärger, weil Henning Bremer sie so unverblümt anbaggerte, und der Erkenntnis, dass diese Form von männlicher Anerkennung ihr durchaus schmeichelte. »Wirklich gar nichts, das ich als Zeugenaussage verbuchen kann?«

»Ich fürchte nein. Wissen Sie, unsere Begegnung hat mich ein wenig aus der Bahn geworfen. Plötzlich frage ich mich, warum ich nicht bei der Polizei geblieben bin.« Er lächelte versonnen. »Zu spät, ich weiß, aber zum ersten Mal hab ich meinen Entschluss ernsthaft bedauert. Ich habe mir vorgestellt, wieder in dem Job zu arbeiten, mit einer Kollegin wie Ihnen.« Verlegen senkte er den Blick. »Ist natürlich Quatsch, ich weiß, die würden mich gar nicht mehr nehmen.«

Inzwischen standen sie vor ihrem Haus. »Tut mir leid, Herr Bremer, aber wenn Sie nichts haben, das mich bei den Ermittlungen weiterbringt, möchte ich mich an dieser Stelle verabschieden. Hier wohne ich nämlich. Vielen Dank für Ihre Hilfe.« Hereinbitten würde sie ihn nicht, auf keinen Fall.

Falls er damit gerechnet hatte, ließ er sich die Enttäuschung nicht anmerken. »Alles klar. Passen Sie einfach ein bisschen auf, dass mein kleiner Bruder Sie nicht um den Finger wickelt, wie er es bei allen Frauen macht.«

»Keine Sorge, ich habe ein ganz gutes Gespür für Menschen.«

»Das glaube ich sofort. Bevor ich gehe: Könnten Sie sich vorstellen, gelegentlich mal mit mir essen zu gehen?«

»Mit Leuten, deren Name in meinen Ermittlungsakten auftaucht, treffe ich mich grundsätzlich nicht privat.«

»Aua!« Er zuckte zurück, als hätte sie ihm einen Stromschlag versetzt. »Sie haben recht. Ich bin ein Idiot.« Dann legte er den Kopf schief und lächelte charmant. »Ein geduldiger Idiot allerdings. Was ist, wenn Sie die Akte geschlossen haben, würden Sie dann mit mir essen gehen?«

»Ich glaube nicht, dass mein Freund damit einverstanden wäre.«

»Sie leben in einer Beziehung? Komisch, so wirken Sie gar nicht. Auf mich machen Sie den Eindruck einer wunderschönen, aber einsamen jungen Frau. Sonst hätte ich mich gar nicht getraut, so eine Einladung auszusprechen. Weiß er überhaupt, was er an Ihnen hat?«

»Mein Privatleben werde ich nicht mit Ihnen diskutieren.«

»Nein, natürlich nicht. Ich entschuldige mich in aller Form.« Mit dem Kopf deutete er eine Verbeugung an. »Verzeihen Sie bitte, ich habe mich geirrt. Betrachten Sie es einfach als Kompliment.«

Ich bin nicht einsam, dachte Nola trotzig, als sie in ihrem Flur stand. *Morgen Abend kommt Renke. Ich werde für uns kochen. Man muss sich nicht jeden Tag sehen. Wirklich nicht.*

Sie holte ihr Smartphone raus und starrte auf das Display. Die einzige private WhatsApp stammte von ihrer Mutter.

KAPITEL 50

Melody lag im Bett, schon seit mehr als zwei Stunden, doch der Schlaf wollte sie einfach nicht von ihren Gedanken erlösen. Sie wälzte sich von einer Seite auf die andere, strampelte die Bettdecke beiseite, um sie im nächsten Moment wieder über ihren Körper zu ziehen.

Jemand hatte Simone ermordet und anschließend ihr Haus angezündet, und sie war davon überzeugt, dass es sich um denselben Täter handelte, der vor zwanzig Jahren ihr Elternhaus in Brand gesteckt hatte. Er war immer noch hier, und er würde alles tun, um unerkannt weiterleben zu können. Ein Menschenleben bedeutete ihm nichts, das war vielleicht der schlimmste Gedanke. Wenn es für ihn von Vorteil wäre, Melody aus dem Weg zu räumen, würde er nicht eine Sekunde zögern, seinen Plan in die Tat umzusetzen. Und er würde es brennen lassen, Feuer schien ihm aus unerfindlichen Gründen wichtig zu sein. Er hatte ihr bereits eine Drohung geschickt, ein brennendes Puppenhaus. Zwei Warnungen, verbesserte sie sich, weil ihr die angekohlte Puppe einfiel, York, der in Wahrheit Michel darstellen sollte, ihren toten Bruder.

Nach einer weiteren Stunde musste Melody einsehen, dass die Angst, dass jemand im Schutz der Dunkelheit ihr Haus anzünden könnte, sie wach hielt. Gleichzeitig mahnte die Stimme der Vernunft, nicht hysterisch zu werden. Schlafentzug zählte zu den anerkannten Foltermethoden. Wie lange würde sie ohne Schlaf auskommen, bis sie zusammenbrach? Und was wäre dann mit Linus? Sie musste sich zusammenreißen und endlich schlafen.

Im Halbschlaf hörte sie ein Auto, danach war es still. Zu still. Niemand sprach, kein Garagentor wurde hochgefahren.

Melody wusste genau, dass keiner der Nachbarn sein Auto über Nacht draußen stehen lassen würde, und für Besuch war es viel zu spät. Angestrengt lauschte sie in die Dunkelheit. Da, ein Geräusch, eine Autotür, die sehr leise geschlossen wurde.

Sie konnte nicht anders, sie musste ihr Bett verlassen, sich ihren Morgenmantel überziehen, auf Zehenspitzen die Treppe runterschleichen, ohne Licht zu machen, und aus dem Wohnzimmerfenster schauen, das zur Straße lag. Vor dem Haus bewegte sich nichts, doch auf dem unbeleuchteten Wendeplatz stand ein Auto, das dort nicht hingehörte. Wenn sie jetzt mutig wäre, würde sie rausgehen und nachschauen, wer dort parkte, sie könnte sogar das Nummernschild des Wagens aufschreiben.

Leider war Melody nicht mutig, sie war ein Feigling, der jetzt in der Küche eine Zigarette rauchen würde, um sich zu beruhigen, ein Feigling, der hier drinnen Wache halten würde, falls jemand sich unbemerkt ihrem Haus nähern und Benzin auskippen wollte, um ein Feuer zu legen.

Als sie die dunkle Küche betrat, schrie sie leise auf. Jemand saß auf der Terrasse, den Blick nicht auf das Haus, sondern in den Garten gerichtet. Ein Mann, ein blonder Mann.

Sie drückte auf den Lichtschalter, und sein Kopf fuhr herum. Thore. Als sie die Tür öffnete, riss er sie ungestüm an sich. »Ich weiß, dass es ein Fehler ist, aber ich musste herkommen.«

Ohne etwas zu sagen, hob Melody ihren Kopf, damit er sie küssen konnte, sie wollte ihn spüren, anfassen, mit ihm zusammen sein, als gäbe es keine Frau an seiner Seite. Als ihre Lippen sich berührten, fühlte es sich an, als würden zwei getrennte Hälften endlich wieder zu einem Ganzen werden. Stöhnend drängte er sie gegen die Hauswand, sein

Kuss wurde härter, drängender, und seine Hände suchten sich einen Weg unter das glatte Gewebe ihres Morgenmantels. Als er ihre nackte Haut berührte, gab er eine Art Knurren von sich und vergrub seine Finger in ihrem Fleisch. Es gab kein Zurück, sie hatten die Grenze überschritten und wussten beide, dass sie jetzt nicht mehr aufhören konnten. Sie half ihm mit zittrigen Fingern, seine Jeans zu öffnen. Als er zurücktrat, um die Hose und seine Boxershorts auszuziehen, schnappte sie nach Luft. Er war kräftiger als damals, aber immer noch schlank, und das, was sie im Schein der Küchenlampe von ihm sehen konnte, machte sie schwach vor Verlangen. Sein Körper fühlte sich fremd an und doch seltsam vertraut. Sie waren jetzt erwachsen, und Melody hatte keine Angst mehr vor dem, was passieren würde, sie empfand keine Schmerzen wie damals, sie schämte sich nicht mehr für ihren Körper, sondern genoss seine Blicke und seine Lippen, die sie liebkosten. Alles fühlte sich genau richtig an. Sie waren zwei Menschen, die zusammengehörten, und als er endlich ihr rechtes Bein anhob und um seinen Körper legte, damit er in sie eindringen konnte, schrie sie leise auf.

Später saßen sie nebeneinander auf der Bank, hielten sich an den Händen und schauten in den Sternenhimmel. Worte gab es nicht für das, was Melody empfand, sie war wieder zu Hause, dort angekommen, wo ihr langer Irrweg begonnen hatte, und zum ersten Mal seit Tagen schaffte sie es zu glauben, dass alles noch gut werden könnte.

Er nahm ihre rechte Hand und drehte sie so, dass die vernarbte Innenfläche nach oben zeigte. Behutsam fuhr er mit den Lippen über die Kraterlandschaft und danach mit seiner Zunge. »Es tut mir so leid, Melody, es tut mir so leid«, flüsterte er, und sie hätte gern gewusst, was er damit meinte.

»Hast du eigentlich noch meine Kette? Wenn du sie nicht

mehr trägst, hätte ich sie gern zurück. Nach dem Brand ist mir ja nichts mehr geblieben, was mich an meine Kindheit erinnert.«

Er küsste sie auf die Wange, und von dort wanderten seine Lippen weiter zu ihrem Ohr. »Ungern. Auch wenn ich sie wegen Julia nicht tragen kann, bedeutet sie mir unheimlich viel.«

Zum Beweis bückte er sich und holte sein Portemonnaie aus der Gesäßtasche seiner Jeans, die immer noch auf dem Boden lag. In einem der Fächer bewahrte er die Kette auf. Behutsam ließ er das Schmuckstück in Melodys geöffnete Hand gleiten. »Wenn ich allein bin, nehme ich sie manchmal heraus und denke an dich.«

Seine Worte fühlten sich an, als würde er sie streicheln, und sie bedeuteten ihr tausendmal mehr als jeder Liebesschwur. »Ja dann …« Sie legte die Kette zurück in seine große Hand und bog seine Finger so, dass sie nicht mehr zu sehen war. »Der Gedanke ist wunderschön. Behalte sie, solange du noch gern an mich denkst.«

»Also für immer.« Er verstaute das Schmuckstück wieder in seinem Portemonnaie, dann stand er auf und zog sie mit sich hoch. »Es fällt mir schwer, aber ich sollte jetzt gehen.«

Sie warf einen Blick auf seine Armbanduhr. Es war halb drei. »Was sagt Julia, wenn du so spät kommst?«

Vielleicht hätte sie den Namen seiner Frau nicht erwähnen sollen, nicht in dieser magischen Nacht. Andererseits konnten sie nicht so tun, als hätte Julia aufgehört zu existieren, nur weil gerade etwas Wunderbares passiert war.

Abrupt ließ er sie los und zog sich an. »Julia ist nicht zu Hause. Sie hat eine zweitägige Fortbildung und kommt morgen zurück.«

Es würde also keine Nächte wie diese mehr geben.

Als er längst fort war und Melody wieder im Bett lag,

erneut auf der Suche nach Schlaf, fragte sie sich, was passiert wäre, wenn sie Thore nicht gehört hätte. Eigentlich doch komisch, dass er in völliger Dunkelheit auf ihrer Terrasse gesessen hatte, als würde er auf etwas warten.

KAPITEL 51

Nola hatte gestern Abend noch ihre Schuhe in die Weinkisten sortiert. Die Regalkonstruktion mochte wackelig sein, die Kisten waren ja nur übereinandergestellt, aber sie gefiel ihr. Gelegentlich würde sie noch in jede Kiste einen Zwischenboden einziehen.

Außerdem hatte sie heute Morgen das Rindfleisch gewürzt, in den Slowcooker gelegt und mit Rotwein übergossen. Ihre Mutter wäre begeistert. Um sechzehn Uhr sollte der Braten fertig sein. Als Beilage mussten Gnocchi aus der Kühlung reichen und Tiefkühlgemüse.

Während der Arbeit fiel ihr immer wieder die Begegnung mit Henning Bremer ein, und jedes Mal musste sie schmunzeln. Längst hatte sie beschlossen, seine Worte so zu betrachten, wie sie gemeint waren, als Kompliment eines attraktiven Mannes.

Inzwischen stand fest, dass der Täter Benzin als Brandbeschleuniger verwendet hatte, Super Plus. Auf den deutschen Straßen waren ziemlich genau doppelt so viele Benziner wie Dieselfahrzeuge unterwegs, und die Mehrheit tankte Super Plus. Ein großer Teil der Autofahrer führte für den Notfall einen gefüllten Benzinkanister mit sich, und Nola nahm an, dass der Unbekannte den Kraftstoff einfach aus dem Kofferraum seines Wagens geholt hatte. Damit schien es eher unwahrscheinlich, dass er einen Diesel fuhr.

Sämtliche Aussagen der Gäste auf Simone Jakobis Geburtstagsfeier lagen jetzt vor. Nola hatte alle auf ihr Alibi von Sonntagabend neunzehn Uhr bis Montagmorgen sechs Uhr überprüfen lassen. Am Ende gab es nur einen Mann, der nicht belegen konnte, dass er den Abend und die Nacht allein zu Hause verbracht hatte. Sven Heidkamp, der als Einziger kein Auto besaß.

Im Moment allerdings bewegte Nola etwas anderes. »Sag mal, Hilke, ich hab jetzt gefühlte hundertmal versucht, Conrad zu erreichen. Das kommt mir verdammt komisch vor.«

»Vielleicht ist er beim Arzt«, murmelte ihre junge Kollegin.

»Aber doch nicht den ganzen Vormittag.« Voller Ungeduld trommelte Nola mit den Fingerspitzen auf ihren Schreibtisch. »Inzwischen ist es halb zwei. Selbst wenn er sich gestern Abend total zugesoffen hat, müsste er doch so langsam wieder lebendig werden. Mir kommt das komisch vor.«

Hilke schob die Unterlippe vor und pustete von unten gegen ihren lackschwarzen Pony. »Hätte nie gedacht, dass du so an dem alten Stinkstiefel hängst. Willst du vorbeifahren?«

»Meinst du, das kann ich machen?«

»Beklag dich nicht, wenn er denkt, dass du was von ihm willst«, kicherte Hilke. »Conrad ist natürlich die reinste Augenweide. Ich kann dich schon verstehen.«

»Das Risiko gehe ich ein. Ich sag dir, da stimmt was nicht.«

»Weißt du überhaupt, wo Conrad wohnt?«

»Ja. Ich hab ihn schon mehrfach zu Hause abgeholt.« Nachdenklich betrachtete Nola die Unordnung auf ihrem Schreibtisch. Überall lagen Zettel, auf denen sie entweder kurze Gedankenblitze notiert hatte oder Dinge, die sie dringend erledigen musste. Ihr Ordnungssystem hieß Chaos, und sie kam bestens damit zurecht.

»Ganz ehrlich, Hilke, kannst du dir vorstellen, dass Conrad suizidgefährdet ist? Ich mein, sein Leben verläuft doch irgendwie trostlos. Kein Spaß am Job, keine Anerkennung von den Kollegen, die Freundin ist auch weg, dann die Alkoholprobleme. Ich bin ja auch nicht gerade nett zu ihm.«

»Mensch, hör auf! Du machst mich ganz verrückt.« Hilke angelte ihr Privathandy aus der Gesäßtasche ihrer Jeans und tippte Conrads Nummer ein. »Vielleicht nimmt er nicht ab, weil er nicht mit dir reden will. Ich glaub, mich mag er ganz gern.« Nach einer Weile seufzte sie: »Nee, du hast recht, das ist merkwürdig. Egal wo er sein mag, er würde doch sein Handy mitnehmen.« Sie bückte sich und stellte demonstrativ ihre Tasche auf den Schreibtisch. »Ich komm mit.«

Während der kurzen Fahrt alberten sie rum, doch keine von ihnen konnte wirklich von Herzen lachen. Sie waren ernsthaft besorgt, auch wenn sie das voreinander verstecken wollten.

»Da steht sein Wagen.« Nola zeigte auf den altersschwachen Passat. »Dann ist er auch zu Hause, oder kannst du dir vorstellen, dass Conrad gemütlich spazieren geht?«

Auf das Klingeln erfolgte keine Reaktion, ein Blick in den Briefkasten ergab, dass niemand ihn geleert hatte. Eine junge Frau, die offensichtlich vom Einkaufen zurückkam, jedenfalls war sie schwer beladen, ließ sie ins Treppenhaus. Auf die Frage, wann sie Herrn Landau zuletzt gesehen hatte, zuckte sie mit den Schultern. »Ich weiß gar nicht, wer das ist.«

»Hier, er wohnt im Erdgeschoss.« Nola zeigte auf die Tür, an der mit krakeliger Schrift *C. Landau* stand.

»Ach der.« Allein wie sie die beiden Worte betonte, machte klar, was sie von Conrad hielt. »Sind Sie vom Sozialamt?«

»Nein. Wir sind Arbeitskolleginnen.«

Das schien die Frau zu irritieren. Dass Conrad einer geregelten Arbeit nachging, bei der er mit Frauen wie Nola und

Hilke zu tun hatte, wäre ihr wohl im Leben nicht in den Sinn gekommen. Achselzuckend ging sie weiter.

Auch das Klopfen an der Wohnungstür brachte keinen Erfolg. Nola legte ihr Ohr an die Tür, es war nichts zu hören, zum Glück auch nicht das charakteristische Summen von Fliegenschwärmen, die sich gerade über einen Leichnam hermachten. Dieses Geräusch galt zumindest im Sommer als beinahe todsicherer Hinweis auf eine verwesende Leiche.

»Wir gehen hintenrum und klettern auf den Balkon«, beschloss Nola, und Hilke stimmte sofort zu.

Im Haus nebenan saß eine ältere Frau auf ihrem Balkon und blätterte gelangweilt in einer Illustrierten. Ein Stockwerk höher rauchte ein Mann in den Zwanzigern, während er auf sein Smartphone starrte. Auf dem Spielplatz hockten zwei junge Frauen auf dem Rand des Sandkastens und schauten unbewegt zu, wie ihre Kinder sich mit Sand bewarfen.

Keiner von ihnen nahm Anstoß daran, dass Nola und Hilke über das Geländer von Conrads Balkon kletterten.

KAPITEL 52 1997

Die Verbände an Melodys Händen waren kleiner geworden, die Finger blieben frei, und sie konnte wieder etwas greifen.

Vier Tage waren vergangen, und der einzige Mensch, der sie hier in der Klinik besuchte, war dieser Polizist. Die ganze Zeit musste sie an Thore denken. Warum kam er nicht vorbei, wenigstens für eine halbe Stunde? Konnte er sich denn nicht vorstellen, wie einsam sie war, wie sie sich nach ihm sehnte? Nicht mal Simone oder Julia ließen sich blicken, anscheinend bildete sie sich bloß ein, Freunde zu haben. In Wahrheit stand sie jetzt ganz allein auf der Welt.

Kommissar Morawitz roch genauso wie bei seinem letzten Besuch, diesmal war sein Anzug dunkelgrau, fast schwarz, vielleicht brachte er schlechte Nachrichten mit. Aber was konnte ihr noch passieren, sie hatte ja bereits alles verloren. Dankbar registrierte Melody, dass die Stationsärztin den Polizisten begleitete.

»Aber nur eine Viertelstunde. Höchstens.« Sie schaute den Kommissar über den Rand ihrer Brille an.

»Wie Sie meinen.« Beleidigt zupfte er an seinem Jackett. Dann traf sein Blick Melody. »Da sind noch ein paar Fragen aufgetaucht, Melody. Bei meinem letzten Besuch hast du von der Feier erzählt und dass deine Mutter in letzter Minute verboten hat, dass du hinfährst.«

Sie nickte.

»Mehr hast du dazu nicht zu sagen?«

»Nein.«

»Dann hör dir bitte mal an, was ich aus anderen Quellen erfahren habe. Du wolltest an diesem Abend vor allem deinen Freund treffen, Thore Bremer. Aber er hat nicht auf dich gewartet. Du warst sehr enttäuscht. Stimmt das?«

»Ja«, hauchte sie verlegen. Wer hatte das der Polizei verraten und warum? Sofort musste sie an Simone denken. Simone war eigentlich gar nicht ihre Freundin, nicht wirklich, und jetzt fiel ihr wieder ein, woran das lag. Simone nutzte jede Möglichkeit, um sich in den Mittelpunkt zu stellen. Man durfte ihr nichts anvertrauen, weil sie bei der erstbesten Gelegenheit alles ausplauderte. Sie liebte es, sich mit den Geheimnissen anderer Leute wichtigzumachen. So einen Verrat hätte Melody ihr allerdings nicht zugetraut.

»Und warum hast du deine Verabredung mit dem jungen Mann bis jetzt verschwiegen?«

»Weiß nicht. Ich dachte, es ist nicht wichtig.«

»Nicht wichtig? Tatsächlich?« Beim Lächeln entblößte er

seine Zähne, strahlend weiß und perfekt gepflegt. »Du warst wütend, nicht wahr? Richtig wütend. Anders als abgesprochen durftest du nicht auf die Geburtstagsfeier deiner Freundin. Du musstest warten, bis deine Mutter schläft, und dich heimlich aus dem Haus stehlen. Und als du ankamst, war es zu spät. Er war nicht mehr da.« Triumphierend schaute er sie an, seine Augen waren von einem unfreundlichen Bleigrau. »Und noch etwas willst du anscheinend nicht erzählen. Nämlich dass du getrunken hast, ziemlich viel sogar. Aus Enttäuschung, nehme ich an. Oder trinkst du sonst auch schon Alkohol? Mit ...« Er blätterte in seinem Notizbuch herum. »Mit fünfzehn. Ein bisschen jung für harte Sachen wie Bacardi, oder?«

Beschämt senkte sie den Blick. »Das war eine Ausnahme, weil ich so enttäuscht war. Mir ging es auch ziemlich schlecht.«

»1,1 Promille, das ist schon recht heftig in deinem Alter.«

Woher wissen Sie das, wollte Melody fragen, aber dann erinnerte sie sich daran, dass der Arzt in der Nacht ziemlich viel Blut abgenommen hatte. »Ist das viel?«

Das Haifischlächeln verschwand hinter schmalen Lippen. »Allerdings. Aber nicht so viel, dass es sich strafmindernd auswirken würde.« Mit einem Ruck schlug Oberkommissar Morawitz das Notizbuch zu – klapp! – und begann mit dem Kugelschreiber, den er zwischen Daumen und Zeigefinger hielt, auf ein unsichtbares Opfer einzustechen. »Weißt du, Melody, wenn wir ein Tötungsdelikt aufklären, suchen wir immer zuerst nach dem Motiv. Wer hatte ein Motiv, deine Mutter zu töten?« Bei jedem Wort, das ihm wichtig war, *Tötungsdelikt, Motiv, Mutter, töten*, schoss der Kugelschreiber nach vorn.

Sie musste sich zwingen, den Blick abzuwenden. »Ich weiß nicht, niemand.«

»Niemand?« Tadelnd hob er die Augenbrauen. »Das ist nicht ganz richtig. *Du* hattest ein Motiv. Du hast dich seit Langem nicht mehr mit deiner Mutter verstanden. Und dieser Abend bildete den traurigen Höhepunkt eurer Beziehung. Sie hat dir nicht erlaubt, deinen Freund zu treffen. Natürlich warst du wütend, das kann ich sogar verstehen.«

»Nein«, rief sie erschrocken, merkte aber, dass das, was der Polizist da von sich gab, sich verdammt logisch anhörte. Melody beschloss, den Kampf gegen die Tränen aufzugeben, und ließ zu, dass sie über ihre Wangen rollten. »Aber doch nicht *so* wütend…«, schluchzte sie. »Michel… ich hätte doch niemals Michel umgebracht.«

»Dein kleiner Bruder…« Die Stimme veränderte sich, auf einmal triefte sie vor übertriebenem Verständnis. »Du warst mehr oder weniger allein für ihn verantwortlich. Das stelle ich mir wirklich nicht einfach vor. Die anderen treffen sich nachmittags zum Schwimmen, du kannst wieder mal nicht dabei sein, weil du dich um Michel kümmern musst. Du hattest ihn gern, ja, natürlich, das zweifelt niemand an, aber gleichzeitig war er eine schwere Bürde für ein Mädchen in deinem Alter, ein Klotz am Bein, der dich daran gehindert hat, das zu tun, was alle anderen machen konnten.« Mit der flachen Hand strich er sein Haar nach hinten, und der unangenehme Geruch des Deodorants verstärkte sich. »Und dann diese Daniela. Deine Mutter hielt große Stücke auf die junge Dame. Eine äußerst begabte Reiterin, heißt es, die sogar das beste Pferd im Stall reiten durfte. Du dagegen konntest es deiner Mutter auf dem Pferd nie recht machen. Jeder kann nachvollziehen, dass du eifersüchtig auf Daniela warst. Sie stand im Mittelpunkt, wurde von deiner Mutter gelobt, du musstest dich um deinen kleinen Bruder kümmern. Aber dann…«, seine Hände beschrieben einen Halbkreis, »…dann brennt es, und du bist auf einen Schlag frei. Endlich frei sein – für eine Fünfzehnjährige ist das durchaus ein starkes Motiv. Das wird sogar unsere Frau Doktor zugeben.«

Ärgerlich schüttelte die Ärztin den Kopf. »Das ist ja wohl ein bisschen simpel gedacht.«

»Der Täter hat Strohballen mit Diesel übergossen und angezündet. Beides stammte von eurem Hof. Wir wissen inzwischen, dass er nicht gewaltsam in das Haus eingedrungen ist. Er kannte sich aus. Du weißt, wo Stroh gelagert wird und wo die Kanister mit Diesel für euren Trecker stehen.« Er machte eine dramatische Pause. »Und du hattest einen Hausschlüssel.«

»Der Ersatzschlüssel für die Haustür liegt unter der Fußmatte, das wissen viele Leute. Außerdem kann man über die Scheune jederzeit in den Wohnbereich gelangen, die Verbindungstür ist nicht abgeschlossen«, flüsterte Melody. Glaubte dieser Mann wirklich, dass sie das Feuer gelegt hatte, dass sie eine kaltblütige Mörderin war, eine, der es nichts ausmachte, dass Michel tot war, ihr geliebter kleiner Bruder?

Auf ihre Worte ging der Kommissar überhaupt nicht ein. Offenbar störten sie seine Dramaturgie. Die Ärztin gab ein ärgerliches Geräusch von sich, eine Art Schnauben, bevor sie entschieden widersprach. »Es gibt nur sehr wenige Fünfzehnjährige, die zu so einer Tat fähig sind, und Melody gehört ganz gewiss nicht dazu.«

»Ich denke, das kann nur ein vom Gericht bestellter Gutachter beurteilen.« Kommissar Morawitz steckte seinen Kugelschreiber wieder ein. »Bis zum nächsten Mal, Melody. Denk noch mal nach! Die Wahrheit zu sagen, kann eine große Erleichterung sein.«

»Ich habe die Wahrheit gesagt«, flüsterte sie.

»Ja, in einigen Punkten, aber nicht in allen. Wenn du das Feuer gelegt hast, werde ich das beweisen, verlass dich drauf!«

KAPITEL 53

Balkontür und Fenster von Conrads Wohnung waren trotz der Sommerhitze verschlossen, bestimmt war er gar nicht zu Hause, und sie hatten sich ganz umsonst verrückt gemacht. Nola kam der Gedanke, dass Conrad sich ganz unerwartet mit Ludmilla versöhnt haben könnte. Möglicherweise hockten die beiden seit zwei Tagen in Ludmillas Wohnung und feierten die Wiedervereinigung. Laut Conrad vertrug die Russin Unmengen an Alkohol und konnte sogar ihn unter den Tisch trinken. Ja, bestimmt soffen die beiden sich gerade die Welt schön.

»Ich glaub, der ist nicht zu Hause. Kein Mensch würde bei der Hitze die Fenster zulassen«, sagte Nola, als ihr Blick durch die Scheibe fiel und auf Conrad traf, der zusammengekrümmt auf dem Boden vor einem Sessel lag und sich nicht rührte. »Scheiße, guck dir das an!« Aufgeregt tippte sie gegen die Scheibe.

Sie riefen zuerst den Notruf an und dann den Hausmeister, der die Tür mit einem Generalschlüssel öffnete, nachdem sie mit ihren Dienstmarken vor seinem Gesicht rumgewedelt hatten.

Conrads Wohnung erwies sich als ein Dreckloch, noch viel schlimmer, als Nola es sich hätte ausmalen können, und sie fragte sich, ob ihr Kollege überhaupt schon mal jemand über die Schwelle gelassen hatte. Sie an seiner Stelle hätte sich zu Tode geschämt und auf jeglichen Besuch verzichtet.

Conrad war nicht bei Bewusstsein, sein Puls sehr schwach, aber wenigstens noch vorhanden. Der Notarzt, ein hektischer Mann in den Vierzigern, scheuchte alle aus dem Raum, während er sich Einmalhandschuhe überstreifte.

Vom Flur aus verfolgten sie, wie der Doktor die Sanitäter

anbrüllte. Keine fünf Minuten später rasten sie an Nola vorbei, um die Trage aus dem Wagen zu holen. »Verdacht auf Schlaganfall«, rief einer von ihnen. »Ziemlich heftig.«

Als Conrad nach draußen gebracht wurde, das Gesicht halb verborgen hinter einer Sauerstoffmaske aus Plastik, hatte sich neben dem Krankenwagen bereits eine Menschentraube gebildet, das Martinshorn hatte sie herbeigerufen. Genau dieselben Leute, denen es völlig einerlei war, wenn jemand auf einen fremden Balkon kletterte, standen mit offenen Mündern Spalier, in der Hand das gezückte Smartphone.

Wütend hielt Nola ihre Dienstmarke in die Höhe. »Polizei. Wenn einer es wagt zu fotografieren, wird sein Smartphone beschlagnahmt.«

»Hörst du, Kevin, das macht man nicht. Der arme Mann.« Eine Frau, die ihre überschüssigen Pfunde in eine enge Leggins mit Tigermuster gezwängt hatte und die nicht so aussah, als würde Conrads Schicksal sie berühren, stieß ihren Sohn an.

Der Kleine konnte nicht viel älter sein als zehn, trotzdem besaß er schon ein Samsung der neuesten Bauart, das er jetzt murrend einsteckte, dabei aber deutlich hörbar »Scheißbullen« murmelte. Seine Mutter fand das witzig.

KAPITEL 54

Als sie den blonden Mann vor ihrer Tür sah, wollte Melodys Herz zerspringen. Erst auf den zweiten Blick fiel ihr auf, dass dort nicht Thore stand, sondern Henning, sein Bruder.

Sie erinnerte sich an Henning als die ältere, vernünftige Version von Thore, doch heute waren beide erwachsene Männer. Bei Henning ließen sich bereits erste Fältchen in den Augenwinkeln ausmachen, außerdem wirkte er sehr viel ernster als sein Bruder.

»Thore hat mich gerade angerufen. Er meint, du könntest ein bisschen Hilfe beim Renovieren brauchen. Er selbst kann das schlecht machen, Julia würde ihm die Augen auskratzen.« Verlegen starrte er auf seine schwarzen Sneakers. »Er hat gefragt, ob ich das übernehmen könnte. Natürlich nur, wenn du einverstanden bist.«

Als er sie anschaute, bemerkte sie, was ihn am meisten von Thore unterschied. Die Augen, seine waren viel heller, richtig blau, ohne jeden Schimmer von Grün.

»Ich weiß nicht, was ich sagen soll. Über Hilfe würde ich mich natürlich sehr freuen. Andererseits mag ich das gar nicht annehmen.«

Auf ihren letzten Satz ging er nicht ein. Ungeniert ließ er seinen Blick durch den Flur gleiten und blieb gleich an der Treppe hängen. »Du willst das Holz abschleifen?«

»Das war der Plan. Aber dann…« Sie zeigte auf die Stelle, an der der Deltaschleifer tiefe Spuren in der Oberfläche hinterlassen hatte. »Ich weiß nicht, wie das passiert ist.«

»Zu viel Druck, nehme ich an. Zeig mal deine Maschine!«

Alles war ganz selbstverständlich, Henning meinte, dass ihr Schleifgerät aus dem Baumarkt nicht viel taugen würde, er hätte ein besseres zu Hause, das er beim nächsten Mal mitbringen würde. Also sollte es ein nächstes Mal geben.

Er schloss das Licht über dem Badezimmerspiegel an, bewunderte Linus' Kinderzimmer, *toll, darüber hätte mein Sohn sich in dem Alter auch gefreut*, und schaute nach, warum bei Linus' Roller der Hinterreifen wackelte. Danach setzten sie sich auf die Terrasse, Linus zwischen sich, der den blonden Mann mit großen Augen anstarrte. Alles wäre perfekt gewesen, wenn dort nicht Henning sitzen würde, sondern sein jüngerer Bruder.

»Wie geht es Thore?« Das hatte sie gar nicht sagen wollen, es war ihr einfach rausgerutscht, weil sie ständig an Thore denken musste.

Seine Miene verdüsterte sich sofort. »Ich glaube, die beiden gehen heute Abend groß essen. Oder war es morgen? Keine Ahnung. Thore ist glücklich verheiratet. Du kennst Julia ja. Ich denke, die beiden passen perfekt zusammen, und das sollte jeder respektieren. Manchmal im Leben sieht es vielleicht so aus, als ob…« Er brach ab und starrte auf seine Hände. »Du weißt, was ich sagen will. Das wird nichts mit euch, Melody. Am Ende wird es drei unglückliche Menschen geben.«

KAPITEL 55

Simone Jakobi war tot, aber Conrad lebte noch, wenigstens ein bisschen, und vielleicht blieb er am Leben, wenn er mitbekam, dass jemand vor der Tür stand und auf gute Nachrichten wartete. Nola lehnte mit geschlossenen Augen an der Wand, sie fühlte sich schrecklich, ihre gesamte Energie schien aufgebraucht, und sie konnte sich nicht vorstellen, die Klinik zu verlassen und weiterzuarbeiten.

Hilke schien ganz ähnlich zu fühlen. Sie saß auf einem der Besucherstühle auf dem Flur und schluchzte leise vor sich hin. »Dabei kann ich ihn überhaupt nicht ausstehen. Überhaupt nicht…«, wiederholte sie immer wieder und schnäuzte sich in ein Papiertaschentuch. Ihre Nase war schon ganz rot.

Das Geräusch einer zufallenden Tür ließ sie aufschauen. Der Stationsarzt kam aus Conrads Zimmer, die Besorgnis in seinem Gesicht machte Nola Angst. Auf ihre Frage, ob

Lebensgefahr bestand, wollte er sich nicht festlegen. »Gibt es nahe Verwandte, die benachrichtigt werden müssen?«

»Das weiß ich nicht«, sagte Nola wahrheitsgemäß. »Ich werde meinen Chef bitten, in der Personalakte nachzuschauen.«

»Das wäre sehr gut.« Und schon eilte der Doktor mit wehendem Kittel neuen Aufgaben entgegen.

Nola spürte, dass Hilke aufgestanden war und jetzt ihre Hand drückte. Aber das war kein Trost. Wenn Conrad starb, würde sie sich nie verzeihen, nicht gleich um acht Uhr morgens nach ihm geschaut zu haben. Sie informierte Robert, der ziemlich geschockt reagierte, sich dann aber zusammenriss und ihr Engagement ausdrücklich lobte.

»Egal, wie das jetzt ausgeht, Nola, ohne dich wäre er auf jeden Fall gestorben. Niemand sonst hätte nach ihm geschaut. Conrad war mal verheiratet, ist ewig her. Keine Kinder. Mehr weiß ich leider nicht über sein Privatleben.« Er versprach, in der Akte nach nahen Verwandten zu schauen und sie gegebenenfalls zu informieren.

Als Nächstes rief sie bei Renke an, sie musste jetzt einfach seine Stimme hören. Er ließ sie reden, ohne sie zu unterbrechen, und sagte dann: »Conrad ist ein Kämpfer, das wirst du sehen. Ich kann hier jetzt nicht weg, tut mir leid, aber ich komme, so schnell ich kann. Versprochen.«

»Und was machen wir jetzt?« Ratlos schaute sie Hilke an, die mit glasigen Augen vor sich hin starrte.

Eine Antwort wusste ihre Kollegin auch nicht, also entschied Nola, dass sie ins Präsidium fahren und ihre Ermittlungsergebnisse vom Vortag in den Computer eingeben würden. Es war eine der Arbeiten, die sie nicht mochte, und meist war sie damit im Rückstand, so wie jetzt auch. »Das ist genau die richtige Beschäftigung. Ich glaub nicht, dass ich heute noch ein fundiertes Gespräch führen kann.«

Im Ersten Kommissariat herrschte betretenes Schweigen, einer der Kollegen stellte ihnen frischen Kaffee auf den Schreibtisch. »Gut, dass ihr dort wart.« Das kollektive schlechte Gewissen ließ sich beinahe mit Händen greifen. Keiner von ihnen hatte in den letzten Jahren ernsthaft versucht, Conrad Landau auf seinem Weg nach unten aufzuhalten, niemand hatte Lust verspürt, sich privat mit ihm zu treffen, ihn einzuladen oder wenigstens ein nicht dienstliches Gespräch zu führen. Sie hatten seinen Absturz beobachtet und sich nicht zuständig gefühlt.

Um halb sechs verabschiedete Hilke sich. »Ich hab heute Volleyball, und ich glaub, da sollte ich hingehen. Und du?«

»Ich warte auf Renke.« Erst als sie seinen Namen ausgesprochen hatte, fiel Nola ein, dass Hilke nichts von ihrer Beziehung zu Renke Nordmann wusste, für Hilke waren sie nur Kollegen. Sonderlich überrascht wirkte Hilke allerdings nicht, im Gegenteil.

»Du Glückliche, ich wünschte, Ole wäre jetzt hier. Bis morgen!« Ihr Freund wollte Kapitän werden und befand sich gerade auf großer Fahrt, eine Situation, mit der Hilke sich schwertat.

Eine halbe Stunde später legte sich eine warme Hand auf Nolas Schulter. »Das reicht. Wir fahren jetzt nach Hause. Robert hat gerade noch mal in der Klinik angerufen, alles unverändert. Conrad hat einen Bruder, der in Recklinghausen wohnt, er ist unterwegs. Komm, für heute hast du genug gearbeitet.«

»Ich war ganz schön fies zu Conrad«, schluchzte sie, als sie neben Renke in seinem Wagen saß.

»Und er hat dich auch nicht gerade zuvorkommend behandelt. Trotzdem hast du dich um ihn gesorgt, darüber wird er sich sehr freuen, wenn er wieder bei Bewusstsein ist. Du wirst sehen, ihr werdet noch die allerbesten Freunde.«

Nach einiger Zeit merkte sie, dass er aus Leer herausfuhr. »Wohin fahren wir?«

»An die Küste. Heute wird nicht gekocht. In Carolinensiel gibt es ein tolles Fischlokal, da essen wir heute Abend, und danach bring ich dich ins Bett.«

KAPITEL 56

»Was hast du gestern Nacht bei Melody gewollt?«

Hennings Frage brachte Thore aus dem Konzept, er errötete bis unter die Haarwurzeln und sagte schließlich, wenn auch sehr leise, dass ihn das nichts angehe.

Als Henning seinen Bruder um einen Besuch bat, hatte Thore sicher nicht damit gerechnet, sich hier rechtfertigen zu müssen. Und augenscheinlich gefiel es ihm auch nicht. »Woher weißt du das überhaupt?«

»Ich bin dort vorbeigefahren und hab dein Auto gesehen.«

»Mitten in der Nacht?«

»Ja. Seit es bei Simone gebrannt hat, mache ich mir ein wenig Sorgen um das, was hier im Dorf vor sich geht. Und Melody ist der Dreh- und Angelpunkt der Geschichte, da sind wir uns wohl einig. Dachte, ich schau mal nach, ob bei ihr alles okay ist.«

»Um diese Zeit?«

»Ja. Tagsüber wird wohl keiner ein Feuer legen. Ich weiß, dass Julia in Hamburg war, aber heute kommt sie wieder nach Hause, und sie hat hoffentlich keine Ahnung, was du hinter ihrem Rücken treibst.« Er hob den Kopf und schaute seinen Bruder eindringlich an. »Julia hat mich gebeten, ein Auge auf dich zu haben. Glaubst du wirklich, sie kriegt nicht mit, was da gerade passiert? Mach das nicht, Thore! Oder hast du tatsächlich vor, dich wegen Melody von Julia zu trennen?«

Wie erwartet senkte Thore den Blick. »Keine Ahnung.«

»Du hast dich überhaupt nicht verändert. Wie wäre es, wenn du zur Abwechslung mal Verantwortung für dein Handeln übernimmst, du bist doch keine sechzehn mehr.«

»Willst du ernsthaft behaupten, dass ich nicht bereit bin, Verantwortung für mich und andere zu übernehmen? Ich habe eine Firma, Henning, sogar zwei Angestellte. Einer von ihnen hat mich vor einem halben Jahr gefragt, ob sein Arbeitsplatz so sicher ist, dass er ein Haus bauen kann, und ich hab es ihm versprochen. Wie du weißt, werde ich wahrscheinlich sehr bald expandieren und noch mehr Personal einstellen, also behandle mich nicht wie einen dummen Jungen. Ich bin nicht so, wie du mich siehst, ich lebe jeden Tag damit, dass andere von mir abhängig sind.«

»Du hast eine Firma. Ja. Und jetzt machst du gerade zwei Frauen unglücklich. Aber das ist dir scheißegal. Du kreiselst ja pausenlos nur um deine eigenen Befindlichkeiten.«

»Ich glaube nicht, dass du weißt, wie es in mir aussieht, worüber ich nachdenke, was ich mir vorstelle.«

»Dann lass gefälligst die Sache mit Melody ruhen, bis du zu einem Ergebnis gekommen bist.«

»Ich glaub, du bist selbst scharf auf Melody und willst nicht, dass dir einer in die Quere kommt. Und ich Idiot hab dich noch gebeten, ihr zu helfen. Weißt du was, großer Bruder, lass es bleiben! Tu mir einen Gefallen und besuch sie nicht mehr!«

»Wie kommst du darauf, dass ich mir so etwas von dir verbieten lasse? Glaubst du wirklich, dass alle Welt nach deiner Pfeife tanzt? Übrigens wird die alte Akte wieder geöffnet, die Polizei glaubt, den Täter doch noch ausfindig machen zu können. Also reiß dich zusammen und halte dich zurück! Ehe jemand auf die Idee kommt, dass du vor zwanzig Jahren ein verdammt gutes Motiv hattest, die Bude abzufackeln.«

»Das hör ich mir nicht länger an, Henning. Ich hab dich nie gebeten, für mich zu lügen. Aber wenn dein Gewissen dich quält, kannst du gern zur Polizei gehen und eine Aussage machen.«

KAPITEL 57

Vermutlich schmeckte der Fisch wirklich gut. Nola hatte Wolfsbarschfilet mit Hummersoße bestellt, dazu Kartoffelstampf mit Estragon und Salat, doch sie konnte ihr Essen nicht genießen. Sie war froh, dass Renke, nachdem er den Fisch, den sie einfach nicht runterkriegte, von ihrem Teller geangelt hatte, um ihn zu selbst essen, danach den Kellner heranwinkte und bezahlte.

Während der Fahrt lehnte sie ihren Kopf an seine Schulter und atmete seinen Geruch ein, den sie so liebte. Die Augen fielen ihr zu, und sie wachte erst auf, als er »Wir sind da« in ihr Ohr flüsterte.

Er nahm ihr den Schlüssel aus der Hand und öffnete die Tür. Dann blieb er verwundert stehen. »Wie es hier riecht. Man könnte beinahe denken, dass du gekocht hast.«

Der Slowcooker. Scheiße! »Hab ich auch. Und mein Rinderbraten sollte um sechzehn Uhr fertig sein. Wie spät ist es?«

»Elf, also sieben Stunden später.«

Sie raste in die Küche und stellte den Topf aus. Erstaunlicherweise war nichts angebrannt. Als sie den Deckel hob und mit einer Gabel in das Fleisch pikte, zerfiel es allerdings in feine Fasern.

Renke, der ihr gefolgt war, umarmte sie von hinten. »Du besitzt einen Niedergartopf? Unglaublich, das sind ja ganz neue Qualitäten. Nola kocht. Darf ich fragen, was das ursprünglich werden sollte?«

»Und darf ich fragen, warum du so mit mir redest? *Nola kocht*«, äffte sie ihn nach, rammte dabei ihren Ellenbogen nach hinten und traf seinen Bauch. Er schnappte hörbar nach Luft, aber das hatte er wirklich verdient. »Das ist ein Rinderbraten in Rotweinsoße. Ein sehr weicher Rinderbraten.«

»Man könnte sagen, eine Rinderbratensuppe.« Er ließ sie los, öffnete die oberste Schublade, kramte, bis er einen Löffel gefunden hatte, und tauchte ihn in den Topf. »Lecker, ganz ehrlich, der Geschmack ist gut. Leider habe ich keinen Hunger mehr. Du kannst dir die Bratensuppe ja morgen aufwärmen, als nettes kleines Mittagessen, dazu gibt es Baguette.«

Damit gab er ihr zu verstehen, dass er nicht vorhatte, länger als bis zum Frühstück zu bleiben. Die Baustelle war wieder mal wichtiger.

»Britta wäre das natürlich nicht passiert. Ich nehme an, sie war die perfekte Köchin«, platzte es aus ihr heraus.

Mit Bedacht trug er den Löffel rüber zu Spüle, er war nun einmal ein ordentlicher Mensch, und legte ihn dort ab. Er blieb mit dem Rücken zu ihr stehen und sagte: »Nein, Britta wäre so ein Missgeschick wahrscheinlich nicht passiert. Sie war eine sehr gute Köchin, und wir haben sehr oft zusammen in der Küche gestanden, eigentlich jedes Wochenende.« Dann drehte er sich um und schaute sie mit unbewegter Miene an. »Falls ich dich gekränkt habe mit meiner Bemerkung, tut es mir leid.«

»Schon okay.« Ihre Stimme war kaum mehr als ein Flüstern. Sie war so müde und so unendlich traurig, sie wünschte sich, dass er sie einfach nur in den Arm nahm und etwas Nettes sagte.

Ein paar Minuten schien Renke zu überlegen, was jetzt passieren sollte, dann ging er auf sie zu und zog sie mit der linken Hand an seinen Körper. Mit der rechten hob er ihre Haare an, damit er ihren Hals küssen konnte. »Lass uns ins Bett gehen.«

Normalerweise genügte es schon, dass seine Stimme diesen rauen Ton annahm, damit sie Lust auf ihn bekam. Diesmal allerdings musste sie sich beherrschen, um ihn nicht von sich zu stoßen. Würde das ewig so bleiben, war Britta immer die Bessere und sie nur die zweite Wahl, der Trostpreis, weil es keine Britta mehr gab, die er ihr vorziehen konnte? Oder war sie heute überempfindlich und bildete sich das nur ein?

Auf dem Weg zur Treppe gelang es Renke, die Stimmung endgültig zu verderben. Er blieb vor dem Schuhregal stehen und schüttelte den Kopf. »Täusche ich mich, oder hast du das überhaupt nicht an der Wand befestigt?« Mit zwei Fingern schnipste er gegen die oberste Kiste. »Ich werde meine Bohrmaschine mitbringen und …«

»Nein danke. Für mich reicht das so.« Voller Wut riss sie sich los. Manchmal konnte Renke wirklich ein arrogantes Arschloch sein, ein Besserwisser erster Güte, der ihr ständig das Gefühl der Unzulänglichkeit gab. »Falls es dir noch nicht aufgefallen sein sollte: Ich heiße nicht Britta, und ich hasse spießigen Perfektionismus. Und bevor wir jetzt ins Bett gehen, wüsste ich gern, ob ich ihr in dieser Beziehung auch nicht das Wasser reichen kann. Dann können wir es nämlich gleich lassen. Also«, fragte sie provokativ, »war Britta auch eine Sexgöttin?«

Seine Hände fielen herab, und er blieb wie angewurzelt stehen. »Das geht dich wirklich nichts an.«

»Nicht? Okay. Vielen Dank, dass du mich zum Essen eingeladen hast! Aber heute möchte ich lieber allein schlafen.«

»Ist vielleicht auch besser.« Im Rausgehen versetzte er der obersten Weinkiste einen Stoß, sie polterte herunter, und die Schuhe verteilten sich auf dem Boden.

KAPITEL 58

Den ganzen Vormittag hatte Wulf auf der Couch gelegen. Zum Essen hatte er sich mit an den Tisch gesetzt, aber kein Wort geredet, nur vor sich hin gestarrt, so finster, dass die Mädchen auch geschwiegen hatten und gleich nach dem Essen in ihren Zimmern verschwunden waren.

Und jetzt, Carla wollte sich gerade an die Wäsche machen, heute war ja zum Glück Samstag und die Tankstelle seit einer Stunde geschlossen, erschien Wulf fertig angezogen in der Küche und erklärte, noch mal wegzumüssen.

»Wohin?«

»Ich muss mal raus, durchatmen, allein sein.«

»Du warst doch den ganzen Vormittag allein in der Stube«, schimpfte sie, aber er gab keine Antwort, angelte den Autoschlüssel vom Schlüsselbrett und stapfte davon.

Ihr war sofort klar, dass sie wissen musste, wohin er jetzt fuhr.

»Ich muss mal eben weg!«, rief sie die Treppe hoch, bevor sie sich den Schlüssel für ihren altersschwachen Polo schnappte und nach draußen stürzte. Wulfs Citroën stand schon an der Straße, offenbar hatte er es sehr eilig, er blinkte rechts und fädelte sich in den Verkehr ein.

Carla nahm die Verfolgung auf. Irgendwas passierte gerade mit Wulf, und sie würde nicht einfach zusehen, wie das Leben ihr unter den Fingern zerrann. Sie hoffte von Herzen, dass Wulf seine Lieblingskneipe ansteuerte oder zu seinen Eltern fuhr, doch das Haus, vor dem er hielt, war ihr völlig unbekannt. Er blieb ein paar Minuten im Wagen sitzen, und sie fragte sich schon, ob er sie entdeckt hatte, aber dann stieg er aus und ging direkt zur Haustür. Die Frau, die wenige Minuten später aufmachte, war blond und langhaarig, und Carla erkannte sie auf den ersten Blick.

Das konnte doch nicht wahr sein! Ihr Herz begann zu rasen, sie war so unglaublich wütend, dass sie am liebsten zur Haustür gerannt wäre und Sturm geklingelt hätte. Wie konnte er es wagen, Melody zu besuchen. Gerade zwei Tage war es her, dass sie seinen Urin vom Boden der Tankstelle aufgewischt und die stinkende Hose in die Waschmaschine gestopft hatte. Tat sie nicht alles für ihn, was eine gute Ehefrau tun musste, und noch ein bisschen mehr? Ihre Hände zitterten, als sie aus dem Polo stieg und die Tür ganz leise schloss. Wenn einer von beiden jetzt aus dem Fenster schaute, hatte sie Pech gehabt.

Ich hab mich geirrt, dachte sie, während sie zum Haus ging, *er würde sie doch niemals besuchen.* Wulf hasste diese Frau. Er hatte ihr für alle Zeiten verboten, die Tankstelle zu betreten. Der Name auf dem Klingelschild machte ihre Hoffnung zunichte, Melody Labohm. Melody, es gab nur eine Melody, auch wenn sie nicht mehr Matzke hieß. Sie war ja schon über dreißig, warum sollte sie in der Zwischenzeit nicht geheiratet haben.

Was wollte ihr Ehemann von Melody? War alles ganz anders, noch viel schrecklicher? Hatte Wulf sich etwa in Melody verliebt, weil sie genauso aussah wie ihre Mutter? Was machten die beiden hinter der verschlossenen Tür?

Sollte sich herausstellen, dass die beiden was miteinander hatten, würde sie die Mädchen nehmen und weggehen, auch wenn sie nicht die geringste Ahnung hatte, wohin.

KAPITEL 59

Als sie die Tür öffnete, drängelte sich Wulf einfach an ihr vorbei ins Haus. Sie dachte an Linus, der oben in seinem Zimmer spielte, und betete, dass er dort blieb.

Wulf hasste sie immer noch, und das würde sich nie ändern. Für ihn blieb sie eine Mörderin, und er war der Einzige, der ihr das offen ins Gesicht sagte. Er würde ihr Feind bleiben, bis in alle Ewigkeit. Warum nur hatte sie nicht vor dem Hauskauf nachgeforscht, ob Wulf noch in Martinsfehn lebte?

Bis auf das schütter gewordene Haar, das von ersten grauen Fäden durchzogen war, aber immer noch so geschnitten wie früher, hatte Wulf sich nicht großartig verändert. Er war immer noch ein großer, breit gebauter Mann mit mächtigem Brustkorb und riesigen Pranken, der ihr Angst einflößte, und doch fehlte etwas, und es brauchte eine Weile, bis sie darauf kam. Er wirkte nicht mehr so entschlossen, sondern wie einer, dessen Willen gebrochen war. Aber hieß es nicht, dass man sich vor verletzten Tieren besonders in Acht nehmen musste?

Sie gaben sich nicht die Hand, und Melody war erleichtert, dass der Küchentisch zwischen ihnen stand. Wenn er auf sie losgehen wollte, musste er erst den Tisch umrunden.

»Du bist also zurückgekommen. Hast dir gleich ein Haus gekauft, na ja, Geld genug hat sie dir ja hinterlassen.« Flüchtig schaute er sich um. »Ich würde mal die alten Lichtschalter auswechseln, kann gefährlich werden so was. Ein Kurzschluss, und schon steht alles in Flammen.«

War das eine offene Drohung? Verdammt, sie fürchtete sich vor diesem Mann – viel mehr, als ihr bewusst gewesen war. Wie hatte sie nur zulassen können, dass Wulf in ihr Haus eindrang? Er stand hier in ihrer Küche, und niemand wusste davon.

»Woher weißt du, wo ich wohne?« Melody konnte nicht verhindern, dass ihre Stimme vor Aufregung zitterte.

Er lachte spöttisch. »Ist das ein Geheimnis, Melody? So was findet man raus, wenn man will.«

»Du bist nicht zum ersten Mal hier. Letzte Woche hast du eine Puppenstube auf meinem Rasen abgefackelt und mitten in der Nacht bei mir geklingelt.«

»Was hab ich gemacht?«

Geduldig wiederholte sie ihren Vorwurf.

Er lachte dröhnend, setzte sich unaufgefordert auf einen Stuhl und schlug sich, wie früher, mit der rechten Hand auf den Oberschenkel. »Kannst du das auch beweisen?«

Mutlos schüttelte sie den Kopf.

»Du fühlst dich also bedroht. Find ich gut, Melody, echt, gefällt mir. Wenn du glaubst, dass du einfach zurückkommen kannst, als wär nichts gewesen, hast du dich nämlich geirrt. Ein neues Leben kriegt keiner geschenkt, du auch nicht.« Er legte den Kopf zurück und massierte mit der rechten Hand seinen Nacken. »Michel wär jetzt zweiundzwanzig.«

»Glaubst du, dass ich das nicht weiß«, sagte sie leise.

»Du denkst also, dass ich dich erschrecken will, um dich aus Martinsfehn zu vertreiben.« Er gab ein verächtliches Geräusch von sich. »Nee, Madame, wenn schon bring ich dich um. Jahrelang hab ich mir vorgestellt, wie ich den letzten Tropfen Leben aus dir rauspresse, immer wieder.

Und wer weiß... jetzt, wo du praktisch vor meiner Haustür wohnst.« Er grinste überheblich. »Aber das kann ich meiner Frau nicht antun. Bin nämlich verheiratet. Keine Frau wie Verena, aber ich bin zufrieden mit meinem Leben. Wir haben zwei Kinder, Mädchen. Und du?« Er lehnte sich zurück und verschränkte die Arme vor der mächtigen Brust. »An der Haustür steht Labohm, also bist du verheiratet. Ihr lebt aber nicht mehr zusammen, richtig?«

Sie senkte den Blick. Es machte wohl keinen Sinn, jetzt einen Beschützer zu erfinden.

»Kinder?«

»Ein Sohn. Linus, er ist fünf. Er ist nicht da.«

»Du hast einen Sohn?« Es klang aufgebracht, doch zum Glück beruhigte er sich gleich wieder. »Gut, dann kannst du ja vielleicht verstehen, wie es sich anfühlt, ein Kind zu verlieren. Tut verdammt weh und hört nie auf wehzutun.«

»Es tut auch weh, wenn man seinen kleinen Bruder verliert«, flüsterte Melody.

Unwillig schüttelte er den Kopf. »Das ist nicht dasselbe. Ich muss jetzt los. Fällt mir immer noch schwer, in einem Raum mit dir zu sein und zu wissen, dass die anderen tot sind.« Er stand auf, griff mit beiden Händen an seinen Hosenbund und zerrte die schlecht sitzende Jeans nach oben.

»Ich hab das Feuer damals nicht gelegt, Wulf.«

»Pah, du lügst doch, wenn du den Mund aufmachst, das war schon immer so. Erzähl mir nicht, dass du ein besserer Mensch geworden bist!« Er wollte noch etwas sagen, beließ es aber dabei und stapfte stattdessen Richtung Haustür. »Das war mein erster und letzter Besuch hier, Melody. Ich will nichts mit dir zu tun haben. Weiß gar nicht, warum ich gekommen bin. Vielleicht weil ich dachte, dass du es endlich zugibst. Soll ja Mörder geben, die nicht mit ihrer

Schuld leben können.« Die Tür wurde aufgerissen und mit dem Fuß zugeknallt.

Eine Weile blieb Melody einfach so stehen, dann schloss sie die Haustür sorgfältig ab, zweimal.

KAPITEL 60 1997

Auch wenn alle Welt Oberkommissar Wilhelm Morawitz für einen kalten Fisch hielt, litt er an dem Bösen, das die Menschen einander antaten, und seine scheinbare Arroganz war nur eine Maske, hinter der er seine wahren Gefühle verbarg, die seiner Ansicht nach nichts im Polizeidienst zu suchen hatten.

In seiner Wohnung beruhigte er seine traurige Seele mit klassischer Musik und kitschigen Landschaftsbildern, die er mit Aquarellkreide malte. Insgeheim träumte er davon, die Bilder eines Tages auszustellen, nach seiner Pension vielleicht. Bis dahin würde er den empfindsamen Teil seiner Persönlichkeit noch unter Verschluss halten.

Der Bericht vom LKA lag jetzt vor, und das Ergebnis war eine Enttäuschung. Damit hatte er nicht gerechnet. Es fanden sich keinerlei Reste von Diesel oder Strohspuren an der Kleidung, dic Melody in der Brandnacht getragen hatte. In dem Schreiben betonte der Spezialist vom Landeskriminalamt, dass es unmöglich wäre, Strohballen zu transportieren, ohne dass sich Fasern in der Kleidung verfingen. Erst recht, wenn man einen langen Wollpullover anhatte, so wie Melody in der Tatnacht.

Ferner wurde bestätigt, dass das Stroh, das der Brandstifter vor den Türen aufgeschichtet, mit Diesel übergossen und angezündet hatte, von dem Hof stammte. Entweder aus dem

Scheunenteil des Hauses oder aus dem Pferdestall auf der anderen Straßenseite, wo immer eine gewisse Anzahl von Strohballen auf dem Boxengang gelagert wurden, damit den Pächtern der Pferdeboxen jederzeit saubere Einstreu zur Verfügung stand. Immerhin wurden die Toten im Schlaf überrascht, vermutlich hatten sie gar nichts von der Katastrophe mitbekommen, ein tröstlicher Gedanke.

In jedem Fall wollte der Täter ganz sichergehen, dass niemand den Brand überlebte, deshalb hatte er das Feuer im Flur gelegt, direkt vor der Treppe zum Obergeschoss, und damit sichergestellt, dass es für niemanden einen Weg nach draußen gab. Zusätzlich hatte er auch von außen vor allen Türen und Fenstern Strohballen entzündet. Er oder sie war eiskalt vorgegangen, und Wilhelm Morawitz musste sich eingestehen, dass das nicht unbedingt für eine betrunkene Fünfzehnjährige sprach, egal wie wütend sie auf ihre Mutter gewesen sein mochte.

Nachdenklich ließ er den Blick erneut über den Bericht der Spurensicherung gleiten. Das klang eindeutig. Melody Matzke war weder mit Stroh noch mit Diesel in Berührung gekommen. Damit stellte sich die Frage, unter welchen Umständen es dennoch möglich wäre, dass sie an der Tat beteiligt war.

Ein Komplize, der Gedanke sprang ihn förmlich an. Was, wenn nur die Anweisungen von ihr stammten: *Diesel befindet sich im Treckerschuppen, Stroh in der Scheune, der Schlüssel liegt unter der Fußmatte, du kannst auch durch die Scheune gehen.* In diesem Fall könnte man keine Strohreste an ihrem Pullover finden. Aber wer käme als Mittäter infrage? Am ehesten ja wohl der Freund. Doch die beiden jungen Leute hatten an dem Abend keinen Kontakt. Als sie eintraf, war er schon weggefahren.

Aber wenn Melody nicht den Brand gelegt hatte, wer

dann? Kannte der Täter sich aus auf dem Hof? Schwer zu sagen, befand Kommissar Morawitz. Dass auf einem Reiterhof Stroh gelagert wurde, verstand sich von selbst, dafür brauchte man keine Ortskenntnisse. Und dass dort, wo der Trecker stand, auch Diesel aufbewahrt wurde, schien ebenfalls naheliegend. Es ließ sich ja nicht mal mit letzter Sicherheit klären, woher die Kanister mit dem Diesel stammten, die sie am Tatort gefunden hatten. Es handelte sich um einfache Kanister, die man an jeder Tankstelle und in jedem Baumarkt kaufen konnte. Möglicherweise hatte der Täter sie selbst mitgebracht.

Vorgestern hatte er diese komische Rosi de Buhr vorgeladen. Ihr Vater musste den Hof vor acht Jahren aus finanzieller Not an Frau Matzke verkaufen. Rosi de Buhr lebte mit ihrer Schwester Helma zusammen. Helma glaubte, beschwören wollte sie es allerdings nicht, dass Rosi die Nacht in ihrem Bett verbracht hatte. Jedes Mal, wenn Helma zur Toilette gewandert war, *in meinem Alter ist das so, Herr Kommissar*, wollte sie Rosi schnarchen gehört haben. *Die sägt nachts ganze Wälder ab, so wie früher unser Vater.* An Uhrzeiten konnte sie sich nicht erinnern. Aber bei Rosi de Buhr konnte er einfach kein Motiv entdecken, sie profitierte nicht von dem Feuer, weil es ihr den Hof nicht zurückbrachte. Nein, Rosi konnte er getrost streichen.

KAPITEL 61

»Wo warst du?« Carla konnte nicht mal warten, bis er die Haustür hinter sich geschlossen hatte.

Irritiert schaute er sie an, in seinem Blick flackerte Widerwillen auf, und er brummte trotzig: »Das geht dich nichts an, Carla. Ich bin dir keine Rechenschaft schuldig.« Doch dabei ließ er es nicht bewenden, jetzt begann er auch noch, ihr Vorwürfe zu machen. »Was soll deine ständige Meckerei, das lange Gesicht, als würde ich dir sonst was antun? Ja, ich hab mich neulich zugesoffen, stimmt, aber ich hatte einen Grund. Es war der zwanzigste Todestag meines einzigen Sohnes.«

Peng! Sie wusste sofort, warum er das sagte, sie hatte ihm zwei Mädchen geboren und ein drittes Kind, einen möglichen Sohn, verweigert. Das würde er ihr wohl nie verzeihen. Vielleicht liebte er sie überhaupt nicht, die kleine Schuhverkäuferin, die sich als junges Mädchen aus Liebeskummer das Leben nehmen wollte und die so glücklich war, doch noch einen Mann gefunden zu haben, dass sie bereit war, alles für ihn zu tun, sogar das Grab ihrer Vorgängerin zu pflegen.

»Ich finde, es geht mich sehr wohl etwas an, Wulf. Schließlich sind wir verheiratet.« Sie war erstaunt, wie selbstsicher sich das anhörte, und noch mehr erstaunte es sie, dass ihre Worte ihn zum Schweigen brachten.

Er schaute zu Boden, fast schon unterwürfig, immer noch die Klinke in der Hand, atmete ein paarmal tief ein und aus und zog dann die Tür behutsam zu, als wäre es von größter Wichtigkeit, kein Geräusch dabei zu verursachen, um nicht noch mehr Porzellan zu zerschlagen.

»Wo also bist du gewesen?«

Hilflos zuckte er mit den Schultern. »Bin nur so rumgefahren, Carla, wollte den Kopf wieder freikriegen.«

»Du lügst. Du warst bei dieser Melody!« Sie hätte ihre Enttäuschung rausschreien können, ihn anbrüllen, aber dafür reichte ihre Kraft nicht mehr aus, sie sprach sehr leise, betonte aber jedes Wort, vor allem ihren Namen. Melody, den spuckte sie beinahe aus.

Er machte einen Schritt nach vorn, blieb aber stehen, als sie abwehrend die Hände ausstreckte. »Das ... das solltest du nicht erfahren, Carla. Ich wollte einfach mal gucken, wie sie jetzt lebt. Jemand hat in Melodys Vorgarten ein Puppenhaus angezündet, und sie denkt, dass ich das gewesen bin.«

»Und, warst du es?«

Seine Augen verengten sich zu schmalen Schlitzen. »Was für eine Frage! Glaubst du etwa auch noch, dass ich das Haus dieser Fotografin angezündet habe?«

»Ja«, sagte sie mit fester Stimme. »Das könnte ich mir vorstellen.« Er sollte merken, wie es um sie stand, dass sie ihm nicht mehr vertraute, nicht wenn es um Melody ging und um das, was sich vor zwanzig Jahren abgespielt hatte.

»Ich war es aber nicht, ich war doch zu Hause«, jammerte er, machte einen Satz nach vorn und riss sie unbeholfen an sich.

Eine komische Umarmung wurde daraus, ihre Arme waren irgendwie im Weg, und ihr Gesicht landete vor seiner Brust. Entschieden drehte sie den Kopf zur Seite und versuchte, sich aus der Umklammerung zu befreien, doch Wulf war so viel stärker. Genau das hatte sie ja mal an ihm geliebt, seine Stärke. »Lass das!«

Seine Hände fielen herab, baumelten nutzlos neben seinen Oberschenkeln. Er gab Laute von sich, die sie an Winseln erinnerten, so unterwürfig, dass es ihr zuwider war.

Wer bist du?, hätte sie am liebsten gebrüllt. *Wo ist mein Mann?* Doch sie blieb stumm, und als sie wieder sprechen konnte, war es nichts Versöhnliches. »Ich hab keine Ahnung, wo du in der Nacht gewesen bist, als das Haus dieser Fotografin gebrannt hat. Ich habe tief und fest geschlafen.«

KAPITEL 62

Henning hatte einen Bandschleifer von zu Hause mitgebracht und kniete damit auf der Treppe. Stufe für Stufe arbeitete er sich vor, von oben nach unten, und zwischendurch griff er nach dem Staubsauger und entfernte damit so viel von dem feinen Staub wie möglich. Er war ein gut organisierter und sehr genauer Arbeiter, und es machte Melody Spaß, ihm zuzusehen.

»Magst du einen Kaffee?«

»Ja. Lass mich noch eben diese Stufe fertig machen, dann würde ich gern eine Pause einlegen. Geht ganz schön ins Kreuz.«

Sie setzten sich raus auf die Terrasse, die Tage waren so gleichmäßig wunderschön, dass es beinahe schon zur Selbstverständlichkeit geworden war: der spiegelglatte, leuchtend blaue Himmel, schon am Vormittag dreißig Grad und absolut kein Wind. Melody hatte ein Planschbecken für Linus gekauft, in dem er sich seit einer halben Stunde vergnügte, ein einsamer kleiner Junge, vollkommen beschäftigt mit sich selbst, weil er es nicht anders kannte. Süß und gleichzeitig ein bisschen traurig.

»Hat er keine Freunde?«, wollte Henning wissen, als könnte er in ihren Kopf schauen und ihre Gedanken lesen.

»Noch nicht. Er ist sehr schüchtern, das wird wohl noch ein wenig dauern. Hier in der Straße gibt es leider keine Kinder, mit denen er spielen kann, vielleicht hätte ich vor dem Hauskauf darauf achten sollen.«

»Ach was. Das Haus ist wirklich schön, und wenn du fertig bist mit der Renovierung, wird es noch schöner aussehen. Freunde wird er schon noch finden.«

Sie lächelte. »Ja, das hoffe ich.« Plötzlich war es komisch, so nah neben Henning zu sitzen und dabei an seinen Bruder zu denken, an das, was zwischen ihnen passiert war, hier auf dieser Bank.

Entschlossen stand Melody auf, nahm ein Handtuch von der Wäscheleine und hielt es Linus hin. »Ich glaub, du musst mal Pause machen. Deine Lippen sehen schon ganz blau aus.«

Ein anderes Kind hätte sicher lautstark protestiert, Linus nicht. Er krabbelte auf allen vieren über den Rand des quietschbunten Plastikbeckens und streckte die dünnen Arme hoch, damit sie ihn abtrocknen konnte.

Sie kniete sich auf den Boden, rubbelte den mageren Kinderkörper ab und dachte dabei, dass sie als Mädchen genauso dünn gewesen war. Hoffentlich musste sie das nicht als Zeichen dafür werten, dass Linus sich so unglücklich fühlte, wie sie sich als Kind gefühlt hatte.

»Deine Sachen liegen in der Küche, du bist ja schon groß und kannst dich allein anziehen. Später, wenn du wieder richtig warm bist, darfst du noch mal baden. Okay?«

Eine rein rhetorische Frage, Linus war immer mit allem einverstanden.

Auch Henning hatte sich erhoben, er wollte sich wieder an die Arbeit machen. Der Mann schleifte ihre Treppe ab, eine fürchterliche Arbeit, an der sie kläglich gescheitert war. Müsste sie nicht sehr viel netter zu ihm sein? Henning war unbestritten der zweitbeste Mann in ihrem Umfeld, Thores Bruder, der beinahe wie Thore aussah, aber nicht verheiratet war. Doch ihr war längst aufgefallen, dass er anders roch, und sie wusste genau, dass er sich auch anders anfühlen würde. Und sie hatte auch nicht den Eindruck, dass Henning es darauf anlegte.

Vor allem aber wollte sie Thore nicht enttäuschen, auch wenn das albern sein mochte. Schließlich war Thore verheiratet. Er und Julia hatten garantiert Sex. Bei dem Gedanken wurde ihr übel. Was führte sie nur für ein verkorkstes Leben?

»Melody«, holte Henning sie aus ihren Gedanken zurück. »Ich, ähm, ich muss dir was sagen. Ich weiß nicht genau, wie, und mir ist klar, dass du das nicht hören willst. Es geht um Thore. Er ist nicht so, wie du denkst. Und er nimmt es nicht so genau mit der Wahrheit. Thore ist ein Meister darin, Leute zu manipulieren.« Sein Mund verzog sich zu einem traurigen Lächeln. »Du darfst ihm nicht alles glauben.«

Thore war kein Lügner, das stimmte nicht, sie wollte nicht mal darüber nachdenken. Und doch nagte immer wieder die Frage an ihr, was Thore nachts auf ihrer Terrasse gewollt hatte. Und warum er beim Anblick ihrer Hände gemurmelt hatte, wie leid es ihm täte. Was tat ihm leid?

KAPITEL 63

»Heute ist Sonntag, da machen wir mal was richtig Schönes.« Strahlend schaute Melody ihren Sohn an.

Linus kaute an einer Brötchenhälfte, und neben seinem Teller lag die Puppe. Dass die Hosenbeine schwarz waren vom Feuer, schien Linus nicht zu bemerken. Er redete pausenlos und erklärte York die Welt. Es war rührend und ein wenig seltsam. Für Melody hieß die Puppe nämlich Michel, und die Vorstellung, dass Linus mit ihrem toten Bruder kommunizierte, fühlte sich ziemlich schräg an.

»Wir schauen uns Pferde an.«

So richtig begeistert nahm Linus die Nachricht nicht auf, vielleicht konnte er sich als echtes Stadtkind auch gar nicht vorstellen, was seine Mutter ihm da versprach.

Woher auch immer diese plötzliche Sehnsucht kam, Melody verspürte den Drang, den Hof zu besuchen. Das Haus war durch ein neues ersetzt worden, das wusste sie von dem Anwalt, der ihre Interessen vertrat, das erleichterte ihren Entschluss.

Nachdem Linus endlich fertig war mit dem Frühstück, er aß wirklich sehr langsam, und so manches Mal musste sie sich zwingen, das wortlos zu akzeptieren, räumte sie den Tisch ab.

Es grummelte in ihrem Bauch, und sie spürte, dass ihr Entschluss bereits ins Wanken geriet. Wenn sie sich nicht beeilte, würde der Mut sie endgültig verlassen. Der Panda brauchte heute besonders lange, bis der Motor ansprang, früher oder später musste er in die Werkstatt. Doch wenn der kleine Wagen erst mal lief, zuckelte er brav vor sich hin, so wie jetzt.

Sie hatte eine CD mit Kinderliedern eingelegt, und Linus sang leise mit. Andere Kinder schmetterten laut, ihr Sohn erhob kaum die Stimme, er piepste wie ein kleiner, verschüchterter Vogel. Sie feuerte ein paar böse Gedanken in Richtung Roland, der so einen Duckmäuser aus ihrem Kind gemacht hatte. Im Grunde brauchte Linus dringend ein männliches Vorbild, jemanden, der ihn ermutigte, Dinge anzugehen, sich etwas zuzutrauen, natürlich ohne ihn dabei zu unterdrücken. Es fragte sich nur, wer das sein sollte. Henning kam ihr in den Sinn, und sie wischte den Gedanken an Thores Bruder schnell beiseite.

Als der Panda in die Straße einbog, die direkt zum Hof führte, zog sich Melodys Magen zusammen. Mit unerwarteter Wucht stürzten die Erinnerungen auf sie ein, sie hörte das Feuer knistern und bildete sich ein, den Rauch zu riechen. Sogar die Narben an ihren Händen begannen zu schmerzen. Das war doch verrückt, pure Einbildung, seit

Ewigkeiten waren die Hände verheilt. Und doch fühlten sie sich jetzt an wie frisch verbrannt.

Die Halle hatte sich in den zwanzig Jahren nicht verändert, nur das Grün der Außenverkleidung war etwas verblasst. Melody stellte den Wagen am Straßenrand ab und ließ Linus aussteigen. »Jetzt gucken wir mal, wo die Pferde sind.«

Sie hatte sich noch gar nicht richtig umgesehen, als Rosi über den Hof marschierte, an jeder Hand einen Friesen. Wunderschöne Tiere mit langem Behang, die selbstbewusst schnaubten und sogar im Schritt ihre beeindruckende Knieaktion zeigten. Rosi war älter geworden, das schwarze Haar war völlig ergraut und viel kürzer geschnitten, doch der Gesichtsausdruck hatte sich nicht verändert. Da lag immer noch diese kalte Verachtung in ihrem Blick, vor der Melody sich als Mädchen so gefürchtet hatte.

Erst jetzt, als Erwachsene, begriff Melody Rosis Tragödie. Verena Matzke hatte ihr das Elternhaus genommen, ihre Kinder in den Zimmern schlafen gelegt, in denen vorher Rosi und ihre Schwester gewohnt hatten. Sie war dort die Chefin, wo Rosi gehofft hatte, eines Tages die Chefin zu sein. Rosi blieb nur der im Kaufvertrag verankerte Anspruch auf einen Job als Pferdepflegerin.

Linus griff nach Melodys Hand, er fürchtete sich vor den schwarzen Friesenpferden, die für ihn riesig sein mussten. Und seine Mutter fürchtete sich vor der Frau, die sie führte.

Melodys stille Hoffnung, dass Rosi einfach weitergehen würde, erfüllte sich nicht. Die Pferdepflegerin blieb abrupt stehen. Sie zischte: »Ho!«, und die Friesen hielten an, stampften aber voller Ungeduld mit den Hufen und rissen die Köpfe in die Höhe. Wenn Rosi gewollt hätte, dass sie stillstehen, würden die Pferde gehorchen, das wusste Melody genau. Doch Rosi schien das Theater, das die beiden veranstalteten, zu genießen, und sie schielte dabei die ganze Zeit auf Linus, der sich mit einem Aufschluchzen hinter seiner Mutter versteckte.

»Deiner?«, fragte Rosi spöttisch. »Ich seh schon, der ist genauso eine Memme wie Michel. Sieht ihm sogar ähnlich.« Dann schnalzte sie mit der Zunge und setzte ihren Weg mit den beiden Pferden fort.

Deutlicher hätte die Pferdepflegerin nicht zum Ausdruck bringen können, dass es sie nicht im Geringsten interessierte, wie es Melody in der Zwischenzeit ergangen war, wo sie lebte, was sie hier wollte. Vielleicht war es eine Schnapsidee herzukommen. Was glaubte sie, auf dem Hof finden zu können? Ein Stück ihrer Kindheit, ihrer Jugend?

»Ich will keine Pferde angucken«, hörte sie Linus' Stimme. Er klammerte sich immer noch an ihr Hosenbein, er wollte nicht hier sein, und Melody fühlte dasselbe.

»Okay, wir fahren wieder nach Hause«, sagte sie, als die Pächterin im Laufschritt auftauchte. Scheinbar hatte sie Melody vom Fenster aus entdeckt.

»Hallo, Melody, wir haben uns ja bei Simone kurz gesehen. Du willst den Hof anschauen?«

»Ach, das war so eine spontane Idee. Aber Linus findet Pferde doof, wie mir scheint.« Sie lachte hölzern und fuhr Linus durch die Locken.

Sofort ging Ann-Christin in die Hocke, damit ihr Gesicht sich auf gleicher Höhe mit dem von Linus befand. »Echt? Dann muss ich dir ja unbedingt mal mein Lieblingspferd vorstellen.« Sie erzählte Linus von einer weißen Ponystute, die Ronja hieß und Kinder liebte, und schon war er bereit, Ronja kennenzulernen.

»Bei mir gibt es keine Reitstunden für Kinder«, erklärte Ann-Christin, während sie am Reitplatz vorbei zu den Koppeln hinter der Halle schlenderten.

Michels Sandkiste war verschwunden. An der Stelle stand jetzt eine Holzbank, die zum Sitzen in der Sonne einlud. Ganz unerwartet löste der Anblick der Pferde auf der Weide etwas in Melody aus, das sich wie Heimweh anfühlte. Ronja erwies sich als eine zierliche Araberstute, die freundlich schnaubte und nichts dagegen hatte, dass ein kleiner, ängstlicher Junge auf ihren Rücken gesetzt wurde.

»Wir bleiben einfach hier stehen«, versprach Ann-Christin, und so war es dann auch.

Während Linus ganz langsam den Mut fand, die Stute am Hals zu berühren, fasste Ann-Christin sich ein Herz.

»Ich weiß nicht, ob der Anwalt dir schon davon erzählt hat, aber mein Freund und ich möchten die Anlage kaufen. Wir fühlen uns hier unglaublich wohl und würden gern noch was investieren. Aber Geld steckt man nur in Eigentum.«

Überrascht stellte Melody fest, dass sie den Hof überhaupt nicht als ihr Eigentum betrachtete. Er war ein Ort, den sie mal sehr gut gekannt, aber nicht unbedingt geliebt hatte. Nun, da ihre Mutter nicht mehr lebte, hätte sich das ändern können. Dazu allerdings wäre es nötig, dass Melody den Hof selbst übernahm, ein Gedanke, der ihr völlig fernlag. Sie fragte sich, ob Loslassen der Vergangenheit bedeuten könnte, den Hof abzugeben.

Sie versprach, sich ernsthaft Gedanken über einen Verkauf zu machen. Am Ende war es gar nicht so leicht, Linus wieder mit nach Hause zu kriegen. Den ganzen Weg sprach er von Ronja.

»Wir können sie doch kaufen und in den Garten stellen, Mama. Und dann lässt du mich immer auf ihr reiten.«

KAPITEL 64

Nach dem Frühstück, das zur Mittagszeit stattfand, weil sie gestern Abend mit Hilke im Irish Pub versackt war, beschloss Nola, in die Klinik zu fahren und Conrad einen Besuch abzustatten. Vorher rief sie noch bei Liliane, ihrer Nachbarin, an und verabredete sich mit ihr zum Abendessen. Liliane schlug ein Lokal am Hafen vor, *ich ruf schnell an und reservier uns einen Tisch auf der Terrasse*. Von Renke hatte sie nichts gehört. Auf keinen Fall wollte sie den ganzen Abend rumhängen wie ein Trauerkloß. Sie kam notfalls auch allein klar, das hatte sie nach ihrer Scheidung gelernt. Und sie würde sich nie mehr für einen Mann verbiegen.

Conrad lag immer noch auf der Intensivstation. An seinem Bett saß sein Bruder, der so aussah, wie Conrad wohl aussehen würde, wenn er sich für eine andere Lebensweise entschieden hätte, gar nicht mal so übel.

Herr Landau, seinen Vornamen nannte er nicht, begrüßte Nola mit einem kühlen Kopfnicken.

Auf ihre Frage, wie die Ärzte Conrads Zustand einschätzten, zuckte er nur mit den Schultern. »Gesund wird er nicht mehr, das steht mal fest. Wahrscheinlich hole ich ihn nach Recklinghausen. Bei mir kann er allerdings nicht leben. Wer soll sich tagsüber um ihn kümmern, wenn ich arbeite? Ich hoffe, seine Pension reicht aus für einen guten Heimplatz.«

Nola fragte sich, ob Conrad wohl mitbekam, wie sein Bruder über ihn sprach. Sein Gesicht, das im Liegen vollkommen fremd aussah, flach, ein bisschen schief und vollkommen leer, zeigte keine Reaktion, und die Kurven auf dem Monitor, die Puls- und Atemfrequenz aufzeichneten, veränderten sich auch nicht. Sie ergriff Conrads rechte Hand und drückte sie fest.

»Das merkt der nicht, die rechte Seite ist tot«, brummte der Bruder unwillig.

»Wie Sie meinen.« Sie beugte sich vor und murmelte: »Alle lassen dich grüßen. Wir hoffen, dass du wieder auf die Beine kommst«, und ignorierte den Blick von Conrads Bruder, der genauso gehässig gucken konnte wie Conrad an schlechten Tagen.

Als sie wieder zu Hause ankam, reichte die Zeit gerade noch aus, um unter die Dusche zu springen, bevor Liliane klingelte.

»Was macht dein Polizist?«

»Keine Ahnung. Wahrscheinlich arbeitet er auf seiner Baustelle.« *Und verzehrt sich nach seiner geliebten Britta.*

»Sei froh, zu viel Nähe ist ungesund. Einer, der pausenlos um dich kreist, fällt dir bald auf den Wecker, glaub mir. Meinen Gynäkologen musste ich deshalb abschießen.«

Bei Liliane hatten Männer keinen Namen, sie wurden nach ihren Berufen genannt. Vor dem Gynäkologen war sie mit einem Anwalt verbandelt gewesen, verheiratet und Vater von zwei oder drei Kindern, aber so etwas störte Liliane nicht. Sie brauchte keinen Mann für sich allein, und manchmal wünschte Nola, sie könnte das genauso pragmatisch betrachten. Es wurde spät, sehr spät und sehr lustig, und sie verschwendete kaum einen Gedanken an Renke. Das gab ihr ein gutes Gefühl. Sie war keineswegs so einsam, wie ihre Mutter oder Henning Bremer glaubten.

Als sie im Bett lag, das Smartphone auf dem Nachttisch, ertönte ein leises Pling. Auf dem Display tanzte ein rotes Herz, das Arme und Beine hatte und ihr zum Schluss einen Blumenstrauß entgegenstreckte. Total albern, sie fragte sich, wo Renke das gefunden hatte. Darunter stand: *Ich bin manchmal ein Idiot. Verzeihst du mir noch mal?*

Anstatt nach einem Emoji zu suchen, das ihre Gefühle

ausdrücken konnte, was ohnehin kaum möglich schien, rief sie einfach an.

»Hey«, sagte er, und der Klang seiner Stimme ließ ihr Herz Purzelbäume schlagen. »Ich hab das ganze Wochenende mit mir gekämpft, ob es überhaupt noch Sinn macht, mich zu melden. Aber ohne dich… Ich brauch keine Köchin, Nola, und es ist mir scheißegal, wenn deine Möbel auseinanderfallen. Die Vorstellung, dass du mich einfach abschießen könntest, macht mich fertig.« Das Telefonat dauerte über eine Stunde, und am Ende war sie sehr glücklich.

KAPITEL 65

Melody war gerade erst zu Hause angekommen, als ihr Telefon klingelte. Zuerst wollte sie gar nicht abnehmen, weil sie die Nummer nicht kannte, doch der Anrufer gab nicht auf.

Es war Thore. Allein der Klang seiner Stimme machte, dass ihre Knie weich wurden und sie sich auf den nächstbesten Stuhl sinken ließ. »Du, ich weiß, dass ich selbst Henning zu dir geschickt habe. Aber mir scheint, das war keine gute Idee. Irgendwas ist komisch mit ihm. Bitte sag ihm, dass er nicht mehr kommen muss!«

»Was? Dein Bruder hat meine Treppe abgeschliffen, das war eine Schweinearbeit. Als Nächstes will er die Fensterläden streichen. Er weiß genau, dass ich Hilfe brauche. Echt, wie soll ich das denn begründen?«

»Sag, dass du endlich fertig werden willst und deshalb einen Handwerker bestellt hast. Und dann suchst du dir einen Maler. Ich bezahle die Rechnung, meine Firma läuft wirklich super zurzeit.«

»Nein! Was denkst du denn von mir?«

Er lachte ganz leise. »Ich denke, dass du Hilfe brauchst und dass ich dir nur zu gern helfen möchte. Am liebsten würde ich deine Wohnung selbst renovieren, mit meinen eigenen Händen, und abends nicht nach Hause gehen. Aber du weißt, dass das jetzt nicht möglich ist. Geld ist nicht viel wert, wenn man genug davon hat. Aber das Gefühl, dich in den Armen zu halten, in deine Augen zu schauen, das ist eine Kostbarkeit. Bitte mach es so, sag ihm, dass du einen Handwerker bestellt hast!«

»Nein, das ist mir unangenehm.«

»Tu es bitte, Melody, das ist mein Ernst. Wenn ich könnte, würde ich dir noch viel mehr geben, alles. Es gefällt mir nicht, wenn Henning bei dir ein und aus geht.«

»Das ist ja wohl übertrieben, er war gerade zweimal hier. Außerdem weiß ich gar nicht, warum du so etwas sagst. Henning ist dein Bruder und ganz bestimmt kein schlechter Mensch.«

»Das weiß ich nicht mehr so genau.«

»Was?«

»Julia kommt, ich meld mich wieder.« Er brach das Gespräch ab und ließ sie allein mit ihren Fragen.

KAPITEL 66

Thore hatte einen neuen Auftrag bekommen, diesmal was richtig Großes, er sollte künftig das Computernetzwerk der Städtischen Kliniken betreuen und in dem geplanten neuen Gebäudeflügel alle PCs liefern und einrichten. Er hatte schon erklärt, dass er mindestens zwei weitere Mitarbeiter einstellen müsste, wahrscheinlich sogar noch mehr. »Sonst schaffe ich das nicht.«

Sie saßen beim Italiener, wie immer in den fünf Jahren seiner Selbstständigkeit, wenn er einen neuen Auftrag an Land gezogen hatte. Aber diesmal fühlte es sich anders an. Die Freude war sehr verhalten, obwohl das Auftragsvolumen alles überstieg, was er bis jetzt erreicht hatte.

Julia merkte, wie gezwungen er sich benahm, da war nichts Echtes an seiner vermeintlich guten Laune, alles wirkte gespielt. Kasperletheater für die naive Ehefrau.

»Bestellen wir die gemischte Vorspeisenplatte, wie immer? Und für dich einen Prosecco?«

»Ja, warum nicht.«

»Ich nehme das Filetsteak in grüner Pfeffersoße. Und du?«

»Ich esse die Meeresfrüchte.«

Sie spielten Pingpong mit Worten, warfen einander die Bälle zu und schmetterten sie sofort zurück, doch nichts von dem, was sie sagten, hatte eine tiefere Bedeutung.

Julia hatte sich extra hübsch gemacht, das neue Kleid aus grauer Wildseide, darüber die rote Jacke, weil sie nicht so blass aussehen wollte, sogar Lippenstift hatte sie aufgelegt, farblich passend zu der Jacke. Doch Thore hatte kein Wort darüber verloren, er hatte sie nicht mal richtig angeschaut. In Gedanken war er meilenweit von ihr entfernt.

Sie ließen Giovannis Begrüßung über sich ergehen, die üblichen Witzchen, ein lauwarmes Kompliment für Julia, dann gab Thore die Bestellung auf. Er orderte eine Flasche Rotwein zum Essen, den zweitteuersten auf der Karte, als wollte er zur Schau stellen, wie gut es ihnen jetzt ging, jedenfalls finanziell. Julia würde nicht mittrinken, weil sie den Wagen nicht hier stehen lassen wollte. Morgen früh brauchten sie beide ihr Auto.

Wenn ihr doch nur einfiele, wie sie das Eis brechen, das Gespräch auf etwas Unverfängliches bringen könnte, das trotzdem persönlich war. »Was hältst du davon, wenn wir im Oktober eine Woche Urlaub machen? Alle schwärmen von Dubai, das würde ich gern mal sehen.«

Sofort verdüsterte sich seine Miene. »Nee, völlig unmöglich. Ich muss mich nach qualifiziertem Personal umschauen, mich mit den Gegebenheiten in der Klinik vertraut machen, irgendwann in der Zeit liegt der Termin mit dem Architekten, der den neuen Bauabschnitt plant, außerdem sind ja auch noch die Aufträge abzuarbeiten, die ich vorher angenommen habe. Das neue Autohaus in Leer, der EDV-Umbau in der Apotheke. Tut mir leid, an Urlaub ist nicht zu denken.« Er tätschelte ihre Hand, so lieblos, wie man einem nervigen Hund am Kopf kraulte, um ihn zu beruhigen. »Ich würde ja sagen, flieg allein, aber dann bitte nicht nach Dubai. Bei dem Gedanken ist mir nicht wohl. Wie wäre es mit Mallorca? Ein Strandurlaub, das magst du doch.«

Eine kleine und völlig unnötige Anspielung darauf, dass Thore diese Art von Urlaub hasste. Nichts lag ihm ferner, als untätig in der Sonne zu liegen und vor sich hin zu dösen. Thore brauchte immer Action. Vor zwei Jahren war er mit Henning nach Schottland geflogen, Wildwasser-Rafting. Julia hätte mitfliegen können, doch sie hatte freiwillig verzichtet, weil sie wusste, dass sie die beiden nur behindert hätte. Sie war nun mal keine Sportlerin.

»Allein hab ich keine Lust. Schließlich habe ich einen Ehemann, und ich würde meinen Urlaub gern mit ihm verbringen.« Sie bemühte sich, ihre Worte weder beleidigt noch weinerlich klingen zu lassen, doch sie würde sich nicht abschieben lassen, damit er hier eine Woche freie Bahn hatte, um sich mit Melody zu treffen.

Er tat so, als wäre ihm ihre Entscheidung egal. »War ja nur ein Angebot. Du sollst nicht das Gefühl haben, für mich auf deinen Urlaub verzichten zu müssen.«

»Urlaub ohne dich kann ich mir aber nicht vorstellen. Ich begreife nicht, wie du auf so eine absurde Idee kommst.«

Giovanni unterbrach ihr Gespräch, bevor es sich zu einem handfesten Streit entwickeln konnte. Er servierte zuerst die Getränke und dann die Vorspeisenplatte, und ausnahmsweise sparte er sich seine dümmlichen Witze. Auch er schien zu bemerken, dass sie sich anders benahmen als gewöhnlich, obwohl Thore das zu überspielen versuchte.

Jeder nahm das, was er am liebsten mochte, Thore alles, was mit Fleisch zu tun hatte, den Parmaschinken und das Carpaccio von Rind und Kalb, Julia aß lieber das gegrillte Gemüse und die beiden Scheiben Bruschetta. So verlief ihr gesamtes Leben, jeder hatte seinen Bereich, der ihm wichtig war, und gemeinsam hatten sie viel erreicht.

Zur Hochzeit hatten sie eine besonders schöne Karte von ihrer Cousine aus Wien bekommen. *Liebe bedeutet nicht, einander anzusehen, sondern gemeinsam in dieselbe Richtung zu schauen.* Julia hatte sich den Spruch zu Herzen genommen. Sie wollte neben Thore stehen und mit ihm zusammen all das betrachten, das sie verband: ihr Haus, die schönen Möbel darin, seine Firma. Natürlich schaute sie ihn auch sehr gern an. Julia fand ihren Mann immer noch attraktiv, und die Schmetterlinge schlugen Purzelbäume in ihrem Bauch, wenn er ausnahmsweise, so wie heute Abend, ein Hemd und darüber ein Jackett trug.

Er hob das Glas mit Rotwein, sie griff nach ihrem Prosecco, und sie stießen an. »Auf die Firma!« Früher wäre unweigerlich ein Kuss gefolgt. Jetzt musste ein Lächeln genügen.

Bevor sie noch tiefer in dem Sumpf aus schwarzen Gedanken versinken konnte, begann sie zu essen. Thore lobte den Schinken, angeblich war er heute besonders mild, doch sie glaubte ihm kein Wort. Der Italiener in Martinsfehn gehörte in Wirklichkeit einem Libanesen, einzig die Speisekarte und Giovanni, der Kellner, mit seinen ständig gleichen Sprüchen, sorgten für das italienische Ambiente. Das Essen war ordentlich für ein Dorf wie Martinsfehn, aber keineswegs spektakulär, und Julia konnte sich nicht vorstellen, dass der Schinken heute anders schmeckte als sonst.

Trotzdem behauptete sie, dass die Bruschetta auch besonders lecker sei. »Bestimmt hat der Koch einen guten Tag, vielleicht ist er frisch verliebt.«

Ihre Anspielung prallte wirkungslos von ihm ab. »Wer weiß!«

Als die Hauptspeisen kamen, setzten sie ihre Lobeshymnen auf das Essen fort, weil es sonst wohl ganz still geblieben wäre an ihrem Tisch. Von ihrem Platz aus wirkte Thores Steak zu blutig, sie hätte es nicht essen wollen, aber er tat schwer begeistert. Die Meeresfrüchte schmeckten wie immer ein bisschen gummiartig, weil sie aus der Truhe stammten. Doch Julia hatte nichts anderes erwartet und war nicht enttäuscht. Sie mochte den Geschmack der Muscheln und Scampi, und zu Hause konnte sie so etwas nicht auf den Tisch bringen, weil Thore sich weigerte, *so ein Zeug* zu essen.

Nach dem Essen schlug sie vor, noch ins *Tennessee Mountain zu* gehen, die einzige Kneipe in Martinsfehn, die einen Besuch lohnte. Überraschenderweise war Thore sofort von der Idee angetan. Er winkte Giovanni heran, um zu zahlen. Das Trinkgeld fiel sehr großzügig aus, und er steckte die Rechnung ein. Als Inhaber einer Firma konnte er ihren Besuch beim Italiener als Firmenessen von der Steuer absetzen.

Den Wagen ließen sie stehen, zum *Tennessee* war es nicht weit, und Thore meinte, ein Fußmarsch täte ihm nach der üppigen Mahlzeit gut. Das Auto könnten sie auf dem Rückweg holen. Unterwegs legte er nicht, wie sonst immer, den Arm um ihre Hüfte, sondern hakte sie unter, so, wie ihr Vater ihre Mutter unterhakte, wenn sie spazieren gingen.

Im *Tennessee* war nicht viel los, sie fanden sogar einen Platz an der Theke. Charlies Wein war ungenießbar, deshalb bestellte Thore zwei Bier. Dann entschuldigte er sich, weil er einen seiner Kunden entdeckt hatte. »Da muss ich eben ein paar Worte wechseln, gehört sich so. Bin gleich wieder da.«

Super. Jetzt hockte sie hier mutterseelenallein vor einem Budweiser, das sie eigentlich gar nicht mochte, und hatte das Gefühl, dass jeder in der Kneipe sie mitleidig anstarrte, sogar Charlie. *Schon gehört, Melody ist wieder da. Wie Julia das wohl aufnimmt? Na ja, glücklich sieht sie nicht aus, oder?*

Es blieb ihr nichts anderes übrig, als ihre Mundwinkel nach oben zu zwingen und gegen die bösen Gerüchte anzulächeln. Früher hatte sie sehr oft hier gesessen, mit Simone und den anderen Mädels und später mit Thore. Sie hatten sogar mal getanzt, vor der Musikbox in der Ecke, obwohl Thore nun wirklich kein Tänzer war. Es war auch nur einmal vorgekommen, ein einziges wunderbares Mal, ganz am Anfang ihrer Beziehung.

Bei den Leuten, mit denen er sich unterhielt, handelte es sich um ein Ehepaar, etwa in ihrem Alter. Von hier aus wirkte das Gespräch sehr locker, es wurde gelacht, und Julia ärgerte sich, dass Thore sie nicht mit an den Tisch genommen hatte. Der Mann saß neben der Frau, sein Arm lag auf ihrer Schulter. Sie trug ein schwarzes Top mit dünnen Trägern, und dann und wann streichelten seine Fingerspitzen ihre Haut. Jedes Mal drehte sie den Kopf und lächelte ihn an. Vielleicht waren die beiden nicht verheiratet, sondern ganz frisch verliebt.

Jetzt stand Thore auf, vielleicht hatte er bemerkt, dass

Julia ihn die ganze Zeit anstarrte. Er klopfte auf den Tisch, wie man es macht, wenn man sich verabschiedet und keinem die Hand reichen will, und kehrte zurück an die Theke.

»Das sind Dr. Mertens und seine Frau. Sie haben eine der Praxen im Ärztehaus Hesel gekauft. Er ist Gynäkologe.«

Sie nickte. »Die beiden sehen sehr glücklich aus.«

»Findest du? Hm, ja, vielleicht. Worauf du so achtest...« Mit hochgezogenen Brauen schaute er in sein halb volles Glas, dann leerte er es mit einem Zug und gab Charlie das Zeichen, dass er noch ein Budweiser wollte.

Plötzlich wurde Julia klar, dass sie nicht länger schweigen konnte. »Denkst du viel an sie, an Melody?«

Er biss sich auf die Unterlippe und richtete den Blick in die Ferne. Auf die Antwort musste sie lange warten. »Ich will nicht leugnen, dass unser Wiedersehen mich berührt hat. Vielleicht, weil mir in dem Moment erst klar geworden ist, dass wir alle Melody im Stich gelassen haben. Niemand wollte wissen, wo sie abgeblieben ist. Keiner hat sich darum gekümmert, wie ihr Leben weiterging.«

»Wir waren jung, halbe Kinder!«

»Ja, sie aber auch.« Er nahm das Bier in Empfang, das Charlie ihm in die Hand drückte, und stellte es vor sich ab.

»Bist du verliebt in Melody?«

»Sei bitte nicht albern!« Er nippte an seinem Bier, dann legte er seine Hand auf ihren Oberschenkel. »Das mit Melody und mir ist Jahre her. Ich weiß, dass ich verheiratet bin.«

Beinahe hätte sie laut gelacht. »Glaubst du, ich bin blöd? Vorhin wolltest du mich sogar nach Mallorca schicken, damit du sie ungestört vögeln kannst. Ich sag dir was, Melody ist ein billiges Miststück, und sie ist nur deinetwegen zurückgekommen. Und du Trottel merkst das nicht mal.«

Kopfschüttelnd griff er nach ihrem Oberarm. »Sprich bitte leiser, oder willst du dich unbedingt vor allen blamieren?«

Mit einem verächtlichen Blick schüttelte sie seine Hand ab. »Ich will nach Hause. Sofort. Du hast recht, es reicht schon, dass *du* mich vor aller Welt bloßstellst.«

KAPITEL 67

Montagmorgen. Nola musste sich beherrschen, um nicht zu gähnen, aber das Wochenende hatte ihr wirklich viel abverlangt. Die Sache mit Conrad, der Streit mit Renke, der zum Glück aus der Welt war, und zwei lange Kneipenabende, einer mit Hilke und einer mit Liliane.

Nachdenklich blätterte sie in der Akte aus dem Jahr 1997. Sie wusste einfach, dass der Name des Täters hier irgendwo stand, sie musste nur die richtigen Schlüsse ziehen aus der Vielzahl von Informationen, und sie durfte sich dabei nicht blind auf das verlassen, was andere vor ihr gedacht hatten.

Wulf Leutnants Alibi für die Nacht, in der seine Frau und sein Sohn starben, schien wasserdicht. Die Zeit zwischen dem Verlassen des Bettes der Geliebten und dem Eintreffen an der Brandstelle reichte nur für eine einfache Fahrt. Außerdem hatte die Geliebte auf Nachfrage genau die Kleidung beschrieben, die Wulf Leutnant getragen hatte. Konnte sie hundertprozentig ausschließen, dass die Frau für ihren Lover gelogen hatte, ohne persönlich mit ihr geredet zu haben? Nein. Nola beschloss, sich ein eigenes Bild zu machen. Zwanzig Jahre war das alles her. Falls seine damalige Affäre gehofft hatte, sich mit einem falschen Alibi den ganzen Mann zu erkaufen, hatte es nicht funktioniert. Inzwischen war Wulf Leutnant mit einer anderen Frau verheiratet. Vielleicht würde Frau Stolze ihre Aussage revidieren.

Wulf Leutnants ehemalige Geliebte lebte nicht mehr in Leer. Vor zehn Jahren hatte sie eine kleine Versicherungsagentur übernommen und bei der Gelegenheit nicht nur ihre Arbeitsstelle, sondern auch den Wohnort gewechselt. Sie wohnte jetzt in der Nähe von Jever und hatte kein Problem damit, Nola in ihrer Agentur zu empfangen.

Lange hatte Nola überlegt, wie eine Frau aussah, die in der Spedition ständig Umgang mit Fernfahrern hatte und sich dabei in einen Mann wie Wulf Leutnant verliebte. In ihrer Vorstellung musste sie vor allem selbstbewusst sein, mehr der burschikose Typ und nicht allzu intelligent. Letzteres mochte sich gemein anhören, aber es schien undenkbar für Nola, dass eine intelligente Frau ihre Zeit mit Wulf Leutnant verplemperte.

Die Realität überraschte sie. Frau Stolze war groß und sehr schlank, sie trug ein elegantes Sommerkleid, das auf keinen Fall billig gewesen war, hohe Schuhe, und ihre Kurzhaarfrisur sah aus, als käme sie geradewegs vom Friseur. Sie duftete dezent, aber nicht aufdringlich und betrachtete die Welt durch eine sehr aparte Brille mit roter Fassung, die perfekt zu ihrer schmalen Gesichtsform passte. Es gab nichts, was sie mit Carla Leutnant gemein hatte, wirklich gar nichts.

Nola wurde in ein kleines Besprechungszimmer geführt, vier Stühle, die Sitzflächen mit maigrünem Leder bezogen, ein Tisch mit einem Gesteck aus täuschend echten Seidenblumen in Gelb und Apricot, weiße Wände und ein schmales Fenster, das den Blick auf den überfüllten Parkplatz lenkte, wo Nola gerade mit viel Glück die letzte freie Lücke ergattert hatte.

Sobald sie den Namen Wulf Leutnant erwähnte, verschwand auf einen Schlag die geschäftsmäßige Freundlichkeit aus Marianne Stolzes Gesicht. »Wulf«, sagte sie dumpf.

»An den möchte ich am liebsten nicht mehr erinnert werden.«

»Warum nicht?«

»Weil ich die besten Jahre meines Lebens mit diesem Mann vergeudet habe. Keine Ahnung, was ich in ihm gesehen habe, aber am Ende hat er sich als jämmerliche Luftnummer entpuppt, als Feigling. Dabei sah er aus wie ein echter Kerl, den nichts umhauen kann. Alles Fassade. Stört es Sie, wenn ich rauche?«

»Nein.«

Marianne Stolze verließ den Raum und kehrte mit einem silbernen Zigarettenetui, einem Glasaschenbecher und einem Feuerzeug zurück. Sie legte das Etui auf den Tisch, fingerte mit eleganten Bewegungen eine Zigarette heraus, steckte sie in den Mund und zündete sie an. »Rauchen ist ungesund, ich weiß, aber es beruhigt ungemein. Und wenn man allein lebt, so wie ich, darf man sich so ein Laster erlauben. Sie rauchen nicht?«

Nola nickte.

»Sie sind noch sehr jung, Frau ...?«

»Van Heerden.«

»Schöner Name. Erheiratet?«

Erheiratet, was für ein Wort, es hörte sich an wie erobert. Nola nickte abermals.

»Ich hab mal davon geträumt, Marianne Leutnant zu heißen. Hätte mir gefallen, so wie der ganze Mann. Wir waren fest liiert, und ich hatte mir schon mal ganz unauffällig Brautkleider angesehen, als er Verena Matzke kennenlernte. Ich konnte gar nicht so schnell gucken, wie er weg war, hin zu ihr auf diesen verkommenen Hof. Und schon war sie schwanger. Aber das war noch nicht mal das Schlimmste. So etwas passiert anderen Frauen auch. Wirklich schlimm ist das, was hinterher ablief. Ich habe zugelassen, dass er mich immer wieder besuchte, heimlich natürlich. Wenn es nicht so lief mit Verena, und die muss ihn ganz schön getriezt haben, kam er angekrochen, und ich musste ihn trösten. Dass wir dabei im Bett gelandet sind, versteht sich ja wohl von selbst.«

»Auch in der Nacht, als der Hof abgebrannt ist«, warf Nola schnell ein, denn deshalb war sie ja gekommen.

»Ja. Mir verdankt er sein Alibi. Wenn ich gewollt hätte …«

»Wenn Sie was gewollt hätten?«, fragte Nola gespannt.

»Ich hätte Rache nehmen können für seinen Betrug, seine Feigheit. Einfach nur sagen, dass ich mich nicht erinnern kann, wann er losgefahren ist.« Sie zog an der Zigarette und blies den Rauch Richtung Zimmerdecke.

»Konnten Sie sich denn erinnern?«

»Natürlich.« Er klang gönnerhaft. »Ich bin ein Zahlenmensch und kann mir Uhrzeiten gut einprägen. Danach waren wir übrigens noch mal zusammen, ganz offiziell, aber nicht sehr lange, es dauerte nicht mal ein Jahr. Wulf war ein gebrochener Mann, geradezu besessen von dem Gedanken, dass diese Melody das Feuer gelegt hat und man sie davonkommen ließ. Sein ganzes Denken kreiste nur darum, er musste sogar mal in die Psychiatrie, aber nicht lange. Danach konnte er mehr als ein Jahr nicht arbeiten, schwere Depressionen, Angstzustände, fragen Sie nicht, wie viele Tabletten er einnehmen musste. Am Anfang hab ich noch gehofft, dass es nur vorübergehend ist, ein Ausdruck seiner Trauer. Aber Wulf hat sich dauerhaft verändert. Er hatte einfach keinen Pep mehr, hing zu Hause rum, hat ständig geheult und gejammert, nichts mehr auf die Reihe gekriegt. *Ich bin krank*, hieß es immer, *du musst Rücksicht nehmen.* Eines Tages hab ich ihn vor die Tür gesetzt, ohne schlechtes Gewissen. Das hatte er ja auch nicht, als er mich für Verena verlassen hat.« Sie tupfte die Zigarette so lange in den Aschenbecher, bis die Glut erlosch. »Seither habe ich nicht mehr an ihn gedacht. Und weshalb sind Sie hier?«

Nola fasste in knappen Worten zusammen, was in Martinsfehn passiert war, und sie konnte Frau Stolze ansehen, dass die Geschehnisse sie nicht kaltließen. »Natürlich stellt sich damit die Frage, ob Herr Leutnant die beiden Verbrechen begangen haben kann, damals und heute. Deshalb überprüfen wir seine Alibis für die jeweiligen Tatzeiten.« Sie lehnte sich vor und schaute die Versicherungsvertreterin eindringlich an. »Ganz ehrlich, stimmt das, was Sie damals ausgesagt haben, oder wollten Sie Ihrem Geliebten einen Gefallen erweisen, möglicherweise vor dem Hintergrund, dass er aus Dankbarkeit zu Ihnen zurückkommt?« Während sie das sagte, ließ sie Frau Stolze nicht aus den Augen. Sie wollte jede noch so kleine Veränderung in ihrem Gesicht mitbekommen.

»Damals hätte ich wohl für ihn gelogen, da haben Sie recht. Aber das war zum Glück nicht nötig, er hat mein Bett um 5:15 Uhr verlassen, so wie ich es ausgesagt habe.«

Schon als Nola die Tür hinter sich ins Schloss zog, spürte sie, dass es Frau Stolze nicht gelungen war, sie restlos zu überzeugen. Die Frau hatte sich in der Zwischenzeit etwas aufgebaut, sie war jetzt selbstständige Geschäftsfrau, und so, wie sie gekleidet war, verdiente sie ganz ordentlich. Darauf war sie mit Sicherheit sehr stolz.

Wenn sie zugab, vor zwanzig Jahren eine Falschaussage gemacht und damit einen Mörder gedeckt zu haben, bestand die Gefahr, dass sie alles verlor. Weshalb sollte sie das tun, beweisen konnte man nach all den Jahren nichts mehr. Vermutlich war es ihr ohnehin egal, wer Verena Matzke auf dem Gewissen hatte.

Im Büro wartete Hilke mit einer großen Überraschung.

»Ich werd verrückt, Nola, ich hab was entdeckt, das uns

echt weiterbringt. Am Sonntagvormittag, also am Tag ihres Todes, hat die Jakobi mit Leutnant telefoniert. Sie hat ihn angerufen, und das Gespräch dauerte knapp zwanzig Minuten.«

»Mensch, Hilke, du bist die Beste. Wahnsinn. Sie hat ihm von ihrem Buchprojekt erzählt, wetten? Und er hat kalte Füße gekriegt und überlegt, wie er das verhindern kann. Wow, ich fahr direkt nach Martinsfehn und knüpfe mir Wulf Leutnant noch mal vor.«

»Mr Vokuhila. Der Mann mit der Verbrecherfrisur«, kicherte Hilke ausgelassen. »Kann ich mit?«

»Leider nein, du musst hier weitermachen. Aber wenn du willst, lad ich dich nach Feierabend zu einem dicken Eis ein.«

»Um Mitternacht?«

»Nein. Heute machen wir keine Überstunden. Nicht schon wieder.«

KAPITEL 68

Einer plötzlichen Eingebung folgend, beschloss Renke, den damaligen Revierleiter von Martinsfehn aufzusuchen. Als Polizist hatte Gerd Wiese nichts zu verbergen und würde unvoreingenommen über die Vorfälle in der Nacht vor zwanzig Jahren berichten. Unterwegs überschlug er im Kopf, dass der pensionierte Polizist um die siebzig sein musste.

Gerd Wiese hatte sich hinter einer mannshohen, weiß verputzten Mauer verbarrikadiert, in der es nur zwei bogenförmige Öffnungen gab, beide mit schmiedeeisernen Toren verschlossen. Ein breites, zweiflügeliges Tor führte direkt zur Garage. Hinter einer schmalen Tür mit Klingel und Gegensprechanlage begann ein Plattenweg, der an der Haustür endete. Auf einem großen Schild stand: *Warnung vor dem Hund.*

Renke fiel ein, dass Gerd Wiese grundsätzlich mit einem Schäferhund unterwegs gewesen war, giftige Biester, vor denen man sich in Acht nehmen musste, wenn sie nicht ihren Maulkorb aus schwarzem Leder trugen. Er hätte jederzeit gewettet, dass es sich bei dem Hund, vor dem gewarnt wurde, ebenfalls um einen Schäferhund handelte.

Kaum dass sein Finger den Klingelknopf berührte, setzte wildes Gebell ein, tief und drohend, es knackte in der Anlage, und eine leicht verzerrte Frauenstimme rief: »Wer ist da?«

Er brachte sein Anliegen vor, und wenig später signalisierte ein Summen, dass das Tor entsperrt wurde. Er ging auf direktem Weg zur Haustür, die bereits geöffnet wurde. Der Hund blieb zum Glück unsichtbar.

Frau Wiese war eine mütterliche Frau mit kurzen grauen Haaren und einem herzlichen Lachen, sie schickte ihn hinter das Haus. »Mein Mann ist draußen bei den Hühnern. Früher hat er auf die Martinsfehntjer aufgepasst, jetzt hütet er seine Hühner. Der Hund ist im Zwinger«, rief sie ihm noch hinterher.

Je näher Renke der hinteren Hausecke kam, umso hysterischer gebärdete sich der Hund, und als sie einander in die Augen sehen konnten, der Mann in der dunklen Uniform und der altdeutsche Schäferhund, sprang das Tier gegen das Metallgitter, das ein surrendes Geräusch von sich gab.

»Keine Angst, das hält. Hab ich von einer Spezialfirma bauen lassen«, hörte Renke eine wohlbekannte Männerstimme.

Gerd Wiese war alt geworden, das rotblonde Haar hatte über die Jahre einen schmutzigen Cremeton angenommen, er hielt sich nicht mehr so aufrecht und hatte auch ein paar

Kilos abgenommen. Und doch strahlte er immer noch Autorität aus. Renke fragte sich, woran das liegen mochte.

Als Junge hatte er sich vor dem Dorfpolizisten gefürchtet. Wenn Gerd Wiese, dessen runde Wangen immer so rot glänzten wie zwei Äpfel, angeradelt kam, den hechelnden Hund an der Leine, hatte der kleine Renke gleich ein schlechtes Gewissen gekriegt, auch wenn er gar nichts angestellt hatte, und den anderen Jungs war es nicht besser ergangen. Wehe, einer von ihnen hatte tatsächlich etwas angestellt, harmlose Dinge aus heutiger Sicht, dann kassierte er eine ordentliche Strafpredigt, manchmal auch lang gezogene Ohren. Hier auf dem Dorf galt der Polizist als Respektsperson, und daran hatte Wiese bis zu seiner Pensionierung festgehalten. An der heutigen Jugend wäre er wohl verzweifelt.

Gerd Wiese war gerade damit beschäftigt, mit dem Wasserschlauch weiße Emailleschüsseln abzuspritzen. Als Renke den Arm hob und winkte, stellte er das Wasser ab.

Mit einem Blick erfasste Renke, dass der ehemalige Revierleiter von Martinsfehn eine Vorliebe für alte Hühnerrassen hegte, genau wie Renkes Großvater, der schon lange nicht mehr lebte. Er entdeckte Deutsche Sperber, das gemusterte Federkleid war unverkennbar, außerdem Ostfriesische Möwen und eine Rasse, die er nicht kannte. Die Hühner waren übersät mit groben weißen Sprenkeln, als hätte man sie mit Farbe bespritzt, der Kopf wirkte klein und flach, was an dem fehlenden Kamm liegen konnte, und saß auf einem langen, geraden Hals, der dem Huhn eine ungewöhnliche Körperform verlieh.

»Das sind Orloffs«, erklärte Gerd Wiese, der Renkes fragenden Blick bemerkt hatte. »Russische Nationalhühner. Werden auch als Kampfhühner gehalten.«

Also genau das Richtige für einen Schäferhundbesitzer, dachte Renke. »Interessant. Hab ich noch nie gesehen.«

»Ja, die sind selten.« Mit der Hand deutete er auf eine grau gestrichene Holzbank mit einer mehrfach gefalteten Wolldecke darauf, die vor der weiß gestrichenen Schuppenwand in der Sonne stand. Sie setzten sich nebeneinander. Gerd Wiese holte eine Meerschaumpfeife aus der Brusttasche seiner blauen Arbeitsjacke, die er in aller Ruhe mit Tabak stopfte und anzündete. »Und?«, fragte er dann gedehnt. »Offizieller Besuch? Worum geht es?«

»Sieht so aus, als wollte man die Ermittlungsakten zu der Brandstiftung auf dem Hof Matzke wieder öffnen.«

Kaum dass Renke die Worte ausgesprochen hatte, veränderten sich Wieses Gesichtszüge. Auf einmal sah er wieder aus wie früher, wie einer, mit dem man sich nicht anlegen sollte.

»Wieso das denn?«, knarzte er unfreundlich. »Da gibt es nichts zu finden, nicht nach all den Jahren.« Ungehalten zog er an seiner Pfeife. »Das war vielleicht 'ne Scheiße damals.« Dann, als wäre ihm plötzlich bewusst, wer da neben ihm saß, beruhigte er sich wieder. »Du warst ja selbst mal bei der Kripo und wirst das so nicht kennen. Aber früher waren wir für die hohen Herren aus Leer bloß die Deppen vom Dorf, die keine Ahnung haben und alles falsch machen. In der Nacht stand das Haus in hellen Flammen, und die Feuerwehr hat gekämpft, um wenigstens den Stall und die Pferde zu retten. Hinterher hieß es, alle Spuren wären zertrampelt worden. Ja, Kunststück, die Feuerwehrleute sind hin und her gerannt, und alles schwamm in Löschwasser.« Seine rechte Hand mit der Pfeife beschrieb einen Halbkreis. »Egal, was die angeblichen Profis von der Spurensicherung rausgefunden haben, für mich bleibt die kleine Matzke die Täterin, Melody. Niemand sonst hatte ein Motiv. Sie verstand sich nicht mit ihrer Mutter, das wusste jeder im Dorf, und in dieser Nacht gab es einen heftigen Streit. Die Kleine hat gesoffen, bis sie jede

Hemmung verloren hat. Sie wusste, wo das Stroh untergebracht war, und auch, wo die Kanister mit Diesel standen.«

»Laut Gutachten vom LKA befanden sich keine verdächtigen Spuren an ihrer Kleidung«, warf Renke ein.

Das brachte Wiese erst richtig in Rage. »Blablabla. Ein Gutachten vom LKA, wenn ich das schon höre«, bollerte er. »Hier in Martinsfehn passiert ein Dreifachmord, und in Hannover wird entschieden, dass die Hauptverdächtige unschuldig ist. Als hätten die sich nicht schon tausendmal geirrt.«

»Hat jemand darüber nachgedacht, dass das Feuer gelegt wurde, um Daniela Finke zu töten?«

»Die kleine Finke? Was ist das denn für ein Blödsinn?« Gereizt paffte Wiese kleine Wölkchen in die klare Sommerluft.

»Ist eine Theorie von vielen.« Renke hatte keine Lust, sich näher zu erklären. Gerd Wiese wusste ja ohnehin alles besser. Außerdem war er raus aus dem Dienst und brauchte keine Interna zu erfahren. »Wulf Leutnant«, sagte er stattdessen. »Waren Sie dabei, als er auf dem Hof ankam?«

»Der Mann war völlig am Ende. Zuerst hat er noch gemeint, dass die Frau und der Junge sich gar nicht im Haus befinden, die wollten nämlich woanders übernachten. Als er den Wagen in der Garage entdeckt hat, ist er völlig zusammengebrochen. Das hat mir einer von den Feuerwehrleuten später erzählt. Die waren sich nämlich nicht zu fein, mit einem einfachen Dorfpolizisten zu reden, so wie die Blödmänner aus Leer.«

Manchmal wusste man Dinge einfach, ohne dass man es erklären konnte. Und Renke wusste in diesem Augenblick, dass es etwas gab, das Gerd Wiese nicht erzählte, etwas, das ihn nach all den Jahren noch immer wütend machte.

Er sollte unbedingt mit Henning Bremer reden, vielleicht konnte der ihm weiterhelfen.

KAPITEL 69

Heute früh hatte Wulf seine Arbeit wieder aufgenommen. Drei Ölwechsel, einmal neue Bremsbeläge. Man konnte denken, dass er wieder der Alte war, lieb mit den Kindern, lieb mit Carla, freundlich zu den Kunden. Aber etwas hatte sich verändert, etwas, für das Carla keine Worte fand, es war wie ein feiner grauer Sprühnebel, der in der Luft lag und alles vergiftete.

Und jetzt stand die Polizei vor ihrer Tür und wollte ihn sprechen.

»Mein Mann ist in der Werkstatt«, sagte sie, und die beiden bedankten sich. Renke Nordmann und diese rothaarige Frau. Die hatten was miteinander, davon war Carla überzeugt. Als sie aus dem Wagen gestiegen waren, hatte die Frau sein Hemd zurechtgezupft, am Kragen, und er hatte ganz still gestanden und gegrinst. So ging man nur miteinander um, wenn man sich nahestand.

Sie wartete eine Minute ab, dann schlich sie hinterher. Sollte jemand zum Tanken kommen, konnte sie ja zurückgehen. Carla stellte sich neben das Tor und spitzte die Ohren.

Zuerst redete die Frau. »Bei unserem letzten Besuch haben Sie behauptet, Simone Jakobi nicht näher zu kennen. Dabei haben Sie verschwiegen, dass Frau Jakobi am Tag ihres Todes hier angerufen hat. Vormittags gegen elf.«

»Davon weiß ich nichts«, polterte Wulf. Er dachte wohl, dass allein seine Lautstärke die beiden zum Verstummen bringen würde, so, wie es bei Carla und den Kindern funktionierte. Aber die Polizistin war aus anderem Holz geschnitzt und ließ sich nicht einschüchtern.

»Komisch. Das Gespräch ist auf Frau Jakobis Verbindungsnachweis aufgelistet. So etwas kontrollieren wir nämlich, wenn jemand einem Gewaltverbrechen zum Opfer fiel. Und dabei sind wir auf Ihre Nummer gestoßen. Vielleicht hat Frau Jakobi ja mit Ihrer Frau geredet. Wir können sie gleich mal fragen.«

»Nee«, lenkte Wulf ein. »Ist nicht nötig. Carla war am Sonntag mit den Kindern weg. Bei ihren Eltern, ich war allein. Vielleicht hat die Jakobi sich verwählt. Kann sein, dass jemand angerufen hat, der sich verwählt hat... ja, ich erinnere mich. Falsch verbunden.«

»Sehr witzig. Das Telefonat hat zwanzig Minuten gedauert.« Jetzt sprach Renke Nordmann, und er klang ziemlich ungehalten. Wahrscheinlich kriegte ein Polizist den ganzen Tag solche dummen Lügen aufgetischt, und er reagierte deshalb so genervt. »Also. Worum ging es?«

»Weiß nicht mehr, nichts Besonderes.«

»Haben Sie häufiger mit Frau Jakobi telefoniert?«, wollte die Frau wissen.

»Nee, bestimmt nicht, ich kannte die ja kaum. Getankt hat sie hier auch nicht.«

»Wenn man bedenkt, wie lange das Telefonat gedauert hat, klingt das nicht gerade glaubwürdig.«

»Mir doch egal.«

Die Frau lachte kurz auf. »Gut. Dann wollen wir mal Tacheles reden. Frau Jakobi wollte ein Buch über den Brand schreiben, bei dem Ihre Lebensgefährtin und Ihr Sohn Michel umgekommen sind. Sie hatte eine ganz eigene Theorie entwickelt. Frau Jakobi war überzeugt, dass der Brandstifter Daniela Finke geschwängert hat und nichts von dem Kind wissen wollte, weil er in einer festen Beziehung lebte. Wir haben ja schon darüber gesprochen.«

»Richtig. Darum sollte Ihnen ja bekannt sein, dass ich nichts dazu sagen kann. Das hab ich dieser Fototante auch erzählt.«

Carla hatte das Gefühl, dass der Boden unter ihren Füßen zu schwanken begann. Sie streckte die Hand aus, um sich an der Mauer festzuhalten. Wulf hatte also mit der toten Fotografin telefoniert. Was würde noch ans Tageslicht kommen?

Die Stimme der Frau holte sie in die Wirklichkeit zurück. »Wissen Sie, Herr Leutnant, mir ist der Gedanke gekommen, dass Sie dieser Mann sein könnten. Alles passt. Sie kannten Daniela gut, immerhin wohnte sie auf dem Hof und ging bei Ihnen ein und aus. Sie war jung und ausgesprochen hübsch, warum sollen Sie sich nicht in das Mädchen verliebt haben? Dass Sie es nicht so genau nehmen mit der ehelichen Treue, wissen wir ja bereits. Daniela hatte keinen Vater, solche Mädchen neigen dazu, sich in ältere Männer zu verlieben. Natürlich haben Sie dafür gesorgt, dass niemand etwas mitbekam. Doch plötzlich hat Daniela behauptet, schwanger von Ihnen zu sein. Das ging natürlich überhaupt nicht, Frau Matzke hätte Sie wahrscheinlich vor die Tür gesetzt. Sie hätten alles verloren, also mussten Sie die junge Frau loswerden. Weil Sie davon ausgegangen sind, dass Ihre Lebensgefährtin und der Kleine auswärtig schlafen, haben Sie das Haus angezündet. Es muss ein furchtbarer Schock gewesen sein, dass Ihre Familie doch zu Hause war und ums Leben gekommen ist. Denn Ihr Plan sah ja nur vor, Daniela aus dem Weg zu räumen – und vielleicht Ihre ungeliebte Stieftochter.«

Carla hatte das Gefühl, dass ihre Beine sie nicht länger tragen wollten. Sie tastete sich an der Wand entlang zurück in den Kassenraum und ließ sich dort auf den Hocker hinter der Kasse fallen. Alles, was sie gerade erfahren hatte, klang so entsetzlich logisch.

Wenig später fuhren die Polizisten davon – ohne Wulf. Sie gab sich einen Ruck und ging zurück in die Werkstatt.

Wulf stand über den Motorraum des Skoda gebeugt, als hätte die Polizei ihn nicht gerade eben des Mordes beschuldigt.

»Was wollten die von dir?«

»Nichts Besonderes. Die klappern alle ab, die in den alten Akten stehen, also auch mich. Ich hab gesagt, die sollen zu Melody fahren und sie am besten gleich verhaften.«

Ja, lüg mich ruhig an, dachte sie. *Am Ende kommt die Wahrheit ja doch ans Licht.* Erst später fiel ihr ein Satz der Polizistin ein, nämlich dass Wulf es nicht so genau nehmen würde mit der ehelichen Treue. Was hatte sie damit gemeint?

KAPITEL 70

Nola saß auf Renkes Schreibtisch, die Beine übereinandergeschlagen wippte sie mit den Füßen. Sie erzählte von ihrem Besuch bei Marianne Stolze. »Ich weiß nicht, ob ich ihr wirklich glauben soll. Damals hatte sie allen Grund, für ihn zu lügen, und heute hätte sie eine Menge zu verlieren, wenn sie das zugibt.«

Im Gegenzug berichtete Renke von seinem Besuch bei Gerd Wiese. »Ich habe das Gefühl, dass er etwas vor mir verbirgt.«

»Echt?« Sie rutschte von der Schreibtischplatte. »Ich hab die alten Unterlagen gelesen, Gerd Wiese kommt überhaupt nicht darin vor. Glaubst du wirklich, dass er etwas wissen kann, das nicht in der Akte steht?«

»Keine Ahnung«, musste Renke zugeben. »Er hat sich über die Kollegen von der Kripo aufgeregt, die in ihm nur einen schlichten Dorfpolizisten gesehen haben.«

»Henning Bremer hat gesagt, dass sie gar nicht in die Ermittlungen involviert waren. Wie spät ist es? Halb sechs? Ich glaub, ich fahr noch mal zu Henning Bremer. Der macht einen guten Eindruck auf mich, man merkt, dass er mal Polizist war. Außerdem war er ja in der Nacht vor Ort.«

Irgendwas an ihrem Gesichtsausdruck, vielleicht das kurze Aufleuchten ihrer Augen, störte ihn. »Wir fahren da zusammen hin, wenn's recht ist.«

»Warum? Glaubst du, der Mann ist gefährlich?«

»Nun, es gibt ja verschiedene Möglichkeiten, wie ein Mann einer Frau gefährlich werden kann. Und ich möchte jede davon ausschließen.«

Während der Fahrt legte er eine Hand auf ihren Oberschenkel. Sie legte ihre eigene darüber, um den Druck zu verstärken, und seufzte leise. Für einen Moment stellte er sich vor, das Training heute Abend abzusagen und stattdessen zu Nola zu fahren. So, wie er sich gerade fühlte, würde er schon im Flur über sie herfallen. Er würde sie gegen die Wand pressen, das Schuhregal würde umfallen... Er grinste.

»Ist was? Worüber freust du dich so?«

»Ich freue mich gar nicht, im Gegenteil, mir ist gerade klar geworden, dass ich heute zum Training muss.«

Inzwischen waren sie angekommen. Henning Bremer wohnte im dritten Stock eines der modernen Mehrfamilienhäuser, die ein örtlicher Bauunternehmer an der Hauptstraße hochgezogen hatte. Nachdem sie geklingelt hatten, ertönte ein dumpfer Ton, und sie konnten die Tür zum Treppenhaus öffnen. Nola wollte gleich losstürmen, doch er hielt sie fest. »Moment!«

Er musste sie jetzt einfach küssen, wenigstens kurz, und sie schien denselben Drang zu verspüren. Sie stellte sich auf die Zehenspitzen und schmiegte sich an seinen Körper, als eine Männerstimme von oben rief: »Hallo, ist da jemand?«

Widerwillig ließ er Nola los. »Wir kommen schon.«

Bei Nolas Anblick grinste Henning Bremer hocherfreut. Als er Renke entdeckte, der hinter ihr stand, erlosch das Leuchten.

»Die Polizei, kommen Sie bitte rein!«

Es roch nach Essen, und Henning Bremer bat sie in die Küche, damit er seine Abendmahlzeit im Auge behalten konnte. Auf der Spüle lag eine bunte Pappschachtel, heute Abend gab es Fertigpizza vom Discounter.

Nola hatte offenbar nicht vor, sich mit langen Vorgesprächen aufzuhalten. »Wir haben Anlass zu der Annahme, dass bei den Ermittlungen zu der Brandstiftung auf dem Reiterhof Matzke etwas passiert ist, das nicht in den Akten steht. Sie waren doch in der Nacht auf dem Hof. Können Sie sich vorstellen, um was es sich handelt?«

»Haben Sie schon mit Gerd Wiese geredet?«

»Ja«, sagte Nola zögernd. »Mein Kollege war dort. Herr Wiese war aber nicht sehr gesprächig.«

»Kann ich mir vorstellen. Tja, ich weiß nicht, ob ich darüber reden soll.«

»Worüber?«, knurrte Renke, der es nicht ausstehen konnte, wenn Leute komische Andeutungen machten, aber nicht konkret wurden. Entweder man hatte etwas zu sagen oder nicht.

Henning Bremer druckste ein bisschen herum, dann sagte er: »Okay. Es war so: In der betreffenden Nacht, eigentlich war es ja schon morgens, hat Herr Wiese mich aus dem Bett geklingelt. Ich sollte zu der Brandstelle kommen. Wir hatten keinen Dienst, es war Wochenende, aber gut, wenn dein Boss so was verlangt, machst du es eben. Er selbst hat sich von seinem Sohn fahren lassen, warum, wurde mir schnell klar. Er war betrunken, ziemlich betrunken muss ich leider sagen. Ich musste mit ihm um das Haus rumlaufen und nach

Spuren suchen, obwohl die Kriminaltechniker längst vor Ort waren. Und dann hat er etwas gefunden, ein Fünfzigpfennigstück, das lag da im Dreck. Gerd Wiese hat so getan, als wäre das eine Sensation, der große Durchbruch. Dieser Kommissar aus Leer, Morawitz hieß er, war ziemlich genervt. Er hat das Geldstück mit viel Brimborium in eine Beweismitteltüte gesteckt und Gerd Wiese nach Hause geschickt. Ehrlich gesagt fand ich die ganze Aktion ziemlich peinlich. Gerd Wiese im Nachhinein wohl auch, wir haben nie mehr darüber geredet.«

»Bis jetzt«, warf Nola ein.

»Genau. Bis jetzt, und dabei wird es auch bleiben, denke ich. Der alte Wiese hat sich überschätzt, wie es so ist, wenn man einen im Kahn hat, und das war ihm verständlicherweise hinterher peinlich. Er gehört nämlich zu denen, die nie Fehler machen, Sie wissen schon, wie ich das meine.« Er grinste Nola verschwörerisch an. »Unfehlbar. Der beste Bulle in ganz Deutschland.«

»Da kenne ich auch einen«, lachte Nola. »Vielleicht zieht die Polizei solche Männer an.« Dann wurde sie ernst. »Wir glauben, dass Ihr ehemaliger Chef etwas weiß, das er uns nicht verraten will. Hat er nicht eine schwache Stelle, wo man ihn packen kann, eine Achillessehne?«

»Keine Ahnung, reden Sie mit ihm über seinen Hund oder besser noch über die respektlose Jugend von heute, sein Lieblingsthema. Kann sein, dass man ihn so weichklopfen kann.«

Die Art, wie das Gespräch verlief, missfiel Renke. Der Typ mochte ja ein smarter Junge sein, doch er war kein Polizist mehr und nicht in die Ermittlungsarbeit involviert. Und Nolas Bemerkung über den Polizisten, der sich ebenfalls für unfehlbar hielt, passte ihm schon gar nicht. Zeit zu gehen.

»Mehr können Sie uns also nicht über diese Nacht verraten? Ein Fünfzigpfennigstück, das Ihr Chef für eine wichtige Spur hielt. Richtig?«, vergewisserte Renke sich noch einmal.

»Wie schon gesagt, Gerd Wiese hat sich bis auf die Knochen blamiert. Für einen wie ihn ist das schon 'ne ganze Menge, würd ich sagen. Darunter hat er richtig gelitten.«

»Okay. Wir wollen Sie nicht länger vom Essen abhalten.« Renke stand auf, ohne abzuwarten, ob Nola noch was sagen wollte.

»Was war das denn?«, beschwerte sie sich draußen. »Seit wann entscheidest du allein, wann eine Befragung zu Ende ist?«

Er spitzte die Lippen und deutete einen Kuss an. »Ganz einfach, seit du meine Freundin bist. Ich schaue doch nicht zu, wie so ein Möchtegernpolizist dich vor meinen Augen anbaggert.«

»Hat er gar nicht.«

»O doch, hat er, und du hast es genossen. Er kann froh sein, dass ich ihn nicht auf der Stelle verhaftet und in ein Verlies ohne Licht und Wasser gesteckt habe.«

»Beim nächsten Mal fahre ich besser allein hin«, grinste sie.

»Untersteh dich! Übrigens wusste ich gar nicht, dass du auf blonde Männer stehst.«

»Mein Ex-Mann war blond.«

»Wenn ich heute Abend nicht Training hätte, würde ich dich davon überzeugen, dass dunkelhaarige Männer mehr Vorzüge haben.«

»Keine Chance. Ich muss früh ins Bett.«

KAPITEL 71

Heute Morgen hatte Frau Wiese auf dem Präsidium angerufen. Sie wollte Renke treffen, aber nicht auf dem Revier und schon gar nicht bei sich zu Hause. Sie hatten sich in dem kleinen Café verabredet, das zu der Bäckerei am Marktplatz gehörte, um halb drei, da traf sie sich manchmal mit ihren Freundinnen vom Handarbeitskreis. Die Frauen strickten kleine Socken und Mützen, die sie einmal im Jahr der Frühgeborenen-Station des Klinikums Leer spendeten. Frau Wiese hatte ihre Teilnahme abgesagt, damit niemand auf die Idee kam, anzurufen und nach ihrem Verbleib zu fragen. Anscheinend musste sie Rechenschaft über die Zeit ablegen, die sie ohne ihren Mann verbrachte. Es passte zu dem Bild, das Renke von Gerd Wiese hatte.

Als er ankam, war sie schon da, und sie hatte einen Platz ganz hinten gewählt, wo man sie von draußen nicht sehen konnte. Renke setzte sich zu ihr an den Tisch und verkniff sich den Hinweis, dass auf dem Marktplatz Tische und Stühle aufgebaut waren und man dort bei dem Wetter sehr viel schöner sitzen würde.

Auch die Bedienung wunderte sich, dass jemand freiwillig drinnen saß. »Draußen wäre noch ein Tisch frei«, sagte sie.

»Wir bleiben lieber hier«, erklärte Renke und bestellte einen Kaffee, aber keinen Kuchen.

»Ich nehme auch Kaffee und dazu ein Stück Schwarzwälder Kirsch. Die sollten Sie mal probieren, Herr Nordmann, die schmeckt hier unvergleichlich.«

»Ich bin nicht so für süße Sachen.« Er wartete, bis die Bedienung sich so weit entfernt hatte, dass sie ihr Gespräch auf keinen Fall belauschen konnte, dann fragte er: »Was haben Sie auf dem Herzen, Frau Wiese?«

»Ach …« Sie hob die Schultern und ließ sie wieder fallen. »Vielleicht ist es auch ein Fehler, dass ich hier sitze. Aber ich weiß mir nicht anders zu helfen, Herr Nordmann. Ich muss das loswerden und kann nur hoffen, dass Gerd es nie erfährt.«

Er spürte, dass sich die Haare auf seinen Unterarmen aufstellten. Was durfte Gerd Wiese nicht erfahren?

»Diese furchtbare Nacht, in der es auf dem Pferdehof gebrannt hat und drei Menschen sterben mussten. Das war Gerds fünfzigster Geburtstag. Er hatte viel zu viel getrunken und ist trotzdem hingefahren. So war er eben.« Sie lächelte traurig. »Hat sich immer verantwortlich gefühlt. Unser Sohn musste ihn hinfahren, und sein junger Kollege hat ihn zurückgebracht. Irgendwas ist da vorgefallen, das wusste ich gleich. Sein Mund wurde ganz schmal, wenn jemand von dieser Nacht gesprochen hat. Er wollte aber nicht darüber reden, nicht mal mit mir, die ganzen Jahre nicht. Na ja … ich hab auch gar nicht mehr daran gedacht. Erst als diese Fotografin umgekommen ist, fiel es mir wieder ein. Wissen Sie, der Tod der jungen Frau hat ihn sehr beschäftigt. Ich sollte das nicht merken, aber nach so vielen Jahren … da kennt man den anderen doch in- und auswendig. Da hat was in Gerd gearbeitet. *Nun sag schon, was damals los war*, hab ich gesagt. Da hat er endlich den Mund aufgemacht. Er hat in der Nacht etwas gefunden, es lag da im Dreck, eine Kette oder ein Armband. Er bat Henning Bremer, bei dem Fund stehen zu bleiben, während er den Kriminalkommissar holt. Als sie zurückkamen, hat seine großartige Entdeckung sich allerdings als Geldstück entpuppt. Es war wohl schrecklich peinlich. Der Kommissar hat ihn sogar nach Hause geschickt. Er würde die gesamte Polizei blamieren, hat er gemeint, weil er so eine Fahne hätte und jeder gleich merken würde, was mit ihm los ist. Das war furchtbar für meinen Mann. Sie kennen ihn ja, betrunken im Dienst erscheinen, so etwas würde er keinem nachsehen und sich selbst schon gar nicht.«

Renke, der die Geschichte schon einmal gehört hatte, nickte verständnisvoll. »Aber er war ja gar nicht im Dienst.«

»So ist es«, fuhr Frau Wiese fort. »Jedenfalls hat er nach seinem Geständnis gemeint, dass er all die Jahre darüber nachgedacht hat und völlig sicher ist, dass da etwas anderes gelegen hat. Etwas Größeres, eine Kette oder ein Armband.«

»Aber dort lag eine Münze.«

Sie nickte. »Genau. Und es gibt nur einen Menschen auf der Welt, der das Schmuckstück gegen eine Münze austauschen konnte. Henning Bremer. Der hat sich nach dieser Nacht sehr verändert, Gerd hat sich oft darüber beschwert, und ein Jahr später hat Henning gekündigt und ist zu VW gegangen. Niemand konnte das verstehen, aber Gerd war ziemlich erleichtert.«

»Hat Ihr Mann gesagt, dass er noch mal mit Henning Bremer reden will?«

»Nein. Ganz bestimmt nicht. Er ist doch froh, dass alles hinter ihm liegt. Das ist der einzige Fleck auf meiner Uniform, hat er zu mir gesagt, und dass er sich ein bisschen besser fühlt, nachdem er mir davon erzählt hat. Ich musste ihm hoch und heilig versprechen, sein Geheimnis für mich zu behalten. Aber das kann ich nicht. Die drei Toten damals und jetzt die junge Frau, diese Fotografin, das hängt doch alles zusammen, Herr Nordmann. Ich hab Gerd angefleht, eine Aussage zu machen, aber er will nicht. Er will einfach nicht. Als wäre sein guter Ruf mehr wert als ein Menschenleben.« Bekümmert schüttelte sie ihren Kopf. »Dabei war er doch mal Polizist und damit der Wahrheit verpflichtet.«

»Ich danke Ihnen, dass Sie zu mir gekommen sind. Wenn

es sich irgendwie vermeiden lässt, wird Ihr Mann nichts von unserem Gespräch erfahren.«

Er rief sofort bei Nola an.

KAPITEL 72 1997

Seit Tagen hatte Thore sein Bett nicht mehr verlassen. Die Tafel Schokolade, die seine Mutter ihm vorhin mit besorgter Miene auf den Nachttisch gelegt hat, *Junge, du musst doch was essen,* rührte er nicht an, genauso wenig wie den Teller mit dem Käsebrötchen oder den Tee, der inzwischen kalt war.

Immer wieder zog er die Unterlippe zwischen die Zähne und ließ sie nach vorn schnalzen. Es kam ihm so vor, als würde er den ganzen Tag lang nichts anderes machen, als hier rumzuliegen und seine Unterlippe zu malträtieren, die sich schon ganz wund anfühlte. Aber der Schmerz war angenehm, eine gerechte Strafe. Wenn er an Melody dachte, würde er sich am liebsten die Lippe herausreißen und in Brand stecken.

Jemand klopfte an seine Zimmertür, die kurz darauf geöffnet wurde. Thore zeigte keine Reaktion, es bereitete ihm schon zu viel Mühe, den Kopf zu drehen, um zu schauen, wer sein Zimmer betrat. Vermutlich war es ohnehin nur seine Mutter, die ständig auf dem Flur rumschlich und die bestimmt nachsehen wollte, ob er wenigstens die Schokolade gegessen hatte. Die Antwort auf ihre Frage lag schon auf seiner Zunge, *lass mich in Ruhe, mir ist nicht nach essen.* Zu seiner Überraschung stand Henning, sein großer Bruder, im Türrahmen. Er trug seine Uniform, also hatten sie die Kette gefunden. Alles war vorbei.

»Willst du mich verhaften?«, fragte Thore und stellte verwundert fest, wie weinerlich sich das anhörte.

»Sollte ich?« Henning schloss sorgfältig die Tür, dann durchquerte er mit wenigen Schritten den Raum und ließ sich auf Thores Bettkante nieder. Früher war das ganz alltäglich gewesen, Hennings Zimmer lag genau gegenüber. Obwohl sie acht Jahre trennten, hatten die beiden Brüder viel Zeit miteinander verbracht, sei es, um sich etwas zu leihen, ein Shirt, das gerade in war oder eine CD, oder sei es nur zum Quatschen.

Dann war Henning ausgezogen, um die Polizeiakademie zu besuchen. Seit seiner Rückkehr vor zwei Jahren lebte er mit Sarah zusammen, die er in Nienburg kennengelernt hatte und die ihm nach Ostfriesland gefolgt war. Die beiden würden bald heiraten.

Thore mochte Sarah nicht sonderlich. Sie hatte eine schreckliche Art zu lachen, wie eine Hyäne, dachte er jedes Mal, und er begriff nicht, warum Henning sich nicht daran störte. Was fand er überhaupt an Sarah? Sie sah nicht wirklich hübsch aus, es sei denn, man stand auf dicke Augenbrauen, die wie aufgeklebt wirkten, und breite Hüften. Dafür war ihr Haar die Wucht, schwarz mit bläulichem Schimmer und hüftlang. Nett war Sarah natürlich auch, übertrieben nett, wie ein Mensch, der Angst hatte, dass die anderen ihn nicht mochten, und es darum ständig allen recht machen wollte.

Henning wirkte heute anders als sonst, ernster, so, als würde ihm etwas schwer zu schaffen machen. Seine rechte Hand verschwand in der Tasche seiner Uniformhose und holte etwas hervor, das er in Thores Hand gleiten ließ. »Die lag unter Melodys Fenster. Ich konnte sie unauffällig verschwinden lassen.« Sein Blick irrte durch den Raum und blieb an dem Poster über Thores Bett hängen, auf dem Jimi

Hendrix mit geschlossenen Augen Gitarre spielte. Früher war das Poster mit Heftzwecken an Hennings Zimmertür befestigt. Nach seinem Umzug war es in Thores Besitz übergegangen.

Thore schluckte. In seiner Hand glitzerte die silberne Kette, die Melody ihm geschenkt hatte, der Anhänger war ein schlichtes Kreuz, ziemlich klein. Die Kette war eine der wenigen Erinnerungen, die Melody an ihren Vater besaß, und zuerst hatte er sich geweigert, sie anzunehmen. Aber Melody wollte sie unbedingt an seinem Hals sehen, und so hatte er nachgegeben und die Kette zwei Monate lang getragen. Bis vor drei Tagen. »Ich…«, setzte Thore an. »Ich hab nicht…«

»Ich will nichts hören. Kein Wort. Steck sie ein, du hattest sie die ganze Zeit, verstanden?« Henning klang aufgebracht. »Und lass die Sachen, die du an dem Abend anhattest, verschwinden. Daran lassen sich Brandrückstände nachweisen, Rußpartikel, was weiß ich, die Luft war voll davon. Auch die Schuhe. Das ist wichtig, Thore. Irgendwann stehen die Kollegen auf der Matte und fragen danach. Wenn du ihnen die Klamotten mitgibst, können sie beweisen, dass du dort warst.«

»Aber du…«

Auch diesmal ließ Henning ihn nicht ausreden. »Ich bin Polizist, ich weiß. Wenn das rauskommt, kann ich meine Sachen packen.« Seine Finger schlossen sich um Thores Handgelenk, so heftig, dass es schmerzte. Doch das hatte er wohl verdient. »Du bist mein kleiner Bruder, und wenn du Mist baust, helfe ich dir da raus. Aber bitte, lass uns nie mehr darüber sprechen.«

»Ich war das nicht«, flüsterte Thore erstickt. »Ehrlich, Henning.«

Sein Bruder nickte. »Du hast kein Alibi, richtig? Du bist

vorzeitig von der Fete abgehauen, weil du sauer warst auf deine Freundin. Mama und Papa wissen nicht, wann du nach Hause gekommen bist. Ich hab schon mit ihnen geredet und gesagt, dass du Schwierigkeiten kriegen könntest. Sie helfen dir natürlich. Du bist von der Feier direkt nach Hause gefahren und warst gegen Mitternacht hier, verstanden?«

»Ja. Und das ist auch die Wahrheit, ich war um kurz vor zwölf zu Hause«, beteuerte Thore mit brennenden Wangen.

»Gut. Von dem Anhänger wissen Mama und Papa nichts, und dabei muss es auch bleiben. Das ist unser Geheimnis, Kleiner, für immer und ewig.«

Als er fort war, drehte Thore sich zur Wand. Zuerst versuchte er noch, sich zusammenzureißen, aber dann heulte er wie ein kleiner Junge. Warum musste ausgerechnet in seinem Leben so etwas Furchtbares passieren?

Nach einiger Zeit zwang er sich, das Bett zu verlassen. Er duschte, ließ sich von seiner Mutter zwei Spiegeleier braten, die er auf Schwarzbrot aß, später machte er das, was Henning von ihm verlangt hatte, er stopfte die Jeans, das T-Shirt und nach langem Nachdenken auch die Turnschuhe von Revers, die er heiß und innig liebte, in eine Plastiktüte. Er würde sie am Abend in einem der Altkleidercontainer verschwinden lassen, die im Dorf aufgestellt waren. Um die Schuhe tat es ihm am meisten leid, gemessen daran, was Henning für ihn riskiert hatte, war das allerdings ein kleines Opfer.

Den Plan, in die Klinik zu fahren und Melody zu besuchen, gab er auf. Er musste sich unauffällig verhalten.

KAPITEL 73

Henning Bremer war gerade erst von der Arbeit nach Hause gekommen, als sie an seiner Tür klingelten.

Bevor Nola etwas sagen konnte, riss Renke das Gespräch an sich. Er war nicht zimperlich in der Wahl seiner Worte, als er Henning beschuldigte, ein wichtiges Beweisstück unterschlagen und damit die Ermittlungsarbeit der Kollegen sabotiert, möglicherweise sogar die Überführung des Täters verhindert zu haben. »Was haben Sie sich dabei gedacht?«

»Darauf hab ich die ganze Zeit gewartet. Diese Scheißkette!«, stöhnte Henning Bremer gequält auf. »Ja. Jetzt wissen Sie, warum ich damals den Dienst quittiert hab. Ein Polizist darf das Recht nicht brechen, nicht mal, wenn er seinen kleinen Bruder beschützen will.« Er ballte die rechte Hand zur Faust und ließ sie in die Innenfläche seiner Linken klatschen. Sein Blick suchte Nola, und er flehte stumm um Vergebung.

»Tausendmal habe ich mein Handeln bereut, das müssen Sie mir bitte glauben. Jedes Mal, wenn Thore wieder irgendwelchen Scheiß gebaut hat, ein Mädchen verarscht hat oder betrunken Auto gefahren ist, hab ich mich gefragt, wie ich das nur tun konnte. Es war ein Fehler, der größte Fehler meines Lebens. Mein Bruder hätte für das, was er da gemacht hat, geradestehen müssen. Eine Jugendstrafe, mehr wäre es doch nicht geworden, er war ja erst sechzehn. Jetzt wäre er längst wieder auf freiem Fuß, geläutert und als anständiger Mensch.«

»Ist er kein anständiger Mensch?«, fragte Nola erstaunt.

»Einer, der aus Wut ein Haus anzündet, obwohl Menschen darin schlafen, kann wohl kaum ein anständiger Mensch sein«, sagte er bitter. »Er hat nicht gemerkt, dass die Kette zerrissen ist, sonst hätte er sie natürlich eingesteckt. Das hab ich für ihn übernommen. Der große Bruder, der immer alles geradebiegt.« Er lachte auf, doch es klang wie ein trockenes Schluchzen. »Ich hab ihm geraten, die Klamotten, die er in der Nacht getragen hat, verschwinden zu lassen und andere abzugeben. War kein großes Risiko, Thore trug ja immer dasselbe, Jeans, ein weißes Shirt und Basketballstiefel. Und meine Eltern hab ich auch überredet, ihm ein Alibi zu geben. Dabei haben die längst geschlafen und nichts mitgekriegt.«

»Haben Ihre Eltern keinen Verdacht geschöpft?«

»Nein, nicht eine Sekunde. Wer denkt schon so was von seinem Sohn. Ich bin selbst Vater und käme im Leben nicht auf die Idee, dass mein Junge einen Dreifachmord begehen könnte. Dabei ist Leif vor drei Jahren ausgezogen, zusammen mit seiner Mutter natürlich, und ich weiß gar nicht mehr viel über ihn. Die paar Stunden in der Woche, wie soll man sich da kennen?« Mit den Händen wischte er über die Tischplatte, als gäbe es dort etwas sauber zu machen. »Und jetzt ist Melody zurückgekommen, und Thore hängt ständig bei ihr rum, als wäre Julia gar nicht mehr vorhanden. Ich hab ihn gebeten, die Finger von ihr zu lassen und an seine Frau zu denken. Vergeblich natürlich. Thore macht immer, was er will, und dabei geht er im wahrsten Sinn des Wortes über Leichen.«

»Was ist mit der Nacht, in der Simone Jakobi gestorben ist? Sie haben Ihrem Bruder ein Alibi gegeben, war das wenigstens echt?«

»Fast«, flüsterte er und wagte nicht, sie dabei anzusehen. »Er ist zu spät gekommen, und er wirkte ziemlich … nun ja, ich will mal sagen … erhitzt. Angeblich weil er so spät dran war und so schnell mit dem Rad gefahren ist, aber wer weiß …«

Nola nickte. »Vielen Dank für Ihre Offenheit, Herr Bremer, auch wenn sie reichlich spät kommt.«

»Wir werden in Ruhe darüber nachdenken. Allerdings lässt sich nichts von dem, was Sie eben gesagt haben, vor Gericht als Beweis nutzen«, knurrte Renke.

»Die Kette...«

Unwillig verzog Renke den Mund. »Muss nicht zwangsläufig bedeuten, dass er das Feuer gelegt hat. Hatte er Brandwunden, Ruß an der Kleidung, am Körper...«

»Nein. Aber mein Bruder kannte Daniela, die beiden waren mal zusammen. Ich hab ihm geraten, nicht darüber zu sprechen, weil es ihn verdächtig machen könnte.«

»Wir werden jetzt mit Ihrem Bruder reden, mal schauen, was er zu sagen hat. Komm...« Er schaute Nola auffordernd an.

»Ein bisschen mehr Verständnis hättest du ja wohl zeigen können. Es geht um seinen Bruder«, beschwerte Nola sich im Wagen. »Versetz dich mal in seine Lage!«

»Kein Problem. Da liegt ein Beweisstück, und das rühre ich nicht an. Ich hoffe, du siehst das genauso. Oder denkst du, dass wir als Polizisten über dem Gesetz stehen und unsere Verwandtschaft gleich mit?«

Stumm schüttelte sie den Kopf.

»Na, dann bin ich ja beruhigt.«

»Als deine eigene Tochter verdächtig war, ein Verbrechen begangen zu haben, hast du dich allerdings auch nicht gerade mit Ruhm bekleckert.«

Das hätte sie nicht sagen sollen, jetzt war er sauer. Richtig sauer. »Lass Aleena aus dem Spiel! Das kann man überhaupt nicht vergleichen. Meine Tochter war ein harmloses, wunderbares Mädchen, das keiner Fliege etwas zuleide tun konnte. Wie kannst du sie mit einem Typen wie Thore Bremer vergleichen? Du hörst doch, wie sein Bruder über ihn denkt.«

KAPITEL 74

Bei den Bremers öffnete niemand die Tür, also versuchten sie es in der Firma.

Thore Bremer, IT-Lösungen, stand auf dem Firmenschild, einer rauchgrauen Platte aus Plexiglas mit schwarzen, erhabenen Buchstaben. Sehr elegant.

Sie klingelten, und ein junger Mann in Jeans und T-Shirt, der nicht zu dem Schild passen wollte, riss die Tür auf. Bei dem Anblick von Nolas Dienstmarke schob er erschrocken seine schwarze Hornbrille nach oben. »Oh!«

»Wir würden gern mit Herrn Bremer reden«, sagte Renke.

»Der ist... Thore!«, brüllte er dann. »Komm mal!«

Auch Thore Bremer trug nicht den grauen Zweireiher, den das Türschild suggerierte. Jeans, ein weißes Shirt, langärmelig, obwohl es so heiß war, und Sportschuhe.

Auch er sagte erstaunt: »Oh!« Allerdings in einem völlig anderen Tonfall, bei ihm klang es eher genervt, so wie *Was wollen Sie denn hier?*

Er führte sie in einen Raum, in dem ein quadratischer Tisch und vier halbwegs bequeme Stühle standen, außerdem ein Schrank mit Aktenordnern. Für jedes Fach gab es eine eigene Farbe. An den Wänden hingen großflächige Naturbilder, die möglicherweise Simone Jakobi fotografiert hatte, jedenfalls passten sie zu den Aufnahmen auf ihrer Homepage.

Nachdem Thore Bremer die Tür geschlossen hatte, setzte er sich an den Tisch und forderte sie mit einer Handbewegung auf, es ihm gleichzutun. »Was kann ich für Sie tun?«

Diesmal ließ Renke ihr den Vortritt. Kurz und knapp konfrontierte sie Thore Bremer mit dem, was sie gerade erfahren hatten. »Sie haben damals nicht gemerkt, dass die Kette zerrissen ist. Klar, Sie waren ja damit beschäftigt, Strohballen zu schleppen und vor den Fenstern aufzustapeln.«

Thore Bremer war seinem Bruder sehr ähnlich, doch ihm fehlte das Ernsthafte. Er wirkte immer noch sehr jugendlich und auch ein bisschen wild. Nola konnte verstehen, dass Melody Labohm sich sofort wieder in ihn verliebt hatte. Sie selbst fühlte sich allerdings auf unangenehme Weise an Rob van Heerden, ihren geschiedenen Mann, erinnert, in seinem Blick lag genau derselbe Trotz, die feste Überzeugung, egal was er auch anstellte, unbeschadet davonzukommen. Rob hatte sich überschätzt, ob er daraus gelernt hatte, wusste sie nicht. Es bestand kein Kontakt mehr, und sie war froh darüber.

Thore Bremer holte tief Luft. »Nein, das ist nicht richtig. Ich war dort, ja. Weil ich sauer war auf Melody und mit ihr reden wollte. Ich hab ein paar Kiesel an ihre Scheibe geworfen, doch sie hat nicht reagiert. Logisch, sie war ja nicht da, aber das hab ich nicht kapiert, besoffen, wie ich war. Dann hab ich die Kette abgenommen und auf den Boden geschmissen. Ich wollte sie nicht mehr tragen. Als Nächstes bin ich nach Hause gefahren und hab mich ins Bett gelegt. Henning hat mir irgendwann die Kette gebracht und gesagt, dass sie mich hochverdächtig machen würde. Klar, die brauchten einen Schuldigen.«

Sein Blick wanderte ziellos durch den Raum und blieb an einer der Landschaftsaufnahmen hängen. Sie zeigte ein altes, verfallenes Bauernhaus, und Nola fragte sich, ob er die Aufnahme jeden Tag ansah und dabei an seine Schuld dachte.

»Sie war übrigens nicht kaputt. Wie schon gesagt, ich habe den Verschluss geöffnet und die Kette in den Dreck geworfen. Henning hat gesagt, dass ich sie wieder tragen soll, so wie vorher, damit keiner was merkt. Das hab ich gemacht. Natürlich durfte ich nicht verraten, dass ich in der Nacht auf dem Hof war.« Er stand auf, griff in die Gesäßtasche seiner Jeans und holte eine Brieftasche aus schwarzem Leder hervor. Die Kette bewahrte er in einem Extrafach auf, und Nola war sicher, dass seine Frau nichts davon ahnte.

»Hier. Das ist sie. Melody hat die Kette als kleines Mädchen von ihrem Vater bekommen, es war also ein ganz besonderes Geschenk, das sie mir da gemacht hat. Der Verschluss kann sich nicht von selbst öffnen.« Dann hatte er einen Geistesblitz. »Beim Landeskriminalamt arbeiten doch Spezialisten. Ich wette, die können feststellen, dass die Kette noch nie repariert wurde.«

»Möglich«, sagte Renke. »Dafür müssten wir die Kette nach Hannover schicken. Hier in Leer haben wir solche Möglichkeiten nicht.« Er holte eine Beweismitteltüte heraus, und Thore Bremer ließ die Kette hineinfallen.

»Gut, dann kann mir ja nichts passieren.« Er erhob sich, schob den Stuhl unter den Tisch und blieb stehen. »Ich verstehe nicht, warum Henning sich so verhält, ehrlich. Er hat mich damals überredet zu lügen, und jetzt haut er mich in die Pfanne. Warum? Und wissen Sie, worüber ich seit Tagen nachdenke?« Er zog den Stuhl wieder hervor und setzte sich breitbeinig darauf. »Kein Mensch hat damals einen Gedanken daran verschwendet, dass nicht Frau Matzke, sondern Daniela bei dem Brand sterben sollte. Ich natürlich auch nicht. Seit der Feier bei Simone hat sich das allerdings geändert. Als ich damals auf dem Hof stand, brannte bei Dani Licht, das kann ich beschwören. Und an der Hauswand lehnte ein Rad, ein grünes Herrenrad von Kettler. Für einen Moment dachte ich, dass es Hennings Rad sein könnte, er fuhr nämlich genau so ein Teil, aber Henning war zu der Zeit ja nur noch mit dem Auto unterwegs, also hab ich den

Gedanken gleich wieder verworfen. Aber seit ich von Danis angeblicher Schwangerschaft gehört habe, spukt die Erinnerung mir wieder im Kopf herum. Henning ist acht Jahre älter als ich, also sieben Jahre älter als Dani. Und er hat zwei Monate später geheiratet.«

»Sie wollen andeuten, dass Ihr Bruder …«

»… etwas mit ihr hatte? Nein. Ich sage nur, was ich gesehen habe. Dani hatte an dem Abend Besuch, und der ist wahrscheinlich mit einem grünen Fahrrad gekommen. Das war gegen Mitternacht.«

»Ihr Bruder hat ausgesagt, dass Sie mal mit Daniela zusammen waren, stimmt das?«

Die Frage, die Nola ihm stellte, brachte ihn aus dem Konzept, seine Augen weiteten sich, und er schluckte sichtbar. »Ja«, gab er dann zu. »Wir waren mal zusammen, aber nur kurz. Sie redete pausenlos von ihren Gäulen, das hat mich genervt. Das war aber lange vor Melody. Okay, ich hatte viele Mädchen in der Zeit, ständig andere, aber nie zwei gleichzeitig.« Sein Mund verzog sich zu einem traurigen Lächeln. »Daniela Finke war eine von vielen, das hatte keine Bedeutung. Mein Bruder kannte sie übrigens auch, er hat uns mal angehalten, Fahrradfahren ohne Licht, das war im Winter, als es früh dunkel wurde. Sie hat mich später nach ihm ausgefragt, er hat ihr wohl gefallen.«

Nola ließ sich das, was er gerade gesagt hatte, durch den Kopf gehen. Nichts von dem, was er da behauptete, ließ sich nach zwanzig Jahren noch beweisen. Nein, sie glaubte ihm nicht. Menschen, die unter Tatverdacht standen, versuchten alles Mögliche, um ihren Kopf aus der Schlinge zu ziehen. Sie dachten sich die verrücktesten Geschichten aus. »Wissen Sie, Herr Bremer, für mich hört sich das sehr merkwürdig an. Ihr eigener Bruder gibt uns zu verstehen, dass er Sie für den Täter hält, und jetzt drehen Sie den Spieß um und servieren uns eine Geschichte, in der Ihr Bruder der Böse ist. Sollen wir uns jetzt einen von Ihnen aussuchen?«

Er verzog keine Miene. »Das ist Ihr Job, Frau van Heerden. Aber die Tatsache, dass mein Bruder damals die Kette gefunden hat, reicht doch niemals aus als Beweis, dass ich das Feuer gelegt habe. Oder liege ich da falsch?«

Die letzten Worte gefielen Nola ganz und gar nicht. Ein weiteres Mal fühlte sie sich unangenehm an ihren Ex-Mann erinnert. War Thore Bremer ein Spieler, der ein teuflisches Spiel trieb? Hielt er sich für unbesiegbar?

Sie verabschiedeten sich.

»Und? Ist einer der beiden sauberen Brüder der Täter? Was denkst du?«, wollte Renke draußen wissen.

»Thore Bremer«, sagte sie, ohne nachzudenken. »Die Geschichte mit dem Fahrrad ist doch völliger Quatsch. Nach zwanzig Jahren fällt ihm ein, dass er möglicherweise das Rad seines Bruders gesehen hat. Ein Versuch, von sich abzulenken.«

»Ich wette dagegen. Es war Henning. Der Typ ist ein begnadeter Manipulator. Dich hat er jedenfalls schon im Sack. Nur weil er blond ist. Sag mal, war dein Leichendoktor nicht auch blond?«

»Dunkelblond«, verbesserte sie automatisch.

»Dass Thore Bremer damals nicht über das Fahrrad reden konnte, ist doch verständlich. Sein Bruder hat ihm Panik eingejagt und gesagt, dass niemals rauskommen darf, dass er am Tatort war. Wie hätte er also über das grüne Rad reden sollen?« Seine Hand tippte gegen die Brusttasche, in der die Tüte mit der Silberkette steckte. »Mal schauen, was die Kollegen vom LKA uns sagen können.«

KAPITEL 75

Oben bei den Mädchen war es ruhig, endlich. Wulf köpfte gerade sein drittes Bier, mit einer Selbstverständlichkeit, die ihr den Atem raubte. War es jetzt normal, dass er sich jeden Abend betrank, musste sie sich daran gewöhnen, schlimmer noch, sich damit abfinden?

»Ich will mit dir reden.«

Ihr forscher Tonfall schien ihn zu überraschen. Er stellte das Bier, das er gerade an den Mund setzen wollte, wieder zurück auf den Tisch. »Was ist?«

»Ich will wissen, was damals passiert ist. In der Nacht, als es gebrannt hat. Ich will wissen, wo du heute Nachmittag hingefahren bist. Ich will wissen, was los ist mit dir. Und ich will dir sagen, dass ich nicht hierbleibe, wenn das so weitergeht.« Sie hob die Hand, weil er sie unterbrechen wollte. Doch sie war nicht bereit, sich das Wort abschneiden zu lassen, diesmal nicht. »Und sag jetzt nicht, dass es mich nichts angeht. Es geht mich sehr wohl etwas an, weil ich deine Frau bin, Wulf, die Mutter deiner Kinder. Und weil ich sehe, dass gerade etwas mit dir passiert, das mir Angst macht.«

»Ich hab dir nichts zu sagen, Carla«, beteuerte er. »Wenn ich dir erzähle, was mir im Kopf herumgeht, warum ich manchmal einfach allein sein muss, würdest du es nicht verstehen.«

Sie verstand ihn doch ohnehin nicht mehr. Da war etwas Schreckliches passiert mit ihrem Ehemann. Sie lebten ein neues Leben, ein schreckliches Nebeneinander voller Heimlichkeiten und ohne jedes Vertrauen.

»Das ist egal. Ich möchte wissen, mit wem ich verheiratet bin.« Sie schluckte. »Was ist mit der toten Fotografin? Sie hat hier angerufen. Warum?«

Ein Lächeln erschien auf seinem Gesicht, ein boshaftes Lächeln. »Simone hat gesagt, dass sie weiß, was damals wirklich passiert ist, dass sie den Namen des Täters kennt.« Nachsichtig schüttelte er den Kopf. »Jetzt ist sie tot, die dumme Gans, und kann den Namen nicht mehr nennen. Schade für Melody, angeblich wollte Simone sie ja entlasten, aber gut für die Gerechtigkeit.« Er sprang hoch und baute sich breitbeinig vor ihr auf. »Du willst die Wahrheit hören… kein Problem. Melody hat ihre Mutter und ihren Bruder getötet und ist damit davongekommen. Aber es kommt der Tag der Abrechnung, Carla.«

»Du willst ihr doch nichts antun?«

Er lachte nur und strich mit zwei Fingern über ihre Wange. »Natürlich nicht, du Dummchen.«

Zum ersten Mal, seit sie verheiratet waren, hatte sie Angst vor ihrem Ehemann, richtige Angst, nicht nur so ein vages Unbehagen wie sonst, wenn er plötzlich laut wurde.

KAPITEL 76 1997

Inzwischen war es November geworden, die Tage waren kurz und düster, tagsüber regnete es, nachts fielen die Temperaturen unter den Gefrierpunkt. Die Streudienste waren im Dauereinsatz, und für das Wochenende hatte der Wetterdienst Schnee angesagt.

Dieser verdammte Fall in Martinsfehn ließ Wilhelm Morawitz keine Ruhe. Es konnte doch nicht sein, dass er den Schuldigen nicht fand. Schon seit Längerem quälte ihn die Gewissheit, etwas übersehen zu haben, eine Kleinigkeit, die untergegangen war in der Flut aus Informationen, die am Ende zu nichts geführt hatten.

Seit heute Nacht wusste er, was das war. Seltsam, wie das menschliche Gehirn funktionierte. Gestern Abend hatte er Mozart gehört, eins seiner nicht so bekannten Violinkonzerte, und er war mit einem guten Gefühl ins Bett gegangen. Um zwölf war er hochgeschreckt, sein Unterbewusstsein hatte ihn geweckt, um ihm die Lösung zu präsentieren.

Das Fünfzigpfennigstück. Wie konnte es sein, dass ein gestandener Polizist wie Gerd Wiese eine Geldmünze mit einem Schmuckstück verwechselte? Wiese war betrunken gewesen, ja, aber er hatte sich noch klar artikulieren können und nicht getaumelt. Und wenn Wiese wirklich eine Kette oder ein Armband gesehen hatte und hinterher ein läppisches Geldstück an der Stelle lag, gab es nur einen Menschen auf der Welt, dem es möglich gewesen wäre, das Schmuckstück gegen eine harmlose Münze auszutauschen. Der junge Polizist, der Wieses Fund bewachen sollte, der Bruder von Thore Bremer. Und wenn dieser Austausch tatsächlich stattgefunden hatte, musste es einen Grund dafür geben, einen sehr gewichtigen Grund.

Wenn er die Augen schloss, sah er den jungen Mann ziemlich deutlich vor sich, blond, breitschultrig, weißes Shirt. Und eine Kette, da war Wilhelm Morawitz zu neunzig Prozent sicher, eine silberne Kette mit einem Kreuz, er hatte sich noch darüber gewundert, denn wie ein Kirchgänger sah der junge Mann wahrhaftig nicht aus. Thore Bremer war am Tatort gewesen und hatte beim Schleppen der Strohballen seine Kette verloren, die sein Bruder sofort als sein Eigentum identifiziert und eingesteckt hatte. Alles passte zusammen, ein junger, sehr von sich eingenommener Mann, der keine Zurückweisung ertrug, schon gar nicht, wenn alle Freunde es mitkriegten, Alkohol, der ihm den nötigen Mut verlieh, und ein Tatort, an dem alles vorhanden war, was er für ein Feuer brauchte, und Wut, sehr viel Wut.

Mit dem Bewusstsein, nun endlich die Lösung gefunden zu haben, beendete Wilhelm Morawitz sein Frühstück, das immer sehr opulent ausfiel, er holte einen Block von seinem Schreibtisch, dazu seinen Le-Blanc-Füller, den er nur zu Hause benutzte, schrieb mit energischen Buchstaben: *Kette* auf das oberste Blatt, riss es mit Schwung ab, faltete es und steckte es in seine Brieftasche. Er würde Thore noch mal ins Präsidium zitieren und direkt nach der Kette fragen. Und dann würde er diesen kleinen Dorfpolizisten vorladen und allen beweisen, dass er den Ruf, ein guter Ermittler zu sein, auch verdiente.

Wilhelm Morawitz fühlte sich regelrecht beschwingt, als er seine Wohnung verließ, so wie einer, der mit Freuden in den Kampf zog, um zu gewinnen.

Draußen war es spiegelglatt, er musste sich am Zaun festhalten, um nicht auf dem Weg zu seinem Wagen, der wie immer an der Straße parkte, ins Rutschen zu kommen, aber davon würde er sich heute nicht die Laune verderben lassen. Wäre er nicht so tief in Gedanken versunken gewesen, hätte er sich vielleicht geärgert, weil der Gehweg nicht gestreut war. Oder er hätte auf den Verkehr geachtet und den Paketwagen bemerkt, den ein junger, unerfahrener Fahrer ungeachtet von Glätte und leichtem Gefälle viel zu schnell in die Neunzig-Grad-Kurve steuerte und dabei die Kontrolle über den schweren Transit verlor. Der Wagen schleuderte auf den Bürgersteig und erfasste Wilhelm Morawitz frontal.

In der allerletzten Sekunde erkannte der Polizist die Gefahr, doch es war zu spät, der laute Knall und der brennende Schmerz erfassten ihn gleichzeitig, vor seinen Augen flirrten helle Lichtreflexe, und ein seltsames Gefühl fuhr ihm in die Brust, so, als würde alles auf einen Schlag stillstehen. Er starb in dem Moment, als sein Körper auf den von Eis überzogenen Gehwegplatten aufschlug.

Niemand wusste, was der Zettel, auf dem nur *Kette* stand, zu bedeuten hatte. Sein Nachfolger bei den Ermittlungen suchte die ganzen Akten nach einem Zusammenhang ab, konnte aber nichts finden und beschloss, dass die Notiz rein privater Natur sein musste. Vielleicht hatte der schöne Willi, so wurde Oberkommissar Wilhelm Morawitz im Präsidium genannt, geplant, seiner heimlichen Flamme ein großartiges Geschenk zu machen.

KAPITEL 77

In einer halben Stunde würde der Bauunternehmer kommen, den Renke mit dem Neuaufbau des Dachstuhls beauftragen wollte. Die alten Balken waren wurmstichig und völlig marode, die Tonziegel zum Teil kaputt, eine Isolierung gab es nicht.

Er hatte sich gerade mit einem Glas Rotwein unter das Vordach des Wohnwagens gesetzt, als er ein Auto hörte. Der Unternehmer kam zu früh, ein gutes oder ein schlechtes Zeichen?

Zu seiner Überraschung war es aber Robert Häuser, der sich mit großen Schritten näherte. »Hey, wollte mal gucken, wie du so lebst.« Neugierig schaute er sich um, und sein Blick blieb an dem alten, baufälligen Haus hängen. »Da hast du dir ja ganz schön was vorgenommen.«

»Das Dach lass ich machen, ist 'ne Nummer zu groß für mich.«

»Sehr schlau. Ach …« Robert deutete auf das Rotweinglas. »Wenn du mir einen Roten anbietest, sag ich nicht Nein.«

Zwei Minuten später saßen sie einträchtig nebeneinander, jeder hielt ein Glas Merlot in der Hand.

»Um es gleich zu sagen, ich bin nicht aus reiner Neugierde gekommen.« Robert stellte sein Glas auf den Tisch. »Von Conrad hast du ja schon gehört. Sieht nicht so aus, als ob er wiederkommen würde. Die Rede ist von beträchtlichen Folgeschäden, möglicherweise bleibt er ein Pflegefall. Sein Bruder hat sich jedenfalls schon darauf eingestellt.« Er verzog den Mund und nestelte an seiner Strickjacke herum. »Armer Kerl, das hat er wirklich nicht verdient. Ist zwei Jahre jünger als ich. Da kriegt man echt Angst.« Er seufzte schwer, Conrads Schicksal schien ihm wirklich nahezugehen, und Renke kam sich herzlos vor, dass ihn die Sache weitaus weniger berührte. »Kurz und gut, da wird wohl eine Planstelle frei, und ich hatte schon zwei Anfragen aus dem Haus, junge Leute, die gern ins Erste wechseln würden.«

Renke nickte, was sollte er auch sagen? Etwa, dass er es ziemlich pietätlos fand, sich so früh zu erkundigen, wann Conrads Stelle frei wurde?

»Ich bin hier, um zu fragen, ob du dich nicht bewerben willst, Renke. Wir haben doch immer gut zusammengearbeitet, du bist ein erfahrener Kollege, den keiner einarbeiten muss, ein gestandener Mordermittler. Die privaten Gründe, aus denen du nach Martinsfehn gegangen bist, sind nicht mehr relevant ... was meinst du?«

Was für eine Frage! Renke hatte die Arbeit bei der Kripo geliebt, und es war ihm schwergefallen, sie aufzugeben, doch als alleinerziehender Vater war es die richtige Entscheidung gewesen. Komisch, dass ihm nach Aleenas Tod nie der Gedanke gekommen war, wieder nach Leer zu wechseln. »Ist 'ne Überlegung wert«, murmelte er.

»Aber?«

Aber ... aber da gab es Nola, die dann seine direkte Kollegin wäre, Nola und ihr Bauchgefühl, das ihn häufig nervte. Sie wären rund um die Uhr zusammen, privat und im Beruf.

»Ich denke drüber nach. So ad hoc kann ich das nicht entscheiden.«

Robert hob die Hand mit dem Glas und ließ den Rotwein darin kreisen. Bei den nächsten Worten schaute er Renke nicht an. »Auch wenn Eva findet, dass es mich nichts angeht: Ich freu mich, dass es mit dir und Nola geklappt hat. Sie ist genau die Richtige für dich. Nola hat Power genug, um dich ins Leben zurückzuholen. Frag sie doch einfach, was sie davon hält, künftig mit dir zusammenzuarbeiten. Nun muss ich los, Eva wartet mit dem Essen.« Den Rest Rotwein trank er im Stehen.

Einfach Nola fragen. Nichts, was mit Nola zusammenhing, war einfach. Sie würden sich im Dienst streiten, das wusste er bereits. Dabei fand er es schon im Privatleben schwierig genug mit ihr. Was, wenn sie es nicht hinkriegten? Dann waren sie ein Ex-Paar, das einen Weg finden musste, im Dienst miteinander auszukommen – eine schreckliche Vorstellung. Er glaubte nicht mal, dass er damit leben könnte, den ganzen Tag Nola vor Augen zu haben und zu wissen, dass es vorbei war.

KAPITEL 78

Früher einmal hatte der Ackerweg zu den beliebtesten Schleichwegen gehört, den jeder in Martinsfehn und den angrenzenden Dörfern kannte, der die Hauptstraßen meiden wollte, meist, weil er zu viel getrunken hatte. Doch seit dem Bau der A 31 endete die schmale Straße vor einer riesigen Betonwand, bei der es sich um eine der zahlreichen Stützen handelte, die die Autobahn trugen.

Der ehemalige Schleichweg war für niemanden mehr von

Bedeutung, nur für den Pächter der anliegenden Ländereien, die im Zuge der Baumaßnamen zu Ausgleichsflächen deklariert worden waren. Aus Naturschutzgründen durfte er nur einmal im Jahr das Gras mähen, im Spätsommer, wenn die Wiesenvögel ihre Brut hochgezogen hatten. Das faserreiche Heu, das er dabei gewann, erfreute sich bei Pferdebesitzern großer Beliebtheit.

Niemand störte sich daran, dass der Asphalt über die Jahre aufgeplatzt war. Quer über die Fahrbahn verliefen Risse, so breit, dass man bequem einen Fuß darin versenken konnte. Für die Reifen eines Treckers stellte der kaputte Asphalt kein Hindernis dar, mit einem Fahrrad war er kaum zu befahren, und selbst Fußgänger mussten genau schauen, wohin sie ihre Füße setzten. Rechts und links des Weges verliefen breite Entwässerungsgräben, an manchen Stellen zwei Meter tief.

Ella Kirsch hatte sich vor einem Jahr als Hundetrainerin selbstständig gemacht. Es war schwer, in diesem Job Geld zu verdienen, aber ihre Erfolge bei Problemhunden sprachen sich langsam herum. Heute war sie mit Frau Hille und ihrem Jack Russell unterwegs.

Ricky, ein äußerst agiler Rüde, hörte schlecht, was rassetypisch war, hatte aber in den letzten Wochen einiges gelernt. Nach zehn Übungsstunden auf dem Hundeplatz stand jetzt eine Einzelstunde auf dem Plan, Gehorsamsübungen ohne Leine. Bewusst wählte Ella für solche Anlässe einen möglichst einsamen Ort, wo keine anderen Menschen und, noch wichtiger, keine anderen Hunde unterwegs waren.

Der Ackerweg war ideal für ihr Vorhaben. Frau Hille befürchtete, dass Ricky abhauen würde, und Ella erklärte ihr zum wiederholten Mal, dass sie ihrem Hund vertrauen musste. »Ricky schafft das, davon bin ich überzeugt.« Ricky gehörte zu den Hunden, denen sie von Herzen einen anderen

Besitzer gewünscht hätte, jemanden, der konsequent war und dem Tier die nötige Sicherheit bot, die es brauchte.

Sie spulten die Übungen ab, die sie zigmal auf dem Hundeplatz trainiert hatten, zuerst noch mit der langen Laufleine, was überraschend gut klappte. Obwohl es einmal rechts vom Weg sehr laut raschelte, blieb der kleine Terrier bei der Sache.

»Und jetzt machen Sie die Leine ab. Und nicht vergessen, er muss Sie die ganze Zeit anschauen.«

Vor lauter Aufregung brauchte Frau Hille drei Versuche, bis es ihr gelang, den Karabinerhaken vom Hundegeschirr zu lösen. »Und sitz«, sagte sie.

Ella ärgerte sich über das Zittern in der Stimme, das den Befehl in eine Bitte verwandelte. Wie sollte Ricky seine Besitzerin ernst nehmen, wenn sie keinerlei Autorität ausstrahlte?

Ricky dachte dasselbe, er schaute zuerst Eva, dann sein Frauchen fragend an.

»Sitz!«, wiederholte Frau Hille, diesmal ein wenig strenger.

Es klappte. Aus dem *Sitz!* wurde ein *Bleib!*, und Frau Hille entfernte sich in winzigen Trippelschritten. Ricky saß wie festgeklebt auf seinem Platz, genau wie sie es trainiert hatten, und langsam konnte auch Ella sich entspannen. Sie war stolz, wie immer, wenn sie etwas Sichtbares bewirkt hatte.

»Jetzt rufen Sie ihn, und bitte nicht das Lob vergessen!«

Frau Hilles »Komm!« klang wie ein triumphierender Jubelschrei.

Der Hund sprang auf, schoss in Riesensätzen in Richtung seiner Besitzerin, stoppte, ignorierte die Belohnung in ihrer Hand, drehte den Kopf nach links, hob die Nase und schoss quer über den Asphalt, um im Graben zu verschwinden.

»Ricky, komm sofort her!«, rief Frau Hille, und Ella sah sich genötigt, ein harsches »Hierher!« hinterherzuschicken.

Die Antwort bestand aus wildem Gekläffe. Ricky hockte in dem Graben links vom Weg, der an dieser Stelle bestimmt eineinhalb Meter tief war, mit steil abfallenden Wänden, die aussahen, als hätte es hier kürzlich gebrannt, und Ella war sofort klar, dass er sich nicht aus eigener Kraft befreien konnte.

Der Hund sprang hin und her, er scharrte mit den Vorderpfoten in dem Gestrüpp, das sich dort unten angesammelt hatte, an den Zweigen hing noch vertrocknetes Laub vom Vorjahr. Ein Zipfel ihres Bewusstseins fragte sich, wie das Zeug in den Graben gelangt war und warum es das Feuer unbeschadet überstanden hatte, aber sie schob den Gedanken gleich wieder beiseite. Ricky knurrte, winselte und wirkte völlig hysterisch.

»Nun tun Sie doch was!«, forderte Frau Hille. Dem Hund gegenüber konnte sie keine Autorität zeigen, bei Menschen schien ihr das weniger schwerzufallen. »Sie haben gesagt, dass nichts passieren kann. Jetzt holen Sie ihn da gefälligst raus, er wird ja ganz dreckig!«

Ella war Anfang dreißig, eine schlanke, sportliche Frau, die jeden Tag mit ihren drei eigenen Hunden joggte. Frau Hille war Anfang sechzig, stark übergewichtig und nach dem, was sie immer erzählte, schwer herzkrank.

»Ja, gut.« Ella seufzte, warf einen wehmütigen Blick auf ihre Reeboks, die gerade eine Woche alt waren, dann setzte sie sich auf den Rand des Grabens und ließ sich hinuntergleiten. Der Untergrund war trocken, was für ein Glück! Ricky benahm sich, als wäre er komplett durchgedreht. Als sie nach ihm greifen wollte, schnappte er nach ihrer Hand. So ein Miststück!

Sie setzte einen Fuß auf den Reisighaufen, in dem er

herumwühlte, sackte ein paar Zentimeter ein und spürte, dass sie auf einen festen Körper trat, der leicht nachgab und dann leise knackte. Im selben Moment zerrte der blöde Köter etwas aus dem Laub, das wie eine Menschenhand aussah, nur dass sie völlig schwarz war.

Ihr Magen reagierte sofort und warf alles, was er beherbergte, über Bord. Sobald Ella wieder Luft bekam und sich mit einem Taschentuch notdürftig gereinigt hatte, schob sie mit dem Fuß das Laub beiseite. Sofort bäumte sich ihr Magen erneut auf. Sie stand auf einer Leiche.

Automatisch machte sie einen Satz nach hinten und wühlte wieder Astwerk über den Körper, den sie um nichts in der Welt noch mal ansehen wollte. Dann packte sie den Hund im Nacken, und es war ihr völlig egal, dass Frau Hille sie anbrüllte und als Tierquälerin titulierte, weil Ricky quiekte wie ein Ferkel.

»Ich schmeiß den Hund jetzt hoch, und Sie nehmen ihn sofort an die Leine, verstanden? Hier unten liegt ein Toter. Sie wollen ja wohl nicht, dass Ihr Köter Leichen frisst.«

Frau Hille wagte nicht, zu widersprechen.

KAPITEL 79

Eine tote Frau, hieß es am Telefon, und Nola hatte sich sofort auf den Weg gemacht.

Hier, am Ende der Welt, wo die Straße aussah, als hätte ein Riese auf den Asphalt getreten und ihn damit zum Bersten gebracht, hatte jemand eine Leiche versteckt. Eine Frau, die niemand vermisste, denn es lag keine Vermisstenmeldung vor.

Dieser Jemand hatte die Tote in den Graben gelegt, mit

einer brennbaren Flüssigkeit, Benzin vermutlich, übergossen und angezündet. Das Gras an der Böschung war vollständig verbrannt, genau wie die Kleidung der Leiche, deren verkohlte Gesichtszüge nicht mehr zu identifizieren waren. Um den Leichnam zu verbergen, hatte der Täter Äste über den Körper gehäuft, die er vermutlich von den Büschen am Straßenrand abgebrochen hatte, und Nola fragte sich, wie lange er hier gesessen und auf das Erlöschen des Feuers gewartet haben mochte, denn die Zweige zeigten keine Verbrennungsspuren. Oder er war später zurückgekehrt, um die Leiche abzudecken, was sie an den Tod von Simone Jakobi erinnerte.

»Scheiße!«, sagte jemand neben ihr, und an der Stimme erkannte sie einen Kollegen von der Spurensicherung. »Nicht nur, dass der Köter alles durchgewühlt hat, die Frau ist auch noch auf die Leiche getreten, hat ihr wahrscheinlich ein paar Rippen gebrochen und vor lauter Schreck alles vollgekotzt.«

Die Vorstellung, wie es sich anfühlen musste, auf einer Leiche zu stehen, ließ Nolas Magen ebenfalls rebellieren. Sie trat ein paar Schritte zurück und begann heftig zu würgen.

»Du nicht auch noch«, seufzte der Kollege, gab aber im selben Atemzug zu, dass die Umstände wirklich ekelerregend seien.

Nola, die beschloss, vorläufig nichts mehr zu sagen, nickte.

Inzwischen war Dr. Gritta Fenders eingetroffen. Sie stieg aus dem Wagen, schaute sich kurz um, ihre Brauen schnellten in die Höhe, als sie sah, wo die Tote lag. Dann nahm sie einen Einmaloverall aus der Packung, zog ihn an und holte den Alukoffer aus ihrem Auto.

»Okay, dann will ich mal... Auch das noch.« Die letzte Bemerkung galt der Aussicht, sich geschätzte eineinhalb Meter in die Tiefe zu begeben. »Ich probiere es da vorn an dem Überweg und arbeite mich vor«, sagte sie zu Stefans Kollegen. »Und ich wäre begeistert, wenn mir jemand helfen könnte. Als sonderlich sportlich würde ich mich nicht gerade bezeichnen.«

Wenig später wussten alle, dass das Schädeldach der Toten mit einem stumpfen Gegenstand eingeschlagen wurde. »Ob sie zum Zeitpunkt des Feuers schon tot war oder nur bewusstlos, kann ich noch nicht beurteilen. Ich hoffe natürlich auf Ersteres. Mehr kann ich da noch nicht sagen.« Dr. Fenders ließ sich von zwei Polizisten aus dem Graben helfen. »Hier.« Sie ließ einen Ring in Nolas Hand gleiten. Einen goldenen Ehering mit einem schmalen Band aus Brillanten und der Gravur *Thore, 19.5.2009.* »Das hilft Ihnen sicher bei der Identifikation. Obduktion morgen um halb elf.«

Die Männer der Spurensicherung würden die gesamte Gegend nach eventuellen Spuren des Täters absuchen. Anwohner, die man befragen konnte, gab es hier draußen nicht. Vielleicht hatte jemand von der Autobahn aus das Feuer gesehen, Nola bezweifelte allerdings, dass ihr das weiterhelfen würde.

KAPITEL 80

Das Gespräch fand in Thore Bremers Firma statt. Nola griff in ihre Handtasche und holte die Tüte hervor, in der der Ring der Toten lag. Sie schob die Tüte über den Tisch. »Kennen Sie den Ring? Bitte in der Tüte lassen!«

Er wirkte verwirrt, nahm die Tüte zwischen zwei Finger und schaute sie mit gerunzelten Brauen an. Dann erblasste er und ließ sie auf den Tisch fallen, als hätte er sich daran verbrannt. »Der Ring meiner Frau … Woher haben Sie den?«

»Vor zwei Stunden haben wir eine weibliche Leiche entdeckt. In einem Graben unter der A 31. Sie wurde mit Brandbeschleuniger übergossen und angezündet. Die sogenannte Brandzehrung ist so groß, dass eine Identifikation zunächst nicht möglich war. Die Tote trug allerdings diesen Ring.«

»Ihre Frau ist nicht als vermisst gemeldet.« Renke hob den Kopf und schaute Thore Bremer neugierig an.

Er gab keine Antwort.

»Herr Bremer«, sagte Nola eindringlich. »Haben Sie alles verstanden, was wir gesagt haben?«

Immer noch keine Reaktion. Alles Blut war aus seinem Gesicht gewichen, und er starrte aus großen Augen ins Leere.

Menschen reagierten ganz unterschiedlich auf so eine Schocknachricht. Manche froren förmlich völlig ein, andere schrien laut und schlugen um sich, wieder andere weigerten sich, die Tatsache zu akzeptieren, sie behaupteten steif und fest, das könne gar nicht sein. Thore Bremer saß auf seinem Stuhl wie versteinert, minutenlang regte sich nichts in seinem wachsbleichen Gesicht, dann begannen seine Mundwinkel zu zucken, und eine Träne löste sich aus seinem rechten Auge. Sie rollte ganz langsam über seine Wange und tropfte auf sein weißes Shirt.

»Warum? Das ergibt doch überhaupt keinen Sinn.« Seine Augen suchten die von Renke. »Warum?«

»Das wissen wir nicht. Wir können ja nicht mal mit hundertprozentiger Sicherheit sagen, dass es sich bei der Toten um Ihre Frau handelt.«

»Wann haben Sie Ihre Frau zuletzt gesehen?«, fiel Nola ihm ins Wort. Sie hatte schon unterwegs beschlossen, dass Thore Bremer der Mörder seiner Frau sein musste, und verspürte wenig Lust, lange um den heißen Brei herumzureden.

Thore Bremers Antwort überraschte sie. »Sonntagnacht gegen ein Uhr, also eigentlich Montagmorgen.«

Renke atmete hörbar aus. »Ihre Frau ist seit Tagen verschwunden, und Sie halten es nicht für nötig, die Polizei zu benachrichtigen?«

Mit der rechten Hand strich Thore Bremer über seine Stirn. »Nein«, sagte er dann. »Es ist nicht so, wie Sie denken. Julia und ich haben Sonntagnacht beschlossen, uns vorübergehend zu trennen. Ich wohne in einem Hotel. Nicht hier in Martinsfehn, das würde zu viel Gerede geben. In Leer. Und wir hatten seitdem keinen Kontakt. Woher hätte ich denn wissen sollen...?«, fuhr er auf, verstummte aber mitten im Satz.

Unter dem Tisch stieß Nola Renke mit dem Fuß an. Sie wollte nicht, dass Thore Bremer sich in die Enge getrieben fühlte. Er war einer, der dann nichts mehr sagen würde, davon war sie überzeugt. »Warum diese vorläufige Trennung, Herr Bremer?«

»Das wissen Sie doch genau. Wegen Melody. Julia war rasend vor Eifersucht, wir haben uns nur noch gestritten.« Er seufzte. »Am Abend waren wir noch essen beim Italiener, anschließend im *Tennessee*. Es gab was zu feiern, ich hab einen Megaauftrag an Land gezogen. Julia wollte mit mir in Urlaub fliegen, und ich hab gesagt, dass das zurzeit unmöglich ist.« Er senkte seinen Blick. »So ist das, wenn man selbstständig ist, da bleibt das Privatleben manchmal auf der Strecke. Anschließend ging es um Melody. Julia war sicher, dass wieder was läuft zwischen uns.«

»Und hat sie recht?«

Auf einmal stand die pure Verzweiflung in seinem Gesicht. »Ja, da passiert etwas. Und ich bin verheiratet. Wenn die Ehefrau allerdings mit Geschirr schmeißt, sollte man über den Zustand der Ehe wohl noch mal nachdenken.«

»Müssen wir das wörtlich nehmen?«, fragte Nola überrascht. »Hat Ihre Frau mit Geschirr geworfen?« Dass eine Frau wie Julia Bremer zu solchen Mitteln griff, konnte sie sich kaum vorstellen.

Wortlos rollte Thore Bremer den Ärmel seines Longsleeves hoch bis zum Ellenbogen. Ein rotblaues Hämatom zierte seinen Unterarm. »Nicht nur geworfen, sie hat auch getroffen. Julia hat mal Handball gespielt. Nicht sehr erfolgreich, aber diesmal hat sie ein echtes Tor geschossen.« Er brach in Gelächter aus, das in ein trockenes Schluchzen überging.

Renke und Nola wechselten einen kurzen Blick, er gab zu verstehen, dass er den Mann am liebsten in die Mangel nehmen wollte, sie schüttelte unmerklich den Kopf.

Erst als Thore Bremer sich wieder einigermaßen in der Gewalt hatte, bat sie ihn, das Ausmaß der Auseinandersetzung zu beschreiben. »Ihre Frau hat also Geschirr geworfen …«

»Einen Becher, den wir im letzten Urlaub gekauft haben, Steingut, ziemlich schwer.« Er rieb sich über den Bluterguss.

»Und Sie? Haben Sie sich das gefallen lassen? Oder sind Sie ebenfalls gewalttätig geworden? Ihre Frau hat nämlich …«

Unter dem Tisch trat Nola Renke heftig auf den Fuß. Dass die Frau vermutlich an einer Schädelverletzung gestorben war, brauchte Thore Bremer noch nicht zu erfahren.

»Sie fragen, ob ich ebenfalls mit Gegenständen nach meiner Frau geworfen oder, schlimmer noch, sie geschlagen, getreten oder gewürgt habe? Nein, in meinem ganzen Leben habe ich noch nie die Hand gegen eine Frau erhoben, schon gar nicht gegen meine eigene. Ich bin wortlos aus dem Zimmer gegangen, habe ein paar Sachen in einen Koffer geworfen und erklärt, dass ich vorläufig woanders wohnen werde. Julia hat sich entschuldigt, tausendmal, aber das konnte nichts mehr an meiner Entscheidung ändern. Ich habe mich in meinen Wagen gesetzt und bin nach Leer gefahren. War nicht so leicht, um diese Uhrzeit noch ein Hotelzimmer zu finden, aber es hat geklappt. Ich wohne jetzt in dem neuen Hotel an der Ledastraße.«

»Ganz schön teuer, nehme ich an«, entfuhr es Renke.

»Ja. Ist auch nicht für ewig gedacht.« Er legte beide Hände auf die Tischplatte und begann mit zwei Fingern auf das Holz zu trommeln. Ungeduldig. »Muss ich meine Frau identifizieren?«

»Nein, das wird bei dem Zustand des Leichnams nicht möglich sein. Wir brauchen Vergleichs-DNA aus Ihrem Haus. Ihre Zahnbürste zum Beispiel oder eine Haarbürste.«

»Sofort?«

»Ja, das wäre uns sehr recht. Wir fahren Sie hin, in Ihrem Zustand sollten Sie nicht selbst Auto fahren.«

»Gut. Einen Moment, ich muss meinem Mitarbeiter kurz ein paar Instruktionen erteilen.« Er riss die Tür auf und rief nach dem jungen Mann mit der Hornbrille, dem er eine Flut von technischen Fachausdrücken um die Ohren haute, die der Mann allerdings zu verstehen schien, denn er nickte ständig und schob von Zeit zu Zeit ein »Okay« ein. Das Privatleben seines Chefs schien ihn nicht zu interessieren, genauso wenig wie die Tatsache, dass die Polizei hier war und Thore Bremer mitnahm.

»Komisch, aber ich kann mir das einfach nicht vorstellen, vielleicht ist das ja gar nicht Julia«, sagte Thore Bremer während der Fahrt.

Renke sah sich genötigt zu fragen, wie ihr Ring an den Finger einer anderen Frau gelangen konnte. Darauf wusste Thore Bremer natürlich keine Antwort.

Zu dem Haus gehörte eine Doppelgarage, das Tor fuhr automatisch hoch, als sie sich näherten. Ein roter Kleinwagen, noch ziemlich neu, stand in der Garage.

»Julias Auto«, sagte Thore Bremer dumpf.

Vor der Haustür drückte er Nola den Schlüssel in die Hand. »Bitte, ich kann da jetzt nicht rein.«

Achselzuckend schloss sie auf. Auf den ersten Blick wirkte das Haus sauber und aufgeräumt. In der Küche lagen keine Scherben auf dem Boden, und Nola fragte sich, ob die Geschichte mit dem Keramikbecher überhaupt stimmte. Im Schlafzimmer sahen die Betten aus, als hätte niemand darin gelegen, auch das Bad machte einen unbenutzten Eindruck. Sie tüteten die einzige Zahnbürste ein, sie war rot.

Thore Bremer stand immer noch draußen. »Kann ich ein paar Sachen mitnehmen? Ich glaub nicht, dass ich vorerst wieder das Haus betreten möchte.«

Entschieden schüttelte Nola den Kopf. »Nein, tut mir leid. Hier darf nichts verändert werden. Wir bestellen jetzt die Spurensicherung. Sie müssen mir auch Ihren Schlüssel überlassen, Herr Bremer. Und dann brauche ich ein möglichst aktuelles Foto Ihrer Frau und ihre Handynummer.«

KAPITEL 81

Renke hatte Thore Bremer auf seinen ausdrücklichen Wunsch zurück in seinen Betrieb gefahren, Nola wartete vor dem Haus der Bremers auf Stefan Bruhns und seine Leute.

Nichts hier deutete auf eine körperliche Auseinandersetzung der Eheleute hin. Das musste nichts heißen, erst wenn Stefan hier das Unterste nach oben gekehrt hatte, würde sie dem äußeren Anschein Glauben schenken.

Nola versuchte, sich so gut wie möglich an ihren Besuch bei Julia Bremer zu erinnern. Eine Frau, die sich in einen Migräneanfall flüchtete, wenn ihr etwas nicht passte. Obwohl sie versucht hatte, das zu verbergen, konnte man ihre Feindseligkeit deutlich spüren, sobald die Rede auf Melody Labohm kam. Diese Frau war ihr ein Dorn im Auge, was bei der Vorgeschichte durchaus verständlich schien. Wer freute sich schon, wenn die Jugendliebe des Ehemanns wieder auftauchte, und das gleich als Ehrengast auf einer Feier. Julia Bremer hatte sich bemüht, ihre Ehe als glücklich darzustellen, oft genug ein Zeichen dafür, dass das Gegenteil der Fall war. Und gerade hatte ihr Ehemann zugegeben, dass die alte Liebe neu entflammt war.

Henning Bremer hatte seinen Bruder als gefühlskalt und manipulativ beschrieben. Wenn das der Wahrheit entsprach, schien es vorstellbar, dass Thore Bremer seine Frau im Affekt ermordet und im Anschluss für ein möglichst perfektes Alibi gesorgt hatte. Irgendwann in den folgenden Tagen war er unbemerkt zurückgekommen, um aufzuräumen, zu putzen und seine tote Frau unter der Autobahnbrücke zu entsorgen.

Draußen fuhr der weiße Bulli der Spurensicherung vor, Männer in weißen Overalls stiegen aus. Sie gab Stefan einen kurzen Bericht, er kam direkt vom Fundort der Leiche und wusste, wonach er suchen musste.

Dann steuerte sie die Menschentraube an, die sich auf der Straße gebildet hatte. »Wer von Ihnen wohnt dort?« Ihr Zeigefinger deutete auf das Haus neben dem der Bremers.

Eine Frau hob schüchtern die Hand.

»Könnten wir drinnen miteinander reden?«

»Ja, bitte, ich hab aber nicht aufgeräumt.«

Nola lächelte gezwungen. Gott, was die Leute sich so vorstellten. Sie kam doch nicht vom Gesundheitsamt.

Die Frau hieß Krämer, jedenfalls stand das auf dem Klingelschild. Und wie ihr perfektes Outfit schon vermuten ließ, sah es in ihrem Haus in etwa so aus wie bei Nolas Mutter, nachdem die Putzfrau da gewesen war.

»Wann haben Sie Ihre Nachbarn zuletzt gesehen?«

»Thore und Julia? O Gott, Thore war gerade eben da. Er ist mit einem Mann in einen Polizeiwagen gestiegen. Sie waren doch dabei, als er gekommen ist!« Das klang jetzt richtig empört.

»Richtig. Ich meinte, wann Sie ihn davor das letzte Mal gesehen haben.«

»Tja, das weiß ich gar nicht. Am letzten Samstag hat er den Rasen gemäht, um halb sieben. Da hab ich mich noch geärgert. Um diese Zeit sitzen doch alle auf der Terrasse, da muss das wirklich nicht mehr sein, nicht wahr?«

»Danach nicht mehr?«

»Doch. Heute. Das hab ich doch gerade erzählt. Sie denken wohl, dass ich den ganzen Tag am Fenster hänge und meine Nachbarn beobachte, was? Nee, nee. Ich habe sehr viel zu tun. So ein Haus hält sich nicht von allein in Ordnung.«

»Ja, das glaube ich gern.« Was man nicht alles sagen musste, um die Leute bei Laune zu halten. »Und was ist mit Julia Bremer?«

»Julia? Komisch, jetzt, wo Sie es sagen, die hab ich in den letzten Tagen gar nicht gesehen. Sah schlecht aus in letzter Zeit, richtig krank. Licht brannte abends auch nicht, allerdings liegen nur die Fenster vom Esszimmer und Thores Arbeitszimmer zu unserer Seite, da halten die beiden sich nicht so oft auf.«

»Wie ist das Verhältnis der beiden?«

»Sie meinen, wie es um die Ehe bestellt ist? Ach du liebe Zeit, über so etwas redet man doch nicht mit der Polizei. Was ist denn überhaupt passiert?«

»Es sieht so aus, als wäre Julia Bremer einem Verbrechen zum Opfer gefallen.«

Vor Schreck lief Frau Krämer dunkelrot an, ihr Mund

blieb offen stehen, und als sie ihn schließlich verschloss, schlugen die Zähne aufeinander. »O mein Gott!«, stöhnte sie. »Unsere Julia? Wirklich? Nein. Und jetzt denken Sie, dass Thore…«

»Könnten Sie sich das vorstellen?«

»Nein. Im Leben nicht. Die waren ein richtiges Bilderbuchehepaar. Da ist nie ein lautes Wort über die Hecke gedrungen, die waren ein Herz und eine Seele. Wirklich. Also für Thore würde ich direkt meine Hand ins Feuer legen. Der arme Mann muss ja völlig fertig sein! Und Sie haben die Leiche im Haus gefunden?«

»Nein. Sie würden die Ehe also als gut bezeichnen.«

»Unbedingt. Ich wünschte, mein Mann würde mich auch so galant behandeln. Wenn wir zusammen gegrillt haben und Julia kalt wurde, ist Thore sofort rübergeschossen und hat ihr eine Jacke geholt. Er hat immer geschaut, dass es ihr gut ging.«

Auf der anderen Seite von den Bremers stand ein Flachdachbungalow, den ein pensionierter Berufsschullehrer bewohnte. Er stand nicht auf der Straße bei den Gaffern, Nola musste klingeln. Nachdem sie ihr Anliegen vorgebracht hatte, griff er ungeniert nach ihrem Oberarm und dirigierte sie zu dem großen Fenster, das zum Grundstück der Bremers lag. »Wie Sie sehen, junge Frau, habe ich dafür gesorgt, dass keiner der Nachbarn mich beobachten kann, und das bringt es natürlich mit sich, dass ich nicht mitbekomme, was sich außerhalb meines Gartens abspielt.« Er sprach von einem Sichtschutzzaun, der sein gesamtes Grundstück umschloss. »Eins achtzig hoch, wegen mir hätten es auch zwei Meter sein können, aber das lässt der Gesetzgeber nicht zu. Wenn es drüben Streit gegeben hat, dann war er nicht so laut, dass ich etwas davon mitbekommen habe. Ich sitze allerdings auch nicht draußen im Garten rum wie andere Leute.«

Nola verabschiedete sich. Sie würde später noch die anderen Nachbarn befragen. Vorher wollte sie aber wissen, ob Stefan schon etwas herausgefunden hatte.

Der Leiter der Spurensicherung erwartete sie bereits. »Schau dir das an.« Er hatte die Küche, wo laut Aussage des Ehemanns der Streit stattgefunden hatte, mit LumiScene ausgesprüht. Die in der Spurensicherung übliche Chemikalie, die sich aus Luminol und Fluorescein zusammensetzte, machte selbst kleinste Blutspuren sichtbar.

Der Küchenboden leuchtete blau, und an den bogenförmigen Wischspuren war sehr deutlich zu erkennen, dass jemand versucht hatte, alle Blutspuren zu beseitigen. Das war allerdings unmöglich. Im Mülleimer unter der Spüle lagen Scherben, vermutlich von dem Becher, den Julia Bremer angeblich nach ihrem Mann geworfen hatte, ein paar davon waren ebenfalls mit Blut kontaminiert.

»Geputzt wurde mit einem weißen T-Shirt, das wir im Bad gefunden haben, in einem kleinen Mülleimer. Vor dem Wegwerfen wurde es im Waschbecken ausgespült«, erklärte Stefan. »Im Kleiderschrank haben wir mehrere Shirts desselben Herstellers gefunden, alle weiß.«

»Sie gehören Thore Bremer«, murmelte Nola.

»Davon gehen wir aus. Wir untersuchen jetzt, ob das Blut von der Toten stammt, aber daran dürfte wohl kein Zweifel bestehen. Und damit hat er anscheinend zugeschlagen.« Er zeigte auf einen Stuhl, dessen Lehne besonders kräftig leuchtete.

Ein heftiger Streit, die Ehefrau schmeißt mit Porzellan, der Ehemann verliert die Kontrolle und greift zur nächstbesten Waffe, einem Stuhl. Es gab keine Einbruchspuren, die ihn entlasten konnten, auch keinen Hinweis auf Diebstahl.

Nola würde einen Antrag auf Untersuchungshaft stellen.

KAPITEL 82

Thore Bremer wirkte vollkommen überrascht, als Renke erklärte, dass er ihn jetzt verhaften würde. »Bitten legen Sie Ihre Hände hinter den Rücken.« Dann klickten die Handschellen.

»Sie sind dringend tatverdächtig, Ihre Frau mit einem Stuhl erschlagen zu haben.« Nola wünschte, ihre Stimme klänge ebenso unberührt wie die von Renke, so war es aber nicht. Ihre Aufregung konnte sie nicht verbergen.

»Das ist doch Blödsinn. Ich hab Ihnen doch gesagt, was passiert ist.«

»Wir haben Blut in Ihrer Küche gefunden, sehr viel Blut, auch an den Scherben des Steingutbechers, von dem Sie gesprochen haben. Es gibt keinerlei Hinweise darauf, dass ein Fremder im Haus war. Wie also sollen wir die Situation Ihrer Ansicht nach interpretieren?« Fragend schaute sie ihn an. Er senkte den Blick.

»Das weiß ich nicht. Wieso sagen Sie jetzt, dass Julia erschlagen wurde? Vorhin hieß es noch, sie sei verbrannt, was soll ich denn bitte glauben?«

»Ihre Frau wurde mit einem Küchenstuhl erschlagen, davon gehen wir erst einmal aus. Wir konnten entsprechende Blutspuren in Ihrem Haus sicherstellen. Der Beweis, dass das Blut von Ihrer Frau stammt, steht allerdings noch aus, damit rechnen wir morgen Vormittag. Für uns stellt sich der Tatablauf folgendermaßen dar: Es gab einen Streit, heftiger, als Sie es geschildert haben, Sie haben die Kontrolle über sich verloren und zugeschlagen. Vielleicht hat Ihre Frau Sie beleidigt, gekränkt, sich gegen die Trennung gesperrt. Vielleicht hat sie so lange geschrien, bis Sie es nicht mehr aushalten konnten.«

»Nein. Um einen Menschen zu töten, den man mal geliebt hat, muss man etwas Schlechtes in sich tragen, etwas Böses. So ein Mensch bin ich aber nicht. Ja, ich fühle mich zu Melody hingezogen, mehr, als es gut sein mag für einen verheirateten Mann, aber deshalb bringe ich doch nicht gleich meine Frau um. Eine Scheidung ist heutzutage kein Weltuntergang mehr. Das Haus hätte Julia gern behalten können, sie hing viel mehr daran als ich.«

»So weit haben Sie schon gedacht? Sie haben in Gedanken schon die Besitztümer aufgeteilt?«

»Ja. Was man so macht, wenn man abends allein im Hotelbett liegt und nicht schlafen kann.«

»Und Frau Labohm, was sagt die zu Ihren Plänen?«

»Melody weiß nichts davon. Ich bin mir doch selbst noch gar nicht sicher. Vielleicht wäre ich ja zu Julia zurückgekehrt. Man sagt doch, dass man eine Pause einlegen soll, um rauszufinden, ob man den anderen vermisst.«

»Und haben Sie Ihre Frau vermisst?«

»Was soll ich denn jetzt darauf antworten? Nein, nicht wirklich. Da war so ein trauriges Gefühl von Abschied. Ehrlich gesagt glaube ich nicht, dass ich zurückgegangen wäre. Selbst wenn das mit Melody nichts wird, zwischen mir und Julia war nicht mehr viel, jedenfalls von meiner Seite. Ich weiß, das klingt schrecklich, jetzt, da sie tot ist, aber es ist dic Wahrheit. Und deshalb ...« Seine Augen fixierten Nola. »Deshalb habe ich sie auch nicht getötet. Warum auch? Meine Firma boomt gerade, es geht mir richtig gut, warum sollte ich mir das kaputt machen? Mein Gott, was wird mit meiner Firma?«

KAPITEL 83

Seit Tagen benahm Wulf sich seltsam.

Manchmal verschwand er einfach, setzte sich in den Wagen und fuhr weg. Sie fragte sich, ob er dann Melody besuchte, das konnte sie sich aber nicht vorstellen. Er hasste Melody, das war nicht gespielt. Wenn er getrunken hatte, und er trank jetzt jeden Abend, fluchte er stundenlang über die junge Frau.

Gestern war er auch wieder weggefahren. Auf ihre Frage, wo er gewesen sei, hatte er geantwortet, das sei seine Sache. »Ich muss manchmal weg, mich beruhigen. Sonst geh ich zugrunde.«

Dass sie auch zugrunde gehen könnte, kam ihm nicht in den Sinn.

Gestern hatte Pia behauptet, dass ihre Puppenstube verschwunden wäre, mitsamt den kleinen Holzfiguren. Carla wollte ihr zuerst nicht glauben. Aber die Puppenstube war nirgends zu finden. Als sie Wulf davon erzählte, hatte er ganz merkwürdig gelacht und gemeint, das würde ihn einen Scheißdreck interessieren.

Und jetzt ging er wieder zu seinem Wagen, ohne ihr etwas zu sagen. Ohne zu zögern, kramte sie das uralte Schild, auf dem *Geschlossen* stand, hervor und hängte es in die Tür. Mit einem Knopfdruck sperrte sie die Tanksäulen ab, schloss die Tür und hastete zu ihrem Auto, um ihren Mann zu verfolgen.

Bald schon wusste sie, wohin er wollte. Zu ihr, zu dieser verfluchten Melody. Er bog nicht in die Sackgasse ein, sondern ließ den Wagen am Malvenweg stehen, und sie tat es ihm gleich.

Mit zitternden Knien schaute sie zu, wie ihr Mann, versteckt hinter eine Hecke, Melodys Haus beobachtete. Jetzt rollte ein altersschwacher Panda, der furchtbare Geräusche von sich gab, als würde Metall auf Metall scheuern, auf die Auffahrt. Melody stieg aus und öffnete die hintere Tür auf der Fahrerseite. Ein blond gelocktes Kind kletterte aus dem Wagen, ein Junge. Die Frau, die Wulf vor Jahren sein Leben gestohlen hatte, war Mutter eines Jungen.

Schon lange hatte Carla sich nicht mehr so klein und unzulänglich gefühlt wie in diesem Augenblick. Sie hatte zwei Töchter geboren, obwohl Wulf sich so sehnlich einen Sohn gewünscht hatte, und ihm ein drittes Kind verweigert. All die Jahre war es ihnen gelungen, damit zu leben, doch das würde nicht mehr funktionieren.

Denn jetzt stand er hier und starrte sehnsuchtsvoll auf Melodys Sohn. Carla war jetzt einundvierzig. Die Vorstellung einer erneuten Schwangerschaft schreckte sie, aber heutzutage war es nicht so ungewöhnlich, in dem Alter noch mal ein Kind zu bekommen. Sie musste Wulf einen Sohn schenken, einen neuen Michel, damit er endlich zur Ruhe kam und alles wieder gut wurde, so wie vorher. Und sie verbot sich den Gedanken, dass es erneut eine Tochter werden könnte.

Mit weichen Knien setzte sie sich in ihren Wagen. Wulf durfte nie erfahren, dass sie ihm gefolgt war.

KAPITEL 84

»Ich würde jetzt gern mit Henning Bremer sprechen. Kommst du mit?« Bittend schaute Nola Renke an.

»Darauf kannst du wetten.«

Sie erwischten Henning Bremer in dem Moment, als er seine Wohnung aufschließen wollte, offenbar hatte er nach der Arbeit noch eingekauft. Aus seinem Korb lugten diverse Verpackungen mit Tiefkühlgerichten hervor. Er ließ sie herein, bat aber darum, zuerst seine Einkäufe verstauen zu dürfen.

In der Zwischenzeit inspizierte Renke das Wohnzimmer, besonders die Musikanlage schien ihn zu interessieren.

»Um was geht es?«, wollte Henning Bremer wissen, von Nola und nicht von Renke.

Sie druckste ein bisschen herum, dann sagte sie, was gesagt werden musste. »Es tut mir sehr leid, aber Ihre Schwägerin ist einem Verbrechen zum Opfer gefallen.«

»Doch nicht die Frau am Ackerweg? Das war Julia?« Er holte tief Luft und stieß sie durch den Mund wieder aus.

»Ja. Das war leider Ihre Schwägerin. Sie wurde in Ihrer Küche niedergeschlagen, zum Ackerweg gebracht, dort in einen Graben geworfen, mit Benzin übergossen und angezündet. Und wir haben gerade Ihren Bruder verhaftet.«

»Thore? Nein, unmöglich. Er hat Julia doch Sonntagnacht verlassen.«

»Woher wissen Sie das?«, wunderte sich Renke.

»Er hat mich angerufen, um kurz nach eins, glaub ich, und gesagt, dass er jetzt nach Leer fahren und sich ein Hotelzimmer suchen würde. Sie hätten eine Beziehungspause vereinbart. Wegen Melody natürlich, auch wenn er es abgestritten hat.« Er vergrub sein Gesicht in den Händen. »Irgendwie war er anders als sonst, ich kann das gar nicht richtig beschreiben. Ich hab gedacht, es liegt an der Trennung. Er hat noch gemeint, dass ich mich nicht wieder einmischen soll. Sie würden jetzt beide Ruhe brauchen, und falls Julia sich bei mir meldet, sollte ich sie abwimmeln.«

»Wieder einmischen?«, fragte Nola neugierig.

Er winkte ab. »Na ja, da gab es schon mal Streitereien. Er konnte sie ziemlich auflaufen lassen. Julia hat sich dann bei mir beschwert und mich gebeten, mit ihm zu reden. Das konnte er nicht ausstehen. Einmal hat er mir unterstellt, ich würde Julia nachstellen und nur darauf warten, sie trösten zu dürfen. Totaler Blödsinn. Ich fang doch nichts mit der Frau meines Bruders an. Jedenfalls haben meine Schlichtungsversuche in der Regel wenig gefruchtet. Mein Gott«, flüsterte er, »er hat wirklich... Julia?« Er schaute Nola flehend an. »Mein Bruder hat seine Frau ermordet?«

»Das steht noch nicht fest«, erklärte Renke, und seine Stimme klang erstaunlich kühl. »Sie waren doch selbst bei der Polizei und wissen, wie das läuft. Am Ende entscheidet der Richter. Vorerst besteht dringender Tatverdacht.«

»Ja. Natürlich.« Er schluckte so heftig, dass man es hören konnte. »Aber... aber Thore hat nicht auch die anderen Morde begangen, oder?«

So weit hatte Nola noch gar nicht gedacht. »Keine Ahnung«, gab sie ehrlich zu. »Wir sind eigentlich hier, um zu fragen, ob es mal größere Auseinandersetzungen zwischen Ihrem Bruder und Ihrer Schwägerin gab, körperliche Auseinandersetzungen.«

»Meine Kollegin möchte wissen, ob Ihr Bruder zu aggressiven Ausbrüchen neigt. Verliert er schnell die Beherrschung?«

»Schnell auf keinen Fall. Nein, das nicht. Da muss schon ein bisschen mehr passieren. Dann allerdings kann er sehr laut werden. Laut, aber nicht gewalttätig. Thore ist der Jüngste, zwischen uns beiden liegen acht Jahre, in denen meine Mutter zwei oder drei Fehlgeburten hatte. Solche Zusammenhänge versteht man natürlich erst, wenn man erwachsen ist. Aber Thore war heiß ersehnt und wurde entsprechend verwöhnt. Er brauchte sich nirgends anzupassen, meine Mutter hat alles für ihn passend gemacht. Und wenn er mal richtig Mist gebaut hat, war sein großer Bruder zur

Stelle und hat für ihn gelogen.« Erneut schlug er die Hände vor sein Gesicht. »Können Sie überhaupt erahnen, wie ich mich jetzt fühle? Es kommt mir vor, als hätte ich Julia selbst getötet!«

»Warum haben Sie so lange Ihre Hand über ihn gehalten?«, wollte Renke wissen, es klang ärgerlich, fast schon aggressiv.

»Weil er mein Bruder ist, mein kleiner Bruder. Weil er damals geschworen hat, nichts mit dem Feuer zu tun zu haben. Ich wollte das einfach glauben. Wenn nachts die Zweifel kamen, hab ich mich abgelenkt. Naiv, ich weiß, blöd, unverantwortlich.«

»Da möchte ich nicht widersprechen.« Renke erhob sich. »Wir müssen weiter. Ihr Bruder sitzt in der Justizvollzugsanstalt Oldenburg ein. Nur damit Sie wissen, wo er sich befindet.«

»Ja. Danke! Darf ich ihn besuchen?«

»Ihr Bruder hat das Recht auf einen halbstündigen Besuch alle vierzehn Tage. Sie können sich mit der Justizvollzugsanstalt in Verbindung setzen.«

»Ach, ich weiß nicht. Wahrscheinlich möchte meine Mutter ihn sehen. Ich muss mit ihr reden. Weiß sie schon Bescheid?«

Nola erklärte, dass es nicht zu den Aufgaben der Polizei zählte, in so einem Fall alle Verwandten zu benachrichtigen.

Er nickte. »Was soll ich meinen Eltern bloß sagen? Ich glaube, das bringt meine Mutter um.«

KAPITEL 85

Nola wollte es sich gerade mit einem Glas Weißwein auf der Terrasse gemütlich machen, als es an der Tür klingelte. Renke.

»Heute ist Mittwoch«, sagte sie überrascht.

»Und an einem Mittwoch willst du mich nicht sehen?«

Sie zog ihn in den Flur und schloss die Tür mit dem Fuß. »Ich will dich immer sehen, aber du hast ja höchstens mal am Wochenende Zeit für mich.«

»Ja«, sagte er gedehnt, »manchmal ist das so, schließlich muss ich neben dem Job noch eine Großbaustelle betreuen. Und manchmal brauche ich auch meinen Nachtschlaf, schließlich bin ich schon vierzig. Aber manchmal halte ich es auch nicht aus ohne dich.« Er schob ihr Shirt nach oben und malte mit dem Zeigefinger etwas auf ihren nackten Bauch, ein Herz. Dann drehte er sie um, sodass sie mit dem Rücken zu ihm stand. Er strich ihre Haare beiseite und knabberte an ihrem Nacken, während er sie Richtung Treppe schob. »In deinem Leben gibt es entschieden zu viele blonde Männer«, knurrte er.

Eine Stunde lagen sie auf dem Bett, und Renke küsste sich an ihrer Wirbelsäule empor, so langsam, dass sie es kaum aushielt. Das Display ihres Weckers neben dem Bett zeigte 21:34 Uhr.

Das Telefon klingelte.

»Geh nicht ran«, murmelte Renke. »Wir sind beschäftigt.«

Natürlich siegte ihr Pflichtbewusstsein, die Ermittlungen waren noch nicht abgeschlossen, damit war sie rund um die Uhr im Dienst oder wenigstens in Bereitschaft.

»Van Heerden.«

»Hallo, hier ist Henning Bremer. Mir ist noch etwas eingefallen …«

»Okay«, sagte sie zögernd. »Ist aber ein bisschen spät für einen Anruf, oder?« Sie drückte auf »laut«.

»Ich dachte, bei der Kripo gibt es keinen Feierabend. Ich habe noch eine Frage, die ich nicht in Anwesenheit Ihres Kollegen stellen konnte. Renke Nordmann ist der Freund, von dem Sie neulich gesprochen haben, richtig? Sie brauchen gar nicht zu antworten. Ich bin mir sicher. Man sieht es an der Art, wie Sie ihn anschauen, irgendwie bettelnd. Stehen Sie auf unnahbare Typen? Gefällt es Ihnen, Mauern einzureißen?«

»Also wirklich, das geht jetzt zu weit.«

Sie versuchte, Renkes fassungslosen Blick zu ignorieren und gleichzeitig zu verhindern, dass er ihr das Telefon entriss.

»Moment, ich bin noch nicht fertig. Verkaufen Sie sich nicht unter Wert, Nola! Das machen viel zu viele Frauen, Julia zählte auch dazu, und sie musste es mit ihrem Leben bezahlen. Fragen Sie Renke mal nach Dani! Bin gespannt, was er dazu sagt. Damals war er jedenfalls nicht so zugeknöpft wie heute.« Damit legte er auf.

»Sag mal, was war das denn? Wie redet der Arsch mit dir? Und wieso lässt du dir das gefallen?«

»Hab ich doch gar nicht!«

»Na, immerhin hat er das Gespräch beendet und nicht du, wie es ja wohl angebracht gewesen wäre. Was heißt überhaupt: Ihr Freund, von dem Sie neulich gesprochen haben?«

»Ach …« Sie winkte ab, erzählte dann aber doch von ihrem zufälligen Treffen vor der Weinhandlung. »Ich hab sofort abgeblockt, als er privat wurde. Jetzt wüsste ich allerdings gern, was seine Anspielung auf dich und Dani bedeutet, die Rede ist ja wohl von Daniela Finke. Du hast gesagt, dass du sie nur flüchtig gekannt hast.«

»Ja. So ist es auch. Wie man sich so kennt auf dem Dorf. Ich hab sie mal in *Meyers Tanzdiele* gesehen, das ist alles. Nach dem Abi bin ich direkt nach Nienburg zur Polizeiakademie, da war ich neunzehn und sie entsprechend jünger…«

»Sechzehn«, warf Nola ein. »Ist eine Sechzehnjährige wirklich zu jung für einen Neunzehnjährigen?«

»Was willst du eigentlich von mir hören? Dass ich was mit ihr hatte? Da muss ich dich enttäuschen. Oder meinst du, dass ich der geheimnisvolle ältere Mann bin, der sie geschwängert hat?«

»Quatsch. Ich frag mich allerdings, warum er das gesagt hat.«

»Der will was von dir, ist doch logisch. Und so, wie du reagierst, fühlst du dich auch noch geschmeichelt.«

»Du spinnst doch!« Verärgert drehte sie ihm den Rücken zu.

Fünf Minuten später spürte sie seine Lippen an ihrem Ohr. »Sag mal, streiten wir uns jetzt wegen so eines Arschlochs?«

»Weiß ich nicht. Vielleicht stimmt es ja, was er über mich gesagt hat, und alle kriegen es mit, nur ich nicht. Ich will keinen Mann anbetteln, damit er mich beachtet.«

»Moment mal!« Mit einem Satz sprang er über ihren Körper und landete auf dem Boden vor dem Bett, sodass sie gezwungen war, ihn anzuschauen. »Merkst du nichts? Der Typ manipuliert dich, und das ziemlich geschickt, und ich frage mich, was er damit bezwecken will. Kann es sein, dass wir den falschen Bruder verhaftet haben?«

»Unsinn. Wir haben doch Beweise für Thore Bremers Schuld.«

»Lass uns noch mal alles in Ruhe durchgehen. Er sagt, dass Thore die Kette verloren haben muss. Sein Bruder behauptet etwas anderes, nämlich dass er die Kette mit Absicht abgenommen und in den Dreck geworfen hat…«

»Symbolisch«, murmelte Nola. »Als Zeichen, dass er die ganze Beziehung in den Dreck werfen wollte. Dass jemand beim Schleppen von Strohballen seine Halskette verliert, ist nicht wahrscheinlich. Bei einem Armband wäre es anders. Weiter…«

»Thore hat ein Fahrrad gesehen, das seinem Bruder gehört haben könnte, Henning bestreitet das, Wort gegen Wort, einer muss lügen. Aber es macht Sinn, dass Thore jetzt erst damit rausrückt, er durfte ja nicht zugeben, in der Brandnacht auf dem Hof gewesen zu sein.«

»Henning hat Thore als unbeherrscht und verantwortungslos beschrieben. Bislang wollte niemand das bestätigen. Die Nachbarn wissen nichts von Ehestreitigkeiten.« Nola stutzte. »Dani. Woher wusste Henning, dass Daniela Finke Dani genannt wurde? Er ist doch älter als du, acht Jahre älter als sein Bruder und damit sechs Jahre älter als Daniela Finke. Woher kannten die beiden sich? Hatte er was mit Pferden zu tun?«

»Nee. Er war Polizist und hat mit einer jungen Frau zusammengelebt. Sie haben kurze Zeit später geheiratet. Meinst du, er hatte was nebenbei laufen, kurz vor der Hochzeit?«

Darauf wusste Nola keine Antwort.

»Daniela war sehr hübsch. Du hast ja das Foto gesehen. Wenn ich sehe, wie hemmungslos der Kerl dich anmacht, obwohl er weiß, dass du vergeben bist, traue ich ihm alles zu.«

»Bin ich das wirklich«, fragte sie atemlos. »Vergeben?«

»Was denn sonst?« Er krabbelte zurück ins Bett und schob seinen Arm unter ihren Körper, um sie an sich zu ziehen. »Was mache ich sonst wohl hier?«

»Vielleicht bin ich nur deine Affäre, die Frau, mit der du Sex hast, wenn es gerade so passt«, schlug sie vor.

»Du vergisst wohl, dass ich ein spießiger Ostfriese bin.

Ich übernachte nur bei Frauen, mit denen ich es ernst meine.«

»Hm. Andererseits weiß ich nicht mal, wie du jetzt wohnst. So ernst kannst du es also nicht meinen.«

In gespielter Verzweiflung verdrehte er die Augen. »Ich weiß gar nicht, was du dir vorstellst. Bei mir herrscht Chaos, da gibt es nichts zum Vorzeigen. In meinem Kühlschrank ist genauso wenig los wie bei dir. Obwohl…« Er grinste. »Wahrscheinlich gefällt es dir sogar, immerhin bist du ja die größte Chaotin unter der Sonne… nanu, kein Widerspruch?«

»Also wann?«

Er seufzte. »Samstag. Aber keine blonden Männer mehr, das ist die Bedingung.«

KAPITEL 86

Eine Nacht in Untersuchungshaft hatte gereicht, um die jugendliche Unbekümmertheit aus Thore Bremers Zügen zu radieren. Heute sah er grau aus und ziemlich verzweifelt.

»Gibt es etwas, das Sie loswerden möchten«, sagte Nola. »Wir wissen inzwischen, dass das Blut in der Küche tatsächlich von Ihrer Frau stammt. Sie haben einen Küchenstuhl genommen und auf ihren Hinterkopf geschlagen.«

»Sie glauben ernsthaft, dass ich Julia so etwas antun würde?«

»Wir gehen davon aus, dass Sie im Affekt gehandelt haben. Das könnte sich vor Gericht als strafmildernd auswirken. Noch einmal, Herr Bremer, wollen Sie mir nicht die Wahrheit sagen?«

»Das habe ich bereits. Wir haben uns gestritten, Julia hat einen Becher nach mir geworfen und meinen Unterarm getroffen, ich bin ins Schlafzimmer gestürmt, um meine Sachen zu packen. Sie stand in der Tür und hat geweint und um Verzeihung gebeten. Das war das letzte Mal, dass ich meine Frau gesehen habe.« Er schluchzte erneut auf. »Wenn ich geblieben wäre, würde Julia noch leben!«

»Warum haben Sie nicht erwähnt, dass Sie Ihren Bruder angerufen und ihn gebeten haben, auf keinen Fall Ihre Frau zu besuchen?«

»Ich hab mit Henning telefoniert? Wie kommen Sie darauf?«

»Er hat es uns selbst erzählt. Und das Gespräch war noch in Ihrer Anrufliste auf dem Haustelefon aufgeführt. Sieben Minuten.«

»Wenn jemand um diese Zeit mit Henning telefoniert hat, dann meine Frau. Und das ist der Beweis, dass sie noch gelebt hat, als ich das Haus verlassen habe«, rief Thore Bremer erregt.

»Ich fürchte, dass ich Ihren Optimismus nicht teilen kann, Herr Bremer. Das Telefonat fand um 1:12 Uhr statt und hat sieben Minuten gedauert. Wenn Sie um diese Zeit schon unterwegs waren, stellt sich die Frage, weshalb Sie erst um 1:55 Uhr in das Hotel eingecheckt haben. Von Martinsfehn nach Leer braucht man nicht länger als zwanzig Minuten, um diese Zeit, wenn die meisten Ampeln ausgeschaltet sind, eher weniger. Was haben Sie in der Zwischenzeit gemacht?«

»Ich hab ein Hotel gesucht, das war nicht so einfach.«

Unwillig schüttelte sie den Kopf. »Das klingt nicht gerade glaubwürdig. In Leer gibt es nur wenige Hotels, in denen die Rezeption nachts besetzt ist. Wir werden es klären, wo Sie vergeblich nach einem Zimmer gefragt haben.«

»Das können Sie sich sparen«, zischte er. »Die meisten Hotels hatten geschlossen, das sagte ich ja schon.«

»Sie bleiben also dabei, dass Sie nichts mit dem Tod Ihrer Frau zu tun haben.«

»Selbstverständlich.«

»Wir werden Ihren Wagen spurentechnisch untersuchen und anhand Ihrer Handydaten ein Bewegungsprofil erstellen. Das dauert einige Tage, aber es führt gewöhnlich zum Erfolg.«

»Tun Sie das. Ich möchte jetzt zurück in meine Zelle.«

KAPITEL 87

Ausnahmsweise hatte Nola einen Kollegen zur Obduktion nach Oldenburg geschickt. Sie wollte nicht schon wieder zusehen, wie Gritta Fenders sich an einer Brandleiche zu schaffen machte. Schon zweimal hatte sie von Simone Jakobi geträumt, der Anblick der verbrannten Frau ließ sie einfach nicht los.

Die Morgenbesprechung fand heute zehn Minuten später statt, weil Robert sich verspätete.

Als müsste er die verlorene Zeit aufholen, stürmte er in den Raum. »Und? Was haben wir?«

Zuerst las Nola das vorläufige Ergebnis der Obduktion vor. »Ihr werdet überrascht sein, ich bin es ehrlich gesagt auch.

Frau Bremer ist nicht in der Nacht von Sonntag auf Montag gestorben, sondern vierundzwanzig Stunden später. Trotz ihrer massiven Schädelverletzung hat sie aber noch gelebt, als das Feuer entzündet wurde. Nicht lange, wahrscheinlich hat sie auch nichts mehr davon mitbekommen, das macht Dr. Fenders an den Blutgaswerten fest. Einfach gesagt hat sie nicht mehr lange genug gelebt, um eine tödliche Rauchgasvergiftung zu entwickeln. Sie hatte nicht viel im Magen, sieht aus, als hätte sie sechs Stunden vor ihrem Tod Brot und Aufschnitt gegessen. Aber keine Meeresfrüchte, die sie ja am Vorabend bei dem Italiener in Martinsfehn verspeist hat. Kurz und gut, der Verdacht, dass Thore Bremer seine Frau Sonntagnacht im Affekt getötet hat, ist hiermit widerlegt.«

Während einige Kollegen völlig überrascht wirkten, sprang Hilke aufgeregt von ihrem Stuhl. »Genau. Sie hat nämlich am Montagmorgen noch in ihrer Schule angerufen und sich krankgemeldet. Danach kein Telefonat mehr. Die Nachbarn haben sie nicht gesehen. Anscheinend hat sie sich im Haus verkrochen und sich ihrem Kummer hingegeben.«

»Wir gehen also davon aus, dass die Tat vierundzwanzig Stunden später passiert ist. Alles andere bleibt, der Täter auch, oder?« Fragend schaute Robert in die Runde, einige Kollegen nickten, doch Nola wollte jetzt keine Prognose abgeben. »Es sei denn, er kann uns ein Alibi für die tatsächliche Tatzeit präsentieren«, fuhr Robert fort. Er wandte sich an Stefan. »Was hat die Spurensicherung?«

»Einiges. In Thore Bremers Wagen lässt sich auf den ersten Blick kein Blut nachweisen, die endgültigen Ergebnisse liegen natürlich noch nicht vor, aber ihr könnt davon ausgehen, dass dort tatsächlich kein Blut zu finden ist. Im Kofferraum sind wir auf einen Fünfliterkanister gestoßen, und der ist randvoll. Anhand der Zusammensetzung haben die Spezialisten festgestellt, dass der Sprit noch aus dem Winterhalbjahr stammt.« Er deutete Nolas verwirrten Gesichtsausdruck richtig und ließ eine Erklärung folgen.

»Platt gesagt enthält Benzin im Sommer weniger flüchtige Substanzen, um Blasenbildung in den Kraftstoffleitungen zu verhindern, die wiederum das Rundlaufen des Motors beeinträchtigen könnten. Die Tankstellen sind verpflichtet, bis spätestens zum ersten Mai umzurüsten, die meisten machen das aber schon eher, so ab Mitte März. Herr Bremer kann also nicht seinen Kanister über der Leiche ausgeleert und ihn anschließend wieder gefüllt haben.«

»Vielleicht ist das so gewollt«, kam es Nola in den Sinn. »Ich glaube, der ist ziemlich clever. Kann doch sein, dass Bremer das mit den unterschiedlichen Benzinzusammensetzungen weiß und deshalb einen anderen Kanister benutzt hat.«

»Zum Beispiel den aus dem Wagen seiner Frau. Der ist nämlich leer. Er war aber mal voll, und nach Untersuchung der Reste steht fest, dass sich Sommerbenzin darin befunden hat. Und die Leiche wurde mit Sommerbenzin übergossen, das wissen wir ebenfalls. Außerdem konnten wir Blut in ihrem Auto nachweisen, auf dem Beifahrersitz und am oberen und seitlichen Türrahmen. Der DNA-Vergleich steht zwar noch aus, aber wir dürfen davon ausgehen, dass die Tote in ihrem Wagen transportiert wurde.«

»Auf dem Beifahrersitz?« Die Vorstellung, dass jemand eine bewusstlose Frau neben sich anschnallte und dann mit ihr durch den Ort fuhr, ließ Nola erschaudern. Der Täter musste völlig gefühlskalt sein. Gestört. Aber das passte ja, wenn Julia Bremer bereits sein fünftes Opfer war.

»Ja«, bestätigte Stefan. »Auf dem Beifahrersitz. Der Kofferraum ist zu klein, sie fährt einen Twingo, das neue Modell, da passt so gerade eben eine Bierkiste rein und daneben eine Einkaufstasche. Um zum Ende zu kommen: Der Täter hat ihren Wagen benutzt, um die Leiche zu entsorgen, und danach hat er ihn zurückgebracht. Wir konnten blutige Fußabdrücke sichtbar machen, die von der Küche über Flur und Hauswirtschaftsraum raus in die Garage führen, die Größe stimmt mit der von Thore Bremer überein, die Schuhe haben wir nicht gefunden. Wir hoffen, dass die Spezialisten vom LKA das Fabrikat rausfinden können. Ansonsten haben wir Fingerabdrücke an dem Wagen sichergestellt, die wir noch mit denen ihres Ehemanns vergleichen müssen.«

»Die bringen nicht viel«, seufzte Nola. »Dass wir seine DNA und seine Fingerabdrücke im Wagen finden, ist doch klar. Er muss nur sagen, dass er den Wagen auch mal gefahren hat.«

»Wir haben aber auch Haare gefunden, kurze blonde Haare, die nicht von der Frau stammen, sie klebten oben im Türrahmen, dort, wo wir auch Blut nachweisen konnten. Wahrscheinlich hat er mit dem Hinterkopf den Türrahmen berührt, als er die Leiche in den Wagen gesetzt oder wieder rausgezogen hat.«

»Das wäre natürlich super, wenn das LKA nachweist, dass es sich um Thore Bremers Haare handelt.« Robert schaute Nola nachdenklich an. »Was denkst du, Nola, ist er unser Täter?«

»Ja. Wenn er sie nicht am Abend nach dem großen Essen getötet hat, ist er eben am nächsten Abend noch mal zurück nach Hause gefahren. Vielleicht hatte er was vergessen. Es kam erneut zum Streit, und da ist es passiert. Jetzt müssen wir ihn mit den neuen Tatsachen konfrontieren und nach einem Alibi fragen.«

KAPITEL 88

»Sind Sie hier, um mich zu informieren, wie über meinen Antrag auf Haftprüfung entschieden wurde? Nein, deshalb sind Sie nicht extra aus Leer gekommen.« Thore Bremer hatte sich wieder gefangen. Er strahlte eine seltsame Ruhe aus, die Nola darin bestärkte, dass er der Täter war und glaubte, alles richtig gemacht zu haben.

»Mit Ihrer Haftprüfung habe ich nichts zu tun, das ist Sache der Staatsanwaltschaft«, erklärte sie kühl. »Ich bin nur eine kleine Ermittlerin, die die Fakten zusammenträgt.«

Nola versuchte, sich ebenfalls ganz entspannt zu geben, und als sie merkte, dass ihr rechter Fuß nervös wippte, stellte sie beide Füße auf den Boden.

»Nach dem Ergebnis der Obduktion wissen wir, dass Ihre Frau in der Küche schwer verletzt, aber nicht getötet wurde. Sie war vermutlich bewusstlos, hat aber noch geatmet, als das Feuer gelegt wurde.«

»Was? Julia ist bei lebendigem Leib verbrannt?« Diese Vorstellung ließ Thore Bremer zusammenbrechen. Er heulte auf und hämmerte mit seinen Fäusten auf den Tisch, dabei brüllte er immer wieder: »Nein!«

»Und noch etwas.« Nola erhob ihre Stimme, um ihn zu übertönen. »Ihre Frau wurde vierundzwanzig Stunden später getötet als zunächst angenommen. Also in der Nacht von Montag auf Dienstag.«

»Aber dann …« Er schüttelte den Kopf, als würde er seinen Ohren nicht trauen, begann zu lachen, zuerst etwas zögernd, dann, als würde ihm die Bedeutung ihrer Worte bewusst werden, von Herzen. »Unter diesen Umständen kann ich ja gehen.«

»Was soll das denn heißen? sollten wir vielleicht klären, wo Sie diese Nacht verbracht haben. Ich nehme an, Sie waren im Hotel.«

Grinsend kratzte er sich am Hinterkopf. »Nein, zum Glück nicht. An diesem Abend hab ich um acht Uhr bei Melody geklingelt. Ich hab ihr erzählt, dass Julia und ich eine Beziehungspause einlegen. Und dann …« Er lächelte schief. »… ist genau das passiert, was Sie sich jetzt vorstellen. Am nächsten Morgen bin ich um kurz vor acht wieder gefahren, direkt in die Firma. Melody wird das bezeugen.«

Verdammt! Hatte sie sich wirklich geirrt? Scheiß Bauchgefühl. Aber Thore Bremer würde im Leben nicht so überheblich grinsen, wenn er nicht vollkommen sicher wäre, dass Melody Labohm zu seinen Gunsten aussagen würde. Steckten die beiden unter einer Decke, oder war er wirklich unschuldig? War Thore Bremer ein besonders intelligenter Gewalttäter, der gerade genüsslich Katz und Maus mit ihr spielte? Sie wusste es nicht und brauchte ein paar Minuten Ruhe, um ihre Gedanken zu sortieren.

»Ich kläre das. Wenn Ihr Alibi stimmt, wird die Staatsanwaltschaft eine Aufhebung der U-Haft erwirken.«

»Beeilen Sie sich! Ich kann es kaum erwarten, hier rauszukommen. Mein Anwalt wird auf Entschädigung klagen. Mehr Sorgfalt hätte ich von unserer Polizei schon erwartet. Wenn ich meinen Betrieb so führen würde, wäre ich schon pleite.«

»Vorerst steht nicht mal fest, dass die U-Haft aufgehoben wird, Herr Bremer. Wenn Sie eine Beziehung mit Frau Labohm haben, werden wir ihre Aussage besonders sorgsam prüfen. Nach wie vor gibt es viele Fakten, die gegen Sie sprechen.«

KAPITEL 89

Zuerst hatte Melody nicht verstanden, warum Thore nichts mehr von sich hören ließ. Wie konnte er nach so einer Nacht einfach abtauchen? Und jetzt stand in der Zeitung, dass er sich in Untersuchungshaft befand. Man beschuldigte ihn, Julia getötet zu haben. Warum um alles in der Welt sollte er das getan haben, es gab doch überhaupt keinen Grund dafür!

Von irgendwoher hatte sie heute früh die Kraft genommen, Linus Normalität vorzugaukeln, sie hatten rumgealbert beim Frühstück und auf der Fahrt zum Kindergarten Autos gezählt.

Wieder allein zu Hause, brach alles über ihr zusammen. Hatte sie mit einem Mörder geschlafen, vierundzwanzig Stunden nachdem er seine Frau getötet, ihre Leiche aus dem Haus geschafft und angezündet hatte? Und war es vorstellbar, dass Thore damals auch ihr Elternhaus in Brand gesetzt hatte, aus Wut oder Enttäuschung, weil sie nicht rechtzeitig auf der Fete erschienen war? Stand auch Simone auf der Liste seiner Opfer, weil sie behauptet hatte, den Täter überführen zu können?

Nein, besann Melody sich, Thore war weder älter als Daniela noch fest gebunden. Das passte überhaupt nicht zu dem geheimnisvollen Mann, von dem die Polizei gesprochen hatte. Und Thore war auch kein Mörder. Unmöglich!

Jetzt erst fiel ihr auf, dass sie die ganze Zeit im Kreis lief, den Abwaschlappen in der Hand. Sie warf ihn auf die Spüle und riss die Terrassentür auf. Dieses Haus war eine Fehlinvestition, es brachte ihr kein Glück. Sie musste es verkaufen, so schnell wie möglich. Am meisten tat es ihr um den Garten leid und um Linus' Zimmer, das einzige im Haus, das ihr richtig gut gelungen war.

Als es an der Tür klingelte, war sie wider besseres Wissen überzeugt, dass Thore dort stand. Seine Verhaftung würde sich als Irrtum herausgestellt haben, er war kein Mörder, so schlecht konnte ihre Menschenkenntnis doch nicht mehr sein. Sie rannte zur Tür und riss sie auf.

Renke Nordmann und diese Polizistin. Das, was sie zu sagen hatten, verwirrte Melody vollends. Julia war vierundzwanzig Stunden später als zunächst vermutet gestorben. Was hatte das nun wieder zu bedeuten? Als sie es begriff, konnte sie nur mühsam ein Kichern unterdrücken. Thore war schon so gut wie frei. Und sie hatte sich nicht in ihm geirrt, natürlich nicht.

»Ja«, sagte sie fest. »Das kann ich bestätigen. Er war hier, von kurz nach acht am Abend bis Viertel vor acht am nächsten Morgen. Wenn Julia in dieser Nacht getötet wurde, kommt er als Täter nicht infrage. Ich hab das sowieso keine Sekunde geglaubt. Nicht Thore.«

»Meinen Sie wirklich, dass Sie den Mann so gut kennen«, fragte sie die Rothaarige. Sie hatte eine schöne Stimme, wahrscheinlich war das ihr Trick: Leute einwickeln, indem sie ihnen Nähe vorgaukelte. So wie die Sozialarbeiter früher in der Wohngruppe, die taten auch immer so, als wären sie auf der Seite ihrer Schützlinge, um ihnen bei nächster Gelegenheit ihre Geheimnisse um die Ohren zu hauen.

»Ja, davon bin ich überzeugt.«

»Aber Sie haben sich zwanzig Jahre nicht gesehen. Das ist eine lange Zeit. Das müssen Sie zugeben. Genau die Zeit, in der Menschen erwachsen werden und sich verändern.«

»Kann sein. Und doch war da gleich wieder diese Vertrautheit zwischen uns. Wir haben stundenlang geredet. Ich weiß, wie er lebt, warum er Julia geheiratet hat und wie es zwischen ihnen stand.«

»Aus seiner Sicht.«

Melody verdrehte die Augen, sie hasste diesen Oberlehrer-Sozialarbeiter-Psychologen-Tonfall und fühlte sich in ihre Jugend zurückversetzt. Aber sie war jetzt erwachsen und musste sich nicht mehr so behandeln lassen. »Aus seiner Sicht, natürlich. Aber ich maße mir an, Thore tausendmal besser zu kennen als Sie. Er ist kein Mörder. Und ich will gern vor Gericht beeiden, dass er die ganze Nacht hier war. Bestimmt ist sein Wagen den Nachbarn aufgefallen. Außerdem hat Linus mit uns gefrühstückt. Ich möchte allerdings nicht, dass Sie ihn befragen.«

Als die beiden endlich fort waren, legte Melody sich draußen auf den Rasen, so wie früher als Kind, alle viere von sich gestreckt und die Augen fest zusammengekniffen, weil die Sonne blendete. So viel Blau, so viel Wärme, so viel Licht, so viel Glück, vielleicht fing ihr richtiges Leben endlich an.

KAPITEL 90

Diese rothaarige Polizistin hatte ihm gehörig den Kopf verdreht. Wie war er gestern Abend nur auf die hirnrissige Idee gekommen, sie anzurufen? Die Frau musste ihn für ziemlich bescheuert halten, demnächst würde sie ihn noch als Stalker anzeigen.

Es waren die grünen Katzenaugen, die Henning so faszinierten und die Entschlossenheit, die sie ausstrahlte. Wenn er vor ihr stand, bildete er sich ein, energetische Schwingungen in Form von Wärme zu spüren. Doch wenn sein Instinkt ihn nicht sehr trog, hatte sie tatsächlich was mit Renke Nordmann. Da fragte man sich doch wirklich, was sie an diesem drögen Miesepeter fand.

Henning setzte sich vor den Fernsehapparat und stellte ihn an. Draußen schien die Sonne, kein Wind, ein Sommer wie im Bilderbuch. Was war bloß los mit ihm, warum kriegte er nicht den Hintern hoch und drehte ein paar Runden mit dem Rad? Er musste aufpassen, dass er nicht absackte, den Spaß am Leben verlor. Leif, sein Sohn, hatte sich seit Tagen nicht gemeldet, und er hegte den Verdacht, dass es Sarahs

Neuem gelungen war, ihn mit überflüssigen Geschenken für sich einzunehmen. In dem Alter waren die Kids leider käuflich.

Das Telefon klingelte, er nahm das Gespräch an, ohne auf das Display zu schauen. Es war Thore.

»Ich bin wieder draußen. Deine jämmerlichen Versuche, mich ans Messer zu liefern, haben nicht gefruchtet. Die können mir nichts beweisen. Und für die Zukunft wäre ich dir dankbar, wenn du dich aus meinem Leben raushalten würdest. Und noch was... lass die Finger von Melody! Ich verbiete dir, ihr Haus zu betreten. Ich hoffe, wir haben uns verstanden.«

Jetzt kapierte Henning gar nichts mehr. Wieso hatte die Polizei Thore wieder freigelassen?

KAPITEL 91

Nola saß an ihrem Schreibtisch und tippte mit fliegenden Fingern ihren Bericht. Thore Bremer schied als Täter aus. Sie war sicher, dass er gleich nach seiner Entlassung zu Melody Labohm eilen würde. Ein Happy End für die beiden. Manche Männer wussten eben, was sie wollten. Wen sie wollten. Und sie sollte jetzt besser nicht an Renke Nordmann denken, sondern daran, wer Julia Bremer ermordet haben könnte und warum.

Mit geschlossenen Augen rief sie sich noch mal alle Fakten ins Gedächtnis. Was hatte sie übersehen? Wo war der kleine Zipfel vom roten Faden, an dem sie ziehen musste, damit sich alles auflöste? Zwei Minuten später sprang sie hoch, flog förmlich über den Flur und riss Roberts Tür auf, ohne anzuklopfen. Und es war ihr herzlich egal, dass Jupp wie von einer Tarantel gestochen aus seinem Körbchen schoss und wild bellend nach ihren Schuhen schnappte.

»Ich weiß es!«

»Was?« Verwundert schaute Robert sie an, während er gleichzeitig den Hund zur Ordnung rief.

»Ich weiß, was passiert ist«, behauptete Nola, während sie versuchte, den aufgebrachten Hund mit einem Fuß in Schach zu halten. »Denk mal an die Spurenlage im Haus der Bremers. Jemand macht sich die Mühe, alles Blut wegzuwischen, lässt aber die blutigen Scherben im Mülleimer liegen.«

»Und das Shirt im Bad. Stimmt, das war ziemlich blöd.«

»Genau. Thore Bremer ist aber nicht blöd, im Gegenteil. Und das lässt mich annehmen, dass jemand das alles inszeniert haben könnte. Jemand, der problemlos ins Haus kam, weil er am Vorabend der Tat mit Julia Bremer telefoniert hat, mit ihr und nicht mit ihrem Mann. Sie klagt ihm ihr Leid, er verspricht, am Folgetag vorbeizukommen.«

»Henning Bremer«, riefen sie wie aus einem Mund, und der Hund war kurz vorm Durchdrehen.

»Jupp, aus jetzt! Ab ins Körbchen!«, donnerte Robert, bevor er sich wieder an Nola wandte. »Er hat seine Schwägerin umgebracht, um seinen Bruder als skrupellosen Mörder darzustellen. Wir sollten denken, dass einer, der kein Problem damit hat, seine unbequem gewordene Frau aus dem Weg zu räumen, dasselbe schon mal durchgezogen hat. Dazu Henning Bremers Aussage, dass sein Bruder unberechenbar ist, manipulativ und verantwortungslos.«

»Kluger Kopf, dieser Henning Bremer. Dabei fällt mir ein, dass er Daniela Finke in einem Gespräch Dani genannt hat. Dieser Name taucht in den alten Akten nicht auf, niemand sonst hat sie so genannt. Doch«, fiel ihr dann ein, »sein Bruder. Er hat gesagt: Ich war mal mit Dani zusammen. Ich werde noch mal mit dieser Insa Morisse-Steinbach telefonieren. Morgen.«

»Ist die nicht nach New York gezogen? Dort ist es jetzt…« Er schloss die Augen und rechnete kurz. »…etwa zehn Uhr morgens. Hast du die Nummer parat? Worauf wartest du?«

»Sie liegt in meinem Büro, Moment!« Nachdem sie zurückgekehrt war, diesmal mit Anklopfen, damit der Rauhaardackel friedlich blieb, wählte sie die Nummer und stellte den Lautsprecher an.

Insa Morisse-Steinbach war sehr erstaunt und Zeit hatte sie natürlich auch nicht. »Dani?« Man hörte förmlich, wie sie sich ratlos am Kopf kratzte. »Nee, so hat sie keiner genannt, glaub ich. Aber mir ist tatsächlich noch etwas zu diesem Mann eingefallen. Ich hab gefragt, wie sie ihn kennengelernt hat, und da meinte sie, er hätte sie beinahe verhaftet. Damals hielt ich das für einen Scherz, weil ich sofort an diesen widerlichen Gerd Wiese mit seinem Schäferhund gedacht habe, aber vielleicht stimmt es ja. Und dann hat sie eine Andeutung gemacht, dass er demnächst heiraten würde. Mehr weiß ich aber wirklich nicht. Und ich hätte Sie längst angerufen, wenn hier nicht so viel zu tun wäre.« Sie plapperte weiter von verschwundenen Koffern und dem tollen Blick auf den Hudson River, bis Nola das Telefonat sanft, aber entschieden abwürgte. »Ich bitte Sie um eine schriftliche Aussage, die Sie direkt an die Kriminalpolizei in Leer schicken können, zu meinen Händen. Das ist wirklich sehr wichtig, Frau Morisse-Steinbach.«

Robert hob grinsend den Daumen. »Das dürfte reichen. Ich besorge einen Haftbefehl. Gute Arbeit, Frau van Heerden. Soll ich jemand anders schicken, oder willst du selbst?«

»Das lasse ich mir nicht entgehen«, lachte Nola. Sie konnte es kaum erwarten, Henning Bremer zu beweisen, dass es ihm nicht gelungen war, sie hinters Licht zu führen.

Doch sie wurde enttäuscht. Henning Bremer war nicht zu Hause. Sie ließ ihn zur Fahndung ausschreiben.

KAPITEL 92

Renkes Telefon klingelte. Nola. Die Worte sprudelten nur so aus ihr heraus. Der Fall Julia Bremer schien gelöst, auch wenn sie den mutmaßlichen Täter noch nicht verhaften konnten. »Den kriegen wir noch. Irgendwann muss er ja wieder nach Hause kommen.« Henning Bremer also, er hatte den Mann von Anfang an nicht ausstehen können. »Wir wollen uns noch in dieser neuen Bar am Hafen treffen und ein bisschen feiern, alle. Du kommst doch auch?« Sie klang total euphorisch, und er wusste genau, wie sie jetzt aussah, wie ihre Augen leuchteten. Ein Teil von ihm wollte sofort nach Leer fahren und sie vor aller Augen umarmen, gratulieren zu dem erfolgreichen Abschluss der Ermittlungen, den ganzen Abend neben ihr sitzen und anschließend mit ihr nach Hause gehen. Aber ihm war auch klar, dass von da an alles anders sein würde. Er wäre für alle Kollegen der Mann, der zu Nola van Heerden gehörte. Plötzlich kam der Anruf ihm vor wie ein Überfall.

»Nein«, sagte er dumpf. »Ich hab hier noch zu tun. Feiert schön, wir sehen uns ja am Samstag.«

Bevor sie etwas erwidern konnte, beendete er das Gespräch. Es war zu früh. Er konnte da jetzt nicht hin und ihre Beziehung offiziell machen, und darauf würde es doch hinauslaufen. Renke konnte alles vor sich sehen. Die anderen, allen voran Robert, würden ihm auf die Schulter klopfen, *wird auch Zeit, du musst endlich wieder nach vorn schauen.*

Aber wer, zum Teufel, bestimmte den Zeitpunkt, an dem die Trauer vorüber war, wenn nicht der Trauernde selbst. Und er hatte noch nicht abgeschlossen, vielleicht würde er das nie schaffen.

Er holte sein Rad aus dem Schuppen, Bewegung würde ihm guttun. Wie von selbst schlug er den Weg zum Friedhof ein. Er kaufte rote Rosen und stellte sie auf das Grab. Eine ganze Weile blieb er still stehen und genoss den Frieden, den dieser Ort ausstrahlte.

Wieder zu Hause, durchwühlte er im Schuppen die Kisten mit den wenigen Sachen, die er aus dem alten Haus mitgenommen hatte, bis er auf die Fotoalben stieß. Er nahm sie mit in den Wohnwagen und legte sie neben sein Bett. Vielleicht konnte er besser schlafen, wenn sie dort lagen.

Seit Tagen träumte er schlecht, entweder versank er in einem grünlichen Sumpf, der ihn immer tiefer nach unten zog, oder er ertrank in schwarzem Wasser. Und dann kam Britta, rettete ihn und fragte, warum er nicht endlich nach Hause komme. Als wollte sie ihn nicht loslassen, noch nicht.

Ja, er war verliebt, sehr verliebt, er brauchte Nola nur anzusehen, um diese Wärme zu spüren. Ihre Art, ihn zu berühren, ihm deutlich zu zeigen, wie sehr sie ihn begehrte, ließ ihn immer wieder staunen. In seinem ganzen Leben hatte er mit keiner Frau geschlafen, die Sex so genießen konnte. In dieser Hinsicht ließ sie Britta verblassen, doch er hätte sich lieber die Zunge abgebissen, als das zuzugeben, weil es ihm illoyal vorkam gegenüber seiner toten Frau. Es war herrlich, nach Leer zu fahren, mit Nola zu vögeln, die Nacht bei ihr zu verbringen. Doch es war nur ein Besuch in einer fremden Welt.

Er war nun einmal ein sturer Ostfriese, spießig, wie Nola manchmal behauptete. Er kaufte seine Möbel im Fachgeschäft und baute sie nicht aus Weinkisten zusammen. Seine

Wände strich er in gedeckten Farben und nicht kunterbunt. Fensterläden fand er ganz nett, aber für ihn gehörten sie nicht nach Ostfriesland.

Er kochte gern und käme im Leben nicht auf die Idee, sich von Fertigpizza und gekauften Salaten zu ernähren, wie Nola, oder zum Abendessen einfach eine Packung Vanilleeis auf den Tisch zu stellen. Obwohl sie bald ihren fünfunddreißigsten Geburtstag feiern würde, erinnerte Nola ihn oft an seine Tochter Aleena. Aber sie war eine erwachsene Frau, wunderschön und sehr sinnlich, und irgendwann würde sie sich ein Kind wünschen. Doch für Renke war es undenkbar, noch mal eine Familie zu gründen. Es war das Einzige, das er mit Sicherheit wusste.

Wie also sollte er sie glücklich machen?

Am liebsten würde er sich hier verkriechen und keine Entscheidungen treffen, weder beruflich noch privat. Er wollte einfach nur in Ruhe vor sich hin werkeln, das Haus zu dem machen, was es einmal war, und dabei ohne schlechtes Gewissen an seine Familie denken, ihre Namen laut aussprechen, sich erinnern. Andere mochten finden, dass er immer noch viel zu sehr an der Vergangenheit klebte, aber wenn er glücklich damit war, konnte es doch nicht völlig verkehrt sein.

Vielleicht würde sich das eines Tages ändern, vielleicht würde er irgendwann damit leben können, dass Nola die Augen verdrehte, sobald Brittas Name fiel, aber das konnte er nicht versprechen.

KAPITEL 93

Noch eine Viertelstunde, dann musste sie Linus aus dem Kindergarten abholen. Melody hatte gerade eine Wand im Hauswirtschaftsraum weiß gestrichen und war sehr zufrieden mit dem Ergebnis, als es klingelte. Neuerdings bekam sie bei dem Dreiklang der Türklingel immer Herzklopfen.

Dann fiel ihr ein, dass sie ein Paket erwartete, Gardinen für das Wohnzimmerfenster, und sie öffnete mit Schwung die Tür.

»Du?« Irgendetwas in seinem Blick verriet ihr, dass sie Grund hatte, sich zu fürchten.

Er nickte, seine Hand schoss nach vorn und stieß sie rückwärts in den Flur. »Ja, ich. Und jetzt hör mir ganz genau zu! Ich habe Linus. Du kannst gern im Kindergarten anrufen, ich wette, die suchen ihn gerade überall, oder haben sie sich schon bei dir gemeldet?«

Wie in Zeitlupe schüttelte sie den Kopf. Es dauerte einen Moment, bevor sie wirklich begriff, was er gerade gesagt hatte. »Wieso hast du Linus? Was willst du?«

»Hör gefälligst zu!«, fuhr er sie an. »Dein Sohn war ein bisschen bockig, aber jetzt schläft er. Ich hab ihm was gegeben, er muss ja nicht unnötig leiden.« Sein Lächeln wurde gemein. »Ich nehme an, du liebst deinen Sohn.«

»Bitte tu ihm nichts… ich liebe ihn, natürlich…«

Seine Augen glichen zwei kalten Spiegeln, die ihre Angst reflektierten, sie konnte keinerlei Gefühlsregung darin ausmachen, dieser Mensch war zu allem fähig, zu allem.

Und sie musste sich zusammenreißen. »Was soll ich tun?«

»Ganz einfach. Du fährst zur Polizei und sagst, dass du damals das Feuer gelegt hast. Vorher meldest du dich im Kindergarten. Sag einfach, dass du Linus vom Spielplatz geholt hast. Die achten nicht groß auf die Kinder. Linus saß ganz allein in der Ecke. Ich hab die Hand auf seinen Mund gelegt und bin mit ihm verschwunden. Hat sich nicht mal gewehrt, dein Junge.«

»Aber… warum… du hast doch nicht vor…«, stammelte sie.

»Halt die Klappe!«, fuhr er sie an. »Du sollst zuhören. Um halb fünf machst du dich auf den Weg zu den Bullen und legst ein Geständnis ab. Du sagst, dass du damals das Feuer gelegt hast und nicht mehr klarkommst mit der Schuld. Das reicht. Die werden schon merken, dass du völlig neben dir stehst. Wenn sie nach Linus fragen, behauptest du, dass er bei einer Freundin ist. Deshalb kommst du auch so spät. Wo die Freundin lebt, erzählst du nicht. Sobald ich in der Zeitung lese, dass sich die Brandstifterin nach zwanzig Jahren gestellt hat, lasse ich Linus frei.«

Er war total verrückt, sein Plan hatte Lücken und Löcher und würde im Leben nicht funktionieren. Niemand würde ihr glauben, dass sie ihren Sohn heimlich abgeholt und weggebracht hatte, und wenn er ihn freiließ, würde sowieso alles auffliegen. Wenn… eine eiskalte Faust schloss sich um ihr Herz.

»Hast du alles kapiert?«, fragte er höhnisch.

»Du hast damals das Feuer gelegt?«

Die Antwort blieb er ihr schuldig. »Du gehst da hin und sagst, was ich dir aufgetragen habe. Um halb fünf und nicht eine Minute eher, kapiert? Sobald du verhaftet bist, lass ich den Kleinen laufen. Ich wette, die finden eine gute Pflegefamilie für ihn.« Er lachte trocken. »Ach so.« Er griff in seine Jackentasche. »Damit hat er gespielt.«

Er drückte ihr die kleine Puppe mit dem versengten Arm in die Hand. Linus hatte sie heute Morgen mit in den Kindergarten genommen, das wusste sie genau. Er war extra noch mal ins Haus gelaufen, weil er York vergessen hatte. »Nur damit du weißt, dass der Kleine wirklich in meiner Gewalt ist. Und ich rate dir davon ab, der Polizei die Wahrheit zu sagen. Bevor die mich kriegen, bring ich mich um. Und Linus nehme ich mit.«

Er wandte sich zum Gehen, doch sie hielt ihn am Ärmel fest. »Warte! Gib ihm bitte die Puppe zurück, er hängt daran. Vielleicht kann sie ihn ein bisschen trösten.«

Achselzuckend steckte er sie ein, dann war er weg. Sie hörte draußen einen Motor aufheulen, und ihr kam die Idee, dass Linus die ganze Zeit auf der Rückbank gelegen hatte. Doch als sie aus der Haustür stürzte, war das Auto schon fort. Auf dem Weg hob sie die Puppe auf, er hatte sie einfach weggeworfen.

Das Klingeln des Telefons rief sie zurück ins Haus. Die leitende Erzieherin des Kindergartens war am Apparat. »Frau Labohm, ich weiß gar nicht, wie ich Ihnen das sagen soll. Wir können Linus nicht finden. Mit Ihrem Einverständnis werden wir jetzt die Polizei benachrichtigen.« Sie schluchzte mehr, als dass sie sprach, und sie tat Melody unendlich leid.

»Ich muss mich entschuldigen«, sagte sie hölzern. Und dann erzählte sie die Lügengeschichte, die sie erzählen musste, um vielleicht das Leben ihres Kindes zu retten.

Die Erzieherin reagierte so, wie jeder an ihrer Stelle reagiert hätte, erbost wies sie Melody zurecht und kündigte an, über ein Verbleiben des Jungen in der Einrichtung erst nachdenken zu müssen. »Haben Sie überhaupt eine Vorstellung davon, was hier heute los war, wie viele Tränen hier geflossen sind? Also so etwas ist mir in siebzehn Jahren noch nicht passiert.«

»Ich kann mich nur noch mal entschuldigen. Sie haben natürlich vollkommen recht. Linus kommt in nächster Zeit ohnehin nicht wieder. Mir geht es nicht so gut, und ich bringe ihn gleich zu einer guten Freundin.«

»Man sollte das Jugendamt einschalten«, zischte die Frau.

»Bitte nicht.« Danach legte Melody auf.

Sie setzte sich auf die Treppe, legte den Kopf in beide Hände und fragte sich, was sie jetzt tun sollte. Ihr war klar, dass die Chance, Linus zu retten, nicht sonderlich groß war. Doch welche Alternative hatte sie? Wenn sie zur Polizei ging und alles erzählte, würde sie damit eine Großfahndung auslösen, und so etwas blieb nicht unbemerkt.

Er war mit Sicherheit auf der Hut. Und er hatte angekündigt, sich und Linus vor einer möglichen Verhaftung umzubringen.

Sie erkannte, dass es ihre größte Sorge sein musste, dass die Polizei ihr nicht glauben könnte. Sie zweifelte daran, dass es ihr gelingen würde, diese Kommissarin aus Leer anzulügen. Vielleicht war es albern, aber Melody bildete sich ein, dass Frauen feinere Sensoren hatten als Männer und eher eine Lüge witterten. Sie würde es lieber bei Renke Nordmann versuchen.

KAPITEL 94

Renke traute kaum seinen Ohren. Dort saß Melody Labohm und zitterte am ganzen Körper. Das, was sie gerade mit stockender Stimme von sich gegeben hatte, klang völlig absurd. Sie wollte vor zwanzig Jahren das Feuer gelegt haben und bettelte förmlich um eine Verhaftung. Das Problem war nur, dass er ihr kein Wort glaubte.

»Wo befindet Ihr Sohn sich jetzt?«

Ihr blasses Gesicht verlor auch noch den letzten Schimmer von Farbe. Die Frage hatte sie erschreckt. Schon bevor sie den Mund öffnete, wusste er, dass eine weitere Lüge folgen würde.

»Bei einer Freundin. Dort ist er gut aufgehoben.«

»Tut mir leid, aber wo das Kind gut aufgehoben ist, entscheidet in so einem Fall das Jugendamt. Ich brauche den Namen Ihrer Freundin, Frau Labohm.«

Das Zittern wurde stärker, ihre Hände falteten sich wie zu einem stummen Gebet. »Nein.«

»Gut. Um das mal vorwegzunehmen, Sie sind keine sonderlich gute Lügnerin. Diese Geschichte nehme ich Ihnen nicht ab. Und jetzt möchte ich meine Kollegin aus Leer anrufen, die die Ermittlungen leitet.« Er schaute auf seine Armbanduhr. »Sie wird etwa zwanzig Minuten brauchen, dann müssen Sie Ihre Geschichte wiederholen. Sie sollten diese Zeit nutzen und überlegen, ob Sie wirklich bei Ihrer Aussage bleiben wollen. Möchten Sie in der Zwischenzeit einen Kaffee?«

Sie lehnte ab, beharrte aber nicht darauf, die Wahrheit gesagt zu haben. Und Renke hatte ein verdammt ungutes Gefühl.

KAPITEL 95

Siebzehn Minuten später traf Nola in Martinsfehn ein. Sie hatte sich nicht an Geschwindigkeitsbegrenzungen gehalten, denn das, was Renke gesagt hatte, ließ ihr keine Ruhe.

Er öffnete die Tür. Sie fand, dass er blass aussah. Und offenbar wollte er kein privates Wort mit ihr wechseln. »Frau Labohm wartet nebenan. Und bevor du fragst, sie wollte keinen Kaffee. Habt ihr Henning Bremer inzwischen verhaftet?«

Sie schüttelte den Kopf. Daran, dass Bremer etwas geahnt und sich abgesetzt haben könnte, wollte sie jetzt nicht denken.

Das Vernehmungszimmer im Polizeirevier Martinsfehn war klein und nicht gerade gemütlich und damit wohl der richtige Ort, um nachzudenken. Nola war gespannt, ob Melody Labohm die Zeit genutzt hatte. Sie hockte mit versteinerter Miene auf dem Stuhl, die Oberschenkel zusammengepresst.

Nola setzte sich neben sie. Ohne zu zögern, griff sie nach ihrer Hand, die eiskalt war.

»Was ist passiert?«, fragte sie leise.

»Ich möchte endlich gestehen, dass ich vor zwanzig Jahren meine Mutter und meinen Bruder umgebracht habe. Und Daniela.« Ihre Stimme klang monoton, und sie vermied es, Nola anzusehen.

»Das ist doch Unsinn. Nach dem, was die Kriminaltechniker damals ermittelt haben, können Sie das Feuer nicht gelegt haben.«

Jetzt schaute Melody Labohm sie doch an. »Woher wollen Sie das wissen, Sie waren doch gar nicht dabei.«

Nola lachte leise. »Nein, das war ich nicht. Ich bin nie dabei, wenn jemand ein Verbrechen begeht. Deshalb bin ich bei meinen Ermittlungen auf die Untersuchungsergebnisse meiner Kollegen angewiesen. Und die Spezialisten vom Landeskriminalamt in Hannover sind hervorragende Wissenschaftler. Wenn die ein Statement abgeben, dass Sie an diesem Abend nicht mit Stroh in Berührung gekommen sind, kann ich mich darauf verlassen. Und das Feuer wurde mittels Stroh und Diesel entfacht, das steht unwiderruflich fest. Erklären Sie mir doch bitte diesen Widerspruch.« Da

Frau Labohm schwieg, beschloss Nola, noch ein paar Fakten hinterherzuschieben. »Sie haben an dem Abend einen langen Wollpullover getragen, das wurde von Ihren Freundinnen bestätigt. Auf dem Pullover wurden eine Menge Spuren nachgewiesen, Sand von dieser Kieskuhle, Gras, Erbrochenes, verschütteter Alkohol, Sangria, glaub ich, aber kein Stroh.«

»Wer sagt denn, dass mein Pullover überhaupt mit dem Stroh in Berührung gekommen ist?«, fuhr Melody Labohm auf. »Ich habe die Ballen mit ausgestreckten Armen getragen.« Sie streckte beide Arme nach vorn, um das zu verdeutlichen.

»Ob Sie es glauben oder nicht, so etwas probieren wir aus. Die Kollegen haben damals Strohballen von Ihrem Hof gewogen und sind auf durchschnittlich sechzehn Kilogramm gekommen. Sechzehn Kilogramm, die man an zwei schmalen Bändern anhebt. Wenn man so klein und zart ist wie Sie damals, kann man so einen Ballen nur direkt vor dem Körper tragen. Und das ist unmöglich, ohne dass sich Strohfasern in der Kleidung verfangen.«

»Ich hab eine Karre benutzt«, behauptete Melody Labohm jetzt. Sie wollte einfach nicht aufgeben, und Nola begriff, dass es dafür einen sehr gewichtigen Grund geben musste.

»Wo ist Ihr Sohn?«

Die Frau zuckte zusammen, als hätte sie einen Schlag abbekommen. »Wieso? Was hat das mit Linus zu tun? Dem geht es gut, und ich verrate nicht, wo er ist. Ich weiß, was dann passiert. Das Jugendamt bringt ihn irgendwohin, wo er nicht sein möchte. Das habe ich selbst erlebt.«

Renke, der mit verschränkten Armen an der Wand lehnte, deutete ein Kopfschütteln an.

»Sie haben Linus also vor dem Jugendamt versteckt. Das glaube ich genauso wenig wie mein Kollege. Ehrlich gesagt kommt mir eine ganz andere Idee. Nämlich die, dass wir mit unseren Ermittlungen dem wahren Brandstifter zu nah gekommen sind. Sie kennen ihn, denke ich. Und wenn Sie ihn schützen, dann aus gutem Grund. Er hat Ihren Sohn in seiner Gewalt.«

Ein gellendes »Nein« war die Antwort.

»Ich habe mit der Leiterin des Kindergartens telefoniert.« Es war das erste Mal, dass Renke sich in das Gespräch einmischte. »Linus ist heute Mittag plötzlich verschwunden. Sie haben dann am Telefon behauptet, dass Sie ihn einfach mitgenommen hätten. Dafür gibt es aber keine Zeugen, und die Leiterin des Kindergartens fand, dass Sie seltsam geklungen haben und Ihre Geschichte sich alles andere als glaubwürdig anhörte.«

»Weil ich aufgeregt war. Schließlich ist es eine große Entscheidung, ein Geständnis abzulegen. Aber ich kann nicht weiterleben mit meiner Schuld. Und ich musste entscheiden, was mit Linus passieren soll, wenn ich im Gefängnis sitze.«

Unwillig schüttelte Nola den Kopf. »Ich glaub, ich hätte gern einen Kaffee. Sie auch?«

»Nein. Ich möchte das hier zu Ende bringen. So schnell wie möglich. Kaffee trinken kann ich im Gefängnis.«

»Wie Sie möchten. Ich dachte, Sie könnten eine kleine Pause brauchen, um noch mal in sich zu gehen.« Nola seufzte. »Frau Labohm, für mich hört es sich so an, als hätte jemand Sie unter Druck gesetzt, diese Falschaussage zu machen. Und wenn ich mir überlege, womit man Sie unter Druck setzen könnte, fällt mir nur eine Möglichkeit ein. Linus wurde entführt. Richtig?«

Nolas Worte ließen die Frau in sich zusammenfallen. Die ganze Zeit hatte sie halbwegs die Fassung bewahren können, doch jetzt war es damit vorbei. Sie war nur noch ein schluchzendes Häufchen Elend.

Nola warf Renke einen Blick zu, und er zuckte mit den Schultern. Dann verließ er seinen Platz neben der Tür, ging neben Frau Labohm in die Knie und sagte leise: »Meine Kollegin hat recht, nicht wahr? Ihr Geständnis ist die Bedingung dafür, dass er Linus wieder freilässt.«

Kopfnicken. Irgendwann würgte sie hervor, dass sie alles für ihr Kind tun würde, alles. Und dass sie sich weigern würde, seinen Namen zu nennen. Und dass sie nicht gehen würde, bevor sie ihre Aussage zu Papier gebracht und weitergeleitet hätten. »Er will es in der Zeitung lesen.« Sie richtete sich auf und schaute Renke an. »Haben Sie Kinder?«

»Eine Tochter«, sagte er zögernd.

»Und Sie?«, wurde Nola gefragt, die nur den Kopf schüttelte.

Sie wandte sich an Renke. »Wenn Sie ein Kind haben, werden Sie mich doch verstehen. Nehmen Sie bitte meine Selbstanzeige auf. Sie würden doch dasselbe für Ihre Tochter tun.«

Nola sah, wie Renke mit sich kämpfte, bevor er etwas sagte.

»Frau Labohm, wie alt ist Linus?«

»Fünf«, hauchte sie und begann wieder leise zu weinen.

»Wir müssen ehrlich sein. Mit fünf Jahren ist er fähig, den Entführer zu identifizieren. Vielleicht kennt er ihn sogar.«

Keine Reaktion.

»Und weil er seinen Entführer identifizieren kann, wird der ihn nicht einfach freilassen, es wäre ein unnötiges Risiko.« Renke seufzte.

»Bevor er sich verhaften lässt, will er sich und meinen Sohn töten. Das hat er gesagt, und ich weiß, dass er es ernst meint. Meinetwegen können Sie mich foltern und vierteilen, aber ich werde schweigen. Lieber eine winzig kleine Chance für Linus als gar keine.«

Renke, der sich wieder erhoben hatte, legte seine Hand auf ihre Schulter. »Das ist ein Fehler. Nur wenn Sie uns verraten, wen wir suchen müssen, können wir Linus vielleicht retten. *Das* ist seine Chance. So ist er bereits verloren.«

»Nein!«, schrie Melody Labohm auf, sie hielt sich die Ohren zu wie ein Schulmädchen und schüttelte wild den Kopf.

Nola ließ sie gewähren. Ob es Sinn machte, einen Psychologen hinzuzuziehen? Aber dafür reichte ihre Zeit nicht aus. Kurz entschlossen ergriff sie Melodys Handgelenke und zog die Hände von ihrem Gesicht, damit sie ihr in die Augen sehen musste.

»Hören Sie mir bitte zu! Wir sind relativ sicher, den Täter zu kennen. Wir wollten ihn gestern Abend verhaften, leider haben wir ihn nicht angetroffen. Die Rede ist von Henning Bremer. Es gibt allerdings noch einen weiteren Mann, dem ich diese Straftat zutrauen würde. Ihrem ehemaligen Stiefvater. Ich kann jetzt Durchsuchungsbeschlüsse für ihre Wohnungen ausstellen lassen und Streifenwagen losschicken, ich kann auch ein Sondereinsatzkommando in Hannover anfordern. Sie kennen das sicher aus dem Fernsehen, Männer in schwarzen Kampfanzügen, das Maschinengewehr im Anschlag, die eine Wohnung stürmen. All das wird Stunden in Anspruch nehmen, Stunden, die wir nicht haben, wenn wir Ihren Sohn aus den Händen eines Mannes retten wollen, der offenbar gerade völlig durchdreht.«

»Bedenken Sie bitte auch, dass die Leute vom SEK nicht zwei Wohnungen gleichzeitig öffnen können«, warf Renke ein. »Und so eine Aktion bleibt in einem Dorf wie Martinsfehn nicht unbemerkt, das ist Ihnen hoffentlich klar. Irgendwer hat garantiert nichts Besseres zu tun, als Bilder oder sogar Filmchen ins Netz zu stellen. Wenn wir uns für den falschen Verdächtigen entscheiden, ist der wahre Täter gewarnt. Seine Panik wird sich verstärken, und dann müssen wir mit dem Schlimmsten rechnen.«

Nola spürte, dass die Frau unsicher wurde, und ihr Griff um die Handgelenke wurde noch fester. »Dieser Mann hat nicht vor, Ihren Sohn zu verschonen.«

Da endlich nannte sie den Namen.

KAPITEL 96

Eine Geiselnahme auf einer Tankstelle. Was das bedeuten konnte, war allen klar. Wenn Wulf Leutnant endgültig durchdrehte, könnte es ihm in den Sinn kommen, seine Tankstelle hochgehen zu lassen, samt seiner Familie und der fünfjährigen Geisel.

Renke hasste es, untätig zu sein, doch ihm blieb nichts anderes übrig. Robert Häuser hatte bereits Beamte vom SEK Hannover angefordert. Das Sondereinsatzkommando war spezialisiert auf Geiselnahmen. Es musste jeden Moment eintreffen.

»Wir machen erst einmal nichts«, hatte Robert beschlossen, nachdem Renke ihn über Melody Labohms Aussage unterrichtet hatte. »Wir beobachten nur.«

Seither tankten Beamte in Zivil ihre Privatautos bei den Leutnants, um so unauffällig wie möglich die Lage zu sondieren. Frau Leutnant hatte den ganzen Nachmittag hinter der Kasse gestanden. Alle waren sich einig, dass sie einen total konfusen Eindruck machte.

»Hektische Flecken im Gesicht, und sie hat sich mit dem Geld verzählt. Ich bin schnell raus, bevor sie völlig die Nerven verliert«, berichtete einer der Kollegen aus Leer. »Das

Tor zur Werkstatt ist geschlossen, die Kinder hab ich weder gesehen noch gehört.«

Inzwischen war es sieben, und die Tankstelle hatte seit dreißig Minuten geschlossen. Was mochte sich hinter der Tür des Wohnhauses abspielen?

Sie hatten sich im Revier Martinsfehn versammelt, Nola war so nervös, dass sie nicht eine Minute still sitzen konnte.

»Wie wäre es, wenn du noch eine Runde Kaffee kochst«, schlug Renke vor, und zu seiner Überraschung stürzte sie sich beinahe dankbar in diese Aufgabe.

Er selbst saß an seinem Schreibtisch, die Hand direkt neben dem Telefon, als hätte er Angst, den erlösenden Anruf nicht schnell genug entgegennehmen zu können. Als Nola einen Becher Kaffee vor ihn stellte, nickte er nur.

Als es an der Tür klingelte, zuckten alle zusammen.

»Die Leute vom SEK. Ich gehe.« So, wie Robert das sagte, würde er keinen Widerspruch dulden.

Renke rechnete mit lauten Männerstimmen, die Befehle erteilten. Doch stattdessen hörte er eine Frau. Melody Labohm? Hielt sie es zu Hause nicht aus, obwohl man sie gebeten hatte, dort zu warten?

Nein. Carla Leutnant. Sie wirkte völlig aufgelöst und schob drei verschüchterte Kinder vor sich her. Zwei Mädchen und einen kleinen Jungen. Linus Labohm.

»Wulf ist jetzt völlig durchgedreht, Herr Nordmann.« Die anderen Menschen im Raum schien sie gar nicht wahrzunehmen. »Heute Mittag kam er plötzlich mit dem Jungen an. Melody würde endlich gestehen, dass sie vor zwanzig Jahren das Feuer gelegt hat, und wir müssten jetzt den Jungen aufziehen. Ständig nennt er ihn Michel... da stimmt doch was nicht, die Frau würde uns doch im Leben nicht ihr Kind überlassen, Herr Nordmann.« Sie legte beide Hände auf Linus' blonden Lockenkopf und schob ihn ein Stück nach vorn. »Wulf hat gesagt, er würde von jetzt an mit dem Kleinen in Pias Zimmer schlafen. Pia und Ines könnten sich ein Zimmer teilen. Und wie der mich dabei angesehen hat… ich kann das gar nicht beschreiben, aber ich hab es mit der Angst zu tun gekriegt. Und deshalb… ich hab dann… na ja, ich hoffe, das ist nicht so schlimm.« Sie holte ganz tief Luft. »Zum Abendessen wollte er natürlich wieder ein Bier. Und weil mir das alles so unheimlich war, hab ich drei Schlaftabletten in seinem Bier aufgelöst. Vor zehn Minuten ist er auf der Couch eingeschlafen, einfach so, mitten im Satz. Er wird davon doch nicht sterben, oder?«

Am liebsten hätte Renke die Frau umarmt. Dass eine so unscheinbare, schüchterne Person so mutig sein konnte. Er begnügte sich allerdings damit, um den Schreibtisch herumzugehen und ihre Hand zu drücken, ganz fest. »Das war großartig von Ihnen. Keine Sorge, Frau Leutnant, ein kräftiger Mann wie Ihrer verträgt auch drei Schlaftabletten.«

»Hoffentlich. Ich geh mit den Mädchen zu meiner Schwester. Und da bleiben wir. Mit einem Mann, der so etwas tut, kann ich nicht zusammenleben. Wie kann er das nur machen?« Sie beugte sich vor und flüsterte in sein Ohr: »Um den Jungen müssen Sie sich bitte kümmern. Das schaffe ich nicht auch noch. Was ist mit der Mutter? Hat er sie… Sie wissen schon. Ist sie tot?«

»Nein«, sagte er beruhigend. »Ihr geht es gut. Soweit es einer Mutter gut gehen kann, deren Kind entführt wurde.«

Nola war die Erste, die daran dachte, Linus' Mutter zu erlösen. »Wir haben Ihren Sohn hier. Es geht ihm gut, Sie können zum Revier kommen und ihn abholen. Aber meiden Sie bitte die Umgebung der Tankstelle. Dort wird in absehbarer Zeit ein Sondereinsatzkommando das Wohnhaus stürmen.«

Und dann klingelten wirklich die Männer der Spezialeinheit an der Tür des Reviers. Frau Leutnant händigte ihnen den Schlüssel aus und erklärte, wo ihr Mann zu finden war.

Binnen einer halben Stunde war alles erledigt. Wulf Leutnant schlief immer noch auf dem Sofa, nur im Halbschlaf nahm er wahr, dass ihm Handschellen angelegt wurden. Vorsichtshalber kam er in der Justizvollzugsanstalt auf die Krankenstation, wo der Gefängnisarzt ihn gründlich untersuchte und dann erklärte, dass der Mann einfach nur ausschlafen müsse.

Carla Leutnant war die gefeierte Heldin des Tages.

KAPITEL 97

Am Vorabend war Henning Bremer wieder in seiner Wohnung aufgetaucht. Anders als befürchtet, war er nicht untergetaucht, sondern hatte nur einen alten Freund in Varel besucht und dort übernachtet. Als die Streifenbeamten ihm den roten Haftbefehl vor die Nase hielten, war er in ungläubiges Gelächter ausgebrochen. Jetzt saß er mit verschränkten Armen vor Nola und schaute sie spöttisch an. Sie konnte körperlich spüren, dass er versuchte, sie in die Defensive zu drängen. Aber dank der Untersuchungsergebnisse fühlte sie sich gut gerüstet für die Vernehmung. Sie durfte sich nur nicht an die Wand reden lassen.

»Sie werden verdächtigt, Ihre Schwägerin Julia Bremer niedergeschlagen, zum späteren Leichenfundort transportiert und dort angezündet zu haben. Sie lebte noch, haben Sie das nicht gemerkt?«

»So ein Blödsinn! Sie haben Julias Mörder wieder laufen lassen, und jetzt soll ich für Thore geradestehen. Wie immer. Verraten Sie mir mal, wie mein Bruder das wieder gedreht hat.«

»An der Dichtung der Beifahrertür von Julias Wagen klebten zusammen mit dem Blut Ihrer Schwägerin blonde Haare, Ihre Haare, wie ein DNA-Vergleich beweist. Können Sie mir das erklären?«

Zuerst schnaubte er verächtlich, dann fixierte er ihre Augen, als wollte er sie hypnotisieren. »Ganz einfach, so etwas nennt man fingierte Beweise. Thore ist sehr viel raffinierter, als Sie sich das vorstellen.«

Nola lachte leise. »Wir haben auf dem Fahrersitz Fasern gefunden, die wir eindeutig Ihnen zuordnen konnten, außerdem blutige Schuhabdrücke in der Garage. Die Größe stimmt mit Ihrer überein.«

»Mein Bruder hat dieselbe Größe, das sollte Ihnen eigentlich bekannt sein, wenn Sie ernsthaft recherchiert haben.«

»Ja, aber er trägt keine Billigschuhe von Deichmann, das hat er nicht nötig. Sie dagegen schon.«

»Was soll das denn heißen? Sind Leute, die aufs Geld gucken müssen, weniger wert in Ihren Augen? Kriegt ja nicht jeder ein Studium in den Hintern geschoben wie mein kleiner Bruder.«

Da war er ja schon, der erste Riss in seinem Panzer. Jetzt musste Nola nur noch schauen, wie sie ihn vergrößern konnte.

»Nun, ein Studium hat ja auch etwas mit Intelligenz zu tun.« Sie lächelte ihn überfreundlich an.

»Ach, und ich bin blöd, oder was wollen Sie mir gerade mitteilen?«

»Jedenfalls sind Sie nicht so schlau, wie Sie glauben. Wir werden beweisen, dass Sie Ihre Schwägerin vorsätzlich getötet haben.« Sie holte tief Luft. »Und das ist nicht alles. Sie sind dringend tatverdächtig, im Jahr 1997 einen

Brand gelegt zu haben, um ihre Geliebte Daniela Finke zu töten. Dass Verena Matzke und ihr zweijähriger Sohn bei dem Feuer ums Leben gekommen sind, haben Sie billigend in Kauf genommen.«

»Ach, das war ich jetzt auch. Und Simone Jakobi habe ich vermutlich auch umgebracht.« Nachsichtig schüttelte er den Kopf. »Von Ihnen hätte ich wirklich mehr erwartet, Frau von Heerden. Zum Beispiel, dass Sie mal hinter die Fassade gucken. Ich dachte, Sie wären etwas Besonderes, jemand, der Zusammenhänge erspüren kann. Da hab ich mich wohl geirrt. Sie sind wie Gerd Wiese, die erste Wahrheit ist gleich die beste, und der Rest wird passend gemacht.«

Ohne dass sie es wollte, brach Nola in Lachen aus. Wie oft hatte Conrad ihr vorgeworfen, dass sie ihrem Bauchgefühl mehr als den Fakten vertraute. Diesmal allerdings, das musste Nola zugeben, hatte ihr Bauchgefühl sie getrogen. Sie war auf einen selbstverliebten Blender reingefallen, genau wie damals auf Rob van Heerden. Von blonden Männern sollte sie sich wirklich fernhalten.

»Sie haben Daniela einmal Dani genannt, als Erster und Einziger während meiner gesamten Ermittlung. Ehrlich gesagt, wäre ich ohne diesen Patzer gar nicht auf die Idee gekommen, dass Sie die junge Frau näher kannten. Ein weiterer ziemlich dummer Fehler war die ständige Herabsetzung Ihres Bruders. Es gibt keinerlei Anhaltspunkte dafür, dass er ein Verkehrsrowdy ist oder seine Frau schlecht behandelt hat.«

»Weil Thore die ganze Welt blendet mit seinem Charme.«

»Nein«, sagte sie sanft. »Weil Sie schlicht und ergreifend nicht die Wahrheit gesagt haben.« Sie räusperte sich. »Daniela war in Sie verliebt, und Sie haben sich nicht lange bitten lassen. Hübsch war sie ja, wie die Fotos beweisen. Als sie behauptete, schwanger zu sein, und verlangt hat, dass

Sie zu ihr stehen, hörte der Spaß aber auf. Sie wollten ja heiraten.«

»Dani war nicht schwanger«, zischte er.

»Ich weiß. Sie hat es aber geglaubt und Sie damit verrückt gemacht. So kurz vor der Hochzeit hätten Sie ziemlich blöd dagestanden, wenn rausgekommen wäre, dass Sie gerade erst eine Minderjährige geschwängert haben.«

»Minderjährige!«, lachte er höhnisch. »Jetzt bin ich auch noch ein Pädophiler! Dani war alt genug, und sie wusste genau, was sie wollte. Sie konnte nicht nur Pferde gut reiten, wenn Sie verstehen. Sie war es, die auf mich zugegangen ist. Die Telefonnummer hat sie sich von Thore besorgt. Ja, wir hatten was miteinander, aber mit ihrem Tod hab ich nichts zu tun. Zwanzig Jahre ist das her. Mich würde ja interessieren, wie Sie Ihre lächerliche Anschuldigung beweisen wollen.«

»Ach, Herr Bremer. Wenn Sie so sicher wären, dass es keine Beweise gibt, hätten Sie einfach abgewartet, bis der Sturm vorüber ist. Mir liegt eine Zeugenaussage vor über den Mann, von dem Daniela Finke glaubte, schwanger zu sein. Ein Polizist aus Martinsfehn, den sie im Rahmen eine Verkehrskontrolle kennengelernt hat und der demnächst heiraten wollte. Was glauben Sie, wie viele Männer da infrage kommen? Mir fällt nur einer ein. Außerdem hat jemand in der Tatnacht ein grünes Kettler-Herrenrad auf dem Hof gesehen, und Sie besaßen genau so ein Rad. Kein Wunder, dass Sie nach Simones Behauptung, den wahren Täter zu kennen, Angst bekommen haben, so viel Angst, dass Sie die Frau aus dem Weg räumen mussten. Wie haben Sie es gemacht? Ein kleiner Mord zwischen Tür und Angel?«

»Was hätte ich tun sollen? Warten, bis die Handschellen klicken? Ich hab bei ihr geklingelt, ein bisschen mit ihr rumgemacht, ein paar zweideutige Komplimente, darauf stand sie, dann hab ich sie erwürgt und bin nach Hause gefahren, um mit meinem Bruder *Tatort* zu gucken. Anschließend sind wir in die Kneipe und bis zum Schluss geblieben. Dann bin ich nach Hause gelaufen, hab meinen Wagen geholt und bin damit zurück zu Simone.« Jetzt suchte er Nolas Blick. »Wissen Sie, was auf dem verdammten PC war? Nichts. Eine Überschrift! Simone hat nur geblufft. Und jetzt ist sie tot. Dumm gelaufen. Warum hat sie nicht einfach die Klappe gehalten?«

Unter dem Tisch verknotete Nola ihre Finger, um die Fassung zu bewahren. Henning Bremer schien keinerlei Reue zu empfinden. »Warum haben Sie eigentlich damals die Kette eingesteckt? Für Sie wäre es doch ein Glücksfall gewesen, wenn man Ihren Bruder verhaftet hätte.«

»Keine Ahnung, ein spontaner Entschluss, ich hatte ja nur ein paar Minuten Zeit und hab gedacht, dass der Kleine da nicht reingezogen werden soll. Damals war er noch ein netter Typ. Später hab ich es bereut. Nachdem er sich zu so einem arroganten Mistkerl entwickelt hat.« Er beugte sich vor. »Sie wirken ein wenig schockiert, Frau von Heerden, oder darf ich Nola sagen? Gefällt mir, der Name. Mal was anderes.«

»Nein, das dürfen Sie nicht.«

»Hab ich mir schon gedacht. Dann wird Renke böse, was?« Er lachte trocken. »Als ich Ihre Weinkisten schleppen durfte, kamen Sie mir weitaus zugänglicher vor.«

»Das bilden Sie sich nur ein.« Sie sagte das nicht unfreundlich oder beleidigt, vielmehr schlug sie den Ton einer nachsichtigen Mutter an, weil sie ahnte, dass er genau das nicht ertragen konnte.

Henning Bremer wollte der Sieger sein, der Bestimmer, Zurückweisung ertrug er nicht. Mit der Kette hatte er seinen Bruder zu ewiger Dankbarkeit verdammt, doch Thore war es gelungen, sich aus dieser Abhängigkeit zu befreien. Er hatte seinen älteren Bruder überflügelt, in jeder Beziehung, und so hatte Henning angefangen, ihn zu hassen. Und Nola hasste er seit gerade eben wahrscheinlich auch.

»Komm, Mädchen, ein Wort von mir hätte genügt, und du wärst in meine Arme gesunken!«

»Ich muss feststellen, dass Sie an Realitätsverlust leiden, Herr Bremer. Sieht ganz so aus, als müsste ich einen psychologischen Gutachter hinzuziehen.«

Er sprang so schnell auf, dass der Beamte, der neben der Tür stand, Mühe hatte, ihn wieder auf seinen Platz zu drücken und mit Handschellen zu fixieren.

»Ich bin kein Irrer, du blöde Kuh! Ich hatte einen Plan, und der ist perfekt aufgegangen. Niemand ist darauf gekommen, dass es bei dem Brand um Daniela ging. Warum hat sie mich verarscht und behauptet, schwanger zu sein? Ich lass mir doch nicht mein ganzes Leben von so einem billigen Miststück versauen! Selbst schuld, kann ich nur sagen.«

Nola spürte, dass sie jetzt nicht weitermachen konnte, ohne persönlich zu werden.

»Ich beende das Gespräch um 12:45 Uhr. Bringen Sie Herrn Bremer bitte zurück in seine Zelle!«

Hinterher merkte sie erst, wie angespannt sie die ganze Zeit gewesen war, ihr Nacken tat weh, und ihre Kniekehlen waren schweißnass.

KAPITEL 98

Linus saß in der Badewanne, und Melody hockte auf dem Rand, weil er nicht allein bleiben wollte. Mit weinerlicher Stimme erzählte er von Pia und Ines und von dem großen Feuerwehrauto, das *der Mann* ihm gekauft hatte.

»Ich sollte Papa zu ihm sagen. Aber das wollte ich nicht, weil er gar nicht mein Papa ist. Der wusste ja nicht mal meinen Namen. Michel, hat er immer gesagt, und ich hab den Kopf geschüttelt, weil ich nicht so heiße. Da ist er ganz böse geworden. Dann ist die Frau gekommen. Sie wollte nicht, dass er mit mir schimpft, weil ich dann Angst kriege.«

»Gut, dass die Frau da war«, warf Melody ein, und Linus nickte.

»Der Mann hat gesagt, dass ich bei denen wohnen muss, weil du weggefahren bist, ohne mich, und nie wiederkommst. Das hab ich aber nicht geglaubt. Du fährst doch nicht ohne mich weg?«

»Natürlich nicht. Dieser Mann ist sehr böse. Deshalb ist die Polizei gekommen und hat ihn mitgenommen. Er muss jetzt ins Gefängnis. Du brauchst also keine Angst mehr vor ihm zu haben. Und jetzt komm raus, das Wasser wird kalt.«

Sie streckte Linus ihre Hand hin, damit er aus der Wanne klettern konnte, dann trocknete sie ihn ab und wartete, bis er sich in seinen Schlafanzug gekämpft hatte, der schon ein wenig eng war, den er aber heiß und innig liebte. Einen Moment starrte er auf seine nackten Füße, dann rief er unvermittelt: »Ich will nicht mehr in den Kindergarten, nie wieder. Wegen dem Mann. Vielleicht kommt er ja doch wieder.«

»Nein, ganz bestimmt nicht.« In dem Moment, als sie die Worte aussprach, wurde ihr schmerzhaft bewusst, dass sie gerade ein Versprechen gab, das sie gar nicht einhalten konnte. Den ganzen Tag quälte sie bereits die Vorstellung, dass Wulf sich schon bald wieder auf freiem Fuß befinden könnte. Was, wenn irgendein Richter entschied, dass ein kurzer Aufenthalt in der Psychiatrie und ein paar Medikamente ausreichten, um ihn bis zur Verhandlung wieder nach Hause zu entlassen. Am Ende kam er sogar mit einer Bewährungsstrafe davon. Dann musste sie für den Rest ihres Lebens Angst davor haben, dass er sich erneut ihrem Sohn näherte.

»Komm, ich bringe dich jetzt ins Bett.«

Zweimal musste sie versichern, dass sie auf gar keinen Fall das Haus verlassen würde, bis Linus die Augen schloss, eine Hand um York geklammert, die andere in den Ärmel ihrer Strickjacke verkrallt. Sie wartete, bis er schlief, dann löste sie behutsam die kleinen Finger und schlich auf Zehenspitzen aus dem Zimmer. Die Tür lehnte sie nur an.

Unten wanderte sie ziellos durch die Räume, von denen keiner so aussah, wie sie es sich ausgemalt hatte. Mit dem dunkelroten Anstrich war es ihr sogar gelungen, die gemütliche Küche zu verderben. Das Haus war ihr fremd geblieben. Sie war hier nicht willkommen. Wie dumm sie gewesen war zu glauben, dass die Vergangenheit sich einfach in Wohlgefallen auflösen würde. Im Grunde gab es nur einen Ausweg, sie musste verkaufen und weit wegziehen. Hier in Martinsfehn würde sie niemals glücklich werden.

Gerade als sie ihren Entschluss mit einem Glas Rotwein besiegeln wollte, klingelte es an der Tür und sie zuckte zusammen. Konnte es sein, dass Wulf sich schon wieder auf freiem Fuß befand? Vorsichtshalber nahm sie das Handy mit zur Haustür, sie gab sogar schon die Nummer des Notrufs ein, damit sie notfalls nur noch auf *wählen* drücken musste.

Dann erkannte sie Thore. Sein blondes Haar wirkte ungekämmt, seine Augen lagen tief in den Höhlen, er trug ein weißes Shirt, wie immer, und Jeans. In der Hand hielt er eine Reisetasche, die er einfach auf den Boden fallen ließ.

»Ich kann das Haus nicht mehr betreten«, sagte er statt einer Begrüßung. »Es geht einfach nicht. Die Vorstellung, dass Julia dort… Ich konnte keinen Fuß über die Schwelle setzen, als hätte jemand in der Zwischenzeit eine unsichtbare Mauer hochgezogen. Am liebsten würde ich bis ans andere Ende der Welt flüchten. Mit dir. Mit dir und dem Kleinen natürlich. Schläft er?« Mit dem Kopf nickte er Richtung Treppe.

»Ja, er war todmüde, was aber nicht heißen muss, dass er die Nacht durchschläft. Er hat Angst, dass ich weggehe.«

»Kein Wunder.« Er machte einen Schritt nach vorn und legte ganz behutsam zwei Finger unter ihr Kinn, damit sie gezwungen war, ihn anzuschauen. »Ich meine das ganz ernst, Melody. Lass uns noch mal ganz von vorn anfangen.«

»Wie soll das gehen?« Ihre Stimme klang verzweifelt. »Ich kann nicht vor meiner Schuld davonlaufen. Es war ein schrecklicher Fehler, nach Martinsfehn zurückzukehren. Er hat zwei Menschen das Leben gekostet. Beinahe hätte ich sogar Linus verloren.«

»Nein«, rief er aufgebracht. »Es war kein Fehler. Immerhin haben wir uns wiedergefunden. Und du weißt endlich, wer damals das Feuer gelegt hat. Das wolltest du doch.«

»Aber doch nicht zu diesem Preis.«

»Fändest du es besser, wenn er ungeschoren davongekommen wäre?«

Hilflos zog sie die Schultern hoch.

»Red dir bitte nicht ein, dass du die Verantwortung für ihren Tod trägst. Dafür ist nur einer verantwortlich – ihr Mörder.« Mit der rechten Hand fuhr er durch seine Haare.

»Mein Bruder, mein großer Bruder, zu dem ich immer aufgeschaut habe. Ich kann das einfach nicht begreifen. Mein ganzes Leben hatte ich das Gefühl, in seiner Schuld zu stehen. Der große Henning hat ein belastendes Beweisstück verschwinden lassen, damit ich nicht hinter Gittern lande. Und weil er das nicht mit seinem Gewissen vereinbaren konnte, hat er unter fadenscheinigen Gründen seinen Dienst quittiert. Nur er und ich kannten die wahren Beweggründe für diese Entscheidung, und glaub mir, ich hab mich unsagbar mies gefühlt. Dass ich völlig unschuldig war, spielte irgendwann gar keine Rolle mehr. Henning hat sich für mich geopfert. Kannst du dir vorstellen, wie unser Verhältnis war? Ich habe die Möbel für seine neue Wohnung bezahlt, unsere gemeinsamen Urlaube. Nach der Scheidung habe ich sonntags mit ihm *Tatort* geschaut, damit er nicht vereinsamt. Wenn meine Eltern sich beschwert haben, dass er nichts aus seinem Leben gemacht hat, hab ich ihn in Schutz genommen. Und jetzt muss ich erkennen, dass Henning mich offenbar aus tiefster Seele gehasst hat, und das schon seit vielen Jahren. Warum?«

Beklommen senkte Melody den Blick. Sie konnte doch selbst nicht begreifen, wie Henning zwanzig Jahre mit der Schuld leben konnte, nicht nur seine Freundin, sondern auch ihre Mutter und Michel getötet zu haben. Und jetzt hatte er wieder gemordet und dabei ganz bewusst eine Spur gelegt, die zu seinem Bruder führte. Sein Hass auf Thore musste wirklich grenzenlos sein.

»Ich weiß es nicht«, flüsterte sie schließlich. »Wie soll man so einen Menschen verstehen?«

»Wenn ich damals den Mut gehabt hätte, die Wahrheit zu sagen, wäre das alles gar nicht passiert. Ich hätte von dem Rad an der Schuppenwand erzählen können. Möglicherweise wäre alles ans Tageslicht gekommen.« Er schluckte schwer und legte sein Kinn auf ihren Scheitel. »Wenn das alles irgendeinen Sinn ergibt, dann doch nur den, dass wir beide wieder zusammen sind, egal wie andere Menschen darüber denken mögen. Du und ich wissen, dass ich mich schon vor Julias Tod für dich entschieden habe, und nur das zählt. Es interessiert mich nicht, wenn andere sich das Maul über uns zerreißen, ich werde kein zweites Mal aus Feigheit auf mein Glück verzichten. Und wenn du dasselbe willst, weiß ich, dass alles gut ausgeht für uns, egal wie lange es dauert.« Er zog sie an sich und verschränkte seine Hände hinter ihrem Rücken. »Leicht wird es nicht. Ich kann nicht einfach so tun, als wäre nichts passiert. Auch wenn ich mich gerade von ihr trennen wollte, ist die Frau, mit der ich sieben Jahre verheiratet war, einen schrecklichen und völlig sinnlosen Tod gestorben, und meine letzte Erinnerung an Julia ist ein hässlicher Streit. Wenn ich nicht gegangen wäre…«

»…hätte Henning eine andere Gelegenheit gefunden.«

»Wahrscheinlich.« Er schluckte. »Am liebsten würde ich mit dir an einen Ort ziehen, wo uns niemand kennt. Aber meine Firma expandiert gerade gewaltig. Ich kann nicht einfach alles hinschmeißen. Was hältst du davon, wenn wir uns gemeinsam was in Leer suchen oder in Emden? Weiter weg geht leider nicht.«

Melody wusste nicht, ob es falsch war, so schnell einzuwilligen, aber sie konnte nicht anders.

KAPITEL 99

Gestern hatte Renke zum ersten Mal seit langer Zeit zu viel getrunken. Er konnte sich nicht mal mehr an das Ende des Abends erinnern. Immerhin hatte er es noch ins Bett geschafft. Davon, dass er die beiden Fotoalben geleert und sämtliche Bilder an die Wände des Wohnwagens geklebt hatte, wusste er nichts mehr. Sie hingen ziemlich schief und waren einfach nur mit Tesafilm befestigt, was ihn ärgerte. Die Klebestreifen würden sich nie mehr sauber von den Fotos entfernen lassen.

Sein Schädel brummte, das hatte er wohl nicht anders verdient. Er zwang sich, aufzustehen und die Weinflaschen zu entsorgen. Danach stellte er sich unter die Außendusche und ließ eiskaltes Wasser auf seinen Körper prasseln.

Dabei fiel ihm ein, dass Nola heute kommen würde, er selbst hatte sie eingeladen, was er längst bereute.

Er schlang ein Handtuch um seine Hüften, setzte sich in die Sonne und schrieb ihr eine WhatsApp.

Es passt heute nicht so gut. Besser, wenn du ein anderes Mal kommst. Renke.

Kein Herz, kein Kussmund, kein neuer Termin. Danach fühlte er sich nicht wirklich besser, aber auch nicht schlechter.

Der Bauunternehmer hatte ihn vorgestern versetzt und bis heute nichts von sich hören lassen. Auf dieser Basis würden sie nicht miteinander ins Geschäft kommen. Er beschloss, nachher auf den Boden zu steigen, die verrotteten Balken zu fotografieren und sich mit den Fotos an einen anderen Unternehmer zu wenden.

Eine halbe Stunde später, Renke hatte es sich auf dem Bett bequem gemacht, mit den Kopfschmerzen konnte er ohnehin nicht arbeiten, wurde die Wohnwagentür plötzlich aufgerissen.

Nola. Sie trug ein grünes Kleid, in dem sie wunderschön aussah, und kurz fragte er sich, wie er ohne sie weiterleben sollte. Zum Glück hatte er vorhin die Weinflaschen entsorgt, er wollte nicht, dass sie ihn für einen Säufer hielt.

»Du willst mich hier nicht haben, oder?«

»Sieht so aus.«

Ihr Blick wanderte durch den Wohnwagen und blieb an den Fotos hängen, die seine gesamte Ehe dokumentierten und Aleenas kurzes Leben. Wortlos wandte sie sich ab.

»Warte! Komm, ich zeig dir das Haus.«

Merkwürdig, dass Nola sich überhaupt darauf einließ, doch sie folgte ihm, passte aber auf, ihn auf gar keinen Fall zu berühren, und sagte lange Zeit kein Wort. Erst ganz am Ende. »Ziemlich klein. Kann man oben noch ausbauen?«

»Dafür müsste man den ganzen Dachstuhl ändern. Aber wozu? Der Platz reicht doch für mich, zwei Zimmer, Küche, Bad.«

Ein kluges Mädchen wie Nola kapierte sofort, was er ihr damit sagen wollte. Er konnte sehen, dass sie mit den Tränen kämpfte, und hätte sie gern umarmt. Doch er war nicht der Richtige, um sie jetzt zu trösten.

»Wann wolltest du mir eigentlich sagen, dass du dich auf Conrads Stelle bewerben willst? Oder geht mich das auch nichts an?«

Robert hatte also mit ihr gesprochen. Erneut fühlte er diesen Widerwillen in sich aufsteigen, weil alle Leute glaubten, in sein Leben eingreifen zu dürfen. »Hat sich erübrigt. Ich bleibe hier in Martinsfehn, wo ich hingehöre. Allein.«

Sie ging, ohne sich zu verabschieden. Er hörte, wie der Motor ihres Autos startete, dann knirschten die Reifen auf der notdürftig befestigten Auffahrt.

Renke stellte die Leiter an die Bodenluke und kletterte hinauf. Der Dachboden war eng und niedrig, er konnte nur in der Mitte aufrecht stehen. Die Dielen, die hier vor beinahe hundert Jahren verlegt wurden, waren morsch und würden sein Gewicht nicht aushalten. Er durfte nur auf die Balken treten. Vorsichtig balancierte er von einem Querbalken zum nächsten. Dabei fiel ihm ein, dass sein Handy im Wohnwagen lag, er konnte gar keine Fotos machen. Mist! In diesem Moment spürte er, dass etwas nicht stimmte. Das Holz unter seinem rechten Fuß, der noch auf dem dritten Balken stand, während er den linken Fuß bereits auf den vierten gesetzt hatte, gab nach. Es knackte gefährlich. Er versuchte, sein Körpergewicht auf den linken Fuß zu verlagern und gleichzeitig nach vorn zu springen, als der Balken nachgab und der rechte Fuß in die Tiefe sauste. Renke geriet aus dem Gleichgewicht, fiel nach hinten, ruderte mit den Armen, doch da war nichts, an dem er sich festklammern konnte. Mit ihm stürzten sämtliche Dielenbretter in die Tiefe. Irgendetwas Schweres traf seinen Kopf, danach wurde alles schwarz.